DROEMER ✪

Über die Autorin:
Dr. med. Elke Hellweg, Jahrgang 1959, ist Fachärztin für Psychiatrie, Psychosomatische Medizin und Psychotherapie. Nach jahrzehntelanger Tätigkeit in eigener Praxis widmet sie sich nun vor allem dem Schreiben und übernimmt gelegentlich noch Vertretungen als Oberärztin an Psychosomatischen Kliniken. Elke Hellweg ist verheiratet, hat zwei erwachsene Kinder und lebt in Berlin und im Rheinland.

Elke Hellweg

OSTSEE FRISCHE

Ein Rügen-Roman

Besuchen Sie uns im Internet:
www.droemer.de

Aus Verantwortung für die Umwelt hat sich die Verlagsgruppe
Droemer Knaur zu einer nachhaltigen Buchproduktion verpflichtet.
Der bewusste Umgang mit unseren Ressourcen, der Schutz unseres
Klimas und der Natur gehören zu unseren obersten Unternehmenszielen.
Gemeinsam mit unseren Partnern und Lieferanten setzen wir uns für
eine klimaneutrale Buchproduktion ein, die den Erwerb von
Klimazertifikaten zur Kompensation des CO_2-Ausstoßes einschließt.
Weitere Informationen finden Sie unter: www.klimaneutralerverlag.de

Originalausgabe Mai 2021
Droemer Taschenbuch
© 2021 Droemer Verlag
Ein Imprint der Verlagsgruppe
Droemer Knaur GmbH & Co. KG, München
Alle Rechte vorbehalten. Das Werk darf – auch teilweise – nur
mit Genehmigung des Verlags wiedergegeben werden.
Redaktion: Clarissa Czöppan
Covergestaltung: ZERO Werbeagentur, München
Coverabbildung: Collage aus mehreren Motiven von Magdalena Russocka /
Trevillion Images, CollaborationJS / Trevillion Images, und Shutterstock.com
Illustration im Innenteil: Vasya Kobelev / Shutterstock.com
Satz: Adobe InDesign im Verlag
Druck und Bindung: CPI books GmbH, Leck
ISBN 978-3-426-30734-2

2 4 5 3 1

VORBOTEN

»Dat wärrt nix! Gaar nix wärrt dat! Partuu nix!«
August Wilke stand am Giebelfenster seiner Kate und starrte gen Norden, die Miene so grimmig und grollend, als wollte er sich mit dem Sturm einen Wettstreit liefern. Das rasch vorbeiziehende grauschwarze Gewölk ärgerte ihn zutiefst. Die Heftigkeit, mit der die Böen an Dachpfannen und Fensterläden rüttelten. Nichts, rein gar nichts deutete an, dass sich das Unwetter in den nächsten Stunden legen könnte. Und weiter im Osten? Beim Granitzer Forst? Vielleicht tat sich da ja was? Er öffnete das Fenster, der Wind fuhr ihm ins Gesicht, und was er sah, enttäuschte ihn noch mehr. Auch über den sturmgepeitschten Wipfeln der alten Buchen zeigte sich der Himmel unbarmherzig – ohne Hoffnung auf eine noch so schmale Wolkenlücke.

August zog den Kopf ein und schloss den Riegel. Mit der nässeschweren Luft hatte der Wind einen Wirbel von Buchenblättern hereingeweht, die nun auf die Bodendielen trudelten. Seine Finger glitten durch die angegraute Schifferkrause, von einem Ohr zum anderen am Kinn entlang zog sich der Seefahrerbart. Dabei war er – anders als seine Väter und Vorväter – kein Fischer geworden, sondern Zimmermann. Er hatte den Dachstuhl mit erbaut, auf dem an diesem Abend die Richtkrone prangen sollte.

»Dat wärrt nix!«, stieß er hervor, diesmal so laut und donnernd, dass Emmy unten in der Küche die Augen rollte.

Seit bald dreißig Jahren teilten sie Tisch und Bett, und Emmy ließ ihrem August einiges durchgehen, aber nicht, sich derart heftig über etwas so Unveränderliches wie das Wetter aufzuregen. Sie eilte in den Flur.

»Gus!«, rief sie die Stiege hinauf. »Ob das mit dem Feiern draußen was wird, das wissen wir noch nicht. Geh raus und guck übers Meer. Vielleicht tut sich da schon was am Himmel.«

»Zu nass!«, kam harsch die Antwort.

Emmy liebte ihn aus tiefster Seele, doch sie liebte es auch, in Ruhe zu kochen. Einen knurrigen Ehemann im Haus konnte sie nicht brauchen, nicht so kurz vor dem Mittagessen, und schon gar nicht sechs Stunden vor einem großen Fest.

»Geh vor die Tür, Gus. Kurier deine Laune. Der Regen hat fast aufgehört, und der Sturm haut dich schon nicht um.«

Er stöhnte auf, sie hatte ja recht: Das Wetter kam, wie es kam, und er sollte besser seinen Zorn kühlen. Eine Runde an der frischen Luft täte ihm gut. Seufzend sammelte er die Buchenblätter vom Dielenboden und ging die schmale Treppe hinunter.

Emmy werkelte am Herd, neben sich eine Schüssel voll gelber und grüner Dörrerbsen, die sie über Nacht gewässert hatte. Mit dem Schürhaken hob sie ein paar Ringe aus der Eisenplatte, stellte einen Topf auf die Öffnung und ließ zwei Stiche Schweineschmalz flüssig werden. Gewürfelte Zwiebeln und Bauchspeck zum Anbraten standen schon bereit – die Grundlage von jedem deftigen Eintopf.

August gab die Buchenblätter zum Kompost und küsste seine Emmy auf die Wange.

»Ik luuf 'n beeten. Lütte Stunn.«

Sie nickte. Warmer Schweineschmalzduft stieg ihr in die

Nase, mit einem Arm wischte sie sich die Stirn und löste eine Strähne aus dem hellbraunen Haar, das sie nach hinten gestrafft und zum Dutt gesteckt hatte.

»Tu das, mein Brausebart. Geih tau dien Buustell. De Ärvtensupp haalt ik uns waarm.«

Gus Wilke sien Buustell. Der Ausdruck hatte sich eingebrannt bei den Binzer Handwerkern. Dabei war es streng genommen nicht Augusts Baustelle, sondern die seines Schwiegersohns Konrad, oder noch genauer: Die Baustelle von Konrads Vater Justus. Doch seit dem ersten Spatenstich hatte August hier jeden Tag nach dem Rechten gesehen.

Er wandte sich zur Tür. »Und wenn ich nicht pünktlich zurück bin, dann bist du schuld. Dann liege ich mausetot im Wald. Im Sturm vom Ast erschlagen.«

»Gut«, Emmy rührte weiter. »Wenn das so ist, esse ich eben allein.«

Dass er sie noch auf die andere Wange küsste, ertrug sie mit Langmut. Endlich verließ er die Küche.

Im Flur hing seine dunkelgrüne Wachsjacke, vor mehr als zwanzig Jahren hatte er sie sich von einem Berufskameraden aus dem fernen England mitbringen lassen. August war mit dem Alter fülliger geworden, in der Jacke fiel ihm das Bücken schwer, die Knöpfe schloss er immer erst, wenn er seine Schuhe angezogen hatte.

Die Fischerkate hatte er von seinen Eltern geerbt und sich liebevoll darum gekümmert. Hier hatte er seine frisch angetraute Emmy über die Schwelle getragen, ins eigens geschreinerte Ehebett, hier brachte sie die erstgeborene Henriette und die ein Jahr jüngere Paula zur Welt. Sie hätten gern weitere Kinder gehabt, wohl auch einen Sohn. Doch der war den Wilkes nicht beschieden, und so setzten sie alles daran, den Töchtern die beste Grundlage für ihr Leben mitzugeben.

Sobald die beiden ein gewisses Alter erreicht hatten, erweiterte August die Kate um eine Schlafstube für sich und Emmy, und die Töchter bekamen das Giebelzimmer als eigenes kleines Reich. An der nördlichen Hausseite hatte er zudem einen Windfang gezimmert, mit einer bequemen Bank und Gestellen für das Schuhwerk der Familie.

An diesem Sonnabend, man schrieb den 8. September 1894, stieg August in seine Wasserstiefel und nickte dem mannshohen Holzneptun zu, der zwischen Haustür und Schuhbank seine Stellung innehielt. Vor bald hundert Jahren hatte Augusts Urgroßvater ihn aus einem Lindenstamm geschnitzt, seitdem tat der Neptun seinen Dienst als Galionsfigur des kleinen Hauses. Ein wahrhaft stolzer Meeresgott mit wirrem Haar und wachem Blick, den Dreizack aus blankem Eisen fest in der Hand. Wie es sich für einen Wilke gehörte, trug der Neptun ebenfalls eine Schifferkrause von einem Ohr zum anderen. Die Familie hielt ihn in Ehren. Alle paar Lenze schenkten sie ihm eine neue Lackierung. Vor einigen Wochen hatte August die Fensterläden, die Stiege und die Küchenstühle leuchtend blau nachgestrichen, und es war gerade genug Farbe übrig geblieben, um dem Meeresgott die Augen und den fischartigen Unterleib aufzuhübschen.

»Tachschön, mien Jung«, von schräg unten warf August ihm einen klagenden Blick zu. »Wat wärrt mit'm Wädder? Wat seggst?«

Der Neptun gab keine Antwort. August nahm es ihm nicht übel, schloss die Knöpfe der engen Jacke und zurrte die Kapuze um seine fleischigen Wangen. Dann trat er vor die Tür. Er hatte einen starken Wind erwartet, doch auf Händen und Gesicht spürte er bloß eine angenehme Brise. Die nasse, frische Luft machte das Atmen leicht. Auf den ersten Metern, den Plattenweg entlang durch den Vorgarten, kam er ohne

Mühe voran und wollte schon frohlocken: Der Sturm hatte sich offenbar gelegt. Doch August irrte. Kaum erreichte er die Gartenpforte, da traf ihn ein Windstoß so heftig von der Seite, dass er einen Schritt auswich und das kleine Tor erst im zweiten Versuch entriegelte.

»Denn man tau.«

Er schlug den Weg nach Norden ein, stemmte seinen gedrungenen Körper gegen die Böen und schnaufte. Mit jedem Schritt sanken seine Stiefel in den nassen, von Lehmbrocken und kleinem Geröll durchsetzten Sand. Weit war es nicht zur Baustelle, normalerweise keine zehn Minuten. Heute jedoch würde August doppelt so lange brauchen. Immerhin regnete es kaum noch.

Der Sturm entsprang einem Hochdruckgebiet, das seit Tagen brutheiß über dem dänischen Grønsund lag. Doch statt auch Rügen mit Sonne zu verwöhnen, bedachte das Hoch die Insel nur mit seiner grau-nassen Seite: den angrenzenden Unwettern.

August hätte umkehren können zu Emmy und ihrem Erbseneintopf, aber er wollte nicht klein beigeben. Mühevoll stapfte er weiter gegen den Wind an. Der wagenbreite Pfad hier hieß Strandweg, seit einiger Zeit sogar offiziell. Zwar hatte der Weg am östlichen Dorfrand schon immer zum Strand geführt, war jedoch lange ohne amtlichen Namen geblieben. Erst vor Kurzem hatte man verfügt, ihn als Strandweg in das Straßenverzeichnis des Ortes aufzunehmen. Die immer zahlreicher kommenden Kurgäste müssten sich schließlich zurechtfinden.

Nach zweihundert Metern blieb August stehen und schöpfte Atem. Vor ihm lag der Kirchwald, ein Ausläufer der Granitz, der mit einer Breite von zweihundert Metern weit in den Ort hineinreichte. Dieses Foststück hatte August eben bei der Frotzelei mit Emmy gemeint. Hier könnte er von einem Ast erschlagen werden – falls er hindurchginge. Denn es gab auch eine andere Strecke in den Ortskern: vorbei am Schmachter See und dann auf die Wilhelmstraße. Doch das wäre ein Umweg, und nach irgendwelchen Umständlichkeiten stand August nicht der Sinn. Außerdem war es im Wald einigermaßen windstill, und er kannte sich aus. Als Kind hatte er hier als kühner Räuber jeden Gendarmen abgehängt, später seine ersten Zigaretten verpafft und noch viel später zum ersten Mal seine Emmy liebkost.

Augen zu und durch! Er wagte sich in den Kirchwald. Die Augen hielt er allerdings offen, denn die wogenden Baumkronen ließen nur wenig Licht auf den sandigen Waldpfad fallen, und auch wenn ihm der Wald vertraut war wie seine Westentasche, war ihm doch mulmig zumute. Gute zehn Meter über ihm fuhr der Sturm in die Wipfel, ließ selbst die stärksten Äste knarren und knarzen und morsche Zweige brechen. Doch unten auf dem Weg blieb August von jeder Böe verschont. Zwei oder drei Minuten, länger brauchte er nicht, das Forststück zu durchqueren. Kein Ast erschlug ihn, höchstwahrscheinlich würde er in einer knappen Stunde wieder bei seiner Emmy sitzen – und bei ihrem Erbseneintopf. Unverletzt erreichte er die Putbuser Straße und wollte schon in die menschenleere Victoriastraße einbiegen, da näherte sich von hinten eine Kutsche.

Erstaunt blickte August auf. Wer zum Teufel mutete seinem Tier bei diesem Sturm eine Ausfahrt zu? Und welches Pferd ließ sich das gefallen? Die Kutsche kam neben ihm zum Halten, er hatte dieses Gefährt noch nie gesehen. Ein aufklappbares Kabriolett, offenbar fabrikneu, die Karosse aufs Äußerste poliert, vom schwarzen Holzlack perlte jeder Regentropfen ab. Auf dem Bock saß in dunkler Pelerine eine schmale Gestalt: Rudi, ein Bauernjunge aus der Nachbarschaft, der nun grüßend die Hand hob.

»Tachschön, August. Schietwädder för dien Promenade.«

»För dien Kutsfohrt äwwer uk nich schön«, gab August zurück. »Allmaal nich förs Peerd.« Er trat näher an den schwarzen Wallach heran. Ein edles Tier war das, ein Warmblut mit einem Stockmaß an die eins siebzig, schmalem, muskulösem Hals und ellengerader Kopflinie. Ruhig stand es in seinem Geschirr.

Sein Besitzer Dietmar von Eisch, wie gewohnt in schwarzem Gehrock, lehnte sich aus der Karossentür.

»Seien Sie gegrüßt, Herr Wilke. Mein Santanos gefällt Ihnen also. Freut mich, freut mich.« Eisch lupfte den Zylinder und gab den Blick auf seinen haarlosen Eierkopf frei. »Santanos' Großvater hat andalusisches Vollblut. Sehr erfolgreiche Einkreuzung, formidabler Charakter. Hier in Vorpommern versteht man sich eben auf die Pferdezucht.«

Santanos. Den Namen hatte August noch nie gehört. Er trat ein paar Schritte auf die Kutschentür zu. »Guten Tag, Herr Kurdirektor. Wirklich ein schönes Tier. Und hat ja wohl keine Angst vorm Sturm.«

»Richtig, Herr Wilke. Santanos ist von furchtlosem Gemüt. Er vertraut mir eben. Und das ja ganz zu Recht.«

Die meisten Pferdekenner hätten Eisch in dem Moment wohl widersprochen. Ein fürsorglicher Besitzer setzte sein wertvolles Tier keinem so starken Sturm aus. Auch wenn es nicht scheute: Die Gefahr durch umherfliegende Äste oder Dachziegel ließ sich nicht kleinreden. August jedoch wollte keinen Disput und verkniff sich diese Bemerkung.

Der Kurdirektor war Oberst außer Dienst und von niederem, jedoch wohlhabendem hinterpommerschem Adel. In allen Ehren hatte man ihn aus dem preußischen Militär entlassen. Seitdem firmierte Eisch in Binz als technischer Kurdirektor, Amts- und Gemeindevorsteher – alles in einer Person.

»Und ehe Sie fragen, Herr Wilke: Santanos ist eine Neuerwerbung. Ebenso wie das Kabriolett. Selbstredend auf eigene Kosten. Nicht, dass Sie denken, ich greife dafür in die Gemeindekasse.« Eisch lächelte leutselig. »Wohin denn eigentlich des Wegs? Offenbar ruft Sie die Pflicht. Sicher wollen Sie nach unserem Rohbau schauen.«

»So ist es, Herr Kurdirektor.«

Wie immer, wenn er es mit diesem Mann zu tun hatte, überkam August ein Widerwille, und das lag nicht an Eischs Äußerem. Dietmar der Kahle, so nannten ihn einige Spötter. Ihm spross kein einziges Haar, weder auf dem Haupt noch am übrigen Körper, er besaß weder Wimpern noch Brauen. Der Grund für seine Kahlheit bestand in einer Erbkrankheit, er trug also keine Schuld daran. Doch wegen seines Dünkels erregten sich die Leute über ihn. Mit dem sei nicht gut Kirschen essen, hieß es. Da mochte er sich noch so verbindlich geben.

Auch August dachte so über den Kurdirektor und wäre gern weitergegangen, doch aus Höflichkeit waren ein paar mehr Sätze vonnöten. Augusts Tochter Jette nämlich hatte in die Berliner Hautevolee geheiratet. Ihr Mann Konrad Behnfeld galt an der Charité als talentierter Arzt, sein Vater Justus war angesehener Tuchfabrikant und Bauherr des neuen Sanatoriums. Insofern pflegte nun auch August eine Verbindung zu hohen gesellschaftlichen Kreisen. Und wenn Kurdirektor von Eisch dem einfachen Zimmermann Wilke eine Unterredung anbot, noch dazu freiwillig und bei Sturm am Straßenrand, dann durfte das Gespräch nicht zu kurz ausfallen – so viel verstand August von gutem Benehmen.

»Nachher will ich noch einen Blick über das Meer werfen«,

setzte er nach. »Wegen dem Wetter. Ob sich da vielleicht noch was tut für heute Abend.«

»Ach, Herr Wilke«, der Kurdirektor lachte auf. »Bloß keine übertriebene Sorge. Sie wissen doch, wie schnell sich das hier ändern kann. Ostdänemark liegt im herrlichsten Sonnenschein, und davon sollten wir doch auch unser Stück abbekommen.« Seine Finger umfuhren den silbernen Pferdekopf, der als Knauf am Gehstock diente. »Wichtiger ist, dass die Dachstühle dem Sturm standhalten und es Montag gleich mit dem Eindecken weitergeht.«

»Soll wohl alles. Das Holz steht stabil.«

»Sehr gut. Der Neubau soll ja ein veritabler Erfolg werden, das sind wir dem Ansehen von Binz unbedingt schuldig. Ein Kurbad in so formidabler Lage. Wie sähe es da aus, wenn unser erstes Privatsanatorium nicht pünktlich in Betrieb gehen könnte. Die Kurdirektoren der anderen Bäder würden über uns spotten. Es muss also gelingen, Herr Wilke.«

»Das wird schon, Herr von Eisch.« August schluckte gegen seinen Zorn an. Er war zwanzig Jahre älter als dieser Fatzke und musste sich von ihm behandeln lassen wie ein Schuljunge.

»Gut denn. Also sehen wir uns heute Abend auf dem Richtfest. Bei meiner kleinen Ansprache.«

»Jawohl, Herr Kurdirektor.«

Eisch nickte wohlwollend, und August freute sich schon auf die Abschiedsworte, da fiel dem hohen Herrn noch etwas ein: »Ach, Herr Wilke. Und wenn ich Sie hier schon mal treffe: Ob Sie wohl Herrn Behnfeld senior etwas ausrichten könnten?«

Wenn dat sien mööt, dachte August. »Ja, bitte?«

»Bestellen Sie ihm, ich kann mich noch auf keine Uhrzeit festlegen. Meine zahlreichen Verpflichtungen, Sie verstehen. Aber es ist ja nicht viel vorzubereiten, mir genügt ein schlichtes Podest, auf dem ich meine Rede halten kann. Ich komme also am frühen Abend, rede zu den Leuten und verabschiede mich dann gleich wieder. Bis dahin, Herr Wilke.«

»Auf Wiedersehen, Herr Kurdirektor«, August verbeugte sich.

Eisch zog die Tür ins Schloss und klopfte gegen das Kutschendach. Rudi und Santanos gehorchten, das Kabriolett rollte an.

Mit erhobener Hand blickte August hinterher. Seine Miene blieb freundlich – seine Gedanken weniger. Uevernäsiger Klookschieter! Grootmogul! Lieck mi an'n Noors!

Wie die meisten Binzer begegnete August dem Kurdirektor lieber von hinten als von vorn. August wusste über ihn, was alle im Ort wussten: Eischs Ehefrau, von zarter Statur und erst neunzehn Jahre alt, war bei der ersten Niederkunft auf tragische Weise verstorben. Der neugeborene Sohn indes hatte überlebt, die Eltern der Frau zogen ihn nun in Halberstadt auf. Eisch blieb allein in Binz zurück und hegte keine Absicht, sich neu zu binden. Seit sechs Jahren war er schon Witwer, und mit nicht mal vierzig stand er im besten Mannesalter. Doch nach eigenen Worten habe er Gram und Trauer über den Verlust seiner lieben Frau längst nicht verwunden. Aus Pietät sehe er davon ab, eine neue Ehe einzugehen, außerdem sei er beruflich stark eingespannt und wolle alle Kraft dem Wohl des Ortes widmen. So wie er sich anstrengte, musste man ihm das glauben. Er mochte nicht der angenehmste Mensch sein, seine Ämter jedoch führte er mit Geschick.

August ging weiter in den westlichen Teil der Victoriastraße, hier entstand auf einem Grundstück von fast zwei Hektar das private Sanatorium. Justus Behnfeld war bei der Planung forsch vorgegangen. Kaum hatte sein jüngster Sohn Konrad mit Jette Wilke Verlobung gefeiert, da war Justus nach Rügen gereist, hatte den Baugrund in erster Reihe hinter der Kurpromenade gekauft und gleich einen Dampfkran aufstellen lassen. Dank der neuen Technik waren zwischen erstem Spatenstich und Richtfest bloß zweieinhalb Jahre vergangen. Die fünfzig Gästezimmer wiesen mit ihren Fenstern nach Süden, Osten oder Westen. Lediglich die Personalstuben und Wirtschaftsräume lagen gen Norden.

Seufzend blieb August nun vor dem Rohbau stehen. Das Unwetter hinterließ seine Spuren, abgerissene Zweige und Blätter übersäten die Baustelle. Wo der Boden nicht sandig, sondern lehmig war, staute sich in vielen kleinen Kuhlen das Regenwasser.

Augusts Blick glitt an den eingerüsteten Mauern hoch zu den Dachstühlen des turmartigen Mittelgebäudes und der drei Seitenflügel. Soweit er von hier unten sehen konnte, hatte sich kein Sparren, keine Latte oder Pfette gelöst. Die Konstruktion aus schwedischer Lärche hielt dem Sturm stand, auch die Nebengebäude machten einen tadellosen Eindruck.

Er betrat den Bauschuppen, zündete mit seinem Feuerzeug einen Kienspan an und gleich darauf zwei Petroleumlampen. An einem Gestell hing die Richtkrone, einen guten Meter im Durchmesser und beinah zwei Meter hoch. Emmy und ihre Freundinnen hatten die letzten Tage damit verbracht, aus Stroh und Draht den Rohling zu formen, mit Tannenzweigen zu bestecken und die Bänder anzuknoten. In seinen bald fünfzig Jahren als Zimmermann war August noch keine so prachtvolle Krone begegnet. Aus feinstem Seidengarn bestanden die Schmuckbänder, ganz wie es sich gehörte, wenn der Bauherr eine Tuchfabrik besaß. August ließ ein azurblaues Band durch seine Finger gleiten. So ein herrlicher Stoff. Fest und dabei weich und anschmiegsam. Und wie wunderbar die Seide schimmerte, sogar hier im stumpfen Licht. Er befühlte auch die anderen Bänder, die grünen und roten, die gelben und violetten, die türkis- und orangefarbenen. Wie er derart gefühlsduselig die Seide betastete, kam August sich reichlich weibisch vor. Aber schön war es trotzdem.

»Wäre schade, wenn du nass wirst, liebe Krone«, sagte er laut. »Oder wenn der Wind dich umhaut. Aber vielleicht klart es ja noch auf. Ich gehe jetzt und gucke mal übers Meer.«

Die Richtkrone gab keine Antwort – August hatte es nicht anders erwartet.

Auf dem kurzen, schweißtreibenden Weg durch die Dünen begegnete ihm keine Menschenseele. Das kannte August schon: Die Kurgäste behaupteten zwar oft, die Seeluft tue vor allem bei starkem Wind der Lunge gut. Wenn dann aber tatsächlich eine steife Brise wehte, verkrochen sie sich lieber in ihren Pensionsbetten.

Er stellte sich an die Wasserlinie, wo die Wellen mannshoch aufspritzten, ihm mitten ins Gesicht. Woge um Woge traf tosend das Ufer, der Wind fuhr in die Gischt und blies weißsilbrigen Schaum weit auf den Sand. Vor der hohen See hatte August nie den Respekt verloren. Seine beiden älteren Brüder waren in ihren Kuttern bei einem Unwetter ums Leben gekommen, und allein deshalb hatte August nicht wie sie den Beruf des Fischers ergriffen, sondern war Zimmermann geworden.

Nun blickte er über das Meer, und seine Hoffnung auf ein Richtfest unter freiem Himmel schwand vollends. Zwischen dem dunklen Grau von Wolken und Wasser verschwamm der Horizont. Was sollte er hier noch länger stehen, wo Emmy doch mit ihrem Erbseneintopf samt gebratenem Speck auf ihn wartete? Vom Wettergott enttäuscht, setzte August sich wieder in Bewegung. »Dat wärrt nix!«

***

Doch er sollte sich irren. Es wurde noch was – und wie! Als er eine halbe Stunde nach dem Mittagessen aus seinem Nickerchen erwachte, hatten Regen und Sturm sich verzogen. An mancher Stelle riss die Wolkendecke auf, Sonnenstrahlen bahnten sich den Weg durch den Dunst.

August trank seinen Zichorienkaffee und ging zur Baustelle, wo auch seine Kameraden eintrafen. Mit Balken und Bohlen legten sie den Platz vor dem Rohbau aus, dann zimmerten sie flugs einen Tanzboden samt Orchesterbühne und stellten ringsum ein paar Pechfackeln auf. Spätnachmittags schien noch immer die Sonne, und vom südlichen Festland blies ein schwacher Wind. Lauter gute Anzeichen, demnach bliebe es wohl trocken. Die Männer verschraubten das Gestell der Richtkrone auf dem First und waren sich einig: Ein solches Prachtstück mit so edlen Bändern hatte Rügen noch nicht gesehen. Aber es kam ja auch nicht alle Tage vor, dass eine Binzer Zimmermannstochter in die Berliner Tuchfabrikation einheiratete.

Ein Kamerad nickte August zu. »Dann treck di man üm, Gus.«

Natürlich, er musste sich umziehen und eilte nach Hause. Bei der täglichen Arbeit trug August eine Zimmermannshose aus robustem schwarzem Corduroy. Doch er besaß das Beinkleid auch in einer festlichen Ausführung, feiner gewebt und mit einem roten Zierstreifen an der Längsnaht. Dazu trug er den üblichen kurzen Rock, eine schwarze Weste mit silbernen Knöpfen samt Schmuckkette sowie einen breitkrempigen Filzhut. Er drehte sich vor dem Spiegel.

»Werde mir bloß nicht eitel«, neckte Emmy. »Hochmuut mööt Pien lieden.«

In ihrer schwarzen Sonntagstracht stand sie mit Kamm und Schere bereit. Wenn ihr Mann hoch oben auf dem Gerüst sein Gedicht aufsagen würde, sollte er ordentlich aussehen. Immer mehr Kopfhaare hatte er mit der Zeit verloren, nur noch ein schütterer grauweißer Kranz war geblieben. Die Brauen unter seiner breiten Stirn jedoch wuchsen so buschig und wirr, dass Emmy sie ihm regelmäßig stutzen musste.

»Würdig siehst du aus, mien Gus«, sie legte die Schere beiseite. »Fast wie ein feiner Herr.«

August schmunzelte. »Dat soll wol.«

RICHTFEST

Zu viert waren die Behnfelds aus Berlin angereist und im Kaiserhof abgestiegen, dem Hotel gleich beim neuen Kurhaus: Jette, Konrad, Justus sowie Theo, Konrads nächstälterer Bruder. Von Donnerstag bis Sonntag – länger konnten die Männer sich für das Richtfest leider nicht freinehmen. Jette, die als Ehefrau nicht mehr berufstätig war, hätte zwar länger bleiben können, aber dann hätte Konrad sie schmerzlich in Berlin vermisst.

Freitags besichtigten sie den Rohbau in der Binzer Victoriastraße und berieten sich mit den Dachdeckern, und für den folgenden Morgen stand schon die nächste wichtige Besprechung auf dem Programm: In der Inselhauptstadt Bergen gab es einen Holzbauer, einen Spezialisten für die neuerdings so beliebte Bäderarchitektur. Er entwarf die wunderbarsten Balkone und Hausverkleidungen, und auf den Besuch bei ihm freute Jette sich wie ein kleines Mädchen auf das Weihnachtsfest.

Am späten Freitagabend stand sie am Fenster ihrer Hotelsuite und schaute besorgt in den Himmel. Zwischen Binz und Bergen lagen bald zwanzig Kilometer. War bei so starkem Sturm die Fahrt überhaupt möglich?

Konrad zog am Glockenstrang neben der Zimmertür, keine zwei Minuten später klopfte ein Page und nahm die Frage entgegen.

»Da machen Sie sich bitte keine großen Sorgen, Herr Doktor. Auf unsere Lokomotive ist Verlass. Bester deutscher Stahl und ordentlich Kohlen im Tender.«

Dreizehn Jahre – viel älter mochte der Page kaum sein, ein fahlblonder Inseljunge mit treuherzigem Blick. Und er behielt recht. Um sieben Uhr morgens brachte er die erlösende Nachricht: Das Dampfross der Bahngesellschaft tat wie üblich seinen Dienst. Wenn nicht gerade ein Baum über den Schienen liege, dürfte die Fahrt von Binz nach Bergen wohl gelingen.

Tatsächlich verlief der Vormittag nach Plan. Die Lokomotive, dem großen Dampfkessel sei Dank, trotzte dem Sturm, und der Balkonbauer erwies sich als Meister seines Fachs.

Ach, wie wunderwunderbar! Ein Kind in einer Confiserie hätte kaum seliger sein können als Jette in der Werkstatt dieses Holzbauers. Etliche Modelle führte er vor, Zeichnungen und sogar einige Fotografien von Strandhäusern. In schönster Bäderarchitektur hatte er die Fassaden gestaltet, mit vorspringenden Gittern und Ranken, Halbsäulen und romantisch verzierten Streben.

»Da wird einem ja ganz quirlig im Kopf«, zwischen all den Entwürfen lachte Jette auf. »Und ich sehe schon: Diese Architektur braucht eine ordnende Hand. Sonst kann es wohl auch zu viel werden.«

Der Schreiner stimmte ihr zu. Über die Pläne von den kahlen Außenmauern des Sanatoriums legte er Pergamentpapier und griff zum Bleistift. Jedes der Gästezimmer bekam seinen Balkon, einen stabilen Vorbau mit romantischer Verzierung, leicht und luftig wie die Villen in Italien und doch mit einer gediegenen nordischen Strenge. Keine halbe Stunde brauchte er, um seine eigenen Ideen gepaart mit Jettes Vorlieben in einer Zeichnung festzuhalten.

»Aber was meint ihr denn?«, forderte sie ihre männliche Begleitung auf. »Gefällt euch das so?«

Konrad, Theo und Justus nickten schmunzelnd. Was sollten sie groß sagen, wenn sich alles schon zum Besten fügte?

Mit dem Pergament fuhren sie zurück nach Binz und nahmen im Kaiserhof ein Gabelfrühstück, den Blick durch die breiten Bogenfenster zum Meer gerichtet.

»Es klart auf«, meinte Theo voller Überzeugung.

»Meinst du wirklich?«

Jette zweifelte, denn der Himmel zeigte nicht den kleinsten Fetzen Blau, doch die Wolkendecke lockerte schon auf, und kurz darauf – die vier löffelten gerade ein Beerenkompott – brachen die ersten Sonnenstrahlen durch den Dunst.

Konrad tätschelte ihre Hand. »Wenn Engel Richtfest feiern, dann muss Petrus sich doch erbarmen.«

Erschöpft zogen sie sich auf die Etage zurück. Theo und Justus hatten Einzelzimmer, das junge Paar logierte in der Hochzeitssuite. Hier hatten die beiden im Juni schon die Nacht nach ihrem großen rügenschen Hochzeitsfest verbracht und erinnerten sich nur zu gern daran.

»Wir haben jetzt anderthalb Stunden Zeit«, grienend steckte Konrad die Taschenuhr zurück in seine Weste. »Aber nicht vergessen: Etwas Schlaf brauchen wir auch noch.« Im selben Atemzug warf er sie auf das Bett und ließ ihr kaum Zeit, die knöchelhohen Stiefel aufzuknöpfen.

Ja, das Hochzeitsbett. Einen glänzend weißen Baldachin gab es und eine durchgängige Matratze von zwei Metern Breite, ganz ohne Besucherritze. In Deutschland trug diese Art von Doppelbett noch immer den Ruf des Frivolen – ganz anders als in Paris, wo Jette und Konrad ihre Flitterwochen verbracht hatten. Doch auf die Bettstatt allein kam es ja nicht an. Wichtiger war, was in ihr passierte.

Mit einem so zärtlichen wie tiefen Kuss verschloss er ihr nun den Mund, jedes weitere Wort wäre zu viel gewesen.

Länger und länger dauerte die Liebkosung. Konrad löste Knopf um Knopf ihres Nachmittagskleids, Haken um Haken ihres Korsetts, und immer weiter versanken sie in beseeltem, leidenschaftlichem Glück. Wie gut hatte es sie getroffen – auch wenn sie damals in ihrem gesellschaftlichen Stand so wenig zueinandergepasst hatten.

Doch nun passten sie, und wie sie passten! Schon vor ihrer Heirat hatten sie einander leiblich beigewohnt. Seit sie jedoch die Eheringe an ihren Händen trugen, war alles noch spürbarer, noch ernster geworden. Jettes Körper empfing den seinen in völligem Selbstverständnis, und mit jeder Sekunde, die sie ihn drängender wahrnahm, steigerte sich auch ihre Hingabe. Wie zärtlich Konrad war, wie rücksichtsvoll und dennoch so wunderbar ungestüm, dass sie sich in ihrer Lust ganz fallen lassen und seinen Bewegungen anpassen konnte. Ihr leiser Schrei und gleich darauf seiner, der Nachhall ihres pulsierenden Fleisches, dann die Stille.

Ihr Kopf lag unter seiner Brust, er löste sich von ihr und rollte sich auf die Seite, gleich darauf legte sie ihr Ohr auf sein Herz: *Ichliebdich – ichliebdich – ichliebdich.* Was sonst hätte es schlagen sollen?

Zum Schlafen hatten sie eine Stunde. Den Wecker hatten sie so eingestellt, dass ihnen genügend Zeit blieb, ihre Zweisamkeit noch einmal ganz auszukosten. Dann erhoben sie sich aus den Kissen, erquickt und bereit für das Richtfest.

Binz lag an der Pforte zum Mönchgut, einer landschaftlich reizvollen Halbinsel im rügenschen Südosten. Um Jettes Heimat die Ehre zu erweisen, begingen die beiden ihr Richtfest in Mönchguter Tracht. Jette trug ein schwarzes Kleid mit meerblauem Saumbesatz und einer weißen Schürze. Das Brustbrett mit den schwarzen Schnürbändern zeigte in seiner Stickerei das gleiche Blumenmuster wie das Schultertuch.

Über ihren Haarknoten zog sie eine weißleinene Haube und eine dünn gewirkte schwarze Wollmütze. Der Sitte nach war nur eine einzige Stirnlocke erlaubt, doch so streng wollte Jette an diesem Tag nicht sein. Sie zupfte ein paar Strähnen unter der Haube hervor, das Zimmermädchen brachte ein heißes Brenneisen, und bald schon umrahmten frisch ondulierte goldblonde Locken Jettes Gesicht.

»Hoffentlich kann ich da mithalten. Ich habe hier ja nur eingeheiratet.« Konrad küsste sie auf den Mund. Er trug zu schwarzen Stiefeln eine weite wadenlange Hose aus weißem Leinen, dazu ein weißes Hemd, eine rot-blau gestreifte Weste und eine kurze schwarze Jacke. Ideal zu seinem dunkelblonden Haar passte die blaue flache Mütze mit dem schwarzen Schirm.

Seite an Seite standen sie vor dem hohen Spiegel. Sie konnten sich sehen lassen, befand Jette. Und auch wenn Konrad nicht eingeboren war: Mit ein wenig Anstrengung würde er in dreißig, vierzig Jahren bestimmt einen recht anständigen Mönchguter abgeben.

»Also los, werter Gatte. Theo hat sich ja bis eben gut benommen. Hoffen wir mal, das bleibt heute so.«

Sie berührte einen heiklen Punkt, denn über Theos Schicksal lag ein schwerer Schatten. Dem Vater war er wie aus dem Gesicht geschnitten, doch verfügte er keineswegs über dessen forsche Art, das Leben anzupacken, und auch nicht über die Disziplin seiner Brüder. Theo galt als weichherzig und verträumt. Vieles im Leben ließ er auf sich zukommen, war wenig entschlussfreudig und oft unachtsam. So hatte er sich in jungen Jahren bei einer Dirne mit Syphilis angesteckt. Die ersten Symptome stellten sich zwar wie im Lehrbuch ein, doch zog er Konrad, der damals noch studierte, erst spät ins Vertrauen. Die Quecksilberspritzen kamen spät und schlugen nicht an, jede Behandlung blieb erfolglos, inzwischen ergriff die Krankheit Theos Hirn. Er entwickelte ein schweres Gemütsleiden, die sogenannte progressive Paralyse. Bald vierzig von hundert Insassen der Berliner Irrenanstalten litten daran.

Als mittlerer der Behnfeld-Söhne war auch Theo in der Tuchfabrik tätig, und zwar in der Position eines einfachen Kontoristen. Damit gab er sich zufrieden, eine größere Karriere hatte er nie angestrebt. Inzwischen störte die Syphilis deutlich seine Mitarbeit. Solange die Buchhalter oder Schreiber anwesend waren, konnte Theo sich noch recht gut zusammenreißen. Sobald er aber mit seinem Vater oder dem älteren Bruder Justus junior allein blieb, trieb sein Verhalten seltsame Blüten. Er suchte Streit ohne erkennbaren Grund oder weigerte sich, auch nur ein Wort zu sprechen. Manchmal gab er nur Tierlaute von sich, bevorzugt Bellen oder Krähen. Jüngst hätte er um ein Haar die Adressen von zwei amerikanischen Kattunhändlern verwechselt, die beide an Justus' Firma lieferten, aber zueinander in Konkurrenz standen. Zum Glück hatte ein Schreiber die falsche Anschrift früh genug bemerkt und für ein flüchtiges Versehen gehalten. Von Theos Krankheit ahnte der Gehilfe offenbar nichts, und Theo, von seinem Vater auf den Fehler angesprochen, hatte bloß hilflos die Achseln gezuckt.

Noch behielt Theo seine Stellung im Kontor. Justus wollte Aufsehen vermeiden. Von der Syphilis wussten bisher nur die nächsten Angehörigen, man hatte Angst um den Ruf der Familie und der Fabrik.

Konnte man den kranken Theo überhaupt mit zum Richtfest nehmen? Sein Vater bestand darauf, die Behnfelds waren schließlich Bauherren und zukünftige Betreiber des Sanatoriums. Und wenn schon Justus junior, genannt Juju, wegen dringender Geschäfte in Berlin blieb, dann sollte wenigstens Theo mit nach Binz kommen. Jette und Konrad hatten versprochen, während der Feier gut auf ihn aufzupassen.

»Dann darf ich nun wohl bitten, holdes Eheweib.« Konrad bot ihr galant den Arm an, sie schritten die Treppe hinunter ins Hotelfoyer.

Justus und Theo warteten schon. Weil beide waschechte Berliner waren und auch bleiben wollten, verzichteten sie auf rügensche Tracht. Stattdessen trugen sie schlichte Anzüge aus feinem schwarzem Corduroy, nicht allzu vornehm und doch ansehnlich – ganz wie es sich schickte, wenn die Bauherren mit ihren Handwerkern feierten.

Sie überquerten die Strandpromenade. Ein vergissmeinnichtblauer Himmel warf sein Licht über die sanft wogende Ostsee, und nur noch die vielen Blätter und abgerissenen Zweige längs des Weges zeugten vom Sturm, der hier bis in den frühen Nachmittag getobt hatte. Elegant gekleidete Kurgäste kamen den Behnfelds entgegen. Ohne einander zu kennen, grüßte man lächelnd, vereint in der Freude über das gute Wetter. Konrad und Jette gaben auch sonst ein entzückendes Paar ab, doch nun, in ihren Festtagstrachten, fielen sie in besonderer Weise auf und ernteten manch anerkennenden Blick.

Sie bogen in die Victoriastraße. Rund um den Rohbau staute sich in den lehmigen Kuhlen noch das Regenwasser, doch inzwischen hatten viele emsige Hände geholfen, die Baustelle in einen wirtlichen Festplatz zu verwandeln. Den größten Teil des Bodens hatte man mit Bohlen abgedeckt, Tische samt Bänken aufgestellt und gleich daneben einen Tanzboden sowie eine Bühne für das Orchester errichtet.

August, in seiner festlichen Zimmermannskluft, stand mit Emmy und einigen Kameraden beisammen, die Behnfelds gesellten sich dazu.

August wandte sich an Jette. »Un nu vertell mol, mien Deern. Wat seggt de Herr Balkonschnitzer in Bergen?«

Auf diese Frage hatte sie ja nur gewartet.

»Sein Entwurf ist ganz vorzüglich. Leicht und luftig, fast wie die Villen am Mittelmeer. Morgen zeige ich euch die Pläne.« Ihre Hände fuhren durch die Luft und zeichneten all die Streben, Bogen und Ranken, mit denen der Holzbauer die Fassade gestalten wollte.

Emmy lachte begeistert auf, und selbst August, der die Bäderarchitektur eher überkandidelt fand, nickte.

»Soll man wol, all de witte Zierraat. Ist ja für eure schnieken Gäste.« Herzlich drückte er Tochter und Schwiegersohn an sich.

Gleich darauf erschien Paula mit ihrer Familie: Krischan Harmsen stand im Dienst von Wilhelm Malte II., Fürst und Herr zu Putbus. Als Faktotum war Krischan dem Schlossverweser unterstellt und kümmerte sich um die technischen Aufgaben im Jagdschloss Granitz, übernahm aber auch Botengänge und die Pflege der Waffenkammer. Gerade dem Backfischalter entschlüpft, hatte Paula sich von dem acht Lenze älteren Schmiedegesellen zum Altar führen lassen, inzwischen gab es drei Kinder: den fünfjährigen Kalli, den dreijährigen Piet sowie Evchen, die im Winter ihren zweiten Geburtstag feiern sollte.

Weitere Gäste trafen ein, darunter Verwandte der Wilkes, Freunde, Nachbarn sowie die am Bau beteiligten Handwerker samt Ehefrauen oder Verlobten. Beinahe achtzig Einladungen hatte Justus verschickt und kaum eine Absage erhalten. Eine Einladung zum Richtfest des neuen Sanatoriums galt als besondere Ehre.

Die Musiker betraten ihre Bühne. Meist gab es auf Richtfesten bloß einen Akkordeonspieler, Justus aber hatte ein achtköpfiges Blasorchester mit Klarinetten, Oboen, Trompete, Posaune, Tuba und Pauke engagiert. Die Künstler entstammten dem Stralsunder Musikverein, virtuos beherrschten sie Operettenmelodien genau wie Polka oder Landler. Ein Tusch erklang, Justus erklärte das Fest für eröffnet. Im Frühabendhimmel flatterten die Bänder der Richtkrone.

August hängte sich eine Beuteltasche um und erklomm das Gerüst des Mittelbaus bis zum höchsten Boden. Dort zog er eine Flasche aus dem Beutel und gleich darauf ein Glas, das er mit bestem Wacholderbrand füllte. Fünfzehn Meter unter ihm erscholl der nächste Tusch. Er hob das Schnapsglas, laut und feierlich setzte er an.

»Wir wollen gratulieren,
gerichtet ist das Haus,
hat Fenster und hat Türen
und sieht gar stattlich aus.«

In seinen über vierzig Gesellenjahren hatte er oft den Segensspruch übernommen. Tief bewegt sahen die Seinen zu ihm hinauf: Jette, liebevoll im Arm gehalten von Konrad, an seiner Seite Emmy, Paula, Krischan und die drei Kinder, neben ihnen Justus mit Theo und dahinter hundertfünfzig Gäste.

»Der Maurer hat's gemauert,
der Zimmerer überdacht;
doch dass es hält und dauert,
das steht in Gottes Macht.

Schützt auch das Dach vor Regen,
die Mauer vor dem Wind,
so ist doch allerwegen
an Gott allein gelegen,
ob wir geborgen sind.«

August hob das Schnapsglas höher, trank es in einem Zug aus und warf es in hohem Bogen in die Luft. Ein besonderer Moment war dies, denn am Schicksal dieses Glases ließ sich auch das Schicksal des Neubaus und seiner Bewohner vorhersagen – das behauptete ein alter Aberglaube. Kein Wunder also, dass die Gäste mit »Ooh!« und »Aah!« den Weg des zerbrechlichen Gegenstands verfolgten. Bis zum Mittag hatte es geregnet. Würde das Glas nun unversehrt in den weichen Lehm vor der Baustelle sinken? Nein! Es traf auf einen Stein, zerbarst in tausend Scherben und verhieß damit immerwährendes Glück. Die Zuschauer jubelten.

Beim abermaligen Tusch, gefolgt von stürmendem Applaus, kletterte August das Gerüst hinunter und ließ sich von Jette in die Arme schließen.

»Du hast wunderbar gesprochen, Papa. So schön. Alle sind ganz gerührt.«

Justus klopfte ihm auf die Schulter. »Großartig. Wirklich. Unseren besten Dank.«

»Da nicht für, Justus. Wir müssen ja vor allem dir danken. Dass du für unsere Kinder diese schöne Villa baust.« August strich sich eine Träne aus dem Augenwinkel. »Mien Konrad un mien Jette: Blievt glücklich un tofreden, so laat sik gaud un lange leeven.«

»Danke, Schwiegervater. Dat soll wol.« Konrad mühte sich, die Mundart der Insulaner zu lernen, doch leicht fiel es ihm nicht. In Hochdeutsch mit Berliner Einschlag fügte er hinzu: »Gleich gibt es Bier und Branntwein für alle! Und gutes Essen!«

Viele Gäste schielten schon zu den Delikatessen hinüber. Emmy hatte mit ihren Freundinnen nach schwedischer Art eine formidable Festtafel aufgebaut. Jeder durfte sich selbst bedienen: geräucherter Aal, feine Würste und Schinken,

Mönchguter Käse, aber auch Harzer und Limburger, mehrere Sorten Brot, frische Butter, Radieschen, grüne Gurke und manch sauer eingelegtes Gemüse, dazu Branntwein, Bier und Fassbrause.

Gerade wollte Justus das Büfett eröffnen, da hörte er Hufe klappern. Ein schwarzes Kabriolett fuhr vor, davor ein eleganter Rappe. Wegen seiner vielen Pflichten hatte Eisch sich auf keine Uhrzeit festgelegt. Und nun war er eben da.

Den Kurdirektor hatte Justus einladen müssen, obwohl er ihn für eitel und hoffärtig hielt. Bei dem schönen Wetter lenkte Dietmar von Eisch sein Kabriolett selbst, wie stets in schwarzem Gehrock samt Zylinder. Stallknecht Rudi war ebenfalls dabei, allerdings durfte er nicht neben seinem Herrn sitzen. Auf einer unbequemen Holzschale am hinteren Ende der Karosse schaukelte er träge vor sich hin.

Mit scharfem »Brrr!« brachte Eisch den Wallach zum Stehen. Rudi ließ sich vom harten Rücksitz gleiten und lief schnurstracks zum Pferd. Derweil erhob Eisch sich vom Bock, lupfte den Zylinder und nickte wohlwollend in die Menge.

Einmal mehr fühlte Justus sich bestätigt: Man sollte Eisch mit Vorsicht genießen, die Freundlichkeit war aufgesetzt. »He het'n Meterstock in'n Noors«, meinten viele Binzer über ihn. Und wenn man den hageren Kurdirektor mit durchgedrücktem Kreuz umherstaksen sah, hätte man leicht glauben mögen, ihm stecke tatsächlich ein Zollstock im Allerwertesten.

Justus gab den Musikanten ein Zeichen. *Heil dir im Siegerkranz* spielten sie, die Hymne der preußischen Kaiser. Sichtlich geschmeichelt bestieg der Kurdirektor die bereitgestellte Stufenbank. Nun hätte er zur Rede ansetzen können, doch erst einmal warf er Rudi einen mahnenden Blick zu. Das Pferd hatte noch kein Wasser, der Stallknecht lief los, Eisch nickte wohlwollend und begann: »Hochverehrter Bauherr Behnfeld, geschätzte Familie Behnfeld, werte Gäste.« Sogleich kam er auf das florierende Erquickungsgewerbe zu sprechen. Was Heiligendamm schaffe, das solle auch Binz gelingen. Nicht bloß ein Kurbad wolle man sein, sondern ein Anziehungspunkt für die gehobene Gesellschaft. Einen Bahnhof für Fernzüge gab es bereits, ein paar Hundert Meter weiter sollte nun ein zweiter entstehen, für die schmalspurige Landesbahn längs der rügenschen Südostküste. Wenn es so weitergehe, werde Binz als Seebad bald Weltgeltung erlangen.

Zum Ende der Rede applaudierten die Gäste beherzt, Eisch dankte und wandte sich an die Musiker: »Bitte das *Lied der Deutschen*.«

Die Klarinetten spielten die ersten Töne, Eisch begann zu singen, und alle stimmten in die Nationalhymne ein. »Deutschland, Deutschland über alles, über alles in der Welt«, schallte es aus allen Kehlen, wohl eher schräg als schön, doch Eisch war zufrieden. Drei Strophen ließ er absingen.

Als mit »Blühe deutsches Vaterland« die letzte Zeile verklungen war, trat Justus mit zwei Schnapsgläsern auf ihn zu. Sie leerten den Branntwein in einem Zug, der Kurdirektor wünschte eine angenehme Feier, dann streifte er seine Handschuhe über, ging zum Sportwagen, herrschte Stallknecht Rudi an, tätschelte den Rappen, erklomm den Kutschbock und fuhr davon. Die Gäste atmeten durch, wieder glitten ihre Blicke zur Festtafel.

Während Eischs Rede hatte Emmy die Köstlichkeiten gut bewacht, vor allem gegen Angriffe durch Möwen. Schon wieder hatte es ein dreister Vogel auf den Brotkorb abgesehen. Energisch ihr Schultertuch wedelnd, nahm Emmy den Kampf auf. »Lorbaas! Tellerlicker! Ik pruust di wat! Dat fretten wi all suelvst!«

Die Möwe floh mit erschrecktem Flügelschlag, die Gäste bedachten Emmy mit Lob, und Justus durfte endlich das Büfett eröffnen.

Welch genüsslicher Schmaus. Viele der Delikatessen hätten die Arbeiter sich selbst kaum leisten können, nun aber genossen sie das Festmahl umso mehr. Frohgelaunt stießen sie auf Justus, Konrad und Jette als Bauherren an, aber auch auf August, der immer wieder einen fachkundigen Blick auf den Rohbau warf – und auf Emmy natürlich, denn sie hielt ihm stets den Rücken frei, und wenn er seinen Feierabend für das neue Sanatorium geopfert hatte, empfing sie ihn auch zu später Stunde noch mit einer heißen Suppe.

Ein Bierfass von zweihundert Litern stand bereit, daneben Dutzende Flaschen. Doch die Gäste mäßigten sich und griffen oft auch zu Apfelsaft und Brause. Auf der Richtfeier für so einen vornehmen Bau wusste man sich zu benehmen, ein freudiges Beisammensein sollte das hier werden – kein Besäufnis.

Mit dem Fest hatte auch die Abenddämmerung eingesetzt. Einige Männer entzündeten Fackeln und Schwedenfeuer. Ihre Flammen verliehen der Baustelle einen warm goldenen Glanz, und je weiter das Essen voranschritt, umso heiterer geriet die Stimmung.

Als auch die letzten Gäste ihr Besteck beiseitelegten, erhob Justus sich von der Bank am Familientisch. Ein gutes Jahrzehnt lag der Tod seiner geliebten Thekla nun zurück, hier aber ließ er sie wieder aufleben.

Er betrat die Orchesterbühne. »Gleich hören wir einen Walzer zu Ehren meiner verstorbenen Frau Thekla. Eine ihrer Lieblingsmelodien. Aus der Oper *Freischütz* der ›Böhmische Walzer‹.«

Die Klarinette übernahm die ersten Takte, kurz darauf

setzte die gesamte Kapelle ein. Justus eröffnete den Tanz, nämlich mit Jette. Eine bessere Ehefrau konnte er seinem Jüngsten nicht wünschen, und dieser Ansicht wäre sicher auch seine Thekla gewesen.

Für Jette wiederum galt es als Ehre, mit ihrem Schwiegervater den Tanzabend zu beginnen. Zwar empfand sie Justus, der sie nur um wenige Zentimeter überragte, als komplizierten Charakter: einerseits strenger Firmenpatriarch – andererseits verhinderter Künstler mit Wallemähne und dem Hang zu gesellschaftlichem Ungehorsam. Doch sie tanzte gern mit ihm. Sogar hier auf den rauen Holzbohlen führte er sie so leicht wie sicher. Dabei gab er den umherstehenden Gästen ein Zeichen, und bald schon wiegten sich Dutzende Paare zum Walzerklang. Kurz darauf übergab er Jette an Konrad und wandte sich selbst an die frohgelaunte Emmy, die ihm gern ihre Hand darbot.

Überhaupt verlief die Feier durchweg heiter, und je weiter sie voranschritt, umso mehr Zauber breitete sich über den Abend. Ein sahneweißer Dreiviertelmond krönte das Himmelsblau, vom Festland trug ein lauer Wind den Duft von Astern und Heckenrosen.

Am Familientisch hatten Jette und Konrad den kranken Theo zwischen sich genommen und banden ihn in die Gespräche ein. Augenscheinlich fühlte er sich wohl, zeigte sich bestens gelaunt und ausgeglichen. Einige Male holte er sich Essen nach und trank weitaus mehr Wasser als Bier oder Schnaps. Inzwischen wussten auch Jettes Eltern sowie Paula und Krischan von Theos Krankheit. Mit moralischen Vorwürfen hielten sie sich zurück. Sie mochten Theo wegen seines eigentlich ruhigen Wesens, in dem er seiner Mutter ähnelte. Im Aussehen kam er nach Justus, hatte das gleiche dicke aschblonde Haar, trug es aber deutlich kürzer als sein Vater.

Auf der Tanzfläche ließ Theo sich nicht blicken. Denn hätte er das nur ein einziges Mal getan, mit Jette oder Paula, dann hätten wohl auch andere Frauen gern mit ihm getanzt. Dies aber wollten die Behnfelds vermeiden, Theo sollte gar nicht erst in Versuchung geraten. Er bleibe besser die meiste Zeit am Familientisch, und wenn er sich doch einmal zu anderen setze, dann nur in Begleitung eines Verwandten, so hatte sein Vater es mit ihm besprochen.

August erzählte, wie ihm am Mittag Eisch in seiner Kutsche begegnet war und der schwarze Wallach Santanos trotz Sturm kreuzbrav im Geschirr gestanden hatte.

»Typisch für Eisch«, warf Theo ein. »Sich so einen Gaul anzuschaffen. Falls das Tier irgendwann nicht mehr gehorcht, kauft er sich ein Automobil. Das hat zum Glück überhaupt kein Gemüt.«

Theo zog die Lacher auf seine Seite. Besonders Justus freute sich über den guten Verlauf. Wenn ein Gast zu ihm trat, um für die Einladung zu danken, erhob Justus sich von der Bank und versicherte, er sei es, der den Dank schulde.

Es ging auf zehn Uhr zu, da setzte nach einer Pause erneut die Kapelle ein. Konrad stand auf, verneigte sich vor Jette und führte sie zum Tanzboden. Walzer um Walzer steigerten die Musiker das Tempo, schneller und schneller drehten sich die Paare, bis der letzte Tanz in dieser Runde in einem wilden, fröhlichen Schlussakkord endete.

Die Tänzer lachten und applaudierten. Außer Atem, doch bestens gelaunt kehrten Jette und Konrad zum Familientisch zurück. Theos Platz war leer.

»Er ist nur kurz austreten«, erklärte Paula, die mit dem schlafenden Evchen im Arm auf der anderen Tischseite saß. »Er kommt gleich wieder.«

»Wie lange ist er denn schon weg?«, fragte Jette.

»Feerlangs teihn Minuten. Ist wohl viel Andrang auf dem stillen Örtchen«, Augusts Ton blieb gelassen, doch so recht mochte er seinen eigenen Worten nicht trauen. Suchend sah er sich um.

»Nicht so auffällig«, mahnte Justus.

In der Tat, die Sache schien heikel. Wie sollte man den anderen erklären, dass man sich um Theo Sorgen machte? Um einen erwachsenen Mann, der nur eben mal für eine halbe Stunde vom Familientisch verschwunden war? Wie sollte man die Suche begründen, ohne seine Krankheit zu erwähnen?

Gerade wollte Konrad aufstehen, um beim Abort nach Theo zu schauen, da kam unerwartet Besuch an den Tisch: Der Dachdeckermeister und sein Altgeselle bedankten sich beim Bauherrn für das schöne Fest. Im Grunde hätte das nicht lange dauern müssen, wegen der geplanten Eindeckung war schon alles besprochen. Doch den Männern klebte das redensartliche Pech an ihren Hinterteilen, sie gerieten in Plauderlaune, und Justus mochte sie nicht abweisen, schließlich schätzte er ihre Arbeit. Am Montag sollte es losgehen, gleich beim ersten Tageslicht. Das Lieferfuhrwerk für die roten Pfannen war bestellt. Beim Dachstuhl des Turmgebäudes wollte man beginnen, es folgten die Seitenflügel, zum Schluss das Maschinenhaus. Sie liebten ihr Handwerk, das war den Männern anzumerken, und so verging eine halbe Stunde, in der die Behnfelds wie auf Kohlen saßen und Theo sich nicht blicken ließ.

Die Dachdecker verabschiedeten sich, Justus verteilte als Dankeschön noch ein paar Zigarillos, dann erst war die Familie wieder unter sich.

Im Schein eines Windlichts schaute Jette auf die Armbanduhr. Gleich halb elf, für Theo üblicherweise zu früh zum Schlafen. Oder fühlte er sich etwa nicht wohl und war schon zurück im Hotel?

»Wir müssen ihn suchen«, entschied Justus. »Aber unauffällig, nicht alle zusammen. Am besten geht ihr jungen Leute, und wir anderen bleiben hier bei den Kindern.«

Paula legte Emmy das schlafende Evchen in die Arme.

Kalli und Piet, die beiden Älteren, spielten mit anderen Kindern im Schein der Fackeln und kamen nur gelegentlich an den Tisch, um Limonade zu trinken. Dass ihr Onkel Theo hier nicht mehr saß, kümmerte sie nicht.

Krischan und Paula wollten an den Tischen suchen, Konrad und Jette machten sich auf zu den Klosetts hinter dem Schuppen.

Auf Baustellen bestand das stille Örtchen üblicherweise aus einer Bank und einer Grube hinter einem Lattenzaun. Bei seinem Sanatorium jedoch hatte Justus zwei Häuschen aufstellen lassen, verriegelbar und mit kleinen Fenstern, über die Fliegendraht gespannt war. Naturgemäß arbeiteten auf der Baustelle keine Frauen, daher waren die Häuschen nicht nach Geschlechtern getrennt.

Speziell für das Fest hatte ein gewitzter Arbeiter die Häuschen mit Schildern versehen. Auf dem einen stand *Kerls,* auf dem anderen *Madams.* Vor Letzterem standen ein paar der weiblichen Gäste wartend in einer Schlange. Jette reihte sich ein und beteiligte sich an den Scherzen, ihre Sorge um Theo ließ sie sich nicht anmerken.

Erst nach einer Weile war sie selbst an der Reihe. Als sie kurz darauf das Häuschen verließ, erblickte sie Konrad, der in gemessenem Abstand von den Klosetts auf sie wartete. Weder beim Männerabort noch rund um den Bauschuppen hatte er seinen Bruder gefunden.

»Wir gehen zurück«, entschied er. »Vielleicht ist Theo längst schon wieder am Tisch.«

Sie nahmen den Bohlenweg, hielten sich an den Händen

und sahen sich wie beiläufig nach rechts und links um. Kein Theo.

Gerade erreichten sie den Familientisch, da schallte jubelnder Applaus über den Platz, das Orchester beendete seine Spielrunde mit dem fulminanten Schlussakkord einer Polka. Auch Paula und Krischan kamen zurück. Sie hatten sich beim Tanzen nach Theo umgeschaut – leider vergebens.

»Wo suchen wir weiter? Irgendein Hinweis?«

Justus ärgerte sich, gab aber niemandem die Schuld. Den ganzen Tag lang hatte Theo sich tadellos verhalten. Keiner hätte ahnen können, dass er plötzlich verschwinden würde. Nein, es hatte keine Hinweise gegeben. Paula und Krischan, Jette und Konrad schüttelten die Köpfe.

»Was hat er getrunken? Darauf habt ihr doch geachtet?«

»Nur zwei, drei Krüge Bier, Vater. Und ein einziges Glas Branntwein. Auch sonst nichts. Keinen Schnupftabak oder irgendwelche Arznei.«

Hätte Konrad sich schuldig fühlen sollen? Weil er nicht die ganze Zeit am Tisch gesessen, sondern mit Jette getanzt hatte? Aber genau das erwartete man schließlich von einem jungen Gastgeberpaar. Warum zum Teufel hatten weder Justus noch August noch Krischan den kranken Theo zum Abort begleitet? Doch Konrad sprach den Vorwurf nicht aus – das hätte alles noch schlimmer gemacht.

»Und wenn wir die anderen hier fragen, Vater? Ob sie Theo gesehen haben?«

Justus zögerte.

»Auch wenn alle von seiner Syphilis erfahren«, setzte Konrad nach. »Das ist doch nicht so schlimm. Schlimmer ist, wenn ihm etwas zustößt.«

Noch immer konnte Justus sich nicht durchringen, doch auf Konrads flehenden Blick hin stimmte er schließlich zu.

»Also gut. Fragen wir alle hier.«

Er hatte den Satz kaum beendet, da erschallte von oben eine Stimme.

»Ihr lieben Gäste«, klang es laut und vernehmlich über den Platz. »Nochmals herzlich willkommen auf diesem formidablen Fest.«

»Theo!« Justus schrie als Erster.

»Da!« Jettes Finger schnellte in die Höhe. »Da ist er!«

Tatsächlich! Theodor Behnfeld stand zwischen zwei Pechfackeln einige Meter unterhalb der Richtkrone auf dem obersten Gerüstboden. In staatstragender Pose winkte er wie der Kaiser, wenn er vom Balkon seines Berliner Schlosses zum Volke sprach. Wobei Theo allerdings gleich beide Hände zum Winken einsetzte. An seinem linken Daumen baumelte eine brennende Sturmlampe.

»Junge!« Gepackt von schierem Entsetzen stürzte Justus auf das Gebäude zu – Paula und Krischan, Konrad und Jette hinterher.

»Theo!«, schrie Justus, den Kopf weit in den Nacken gelegt und nach oben stierend. »Komm runter! Sofort!«

Aufgeschreckt vom Tumult erhoben sich nun immer mehr Gäste von ihren Bänken und eilten zum Rohbau. Es gab etwas zu sehen: Theo Behnfeld bot eine scherzhafte Einlage dar, noch dazu auf hohem Gerüst. Welch originelle Idee! So dachten die Gäste – angeheitert vom Branntwein.

»Junger Herr Behnfeld!«, rief ein Handwerker hinauf. »Wollen Sie uns etwa eine Rede halten?«

Theo freute sich. Ein angeregtes Publikum wartete auf seine Worte. Umso besser. Schließlich hatte er Wichtiges zu sagen.

»Ach was!«, rief er nach unten. »Ich halte keine Rede. Reden schwingt der Kaiser. Und der Kurdirektor.«

Theo stemmte die linke Hand in die Seite und tat, als würde

er einen Gehstock führen. Mit durchgedrücktem Kreuz, die Nase nach oben gestreckt, stolzierte er ein paar Schritte hin und her über den Gerüstboden. Kein Zweifel: Er äffte Eisch nach.

Die Gäste johlten.

»Er lebe hoch!«, rief eine Frau. »Er lebe hoch, unser Kurdirektor!«

Mit tiefer Verbeugung nahm Theo den Applaus entgegen und begann erneut, kaiserlich zu winken.

»Ihr lieben Gäste!«, nun hob er die flache Hand über die Augen und sah nach unten. »Seid ihr denn wirklich alle da?«

Aus der Menge tönte ein hochvergnügtes »Ja!«.

Die Gäste, immer noch im Glauben, es handele sich um eine Einlage, fühlten sich bestens unterhalten. Justus, Konrad und Jette aber tauschten so angstvolle wie entsetzte Blicke. Wo sollte das enden? Was hatte Theo noch vor?

August kam auf Justus zu. »Ich hole ihn! Meine Kameraden helfen!«

Justus reagierte nicht gleich. Was, wenn man Theo jetzt bei seinem Auftritt störte? Wäre er dann erst recht unberechenbar? Würde er sich gar vom Gerüst stürzen?

»Moment noch, August. Vielleicht kommt er ja von selbst.«

Doch Theo wollte seine Vorstellung längst nicht beenden. Er kicherte.

»Ja, ich sehe schon. Ihr seid alle da. Gut, dass ihr alle da seid. Es ist hier nämlich wie im Kasperletheater. Nur leider ohne Krokodil. So ein herrlicher Ausblick von hier. Die schönen Fackeln. Und die vielen glücklichen Mienen. Ihr solltet alle zu mir raufkommen und euch das ansehen. Aber immer nur einzeln. Denn wenn ihr alle zugleich nach oben kommt, dann ist ja keiner mehr unten. Dann könnt ihr ja keinem mehr winken.«

Die Gäste lachten, Theo fühlte sich bestärkt. Er hielt sich die Lampe unter sein Kinn und fing an, sie zu schwenken. Dabei grinste er breit, das wechselnde Licht verwandelte sein Gesicht in eine Fratze.

»Gleich kommt es. Das Krokodil. Das böse, böse Krokodil. Dann geht es euch schlecht. Sehr, sehr schlecht sogar«, zynisch lachte er auf. »Denn das Krokodil wird euch fressen. Mit Haut und Haar. Allesamt fressen!«

Schneller und schneller bewegte er die Lampe, schneller und schneller wechselten auf seinem Antlitz die Schatten. Dann, mitgezogen vom Drall der Lampe, schwankte er selbst, ging mit dem Oberkörper hin und her, vor und zurück. Er taumelte kurz, fand das Gleichgewicht wieder, richtete sich auf und schwenkte weiter die Lampe.

August und seine beiden Kollegen warteten nicht länger ab, von Theo unbemerkt, stiegen sie auf das Gerüst.

»Junge!«, schrie Justus von unten. »Theo! Stell die Lampe hin! Halt dich fest! Wir holen dich runter!«

»Nein, Vater! Holt mich nicht, ich bin hier noch nicht fertig. Wartet noch ein bisschen. Ich muss noch was sagen. Was Wichtiges!«

Er stellte die Lampe neben sich und beugte sich über eine hüfthohe Holzlatte. Der schmale Längsriegel bot die einzige Begrenzung und nur einen dürftigen Schutz für jemanden, der es nicht gewohnt war, sich auf einem Gerüst zu bewegen. Die Menge unten schrie auf. Aufgeschreckt riss Theo den Körper hoch und klammerte sich beidhändig an einen senkrechten Holm. Sein Fuß stieß die Lampe um, brennendes Petroleum ergoss sich über den Gerüstboden. Er wich zur Seite. Den Rücken gegen das Mauerwerk gelehnt, starrte er auf die Flammen.

Mit einem Sprung waren die drei Männer bei ihm. August

hielt Theo an die Wand gedrückt, in Sekunden trampelten die Kameraden das Feuer aus. Unten atmete laut seufzend die Menge auf.

Doch Theo begriff immer noch nicht. »Nein! Nicht! Lasst mich doch. Ich bin ja noch nicht fertig. Ich muss etwas sagen. Etwas Wichtiges. Lass mich bitte, August.«

»Reden kannst du unten, Junge. Wir bringen dich runter. Und dann sagst du, was du sagen musst.«

»Aber von hier oben ist es besser. Da können es alle hören. Ich muss etwas erklären.«

»Nein, Theo. Mach das unten!«

Augusts Griff konnte er nicht entkommen, so viel verstand Theo.

»Dann halt mich eben fest, August. Ich rede von hier oben, und du hältst mich. Bitte!«

Sollte August sich darauf einlassen? Auf solch einen Blödsinn? Aber andererseits: Wenn er Theo seinen Wunsch erfüllte, dann ließe er sich wohl leichter nach unten führen.

Die Kameraden nickten. In sicherem Griff führten sie ihn an die Brüstung.

»Jette!«, rief er nach unten. »Jette, komm einen Schritt vor, dass ich dich sehe!«

Warum ausgerechnet sie? Was wollte Theo ihr erklären? Irritiert trat Jette aus der Menge einen Schritt nach vorn, die Gäste hinter ihr jubilierten, und auch Theo klatschte in die Hände.

»Da bist du ja, Jette. Und wie schön du bist. Und hier oben ist auch dein lieber Vater.«

Unvermittelt drehte er sich zur Seite und drückte August, der ihn fest an Schulter und Hüfte hielt, einen Kuss auf die Stirn.

»Ach, August. Mein lieber, guter Gus. Du und deine Emmy.

Zwei so fabelhafte Töchter. Paula! Und Jette! O du meine Jette. Mit dir hat mein Bruder Konrad so ein großes Glück. Jette! Ich liebe dich, Jette! So ist das nämlich! Ich liebe dich!«

Endlich! Es war draußen. Er hatte es über die Lippen gebracht. Eine Tausendtonnenlast fiel von Theo ab. Unter tosendem Applaus trat er vom Geländer zurück und ließ sich ohne den geringsten Widerstand von August die Leitern hinabführen. Unten stand schon die Kinderschar, um den seltsamen Onkel aus Berlin in Empfang zu nehmen.

»Das war ein schönes Kasperletheater«, lobte Kalli. »Sogar mit Feuer. Und ist doch gut, wenn du Tante Jette lieb hast. Ich habe sie ja auch lieb.«

Die Umstehenden lachten.

Theo selbst schien seltsam entrückt, er wandte sein Gesicht hoch zum Gerüst und kniff kurz die Augen zusammen, dabei zuckten seine Arme, und er begann, sich den Baustaub aus den Kleidern zu schlagen.

»Lass nur, Junge«, beruhigte Justus. »Darum kümmern wir uns später.«

Von jedem seiner Verwandten ließ Theo sich in die Arme schließen, auch von Jette. Er wirkte wie ohne innere Beteiligung. Obwohl sie freundlich auf ihn einsprach, sah er sie kaum an. Nichts erinnerte mehr an sein lautstarkes Liebesgeständnis von eben.

»Tja, junger Herr Behnfeld«, einer der Maurer klopfte Theo auf die Schulter. »Unser Wacholderbrand hat es in sich. Aber keine Angst, den Schnaps brennen wir ehrlich, das ist kein Fusel. Der macht einen heftigen Rausch, aber wenig Kater. Morgen früh haben Sie keinen schweren Kopf.«

Theo nickte bloß, Justus jedoch schüttelte dem Arbeiter erleichtert die Hand: Eine weitere Erklärung zu Theos Verhalten war nicht nötig. Die Gäste glaubten, er hätte bloß zu viel

Wacholderbrand getrunken. Dass eine Hirnsyphilis schuld war an seinem bizarren Gebaren, ahnte hier offenbar niemand.

Justus und Konrad begleiteten Theo ins Hotel, halfen ihm bei der Abendtoilette und baten den Hausdiener, ab und zu nach ihm zu schauen. Danach kehrten sie zum Richtfest zurück.

Theos eigenartige Vorstellung auf dem Gerüst hatte der Stimmung nicht geschadet – im Gegenteil: Jetzt hatte man etwas, worüber man ausgiebig reden konnte.

»Is de Brannwien in'n Mann, is de Verstann in'ne Kann.«

Diesen Satz hörte man immer wieder. Und darin war man sich einig: Der junge Herr Behnfeld war längst nicht der erste Festländer, der den Insel-Brannt so unterschätzte.

Bis weit nach Mitternacht dauerte die Feier, beim Abschied blickten Konrad, Jette und Justus in glückliche Mienen. Wenn ein Richtfest derartig gut gelinge, sei das auch ein gutes Zeichen für die Zukunft – so das Fazit der Gäste. Das Sanatorium werde bestimmt höchst erfolgreich in Betrieb gehen. Die Behnfelds dankten wieder und wieder für die freundlichen Worte, dann machten sie sich auf ins Hotel.

Dort hatte der Hausdiener regelmäßig nach Theo geschaut.

»Der junge Herr schlummert selig und ist offenbar nicht ernsthaft krank.«

Justus, Konrad und Jette wünschten eine gute Nacht und zogen sich zurück auf ihre beiden Zimmer, die auf der Beletage nebeneinanderlagen.

»Lassen wir die Leute in dem Glauben«, Konrad schlüpfte unter die Decke. »Sollen sie eben denken, Theo sei betrunken gewesen. Denn einem Betrunkenen ist es ja erlaubt, seiner Schwägerin die Liebe zu gestehen. Vorausgesetzt natürlich, alles geht hübsch gesittet zu.«

Jette hatte an der Frisierkommode ihr Haar ausgekämmt. Nun stand sie vom Hocker auf und strich ihr Nachthemd glatt.

»Ach, werter Gatte. Dein Bruder kann mir noch so heftig seine Liebe erklären, auch auf dem allerhöchsten Baugerüst. Aber zwischen ihm und mir wird es immer platonisch bleiben.«

»Aha«, neckte er. »Und das ist bei uns beiden ja wohl anders?«

»Durchaus.«

»Na dann«, Konrad seufzte wohlig, gleich darauf wies er auf die Zimmerwand. »Ich fürchte nur, mein Vater schläft nicht so bald ein.«

»Das mag wohl sein. Und die Wände hier sind nicht allzu dick«, sie küsste sein Ohrläppchen. »Also sind wir besser leise. Ich jedenfalls werde von jetzt an schweigen.«

»Na hoffentlich«, Konrad küsste zurück.

NACHHALL

Ein Sonntag brach an, wie man ihn sich herrlicher kaum wünschen konnte. Das dänische Hoch zog weiter gen Süden, nun bekam auch Rügen seinen Teil davon ab. Goldene Strahlen fanden ihren Weg durch die Ritzen der Fensterläden in die Schlafstube der Kate am Strandweg. Doch auch ohne Sonne wären Emmy und August pünktlich aufgewacht. Seit Jahr und Tag erhoben sie sich um halb sechs aus ihren Betten. In der warmen Jahreszeit fiel ihnen das besonders leicht, dann brauchten sie weder Wasserkrug noch Schüssel, sondern wuschen sich an der Schwengelpumpe im Garten.

August kannte die um zehn Lenze jüngere Emmy seit ihrer Geburt, doch was hätte ihn das so viel jüngere Mädchen schon interessieren sollen. Dann aber, nach seiner langen Zimmermannswalz, hatte er Emmy in fraulicher Blüte wiedergetroffen, und die beiden hatten ihre Gefühle entdeckt. Über dreißig Jahre bestand die Ehe nun schon, und kein Tag war ihnen langweilig geworden. So sehr, wie sie sich neckten, so sehr liebten sie sich auch.

Zum Muckefuck gab es Schwarzbrot mit Rübenkraut, nach dem Frühstück ging August zur Baustelle und half, den Tanzboden samt Orchesterbühne abzubauen. Emmy räumte die Lebensmittel zurück in die Speisekammer und wusch im Rinnstein das Geschirr. Vor dem Spiegel bürstete sie ihr dunkelblondes Haar, noch waren die grauen Strähnen darin eher spärlich, sie stand im zweiundfünfzigsten Jahr. *Ein mannba-*

res Weib. Pastor Bolte gebrauchte diesen Ausdruck manchmal, wenn er biblische Geschichte predigte. Emmy machte sich nichts vor: Schon bald würde sie kein mannbares Weib mehr sein, sondern eine alte Frau. Dank ihrer jüngeren Tochter Paula war sie ja schon dreifache Großmutter, und nun, wo auch Jette glücklich im Hafen der Ehe gelandet war, kämen bestimmt noch ein paar Enkelchen dazu.

Nach wie vor achtete Emmy auf ihr Äußeres. Immer hübsch adrett wollte sie wirken, damit jedermann sie gern ansah. Jetzt steckte sie ihr Haar zum Dutt, setzte nach Mönchguter Art eine weißleinene Unterhaube auf und zog eine schwarze Wollhaube darüber. Aus der Dünse, der beheizbaren Wohnstube neben der Küche, hörte sie die Pendeluhr schlagen.

»Klock soeven«, murmelte sie, nahm ihr Gesangbuch und machte sich auf zum Gottesdienst.

Schon so früh am Morgen strahlte die Sonne mit einer Kraft, als wollte sie wiedergutmachen, was der Sturm gestern angerichtet hatte. Die Spuren des Unwetters waren unübersehbar, von den Sträuchern am Wegrain hatten die Böen etliche Zweige gerissen, junge Bäume lagen entwurzelt im Graben. Doch überall dort, wo die Büsche noch standen, hatten ihre Blätter sich vom Regen vollgesogen und zeigten sich jetzt so prall und grün, als trügen sie noch die Kraft des Frühsommers in sich.

Frohen Herzens betrat Emmy den windstillen Kirchwald, die Morgensonne fiel durch das Blätterdach der hohen Buchen, und es ließ sich darin wandeln wie in einem grünen Dom. So formulierte es Pastor Bolte oft, und Emmy, obwohl sie noch nie in einem wirklichen Dom gewesen war, fand den Vergleich überaus gelungen.

Der Wald beherbergte in der Tat eine Kirche, doch handelte es sich um kein Gotteshaus im üblichen Sinne, denn das gab es nicht im Ort. Wer eine Backsteinkirche suchte, der musste ins benachbarte Zirkow. Dagegen bestand die Binzer Kirche aus einer alten Buche mit weit auskragenden Ästen. Der Platz unter dem Blätterdach diente als Altar, die angrenzende Lichtung als Gebetsraum. Im Sommer konnten die Gläubigen den Segen Gottes inmitten herrlicher Natur empfangen.

Auf der Lichtung standen einige Holzbänke. Emmy wollte sich schon zu ihren Freundinnen setzen, da trat Pastor Bolte in schwarzem Talar mit steif gebügeltem Beffchen auf sie zu. Auch ihn hatten die Behnfelds ursprünglich zum Richtfest eingeladen, doch er hatte abgesagt, weil seine herzensgute Frau erst vor einem halben Jahr verstorben war. Aus Pietät mied er alle Vergnügungen und bat darum, es ihm nicht übel zu nehmen.

»Liebe Frau Wilke«, mit allen Fingern griff Pastor Bolte behutsam ihre rechte Hand, in seinem Blick lag väterliche Wärme. »Ich habe gehört, was dem Bruder Ihres Schwiegersohns gestern widerfahren ist.«

So sanft er auch sprach, überkam Emmy dennoch ein Unbehagen. Wollte er die Behnfelds etwa rügen? Wusste er gar von Theos schlimmer Krankheit? Doch die Lippen des Pastors verzogen sich zu einem milden Lächeln.

»Deswegen braucht sich der junge Herr Theodor nicht zu schämen. Jedoch sollte es ihm eine Mahnung sein: Berlin und Binz trennen einige Hundert Kilometer. Und wer in eine fremde Gegend kommt, der muss vorsichtig sein mit den geistigen Getränken dort. Denn was der Einheimische gut kennt, das wird dem Zugereisten eben leicht zum Verhängnis. Aber es ist ja alles glimpflich verlaufen, und dass er Ihrer Jette seine schwägerliche Zuneigung erklärt hat, mögen wir ihm nicht verübeln.«

Pastor Bolte nickte Emmy aufmunternd zu, und sie begriff:

Auch er glaubte, Theo sei bloß betrunken gewesen. Von der Hirnsyphilis schien hier niemand etwas zu ahnen. Zu Tränen gerührt drückte Emmy die Hände des betagten Gottesmannes an ihre Wange und dankte für seine Worte.

Gütig lächelnd ließ er ihre Hand los und nahm seinen Platz für die Predigt unter dem weiten Blätterdach der Buche ein. Zunächst ließ er ein Lied anstimmen.

»Geh aus mein Herz und suche Freud«, klang es aus hundert Kehlen.

Emmy sang voller Inbrunst mit.

* * *

Ihr erstes Frühstück an diesem Sonntag nahmen Justus, Konrad und Jette im Hotel ein. Den bedauernswerten Theo ließen sie schlafen, er hatte beim Richtfest genug durchgemacht.

»Etwas wie gestern darf sich nicht wiederholen«, Justus sprach offen. »Theo ist nicht mehr Herr seiner Sinne und noch weniger seines Benehmens.«

»Aber wie sollen wir ihn noch stärker beaufsichtigen, Vater? Im Betrieb ist das kaum möglich.« Konrad konnte nicht gleich weiterreden, denn ein Kellner trat an den Tisch, um Kaffee nachzuschenken.

Sie saßen im Restaurant des Kaiserhofs mit seinen zum Meer hin ausgerichteten Fenstern. Im großen Festsaal, der gleich nebenan lag, hatten sie hier im Juni ihre Hochzeit gefeiert.

»Es ist, wie es ist«, fuhr Konrad fort, nachdem der Kellner sich zurückgezogen hatte. »Theo kann im Kontor nur noch einfachste Dinge erledigen. Und wenn es nicht ein solches Aufheben erregen würde, dann sollte man versuchen, ihn gar nicht mehr mit beruflichen Aufgaben zu betrauen. Aber vielleicht kann er ja Rechnungen sortieren und Akten archivieren. Dabei kann er doch nicht so viel falsch machen.«

Sie beratschlagten noch eine Weile, schließlich brach das junge Paar zum Gabelfrühstück bei Jettes Eltern auf. Justus wollte vorerst im Hotel bei Theo bleiben, mittags würden die beiden dann auch zu den Wilkes kommen.

Jette und Konrad packten sorgfältig die Pergamente des Balkonschnitzers ein. Weil der Morgen so schön war, nahmen sie nicht den direkten Weg durch den Kirchwald, sondern gingen einige Hundert Meter dorfeinwärts entlang der Aalbeck, einem Bach, der das Meer mit dem Schmachter See verband. An der nordöstlichen Promenade blieben sie stehen, schauten hinüber zum anderen Ufer und von dort rings um den See bis zum Aussichtspunkt auf dem Fahrenberg, der links von ihnen lag. Es war erst später Vormittag, doch schon ließ sich spüren, mit welcher Kraft der Hochsommer noch einmal zurückgekehrt war. Unter zartblauem Himmel tauchte die Sonne die Landschaft in ein warmes Licht. Glitzer lag auf den leise spielenden Wellen, und an das Unwetter vom Vortag erinnerten nur noch die fortgewehten Buchenblätter. Zehntausendfach trieben sie wie zu einem grüngelben Teppich verwoben am Uferrand.

»Was soll uns hier passieren? Wir werden wohl noch viel glücklicher als bisher schon«, Konrad schmiegte sein Kinn an Jettes Wange. »Und selbst wenn das Sanatorium morgen wegen einer Sturmflut bis auf die Grundfeste fortgespült wäre: Genau hier möchte ich mit dir leben und an keinem anderen Ort der Welt.«

Eng umschlungen blieben sie stehen und konnten sich nicht sattsehen an all der Schönheit. Noch an diesem Mittag müssten sie zurück nach Berlin. Konrad wollte seine Stelle an der Klinik noch anderthalb Jahre behalten. Finanziell hätte er sich eine längere Arbeitspause zwar leisten können, aber nach außen wirkte es besser, wenn er von der Charité direkt als Chefarzt an das Sanatorium wechselte.

Sie gingen weiter zur Kate, und wie bei jedem Besuch kraulte Konrad dem Holzneptun zur Begrüßung den Bart.

»Du verhätschelst ihn!«, mahnte Jette lachend.

Sie freute sich, dass ihr Mann trotz des schweren Berufs so albern sein konnte.

Emmy hatte den Tisch auf der Terrasse hinter dem Haus gedeckt, und wie bei allem, was sie mit Liebe betrieb, bewies sie auch hier ihre geschickte Hand: Goldgarben, Akelei und Astern zeigten sich in voller Blüte und verzauberten auch im Spätsommer den kleinen Ziergarten in ein Paradies.

Als Jette und Konrad eintrafen, standen zwei Sorten Brot, dazu Käse, Wurst und gute Butter bereit, doch etwas fehlte noch. In der Speisekammer lagerte ein kleiner Schatz, den Jette vor drei Tagen aus Berlin mitgebracht hatte: echte Zitronen. Nicht kandiert, sondern als frische Frucht importiert mit dem Schnellzug aus Italien. Im Binzer Kolonialwarenladen gab es die Früchte höchst selten und nur für so teures Geld, dass Emmy meist darauf verzichtete. Aber nun besaß sie gleich ein halbes Dutzend. Sie wählte die reifste Zitrone aus, rieb sie in ihren Händen und roch. Welch ein Aroma! Am Abend würde sie ihrem Gus eine Limonade pressen, vorerst brauchte sie nur die Schale. Sie griff zur Reibe, stellte sich Mehl, Eier und Zucker hin und machte rügensche Klackerklieben. Die Milch im Topf wallte auf. Kaum stiegen die geschnittenen Teigfäden an die Oberfläche, brachte Emmy die Suppe an den Gartentisch.

Konrad dankte seiner Schwiegermutter mit einer Umarmung. »Kann ein Sonntagmorgen noch schöner sein? In einem noch prächtigeren Garten? Bei noch besseren Süßspeisen und noch liebenswerteren Menschen?«

Sie kamen auf die Feier zu sprechen. Bisher hatten sie keine neue Nachricht über Theos Befinden, er hatte ja noch geschlafen, als das junge Paar vom Hotel losgegangen war.

Konrad nahm den Schlaf des Bruders als gutes Zeichen. »Wäre Theo ernsthaft gefährdet, dann hätte mein Vater uns längst einen Hotelpagen geschickt und Bescheid gegeben. Sicher frühstückt Theo ganz bequem im Bett und lässt es sich gut gehen.«

»Aber die lange Reise heute Nachmittag. Erst der Zug und dann das Schiff und dann wieder der Zug. Ist das denn nicht zu anstrengend für Theo?«, gab Emmy zu bedenken. »Er könnte doch hierbleiben. Natürlich nicht so unpersönlich im Hotel, sondern bei uns. Die Dachkammer ist ja frei.«

Gleich darauf wies sie fragend auf Konrads leeren Teller.

Er ließ sich gern noch einmal von den Klieben auffüllen, ansonsten lehnte er ab. »Dass ihr Theo aufnehmen wollt, ist sehr großzügig. Aber er kommt besser mit in sein gewohntes Zuhause. Vielleicht verschlechtert sich sein Zustand weiter. Die gute Luft hier oder die schöne Gegend sind keine Garantie dagegen. Und in Berlin kann ich sofort eingreifen.«

August nickte. »Dat stimmt, mien Jong. Wenn dien Broder noch tüdeliger wärrt, dann künnt dat alls noch slimmer maaken. Wenn der hier richtig durchdreht, sagen die Leute: Fabrikant Behnfeld baut in Binz ein schniekes Sanatorium, nur auf seinen mittleren Sohn hat der nicht aufgepasst, dem ist die Lustseuche aufs Hirn geschlagen. Der jüngere Sohn ist Arzt und kann nichts tun. Und wenn Theo dann womöglich auch noch unsere Damenwelt ansteckt. Dann ist aber Essig mit eurem Ruf.«

»Gus!«, ging Emmy dazwischen. »Dat is nu öwer tau dull, watte seggst!«

August hob die Hand. »Is joa alls gaud. Ich sage nur, was

die Leute reden. Und ich meine doch nur, Konrad: Euer Vater hat das schließlich erzählt. Wie Theo immer noch nach den leichten Mädchen guckt. Stimmt doch, oder?«

Konrad gab es zu. »Nach Mutters Tod hat Theo schon einen Teil des Erbes bekommen, und den bringt er nun mit unmoralischen Frauen durch. Wir reden ihm immer wieder gut zu, aber er kommt nicht zur Vernunft.«

»Wobei: Gestern war er hier ja erst normal. Da daakt ik, Theo is'n Pfiffkopp. De is hinnen un vör beslagen.«

»Stimmt schon, Schwiegervater. Im Grunde ist er geistig begabt, aber seine Krankheit macht nun das meiste zunichte, und das kann sich noch verschlechtern.«

»Und was macht ihr dann? Kümmt he ins Tollhus?«

»Schlimmstenfalls, ja. Wenn er geistig völlig umnachtet ist, dann bleibt nur die Nervenheilanstalt.«

»Aha. Darum geht er trotzdem noch zu den leichten Mädchen. Weil er sich sagt: Ich bin nun schon angesteckt, und mein Verstand ist perdü. Also kommt es ja nicht mehr drauf an.«

Konrad nickte. »So bitter und scharf das auch klingen mag. Es trifft leider zu. Und das ist sehr tragisch für einen so jungen und im Grunde ja feinsinnigen Menschen.«

Sie schwiegen eine Weile, dann nahm Emmy den Faden wieder auf. »Nun nix für ungut, Kinder: Aber wenn Theo bei euch im Sanatorium zu Besuch wäre? Dann müsstet ihr wohl heftig auf ihn aufpassen?«

»Ja, Mutter, das müssten wir dann«, Jette wandte den Blick von Emmy zu Konrad. »Mir tut es leid, wie wir hier so über Theo sprechen.«

»Schon gut, Liebes. Es ist, wie es ist.«

»Ach, mien leev Lüd«, seufzend lehnte August sich im Stuhl zurück. Vor einer Stunde war er von der Baustelle gekommen und hatte sich gleich umgezogen. Einen Binder trug er zwar nicht, doch immerhin ein weißes Hemd mit umgelegtem Kragen. Jetzt öffnete er den oberen Knopf und atmete durch.

»Die Frauen, die hier zur Kur kommen, ob die alle so anständig sind? Oder ob nicht auch ein paar ganz andere Weibsbilder dabei sind. Von der Sorte, dass sie auch alle die Franzosenkrankheit haben.«

August sprach ein heißes Eisen an. In den letzten Jahren hatte es das in Binz einige Male gegeben: Berlinerinnen, die angeblich zur Badekur gekommen waren, hatten sich in Hotels und Pensionen mitnehmen lassen, um Gästen dort geschlechtlich zu Willen zu sein. Kurdirektor Dietmar von Eisch kannte in solchen Fällen kein Pardon. Er verbannte derartige Frauenzimmer aus dem Ort und belegte die Wirte mit empfindlichen Strafen. Schließlich galt das Kuppeleiverbot. Jeder Vermieter von Fremdenzimmern hatte peinlichst darauf zu achten, dass kein eheloses Paar bei ihm nächtigte. Eisch tat alles dafür, den guten Ruf von Binz zu wahren. Die berühmt-berüchtigten Kurschatten sollte es hier nicht geben, oder höchstens in der Form, dass kurende Damen und Herren den Lunch oder Fünfuhrtee miteinander einnahmen.

Konrad bezog eine klare Haltung. »Im Sanatorium werden wir auf eine strikte Hausordnung pochen. Wenn Gäste es zu lax halten mit der Moral, drängen wir sie rasch und diskret auf eine baldige Abreise.«

»Hast recht, mien Jung, und mehr müssen wir auch nicht dazu sagen«, August deutete auf Jettes Reisetasche. »Gucken wir lieber mal, was der Kunstschreiner vorhat. Mutter und ich sind ja ganz gespannt, wie das nun werden soll mit den schönen weißen Balkonen.«

Nur zu gern holte Jette die Pläne hervor. In der Dünse gab

es zwar einen großen Tisch, doch dort reichte das Licht nicht aus, um die Zeichnungen genau zu betrachten. Kurzerhand bürstete Emmy den Gartentisch ab und breitete ein weißes Laken darüber: die ideale Unterlage für das Pergament.

Kaum hatten ihre Eltern einen Blick darauf geworfen, rief Emmy schon »Oh!« und »Ah!«, und auch August, der Bäderarchitektur nicht besonders mochte, nickte anerkennend.

»Jedes Zimmer mit Balkon, groß genug für einen *Deck Chair*«, erklärte Konrad. »Wenn unsere Gäste nicht am Strand sind, dann können sie im Sanatorium eine Liegekur machen. Entweder gemeinschaftlich im Park oder eben privat auf dem Balkon. An der Ostsee kämpfen wir ja immer noch mit Vorbehalten. Angeblich kann durch unser Klima eine alte Tuberkulose wieder aufflammen.«

»Dummsnack!« Augusts Handbewegung war eindeutig.

»Genau, lieber Schwiegervater. Auf Rügen haben wir kein Reizklima wie an der Nordsee. Die Luft hier ist seltener nasskalt und der Salzgehalt im Meer viel geringer. Darum schadet unser Klima den Tuberkulosekranken nicht.«

»Und die Luftkur auf dem Balkon, schön eingemummelt im Liegesessel, das ist ein wenig wie bei den Sanatorien in den Schweizer Bergen. Durch die Umbauung mit den Rundbogen fühlt man sich auch auf dem Balkon gut geschützt.«

Jette hätte wohl noch weiter geschwärmt, doch sie hörten Pferdehufe und eilten zur Tür. Die Kalesche des Kaiserhofs fuhr vor, gezogen von zwei stattlichen Kaltblütern, auf dem Bock ein Kutscher und ein Diener in meerblauer Livree mit Litzen samt Goldknöpfen. Breite Ledergurte sicherten die Behnfeld'schen Koffer auf dem Dach der Karosse.

Justus und Theo stiegen aus, beide in Reiseanzügen aus schottischem Tweed mit Hosen im Knickerbockerschnitt. Sie drückten den Bediensteten ein Trinkgeld in die Hand und kamen guter Stimmung auf die Kate zu. Die Kutsche fuhr weiter zum Großbahnhof, dort würde man das Gepäck bereits im eigens gemieteten Coupé der ersten Klasse verstauen.

Theo begrüßte seine Angehörigen so aufrichtig lächelnd, dass kein Zweifel bestand: Er hatte die Nacht nach dem Zwischenfall bestens überstanden. Charmant griff er Jettes Hand und deutete einen Kuss auf den Handrücken an.

»Werte Henriette. Was gestern passiert ist, tut mir von ganzem Herzen leid, vor allem wegen der äußeren Umstände. Den Inhalt aber nehme ich nicht zurück, denn es ist, wie es ist. Ich liebe dich, aber selbstredend so, wie ein Schwager seine Schwägerin liebt, schicklich und in allem Respekt vor der Ehefrau seines Bruders. An meiner Liebe zu dir wird sich wohl nie etwas ändern, aber ich verspreche dir hoch und heilig: Ich werde das nie, nie wieder von einem hohen Gerüst aus verkünden und schon gar nicht, wenn ich deinen Vater und seine Kameraden damit in Gefahr bringe.« Mit seinem letzten Satz klopfte er August herzlich auf die Schulter, und was hätten die anderen in dem Moment tun sollen, als in sein Lachen einzustimmen. Doch Jette und Konrad warfen sich zweifelnde Blicke zu. Theo war und blieb unberechenbar.

Gemeinsam gingen sie zurück an den Tisch, auch Justus und Theo kommentierten die Zeichnungen. Es gab ja so viele Details, die sie am Vortag mit dem Balkonbauer besprochen hatten. Eine halbe Stunde verbrachten sie noch mit den Entwürfen.

Sie rollten die Pergamente wieder ein, da meinte Theo wie beiläufig: »Ich würde gern zusehen, wie das hier bei euch vorwärtsgeht, aber ich bin ja in Manchester.«

Hatte Konrad richtig gehört? »Du gehst nach Manchester? Etwa für länger?«

»Ja. Das haben Vater und ich nämlich eben beschlossen«,

Theo warf triumphierende Blicke in die Runde. »Bei einer Tasse Mokka haben wir das besprochen, und jetzt machen wir gleich Nägel mit Köpfen. Wir sind schnell, das müsst ihr uns lassen.«

»Schon gut, Junge«, Justus lächelte. »Ja, wir waren schnell in unserer Entscheidung, aber ich habe dich nicht gedrängt. Du warst gleich einverstanden.«

»Genau, Vater, genau!«, rief Theo voller Begeisterung. »Und ich freue mich schon sehr auf England. Wahrscheinlich bleibe ich ein paar Jahre. Vielleicht sogar länger. Und ich will arbeiten. Hart arbeiten. Ihr sollt stolz auf mich sein.«

»Gewiss, mein Junge. Du wirst dich sicher anstrengen und gute Arbeit leisten. Mit meinem Freund Mortimer habe ich ja schon öfter darüber gesprochen, und nun darfst du endlich fahren.«

Alle wussten von Mortimer Baxton, dem langjährigen Weggefährten und Kollegen von Justus. Im Zentrum der britischen Textilindustrie betrieb Mortimer eine Werkstatt für die Fertigung dampfbetriebener Webstühle. Sie waren seit dem jungen Erwachsenenalter befreundet. Damals hatte Justus dort selbst ein paar Jahre verbracht.

»In Manchester kann ich mich bewähren. Allein die fremde Sprache zwingt mich zur Konzentration. Mein Englisch ist bisher dürftig. Anfangs spreche ich nur einfache Sätze, aber die Leute sind mir sicher wohlgesinnt«, Theo lachte auf. »Und ich kann immer sagen: Ich habe es eigentlich ganz anders gemeint. Es war bloß ein Missverständnis.«

Konrad sah seinen Vater an. »Weiß Mortimer denn Bescheid? Hast du schon telegrafiert?«

»Das hole ich heute Abend von Berlin aus nach, fernmündlich. Er wird Theo sicher gern willkommen heißen.« Justus sagte das mit Nachdruck. Offenbar wusste Mortimer von

Theos Krankheit und ging das Risiko ein, ihn bei sich arbeiten zu lassen.

»Willkommen«, kicherte Theo. »Er heißt mich also willkommen. Typisch englisch. Immer höflich.«

Emmy atmete durch. »Ich kümmere mich mal um die Suppe.« Sie verschwand in der Küche.

Die Männer und Jette blieben gemütlich am Terrassentisch sitzen. Kurz nachdem Emmy aufgestanden war, trafen auch Krischan und Paula ein. Vom Vorgarten aus hatten sie den Weg um das Haus genommen und zogen nun einen hohen Handwagen in den Garten. Die Ladefläche war mit einem Brett unterteilt und enthielt wertvolle Fracht: Auf der einen Seite ein ansehnlicher Berg von Reisig und toten Ästen, die sie gerade im Wald gesammelt hatten – auf der anderen Seite ihre Kinder, die fröhlich kreischend an den Gitterstäben des Wagens rüttelten. Lachend hob ihr Vater sie heraus, und sogleich stürmten sie auf ihre Tante Jette zu, die alle drei freudig in die Arme schloss. In nicht mal einer Stunde musste sie wieder aufbrechen, da kostete sie die Zeit mit den Kindern gern aus.

Paula und Jette deckten den Tisch, Emmy servierte Hühnersuppe mit reichlich Einlage, nach dem Essen machten sie sich auf den Weg zum Bahnhof, die Kinder im Handwagen, die Erwachsenen zu Fuß, ein paar Minuten blieben noch zum Abschiednehmen.

Von Binz bis Altefähr brauchte die Bahn weniger als eine Stunde, dort ging es auf das Trajektschiff: Drei Waggons fuhren vom Anleger direkt auf die Fähre und in Stralsund wieder aufs Land, dabei konnten die Passagiere einfach im Zug sitzen bleiben.

»Theo, wir beide gehen auf die Plattform«, Justus zückte ein goldenes Etui. »Für ein schönes Zigarillo. Und lassen unser junges Paar ein bisschen allein.«

Kaum hatten die Männer das Abteil verlassen, da stellten Konrad und Jette sich eng umschlungen ans offene Fenster. Sie schwiegen, ergriffen von all der Schönheit, die sich vor ihnen auftat. Die Sonne des frühen Nachmittags tauchte den Strelasund in ein gleichmäßig mildes Licht. Das Wasser leuchtete in einem so tiefen Blau, als entstammte die Farbe direkt dem Tuschkasten der Maler, die zu beiden Seiten des Sunds ihre Staffeleien aufgestellt hatten.

»Diese Künstler verpassen doch das Beste«, sanft strich Konrad mit seinen Lippen über Jettes Hals. »Sie starren auf den Sund und versuchen, etwas auf Papier zu bannen, was doch allzu flüchtig ist. Man sollte etwas so Wunderbares mit aller Kraft des Seins in sich aufnehmen, ganz tief in Herz und Seele. Und da für immer verwahren.«

Jette wollte etwas erwidern, doch dazu kam sie nicht mehr. Konrad suchte ihre Antwort allein in ihrem innigen Kuss.

BERLIN

Wenn August als junger Familienvater abends heimgekommen war, hatte er sich an den Küchentisch gesetzt und von Emmy einen Krug Leichtbier bringen lassen. Ein paar Schlucke brauchte er davon, dann schüttelte er die Last des Arbeitstags ab und spielte mit seinen Töchtern.

Fünf und vier Jahre waren die beiden alt, da schenkte August ihnen einen selbst gefertigten Baukasten: Aus Ziegelsteinen, Holzlatten und Dachpfannen ließ sich ein fabelhaftes Häuschen errichten, und so lernten Jette und Paula, was ein Maurer machte oder ein Zimmermann oder ein Dachdecker. Nur Männer arbeiteten in diesen Berufen, auch das verstanden die Töchter früh, und sie freuten sich jedes Mal, wenn August sie mit zu einer Baustelle nahm. Damit verdiente ihr Vater also das Geld für die ganze Familie.

Auch Mutter Emmy trug zum Einkommen bei, jedoch nur manchmal, wenn sie auf einem der umliegenden Höfe half, und dann brachte sie bloß ein paar Groschen mit. Wie die allermeisten Frauen hatte sie keinen richtigen Beruf gelernt, doch das störte nicht. August verdiente ja gut, und außerdem musste Emmy sich um das Haus und die Mädchen kümmern.

Jette aber begriff: Frauen und Männer unterschieden sich nicht nur äußerlich und beim Kinderkriegen, auch sonst verlief ihr Leben sehr verschieden. Das Leben der Männer war meistens interessanter, und das lag vor allem an ihrer Arbeit und dem Geld, das sie damit verdienten. An ihrem elften Geburtstag fasste Jette einen Entschluss: Sie wollte einen Beruf erlernen wie die Jungen, die in die Lehre gingen und Gesellen wurden und vielleicht sogar Meister.

Jettes Kameradinnen hatten für die Zeit nach der Volksschule feste Pläne. Sie würden in der Hauswirtschaft und den kleinen Betrieben ihrer Eltern mitarbeiten. Oder zu anderen Leuten in Stellung gehen, dann zumeist als Melkmaid auf den Bauernhöfen der Umgebung. Mit vierzehn, fünfzehn wollten sie sich verloben und ein paar Jahre später heiraten. So war es üblich in den Familien der Fischer, Küfer oder Schuster. Ihre Töchter länger zur Schule zu schicken, auf die Realschule nach Stralsund oder gar aufs Lyzeum, das leisteten sich nur wirklich reiche Leute. Und wenn es um Handwerksberufe ging: Viel Auswahl gab es da nicht für Mädchen. Damenschneiderin konnten sie werden oder Goldschmiedin oder vielleicht noch Friseuse.

»Laat di Finger davünn«, riet August ihr. »So wat wärrt nich us di.«

Er hatte recht, für diese Berufe fehlte ihr das technische Geschick. Aber was dann? Schreibfräulein in einem Kontor? Kranzbinderin in einer Gärtnerei? Wohl beides nicht. Woran Jette auf Dauer Freude haben würde, konnte sie selbst kaum sagen, sie wusste nur: Es sollte kein Hilfsberuf sein, sondern ein offizieller mit Lehrzeit und Abschlussprüfung und mit Brief und Siegel.

»Slegg di dien Fluusen ut'n Kopp«, meinte August dazu. »Maak eerst man dien School to End. Un denn geihst as lütt Deenstdeern to Raik Siemsen up'n Hof. Do büst in gaude Hänn. Mit dien twölb Lenze laat ik di nich to fremde Lüd. Un wat in twee Johrn is, dat seihn we denn.«

Jette wusste, dass sie sich gegen diese Anordnung nicht

wehren konnte. Zwei Jahre als Dienstmagd auf dem Bauernhof also. Sie fügte sich in ihr Schicksal.

Der Siemsen-Hof lag am südöstlichen Binzer Ortsrand, nicht weit vom Strandweg entfernt. Seit fünf Generationen ging das Gehöft vom Vater auf den ältesten Sohn über, mit Vornamen allesamt Raik. Und jedes Mal, wenn ein Raik heiratete, wählte er eine Bauerntochter, die ein anständiges Stück Land mit in die Ehe brachte oder zumindest eine gute Stange Geld. So wuchsen die Ländereien und damit der Wohlstand von Familie Siemsen.

Zur Erntezeit oder im Januar beim Schweineschlachten half Emmy hier als Tagelöhnerin und hatte Jette schon einige Male mitgenommen. Es stimmte, was August sagte: Kleinmägde waren dort in guten Händen. Der vierzigjährige Raik und seine Frau Waltraud, selbst Eltern von sechs Kindern, führten den Hof mit Umsicht und Bedacht. Manch ein Binzer schielte missgünstig auf ihren Erfolg, doch auch der ärgste Neider gab zu: Raik und Waltraud handelten gerecht. Weder versuchten sie die Händler zu täuschen, denen sie ihr Vieh oder Getreide verkauften, noch schindeten sie ihre Knechte oder Mägde. Wie andere Bauern auch erwarteten sie von ihrem Gesinde Fleiß und Gehorsam, doch lohnten sie es stets mit kräftigem Essen, ordentlichem Lohn und lobenden Worten. Der Grund für all die Fürsorge lag im tiefen lutherischen Glauben, den die Familie gern an ihre Bediensteten weitergab: Wenn zum Frühjahr eine zwölfjährige Kleinmagd ihre Arbeit aufnahm, dann meldete Waltraud sie bei Pastor Bolte als Katechumenin an. Zum wöchentlichen Bibelunterricht bekam sie frei, und zwei Jahre später fand ihre Einsegnung statt, dafür richteten die Siemsens sogar eine Feier aus. Jette nahm das alles gern hin. Für besonders gottgläubig hielt sie sich zwar nicht, aber sie würde sich konfirmieren lassen, etwas anderes hätten ihre Eltern auch gar nicht geduldet.

Im Frühjahr 1881 trat Jette ihre Stellung an. Sie folgte dem Gebot ihres Vaters, gleichzeitig erfüllte sie sich auch einen eigenen Wunsch – den sie allerdings geheim hielt: Es drehte sich um einen jungen Mann, Ururenkel des Hofbegründers sowie ältester Sohn von Raik und Waltraud. Raik junior und Jette kannten sich von den gemeinsamen Schulpausen. Anno 1875 war sie in die erste Klasse gekommen und er in die letzte. Viel hatten die beiden also nicht miteinander zu tun gehabt, doch Raik war sich nicht zu schade, manchmal auch mit den jüngeren Kindern zu spielen. Dabei war er stets zu Scherzen aufgelegt und niemals überheblich, schon allein deswegen hatte Jette ihn fest in ihr Herz geschlossen.

Inzwischen galt der siebzehnjährige Raik als begehrtester Bauernsohn im Ort. Er selbst konnte darüber schmunzeln, seine Eltern hatten ihn gelehrt, niemals eitel zu sein: nicht wegen seiner privilegierten Stellung und erst recht nicht wegen seines angenehmen Äußeren. Fürwahr konnte er sich sehen lassen mit seinen sanften grauen Augen und dem dicht gelockten dunkelblonden Haar.

Großmagd Lore hatte dem jungen Raik schon als Wickelkind gern den Kopf gekrault, und noch immer fuhr sie gern mit der Hand durch seine seidenweiche Krause.

»Dreißig Jahre jünger müsste ich sein. Und ein paar Tausend Taler schwerer. Dann würde ich dich zu meinem Vater schicken, und du müsstest um meine Hand anhalten. Weil du so schönes Haar hast. Dass du auch freundlich und gescheit bist, ist mir ganz egal.«

Der letzte Satz galt auf dem Hof schon als geflügeltes Wort. Alle Mägde schwärmten für Raik und wussten doch: Nie und nimmer würde er eine von ihnen zum Altar führen.

Seit vier Generationen hatte noch jeder Raik Siemsen eine reiche Bauerntochter geheiratet, Geld musste zu Geld kommen, Feld zu Feld, und auch in der fünften Generation würde es nicht anders sein. Ob Raik senior und Waltraud für ihren Ältesten bereits eine Braut auserkoren hatten, darüber schwiegen sie sich aus. Er zählte ja erst siebzehn Lenze, für eine Verlobung war es noch zu früh. Höchstens zwei Jahre Brautzeit, so lautete ein Gebot, dann musste die Hochzeit kommen. Aber kein Mann sollte vor seinem zweiundzwanzigsten Jahr den Bund der Ehe eingehen – so hieß eine weitere Regel.

Am Osterdienstag begann Jette als Melkmaid. Sie hätte ein Bett in der Mägdestube haben können, doch weil der Hof nur wenige Minuten von der Kate entfernt lag, schlief Jette wie gewohnt bei Paula im Giebelzimmer und machte sich um vier Uhr auf zur Arbeit.

Großmagd Lore und die Deenstdeerns empfingen sie in der geheizten Küche mit einer Tasse Zichorienkaffee.

»Melken kannst du noch nicht so gut, also lernst du das zuerst«, Lore nickte ihr zu. »Un loos geiht dat.«

Jette staunte. Nicht etwa eine der anderen Kleinmägde, sondern die Großmagd selbst brachte Jette das Melken bei. Im Stall klopfte Lore einer Schwarzbunten aufs Hinterteil. »Kunigunde lässt sich viel gefallen. An der haben noch alle unsere Deerns das Melken gelernt.«

Die kreuzbrave Kunigunde machte es Jette tatsächlich leicht. Nach ein paar Tagen durfte sie auch an die anderen Kühe, von nun an folgte ihre Arbeit einem festen Ablauf. Um vier Uhr der Kaffee in der Küche, dann melken, dann ausmisten. Falls vor dem Abendmelken noch Zeit blieb, half sie im Garten oder in der Küche. Alles in allem hatte sie es gut getroffen, wobei sie noch viel lernen musste. Doch auch wenn sie Fehler machte, blieb der Ton immer maßvoll, und körperliche Züchtigungen gab es grundsätzlich nicht.

»Davor wahre uns Gott!«, sagte Waltraud, wenn sie hörte, dass andere Bäuerinnen ihre Mägde schlugen.

Bei ihrem tiefen Glauben waren die Siemsens keinesfalls weltfremd, jeden Tag lasen sie die *Ostsee-Zeitung*. Auch Jette kannte das Blatt gut. Auf der Binzer Wilhelmstraße unterhielt der Zeitungsverlag eine Filiale, hier hing in großen Glaskästen die aktuelle Ausgabe, und die Bürger konnten am Schalter ihre Inserate aufgeben. Ein eigenes Exemplar leisteten Jettes Eltern sich nur selten, aber regelmäßig brachte Emmy von Nachbarn ein Stück Schinken mit, gut eingepackt in eine Doppelseite der Zeitung. Sobald Jette flüssig lesen konnte, strich sie das Papier glatt und überflog die Überschriften. Das meiste war ihr viel zu kompliziert, doch im Lokalteil fand sie immer wieder kleine Artikel, die sie schon verstand und ihren Eltern laut vorlas. Dann strich August ihr lächelnd über den Kopf.

»Wärrt mi blooß nich to klauk, mien Deern. Denn verstaa ik di nich mihr. Öwer büst ewen n'Pfiffkopp.«

Ja, sie war pfiffig, auch deswegen freuten die Siemsens sich über ihre neue Kleinmagd. Jette hingegen freute sich über das Zeitungsabonnement. Werktags um fünf Uhr gelangte die druckfrische Ausgabe direkt zu Raik senior auf den Frühstückstisch. Der studierte sie morgens und mittags für je eine Viertelstunde, dann legte er sie auf dem großen Tisch in der Tenne aus, und jeder auf dem Hof durfte sich ein wenig Ruhe gönnen und darin lesen. Die meisten Knechte und Mägde machten davon kaum Gebrauch – Jette umso mehr. Um Großmagd Lore nicht zu verärgern, las Jette nie länger als zehn Minuten. Doch manchmal, bei einem besonders interessanten Artikel, setzte sie sich nach Feierabend nochmals in die Tenne. Lore erlaubte das, solange Jette die Zeitung nicht mit nach Hause nahm. Das Papier ließ sich auf dem Hof für viele Zwecke gut verwenden.

Nach drei Wochen hatte Jette sich eingewöhnt. Sie arbeitete gern auf dem Hof, nicht bloß wegen der Tageszeitung, sondern vor allem wegen Raik junior. Mit ihren zwölf Jahren hatte sie Feuer gefangen, schnell und heftig. Jedes Mal, wenn Raik ihr begegnete, fühlte sie ihr Herz pochen – nicht nur bis zum Hals, wie es immer hieß, sondern im ganzen Körper. Ihr wurde warm und dann gleich wieder kalt, und sie gab sich alle Mühe, sich das nicht anmerken zu lassen. Dabei schwärmten ja alle Mägde für Raik und machten nicht einmal einen Hehl daraus. Doch an diesen Scherzen mochte Jette sich nicht beteiligen. Sie wusste zwar kaum etwas über die Liebe zwischen Mann und Frau, doch von einem war sie überzeugt: In Raik hatte sie sich nicht bloß verliebt. Nein, sie liebte ihn. Von ganzem Herzen und völlig aufrichtig. Hätte er sie gefragt, ob sie ihr Leben mit ihm auf dem Hof verbringen wollte – sie hätte keine Sekunde gezögert. Und beide wären sie glücklich geworden bis in ihren Tod – daran blieb für Jette nicht der geringste Zweifel. Doch er würde sie nicht heiraten, nicht unter diesen Umständen, nicht sie als Tochter eines einfachen Zimmermanns. Da müsste ihr Vater schon Tausende Taler in der Lotterie gewinnen, aber das konnte nicht passieren, denn August verabscheute jedes Glücksspiel. Also hielt Jette sich Raik gegenüber zurück, sah ihm nicht in die Augen, ging freundlich und verbindlich mit ihm um, aber stets so, dass er nicht merken konnte, was sie für ihn empfand.

In ihrer vierten Woche bei den Siemsens setzte Raik sich nachmittags in der Tenne zu ihr an den Tisch. Er nickte freundlich, so wie er es damals getan hatte, in den Schulhofpausen.

»Jeden Tag liest du Zeitung, Jette. Was interessiert dich denn besonders?«

Ein warmes Gefühl durchfuhr Jette, sie zuckte zusammen. Zum Glück fasste Raik es falsch auf.

»Entschuldige, ich habe dich erschreckt. Und ich mag dich auch gar nicht stören.«

Er wollte schon aufstehen, da schüttelte Jette den Kopf.

»Du störst doch nicht. Ich war nur in Gedanken.«

»Ach so.« Er setzte sich wieder und lächelte ihr zu – wie ein großer Bruder seiner kleinen Schwester.

Zu gern hätte sie einen Blick in seine Augen gewagt, doch sie schaute wieder aufs Papier. »Berlin interessiert mich. Weil es so groß ist, schon eine Million Menschen, und der Kaiser hat da sein Regierungsschloss, und Unter den Linden kann man so schön promenieren.«

»Warst du denn schon mal dort?«

»Noch nie. Und du?«

»Zuletzt im Herbst. Zwei Brüder meiner Mutter leben da mit ihren Familien. Und ich besuche sie gern, aber immer bloß für ein paar Tage. Nie länger.«

»Weil es dir nicht gefällt?« Jette fragte lebhaft. Sie hatte etwas gefunden, über das sie unverfänglich mit ihm reden konnte. »Ist dir Berlin zu laut oder zu groß? Die Zeitung schreibt immer davon.«

»Es stimmt ja auch. Die hellen Lichter und all der Glanz und Fortschritt, Jette. Das hat eben auch Schattenseiten. So viel Not und Elend, all die zerlumpten Bettler. Und die Kinder: so ausgehungert, dass sie stehlen müssen.«

»Ja. Das ist schlimm und traurig. Aber ich möchte trotzdem hin. Und nicht nur ein paar Tage, sondern dort richtig leben. Am liebsten schon bald, direkt nach meiner Konfirmation.«

»Ach Jette«, er lachte auf, es klang nicht hämisch, und doch kam es ihr vor, als wollte er sich über sie lustig machen. »Das würde dein Vater doch nie erlauben, dann bist du doch erst vierzehn. Aber lies ruhig noch ein bisschen, ich muss weiter.«

Durch das große Tor ging er hinaus auf den Hof. *Raik!* Am liebsten hätte sie ihm hinterhergerufen. Er sollte doch bleiben. Er sollte spüren, was sie für ihn fühlte. Aber er nahm sie wohl nicht einmal ernst. Und wenn er so nett zu ihr war, dann sicher nur, um ihr nicht wehzutun. Ihre Verletzung saß tief. Im Moment war sie allein, aber jederzeit konnte Lore die Tenne betreten. Jette würgte ihre Tränen hinunter, faltete die Zeitung zusammen und ging nach draußen. Zwischen den Erdbeerstauden stand noch viel Unkraut.

Sie riss sich zusammen, erledigte ihre Arbeit, und wenn sie Raik begegnete, wechselten die beiden ein paar freundliche Worte. Wie gewohnt las sie jeden Tag Zeitung, besonders die Artikel über die Hauptstadt. Raik setzte sich nie wieder zu ihr und sprach sie auch nie wieder darauf an, dass sie nach Berlin ziehen wollte. So vergingen die Monate, und Jette liebte ihn noch immer. Sie gewöhnte sich an den Schmerz in ihrer Seele, der wohl erst besser würde, wenn sie Raik nicht mehr sehen müsste. Oder wenn ein anderer junger Mann in ihr Leben träte. Doch danach sah es nicht aus. Vielleicht wäre es auch besser, sie würde sich gar nicht mehr verlieben. Niemals. Das glaubte sie tatsächlich und gab sich alle Mühe, es zu verbergen – außer vor Paula.

Jette und Paula. Über Jahre hatten die Eltern auf ihre Deerns warten müssen, dann waren die beiden im Abstand von nur vierzehn Monaten gekommen. Als Schwestern waren sie auf den ersten Blick erkennbar, doch je älter sie wurden, umso mehr unterschieden sie sich in Statur und Wesen. Paula überragte schon mit elf Jahren ihre ältere Schwester um einen halben Kopf. Mit ihrer schlanken Gestalt, den hohen Wangenknochen und dem sanften Lippenbogen galt sie als die liebreizendere, die leicht untersetzte Jette dagegen als die mit der besonderen Begabung. Beide konnten nur darüber lachen, wenn sie hörten, wie die Leute dachten. Sie gönnten einander die verschiedenen Vorzüge von Herzen und blieben füreinander stets die engsten Freundinnen und Vertrauten.

Vor Paula konnte Jette nicht verbergen, wie unglücklich sie sich in Raik verliebt hatte. Die jüngere Schwester, obwohl gerade erst zwölf, beschwichtigte: Selbstredend würde Jette sich noch einmal verlieben. Schließlich gebe es auf dieser Welt noch ein paar mehr Männer als Raik. Männer, die besser zu Jette passten, schon allein, weil sie weniger Geld hatten als Raik Siemsen.

Aber so dankbar sie der Schwester auch für die aufbauenden Worte war: Jette fand darin nur wenig Trost. Sie fraß ihren Kummer in sich hinein und verwandelte den angestauten Zorn in Arbeitseifer. Keine Magd melkte morgens schneller und gründlicher als sie, danach wechselte sie in die Küche, den Garten oder ins Waschhaus, schrubbte, schnippelte und walkte.

Lore war lange genug als Großmagd bei den Siemsens tätig und konnte sich denken, was in Jette vorging. Immer wieder kam es vor, dass sich so ein armes, junges Ding in Raik verliebte und ja wusste: Es konnte nichts werden mit ihnen beiden, er musste ins Geld heiraten, Hof zu Hof.

So neigte sich der Sommer. Jette stürzte sich in die Arbeit, und als Höhepunkt des Tages blieb ihr die kleine Lesepause in der Tenne. Raik setzte sich nicht mehr zu ihr, doch wenn die beiden sich begegneten, fand er stets ein paar freundliche Worte für sie. Meist lobte er dann ihren Fleiß.

Es war mitten in der Ernte, den ganzen Tag hatte Jette mit

dem Sortieren, Schälen und Einkochen von Birnen verbracht, da stieß sie auf einen Zeitungsartikel, der ihr den Atem stocken ließ. Wieder und wieder und wieder las sie die Zeilen, notierte sich das Wichtigste in einem kleinen Heft, riss die beschriebene Seite heraus und versteckte sie im Bezug ihres Kopfkissens. Zwölf Nächte lang schlief sie darauf – und wusste schließlich, was sie wollte. Doch sie erzählte niemandem davon. Noch bis zum Frühjahr trug sie den Entschluss tief in ihrem Herzen.

Dann, kurz vor ihrem vierzehnten Geburtstag, ließ Jette die Bombe platzen. Sonntagabends am Familientisch verkündete sie im Brustton der Überzeugung: »Ich gehe im Frühjahr nach Berlin und lerne Krankenpflege. Ich wohne da ganz anständig in einem Heim mit anderen jungen Frauen. Alle passen gut aufeinander auf, und die Oberin soll sehr streng sein.«

Aber ihre letzten Sätze konnten August nicht beruhigen.

Er hörte nur *Berlin,* da pumpte er sich schon auf, die Wangen zornesrot, die Nasenflügel bebend vor Empörung.

»Krankenpflege! Schwester also! Nonne!«

Sie blieb ruhig. »Ach was, Vater. Doch keine Nonne! Ich gehe doch nicht ins Kloster.«

Er verstand nicht. »Kein Kloster? Also die Mission? Dann schicken die dich ja gleich nach Afrika. Zu den Wilden.«

»Gus!«, fuhr Emmy dazwischen. »Nun hör doch zu. Unsere Jette wird keine Nonne. Sie lernt Krankenschwester. Aber nicht im Kloster oder Stift. Und erst recht nicht in Afrika.«

Jette lachte auf. »Bestimmt nicht, Papa. Ich möchte an die Charité. Die Oberin da ist zwar eine Diakonisse aus Kaiserswerth, aber für die Pflegeschule spielt die Religion keine Rolle, die ist ganz weltlich. Ich lerne drei Jahre, und am Ende mache ich ein Examen.«

Doch er schnaubte weiter. »Und warum Berlin? In Bergen

steht ein neues Krankenhaus. Da nehmen die dich doch. Du bist ja nicht auf den Kopf gefallen.«

Welch wunderbares Stichwort: »Eben, Papa. Ich bin nicht auf den Kopf gefallen. Und genau deswegen will ich nicht in Bergen lernen, sondern an der Charité, der besten und berühmtesten Klinik der Welt. In Berlin herrscht besonders viel Not und Elend. Und an der Charité kümmert man sich um die Armen. Sogar kostenlos, wenn die nicht krankenversichert sind. Das weiß ich aus der Zeitung.«

August jedoch blieb hart. Er erhob sich vom Tisch, so heftig in den Brustkorb atmend, dass sich von ganz allein der obere und der untere Knopf seiner Strickjoppe lösten. Er beugte sich vor und schlug mit der Faust auf die runde Tischplatte – genau in der Mitte, schließlich sollte das Holz keinen Sprung bekommen. »Ach so. Not und Elend und keine Krankenversicherung. Dat wiet unser Frölenken also. Denn is dat joa man gaud.«

Ach, der arme August. Wo sollte er hin mit seiner Wut? Inzwischen hatte er es ja verstanden: Den ehrbaren Beruf der Krankenschwester wollte seine Jette lernen, mit Examen und an der besten Klinik der Welt. Was sollte ein vernünftiger Vater dagegen sagen? Er wandte sich zur Tür. »Ik geih röver na Aalbeck. Klock teihn bün ik t'rüch.«

Emmy, Paula und Jette nickten ihm wohlwollend zu. Offenbar waren sie ganz froh, ihn für den Rest des Abends los zu sein.

Wegwerfend fuhr seine Hand durch die Luft, im Windfang zog er Stiefel, Jacke samt Mütze über und machte sich auf den Weg. An der kühlen, klaren Luft ging es ihm besser, doch der Stachel im Gemüt saß tief: Seine ältere Tochter wollte mit gerade mal vierzehn Lenzen nach Berlin, diesen Moloch aus Dreck und Schande. Wütend setzte er Schritt vor Schritt Richtung Aalbeck, ein altes Fischerdorf, das inzwischen zu Binz gehörte. In einer Hafenkneipe traf August sich jeden zweiten Montag zum Kegeln, und manchmal verkehrte er dort auch zu anderen Tagen. So wunderte sich von den alten Freunden und Kameraden niemand, als er an diesem Abend auftauchte, um zwei, drei Gläser Bier und Branntwein zu trinken. Die Männer sprachen über das Winterwetter und die letzte Ernte, über den Fischfang und die neuen Häuser in Binz. Über seine älteste Tochter sprach August nicht. Das musste er mit sich selbst ausmachen, von den Kumpanen hier konnte ihm keiner dabei helfen. So verbrachte er einen unterhaltsamen Abend, und wie die anderen allesamt anständigen Männer hier machte er sich um zehn Uhr auf den Heimweg.

Als er in die Kate zurückkehrte, hatten Jette und Paula sich schon in ihr Giebelzimmer verzogen. Im Ofen glomm das letzte Feuer. Emmy war dabei, gedörrte Linsen einzuweichen.

Seufzend setzte er sich zu ihr. »An unserer Jette ist ein Junge verloren gegangen. Und wenn sie einer geworden wäre, dann würden wir den jetzt in eine anständige Lehre schicken und müssten uns deswegen nicht rumstreiten, und damit gut. Man hat es eben doch einfacher mit den Jungs.«

Doch Emmy mahnte. »Versündige dich nicht gegen dein Schicksal, Gus. Wir haben zwei gesunde Töchter und sollten dankbar sein. Denk an deine Brüder. Sind Fischer geworden, weil euer Vater das unbedingt wollte, und dann mit nicht mal zwanzig beide im Sturm ersoffen. Nur deswegen musstest du nicht auch Fischer werden. Also freu dich, dass du überhaupt noch lebst.«

Emmy hatte mal wieder recht. Zwar haderte er noch immer mit dem Gedanken, seine Älteste so bald schon nach Berlin zu verlieren, doch ein Mann halber Entschlüsse war er nicht. Schon am nächsten Morgen, als Jette in die Küche hinunterkam, stand er vom Zichorienkaffee auf, schloss sie in die Arme und gab ihr einen liebevollen Klaps auf den Hinterkopf. Dann hob er, zu Tränen gerührt, den Zeigefinger. »Äwwer da in Berlin. Up dien Schwesternheim. Do heb ik'n Oog drüp. Verlaat ju up!«

»Sicher, Papa! Und nicht nur ein Auge, ruhig beide«, lachend vor Freude und Erleichterung sah Jette hinüber zu Emmy. »Und du guckst auch mit, Mama. Und wenn das da alles so streng ist, wie die Zeitung schreibt, dann seid ihr bestimmt zufrieden.«

»Dat soll wol, mien Deern.«

Nun stand auch Emmy vom Tisch auf. Zu dritt lagen sie sich in den Armen und verdrückten noch einige Tränchen, aber viel Zeit blieb ihnen dafür nicht. August musste los zu seinem unfertigen Dachstuhl, Jette in den Kuhstall zum Melken.

Niemandem auf dem Hof erzählte Jette von ihren Plänen. Ein paar Tage Zeit blieb ihr noch für die Bewerbung, doch je länger sie nachdachte, umso sicherer wurde sie: Sie wollte Krankenschwester werden. Genau das. Genau dort. An der Charité. Emmy brachte Jettes letztes Schulzeugnis zum Rathaus, ließ eine offizielle Abschrift fertigen und gab sie zusammen mit Lebenslauf und Bewerbungsschreiben zur Post. Sie hatte ihrer Ältesten mitgegeben, was sie konnte. Nun wurde Jette flügge. Und ihre Flügel trugen sie eben nach Berlin. Für jede gute Mutter ein Grund, traurig zu sein – aber auch verdammt stolz.

Schon zehn Tage später kam die Antwort aus der Charité: Oberin Adelheid Schroth, leitende Krankenschwester und Entbindungshelferin sowie Vorsteherin der Schwestern-Lehranstalt, bat Fräulein Henriette Wilke zum Gespräch.

»Denn man tau«, meinte August. »Dat du mihr liehrst as Tüfften buddeln.«

Ja, sie würde mehr lernen, als Kartoffeln auszugraben, dessen konnte Jette sich wohl sicher sein.

Vier Wochen später bestiegen Tochter und Vater den Zug nach Berlin – für beide die erste Reise in die Hauptstadt.

August hatte sich gründlichst vorbereitet – durch tiefgründigen Austausch mit seinen Kegelbrüdern. Und alles, was er von denen erfahren hatte, bestätigte ihn nur in seiner längst gefassten Meinung.

Bei der Einfahrt in den Stettiner Bahnhof an der Invalidenstraße schaute August kopfschüttelnd aus dem Fenster. »Tau groot! Tau vull! Un veel tau schedderig!« Alle seine Vorbehalte sah er erfüllt, und nur auf Jettes amüsierten Blick hin gab er schließlich zu, dass die Lebendigkeit der Stadt ihn doch gefangen nahm.

»Na gut«, räumte er schließlich und sogar auf Hochdeutsch ein. »Man kann sich das ja mal angucken.«

Sie hatten die Anfahrtsbeschreibung genau studiert. Vom Stettiner Bahnhof nahmen sie einen Zug zum Lehrter Bahnhof, überquerten zu Fuß die Spreebrücke und erreichten die Neubauten der Charité – einer Stadt in der Stadt aus rotem Backstein. Pünktlich klopften sie am Vorzimmer der Oberin an, keine halbe Minute später standen sie ihr gegenüber. Adelheid Schroth: Walküre und Oberin in einer Person. Einen Meter achtzig hoch, von kräftiger Statur samt riesenhaften Händen. Sie trug die typische weiße Haube der Kaiserswerther Diakonissen, mit einem Rüschenbesatz rund um das Gesicht und einer großen Schleife unter dem Kinn. Mütterlich und altbacken sah das aus, doch niemand sollte sich täuschen: Die Oberin besaß Haare auf den Zähnen. Zucht und Ordnung standen für sie an höchster Stelle, fleißig und flink mussten ihre Lernschwestern sein oder lieber gleich die Heimreise antreten, all das predigte sie direkt nach der Begrüßung.

Dann ließ sie auch Jette zu Wort kommen und rang sich schließlich ein Lob ab. Schon Jettes Bewerbung habe ihr gefallen, der persönliche Eindruck bestätige dies nun. Kaum hatte sie den Satz beendet, legte sie August einen halbseitigen, mit Maschine geschriebenen Vertrag vor.

»Bitte sehr. Unser Kontrakt ist in allen Formeln durch einen Notar geprüft.«

Von der Oberin als Lehrschwester erwählt zu sein, galt als Ehre. Man akzeptierte sofort oder ließ es ganz. Vater nebst Tochter Wilke unterschrieben und schritten in stillem Ernst den Flur entlang zum Ausgang. Erst an der frischen Luft fielen sie sich glücklich in die Arme.

»Dunnerlittchen!«, meinte August. »Ein Dragonerregiment ist der reinste Ringelpiez gegen eure Oberin. Und so große Zähne und überall graue Haare. Wenn ihr mal *Rotkäppchen* aufführt, dann spielt die nicht die Großmutter, sondern den Wolf. Aber lass dich von der nicht bange machen. So dumm ist die ja nun auch wieder nicht, dass die nicht weiß, was sie an dir hat.«

* * *

Den Siemsens überbrachten August und Jette die Nachricht gemeinsam. Niemand auf dem Hof ließ Jette gern gehen, doch alle lobten sie für ihren Entschluss, ihr Leben den Kranken zu widmen. Der junge Raik schloss sich den Segenswünschen seiner Eltern an.

Beim Händeschütteln sah sie ihm nicht in die Augen, über den inneren Schmerz lächelte sie hinweg: »Und ein schlechtes

Gewissen muss ich nicht haben: Ich gehe zwar, aber dafür kommt ja Paula zu euch. Die ist mindestens so fleißig wie ich und freut sich schon.«

Es stimmte: Paula, nur ein gutes Jahr jünger, war wegen ihres Geburtsdatums zwei Schulklassen unter Jette und konnte sie als Melkmaid bei den Siemsens direkt ablösen.

Bis zu ihrem Umzug ins Schwesternheim blieb Jette auf dem Hof und versah ihren Dienst. Die Arbeit lenkte sie ab, denn auch wenn sie sich nach der Schwesternlehre sehnte, fürchtete sie doch den Abschied.

»Alles so normal wie möglich und ohne Geheule«, so wünschte sie sich den Moment der Trennung – und konnte dann doch ihre Tränen nicht halten.

Ihre Familie begleitete sie zum Bahnhof. Als Ulk hatte Paula ein rot kariertes Tischtuch mitgenommen, mit dem sie sich die Tränen abtupfte. Ein normales Taschentuch würde da nicht reichen, behauptete sie voller Überzeugung.

»Und keine Angst, ich halte hier die Stellung. Und schreib mindestens einen Brief pro Woche. So viel Zeit wird euch eure Oberin Rabiata wohl lassen. Und wir besuchen dich Pfingsten. Und gucken, ob du es auch ein bisschen schön hast in Berlin. Und wenn nicht, nehmen wir dich sofort wieder mit.«

Das Tischtuch ließ sich vortrefflich durch die Luft schwenken. Jette winkte zurück. Erst als der Bahnsteig hinter einer Biegung verschwand, schloss sie das Waggonfenster und ließ sich auf die Holzbank sinken. Wie schön. Sie hatte das Dritte-Klasse-Abteil für sich allein und konnte ihren Gedanken nachhängen.

Am frühen Abend traf sie im Schwesternwohnheim ein, und ihr blieb irgend noch die Zeit, das Bett zu beziehen und sich mit den drei Kameradinnen in der Schlafstube bekannt zu machen. Dann hieß es schon: Versammeln zur Antrittsrede! Adelheid Schroth sprach, und zwar von Barmherzigkeit und Nächstenliebe, vor allem aber von Sittsamkeit und Gehorsam.

Die Mädchen hatten es nicht anders erwartet, und sobald sie unter sich waren, kicherten sie los. Nein, so wie die Oberin wollte keine von ihnen werden, so streng und ohne Humor.

»Dann schon lieber zwei Dutzend Kinder kriegen«, meine Marie, die aus Buxtehude stammte. »Und keine weltfremde alte Jungfer werden. Schließlich will ich ja nicht ewig Krankenschwester bleiben.«

Die meisten Mädchen stimmten ihr zu. Jette schwieg und dachte an Raik. Hätte sie gern ein Dutzend Kinder mit ihm? Ach ja! Aber das waren ja bloß Hirngespinste.

Die Charité war eine weltliche Einrichtung, darum ließ Adelheid Schroth sich nicht mit Mutter Oberin, sondern Schwester Oberin ansprechen. Doch die Art, wie sie mit den Lernschwestern umging, war alles andere als schwesterlich. Harte Zeiten lagen vor den Mädchen. Sechs bis sieben Tage umfasste die Arbeitswoche, jeweils von fünf Uhr morgens bis acht Uhr abends mit zwei Stunden Pause. Jeder zweite Sonntag blieb dienstfrei, dann waren Ausgänge erlaubt, allerdings in Gruppen von mindestens vier Schülerinnen und nur bis halb acht Uhr abends. Ab dann hatte Ruhe zu herrschen, ab zehn Uhr galt Bettzeit. Neben der Oberin kontrollierten auch die Stationsschwestern, und gar nicht so selten geschah es, dass ein Mädchen wegen eines kleinen Regelverstoßes umgehend den Koffer packen und nach Hause abreisen musste.

Jede Minute ihrer freien Zeit kosteten die Mädchen aus, um Berlin zu erkunden. Fast alle stammten sie aus der Provinz, da bedeutete jeder kurze Spaziergang im Straßenwirrwarr schon ein Abenteuer. So viel Neues galt es zu entdecken – so viel Ungewohntes zu erleben. Bei allen Herrlichkeiten der Großstadt sahen sie auch ihren dunklen Teil. Das Leid der Menschen auf den Straßen machte vor den Toren der Charité nicht halt. Die berühmten Professoren unterhielten ihre Privatstationen, dort lagen die Reichen in komfortablen Einzelzimmern, fürsorglich umhegt und versorgt. Die Armen jedoch landeten zerlumpt, verdreckt und ausgehungert in riesigen, meterhoch gekachelten Krankensälen, stöhnend und schreiend in dicht gestellten Eisenbetten. Hier arbeiteten die Lernschwestern. Jette war oft allein für drei Dutzend Patienten zuständig, ihren Kameradinnen ging es nicht anders. Der Gestank von eitrigen Wunden, von Karbol und Jod, die kaum erträgliche Hilflosigkeit und das elende Sterben – daran gewöhnte Jette sich nur langsam. Vieles brachte sie an den Rand des Zusammenbruchs. Doch bei aller Erschöpfung ließ sie sich nicht unterkriegen. Was sie an innerem Reichtum mitnahm, wog jede Mühsal auf. Sie stürzte sich in ihre Arbeit, kein Wochenenddienst schien ihr zu lang, keine Nachtschicht zu anstrengend. Nach drei Jahren legte sie das Examen ab, staatlich geprüft mit Brief und Siegel.

Einige Kolleginnen verließen nach ihrer Prüfung die Charité und wechselten zu den Krankenhäusern an ihren Heimatorten, andere schieden ganz aus, um zu heiraten. Für die schnöde Zuneigung zwischen Mann und Frau zeigte die Oberin kaum Verständnis. Als Kaiserswerther Diakonisse wurzelte sie tief im lutherischen Glauben und fühlte sich als Magd und Braut des Herrn, wenn auch mit weniger strengen Regeln als eine Nonne. An der Charité stand sie einer weltlichen Schwesternschaft vor. Missionieren durfte sie nicht, aber sie durfte mahnen: »Eine Frau, die durchdrungen ist von der Nächstenliebe und der selbstlosen Hingabe für die Kranken, die wird sich an keinen Mann verschenken, weil doch die Liebe Gottes und die Demut vor seiner Schöpfung viel größer und wahrhaftiger sind.«

Die jungen Schwestern nahmen es hin. An katholischen Krankenhäusern sind die Oberinnen noch viel schlimmer, so dachten viele.

Im März 1890 feierte Jette mit ihrem einundzwanzigsten Geburtstag auch ihre Volljährigkeit. Sie zog in einen anderen Trakt des Schwesternheims, mit weniger starken Regeln und Kontrollen. Auch hier war Männerbesuch aufs Schärfste verboten, doch durften die Mädchen abends immerhin bis Mitternacht ausgehen, sogar ohne Begleitung.

Ihre freien Sonntage nutzte Jette zum Spazierengehen, manchmal allein, manchmal mit Kolleginnen, im Winter besuchten sie Konzerte oder Museen, im Sommer schipperten sie mit Ausflugsdampfern über Spree und Havel zu den großen Seen. Wie die meisten ihrer volljährigen Mitschwestern schrieb sie sich für einen Kursus in Gesellschaftstanz ein. Avancen bekam sie reichlich, doch kein Mann konnte so starke Gefühle in ihr entfachen, dass sie für ihn ihren Beruf aufgeben wollte. Mit einer Heirat schieden die Schwestern zwangsläufig aus dem Dienst, auch wenn sie noch kinderlos waren.

Eines Abends, beide lagen schon in den Betten, sprach ihre Zimmergenossin Anna sie an.

»Was ich denke, Jette: Du liebst einen Mann, den du nicht bekommen kannst. Und mit dem vergleichst du alle anderen Männer. Und weil keiner von denen mithalten kann mit diesem einen, darum nimmst du lieber gar keinen.«

Ihre Gefühle für Raik hatte Jette immer verschwiegen, doch nun, wo Anna den wunden Punkt traf, löschte Jette das Licht, starrte in die Dunkelheit und erzählte von ihren beiden Jahren auf dem Siemsen-Hof.

Anna hörte zu und ließ einige Sekunden verstreichen, ehe sie antwortete. »Aber das ist doch schon so lange her, Jette. Damals warst du erst zwölf. Bestimmt siehst du ihn in einem viel zu guten Licht. Das muss also jemand sehr Besonderes sein, damit du ihn so sehr lieben kannst wie deinen Raik.«

Wie seltsam das war. Seit Jahren kannten Anna und sie sich schon und lebten Seite an Seite. Trotzdem hatte Jette ihr noch nie das Herz ausgeschüttet. Jetzt tat sie es, laut und klagend drangen ihre Seufzer durch den dunklen Raum.

»Aber sieh mal, Anna. Es ist eben so. Ich fühle immer noch so tief für Raik und bin da ganz hilflos. Nur bitte verrate mich nicht. Ich komme mir ja selbst so lachhaft vor.«

Anna wahrte Jettes Geheimnis, niemand anderes erfuhr von ihren Gefühlen für Raik. Den Mitschwestern erklärte Jette, dass sie Männern gegenüber nicht abgeneigt sei, doch sie warte noch auf den Richtigen. Und falls der nicht komme, würde sie eben ihr ganzes Leben dem Beruf verschreiben, vielleicht wäre ihr das sogar lieber.

So redete Jette und war von jedem ihrer Worte aufs Innerste überzeugt. Doch dann endlich, endlich geschah es. Als sie längst schon fest davon ausging, dass kein Mann für sie bestimmt war – da trat Konrad in ihr Leben.

Anfangs wusste sie nicht, aus welcher Familie er stammte. Er selbst hatte seine Professoren und Kommilitonen gebeten, darüber zu schweigen, und in einer Stadt wie Berlin kam der Name Behnfeld häufiger vor.

Zunächst stellte Jette sich gar nicht die Frage nach dem Privatleben dieses frisch approbierten Arztes. Nur das fiel ihr auf: Er behandelte die Patienten ebenso wie die Pflegerinnen stets verbindlich und niemals dünkelhaft. Und er arbeitete umsichtig, unter seinen Händen ging es den Kranken gleich besser, und bei ihm starben weniger Patienten – jedenfalls kam es Jette so vor.

Eines Tages, bei einem Verbandswechsel an einer erfreulich rasch heilenden Wunde, trafen sich ihre Blicke. War es Zufall? Wohl kaum. Doch es wirkte auch nicht aufgesetzt. Die umstehenden Kollegen zumindest schienen nichts zu bemerken.

Sah dieser junge Arzt aus wie Raik? Vielleicht fühlte Jette sich deswegen von Anfang an so stark zu ihm hingezogen. Eine gewisse Ähnlichkeit zu Raik besaß er durchaus: große graue Augen und dunkelblondes Haar, bei Raik gelockt, bei Konrad dagegen glatt. Er trug einen schmalen Kinnbart, der ihm einen männlich bestimmenden Zug verlieh. Sein dichtes Haar bildete am Stirnansatz einen kleinen Wirbel. Selbst mit viel Pomade ließen sich die Strähnen hier kaum bändigen, und diese kleine Unordnung verlieh ihm auch mit bald dreißig Jahren noch die Anmutung eines großen Jungen. Als säße Konrad bei allem beruflichen Ernst doch stets ein kleiner Schalk im Nacken – und so war es tatsächlich. Ab und zu ulkte und scherzte er selbst mit den kränksten Patienten. Genau das schien ihnen gutzutun.

Jette merkte durchaus, wie ihre Gefühle für ihn auf eine erste vage Erwiderung stießen. Dennoch zögerte sie. Als Pflegerin stand es ihr nicht zu, gegenüber einem Arzt weitere Schritte zu tun. Doch so, wie dieser Mann sie auch in den folgenden Wochen ansah, brauchte sie nicht mehr zu zweifeln. Als würden seine Augen sie ganz und gar durchdringen. Von seiner Pupille in ihre ging dieser Blick und dann tief in ihren Körper bis auf den Grund ihrer Seele. Schließlich nahm sie seine Einladung an: nur ein kleiner Sonntagsspaziergang längs der Spree. Und doch kam es Jette vor, als wollte ihr die Brust zerspringen, übervoll von Glück und Sehnsucht.

Er öffnete sich ihr, erzählte seine Geschichte, und als sie erfuhr, aus welch illustrem Haus er stammte, hätte sie aufschreien mögen vor Schmerz und Kummer. Nein! Warum nur das? Damit war alles aus. Das konnte ja nichts werden.

Sie ließ sich ihre Enttäuschung nicht anmerken. Es war ja noch nicht viel passiert, nur eine erste zarte Liebschaft, die nun zu einem jähen Ende fand. Aus derart großen gesellschaftlichen Gegensätzen konnte kaum eine ernsthafte Verbindung erwachsen.

Konrad begriff auf Anhieb, was in ihr vorging.

»Sorgen Sie sich nicht, Fräulein Jette. Mein Vater ist ein Freigeist. Mir als drittem Sohn hat er die Berufswahl selbst überlassen. Zwei Söhne im Kontor sind ihm genug. Und wenn das für die Geschäftsführung nicht reichen sollte, dann stellt er lieber einen tüchtigen Prokuristen ein.«

Seine Feinfühligkeit beeindruckte sie, und als er sich ihr ein paar Wochen später in allem Ernst erklärte, da entrann ihren Lippen tief aus dem Grund ihrer Seele ein »Ja!«.

Es folgte die bezauberndste Zeit ihres bisherigen Lebens. Konrad hatte schon vorher einige Male die intime Zuneigung junger Frauen gewonnen, doch für eine Verlobung waren die Empfindungen auf beiden Seiten nicht stark genug gewesen. Jette hingegen ging ihre allererste Liebschaft ein. Was sie sich immer erträumt hatte, erfüllte sich nun. Auf einfühlsamste Weise näherte Konrad sich ihr an, und so fiel es ihr leicht, sich ihm hinzugeben. Beide wussten, durch welche Vorkehrungen ihre Liebe vorerst keine Leibesfrucht tragen würde. Eine wirkliche Sicherheit gab es nicht, doch Jette vertraute darauf, dass Konrad sie in jedem Fall zum Traualtar führen wollte.

Noch mussten sie eng miteinander arbeiten, von ihrer

Liebe sollten die anderen noch nichts erfahren. Erst als Konrad die chirurgische Station verließ und zur Inneren Medizin wechselte, planten sie die offizielle Verlobung.

»Mir fehlt leider die Zeit, jetzt nach Rügen zu fahren und bei deinem Vater um deine Hand anzuhalten. Also machen wir es umgekehrt: Ich stelle dich zuerst meiner Familie vor, und wir hoffen einfach, dass dein Vater später nicht übermäßig viel gegen mich einzuwenden hat.«

Jette stimmte in sein Lachen ein. Sie war volljährig und hätte das Einverständnis ihres Vaters nicht gebraucht.

An einem regnerischen Aprilsonntag anno 1891 holte Konrad sie vom Schwesternwohnheim ab. Auf ihren Wunsch hin hatte er keine Kutsche anspannen lassen, sondern war mit der Stadtbahn zum Lehrter Bahnhof gefahren und weiter zu Fuß gegangen. Den gleichen Weg nahmen sie nun zurück, und je näher sie der Villa kamen, umso weiter wuchs in Jette die Anspannung.

Er beruhigte sie. »Mein Vater kann gar nicht anders, als dich in sein Herz zu schließen, und den anderen wird es ähnlich gehen.«

Vor gut zehn Jahren war die Moabiter Niederlassung von Behnfeld & Söhne zu klein geworden. Justus hatte zwischen Potsdamer Platz und Gleisdreieck neue Fabrikhallen bauen lassen und nebenan inmitten eines großen Gartens die Direktorenvilla. Durch diese enge Nachbarschaft sparte er viel Zeit, die er für Besuche im Industrieklub oder in Kunstgalerien verwandte.

»Lass dich von dem Pomp nicht einschüchtern. Natürlich ist die Villa imposant mit dem Portal davor und dem Park dahinter und drinnen all der Komfort. Mein Vater hat an nichts gespart, doch andererseits sagt er immer: ›Reiche Leute, das sind bloß arme Leute mit viel Geld.‹«

Jette musste lachen. »Und wie meint er das?«

»Ganz simpel: Wir sind alle nur Menschen und haben die Sorgen, die Menschen nun mal haben. Insofern sind wir alle armselige Kreaturen. Jedem Menschen bürdet das Leben eine Last auf, die oft schwer zu tragen ist. Das gilt auch für Reiche.«

»Aber so einfach ist das doch nicht. Wer Geld hat, für den ist die Last oft kleiner. Oder viel leichter zu tragen, weil er sich Hilfe kaufen kann.«

»Nicht unbedingt«, Konrad senkte die Stimme. In der Stadtbahn hatten sie zwar eine Sitzbank für sich allein, doch was er nun sagte, durfte niemand mithören. »Manche Sorgen entstehen auch erst durch Geld. Zum Beispiel meine Schwägerin Eugenie: Sie hat Angst, dass man eins ihrer Kinder entführen könnte. Und uns dann erpresst, damit wir es lebend zurückbekommen.«

Jette erschrak. Eine Kindesentführung! Welch grauenvoller Gedanke.

Eine Viertelstunde später erreichten sie die Villa, und Konrad sollte recht behalten: Justus und Jette mochten einander auf Anhieb, nach der Teestunde drückte er sie an sein Herz.

»Sei mir als Tochter willkommen, liebe Jette. Auch Konrads Mutter hätte sich keine geeignetere Frau für unseren Jüngsten vorstellen können.«

Von nun an verkehrte Jette regelmäßig im Hause Behnfeld.

Trotz allen Geldes hegten die Behnfelds keinen Dünkel, sie neckten und stritten sich wie andere Familien auch, doch letztlich hielten sie zusammen. Bei Justus entdeckte sie immer mehr Gemeinsamkeiten mit ihrem eigenen Vater. Beide waren gleichen Alters und von gleicher untersetzter Statur, verfügten über ähnlichen Humor und ergrauten in allen Ehren. Während August jedoch den dünnen Haarkranz regelmäßig stutzen ließ, trug Justus sein dichtes fahles Haar bis weit über den Kragen.

»Mein Vater hat selbst kein künstlerisches Talent«, erklärte Konrad. »Doch er fühlt sich Künstlern verbunden, und wo er eine besondere Begabung wittert, da fördert er sie. In seiner Haartracht ahmt er übrigens Franz Liszt nach, eine Künstlermähne eben.«

Jette nahm Justus' Marotten gern hin, und weil auch sonst alles zum Besten verlief, schrieb sie lange Briefe nach Binz. Behutsam machte sie ihre Familie damit vertraut, wen sie sich da ausgesucht hatte und in welchen Kreisen sie wohl bald verkehren würde.

August schrieb zurück: *Dass Dein Konrad so viel Geld hat, will ich ihm nicht verdenken. Aber ich muss ihm wenigstens mal in die Augen gucken.*

Ein paar Wochen später reiste das junge Paar nach Rügen, Konrad ließ sich von August in die Augen gucken, und keine Sekunde später gab es von ihm den Segen. Auch Verwandte, Bekannte, Freunde und Kollegen überschütteten das junge Paar mit guten Wünschen, niemand äußerte den geringsten Zweifel an der Aufrichtigkeit ihrer Liebe.

Und dennoch. Eine Person gab es, die Jettes und Konrads Glückseligkeit trübte: Oberin Adelheid Schroth. Während der Verlobungszeit wohnte Jette weiter im Schwesternheim und ging ihrer Arbeit nach, doch mit der Heirat würde sie aus dem Dienst scheiden.

Anfangs ließ die Oberin sich ihren Unmut nicht anmerken. Sie achtete peinlich darauf, dass Schwester Henriette Wilke aufgrund ihrer Verlobung mit dem Arzt und Behnfeld-Erben keinerlei dienstliche Vorteile erwuchsen. Weil Jette aber so umsichtig arbeitete wie zuvor, vermied Adelheid Schroth jeden Kommentar über die Verbindung. Erst kurz vor der Hochzeit im Juni 1894, als die Zukunftspläne von Konrad und Jette an der Charité längst bekannt waren, sprach die Oberin ihre Untergebene darauf an.

»Und, Schwester Henriette? Was machen die großen Ideen Ihres Herrn Schwiegervaters? Geht es gut voran mit dem Sanatorium?«

Jette schilderte den Baufortschritt. Sie tat das sachlich, ohne den kleinsten Ton von Überheblichkeit, doch die Oberin versprühte weiter ihr Gift.

»Ich hielt Sie ja immer für bescheiden, Schwester Henriette. Doch da habe ich mich wohl geirrt. Sie haben sich einen dicken Fisch an Land gezogen. Den allerdicksten. Nur glauben Sie mir: Eine Frau, die zu hoch hinauswill, die muss büßen. Zu viel Ehrgeiz kostet einen hohen Preis, dafür wird unser Herrgott schon sorgen.«

Jette erstarrte. Für einen Moment schloss sie die Augen und hätte auch gern die Ohren geschlossen. Eine heiße Welle des Zorns erfasste sie, ihr Kehlkopf spannte sich an, und ihr Mund wurde weit. Doch in letzter Sekunde beherrschte sie sich. Zurückzuschreien hätte alles viel schlimmer gemacht. Damit hätte sie die Oberin nur noch mehr gegen sich aufgebracht, und das hätte unterm Strich vielleicht sogar Konrad geschadet, der ja noch zwei Jahre an der Charité arbeiten wollte.

Jette straffte den Rücken, machte auf dem Absatz kehrt und ging zurück an ihre Arbeit. Für den Rest des Tages ließ die Oberin sich nicht mehr blicken. Ob sie ihre Worte bereute? Vielleicht. Aber zugeben würde sie das nicht. Dazu fehlte ihr die menschliche Größe.

* * *

So oft hatte Jette die Behnfeldsche Villa besucht. Als sie aber mit ihrer Heirat dort einzog, fiel ihr die Umstellung schwer: Allein das viele Personal! Neben der Hausdame gab es eine Köchin, mehrere Mädchen fürs Servieren, Spülen, Putzen und Waschen, einen Butler, einen Hausdiener, einige Gärtner, einen Kutscher samt Stalljungen und einen Chauffeur für den jüngst angeschafften Patent-Motorwagen der Marke Benz-Velociped.

»Zugegeben«, meinte Justus, »wir würden wohl auch mit weniger Leuten hinkommen, aber warum sollte ich jemanden entlassen? Sie sind hier in sicherer Stellung. Das kannst du doch bestimmt wertschätzen, liebe Jette.«

So gut wie möglich passte sie sich den Verhältnissen an. In der Krankenpflege hatte sie sich als Dienerin ihrer Patienten verstanden, mit ihrer neuen gesellschaftlichen Stellung kehrte sich ihre Rolle um. Sie *durfte* sich nicht nur bedienen lassen, nein, sie *musste* es geradezu, alles andere hätte die Bediensteten irritiert, wenn nicht gar gekränkt. Aus Schwester Jette wurde nun eine *gnädige Frau.*

In Amerika gab es Frauen, die trotz des Reichtums ihrer Männer einer bezahlten Arbeit nachgingen – vorausgesetzt natürlich, sie mussten sich nicht um Kinder kümmern. Auch Jette hätte ihre Anstellung an der Charité gern behalten, doch das wäre unvereinbar gewesen mit ihrer Position als Schwiegertochter im Hause Behnfeld. Justus pflegte zwar seinen Ruf als Freigeist, aber so weit ging es mit dem freien Denken dann doch nicht. Eine Frau Doktor Behnfeld durfte keiner Lohnarbeit nachgehen. Vielmehr sollte sie sich auf ihr Mutterglück vorbereiten. Doch auch vier Monate nach der Hochzeit kündigte sich kein Kind an.

»Das hat nichts zu bedeuten, Liebchen. Bei vielen Paaren dauert es über ein Jahr. Deine Eltern mussten sogar jahrelang auf dich warten, Paula kam nur vierzehn Monate danach, ihr zwei seid prächtig gediehen, aber deine Mutter wurde nach euch nie mehr schwanger. Kinder sind ein Geschenk der Natur. Sie kommen eben, wann sie wollen.«

Jette wollte nicht hadern mit einem Schicksal, das ihr so viel Wunderbares bescherte. *Eine Frau, die zu viel will, die muss büßen.* Die Worte der Oberin hallten in ihr nach. Wollte sie wirklich zu viel vom Leben? All der Luxus, das Ansehen, der Einfluss, den sie sich erheiratet hatte. Hatte sie nicht vielleicht schon viel mehr bekommen, als ihr zugestanden hätte? Und deswegen blieb ihr nun ein Kind versagt? Konrad tat die Mahnung der Oberin ab als dummes Altweibergeschwätz, erfüllt von Neid und Hass. Für Jette hingegen saß der Stachel tief. Manchmal kam es ihr vor, als verfolgten die Worte sie wie ein Fluch, doch das behielt sie für sich.

Zu acht Personen bewohnten sie die Direktorenvilla, vier Erwachsene und vier Kinder. Im Erdgeschoss mit der Terrasse zum Park hin lagen die großen Salons, die Bibliothek und der Billardraum, im ersten Oberstock die kleineren privaten Salons sowie die Schlafräume und die Kinderzimmer.

»Komfortabel und großzügig«, so beschrieb Justus die Wohnsituation. »Wir beschaffen tausend Menschen eine gute Arbeit, da dürfen wir uns diesen Luxus gönnen, aber wir sollten bedenken: Geld braucht immer einen Sinn!«

Juju, der seinem Bruder Theo drei und seinem Bruder Konrad acht Lenze voraus hatte, galt als ernsthafter und tüchtiger Geschäftsmann. Die Geschicke der Fabrik lenkte er eigenständig, auch wenn das letzte Wort stets bei seinem Vater lag. Wochentags ließ Juju sich schon um sechs Uhr ein Frühstück in den Speisesalon bringen und aß allein, weil seine Frau Eugenie entweder noch schlief oder sich um die Kinder kümmerte. Mittags nahm er im Büro nur eine heiße Suppe zu sich. Erst um halb acht Uhr abends saß er mit den anderen am Tisch, erschöpft von seinem Tagwerk.

»Du bist eben ein wahrer Held unserer Firma.« Das sagte Justus dazu und meinte es halb anerkennend, halb vorwurfsvoll. Seiner Meinung nach besaß Juju zu wenig Sinn für alles Schöngeistige. Doch immerhin führte er mit Eugenie eine glückliche Ehe, und an Sonntagen widmete er jede freie Minute seinen Kindern.

Mit ihrem kastanienroten Haar und den rehhaften braunen Augen galt Eugenie zu Recht als Schönheit, selbst jenseits der dreißig hielt sie ihre schlanke Statur. Dabei hatte sie in nicht mal sieben Jahren ihrem Juju vier Kinder geschenkt. Anno 1891, bei Jettes erstem Besuch in der Behnfeldschen Villa, waren Klein Justus und Ludwig schon geboren. Victor war im Jahr darauf gefolgt, und die ersehnte Theresia hatte im Frühjahr 1894 das Licht der Welt erblickt. Alle vier gediehen aufs Beste. Für die Sorge um das allgemeine Wohl gab es eine Kinderfrau und für die Aufsicht der beiden Ältesten auch schon eine Gouvernante. Natürlich hätte Eugenie sich auch eine Milchamme leisten können, doch sie legte die Kinder selbst an. In höheren Kreisen galt dies als ungewöhnlich, Eugenie indes beharrte auf ihrem Standpunkt und bekam Unterstützung von Konrad.

»Richtig, Eugenie. Keine noch so fürsorgliche Amme kann die Mutter ersetzen. Vorausgesetzt, sie produziert selbst genügend gute Milch und ist aus tiefer Überzeugung bereit, ihr Kind zu stillen.«

Eugenies Haltung zur Mutterschaft konnte Jette egal sein. Mit der sechs Jahre älteren Schwippschwägerin wurde sie nicht recht warm, dafür gab es wohl mehrere Gründe. Eugenie stammte aus dem Großbürgertum. Ihre Eltern besaßen eine Manufaktur für hochwertige Füllfederhalter, ihre Mutter war eine geborene Freiin von Tress. Jette und Eugenie verhielten sich freundlich zueinander, jedoch auf reservierte Art. Manchmal schien es, als hätte Eugenie Angst, Jette könne sie von ihrer Vorrangstellung als Dame des Hauses verdrängen. Dabei hegte Jette keinerlei Absicht, Eugenie von diesem Thron zu stoßen. Sie ging jedem Streit aus dem Weg. Mit dem Wegzug nach Binz würde sich das Problem ohnehin lösen.

Der Sommer nahm seinen Lauf. Im September fuhren Jette, Konrad, Theo und Justus nach Rügen zum Richtfest des Sanatoriums, zwei Wochen später trat Theo seine Reise nach Manchester an. Wie die übrige Familie hatte Jette Bedenken: Würde Theo dort mit den Eigenheiten seiner Hirnsyphilis wirklich nicht negativ auffallen? Würde man ihn vielleicht schon bald wieder zurück nach Deutschland schicken? Justus' alter Freund Mortimer, bei dem Theo nun tätig war, schrieb regelmäßig Briefe nach Berlin und lobte Theos Fleiß. Er lerne die Sprache schnell, führe einen anständigen Lebenswandel und sei in allen Punkten zuverlässig. Die Behnfelds durften aufatmen.

Der Herbst begann, die Heirat lag vier Monate zurück, und Jette war noch immer nicht schwanger. Konrad spürte ihre tiefe Verzweiflung, und wohl deswegen kam ihm so rasch eine Idee.

»Und wenn du meinen Vater bei den Begehungen begleitest? Das wäre doch eine gute Abwechslung.«

Als Patriarch überwachte Justus vor allem das Kontor, wo man die Wirtschaftszahlen zusammentrug. Was in den Lagern und der Spinnerei, der Färberei und an den Webstühlen geschah, darüber mussten ihm Juju und der Oberwerkmeister täglich Bericht erstatten. Einmal im Monat jedoch nahm er die Fabrik selbst in Augenschein. Dann ließ er sich alle

Neuerungen erklären, befühlte die Stoffe und fand manch aufmunterndes Wort für die Arbeiter.

»Meine Mutter ist früher mitgegangen«, erklärte Konrad. »Und die Belegschaft hat sich darüber gefreut. Unsere Tuche werden ja im Einzelhandel meist von Frauen gekauft. Meine Mutter wusste gut, worauf eine Hausfrau beim Stoffkauf achtet.«

»Und Eugenie? Wird die denn nicht eifersüchtig? Wenn ich bei den Begehungen dabei bin und sie nicht?«

»Ach, mien Leev, dat will'n wi wol kriegen«, er drückte Jette fest an sich, beide lachten über sein ungelenkes Plattdeutsch. »Eugenie hat sich nie sonderlich für die Fabrik interessiert. Und vor Menschen, die ihr fremd sind, schreckt sie eher zurück. Sie hat sicher nichts dagegen, wenn du Justus begleitest, außerdem kann sie sich immer noch mit ihren Mutterpflichten rausreden. Kurzum: Ihr bleibt ohnehin keine Zeit für die Fabrik.«

»Und du glaubst, dein Vater nimmt mich mit?«

»Wärrt he wol.«

Konrad spendierte ihr einen Kuss auf die Nasenspitze, über seine Schulter hinweg wandte Jette ihren Blick zum Ehebett.

HEINZI

Justus war gern bereit, sie in die Fabrik mitzunehmen. »Du trittst da allerdings in große Fußstapfen. Meine Thekla war beliebt, die Arbeiter haben sich bei den Begehungen immer auf sie gefreut.«

Die Begehung fand an einem Mittwoch statt, und wie jeden Werktag ging Justus um halb acht Uhr ins Kontor. Jette sollte um zehn Uhr in die Fabrik kommen, zum Dienstzimmer von Oberwerkmeister Kretschmer. Vor einigen Jahren hatte sie den leitenden Werkmeister kurz kennengelernt und von Anfang an nicht gemocht. Kretschmer, ein Mann wie ein Kleiderschrank, mit raspelkurzem dunklem Haar und Schnäuzer, galt wegen seiner herrischen Art als heikler Charakter. Seine Aufgaben jedoch erfüllte er vortrefflich. Deswegen behielt Justus ihn und sah ihm einiges nach.

Pünktlich kam Jette in die Vorhalle, Justus stand schon mit Kretschmer vor dessen Dienstraum. Der Werkmeister begrüßte sie mit dem gebotenen Respekt, und doch spürte sie: Ihre Anwesenheit behagte ihm ganz und gar nicht. Wäre es nach ihm gegangen, hätte er sie gleich wieder nach Hause geschickt.

Die drei begannen im Garnlager. Riesige Spulen mit Wolle und Baumwolle reihten sich die Wände entlang und quer durch den Raum. Ein Teil der Halle beherbergte Garne, die Justus nicht selbst fertigen, sondern liefern ließ: Seide gehörte dazu sowie Filamente aus Kupfer, Silber oder Gold.

Am Zustand des Lagers fand Justus nichts auszusetzen, sie gingen hinüber in die Färberei.

»Und?«, fragte Justus gut gelaunt. »Was haben unsere Leute da heute im Kessel? Hoffentlich nichts allzu Unangenehmes?«

»Nicht so sehr, Herr Direktor. Heute machen wir Türkischrot, also Krappwurzel«, Kretschmer wandte sich an Jette. »Das riecht nur leicht nach Essig, also ganz ungefährlich.«

Jette nickte verbindlich. Schon als Kind hatte sie gesponnene Wolle mit Krappwurzel eingefärbt – nicht in einer Fabrik, sondern in einer Glasschüssel auf dem Küchentisch. Sie kannte also die Methode. Aber wenn der Werkmeister ihr in sachlichem Ton etwas erklärte, wollte sie wenigstens so tun, als wäre sie ihm dankbar.

Aus gutem Grund stand die Färberei ganz am Rand des Fabrikgeländes an den Bahngleisen, in näherer Umgebung gab es kaum Wohnbebauung. Im Laufe eines Monats zogen die unterschiedlichsten Gerüche durch die Halle, je nachdem, was die Männer ansetzten. Besonders bestialisch stank Färberwaid, das deutsche Indigo. Der Blauton erfreute sich großer Beliebtheit, doch beim Färben standen Dämpfe von Uringeruch und Schwefel in der Luft. Ähnlich unerträglich für die Nase war das Rotbraun von indischem Henna.

An diesem Tag hatten die Färber mit der Krappwurzel freundlicherweise einen geruchsarmen Sud aufgesetzt – aus Rücksicht auf den Herrn Direktor und seine Schwiegertochter.

Beim Betreten der Halle bemerkte Jette einen jungen Mann von drahtiger Statur, der sich flink und geschickt bewegte. Zu seinem auf Daumenbreite gestutzten Vollbart trug er das dichte dunkelblonde Haar so lang, wie es die Werksordnung gerade noch erlaubte. Sack um Sack schleppte er Alaun zur

Beize, kletterte auf eine Leiter und schüttete die Kristalle ins Becken.

Justus grüßte ihn wie alle Arbeiter hier, beachtete ihn aber nicht weiter, sondern ging weiter zum Färbetrog. »Schau mal hier, liebe Henriette. Türkischrot, ein satter Ton, der ins Purpurne spielt. Das soll ganz modern werden in den nächsten Jahren. Aus dem Wolltuch lässt du dir was Schönes schneidern. Einen Mantel oder ein Kleid.«

Türkischrot war recht auffällig, fand Jette. Ein Mantel in der Farbe erschien ihr zu gewagt, dann schon lieber ein Nachmittagskleid, hochgeschlossen und mit schwarzen Knöpfen. Wadenlang bei schmal geschnittener Hüfte, wie es seit einigen Jahren Mode war, dazu schwarze, knöchelhohe Stiefelchen. Ja, das könnte ihr gefallen – und Konrad sicher auch.

»Vielen Dank, Schwiegerpapa. Wenn der Wollstoff fertig ist, komme ich gern darauf zurück.«

»Aber sicher.«

Justus schenkte ihr ein väterliches Lächeln, da kam von hinten noch ein weiterer Kommentar:

»Und wenn ich das so sagen darf. Unser Herr Direktor hat recht. Diese Farbe steht Frau Doktor bestimmt ganz besonders gut.«

Jette wandte sich um. Der junge Arbeiter hatte sich mit angemessenem Abstand zu ihnen gesellt.

Auch Justus und Kretschmer drehten verwundert die Köpfe.

»Rosukat!« Kretschmers Wangen färbten sich, als wollten sie mit dem Türkischrot konkurrieren. »Das ist ja ungeheuerlich! Sie entschuldigen sich! Sofort!«

Doch der Mann schreckte nicht zurück. »Herr Werkmeister, nur einen Moment bitte«, er verbeugte sich vor Jette. »Ich liebe meine Ehefrau von Herzen, und die hat die gleichen hellen Haare wie die gnädige Frau Doktor. Türkischrot schmeichelt solchen Frauen«, wieder verbeugte er sich. »Wilhelm Rosukat mein Name, wohnhaft Köthener Straße. Verzeihen Frau Doktor die Störung, bitte. Ich möchte Frau Doktor nämlich gern sprechen. Wegen Heinzi, meinem kleinen Sohn. Der ist krank.«

Kretschmer pumpte sich auf. »Dann bringen Sie den Jungen gefälligst zum Arzt! Dafür versichern wir Sie schließlich. Aber belästigen Sie die Herrschaften nicht. Nur wegen einem kranken Kind.«

Rosukat hielt dem Ausbruch stand. Seine Stimme zitterte, doch er ließ sich nicht beirren. »Beim Arzt waren wir ja schon. Der weiß nicht, was es ist. Jedenfalls noch nicht. So sagt er das.«

Justus, der bis eben noch schweigend die Szene beobachtet hatte, wandte sich nun an den Arbeiter. »Sie stören in der Tat den Ablauf, Herr Rosukat. Aber die Sache ist ja wohl wichtig. Meine Schwiegertochter hört Ihnen jetzt zu. Aber halten Sie sich bitte kurz, wir müssen weiter.«

Er nickte Jette zu, und die fragte sogleich: »Wie alt ist Ihr Söhnchen denn überhaupt, Herr Rosukat?«

Das Antlitz des Arbeiters entspannte sich, endlich erhörte man ihn. Dankend verbeugte er sich vor Justus und gleich darauf wieder vor Jette.

»Bald zwei Jahre, Frau Doktor, unser erstes und bisher einziges Kind. Und Sie waren ja früher Krankenschwester. Und Ihr Mann ist ein sehr guter Arzt an der Charité. Da arbeitet doch auch Professor Behring.«

Behring! Ganz Deutschland wusste, was Professor Behring erforschte. Darum ging es also! Jette warf ihren beiden Begleitern bedeutungsvolle Blicke zu. Justus nickte ernst, in Kretschmers Miene dagegen bewegte sich wenig, immerhin grollte er nicht mehr.

»Dann hat Ihr Sohn vielleicht die Rachenbräune? Diphtherie?«

»Genau, Frau Doktor. Das heißt: Der Arzt sagt, vielleicht ist es diese Krankheit. Es könnte auch bloß eine normale Mandelentzündung sein. Er ist sich nicht sicher. Wir hoffen das Beste, aber wahrscheinlich ist es doch …«, Rosukats Stimme versagte, er schaute zu Boden.

Würgeengel der Kinder. So nannte der Volksmund die Krankheit. Kinder zwischen zwei und zehn Jahren traf die Diphtherie besonders heftig, bei den Zweijährigen starb jedes zweite Kind. Dabei verursachte der Bazillus nicht nur eine Entzündung, sondern schied noch ein heimtückisches Gewebsgift aus. Auch wer die Krankheit überstanden hatte, war keineswegs immun. Jederzeit konnte das Bakterium erneut zuschlagen, Zehntausende fielen ihm allein in Berlin jedes Jahr zum Opfer. Zusammen mit anderen Professoren forschte Emil Behring seit einigen Jahren an einem Heilserum, einer Art Gegengift. Es gab erste Erfolge, jedoch noch kein verlässliches Mittel. Mit Hochdruck trieb Behring seine Versuche voran.

»Diphtherie ist ein schlimmer Verdacht, Herr Rosukat«, in väterlicher Weise hob Justus die Hand. »Sie sollen in Ruhe mit meiner Schwiegertochter sprechen. Wann haben Sie Pause?«

»Um zwölf Uhr, Herr Direktor.«

»Gut«, Justus wandte sich an seinen Begleiter. »Und Sie, Herr Kretschmer, sind selbst Familienvater. Sorgen Sie bitte dafür, dass Herr Rosukat und meine Schwiegertochter ungestört reden können. Und er darf heute seine Pause verlängern, damit er noch in Ruhe essen kann. Er schleppt die Alaunsäcke bitte nicht mit leerem Magen.« Justus zog seine Taschenuhr, die Geste war klar: Er wollte den Rundgang fortsetzen.

Mit abermaliger Verbeugung ging Rosukat zurück zum Beizebecken.

Auf dem Korridor nahm Justus sie kurz auf die Seite: »Unsere Leute dürfen dich nicht ausnutzen, Jette. Nicht mal für ein todkrankes Kindes. Die Sache mit Rosukat muss eine Ausnahme bleiben. Und jetzt auf in die Produktion.«

Die Produktion. Das waren die Webstühle, an denen Hunderte Meter bester Tuche entstanden – pro Minute wohlgemerkt. Drei riesige Dampfkessel trieben über Räder, Stangen und breite Riemen die Webstühle an. Für den Unterhalt der Maschinen beschäftigte Behnfeld & Söhne ein halbes Dutzend Ingenieure sowie zwanzig Schlosser und Schmiede. Unentwegt kontrollierten sie die Abläufe, ölten die Gelenke und waren bei Störungen gleich zur Stelle.

»Sie wünschen einen Gehörschutz, Herr Direktor?«

Er nickte, und auch Jette griff zu, als Kretschmer eine Schachtel mit rosafarbenen, wachsgetränkten Wattekugeln hinhielt.

Justus erwartete vollste Aufmerksamkeit. Ihre Gedanken an den kranken Heinzi schob Jette beiseite, im Moment galt es, die Augen offen zu halten: Die flachen Garnspulen mit dem Schussfaden nannte man Schützen, rasend schnell schossen sie zwischen den längs verlaufenden Kettfäden hin und her, ein ungeübtes Auge kam kaum noch mit. Die meisten Arbeiter hier waren keine gelernten Weber. Sie mussten nur darauf achten, dass die Schützen stets genug Garn hatten und die Kettfäden auf ihren Spulen nachliefen. Auf der Rückseite der Webstühle wickelte sich das Tuch automatisch auf Metallrollen. Waren genügend Meter aufgelaufen, durchrennte man den Stoff mit einem Scherblatt und setzte eine Leerrolle ein. Später bei den Großhändlern würden fleißige Frauenhände je dreißig Meter Tuch auf Kartonkartuschen wickeln. So entstanden die Leichtballen für den Einzelhandel.

Mit allem, was er hier zu sehen bekam, war Justus zufrieden. Und auch wenn er sich eben noch über Kretschmers schroffes Verhalten geärgert hatte, lobte er seinen Werkmeister nun. An der technischen Führung des Betriebs ließ sich nichts aussetzen.

»Und jetzt, liebe Henriette«, Justus zog sich die Wattekugeln aus den Ohren, »das Schönste zum Schluss.«

Das Schönste – damit meinte er die Handweberei. Die kleine Halle war zu drei Seiten verglast, keine Dampfmaschine störte, nur das Klappern der mechanischen Webstühle durchdrang den hohen Raum. Justus setzte dafür seine besten Handwerksmeister ein, allein Einkauf und Import der fernöstlichen Garne kosteten ein Vermögen, doch es lohnte sich. Der industrielle Aufschwung brachte immer mehr Wohlstand hervor. Eine reiche Käuferschicht hüllte sich bei großen Festen gern in edle Seide, oft durchwirkt von Gold- und Silberfäden.

Ein Webstuhl fand Jettes besondere Aufmerksamkeit. Hier entstand ein exquisiter Stoff, cremeweiß mit sanftem Schimmer.

»Das ist doch die Atlasseide? Diese ganz spezielle?«

Der Webermeister lächelte. »Richtig, Frau Doktor. Daraus haben Sie sich Ihr Hochzeitskleid schneidern lassen. Und jetzt gibt es wieder einen Auftrag dafür.«

»Wohl wahr. Und zwar für allerhöchste Kreise«, Justus legte den Finger an die Lippen. »Mehr als zwanzig Meter. Und bestickt werden soll die auch noch. Per Hand selbstredend, und mit echten Diamanten.«

Jette verstand. Offenbar ging es um einen Auftrag für das Kaiserhaus. Solche Fälle behandelte die Firma stets äußerst diskret.

Pünktlich um zwölf beendete Justus die Begehung, Jette erhielt höchstes Lob.

»Du bist beliebt bei den Arbeitern, so wie damals meine Thekla. Und du warst sehr aufmerksam. Obwohl du sicher unentwegt an den kranken Jungen denkst.«

So sachlich und geschäftsmäßig Justus als Unternehmer auch sein konnte: Nie vergaß er die menschliche Seite, selbst wenn er sein Mitgefühl manchmal verbarg.

Er lächelte. »Der Kleine ist dir wichtiger als die schönste Weberkunst. Nun ja, das gehört sich so für eine Krankenschwester. Und jetzt hast du eine halbe Stunde, dann gibst du den Raum bitte wieder frei. Wir sehen uns beim Essen.«

Augenblicke später kam auch Wilhelm Rosukat zum Treffpunkt. Höflich verabschiedete Jette sich von Kretschmer, ging mit dem Färber in den Dienstraum und nahm gleich das Gespräch vom Vormittag wieder auf. »Wie war das denn eigentlich? Hat ein Arzt Ihnen dazu geraten? Dass Sie Heinzi bei Professor Behring vorstellen?«

Rosukat saß Jette am Schreibtisch gegenüber, die Augen scheu auf sie gerichtet und deutlich angespannt. Doch seine Antwort kam ohne Umschweife. »Ach was, Frau Doktor. Mit Heinzi direkt zum Professor, das geht ja nur in der Privatsprechstunde. Aber die kann sich unsereins doch gar nicht leisten. Meine Frau hat eine Freundin, die weiß das. Professor Behring kommt auf die Stationen und sucht Kinder aus, denen spritzt er das Heilserum. Aber das sind alles sehr kranke Kinder. Viel kränker als Heinzi. Bei ihm ist die Rachenbräune ja erst am Anfang. Falls es überhaupt eine ist.«

Jette nickte. »Aber bei alldem handelt es sich vorerst nur um Versuchsreihen. Man muss streng wissenschaftlich vorgehen, sonst kann man das Ergebnis nicht verwerten.«

»Und deswegen nimmt Professor Behring nur ganz kranke Kinder?«

»Richtig. Die jetzigen Experimente sind für besonders schwere Fälle. Später gibt es sicher auch Versuche an Kindern, die leichter erkrankt sind. Wie gesagt: alles mit Methode.«

Für einen Moment schloss Rosukat die Augen und stöhnte auf. Seine Stimme gewann an Schärfe. »Die Methode also. Die ist wichtiger als das kranke Kind.«

»Keineswegs. Aber die richtige Methode ist zwingend nötig. Das Heilserum, dieses Antitoxin, ist ja kaum ausgereift. Wir wissen nicht mal, ob es allgemein wirksam ist. Oder in welchem Stadium der Krankheit. Deswegen die Versuchsreihen.«

»Gut. Aber wenn man das nicht mal weiß, dann ist es doch auch egal, ob man es an hundert oder hundertundein Kindern ausprobiert. Und dann ist dieses eine Kind mehr eben mein Heinzi.«

Vielleicht hatte Jette ihn unterschätzt. Wie ein Löwe kämpfte er für sein Söhnchen.

Sie zögerte noch, da setzte er nach: »Meine Frau und ich, wir hatten so große Hoffnungen, als wir hergezogen sind. Von Allenstein. Und dass ich die Arbeit hier habe und gut verdiene. Sie muss nicht mitarbeiten. Wir müssen Heinzi nicht aus dem Haus geben tagsüber, wie so viele andere Familien. Und trotzdem ist er jetzt krank.« Seine Stimme brach, er schluckte und räusperte sich. »Bitte, Frau Doktor. Helfen Sie uns, dass Heinzi das Serum jetzt schon kriegt. Nicht erst später. Wenn er noch kränker ist. Bitte!«

Jette dachte an ihre kleine Nichte Evchen und Konrads Nichte Theresia, die beide so alt waren wie Heinz. Was, wenn ihre Mütter, wenn Paula oder Eugenie um Hilfe bitten würden? Dann würde Jette doch auch keine Sekunde warten, das Antitoxin-Serum zu beschaffen.

»Nun gut. Ich bitte meinen Mann, mit seinen Kollegen von der Kinderklinik zu sprechen, ob Ihr Heinzi mit in die Versuche kommt. Aber machen Sie sich keine falschen Hoffnungen. Versprechen kann ich nichts.«

»Trotzdem danke, Frau Doktor«, er sprang vom Stuhl auf, nahm die Hände an die Hosennaht und verbeugte sich. »Danke, danke, danke.«

Hätten die beiden sich näher gekannt, wären sie sich in dem Moment wohl freundschaftlich in die Arme gefallen. Unter den gegebenen Umständen aber verbat das schon die Etikette. Also beließen sie es bei einem Händedruck.

»Ich lasse einen Boten schicken, Herr Rosukat. Ihre Adresse haben wir ja.«

Als er vom Stuhl aufstand, zitterten ihm die Knie. »Die Freude«, erklärte er verlegen. »Und aufgeregt bin ich natürlich auch. Mein kleiner Heinzi. Bei so einem berühmten Professor.«

Jette lächelte einfühlsam. Sollte sie ihn noch einmal warnen? Ihn vor übergroßen Erwartungen schützen? Doch sie wollte nicht seine Hoffnung schmälern.

Die beiden verabschiedeten sich. Rosukat ging in die Werkskantine, Jette zurück in die Villa.

* * *

Kaum kam Konrad abends aus der Charité heim, da überfiel Jette ihn mit den Neuigkeiten. Von der Begehung erzählte sie, von der Schärfe des Oberwerkmeisters und der flehenden Bitte des Färbers Wilhelm Rosukat.

Auch Konrad hatte Bedenken, ließ sich aber überzeugen.

»Ich rede mit Behrings Oberarzt. Oder wenigstens dem Oberassistenten. Und morgen Abend gebe ich Bescheid.«

»Abends erst? Damit verlieren wir aber viel Zeit. Darfst du nicht den Fernsprecher im Dekanat benutzen? In so einem wichtigen Fall?«

»Ich kann es versuchen, aber keinesfalls schon morgens. Frühestens ab zwei.«

Jette dankte ihm mit tausend Küssen.

Im Privatkontor der Villa, einem kleinen Raum neben der Eingangshalle, stand ein Fernsprechapparat. Tatsächlich meldete Konrad sich um kurz nach zwei Uhr: Professor Behring war bereit, Heinzi in die Versuche aufzunehmen. Mutter und Kind sollten so bald wie möglich in die Pädiatrische Abteilung kommen.

»Danke!«, mit dem Hörer in der Hand hüpfte Jette auf und nieder. »Sag das deinen Kollegen. Und ich freue, freue, freue mich!«

Konrad musste auflegen, er stand ja im Dekanat und wurde vom Sekretär beäugt. Zu dumm aber auch, dass es dort nur diesen einen Fernsprecher gab, dachte Jette. Viel mehr Apparate sollte es geben. Auf jeder Krankenstation einen oder gleich mehrere. Dutzende Menschenleben könnte man damit retten. Jeden Tag. Und einfacher müsste das alles werden. Diese ganze Technik war doch viel zu kompliziert.

Jette rief beim Fernmeldeamt an, das Fräulein dort stöpselte eine Verbindung in die Telefonzentrale der Fabrik zu einem anderen Fräulein, das wiederum die Kabel steckte. Schließlich erreichte Jette den Kontorleiter und bat darum, einen Boten in die nahe gelegene Köthener Straße zu schicken: Die Arbeiterfrau Marie Rosukat möge sofort mit ihrem Söhnchen in die Charité kommen.

»Selbstredend, Frau Doktor. Der Herr Direktor hat uns zu der Sache schon in Kenntnis gesetzt.«

Jette bedankte sich.

Am Abend brachte Konrad gute Neuigkeiten. Heinzi lag auf Behrings Station, für den Folgetag waren Untersuchungen geplant, und dann sollte er wohl an den Experimenten teilnehmen.

»Es ist und bleibt ein Sonderfall. Bisher laufen noch keine Versuche bei Diphtherie im Frühstadium.«

»Aber Behring hat Heinzi doch aufnehmen lassen.«

»Ach Jette. Sei bitte nicht naiv. All das liegt weniger im medizinischen Interesse, sondern daran, dass ich mich dafür verwendet habe. Wir Behnfelds beliefern sogar den Kaiser. Da stellt sich auch ein Charité-Professor lieber gut mit unserer Familie. Aber Hauptsache ist ja, das Kind bekommt Hilfe.«

Jette nickte. Seit bald einem halben Jahr hieß sie nun Behnfeld, und noch immer fiel es ihr schwer, die Tragweite des Namens zu begreifen.

»Kann ich Heinzi denn in der Klinik besuchen?«

»Ja, aber nur ein einziges Mal. Sonst stehen morgen unsere Arbeiter Schlange, damit wir uns für ihre Kinder einsetzen. Also besuche den Kleinen, sprich mit der Mutter und überlass alles Weitere den Kollegen dort. Mehr dürfen wir für die Rosukats nicht tun.«

Konrad stand in stetigem Kontakt zu den Oberassistenten der Kinderstation, am nächsten Abend brachte er weitere Neuigkeiten.

»Es ist zweifelsfrei Diphtherie. Vorgestern war es bloß eine belegte rechte Mandel, inzwischen ist Heinzis ganzer Rachenraum betroffen samt weichem Gaumen. Die Kollegen haben das Antitoxin gespritzt und beobachten den Verlauf.«

Man musste abwarten, doch das fiel Jette jeden Tag schwerer. Bald vierzehn Stunden lagen zwischen Frühstück und Abendessen, eine lange Zeit, in der es für sie wenig zu tun gab.

Am dritten Abend kehrte Konrad später als sonst zurück, er hatte sich noch mit einem Kollegen aus der Kinderklinik besprochen.

»Heinzi fiebert weiter um die 39,5 Grad und hat wohl starke Schmerzen beim Schlucken. Aber er trinkt ausreichend, und die Symptome sind auf den Rachenraum begrenzt.«

»Also kaum Veränderung zu gestern?«

»Zumindest ist es nicht schlechter geworden. Ob das Antitoxin anschlägt, muss sich noch zeigen.«

Konrad ging ins Bad, um sich frisch zu machen. Die Familie mochte es nicht, wenn er aus der Klinik kam und sich gleich an den Abendbrottisch setzte. Vor allem Juju störte der Karbolgeruch.

Bis zum Essen blieben noch zehn Minuten. Jette trat ans Fenster des kleinen Wohnsalons, den Konrad und sie für sich allein hatten. Zwei Tage lag die Fabrikbegehung zurück, und seitdem regnete es fast unentwegt, der Herbst würde wohl keine goldenen Tage mehr bringen. Über den Park hinweg starrte Jette in den wolkenverhangenen Himmel. Wie traurig doch vieles war, was die Natur den Frauen zumutete. Jede Schwangerschaft und erst recht jede Geburt bedeuteten Lebensgefahr. Hatte eine Frau das Kleine glücklich auf die Welt gebracht, musste sie weiterbangen. Selbst gute Ernährung, ausreichend Licht und frische Luft bewahrte kein Kind vor heimtückischen Bazillen.

Konrad kam zurück: gewaschen, umgezogen und mit Sandelholzwasser parfümiert. Die beiden gingen hinunter zum Abendessen.

Am nächsten Tag hielt Jette den inneren Drang kaum noch aus, sie wollte und konnte nicht länger mit dem Besuch warten. Nachmittags machte sie sich auf zur Charité. Kaum sah sie am Lehrter Bahnhof die roten Backsteinbauten auf der anderen Spreeseite, da überkam sie eine tiefe Sehnsucht. Wie gern wäre sie in diesem Moment zurückgekehrt auf die chirurgische Männerstation und hätte dort wieder die Pflegeschicht geleitet. Doch dieses Kapitel lag hinter ihr.

In der Kinderklinik stieg sie die Treppen hinauf, der Saal für die kleinen Versuchspatienten von Professor Behring lag im ersten Stock. Dreimal pro Woche nachmittags durften die Kinder ihre Angehörigen sehen, allerdings nur die erwachsenen. Besucherkindern oder Schwangeren war der Zutritt streng verboten, und selbst für Erwachsene, die als Kind eine Rachenbräune überstanden hatten, war es nicht ungefährlich. Sie könnten sich neu infizieren.

Jette selbst war nie an Diphtherie erkrankt. Doch in den zehn Jahren ihrer Pflegearbeit hatte sie ihren Körper so vielen gefährlichen Keimen ausgesetzt, dass er weitgehend immun geworden war. Wirklich verlassen konnte sie sich darauf allerdings nicht. *Krank wird man nur, wenn man Angst davor hat* – an diesen kühnen Satz wollte sie glauben. Denn es stimmte ja: Menschen mit verzagtem Gemüt waren für jeden Bazillus eine leichte Beute.

Mit Cora, der stellvertretenden Stationsschwester, hatte Jette früher einige Male zusammengearbeitet, wenn auch nicht in dieser Abteilung. Sie mochte die aparte Kollegin mit ihrer ernsthaften und doch burschikosen Art. Cora fiel aus dem Rahmen, wohl nicht nur wegen ihrer italienischen Großmutter, der sie das ebenholzdunkle Haar verdankte. Sondern auch, weil man ihr nachsagte, sapphisch zu sein, also Frauen liebend.

Jette gab nichts auf solches Geschwätz. Sie betrat die Station, und durch einen glücklichen Zufall kam Cora ihr schon im Flur entgegen.

»Jette, wie schön. Komm, wir reden erst mal in Ruhe.«

In der Stationsküche war eine junge Lernschwester dabei, einige Kannen Tee auf einen Servierwagen zu stellen.

Cora machte sie miteinander bekannt, Lernschwester Minna begrüßte Jette mit tiefem Knicks.

»Unsere fleißige Minna kümmert sich übrigens auch um die Schützlinge im Diphtherie-Saal. Rund um die Uhr ist eine Pflegerin zugegen, auch während der Besuchszeit und nachts. Damit wir Komplikationen sofort an die Ärzte melden können«, Cora wandte sich an die junge Kollegin. »Teilen Sie bitte schon den Tee aus, Minna, wir kommen gleich nach.«

Schwester Minna schob den Servierwagen in den Flur und zog diskret die Tür hinter sich zu. Cora blieb mit Jette allein.

»Für Heinzis Fall gilt allerstrengste Schweigepflicht. Weil er das Antitoxin ausnahmsweise schon im Frühstadium bekommen hat. Wenn das im Haus die Runde macht, rennen uns die Eltern von anderen Kindern hier die Station ein«, Cora wies auf einen Garderobenständer zwischen Tür und Küchenschrank. »Leg doch ab. Dann musst du die Sachen nicht mit in den Saal nehmen.«

Für ihren Besuch in der Klinik hatte Jette schlichte Kleidung gewählt, unter ihrem maronenbraunen Mantel trug sie einen schwarzen Rock und eine hüftlange dunkelgraue Bluse, in der Taille gehalten von einem schmalen Gürtel. Auf Schmuck oder eine auffällige Haarspange hatte sie verzichtet.

Sie hängte Hut und Mantel auf, Cora trat auf sie zu und fasste sie am Unterarm.

»Darf ich mal? Der Stoff sieht so gut aus«, ihre Hand fuhr über Jettes Blusenärmel. »Und fühlt sich auch gut an. So fein und weich. Aber Flanell ist das nicht, oder?«

»Nein, eine ganz dünn gesponnene Wolle. Das Garn kommt aus Schottland.« Jette sagte das sachlich, ohne den leisesten Anflug von Dünkel.

»Ach Jette«, Cora seufzte. »Du weißt ja, wie sehr wir dich beneiden. Und es dir doch aus tiefster Seele gönnen. So schöne Dinge, die du dir leisten kannst. Aber nun komm mit. Mitten hinein in den schnöden Ernst des Lebens.«

Jette folgte ihr in einen Nebenflur, sie betraten den weiß gekachelten Krankensaal und blieben an der Tür stehen. Was Jette in Auge, Ohr und Nase drang, entsprang tiefstem menschlichem Elend. Wäre sie nicht Krankenschwester gewesen, hätte sie wohl mit sich gerungen, um nicht gleich entsetzt hinauszulaufen. Stechend schlug ihr das Aroma von Karbol und Kampfer entgegen, darunter lag der Geruch von Fäulnis und Verwesung. Literweise setzten Ärzte und Schwestern die Desinfektionsmittel ein. Der Diphtheriebazillus zersetzte die Schleimhäute in Rachen und Kehlkopf, oft auch im Schlund oder Nasenraum. Das Gewebe starb ab, mit den nekrotischen Zellen wanderte das tödliche Bakteriengift bis tief in die Bronchien.

Nur alle drei Meter ein Bett – mit dem Raum ging man hier großzügig um. Üblicherweise hätte der Saal für vierzig Patienten gereicht. Doch weil Professor Behring oft mit zwei Dutzend Ärzten nebst Studenten zur Visite kam, hatte er die Betten weit auseinanderstellen lassen. Dies nutzte auch den Angehörigen. Jetzt zur Besuchszeit umringten scharenweise besorgte Eltern, Großeltern oder erwachsene Geschwister die kranken Kinder.

Es war laut im Saal. Immer wieder übertönten schwere Anfälle von Krupp-Husten das allgemeine Stimmengewirr. Die Kinder rangen nach Atem.

Jette wies auf ein weit geöffnetes Fenster. »Das muss wahrscheinlich so sein?«

»Ja. Wir brauchen die feuchte Luft. Deshalb heizen wir den Saal auch nicht. Mit Kohleöfen würden wir alles noch verschlimmern.«

»Frieren die Kinder dann nicht?«

»Manche schon«, Cora schaute auf das Raumthermometer neben der Tür, es zeigte siebzehn Grad Celsius. »Manche bekommen sogar Schüttelfrost. Dann helfen wir natürlich. Mit Decken oder heißen Ziegelsteinen.«

Lernschwester Minna ging zwischen den Betten umher und verteilte Tee, einem stark hustenden Kind reichte sie einen Becher mit blauem Gurgelwasser.

»Übersaures Kaliummanganat?«, fragte Jette.

Cora nickte. »Natürlich nur für die größeren Kinder, die schon gurgeln können. Viel mehr an Behandlung haben wir ja nicht. Deswegen hoffen wir so sehr auf dieses Antitoxin. Dass Behring endlich die richtige Art und Dosierung findet.«

Weit hinten im Saal war eine junge Frau von ihrem Schemel aufgestanden und winkte herüber. Die beiden gingen zu ihr.

»Schwester Cora, da bringen Sie ja besonders lieben Besuch«, Heinzis Mutter sprach mit dem gleichen ostpreußischen Akzent wie ihr Mann. Vor Jette knickste sie. »Sie sind doch gewiss Frau Doktor Behnfeld, mein Mann hat mir ja so viel erzählt, auch von Ihrer Haarfarbe, und dass Ihnen Türkischrot so gut steht. Herzlichen Dank, Frau Doktor. Im Namen unserer ganzen Familie.«

Marie Rosukat, Anfang zwanzig und von mädchenhafter Statur, trug ihre hellblonden Zöpfe als Kranz um den Vorderkopf. Um ihr dunkelbraunes Kleid hatte sie ein gleichfarbiges Schultertuch gebunden. Die vom Fenster einströmende Luft ließ sie frösteln – ebenso wie die Angst um ihr Söhnchen.

Sie senkte die Stimme. »Und wir geben unser Ehrenwort, Frau Doktor. Mein Mann und ich erzählen das nicht weiter. Also, das mit dem frühen Serum.«

So viel Vertrauen lag im Lächeln der jungen Frau – so viel Hoffnung. Sie rückte einen zweiten Schemel heran. Das vordere Bettgitter hatte sie herabgelassen.

»Und hier ist nun unser Heinzi. Und wenn er gesund wäre, dann würde er Sie stürmisch begrüßen. Ein fröhlicher Junge, immer ganz wonnig.« Sie redete offen und ein wenig zu forsch, doch schon im nächsten Moment begann sie zu weinen.

Jette kannte dieses Verhalten bei Angehörigen nur zu gut. In Sekunden schlug die Stimmung um, von tiefer Trauer in übermäßige Heiterkeit oder Ironie oder Trotz und wieder in Trauer. Solche Schwankungen zeugten von großer Angst.

Sie beugte sich über das Bett. »Guten Tag, Heinzi, du Lieber. Ich habe schon so viel von dir gehört, und jetzt lernen wir uns kennen.«

Er reagierte nicht. Dösend lag er auf dem Kissen, die Augen halb geschlossen, die Wangen rot vom Fieber. Sein Atem ging regelmäßig. Beiden Eltern sah Heinzi ähnlich. Gemessen an deren eher zierlicher Gestalt war er ein erstaunlich kräftiges Kind, nicht dicklich, aber wohlgenährt.

Cora ging ins Schwesternzimmer zurück, Heinzis Mutter sah ihr hinterher.

»Schwester Cora ist ein Engel. Alle Schwestern hier sind Engel. Und viele von den Ärzten auch. Und Sie natürlich auch, Frau Doktor.«

Wo die Menschen am verzweifeltsten sind, da ist es am ein-

fachsten, ihren Dank zu bekommen. Dieser Satz barg viel Wahres, und es lag auch etwas Zynisches darin: In ihrer Zeit als Krankenschwester hatte Jette sich immer gefreut, wenn die Patienten sie einen Engel genannt hatten. Aber lieber wäre ihr gewesen, sie hätte die Menschen nicht nur gut pflegen, sondern auch wirksam heilen können. Wenn sie etwas erfände, um all diese heimtückischen, tödlichen Krankheiten zu besiegen, dann würde sie der Menschheit wirkliches Heil bringen. Und ob man sie einen Engel nennen würde oder nicht, könnte ihr dann herzlich egal sein.

»Du bist so ein hübscher kleiner Junge, Heinzi«, Jette blieb am Bettchen stehen. »Und du wirst bald zwei, so wie meine kleine Nichte auf Rügen. Sie heißt Evchen und hat auch so schönes blondes Haar. Und dann gibt es noch eine Nichte. Mein Schwager und seine liebe Frau haben auch eine kleine Tochter, Theresia. Die wird auch bald zwei, nächsten Mai.«

Heinzi hob blinzelnd die Lider.

Jette lächelte. »Wie nett, dass du mich begrüßt.«

Seine Pupillen glitten suchend umher, er schien zu müde, um Jettes Blick zu entgegnen. Nach wenigen Momenten schloss er die Augen wieder.

»Das Fieber ist unverändert«, Marie Rosukat rückte einen zweiten Schemel heran. »Ob die Behandlung anschlägt, wissen wir erst später, jedenfalls hustet er nicht, und er schläft viel.«

Jette nickte. »Und er trinkt ausreichend. Das beweist ja auch, wie kräftig er ist.«

»Ja. Zum Glück. Und Sie, Frau Doktor?« Marie Rosukat zog sich das Tuch noch fester um die Schultern. »Also, eigentlich darf ich so was ja nicht fragen. Aber Sie wissen so viel über Kinder. Und Sie haben im Sommer geheiratet, nicht wahr?«

Jette begriff, worauf die Frage zielte. »Richtig. Wir hoffen bald auf ein Kind. Und natürlich ein zweites oder drittes, je nachdem, wie die Natur uns beschenkt.« Kaum hatte sie es ausgesprochen, durchfuhr sie ein Schreck. In einem Bett schräg gegenüber hustete ein Mädchen so laut und heftig, dass alle zu ihm starrten. Auf elf oder zwölf Jahre schätzte Jette die Kleine. Ihre Mutter hielt ihr den Oberkörper und klopfte auf ihren Rücken, doch das machte den Hustenanfall eher noch schlimmer. Wie harsches Bellen drangen die kurzen lauten Stöße aus ihrem Kehlkopf. Steil aufgerichtet saß sie im Kissen, die Arme nach hinten abgestützt, leichenblass und mit blauen Lippen.

Die Mutter schrie. »Gerda! Atmen! Immer atmen!«

Alle Augen im Saal richteten sich auf die Kranke, einige Kinder heulten laut auf.

Schwester Minna eilte ans Krankenbett, und auch Jette rannte los – nämlich in den Flur.

»Einen Arzt! Tracheotomie!«

Niemand erschien. Hatte man sie überhaupt gehört?

»Tracheotomie!«, rief sie wieder. »Bitte! Hilfe!«

Jetzt kam eine Schwester aus dem Hauptflur geeilt, hob als Antwort die Hand und verschwand, wohl um Bescheid zu geben. Jette hastete zurück. Gerda saß noch immer hustend im Bett, ihr schmaler Oberkörper bewegte sich panisch vor und zurück. Die Diphtherie hatte den Kehlkopf anschwellen lassen. In ihre Lunge gelangte kaum noch Luft.

Jette riss die Bettdecke zur Seite und hob Gerdas schmächtigen Leib senkrecht aus dem Bett.

»Festhalten!«

Schwester Minna schlang von hinten beide Arme um Gerdas Mitte, Jette fasste sie an den Handgelenken, führte ihr die Arme weit über den Kopf und wieder nach unten vor die

Brust. Gerda, die Augen panisch aufgerissen, starrte ins Leere, pfeifend sog sie durch den engen Kehlkopf einen dünnen Strom von Luft ein, so ging es einige Male, dann aber versagten ihr die Kräfte, mit geschlossenen Augen sackte sie in sich zusammen.

Endlich! Ein junger Arzt stürmte herein, in der Hand einen Skalpellkasten. Es folgten Cora mit dem Verbandswagen und die Schwester aus dem Flur.

Jette legte Gerda zurück auf die Matratze, stieß das Kopfkissen zur Seite und überstreckte den Kopf des Mädchens bis weit in den Nacken.

»Danke, Frau Behnfeld. Wir übernehmen.«

Der Arzt nickte ihr zu. Sie kannten einander nicht, aber selbstredend wussten Konrads Kollegen von Jette.

»Bitte. Gern«, sie lächelte kurz, dann zog sie sich von Gerdas Bett zurück. Sie hatte getan, was zu tun war. Sie war nicht mehr im Dienst. Um Gerda brauchte sie sich nicht mehr zu kümmern.

Von ihrem Schemel aus beobachtete Marie Rosukat das Geschehen, die eine Hand zum schlafenden Heinzi ausgestreckt, die andere angstvoll gegen ihren Mund gepresst.

Jette ging zu ihr. »Kommen Sie, das müssen Sie nicht mit ansehen. Wir gehen kurz raus. Falls Heinzi aufwacht, sagt uns sicher jemand Bescheid.«

Die junge Mutter zögerte erst, dann nickte sie, schob das Bettgitter hoch und ging mit Jette hinaus auf den Flur. In einer Fensternische konnten sie in Ruhe reden.

»Ein Luftröhrenschnitt – das hört sich viel schlimmer an, als es ist. Nur ein einziger kleiner Schnitt für eine Kanüle, und wenn der Kehlkopf wieder abgeschwollen ist, näht man das Loch mit ein, zwei Stichen wieder zu. Die Atemnot ist viel quälender als diese winzige Operation.«

Jette sprach in sanftem Ton, und tatsächlich ließ Marie Rosukat sich rasch beruhigen. Als Jette zu Ende geredet hatte, lächelte sie sogar.

»Wie gut. Wie gut, dass man die Kinder damit retten kann. Aber mein Heinzi«, sie sah Jette fest in die Augen. »Bei dem passiert das doch wohl nicht, oder? Ich meine: Jetzt, wo er das Heilserum hat. Da bleibt die Diphtherie doch im Rachen und geht nicht mehr auf den Kehlkopf. Und dann braucht er auch keinen Luftröhrenschnitt.«

»Ja, Frau Rosukat. So sollte es jedenfalls sein, wenn das Serum wirkt«, Jette überspielte ihren Zweifel. Sie wollte der jungen Mutter nicht die Hoffnung nehmen.

Die Tür öffnete sich, der junge Arzt kam aus dem Saal auf Jette zu. »Das Mädchen atmet. Und Sie sind also Frau Behnfeld, die Frau des geschätzten Kollegen. Unseren besten Dank für Ihren Einsatz.«

Er stellte sich als Dr. Peter von Maybach vor, Unterassistent von Professor Behring. An der Charité arbeitete er erst seit einigen Wochen, darum kannte Jette seinen Namen nicht. Ein sympathischer Mann, fand sie, zudem äußerst fähig, wenn er das Mädchen derartig schnell und erfolgreich operiert hatte.

»Und mein Heinzi?«, fragte Marie Rosukat. »Können Sie dazu auch was sagen?«

Dr. von Maybach war mit dem Fall vertraut, doch er zögerte. »Nun ja. Wo Frau Behnfeld gerade bei Ihnen ist, sollte ich Sie mit der Antwort nicht vertrösten. Unter Vorbehalt wagt unser Oberarzt eine Prognose: Wenn bei Heinzi die Entzündung auch in den nächsten zwei Tagen auf den Rachenraum beschränkt bleibt, dann sind die weiteren Aussichten wohl recht gut.«

Eine vage Vorausschau, doch sie reichte aus, um Marie Rosukat ein Strahlen zu entlocken. In zwei Tagen wäre die schlimmste Angst vielleicht schon überstanden, und so lange hieß es eben hoffen und nochmals hoffen. Dr. Maybach ließ Grüße an den Kollegen Behnfeld ausrichten und selbstredend auch an Herrn Rosukat, dann verschwand er im Hauptflur.

Die beiden Frauen kehrten zurück in den Saal, Heinzi schlief noch immer fest. Schräg gegenüber lag Gerda zugedeckt in ihrem Bett, noch blass, die Lippen farblos. Aus den Lagen des Halsverbands ragte ein Silberröhrchen. Ihr Atem ging brodelnd, vermutlich hatte die Diphtherie auch schon den oberen Teil der Luftröhre entzündet, aber sie war außer Lebensgefahr. Die Mutter, mit grauen Haarsträhnen im Gesicht und noch immer zitternd, stand am Fußende und betete leise.

Eine Viertelstunde verweilte Jette noch, dann verabschiedete sie sich. Die Besuchszeit ging zu Ende, da sollten die Rosukats noch ein paar Minuten für sich allein haben. Jette schloss die Tür hinter sich – so erleichtert wie ausgelaugt. Sie selbst hatte noch vor einem halben Jahr in solchen Sälen gearbeitet. Aber wie würde es ihr gehen an der Stelle von Marie Rosukat? Oder an der Stelle von Gerdas Mutter? Könnte Jette diese Ängste ertragen? Sollte sie lieber froh sein, wenn die Natur ihr und Konrad keine Kinder schenken und ihnen dieses Schicksal ersparen würde?

Jette fühlte sich erschöpft bis an den Grund ihres Seins. Sollte sie jetzt noch ihre alte Station besuchen? Nein, entschied sie. Die Zeit als Krankenschwester lag hinter ihr. Das Kapitel war abgeschlossen. Natürlich würde sie auch im Sanatorium mit Patienten zu tun haben, aber kaum pflegerisch, sondern vor allem als Hausdame.

In all der Müdigkeit überkam sie eine tiefe Sehnsucht nach ihrer Insel, den weiten Wiesen und hohen Buchen und dem

Himmel, ja, auch dann, wenn er grau war. Und vor allem nach der Ostsee. Ihrem heimatlichen Meer, das sie so liebte, auch wenn viele Leute sagten, es sei im Vergleich zum Atlantik ja bloß eine Badewanne, ein Tümpel, noch nicht mal mit richtigem Salzwasser.

Vor zwei Stunden hatte noch die Sonne geschienen, inzwischen ballten sich graue Wolken. Niesel setzte ein, als Jette über die Spreebrücke zum Lehrter Bahnhof ging. Ein kühler Wind blies gelbe Blätter vor ihr her, und sie begann zu frösteln – weniger wegen des Wetters, eher vor Erschöpfung. Sie nahm die nächste Bahn zum Gleisdreieck. Zurück in der Villa ließ sie sich einen Tee bringen und nickte auf der Chaiselongue ein.

»Und?«, fragte Justus später beim Essen. »Hat sich dein Einsatz für den kleinen Rosukat denn gelohnt?«

»Ja, Schwiegervater. Und allen Beteiligten ist klar, dass dies eine Ausnahme bleibt.«

Sie erzählte von ihrem Krankenbesuch, nannte jedoch keine Details. Ein erstickendes Mädchen und ein Luftröhrenschnitt – beides eignete sich wenig für die Unterhaltung bei Tisch.

Spätabends, als sie sich bettfertig machten, kam Konrad darauf zu sprechen. »Ich merke es dir an. Du wälzt da etwas in deinem Kopf und wohl mehr noch in deinem Herzen.«

Er kannte sie gut: Während der letzten Stunden war ihr ein Gedanke nicht mehr aus dem Sinn gegangen.

»Diese Eltern. Manchmal sind sie zu leichtsinnig, was ihre Kinder betrifft, aber manchmal auch viel zu besorgt. Und unsere Arbeiter, ganz besonders natürlich ihre Frauen. Die könnten schon in der Schwangerschaft vorbeugen. Für eine bessere Gesundheit ihrer Kinder. Und ich könnte ihnen das alles erklären, in Vorträgen.«

Hinter Konrad lag ein anstrengender Tag. Ihm fehlte die Kraft für eine lange Erörterung, dabei spürte er ja, wie tief diese Idee Jette bewegte.

»Warte erst mal, wie es mit Heinzi weitergeht. Bring da nichts durcheinander und mach nicht zu viele Dinge gleichzeitig. Überleg dir, wie du das organisieren willst, und erst dann sprichst du mit meinem Vater. Grundsätzlich ist dein Plan gut, keine Frage.«

»Ja«, sie seufzte erleichtert. »So mache ich das.«

Wie gut Konrad sie mal wieder verstanden hatte – und wie rasch. Sie hätte ihn an diesem Abend gern noch empfangen, doch dazu war er wohl zu müde. Dankbar kuschelte sie sich an. Er schlief schon lange, da lag sie noch wach und dachte nach.

* * *

Zwei Abende später brachte Konrad aus der Charité gute Nachrichten. Bei Heinzi blieb die Diphtherie auf den Rachen beschränkt, er bekam keinen Krupp-Husten, und sein Fieber war gesunken.

»Professor Behring kann zwar nicht sagen, ob das am Antitoxin liegt, aber erfreulich ist es allemal. Falls das Fieber nicht wiederkommt, wird Heinzi in ein paar Tagen entlassen.«

Welch ein Erfolg! Davon beflügelt erzählte Jette beim Abendessen von ihren Ideen. »Es soll allgemein um Krankheitsvorbeugung gehen. Wie wichtig Licht, Luft und Sonne für die Kinder sind. Oder was zu tun ist, wenn erste Symptome da sind, aber man eben noch nicht weiß, welche Krankheit genau ein Kind ausbrütet. Wenn Eltern mehr darüber wissen, dann können sie auch mehr gegen Ansteckungen tun.«

Justus galt als sozial fortschrittlicher Arbeitgeber, Jettes Vorträge könnten seinen Ruf untermauern. Er gab ihr grünes

Licht, solange sie sich an die Regeln hielt. Auf keinen Fall sollte sie sich wieder so intensiv wie bei Heinzi Rosukat einem einzelnen Kind widmen, und es durfte nicht der Eindruck entstehen, als wollte sie zum Klassenkampf aufwiegeln. Natürlich: Durch schlechte hygienische Verhältnisse breiteten sich Krankheiten rascher aus. Viele von Justus' Arbeitern lebten beengt in stickigen, feuchten Wohnungen. Die wenigen Fenster wiesen zu dunklen Hinterhöfen, die mit ihren vierundzwanzig Quadratmetern gerade so viel Platz boten, dass sich eine Feuerspritze darin wenden ließ. Für den Bau der Mietskasernen gab es kaum gesundheitspolizeiliche Auflagen. Es ging darum, den Hunderttausenden neuen Berliner Bürgern ein bezahlbares Dach über dem Kopf zu sichern.

Mit Feuereifer arbeitete Jette den ersten Vortrag aus. Sie wollte aufklären. Über die ersten Diphtherie-Symptome, die nicht anders aussahen als die einer einfachen Erkältung oder Mandelentzündung. Aber dahinter konnte eben auch eine andere Krankheit stecken, beispielsweise Scharlach. Doch nach einigen Tagen traten beim Scharlach sichere Anzeichen auf, an denen sich die Krankheit bestätigen ließ, nämlich ein typischer Hautausschlag und eine himbeerrote Verfärbung der Zunge. Doch ganz gleich, ob ein Verdacht auf Diphtherie oder Scharlach bestand: Die Geschwister des kranken Kindes sollten zu Hause bleiben, statt im Unterricht womöglich ihre Mitschüler anzustecken.

Acht Tage lag Jettes Besuch in der Kinderklinik nun schon zurück. Sie wartete brennend auf eine Nachricht zu Heinzis Entlassung. Eines Abends ließ Konrad länger als sonst auf sich warten und kam erst nach Hause, als die übrige Familie schon am Abendbrottisch saß.

»Jette. Eine Minute, bitte«, noch im Mantel stand er an der Tür zum Speisesalon.

Sie erschrak, und auch die anderen am Tisch sahen entsetzt zu ihm hinüber. Sie trat zu ihm in den Flur und schloss die Tür hinter sich. Was sie eben im ersten Schrecken geahnt hatte, wurde zur grausamen Gewissheit: Heinzi war seiner Krankheit zum Opfer gefallen.

»Eine Spätkomplikation, leider nicht selten. Sein kleines Herz war zu schwach. Und er ist sanft gestorben, mitten in der Nacht im Schlaf. Schwester Minna hatte die Wache, und ihr war vorher nichts aufgefallen.«

Jette zögerte. »Und es war wirklich sein Herz? Nichts anderes? Vielleicht wegen des Heilserums?«

»Nein. Professor Behring wollte ganz sicher sein und hat ihn obduzieren lassen: Myokarditis diphtherica, leider ganz typisch. Niemand hat etwas falsch gemacht.«

Die üblichen Sätze. So und ähnlich hatte Jette es selbst schon Hunderte Male ausgedrückt, wenn sie Angehörigen eine traurige Nachricht hatte überbringen müssen. Was sollte man sonst sagen?

Etwas Hartes, Kaltes packte sie innerlich und zerrte an ihr. Eine Trauer ergriff sie, fast so, als wäre ihr eigenes Kind gestorben.

Konrad führte sie die Treppe hoch in ihre Privaträume. Eng umschlungen stellten sie sich ans Fenster und starrten in den dunklen Garten. Er hatte noch nicht gegessen, ein Hausmädchen brachte ein paar Sandwiches und einen Krug Bier. Jette setzte sich zu ihm. Er aß schweigend.

»Ich bin müde«, sie stand vom Sofa auf. »Kommst du schon mit?«

»Lass mich noch ein bisschen, Liebes. Gleich.«

Sie nahm es ihm nicht übel, er wollte einfach nur allein sein. Im Bett weinte sie sich in den Schlaf.

Sie hätte gern Heinzis Beerdigung besucht, doch auch das

galt als unpassend. Bei Todesfällen in den Familien der Arbeiter war es Usus, einen Kondolenzbrief mit vorgefasstem Wortlaut zu schicken. Starb ein Arbeiter selbst, spendete Justus auch einen Kranz.

»Ich bin nicht nur die Schwiegertochter des Fabrikanten«, wandte Jette ein. »Ich bin auch ich selbst. Und in diesem besonderen Fall darf ich Heinzis Eltern wohl einen persönlichen Brief schreiben.«

»Gut. Aber bitte kurz und einigermaßen sachlich. Sonst führt das womöglich zu Unfrieden. Weil meine Arbeiter sich ungleich behandelt fühlen.«

Sie folgte Justus' Bitte. Am Tag von Heinzis Beisetzung blieb sie zu Hause, las, stickte und sandte Briefe nach Rügen. Beim Abendessen ließ sie sich entschuldigen, ihr fehlte der Appetit.

»Es ist ungerecht«, brachte sie eines Abends unter Tränen hervor. »So viele arme Patienten bräuchten dich hier als Arzt. Sie leiden schrecklich, und ihre Kinder sterben, aber du ziehst mit mir fort und kümmerst dich im Sanatorium um reiche Leute. Die sind eigentlich gar nicht krank, sondern kommen bloß zur Kur, weil sie sich verwöhnen lassen wollen. Als Privatpatienten in riesigem Luxus. Die meisten könnten stattdessen einen ganz normalen Erholungsurlaub in einem Hotel machen. Und wenn sie unbedingt Kuranwendungen brauchen, dann gehen sie eben ins neue Warmbad.«

Konrad kannte diese Überlegungen nur zu gut, und er widersprach. »Wir haben uns in der Charité lange um die Ärmsten der Armen gekümmert. Nur bin ich eben der Sohn eines großen Fabrikanten, und das Sanatorium ist meinem Vater wichtig. Er war schon großzügig, mich nicht auch in sein Kontor zu holen, sondern mich den Beruf frei wählen zu lassen. Und nun liegt meine Aufgabe eben bei den Menschen, die Geld haben. Die aber innerlich oft stärker leiden, als sie es nach außen zeigen, und deswegen zur Kur kommen.«

Sie schwieg. Wieder und wieder schluchzte sie auf, das Gesicht in die Kissen gedrückt. Er streichelte ihre Schulter.

»Du hast mich ausgesucht, und ich bin nicht immer frei in meinen Entscheidungen. Hilf mir, das Sanatorium gut zu leiten.«

Jette nickte. Schließlich blickte sie auf und schmiegte sich an Konrads Brust. Er legte seine Hand an ihre feuchte Wange, sie weinte weiter, und es kam ihm vor, als würde er ein Kind trösten. Doch auch das durfte sein zwischen erwachsenen Menschen, die einander so sehr liebten.

TANTE MALWINE

Trübe Monate kamen auf Jette zu, dieser Winter schien ihr ganz besonders trist, und auch die Weihnachtszeit mit all ihrer Herrlichkeit und den Hunderten von Kerzen konnte ihr Gemüt nicht erhellen. Um all die düstere Trauer zu verwinden, setzte sie allen Eifer in die Vorbereitung für ihren Unterricht. Im Februar, gut zwei Monate nach Heinzis Tod, hielt sie den ersten Vortrag. Der Versammlungsraum in der Fabrik war bis zum letzten Platz besetzt, etliche Zuhörer reihten sich stehend in den Seitengängen, und sogar neben dem Rednerpult saßen einige Frauen auf mitgebrachten Schemeln.

Jette ging auf die Lebenswirklichkeit der Arbeiter ein: Je enger und dunkler die Wohnverhältnisse, umso wichtiger war es, mit den Kindern an die frische Luft zu gehen, in den Park oder auf öffentliche Spielplätze und sonntags mit der Bahn hinaus ins Grüne. Auch im Winter sollten sich die Kinder zur hellen Tageszeit mindestens eine Stunde im Freien aufhalten. Wer über einen Stromanschluss verfügte und sich zudem eine elektrische Höhensonne leisten konnte, der sollte auch sein Kind davorsetzen, nicht länger als zehn Minuten. Das beugte der Rachitis vor, der sogenannten Englischen Krankheit, die infolge Vitamin-D-Mangels zu schweren Störungen in der Knochenbildung führte.

Nach dem Vortrag scharten sich Dutzende von Menschen um sie, dankten oder wollten noch mehr wissen. Sie antwortete geduldig, blieb aber stets im Allgemeinen. Wenn eine

Frage auf ganz persönliche Belange abzielte, verwies Jette auf den Hausarzt oder die Sozialvereine.

Als sie schon glaubte, sie hätte den letzten Zuhörer verabschiedet, trat von der Seite eine junge Frau auf sie zu: Auch Marie Rosukat wollte sich für den Vortrag bedanken. Hohlwangig, das junge Antlitz grau umschattet, schüttelte sie lange Jettes Hand.

»Mein Mann und ich leiden noch sehr unter dem Verlust. Aber Heinzis Tod hatte immerhin einen Sinn. Professor Behring hat das ja bestimmt aufgeschrieben, wann er das Heilserum gespritzt hat. Und dass es Heinzi danach zuerst besser ging. Bis dann sein kleines Herz nicht mehr konnte.«

»Sicher, Frau Rosukat. Das sind wertvolle Erkenntnisse für Professor Behring.« Jette sagte das voller Überzeugung – obwohl sie es besser wusste: Heinzi hatte das Serum außerhalb der Versuchsreihen bekommen, sein Fall sagte über die Wirkung des Serums nichts aus. Aber wie sollte sie das einer trauernden Mutter vermitteln, die so gern daran glauben wollte, dass der Tod ihres kleinen Sohnes wenigstens der Wissenschaft half?

* * *

Alle sechs Wochen hielt Jette nun einen Vortrag und verfestigte damit auch den guten Ruf der Firma. Bei Behnfeld & Söhne kümmerte man sich vorbildlich um das Wohl der Arbeiter. Sogar aus kommunistischen Kreisen kam Lob.

Das Jahr schritt voran. Im Juli bekam Konrad zwei Wochen Urlaub, und gleich am ersten freien Tag traten die beiden ihre Reise nach Binz an. Auf Jettes Wunsch hin wohnten sie nicht im Hotel, sondern im Giebelzimmer der Kate. So fühlte sie sich in schönster Weise an ihre Kindheit und Jugend im engen Familienkreis erinnert. Dass sie hier auf längst gewohnte Annehmlichkeiten verzichten musste, störte sie nicht, und auch Konrad nahm die schlichte Ausstattung der Kate gern hin. Es machte ihm nichts aus, sich morgens mit kaltem Wasser am Brunnen zu waschen.

»Jetzt im Sommer findest du das wildromantisch«, neckte Jette. »Aber stell dir vor, du musst bei Eis und Schnee nachts zum Abort hinten im Garten.«

Beinah täglich besichtigten sie die Baustelle. Innen hatten die Parkettleger alle Hände voll zu tun, außen die Balkonbauer. Und immer, wenn in einem Zimmer der Boden fertig war, tanzten Jette und Konrad auf Socken darin umher.

August freute sich mit ihnen. »Eegen Nest is't allerbest. Ein reichlich großes Nest, was ihr hier baut. Aber ist ja eben für eure Gäste.«

Auch die Wettergötter meinten es gut mit dem jungen Paar, bald jeden Abend standen sie eng umschlungen oben an der Uferkante des Granitzer Waldes und schauten der Sonne beim Untergehen zu. In welcher Fülle das Glück sie doch bedachte! Wie sehr Konrads Liebe in Jette einen tiefen Widerhall fand!

Voller Wehmut traten sie nach zwei Wochen die Heimreise an. Nur noch ein Dreivierteljahr, dann könnten sie für immer hierbleiben. Ein Dreivierteljahr, so lange bräuchte auch ein Kind, um in Jette heranzuwachsen. Doch kaum war sie zurück in Berlin, stellte sie traurig fest, dass ihr Leib noch immer keine Frucht in sich trug. Umso eifriger widmete sie sich ihrer Vortragsreihe über Krankheitsvorbeugung. Der Versammlungssaal war jedes Mal überfüllt.

»Was wird denn, wenn Sie aus Berlin wegziehen?«, fragte eine Arbeiterfrau.

Jette versprach, die Vorträge fortzusetzen, wenn auch nur noch zwei- oder dreimal im Jahr.

Kurz vor Weihnachten kamen Emmy und August auf Besuch, und Theo kehrte für die Festtage aus Manchester zurück. Die Familie staunte über sein gutes körperliches und vor allem geistiges Befinden. Zwar hatte er an Gewicht verloren und brauchte eine stärkere Brille, doch der Aufenthalt im Ausland tat ihm offenbar gut.

»Hochgeschätzte Jette. Fünfzehn Monate ist es her, da habe ich dir auf fünfzehn Metern Höhe eine Liebeserklärung gemacht. Diese Erklärung gilt noch immer. Aber um dir meine Liebe zu gestehen, werde ich kein Baugerüst mehr besteigen. Denn wenn ich herunterfallen und sterben sollte, dann würde ich dich ja ohne meine Liebe zurücklassen. Und das kann ich dir beim besten Willen nicht antun.«

Für die Bemerkung erntete er herzliches Lachen. Auch den Abend über und am Folgetag verhielt Theo sich weitgehend normal – die Familie atmete auf.

Am ersten Weihnachtstag sollte es für Groß und Klein eine Bescherung geben. Die dienstbaren Geister des Hauses hatten einen der Salons zum Weihnachtszimmer ausstaffiert. Von der Familie wusste bisher nur Justus, was sich hinter der breiten Flügeltür verbarg. Für alle anderen würde es eine Überraschung bleiben.

Jette hätte sich aus vollem Herzen auf den Abend freuen können, wäre da nicht eine höchst spezielle Person gewesen: Malwine Gluchow, eine Schwippschwägerin von Justus. Ihr Ehemann Alphons war ein jüngerer Bruder von Justus' verstorbener Frau Thekla, und auch die hatte ihre Schwägerin Malwine nicht besonders geschätzt. Von Theos Krankheit wussten Alphons und Malwine nichts. Justus konnte Malwine nicht vertrauen, sicher hätte sie die heikle Geschichte ausgeplaudert.

Jette besaß allen Grund für ihre Vorbehalte. Malwine war im Auftreten stets zu grell. Nicht bloß, dass sie im Gespräch häufig die Grenzen des Anstands überschritt. Sie kleidete sich zudem unpassend für eine gesetzte Dame von Mitte fünfzig. Auf der Hochzeit im Juni des Vorjahres hatte sie in beleidigender Weise versucht, Jette Ratschläge für ihr künftiges Geschlechtsleben zu geben. Nur aus Rücksicht auf die Familie war Jette der Tante nicht deutlicher entgegengetreten, und auch Konrad hatte Malwine deswegen nicht zur Rede gestellt. In der Zwischenzeit waren sie mehrmals zusammengetroffen. Jette vermied es, mit ihr unter vier Augen zu sprechen, verhielt sich ansonsten aber höflich. Sie wusste ja: Justus kam nicht umhin, Alphons und Malwine zum Weihnachtsessen einzuladen. Ihre Ehe war übrigens kinderlos geblieben. Dies tröstete Jette, denn in dem Punkt konnte Malwine ihr keine Vorhaltungen machen.

Eugenie achtete auf die Schlafenszeit ihrer Kinder – Weihnachten hin oder her. Also setzte man das Festmenü für siebzehn Uhr an und versammelte sich eine Stunde vorher im dekorierten Salon. Versilberte Kugeln an roten Schleifen zierten die Fensterknäufe, um jeden Türrahmen rankte eine Girlande aus frischem Tannengrün, und auf dem Kaminsims hatte sich ein halbes Dutzend handgeschnitzter Räuchermännchen niedergelassen. Aus Mündern und Pfeifen spendeten sie wohligen Weihrauchduft. Zwei Hausmädchen, heute in schwarzen Kleidern mit weißen Schürzen, servierten Champagner für die Erwachsenen und verdünnten Himbeersirup für die Kinder.

Tante Malwine und Onkel Alphons ließen zum Empfang auf sich warten, dabei hatten sie schon am Vormittag ihr Zimmer im Gästetrakt bezogen.

»Wahrscheinlich braucht Malwine ihren großen Auftritt«, raunte Jette in Konrads Ohr.

Fünf Minuten später kam die Tante und bewies einmal mehr: Das Dezente war nicht ihre Sache. Alle übrigen Erwachsenen trugen gedeckte Festtagskleidung, die Männer selbstredend Schwarz, die Frauen hochgeschlossene dunkle Kleider. Einzig Malwine erschien in einer roséfarbenen dekolletierten Spitzenrobe, dazu Rubinschmuck an den Händen, um den Hals und auf dem Diadem im grau gelockten Haar. Neben seiner Frau wirkte der ohnehin unscheinbare Onkel Alphons nun besonders fahl. Mittelgroß, mittelschlank, mittelblond. Er galt als bodenständig und wenig geistvoll, doch zumindest erfolgreich mit seinem Kolonialwarenladen im Spandauer Stadtkern.

»Immerhin: Die Rubine passen zu ihrer Gesichtsfarbe«, flüsterte Konrad.

Jette verstand die Anspielung. Vor dreißig Jahren hatte Tante Malwine mit ihren gleichmäßig filigranen Zügen als aparte Schönheit gegolten. Inzwischen durchzogen Tausende violette Äderchen die Haut ihrer Nase und der hochknochigen Wangen. Dies und dazu ihre auffällig dunkelrote Schleimhaut an der Innenseite ihrer Unterlippe ließen auf viel Alkohol schließen, Ehemann Alphons hatte das andeutungsweise bestätigt. Dabei fiel sie im Hause Behnfeld nicht durch übermäßigen Konsum auf, offenbar konnte sie sich in diesem Punkt recht gut beherrschen.

Singen wollte man später, einstweilen gab es ein gemütliches Beisammensein. Malwine unterhielt sich lebhaft mit Emmy und August, später auch mit Theo und Eugenie.

Als Tochter einer gebürtigen Baronesse lag Eugenie in ihrer Meinung oft auf einer Linie mit dem Kaiserhaus. Wilhelm II. und seine Gemahlin kleideten ihre Kinder oft im Matrosenstil und schufen damit eine Modewelle. Zum heutigen Feiertag folgte Eugenie dem hochherrschaftlichen Vorbild:

Klein Justus, Ludwig und Victor trugen kurzhosige Matrosenanzüge mit weißen Strümpfen, für die zweijährige Theresia gab es ein entsprechendes Kleidchen.

Jette kümmerte sie sich gern um die Kleinen und hatte sich passend zur Matrosenkleidung ein Sing- und Tanzspiel ausgedacht. Auch an diesem Nachmittag fassten sie sich zu fünft an den Händen, gingen im Kreis und sangen: »Ik heff mol en Hamburg nen Veermaster sehn.«

Die plattdeutschen und englischen Zeilen verstanden die Kinder kaum, der Ringelreihen machte ihnen trotzdem Freude. Beim Refrain pusteten sie um die Wette, denn das Schiff mit den schiefen Masten brauchte ja genügend Wind für die Fahrt nach Amerika. In Kalifornien wollten die Matrosen nach Gold suchen.

Die Kinder waren mit Eifer dabei, und das Singspiel hätte noch einige Minuten gedauert, da kam Malwine auf die kleine Gruppe zu. Sie stellte sich hinter Jette und sprach ihr laut ins Ohr. »Auf ein paar Worte, liebe Nichte. Ich möchte dich gern etwas fragen.«

Jette ärgerte sich. Zum einen über die unachtsame Störung durch die Tante, zum anderen aber, weil sie eine Frage ankündigte. Sie will wissen, ob ich schwanger bin, schoss es Jette durch den Kopf, und sie hätte die Tante gern abgewiesen. Doch sie wusste ja, was Eugenie ihrem Nachwuchs predigte: Wenn Erwachsene etwas besprechen wollten, dann mussten Kinder warten – niemals umgekehrt.

Aus Rücksicht auf Eugenie und aus Höflichkeit gegenüber Tante Malwine verließ Jette das Kreisspiel. Behutsam legte sie die Händchen von Theresia und Victor ineinander. »Macht schön weiter, ich bin gleich wieder da.«

Malwine wies auf einen Teetisch in einer Ecke des Salons. »Gehen wir dorthin. Für dich auch noch ein Gläschen?«

Gern hätte Jette abgelehnt, doch um die Tante nicht zu kränken, ließ sie zwei Schalen Champagner reichen und stieß mit Malwine an.

»Ach, liebe Jette. Wieder so ein stimmungsvolles Fest. Und ich möchte fragen, ob ich gleich beim Essen wohl neben dir sitzen darf.«

Ach? War es wirklich bloß das? Es ging der Tante nur um die Sitzordnung? Das Festmahl erfolgte *en famille,* es gab keine Tischkarten. Jette hätte Malwine den Wunsch also leicht erfüllen können, doch so leicht wollte sie es ihr nicht machen.

»Das sollte besser Konrad entscheiden, liebe Tante. Bestimmt will er auch gern neben mir sitzen.«

»Zum Glück hast du ja zwei Seiten. Aber gut, wir richten uns nach ihm«, wie zufällig streifte ihr Blick Jettes Leib.

»Darf ich denn etwas erfahren? Etwas ganz Besonderes?«

»Natürlich, Tante Malwine. Und falls es darum geht, ob ich guter Hoffnung bin: nein, bisher nicht. Konrad und ich müssen noch warten.«

Damit war alles gesagt, und sie wäre gern wieder zu den Kindern gegangen, doch Malwine fasste sie am Handgelenk.

»Alphons und ich haben es auch lange versucht. Zwar leider vergebens, aber ein Arzt hat uns damals etwas geraten.«

Jette erschrak. Welchen schlüpfrigen Rat führte die Tante nun schon wieder im Schilde? »Konrad ist selbst Arzt«, entgegnete sie rasch. »Und zwar ein sehr guter. Einen anderen brauche ich nicht.«

»Nicht so voreilig, liebe Jette«, die Tante rückte näher. »Konrad ist sicher ein hervorragender Arzt, jedoch nicht spezialisiert auf Frauenleiden. Aber gerade von so einem weiß ich das eben: Eine Frau wird leichter schwanger bei einer bestimmten Art des Beiwohnens. Letztlich sind wir Menschen ja auch nur ...«

»Tante Malwine!« Jette flüsterte, doch in ihrer Stimme lag pures Entsetzen, und sie hob mahnend die Hand.

Tatsächlich sprach Malwine nicht weiter und wich ein Stück zurück. Jette hätte eine Entschuldigung erwartet oder zumindest eine beschwichtigende Geste. Stattdessen lächelte Malwine süffisant.

Was die Tante angedeutet hatte, war medizinisch durchaus richtig. Aber dass sie sich in ihrer taktlosen Impertinenz überhaupt dazu erdreistete, entfachte Jettes blanken Zorn. Auf der Hochzeit vor anderthalb Jahren hatte Malwine sich ja schon in ähnlicher Weise danebenbenommen.

Jette sah sich um und erblickte Konrad in einem anderen Teil des Raums. Angeregt unterhielt er sich mit Theo. Sie ging hin, entschuldigte sich bei Theo für die Störung und bat Konrad um eine kurze Unterredung mit ihr und der Tante.

Viel mehr musste Jette nicht sagen, Konrad verstand rasch: Malwine hatte wieder einen Fauxpas begangen. Worum es genau ging, flüsterte Jette ihm hinter vorgehaltener Hand nun ins Ohr. Er verzog keine Miene. Gemessenen Schrittes trat er auf die Tante zu und hob nicht einmal die Stimme, als er sie nach nebenan ins Privatkontor bat. Recht unwillig ging sie mit.

Im Kontor herrschte sachliche Ordnung. Keine Strohsterne und Goldkugeln, kein Weihrauchduft, stattdessen der Geruch vom billigen, stark leimhaltigen Papier des amtlichen Berliner Telefonbuchs. Unter üblichen Umständen hätte Konrad seiner älteren Verwandten einen Stuhl herangerückt, doch dieses Gespräch wollte er im Stehen führen. Er richtete sich vor ihr auf und redete nicht um den heißen Brei herum. Als Arzt kannte er die Abläufe der Natur, und es fiel ihm nicht schwer, in klarer Weise darüber zu sprechen.

»Tante Malwine«, er fand einen gemäßigten Ton, doch der

Sache nach blieb er entschieden. »Vorab: Wage ja nicht zu leugnen, was du Jette eben gesagt hast. Denn dann warte ich nur noch ab, bis die Kinder im Bett sind, und erzähle es danach allen hier. Bei unserer Hochzeit in Binz hast du Jette geraten, wie sie sich in geschlechtlicher Hinsicht für mich verwenden soll. Nämlich mit ganzem Körpereinsatz, so deine Worte. Und falls sie das nicht tue, dürfe sie sich nicht wundern, wenn ich zu gewissen Damen ginge, die mir dann zu Willen seien.«

Die Tante öffnete den Mund, doch Konrad ließ sie gar nicht erst zu Wort kommen.

»Und eben hast du schon wieder die Grenzen des Anstands überschritten. Bei uns hat sich leider noch kein Kind angekündigt, so sind eben die Launen der Natur. Jedenfalls liegt es nicht an unserem Eheleben und schon gar nicht an Jettes Art des Umgangs mit mir.«

Er wartete keine Antwort ab, nickte Jette zu und ging mit ihr zur Tür. Malwine folgte – deutlich indigniert.

Die anderen hatten das kurze Verschwinden der drei kaum bemerkt oder erachteten es nicht als wichtig. Theo stand nun neben einem Bücherschrank und blätterte in einem Bildband über Orchideen.

Nach außen hin liebenswürdig, reichte Konrad der Tante ein Glas Champagner. Sie nahm es dankbar entgegen. Denn bei aller Kränkung verstand sie doch: Jetzt die Beleidigte zu spielen, würde alles noch schlimmer machen.

Sie prostete dem jungen Paar zu. »Darf ich denn bei euch sitzen? Darüber würde ich mich so freuen.«

Jette und Konrad waren einverstanden, denn sie wussten: Engherzige Menschen ließen sich leicht einschüchtern, wenn man ihnen großherzig begegnete. Und so betraten die drei zwar nicht in aller Harmonie, aber unbeschwert den Speisesalon. Die Tante nahm neben Jette Platz, und an Malwines freie Seite durfte Ehemann Alphons.

Die lange Tafel war aufs Prachtvollste geschmückt mit Tannenzweigen, kunstvoll geblasenen roten Glasäpfelchen und vergoldeten Nüssen, als Platzteller dienten Silberplatten in Sternenform. Wie stets beim Weihnachtsessen bestand das Menü aus den Lieblingsspeisen der früh verstorbenen Thekla: Geflügel-Consommé mit gekochtem Wachtelei, klassischer Karpfen blau, Rinderschmorbraten und Eisbombe an kandierten Früchten. Zwischen Vorsuppe und Fischgang klopfte Justus an sein Glas und erhob sich. In seiner kleinen Rede hielt er eine Rückschau über das vergangene Jahr, wagte einen Blick in das folgende und sprach natürlich über die bevorstehende Eröffnung des Sanatoriums. Mit dem Saisonbeginn im Mai sollten dort die ersten Gäste ihre Kur beginnen, und dank umsichtiger Planung lagen sämtliche Gewerke im Zeitplan.

»Meine liebe Jette, gleich findet für uns alle die Bescherung statt. Du allerdings bekommst schon jetzt etwas geschenkt«, Justus prostete ihr zu. »Wenn du magst, musst du mit deinem Umzug nicht bis zum April warten, sondern fährst schon übernächste Woche nach Rügen zurück. Aber frohlocke nicht zu früh, denn dort wartet eine große Aufgabe auf dich, nämlich die Anwerbung und Einstellung des Personals.«

Was? Hatte Justus das wirklich gemeint? Oder hatte sie etwas falsch verstanden?

Er setzte nach: »Für dein Alter hast du eine vortreffliche Menschenkenntnis, Jette, und die sollten wir nutzen. Also höre dich auf der Insel um, mache Aushänge und gib Annoncen auf. Die aussichtsreichsten Bewerber bestellst du ein, wir übernehmen Fahrtkosten und Logis. Und falls sie dir zusagen, stelle sie ein. Unser Advokat handelt dann die Verträge aus.«

Welch große Aufgabe für eine so junge Frau. Konrad küsste sie auf die Wange.

»Du kannst das, Jette. Und wenn wir es dir zutrauen, dann solltest du selbst es auch tun.«

Sie brauchte einige Augenblicke, um all das zu fassen. Doch weil alle anderen am Tisch ihr aufmunternd zunickten und sie nicht den leisesten Zweifel in den Mienen erkannte, hob sie schließlich auch ihr Glas.

»Danke, lieber Schwiegervater und lieber Konrad. Es soll mir eine große Ehre sein.«

Der Butler trat ein und füllte die Gläser mit einem '89er Moselriesling, die Hausmädchen servierten zwei formidable Spiegelkarpfen, wahlweise mit Meerrettich- oder Buttersoße sowie gedünsteten Möhren und Pellkartoffeln, und wie immer ging ein großes Lob an die Köchin, die hier seit vielen Jahren im Dienst stand.

Konrad nahm das Gespräch wieder auf. »Besonders wichtig für das Sanatorium ist der medizinische Bademeister, von seinem Können hängt viel ab. Als Chefarzt mag ich mir noch so viel Mühe geben: Wenn die Gäste mit unseren Bädern oder Massagen nicht zufrieden sind, laufen sie uns davon und nehmen die Anwendungen lieber im öffentlichen Warmbad.«

»In der Charité gibt es doch auch eine Bäderabteilung«, meinte Juju. »Wenn ihr da jemanden abwerbt?«

»Besser nicht, dann würde ich mich in der Charité sehr unbeliebt machen. Bademeister und Masseure sind Mangelware. Die Nachfrage ist so groß, dass die Kurbäder sich das Personal abspenstig machen«, Konrad wandte sich an Jette. »Wir suchen per Inserat und bieten ein sehr gutes Salär. Ideal wäre ein Ehepaar, dann könnte die Frau unsere Damenabteilung führen. Oder kennt ihr einen Bademeister, der gern zu uns käme?«

Von den anderen kam bedauerndes Kopfschütteln.

Tante Malwine jedoch legte ihre linke, mit üppigem Rubin beringte Hand auf Jettes rechte und schlug einen tröstenden Ton an. »Ein guter Masseur und Bademeister wird sich wohl finden lassen. Natürlich ein seriöser, am besten gleich mit Ehefrau, wie Konrad schon sagt.«

Jette wollte schon ihre Hand wegziehen, tat es dann aber doch nicht. »Kennst du denn jemanden, Tante?«

»Ich nicht. Aber ihr erzählt doch immer von eurem hochnäsigen Kurdirektor, diesem Eisch. Wenn sein Einfluss so weit reicht, wie er behauptet, dann wohl auch ins Allgäu. Also nach Bad Wörishofen.«

Darauf wollte die Tante also hinaus! Die fähigsten Bademeister gab es dort, wo die berühmtesten Wasserkuren stattfanden, also bei Sebastian Kneipp. Trotz seiner schon fünfundsiebzig Jahre wirkte der Kräuterpfarrer und Wasserdoktor noch immer in Wörishofen. Er war kein Arzt, sondern katholischer Priester und Naturheiler. In seiner Jugend hatte er sich auf die Tradition von Kaltwasserkuren besonnen, um zunächst seine eigene Tuberkulose zu kurieren. Nach anfänglicher Skepsis fand er inzwischen selbst an Universitäten hohe Anerkennung. Auch seinetwegen hatte das Kurgewerbe einen solchen Aufschwung genommen, von Bayern bis hinauf an Nord- und Ostsee.

»Aber wenn solche Leute doch so knapp sind«, wandte Juju ein, »welchen Grund hat man dann in Wörishofen, einen guten Bademeister zu entsenden? In ein anderes Kurbad? Wir sind für die doch Konkurrenz.«

»Eben nicht, lieber Neffe. Man muss weiterdenken: Binz und Wörishofen liegen in verschiedenen Landschaften, und die Gäste schätzen Abwechslung. Manch einer will in diesem Jahr ins Allgäu und im nächsten an die Ostsee. Ihr holt euch also einen Bademeister aus Wörishofen und dazu ein paar Hilfsbademeister aus Binz, die lernen von ihm. Wenn die fertig sind, gehen sie vielleicht nach Wörishofen. Und in ein paar Jahren läuft es umgekehrt. Keine Konkurrenz, sondern ein Austausch. Im Sinne eines gemeinschaftlichen guten deutschen Kurwesens.«

Welch vortreffliche Idee! Die Tischgesellschaft applaudierte, und alle hätten erwartet, dass Malwine sich nun hochleben ließe. Doch sie schaute bloß bescheiden in die Runde.

»Wenn ich nicht darauf gekommen wäre, dann sicher jemand von euch. So ungewöhnlich ist der Gedanke ja nicht.«

Konrad und Jette nickten einander zu: Vorhin war Malwine mit ihrem taktlosen Ratschlag erheblich zu weit gegangen. Inzwischen gab sie sich Mühe, einiges wiedergutzumachen.

Der Weihnachtsabend nahm seinen Lauf mit Liedern, Bescherung und großen Kinderaugen, in denen sich der Glanz von Hunderten Kerzen spiegelte.

Nach zwei Stunden brachte Eugenie die Kleinen zu Bett. Als sie wiederkam, bot Justus ihr ein Glas Punsch an. Sie lehnte ab.

»Besten Dank, Schwiegerpapa, nur möchte ich maßhalten mit den geistigen Getränken.«

Kaum hatte sie das ausgesprochen, horchten die anderen auf, und Juju ergriff feierlich ihre rechte Hand.

»Ja, werte Familie, ihr ahnt es, wir haben eine weitere Überraschung: So Gott will, bekommen wir im Mai weiteren Zuwachs. Meine innig geliebte Ehefrau wird mir ein fünftes Kind schenken.«

Wieder hoben sie die Gläser – das von Eugenie enthielt nur Wasser –, und Justus ließ noch ein Lied anstimmen: *Ihr Kinderlein kommet.*

Jette schluckte gegen ihre Tränen an. Dabei wollte Justus

sie mit dem Lied gewiss nicht kränken, und es freute sie ja auch, wenn ein so fürsorgliches Paar wie Juju und Eugenie weiteren Nachwuchs bekam. Also sang Jette mit, obgleich es ihr vorkam, als setzte jede Note einen Stich in ihr Herz.

Später im Bett schloss Konrad sie in seine Arme. »Denk an Rügen. Keine zwei Wochen mehr, dann darfst du für immer auf der Insel bleiben und atmest die gesunde Luft. Dein Körper wird sich umstellen, und das sicher zum Besten.«

Sie nickte, doch so recht glauben konnte sie seinen Worten nicht. Achtzehn Monate, so lange waren die beiden nun schon verheiratet. Demnächst würde sie sechsundzwanzig, ihre Jugend verflog, und ihr Körper verweigerte ihr die ersehnte Leibesfrucht. Nur in einem war sie sich vollkommen sicher: An ihrer Liebe zu Konrad würde das gewiss nichts ändern. Sie schlang ihre Arme noch enger um ihn und schlief erschöpft ein.

Am siebenundzwanzigsten Dezember, gleich nach dem Frühstück, brachen Alphons und Malwine zum Bahnhof auf und fuhren zurück nach Spandau. Die Behnfelds winkten der Droschke hinterher.

»Die Familie sind Freunde, die wir nicht hätten, wenn es um Freundschaft ginge.« Justus versuchte nicht, seine Ironie zu verbergen, dann wurde er wieder ernst. »Das gilt zum Glück nicht für alle Verwandten, aber für Malwine ganz sicher. Eine wahrhafte Freundschaft mit ihr kann sich wohl niemand so recht vorstellen. Doch die Idee mit dem Bademeister ist gut, da hat das blinde Huhn eben mal ein Korn gefunden.«

Noch am selben Morgen machte er Nägel mit Köpfen. Gern hätte er die Sache fernmündlich geregelt, aber die Binzer Kurverwaltung besaß kein Telefon. Selbst ein Gerät mit Ortsbatterie wäre schwierig gewesen. Man hätte die schweren

Batterieplatten jedes Mal auf das Festland verfrachten müssen, um sie dort elektrisch neu beladen zu lassen. Und so übte Eisch sich in Geduld: Einen Fernsprecher wollte er erst dann anschaffen, wenn die Insel ihr eigenes Elektrizitätswerk haben würde. Wie er dachten die meisten Gemeindevorsteher auf Rügen, auch mit dem Verlegen von Telefonkabeln warteten sie noch ab.

Justus blieb keine andere Wahl: Er setzte einen Eilbrief auf. »Wie ich Eisch kenne, arbeitet er auch zwischen den Jahren. Müßiggang ist für ihn ja eine Todsünde.«

Justus lag richtig, schon am Silvestermorgen kam per Eilpost die Antwort. Eisch bedankte sich für den Vorschlag, in Bad Wörishofen nach einem Bademeisterpaar zu suchen. Sobald als möglich wollte er bei seinem dortigen Amtskollegen danach fragen.

Auch Konrad las den Brief und tat entsetzt. »Vater! Du verkaufst das Zusammenwirken der beiden Kurbäder also als deine Idee! Dabei ist es doch die von Tante Malwine!«

Justus lachte. »Du hast mich ertappt. Aber wir haben die Tante hier mit viel Geduld ertragen. Da dürfen wir uns wohl ein wenig an ihrem geistigen Eigentum vergreifen.«

Jette und Konrad stimmten entschieden zu. Dann legten die drei den Brief beiseite. Bis zum Abend gab es noch viel vorzubereiten, wie zu jedem Jahreswechsel luden die Behnfelds zum großen Hausball.

PERSONAL

Am 5. Januar 1896, einem Sonntag, reisten Jette, Emmy und August zurück nach Rügen. Es roch nach Schnee, man konnte nur hoffen, dass der Zug im Gestöber nicht stecken bliebe. Aber Frau Holle schüttelte ihre Betten dann doch nicht aus, die Gleise waren frei, und selbst die Fahrt über den Sund verlief ohne Störung.

Während ihrer Zeit an der Charité hatte Jette nicht viele Kleider gebraucht, sie hatte die meiste Zeit ohnehin Schwesterntracht getragen. Dies hatte sich mit der Verlobung geändert. Immer öfter verkehrte sie in der Behnfeldschen Villa und brauchte entsprechende Garderobe. Justus ließ ihr etliche Stoffmuster vorlegen, und die beiden Hausschneider statteten sie neu aus: Kleider und Blusen, Röcke und Mäntel sowie zwei festliche Roben für den besonders großen Auftritt. Dazu bekam sie Schuhe, Taschen, Schals und Handschuhe nebst Geschmeide und Haarschmuck. *Sans ventre,* ohne Bauch, so nannte sich die Körperlinie. Die Seitenlinie der Frau sollte aussehen wie ein S: Im Bauchbereich glatt und steif, mit Sanduhrtaille, das Gesäß betont und der Schulterbereich nach hinten geneigt.

Auch Jette folgte dieser Mode, allerdings ging sie nicht die Gefahr ein, ihre inneren Organe zu schädigen. Eine spezialisierte Schneiderin fertigte Korsetts, die auch ohne allzu enge Schnürung eine wunderbare Linie zauberten. Und solange Jette sich im Haus aufhielt und keine Gäste empfing, trug sie an Miederwaren nur einen Hüftgurt und eine Bruststütze.

Drei gut gefüllte Schrankkoffer nahm sie nun mit auf die Insel. Bei ihrer Ankunft auf dem Bahnhof winkte sie einen Dienstmann heran.

»Das Gepäck aus dem Abteil bitte zu einer Droschke und dann zum Strandweg.«

»Jawoll«, der Mann verneigte sich. »Dat maken we alls för uns leev Jette.«

Sie stutzte, da begannen der Mann und ihre Eltern zu lachen.

»Onkel Hein!«, sie gab sich empört. »Du bist das also. Sagst nichts und bringst mich hier ganz durcheinander.«

Heinrich Strunk, ein ehemaliger Nachbar vom Strandweg, hatte vor bald zwanzig Jahren nach Prora geheiratet.

»Seit Neujahr bin ich hier in Stellung. Werden ja immer mehr Kurgäste, sogar im Winter. Aber nun mal los mit euch zur Droschke.« Er winkte zwei Kollegen heran, mit denen er das Gepäck auf Sackkarren lud.

Jette, August und Emmy verabschiedeten sich und gingen durch das Bahnhofsgebäude zum Vorplatz. Die Droschken mussten in einiger Entfernung von den Gleisen stehen, denn die Pferde scheuten vor dem Dampf und Lärm der Lokomotiven.

Gerade bestiegen die drei ihre Mietkutsche, da setzte Regen ein.

»Och joa. Fien is dat hier. Mit'n Dack uevern Kopp. Un dat Notlieden kümmt tauletzt.« Zufrieden ließ August sich ins weiche Polster sinken. Für einen Weg von nicht mal einen Kilometer hätten er und Emmy keine Mietkutsche genommen, dazu wäre ihnen das Geld viel zu schade gewesen. Und das Gepäck hätten sie eine halbe Stunde später vom Bahnhof abholen können – mit ihrem eigenen Handwagen. Dabei hätten sie auch vor drei Schrankkoffern nicht zurückgeschreckt.

Jette amüsierte sich. »Ach Vater. Wenn wir dafür deine altgedienten Knochen schonen, dann ist das Geld in die Droschke gut investiert. Und wir werden dafür auch keine Not leiden müssen.«

»Wol woahr, mien Deern. Aasen we hüt mol rüm met de Preuschen Dalers.«

Auch Jette lachte. Viele Taler würde die Fahrt sicher nicht kosten, höchstens ein paar Groschen. Diese Ausgabe konnte sie sich allemal leisten.

Hein und seine Kollegen rollten die Sackkarren heran und verstauten das Gepäck in der Droschke. Es ging los – eine Fahrt von immerhin fünf Minuten. An der Kate angekommen, half der Kutscher, Taschen und Koffer in den Windfang zu tragen. Auch bei ihm geizte Jette nicht mit dem Trinkgeld. Sie wartete noch, bis er wieder losfuhr, dann ließ sie ihrer Albernheit freien Lauf, jauchzte laut, fiel dem Holzneptun um den Hals, kraulte seinen Bart und tanzte durch den Flur in die Küche. Wie wunderwunderbar, wieder hier zu sein!

Sie half ihrer Mutter, den Ofenherd anzufachen, und gab zu den Holzscheiten auch noch ein paar Ziegelsteine ins Feuer. Drei Wochen lang war die Kate unbewohnt gewesen und nun ausgekühlt, Emmy, August und Jette machten das Beste daraus. Dick in Jacken und Decken gehüllt, tranken sie Tee *met'm gauden Sluck Rum.*

In der Berliner Direktorenvilla hatte jeder Schlafraum einen eigenen Kachelofen, den die Dienstmädchen vom Flur aus befeuerten. Hier in der Kate am Strandweg waren die Schlafstuben seit eh und je unbeheizt, für die nötige Bettwärme sorgten heiße Ziegelsteine, gehüllt in einen Wollbezug. Vor bald zwanzig Jahren hatte August für seine Töchter zwei

Betten gezimmert und weiß lackiert, jetzt standen sie mit ausgepolsterter Besucherritze nebeneinander. Jette breitete sich aus, Arme und Beine weit von sich gestreckt. Ach, Konrad! Noch drei Monate, bis er endlich zu ihr zöge.

* * *

Am nächsten Morgen wachte sie von den Geräuschen aus der Küche auf. Ihre Eltern wuschen sich am Rinnstein, Emmy setzte Wasser auf, kurz darauf stieg der Duft von Zichorienkaffee die meerblaue Stiege hinauf bis in Jettes Schlafraum. Wie schön das alles war und wie vertraut. Sie blieb liegen und döste vor sich hin. Vor halb neun musste sie nicht bei Eisch auf dem Amt sein.

Als sie hörte, wie Gus in den Windfang trat, lief sie im Nachthemd herunter, um ihm einen guten Morgen zu wünschen, und diesmal kraulte sie gleich zwei Männern die Bärte. Sie wusch sich in der Küche, frisierte sich und zog sich an, ihre Mutter setzte noch eine Kanne Muckefuck auf.

»Mach dem Eisch ordentlich Dampf unterm Hintern. Dass der auch wirklich was für euch tut.« Emmy hatte sich von Nachbarn die Tageszeitung ausgeliehen. »Lauter Angebote und kaum Gesuche.«

In der Tat gab es reichlich Offerten für Putzfrauen und Köche, Kellner und Zimmermädchen. Das Erquickungsgewerbe wuchs, immer mehr Betriebe warben mit guter Bezahlung bei freier Kost und Logis, einige boten ihrem Personal sogar bezahlten Urlaub.

Jette blieb zuversichtlich. »Eine Köchin und Beiköchin haben wir schon, und der Wärter für die Dampfmaschine wirbt seinen Bruder für uns an, die beiden sind dann auch unsere Hausmeister. Der Kurdirektor in Wörishofen sucht für uns den passenden Bademeister, und die übrige Mannschaft wird sich finden. Wir haben einen bekannten Namen und sind mit unserem Sanatorium eine besondere Adresse.«

»Trotzdem. Die Arbeit ist anders als in einem Hotel. Eure Gäste sind gesundheitlich schwach, darum machen sie ja die Kur. Und einige haben es bestimmt auch mit den Nerven. Solche Leute bedienen, das ist anstrengend.«

»Aber wir zahlen anständig, und unsere Gäste geben bei guter Bedienung wohl ordentliches Trinkgeld. Außerdem macht es was her, wenn man sagt: ›Ich arbeite im Privatsanatorium Dr. Behnfeld.‹«

Der Regulator in der Dünse schlug acht, Jette musste los. Im Windfang zeigte das Thermometer zwei Grad Celsius, immerhin blieb es trocken. Die Dämmerung hatte gerade erst eingesetzt, Jette vermied den Weg durch den Wald und ging am Schmachter See entlang zur Wilhelmstraße. Dieser Name sorgte für Verwechslungen, denn auch im benachbarten Sellin gab es eine Wilhelmstraße. Man solle die Binzer Wilhelmstraße in Hauptstraße umbenennen, hieß es oft, doch bisher hatte das Bezirksamt diesen Vorschlag abgelehnt aus Rücksicht auf das wilhelminische Kaiserhaus.

Bis vor wenigen Wochen hatte die Gemeindeverwaltung ihren Sitz noch im öffentlichen Kurhaus gehabt, doch das platzte längst aus allen Nähten. Kürzlich hatte man aus rotem Backstein ein weiteres Haus für die Kurverwaltung gebaut, nur gut hundert Meter von der Wilhelmstraße entfernt. Neben den Amtsstuben sollte hier bald ein großes Warmbad seinen Betrieb aufnehmen.

Jette durchtrat das Portal, es roch nach feuchter Pappe und Tapetenkleister. An einer Tafel hingen dutzendfach die Gesuche nach Arbeitskräften, hauptsächlich im Hotel- und Restaurationsgewerbe. Aus ihrer Aktenmappe zog Jette eine säuberlich geschriebene Annonce und heftete sie dazu: *Privatsanatorium Dr. med. Konrad Behnfeld, derzeit Arzt an der Charité, demnächst Binz, Victoriastraße, sucht Bedienstete aller Art.*

Jette trat zwei Schritte zurück und betrachtete den Aushang. Gut sah er aus. Sehr gut sogar. Wer Arbeit suchte und etwas auf sich hielt, der würde sich bewerben.

Ein Schild im Flur wies zum Kontor des Kurdirektors. Über das Vorzimmer herrschte Margarete Stanitzky, ein Fräulein mit länglichem Gesicht und ehemals blonder, inzwischen gelblicher Knotenfrisur. Sie galt als äußerst korrekt und – im Gegensatz zu Eisch – wenig eitel.

»Schön guten Morgen, Frau Doktor Behnfeld. Herr Direktor erwartet Sie.«

Sie führte Jette in Eischs Dienstzimmer, wo er sich vom Schreibtisch erhob. Sein blasser, vollkommen haarloser Kopf mit den eng anliegenden Ohren erinnerte an einen Kürbis oder schlimmer noch: an eine aufgepumpte Schweinsblase, auf die Kinder mit Kohlestift zwei Augen, eine Nase und einen Mund gezeichnet hatten.

»Der erste Montag im neuen Jahr, und Sie sind zurück, Frau Behnfeld. Willkommen auf der Insel Ihrer Väter.«

Kein Zweifel, Eisch nahm ihren Besuch ernst – dabei war sie ja bloß eine junge Frau, und er würde ihr kaum seine Zeit widmen, ginge es nicht um das Sanatorium. Jette dankte und nahm auf dem Besucherstuhl Platz. Die Wände zierte eine Tapete mit großen, silbrig glänzenden Blütenornamenten, passend dazu umrahmten dunkelgraue Samtvorhänge das Fenster in Eischs Rücken. Ein Regulator tickte so laut, dass Jette hier keine Minute hätte arbeiten können, doch Eisch schien es nicht zu stören. Räuspernd nahm er seinen Kneifer ab und hob die Augen.

»Gleich eine frohe Kunde: Der passende Bademeister ist gefunden. Am Sonnabend kam ein Eilbrief. Meinen Amtskollegen in Wörishofen begeistert die Idee: Die Kurbäder Wörishofen und Binz beschreiten einen gemeinsamen Weg, auch mit ihrem Personal. So kann man sich gegenseitig empfehlen. Das eine Jahr zur Wasserkur ins Allgäu, das andere Jahr an unsere schöne Ostsee. *Variatio delectat.* Abwechslung erfreut. Darum sollten die Wörishofener und wir Binzer uns nicht als Konkurrenz begreifen, sondern als formidable Ergänzung.«

Jette wunderte sich. »So schnell hat Ihr Kollege den Bademeister gefunden? Ihre Anfrage ist doch erst zwei Wochen her, und der Jahreswechsel lag dazwischen.«

»Moderne Zeiten eben«, die Sache erschien Eisch völlig selbstverständlich. »Auch wenn es auf unserer Insel noch keinen Fernsprecher gibt, geht doch der Telegramm- und Eilbrief-Verkehr im Deutschen Reich rasch vonstatten. Und wer da aus dem Allgäu zu uns kommt, ist sicher keine schlechte Wahl: Bademeister Alois Einöder hat bei Pfarrer Kneipp persönlich gelernt. Ein gestandener Mann, verheiratet, kinderlos, die Gattin im dortigen Kurhaus als Badefrau tätig, alles bodenständig und seriös.«

»Und die wollen wirklich herziehen?«

»Aber ja. Die Wörishofener Kurdirektion hat ihm dazu geraten, und Herr Einöder ist nun fest entschlossen. Mit einer Probezeit ist er einverstanden und auch mit dem vorgesehenen Salär. Um die Wannenbäder Ihrer weiblichen Gäste kümmert sich Frau Einöder, und wenn deren Lohn bei der Hälfte ihres Mannes liegt, sollte das wohl reichen.«

»Und Referenzen?«

»Selbstredend. Mein Amtskollege hat das Ehepaar sehr gelobt. Herr Einöder ist bisher untergeordneter Bademeister im öffentlichen Kurhaus, und hier würde er Oberbademeister in einem Privatsanatorium. Das ist doch ein Aufstieg, also ein guter Grund, nach Rügen umzusiedeln.« Eisch bemerkte Jettes Zögern. »Werte Frau Behnfeld, Sie sollten diese Einöders unbedingt einbestellen. Vom großen Kneipp persönlich angelernt. Mehr kann man kaum erwarten. Ich bin sicher: Ihr Herr Schwiegervater sähe das ganz genauso.«

Dem ließ sich von Jette nichts entgegensetzen.

»Danke, Herr von Eisch. Dann lassen Sie bitte ein Telegramm senden: Die Einöders mögen mitteilen, wann sie sich hier vorstellen können. Dann weist unser Berliner Kontor telegrafisch die Reisespesen an.«

»Eine vortreffliche Entscheidung. Mein Kontor kümmert sich noch heute.«

Er verabschiedete Jette mit höflicher Herablassung, dafür verzichtete sie auf einen Knicks.

Vom Amtsgebäude eilte sie zur Victoriastraße. Inzwischen war es heller Morgen, zum Meer hin lockerte im Dunst die Wolkendecke auf. Jette konnte es kaum erwarten, das Sanatorium im Tageslicht zu sehen.

An der Baustelle begegnete ihr ein Maler, der in den Gästezimmern die Grundierung für die Tapeten auftrug.

»Wenn es trocknet, machen wir auf den Balkonen mit dem Holzschutz weiter. Der weiße Lack kommt im April, und bis Mitte Mai sind wir dann durch. Aber wenn Sie möchten, nehme ich Sie mit auf einen Balkon. Am besten schön Richtung Sonne.«

Jette hätte nicht gewagt, darum zu bitten, denn sie wollte den Handwerker nicht von der Arbeit abhalten. Doch weil er ihr die Besichtigung so freundlich anbot, folgte sie ihm in den hinteren Gebäudeflügel, der seiner Länge nach Richtung Süden wies.

Sie betraten einen Raum an der Ostseite. Hier fehlten noch die Tapeten, der Innenputz brauchte noch Zeit zum Trocknen.

»Bitte nichts anfassen, Frau Doktor. Aber gehen Sie ruhig auf den Balkon.«

Sie tat, wie ihr geheißen – und hätte gern laut aufgejauchzt. Wie in der Loggia einer südlichen Villa kam sie sich hier vor zwischen den weiten, hölzernen Rundbogen und den Ranken und Streben, mit denen der Balkon umbaut war. Auch wenn auf dem Lärchenholz noch der weiße Lack fehlte, konnte Jette sich vorstellen, wie es fertig aussähe, nämlich leicht und heiter und ganz und gar entzückend. Hier lobte das Werk seinen Meister, eine schönere Form der Bäderarchitektur ließ sich kaum denken.

Jette hob ihren Blick hinüber zur Granitz. Die Sonne goss einen milchigen Schimmer über die Wipfel, und die Silhouetten der Buchen verbanden sich im Morgendunst mit dem winterlich zarten Himmelsblau. Stundenlang hätte sie so stehen und schauen können, wäre da nicht ihr voller Terminplan gewesen.

Dem Anstreicher dankte sie mit einem Trinkgeld und kehrte zurück in die Wilhelmstraße, nun aber nicht zum Strand hin, sondern nach links, wo die örtliche Tageszeitung eine Niederlassung betrieb. Dort gab sie das zweite Exemplar des säuberlich verfassten Stellengesuchs ab. Der ältere Herr am Schalter versprach das Erscheinen der Anzeige am kommenden Sonnabend. Jette zahlte und ging.

Eine wichtige Verabredung lag noch vor ihr, und auf dieses Wiedersehen freute sie sich besonders. Paula hatte es in der vergangenen Woche übernommen, den Besuch anzukündigen, und so konnte Jette sicher sein, Mutter und Tochter Merten in ihrer Wohnung anzutreffen. Den Weg hatte Jette sich beschreiben lassen, von der Wilhelmstraße aus Richtung Westen und dann durch verwinkelte Gassen und Gänge. Als Kind hatte sie hier nach der Schule mit ihren Freundinnen Verstecken gespielt, daher kannte sie sich einigermaßen aus, doch sie erschrak darüber, wie weit die Gegend zuletzt heruntergekommen war. Schließlich stand sie in einer Gasse ohne Pflasterung vor der Giebelseite eines halb verfallenen Hauses. Putz und Mörtel bröckelten aus dem Fachwerk und gaben den Blick auf das Geflecht von Ästen frei. Mittig hing in rostigen Angeln eine Tür, nur noch wenige Nägel hielten die Latten zusammen. Sie zog an der Klinke, trat ein und durchschritt einen engen, dunklen Flur, verließ das Fachwerkhaus zur Hofseite, eilte an übel riechenden Lattenverschlägen vorbei auf die Tür eines Hauses zu, das den Namen kaum verdiente. Eher war es eine Wohnbude, eine Butze. Jette klopfte an.

BESSERE ZEITEN

Binz war aus zwei Dörfern entstanden. Im Westen hatte Aalbeck gelegen, benannt nach dem Bach, der den Schmachter See mit dem Meer verband, und ehemals nicht viel mehr als eine Ansiedlung von Fischerhütten. Allmählich war Aalbeck mit dem östlich gelegenen Binz verschmolzen. Die Gemeinde indes wuchs weiter, mehr Hotels und Pensionen wurden nötig, dazu Wohnraum für die Bediensteten. Nach Osten konnte man Binz nicht erweitern, dort gab es eine natürliche Grenze durch den Granitzer Forst mit seinem alten Hochbuchenwald und dem Jagdschloss. Kur- und Gemeindedirektor Dietmar von Eisch widmete sich also dem westlichen Ortsrand. Er ließ die ärmlichen Katen des alten Aalbeck entfernen und schaffte Platz für neue Bauten.

Einige Gassen jedoch blieben unberührt, hier standen noch dicht an dicht die maroden Fischerhütten und Baracken. Auch auf sie wartete der Abriss. In einem Innenhof, auf dem ehemaligen Gelände einer Remise, hatten Berta und Friederike Merten eine vorläufige Bleibe gefunden.

Berta stammte aus Leipzig und hatte neunzehnjährig den kaum älteren Franz Merten geheiratet. Als Lampenputzer kümmerte er sich um die gasbetriebenen Straßenlaternen. Ihre ersten Ehejahre verliefen glücklich. Fränzchen kam auf die Welt und bereitete seinen Eltern nichts als Freude. Er blieb gesund, wuchs zu einem kräftigen, munteren Knaben heran und sollte zu seinem zweiten Geburtstag ein Geschwisterchen bekommen. Doch das kleine Mädchen starb wenige Tage nach der Geburt, und auch die nächsten beiden Kinder kamen nicht über das Kleinkindalter hinaus. Der eine Junge starb an Masern, der andere an Scharlach. Als Fränzchen zehn Jahre alt war, gebar Berta mit Friederike ihr fünftes Kind, und zur großen Freude aller gedieh sie gut. Wieder erlebte die Familie schöne Jahre, auf weitere Kinder aber wollten Berta und Franz verzichten. Dann nahm neues Unheil seinen Lauf. Im Jahre 1888 erschien der zwanzigjährige Franz junior nicht auf seiner Arbeitsstelle in einer Buchbinderei. Einen nachvollziehbaren Grund dafür gab es nicht, und die Polizei fand trotz ausführlicher Suche keine Spur. Franz junior blieb verschwunden.

Franz Merten senior galt als Mann, der sich nicht leicht unterkriegen ließ, doch diesem Ausmaß an Unglück war er nicht gewachsen. Immer häufiger gab er sich dem Branntwein und dem Glücksspiel hin, machte Schulden, erschien wegen Trunkenheit nicht zum Dienst. Das Leipziger Straßenamt kündigte ihm seine Stellung. Er begann, Berta schlecht zu behandeln. Dennoch hielt sie zu ihm und kümmerte sich mit ihrer Arbeit als Köchin um den Unterhalt der Familie. Als Franz anno 1893 einer Lungenentzündung erlag, hielt sie es am alten Wohnort nicht mehr aus. Zusammen mit Rieke wagte sie einen Neuanfang. Im Binzer Kaiserhof fanden sie Arbeit: die sechsundvierzigjährige Berta als Köchin, ihre fünfzehnjährige Tochter als Beiköchin.

Berta hatte die neue Stellung gerade angetreten, da fühlte sie, wie ihr Leib sich wölbte und anwuchs. Sie wähnte sich in anderen Umständen, im vierten oder gar fünften Monat. Nur wenige Wochen vor dem Tod ihres Mannes musste es passiert sein, dabei hatte sie doch geglaubt, ihre fruchtbaren Jahre längst hinter sich zu haben. Sie nahm das keimende Leben als schicksalhaft an und gab dem Chefkoch Bescheid. Erfreut war der zwar nicht, doch weil Berta ihm leidtat und sie zuverlässig arbeitete, durfte sie ihre Stellung behalten, und so kam es, dass sie im Juni 1894 für die Hochzeitsgesellschaft von Konrad und Jette kochte.

Das Festessen verlief formidabel. Justus schmeckte der Lammrücken derart gut, dass er nach dem Koch fragte, und er staunte nicht schlecht, als er dann statt eines gestandenen Mannes eine eher klein gewachsene Frau vor sich hatte, noch dazu Witwe und hochschwanger. Doch der Abend barg noch mehr Überraschungen. Kurz darauf kam es bei Berta zu einem medizinischen Zwischenfall, Konrad und Jette eilten zu Hilfe und stellten fest: Berta war nicht schwanger, sondern scheinschwanger. Bei den vielen seelischen Belastungen hatte ihr Gemüt dem Körper einen Streich gespielt und die Anzeichen einer Schwangerschaft bloß vorgetäuscht. Die Sache ging also glimpflich aus, und Berta fühlte sich durchaus erleichtert. Justus hingegen kümmerte die Medizin wenig. Er hatte Berta dem Kaiserhof abgeworben und Tochter Rieke gleich mit. Bald sollten die beiden im Sanatorium die Gäste wie das Personal mit Gaumenfreuden verwöhnen.

Als Jette an diesem Vormittag klopfte, eilte Rieke zur Tür und begann vor lauter Freude auf und ab zu hüpfen.

»Frau Doktor Behnfeld! Immer herein mit Ihnen. Eng ist es hier, aber wir fühlen uns wohl, und lange müssen wir ja nicht mehr bleiben.«

Jette trat in einen Vorflur. Neben einer schmalen Wandgarderobe führte eine Holzleiter zur Bodenkammer.

»Es ist uns wirklich eine Ehre.« Berta Merten war ihrer Tochter gefolgt und nahm Jettes Mantel entgegen. Gegen Rieke richtete sie einen vorwurfsvollen Blick.

»Und du, mein Fräulein, benimmst dich bitte. Nur weil du dich freust, musst du dich nicht aufführen wie ein Kleinkind.«

Jette amüsierte sich. »Lassen Sie nur, Frau Merten. Rieke ist ja fast noch ein Backfisch. Also darf sie gern ein wenig ausgelassen sein.«

»Hast du gehört, Mama? Allerliebste Mama! Frau Doktor erlaubt mir das, denn sie weiß ja, dass ich mich gut benehmen kann. Und jetzt gibt es Tee und Kuchen. Ich habe nämlich Zuckerkuchen gebacken, meine Spezialität.«

Sie betraten die kleine Wohnküche. Im Ofenherd prasselten die Scheite, der Geruch des Feuers jedoch konnte den durchdringenden Geruch von Kohl und Knochenleim nicht überdecken. Die Mertens waren zweifellos reinliche Leute, dachte Jette. Nur reichte das niedrige und zudem einzige Fenster für gründliches Lüften kaum aus.

Sie setzte sich auf einen grob gezimmerten Stuhl, als Polster diente ein flaches Strohkissen. Alle Wände waren mit Zeitungspapier beklebt, über dem eine dicke Leimschicht lag. Mit einiger Mühe konnte Jette die Überschriften entziffern.

Berta schmunzelte. »Alle Besucher hier lesen Zeitung auf unseren Wänden. Selbstredend könnten wir von den Löhnen auch Tapeten bezahlen, aber wir wollen lieber für Riekes Aussteuer sparen, und die Zeitung schützt gut vor Kälte.«

Jette erinnerte sich an ein Zusammentreffen im vorletzten Sommer. Von Berta war die Bemerkung gekommen, Rieke solle einmal einen anständigen Mann heiraten, einen wahrhaft guten, keinen Hallodri, der wie Riekes Vater seiner Sucht nach Branntwein oder Glücksspiel erliege. Und ein anständiger Mann erwartete von seiner Braut eine volle Aussteuertruhe, es ergab also Sinn, darauf zu sparen.

Rieke setzte Wasser auf. »Gucken Sie sich ruhig weiter um,

Frau Doktor. Meine Mutter und ich müssen uns ja nicht schämen, nur weil unsere Möbel abgenutzt sind. Wir brauchen die ja nicht mehr lange. Wenn wir ins Sanatorium ziehen, wohnen wir doch möbliert, oder?«

»Genau. Die Personalstuben richten wir wie die Gästezimmer ein, nur nicht ganz so hochwertig. Es gibt einen Kleiderschrank, eine Kommode, ein Bett, einen Tisch, einen Stuhl, einen Polstersessel …«, Jette unterbrach sich. »Entschuldigung. Ich klinge wie ein Reklameprospekt.«

Sie lachten.

»Was ich sagen wollte: Sie müssen beim Umzug keine Möbel mitbringen, Fräulein Rieke. Nur Ihre persönlichen Sachen.«

Jette sah zu, wie die brünette junge Frau den Tee aufgoss. Bei ihrem Kennenlernen war sie erst fünfzehn gewesen, pausbackig und mit Pickeln im talgglänzenden Gesicht. Doch inzwischen könnte sie mit ihrer Anmut wohl etliche Männer in den Bann ziehen. Dabei war sie an diesem Morgen nicht mal besonders herausgeputzt. Ihr schlichter Zopf hing den Rücken entlang bis zur Taille, und wie ihre Mutter trug sie ein Kittelkleid aus indigofarbenem Kattun. Jette kannte die Art von Stoff, auch die Behnfelds stellten ihn her, vielleicht stammte dieser hier sogar aus ihrer Fabrik.

Eine ganz bestimmte Frage wollte Jette noch stellen – schon allein aus Höflichkeit, vor allem aber aus Mitgefühl.

»Wenn Sie erlauben, Frau Merten: Gibt es denn etwas Neues zu Ihrem Sohn? Hat die Polizei noch mehr herausgefunden?«

Jette hatte ihre Worte behutsam gewählt, doch die Verzweiflung über den vermissten Sohn saß bei Berta Merten tief, sogleich schossen ihr Tränen in die Augen.

»Nein, Frau Doktor«, aus ihrem Kittelkleid zog sie ein

sorgfältig gebügeltes blütenweißes Taschentuch mit lila Häkelrand. »Und was das Schlimmste ist: Die Polizei sucht auch gar nicht mehr. Franz gilt jetzt als verschollen, und dabei wird es wohl bleiben.«

Rieke am Herd drehte sich mit einem Ruck zu ihrer Mutter um. »Untertreib bitte nicht, Mama! Es ist ja noch viel schlimmer. Wenn unser Franz nach dreißig Jahren nicht mehr auftaucht, dann können wir ihn sogar für tot erklären lassen.« Fast überschlug sich die Stimme. Rieke weinte nicht, ihre Trauer ließ sie reizbar werden, mit energischen Bewegungen führte sie das Messer durch den Kuchen. »Und überhaupt: Franz war neunzehn, als er verschwunden ist. Wahrscheinlich steckt eine junge Frau dahinter. Er hat sich Hals über Kopf verliebt. Aber vielleicht hätte sie nicht zu uns gepasst. Und deswegen hat er sie uns nicht vorgestellt, sondern ist mit ihr weggelaufen.«

»Ach, Kind«, Berta hätte wohl noch mehr dazu sagen können, doch sie schüttelte den Kopf und starrte schweigend vor sich hin.

Rieke am Herd blickte vom Messer auf. »Was meinen Sie denn, Frau Doktor? Kann das nicht sein? Dass Franz einfach nur weggelaufen ist? Wegen einer ganz dummen Liebe?«

»Ich weiß nicht«, Jette zögerte. »Natürlich. Die Liebe ist eine sehr große Macht. Gerade bei so jungen Menschen. Aber ich kenne Ihren Franz ja nicht. Darum kann ich mir kein Urteil erlauben.«

Wieder seufzte Mutter Merten. »Ach, Sie Gute«, kurz legte sie ihre Hand auf die von Jette. »Sie wollen lieber nichts Falsches über unser Fränzchen sagen. Das ist ja auch klug von Ihnen. Aber wenn wir schon mal bei der Liebe sind, Frau Doktor, dann sollen Sie noch etwas über mich wissen: In meinem Leben gibt es nämlich keinen Mann, das versichere ich hoch und heilig. Ich kann also nicht schwanger sein und werde sicher auch nicht wieder scheinschwanger.«

Oje. Nun fühlte Jette sich erst recht peinlich berührt. Nicht wegen des Themas. Wohl aber, weil ihre Gastgeberin sich dermaßen offenbarte.

»Darüber sind Sie mir doch keine Rechenschaft schuldig«, entgegnete Jette, doch so schnell ließ Berta Merten sich nicht davon abbringen.

»Aber Frau Doktor«, ohne zu fragen, schenkte sie Jette Tee nach. »Es ist doch besser, ich bin offen und ehrlich. Nach der Sache damals. Wenn Sie wissen, ich habe keinen Mann, dann müssen Sie sich auch keine Sorgen machen.«

»Sicher, Frau Merten. Jedenfalls danke für Ihre Offenheit. Und nun zu Ihrer Stellung bei uns: Sie beide beginnen also zum ersten Mai und bekommen den doppelten Lohn, den der Kaiserhof Ihnen bisher zahlt. Dazu natürlich freie Kost und Logis.«

»Das Doppelte!« Rieke fiel ihrer Mutter um den Hals, der kleine Disput von eben schien vergessen. »Wir kriegen das Paradies auf Erden. Da merken wir kaum noch, dass wir auch arbeiten müssen, so schön haben wir es dann.« Sie servierte ihren Zuckerkuchen. »Mutter meint ja, um zehn Uhr morgens nimmt man ein Gabelfrühstück, aber der Kuchen ist eben meine Spezialität, und ich finde, der passt zu jeder Tageszeit.«

Jette probierte und war begeistert. »Den müssen Sie bei uns jeden Tag backen, am besten immer gleich drei Bleche.«

»So viel?« Rieke, eben noch so selbstgewiss, wunderte sich nun doch. »Aber die Gäste haben doch nur Halbpension. Mit Frühstück und Abendessen und ohne Kaffeestunde.«

»Na und? Sie haben doch selbst gesagt, der passt zu jeder Tageszeit. Dann essen unsere Gäste Ihren Kuchen eben schon zum Frühstück. Die Ärmsten!«

Um kurz vor elf ließ Jette sich hinausbegleiten. Glücklich schlossen die Damen Merten hinter ihr die Tür. Und nun? Bis zum Schichtbeginn im Kaiserhof blieb noch eine gute Viertelstunde. Rieke hatte gebacken, den Tisch gedeckt und bedient. Das Aufräumen und Putzen der Küche durfte sie nun ihrer Mutter überlassen.

»Ich ruhe mich noch ein bisschen aus, Mama.«

»Tu das, Schätzchen.«

Im schmalen Rinnstein spülte Berta das Geschirr und summte vor sich hin: *Geh aus mein Herz und suche Freud.*

Rieke erklomm die Leiter in den Oberstock. Die Mertens schliefen unter Ziegeln und Sparren – kein komfortables Quartier, doch dank des durchziehenden Ofenrohrs auch im Winter einigermaßen heimelig. Längsseitig verliefen die Dachstreben im flachen Winkel. Rieke mit ihrem Gardemaß von einem Meter fünfundsiebzig konnte nur unter dem Firstbalken aufrecht stehen. Der Raum reichte für zwei kniehohe Betten, zwei Nachtschränkchen, einige Kommoden und einen Kleiderschrank.

Inmitten der schlichten Einrichtung gab es einen wahrhaft teuren Gegenstand. Auf einem Fuß aus Nussbaumholz stand er, direkt unter dem First gegenüber dem Giebelfenster: ein Spiegel, bleiverglast und so geschliffen, dass man sich von Kopf bis Fuß darin betrachten konnte. Mutter und Tochter hatten bei dieser Anschaffung nicht gespart. So viel Eitelkeit musste nun mal sein, fanden sie.

Eilig streifte Rieke ihre Kittelschürze und das Unterkleid ab, darunter trug sie zart gewebte baumwollene Wäsche wie die Frauen in der Stadt. Ein weißes Leibchen mit schmalen Trägern und Bortenbesatz am Busen und ein seitlich knöpfbares, knielanges Beinkleid. Vor dem Spiegel ließ sie die Hände über ihren Körper gleiten, am Bauch eher schnell, an den

Brüsten langsamer. Ihre Mutter neigte seit dem Backfischalter zur Beleibtheit, Rieke jedoch kam mit dem länglichen Gesicht und den schmalen graugrünen Augen stark nach dem Vater. Auch sein kantiges Kinn hatte sie geerbt, zum Glück in milderer Weise.

Zur Konfirmation vor drei Jahren hatte Rieke von einer Großtante zwanzig Reichsmark bekommen: Sie solle sich mit dem Geld einen ganz eigenen Wunsch erfüllen, ihre Mutter brauche das nicht zu erfahren. Also hatte Rieke das Geld versteckt und im vergangenen Winter eine kleine Reise nach Stralsund unternommen. Seitdem lagerte weit unten im Schrank – in einer Schachtel mit doppeltem Boden – eine Korsage. Zwar nicht aus Seide, doch dafür aus dreifach gelegtem chamoisweißem Zwirn und mit vielen Nähten für einen guten Sitz. Statt teurer Fischbeinstangen waren dünne metallene Spiralen eingearbeitet, sogar verzinkt, damit sie bei Berührung mit Körperschweiß nicht rosteten.

Nun legte Rieke sich diesen wunderbaren Gegenstand um ihr Unterhemd und schloss die vielen kleinen Haken. Die Korsage reichte von den Brustwarzen bis zur Taille. Vor dem Spiegel drehte Rieke sich ins Profil und drückte den Rücken durch. Liebend gern hätte sie ihren Zopf gelöst und das dichte braune Haar ausgekämmt, doch die Zeit drängte, sie musste zur Arbeit. Nun ja. Die nächsten vier Monate würde sie auch noch hinter sich bringen. Dann kämen bessere Zeiten.

* * *

Die Annoncen taten ihre Wirkung. In einem Sanatorium zu arbeiten, noch dazu auf Rügen, galt als Besonderheit. In der ersten Januarhälfte folgte ein Antwortschreiben dem nächsten.

Jette ließ sich die Bewerbungen nicht in die Kate schicken, sondern holte sie täglich vom Postamt ab. Am großen Tisch in der Dünse las sie zusammen mit Emmy die Briefe und beratschlagte: Warum wollte jemand seine bisherige Stellung kündigen? Von wem stammten die Referenzen? Welchen Eindruck machte die Handschrift? War der Lebenslauf schlüssig? Einigen Bewerbern sagte Jette von vornherein ab, die meisten aber bestellte sie ein.

Für die Vorstellungsgespräche nutzte Jette den Kaiserhof. Das erste Haus am Platz bot Kontorräume samt Sekretariat zur stundenweisen Miete an.

Sie führte die Unterredungen mit Bedacht und überlegte stets, wie sich Justus selbst entscheiden würde. Sie wollte ihn nicht enttäuschen. Er setzte Vertrauen in ihre Menschenkenntnis, zudem zahlte er den Bewerbern die Anfahrt und – falls sie von weiter her kamen – sogar auch noch die Unterbringung in einer Pension samt Abendbrot und Frühstück.

An einem regnerischen Nachmittag ging sie wie gewohnt zur Post.

»Heute nur zwei Briefe, Frau Doktor Behnfeld. Aber es ist eben Montag, morgen sind es sicher wieder mehr«, der Beamte verbeugte sich.

Die Handschrift auf dem ersten Umschlag erkannte Jette auf Anhieb: Konrad! In ihrer Ungeduld las sie den Brief schon in der Schalterhalle. Ja! Für Mitte Februar gab sein Professor ihm eine Woche frei, damit er seinen Umzug planen konnte. Dafür sollte er allerdings bis zum letzten Märztag die anderen Ärzte entlasten, bevor er endgültig ausschied. Nun ja, nicht schön, aber Jette freute sich trotzdem.

Sie besah sich den zweiten Brief. Der Umschlag war mit blauer Tinte in kindlichem, jedoch säuberlichem Sütterlin beschrieben, der Absender lautete: Fräulein Mathilde Erlenbrook, Rappin/Amt Bergen.

Der Brief war sauber abgefasst, ohne Kleckse und Fehler. Wie die Schrift vermuten ließ, handelte es sich bei Mathilde Erlenbrook um eine junge Person. Erst letztes Frühjahr habe sie die Schule abgeschlossen, erklärte sie, und arbeite seitdem auf dem elterlichen Hof. In Binz sei sie noch nicht oft gewesen, doch sie möge den Ort. Ihre Eltern bestünden darauf, dass sie nur an ein gut beleumundetes Haus gehe. Daher bewerbe sie sich auf die Zeitungsannonce von Herrn Dr. Behnfeld und Frau. Eine Abschrift vom Schulzeugnis lege sie nicht bei, weil sie die Kosten dafür nicht erübrigen könne. Sie wolle das Zeugnis aber gern mitbringen, wenn sie sich persönlich vorstellen dürfe.

***

In den folgenden Wochen hielt das feuchtmilde Wetter an, aber ausgerechnet, als Konrad sich auf die Reise machen wollte, wurde es bitterkalt, und die Berliner Zeitungen schrieben davon, wie im Strelasund die Eisstücke schwammen. Vor seiner Abreise holte er beim Hafenamt eine fernmündliche Auskunft ein: Der Kapitän entscheide kurzfristig, ob er die Überfahrt wage oder nicht. Den Passagieren sei deshalb empfohlen, die Reise entweder einige Tage zu verschieben oder sich auf den Weg zu machen und vor Ort die Lage zu beobachten. In Stalsund wie Altefähr seien die Wartesäle erster und zweiter Klasse gut beheizt.

Bedeutungslose Hindernisse waren das für ein Herz voller Sehnsucht. Konrad trat die Reise an und nahm es hin, in Stralsund auf neue Nachrichten zu warten. Was konnte ihm schon Schlimmeres passieren, als einige Tage ausharren zu müssen? Mehr als eine Woche würde die Kälte schon nicht anhalten. Doch er hatte Glück, der erfahrene Kapitän wagte die Überfahrt der drei Zugwaggons noch am selben Nachmittag, und in Altefähr stand mit aufgeheiztem Kessel die Lokomotive bereit. Kaum setzte sich der Zug in Bewegung, da telegrafierte der Bahnhofsvorsteher auch schon an seine Kollegen in Bergen und Binz.

Gepäckdiener Hein eilte persönlich zur Kate und gab Bescheid.

»Gute Stunde noch, Deern, dann kommt dein Konrad. Aber geh nicht zu früh los, bei uns sind die Öfen schon alle aus.«

Eine ungeheizte Bahnhofshalle kümmerte Jette nicht, dagegen half warme Bekleidung. Schon eine halbe Stunde vor der genannten Uhrzeit machte sie sich auf. Sie wartete statt in der Halle lieber unter dem Vordach und schaute der Lokomotive entgegen. Hörte man schon das Schnaufen des Kessels? Stieg schon grauer Dampf am Himmel auf? Ach, wie schön war doch so ein Warten. Wäre Jette jünger gewesen und von geringerem Stand, hätte sie auf und ab hüpfen mögen vor lauter Freude.

Endlich! Mit der ersten Sekunde ihres Wiedersehens fielen sie und Konrad sich in die Arme und verharrten so minutenlang. Der Fußweg zur Kate dauerte länger als erwartet, schließlich mussten sie immer wieder stehen bleiben, um innige, wenn auch behutsame Küsse zu tauschen.

August stand schon in der Haustür.

»Na, mien Jong, dann hast du heute also nichts getan. Immer nur irgendwo rumgesessen. Un wer alltiet nix daud, der mööt tauminnst gaud eeten.«

Ein Vetter von August hatte kürzlich zwei Schweine geschlachtet, Emmy war zum Helfen gekommen, und nun bogen sich in ihrer Speisekammer die Regale von den frischen Würsten und Töpfen voll Griebenschmalz. Den ganzen Abend saßen sie zusammen und erzählten. Mehr als dreißig Bewerber hatten in den letzten Wochen bei Jette vorgesprochen, und bis auf wenige Ausnahmen hatte sie jeden eingestellt. So füllten sich die Listen mit Stuben- und Küchenmädchen, mit Badehelfern, Hausdienern, Waschfrauen, Kontoristen, Gärtnern, Kutschern, Stallknechten und sogar einem Garagisten. Immer mehr Gäste reisten per Automobil an, oft sogar ohne Chauffeur, sondern selbst am Steuer.

»Ein paar Mädchen für die Zimmer und die Küche könnten wir noch gebrauchen. Und in unserer Männerabteilung zwei Badegehilfen für diesen Herrn Einöder. Dabei wissen wir ja immer noch nicht, wann er sich vorstellen kommt. Ich habe schon kein gutes Gefühl mehr.«

»Ach, Deern.« August bediente sich am Mostrich. Damit schmeckte ihm frische Blutwurst am besten, und dazu ein Krug Bier. »Der Bademeister kommt schon noch. Das Allgäu ist weit weg, zwei Tage pro Strecke wird er brauchen. Das muss gut geplant sein.«

Jette stimmte zu, sie wollte nicht den Abend verderben, doch im Innern nagte Zweifel. Wenn Einöder nicht käme, was dann? Dann müssten sie nach einem anderen Bademeister Ausschau halten, und die Eröffnung des Sanatoriums könnte sich verzögern. Aber nun gut. Drei Monate blieben noch, deswegen wollte sie es nicht übertreiben mit ihren Bedenken.

Am nächsten Morgen brachen Jette und Konrad zum Kaiserhof auf, schon von Weitem erkannten sie den Menschenauflauf vor dem Portal.

Konrad scherzte. »Hoffentlich stehen diese ganzen Leute nicht wegen Fräulein Erlenbrook da. Wenn die nämlich so eine Attraktion ist, dann sollten wir sie lieber nicht einstellen.«

Sie kamen näher und erkannten: Die Schar von Leuten, die hier im Halbkreis standen, betrachteten ein Automobil, und zwar ein besonderes. Die Modelle der Firma Benz waren auf Rügen ja längst ein gewohnter Anblick, doch bei dem Wagen handelte es sich um den viersitzigen Typ 9 des Franzosen Armand Peugeot. Vom deutschen Ingenieur Gottfried Daimler hatte er die Lizenz erworben und galt seitdem als führender Automobilbauer westlich des Rheins. Beim Peugeot 9 waren die Sitzbänke nicht hintereinander angeordnet, sondern vis-à-vis. Gegenüber der Fahrerbank gab es zwei weitere Sitzplätze, vornehmlich gedacht für Kinder und zierliche Frauen. Über ihre Köpfe hinweg musste der Chauffeur den Verkehr beobachten. Falls ihm jedoch seine Mitfahrer die Sicht versperrten, so konnte er sich vom Sitz erheben und den Wagen auch im Stehen bedienen.

Auch Jette und Konrad beäugten die elegante Benzinkutsche mit der Karosse aus dunkelblauem Stahl und dem schwarzen Lederverdeck für die Fahrerbank.

»Und?«, fragte Konrad. »Genug gesehen?«

Jette nickte.

Sie stiegen die Treppe empor zur Hotelpforte. Portier Eduard Penck, elegant mit Livree und Zylinder, zog die Glastür auf. Auch wenn Doktor Behnfeld nebst Gattin hier in letzter Zeit nicht mehr übernachteten, galten sie doch als Stammgäste.

»Einen wunderschönen guten Morgen, Frau Doktor, Herr Doktor. Sicher geht es wieder um geeignetes Personal für Ihr Sanatorium.«

»Ja, aber heute haben wir nur eine Bewerbung, ein junges Mädchen aus Rappin in Begleitung des Vaters.« Konrad wies auf den Peugeot. »Und damit sind die beiden vermutlich nicht gekommen.«

Herr Penck lächelte höflich. »Der Wagen gehört einem Geschäftsmann aus Aachen. Er hat wohl öfters in Frankreich zu tun. Übrigens gab es eben schon eine rege Erörterung, ob die Franzosen tatsächlich den deutschen Ingenieuren das Wasser reichen können.«

»Und?«, fragte Jette. »Wie stehen die Meinungen dazu?«

»Nun, allgemein nimmt man an, dass die deutschen Autobauer den Franzosen wohl immer überlegen sein werden.«

Konrad nickte. »Aber es ist doch erfreulich, wenn auch ein deutscher Geschäftsmann einen französischen Wagen fährt. Vielleicht ein Zeichen, dass die Erzfeindschaft zwischen unserem Reich und der Grande Nation bald ein Ende findet.«

»Gewiss, Herr Doktor. Wir wünschen uns alle den Frieden, und der letzte Krieg liegt ja schon ein Vierteljahrhundert zurück.«

Portier Penck verbeugte sich, einem Gespräch über Politik ging er lieber aus dem Weg.

»Sobald die Herrschaften aus Rappin eintreffen, lasse ich Ihnen Bescheid geben.«

Über Marmorböden schritten Jette und Konrad am Concierge vorbei durch die weiträumige Lobby in den Verwaltungstrakt. Dort nahm Jacques Lafontaine sie in Empfang. Wegen seiner knabenhaften Statur und dem Oberlippenflaum hätte man leicht denken können, er wäre noch ein Lehrjunge. Doch Lafontaine stand bereits im zwanzigsten Lebensjahr und bekleidete eine Stellung als Sekretär des Hauptbuchhalters. Seinen hugenottischen Namen trug er mit Stolz und erzählte gern, wie seine Vorfahren sich durch Friedrich den Großen aus Frankreich hatten abwerben lassen, um in Preußen nach ihrem protestantischen Glauben leben zu können. Wenn Gäste ein Kontor mieteten, dann kümmerte Lafontaine sich um alle Belange. In den vergangenen Wochen hatte er Jette bei den Gesprächen mit den Bewerbern gute Dienste geleistet.

Konrad lobte die so zweckmäßige wie behagliche Einrichtung des Kontors. »Schön ist es hier, meine Liebe. Du bist bestimmt traurig, wenn wir alles Personal zusammenhaben. Dann hast du hier im Hotel ja gar nichts mehr zu tun.«

Es klopfte, Lafontaine trat ein. »Unser Page hat eben Bescheid gegeben. Ihre Bewerberin ist jetzt da. Fräulein Mathilde Erlenbrook«, er verzog bedauernd die Miene. »Nur kann ich die junge Dame leider nicht zu Ihnen lassen. Die Sache ist recht heikel. Wir bitten um Verständnis.«

»Wofür denn bitte?« Konrad hob erstaunt die Brauen.

»Dass wir den Gepflogenheiten unseres Hauses nachkommen. Unser Portier muss dem Fräulein leider den Zutritt verwehren.«

»Aber der Vater von Fräulein Erlenbrook ist doch dabei? Oder ein anderer Erwachsener?«

»Nein, Herr Doktor. Das Fräulein ist ohne Begleitung. Sie sagt, sie komme gerade mit dem Zug aus Bergen.«

Auch Jette fühlte sich am Ende ihrer Geduld. Sie schätzte Lafontaine. Seine Art allerdings, aus lauter Höflichkeit um den heißen Brei zu reden, strapazierte ihre Nerven.

»Bitte sagen Sie uns doch den Grund: Warum lässt Herr Penck die junge Dame denn nicht ins Hotel?«

Einer so direkten Frage konnte der Sekretär sich nicht entziehen.

»Es ist wohl wegen des Schuhwerks«, er räusperte sich. »Das Fräulein trägt Holzschuhe, und die sind, nun, sagen wir, leider nicht mehr ganz neuwertig.«

»Aha. Es klebt also Dreck dran?«, mutmaßte Jette. »Oder sogar Mist?«

Lafontaine nickte betreten. »Herr Penck hat das Fräulein darauf aufmerksam gemacht, doch sie hat leider keine anderen Schuhe bei sich. Aber seien Sie bitte unbesorgt. Für das Gespräch zwischen dem Fräulein und Herrn Penck gibt es keine weiteren Zeugen. Unsere Aachener Gäste sind in ihrem Peugeot abgereist, die Menschenmenge von eben hat sich zerstreut.«

»Das immerhin ist äußerst trostreich«, befand Konrad nicht ohne Ironie. »Dann schauen wir uns diese Mathilde doch mal aus der Nähe an.«

Zu dritt, der junge Sekretär voran, ihm folgend Jette und Konrad, durchschritten sie die Marmorhalle und hielten schon einige Meter vor der Glastür inne. Mit dem Rücken zum Portal stand draußen eine zierliche Gestalt. Auf den ersten Blick sah man ihr die Armut an. Mantel und Mütze wirkten abgenutzt, im wollenen Schultertuch reihte sich ein Stopfloch an das andere, und an ihren groben Holzschuhen hafteten Stroh und Stalldreck.

Jette unterdrückte ein Schmunzeln. »Herr Lafontaine, bitte lassen Sie dem Fräulein ein paar Filzpantoffeln bringen. Die kleinste Damengröße wird wohl reichen.«

»Natürlich, Frau Doktor«, er verbeugte sich ehrerbietig – und zögerte dann doch. »Es ist nur so ... wegen der Strümpfe. Also: die Strümpfe des Fräuleins.«

Konrad verstand. »Sie haben recht, Herr Lafontaine. In so dreckigen Holzschuhen stecken sicher keine sauberen Strümpfe. Aber seien Sie beruhigt. Ihr Personal soll keine Arbeit damit haben, die Pantoffeln zu reinigen. Wir möchten sie nicht ausleihen, sondern käuflich erwerben. Bitte lassen Sie den Posten auf unsere Rechnung setzen.«

»Danke, Herr Doktor. Äußerst verbindlichen Dank«, erleichtert verbeugte sich der Sekretär und verschwand hinter der Rezeption.

Jette und Konrad traten vor die Pforte.

»Guten Morgen, Fräulein Erlenbrook. Herzlich willkommen.« Auf Jettes Stimme hin drehte das Mädchen sich um. Ihr Gesicht war übersät mit Sommersprossen, und zwischen all den Sprenkeln fielen die runden wasserblauen Augen umso deutlicher auf. Einige fuchsrote Strähnen lugten unter der Mütze hervor, das übrige Haar blieb darunter verborgen. Ihre Miene zeigte keinen besonderen Ausdruck, weder ein Lächeln noch eine erkennbare Entrüstung oder Verlegenheit über die Situation.

»Guten Morgen, verehrte gnädige Herrschaften«, sie knickste. Sie sprach nicht etwa Platt, sondern – höchst unüblich für ein Bauernmädchen vom rügenschen Binnenland – reines Hochdeutsch. »Ich habe heute Morgen unser Vieh versorgt, und dann musste ich schnell zu unserem Nachbarn, der hat mich mit nach Bergen genommen, und auf dem Wagen war der Boden auch voll mit Mist. Und später konnte ich mir die Holzschuhe nicht mehr sauber machen, dann wäre ich zu spät gekommen. Und meine Lederstiefel habe ich vergessen«, ohne Scheu blickte sie erst Jette und Konrad an und schließlich Penck. »Es war nur ein Versehen, Herr Portier. Denn ich weiß ja, dass ich mit den Holzschuhen nicht reindarf in so ein feines Hotel.«

»Ach so. Dann danken wir für Ihr Entgegenkommen, wertes Fräulein.« Penck sagte das in völligem Ernst: Dieses Fräulein, das im Grunde ja noch ein Kind war, verfügte über ein erstaunliches Maß an Gelassenheit. Und trat dabei nicht altklug auf, sondern grundgescheit, wenn auch eigenwillig.

Sekretär Lafontaine kam mit der Hausdame zur Pforte.

»So, Fräulein Erlenbrook«, Konrad lächelte. »Sie bekommen jetzt Pantoffeln, und die dürfen Sie nachher mit nach Hause nehmen. Wir schenken sie Ihnen.«

Sie bedankte sich vielmals, dabei zog sie ihre Mütze ab und zeigte ihr dichtes fuchsrotes Haar. Die beiden Zöpfe hatte sie zu Schlaufen gelegt und mit Spangen oberhalb der Schläfen festgesteckt. Affenschaukeln, so nannte man diese Frisur.

Die Filzpantinen passten.

Ein junges rothaariges Mädchen in einem abgewetzten, vielfach gestopften Wollkleid und zu großen Filzpantoffeln in einer hocheleganten Hotelhalle. Sekretär Lafontaine begleitete Jette, Konrad und ihre Bewerberin zurück in den Verwaltungstrakt. Ihnen folgten die Blicke einiger befremdeter Gäste, doch darüber sahen die vier hinweg.

»Was dürfen wir Ihnen anbieten, Fräulein Erlenbrook?«, fragte Konrad im Kontor. »Vielleicht einen heißen Tee? Oder lieber eine Schokolade?

»Schokolade?«, sie stutzte. »Ach, Sie meinen: zum Trinken. So wie Kakao. Sehr gerne. Vielen Dank.«

Konrad gab die Bestellung ins Vorzimmer durch. »Ihre Eltern haben also einen Bauernhof mit Viehhaltung? Und es gibt jüngere Geschwister?«

Das Mädchen überreichte sein Schulzeugnis und begann zu erzählen, schnell und lebendig und mit beachtenswertem Wortschatz. Sie war die Älteste von acht Kindern, zwei hatten nicht überlebt, jetzt erwartete ihre Mutter das neunte. In der Geschwisterreihe nach ihr folgten mit einem Abstand von je einem Jahr drei Brüder. Und dies war der Grund, warum die Eltern ihrer ältesten Tochter überhaupt erlaubten, in Stellung zu gehen.

»Sie wollten mich auf dem Hof behalten. Aber erben kann ich den ja nicht, wegen meiner Brüder. Und darum sagt unser

Pastor, ich soll auch noch was anderes von der Welt kennenlernen und mich bilden. Meinen Lohn muss ich natürlich an meine Eltern schicken, damit die notfalls eine Magd bezahlen können, wenn ich nicht mehr auf dem Hof bin.«

Eine Kellnerin trat ein und stellte ein Tablett ab. Heiße Schokolade mit Schlagsahne. Mathilde Erlenbrook gingen die Augen über. Mit jedem Schluck glitt ein Strahlen über ihr Gesicht, die mit Sommersprossen übersäten Wangen wirkten noch breiter und die wasserblauen Augen noch heller.

»Könnten Sie mich denn wohl bitte duzen? Alle sagen Tilla, das bin ich so gewöhnt.«

»Dann tun wir das auch gern, Tilla«, Jette reichte das Zeugnis zurück. »Aber auch wenn mein Mann und ich dich duzen dürfen, Tilla: Von unseren Kurgästen müsstest du dich schon siezen und mit Fräulein anreden lassen, das geht nun mal nicht anders.«

»Also stellen Sie mich ein?«

»Gewiss, Tilla. Und du kannst dir aussuchen, ob du lieber in der Küche oder in den Gästezimmern arbeiten möchtest.«

»Lieber die Zimmer, gnädige Frau. Ich kann gut mit fremden Menschen umgehen, sagt unser Pastor. Der hat mir übrigens erklärt, wie man sich bewirbt und was man so redet, wenn man mit vornehmen Leuten zu tun hat.«

Im Stillen amüsierte Jette sich über dieses Mädchen, ein kurzer Seitenblick zu Konrad bewies, dass es ihm nicht anders ging: Diese Tilla war so naiv wie aufgeweckt – so altklug wie weise.

»Der Pastor hat dir also das gute Deutsch beigebracht?«, fragte Konrad mit lobendem Unterton.

Sie nickte. »Ich musste immer laut die Bibel lesen. Ich glaube nicht alles, was da drinsteht. Aber zum Hochdeutschlernen ist die Bibel ganz famos.«

Jette und Konrad konnten dem nur zustimmen. Sie begleiteten Tilla zur Pforte, ließen für sie die Filzpantoffeln einpacken und blickten ihr nach, wie sie mit ihrer schmalen Gestalt mit verdreckten Holzschuhen zurück zum Bahnhof eilte.

* * *

Nach Mathilde Erlenbrook hatte Jette in dieser Woche keine Bewerber mehr einbestellt. Es gab so viel anderes, was sie mit Konrad abstimmen musste, und bei alldem durfte ihre traute Zweisamkeit nicht zu kurz kommen. Die meiste Zeit widmeten sie dem Neubau, durchschritten die Räume und sprachen mit den Arbeitern. Höchstwahrscheinlich würde es klappen mit der Eröffnung in drei Monaten. Das Wetter zumindest spielte den Handwerkern in die Hände. Kälte und Regen traten den Rückzug an, und ein Hochdruckgebiet machte sich über der Insel breit. Wenn spätnachmittags noch Zeit blieb, nutzten sie die letzten Strahlen der fahlen Februarsonne für Spaziergänge am Strand entlang nach Prora oder zu den Höhen der Granitz.

Endlich kam auch Nachricht aus Bad Wörishofen. In einem sorgfältig aufgesetzten Schreiben teilte Bademeister Alois Einöder nebst Gattin mit, er danke ergebenst für die Einladung zur persönlichen Unterredung nach Binz. Bei gegenseitigem Einvernehmen könne er dort Mitte Mai seine neue Stellung antreten. Kurzfristig sei er jedoch für eine so weite Reise nicht abkömmlich. Er bitte daher ergebenst um Nachsicht, weil er sich erst am achtundzwanzigsten März bei Herrn Dr. Behnfeld vorstellen könne. Sofern dies genehm sei, bitte er um eine telegrafische Bestätigung.

»Sieh an«, Konrad schmunzelte. »Am achtundzwanzigsten März also, zu deinem Geburtstag. Wenn das keine Aussichten sind.«

Am folgenden Sonntag verabschiedete Konrad sich von Binz. Dieses eine Mal musste er noch zurück an die Charité, doch schon in anderthalb Monaten, zum ersten April, würde er für immer auf die Insel ziehen. Aus dem Waggonfenster gebeugt hielt er lange Jettes Hand, erst als die Lokomotive Fahrt aufnahm, lösten sie sich voneinander.

Sie sah dem Zug hinterher. »Für immer! Für immer! Für immer!«, murmelte sie – genau im Takt der stampfenden Antriebsstangen.

KÜNSTLER

Jette nahm die Fortschritte am Sanatorium täglich in Augenschein. Die Behnfeldsche Privatwohnung erstreckte sich über zwei Etagen am Ende des Südflügels: Im Erdgeschoss zum eigenen Garten hin gab es einen großen Salon mit Terrasse, angrenzend zwei kleinere Salons, das Speisezimmer und die private Küche, im Oberstock das Eheschlafzimmer sowie fünf Räume, die sich für Kinder, Gäste oder Personal nutzen ließen. Die Parkettleger hatten ihre Arbeit getan, nun waren die Tapezierer am Werk, und Jette fühlte eine unbändige Freude zu sehen, wie ihr künftiges Zuhause Gestalt annahm.

Es war der letzte Montag im Februar, Jette kehrte mittags von der Baustelle zurück zum Strandweg, da sah sie einen Mann in blauer Uniform aus der Kate treten: Ewald, der Telegrammbote. Seit über zwanzig Jahren versah er in Binz seinen Dienst.

»Tachschön, Jette«, er zwinkerte. »Deine Mutter hat die Depesche schon gelesen. Aber ich verrate nichts.«

Ewald musste weiter. Jette blieb nur noch die Zeit, ihn zu verabschieden. Dann eilte sie ins Haus, wo Emmy ihr mit dem Telegramm in der Hand entgegenkam.

»Dein lieber Schwiegervater mal wieder mit seinen Überraschungen.«

Endlich las auch Jette den kurzen Schriftsatz. *ANKOMME MONTAG ABENDZUG MIT GAST.* Mehr stand da nicht.

»Weißt du was davon, Deern? Hat Konrad neulich was erwähnt? Dass Justus mit jemandem zu Besuch kommt?«

Jette musste passen. Sie hatte nicht den leisesten Schimmer, wen Justus meinen könnte.

Spätnachmittags kehrte August von einer Baustelle in Prora zurück, wo er den Dachstuhl für ein privates Strandhaus zimmerte. Seit einigen Tagen herrschte ruhiges und recht mildes Wetter. Mit den vielen neuen Bauten ging es rasch voran.

Über den angekündigten Besuch machte August sich keine Gedanken. »We nähmen dat all so, as dat kümmt.«

Mit Einbruch der Dämmerung zogen sie los, vorbei am Schmachter See, auf dem sich sanft schaukelnd einige Möwen niedergelassen hatten. Die kühle, klare Luft roch nach Salz und Kreide, und mit einigem Wohlwollen war auch schon ein erster Hauch von Frühling zu erkennen.

Jette hängte sich bei August ein und drückte liebevoll seinen Arm. »Noch fünf Wochen, Papa, dann holen wir nicht Justus ab, sondern Konrad. Und der bleibt dann für immer.«

Am Bahnhof trafen sie Hein, den ehemaligen Nachbarn vom Strandweg, der neuerdings bei der Deutschen Reichsbahn als Gepäckmann tätig war. Ein paar Meter weiter stand der Gepäckdiener vom Kaiserhof.

»Aha?«, fragte Jette an Hein gewandt. »Dann wollen mein Schwiegervater und sein Gast dort übernachten?«

Er amüsierte sich. »Nee, Jette. Das ist nur halb richtig, und ich weiß wohl mehr als du: Dein Schwiegervater will in den Kaiserhof, das stimmt, und er bleibt zwei Tage. Aber für seinen Gast ist ein Riesenzimmer im Störtebeker gebucht.« Hein schob seine Mütze nach hinten und kratzte sich am Kopf. »Und ich soll mich um das Gepäck kümmern. Dieser Gast kommt ja mit Sack und Pack. Weil er wohl länger bleibt.«

Dass Hein mehr als sie selbst über den geheimnisvollen Besucher wusste, kümmerte Jette nicht. Justus hatte beim Verstreuen der Neuigkeiten eben seine Marotten.

Vom Bahnhofsplatz erklangen Pferdehufe, sie drehten sich um. Im Schein der Gaslaternen konnten sie erkennen, dass der Leiterwagen eines Fuhrunternehmens vorgefahren war.

»Den hat der alte Behnfeld bestellt. Für das Gepäck von dem unbekannten Gast. Und ich absentiere mich mal eben, ich muss dem Kutscher noch was sagen.« Hein wandte sich schon zum Vorplatz, da fiel ihm etwas ein. »Das hat der Bahnhofsvorsteher auch noch gemeint: Beim Gepäck von diesem Gast sind zwei Staffeleien. Eine größere und eine kleinere, beide in Sackleinen. Da sollen wir beim Transport besonders vorsichtig sein. Also ist der Mann wohl Maler. So mit Kunst. Moin denn, ich bin gleich wieder da.«

Er setzte sich in Bewegung, die anderen blieben auf dem Perron unter einer Laterne stehen.

»Das hat Justus ja schon Weihnachten erwähnt. Er will sich um den Gemäldeschmuck für das Sanatorium kümmern. Und diesen Kunstmaler hat er nun sicher dafür engagiert. Aber warum schickt er das Telegramm erst so spät?«

»Ach, Deern. Das sind die Allüren von den reichen Leuten. Nix für ungut. Ich mag unseren Justus ja. Äwwer he het nu mol siene Fimmels.«

»Soll er ruhig«, meinte Emmy. »Wenn der Kunstmaler im Störtebeker wohnt, hast du doch nicht viel damit zu tun, Deern. Justus zahlt ja.«

Der Gasthof Zum Störtebeker war für seine behaglichen Fremdenzimmer ebenso bekannt wie für die schmackhafte vorpommersche Küche. Und wenn Justus als Mäzen einem Künstler hier einen langen Aufenthalt finanzieren wollte, dann konnte das dem Rest der Familie egal sein.

Hein kehrte vom Bahnhofsvorplatz zurück. »Alles klar. In einer halben Stunde hat der Künstler sein Gepäck auf dem Zimmer. Falls der Zug pünktlich ist.«

Kaum hatte er zu Ende gesprochen, kündigte sich tutend die Lokomotive an. Von Altefähr über Bergen nach Binz führte die Strecke. Wer in den Südosten nach Putbus wollte, der konnte zum Kleinbahnhof hinübergehen und mit der Schmalspurbahn, dem Rasenden Roland, weiterfahren.

Die Räder des Fernzugs kamen zum Stehen, zischend entwich der Dampf aus dem Maschinenkessel. Hein und der Dienstmann vom Kaiserhof eilten zum Wagen der ersten Klasse, weitere Kollegen folgten mit Sackkarren und Handwagen.

Justus stieg aus und erblickte seine angeheiratete Verwandtschaft sogleich. »Wunderbar. Habe ich euch also nicht verschreckt mit meinem Telegramm. Es ging alles ein bisschen plötzlich. Aber jetzt heißt bitte unseren lieben Gast aufs Herzlichste willkommen.«

Justus trug seinen Reiseanzug aus Tweed und darüber einen schwarzen Pellerinenmantel mit Samtfutter. Obwohl nicht hochgewachsen, machte er einen stattlichen Eindruck, und der Gegensatz zum nachfolgenden Reisegast hätte kaum größer sein können: Hinter Justus erschien in der Waggontür eine seltsame Gestalt. Ein verkrüppelter Jüngling mit schulterlangem dunkelblondem Haar und einem kobaltblauen Malerkittel über einem schmalen grauen Beinkleid. Sein dichter Vollbart reichte bis zur Knopfleiste des Kittels und verlieh ihm auf den ersten Blick einen recht düsteren Ausdruck, doch die obere Hälfte seines Gesichts wirkte jungenhaft weich. Kaum hatte er den Zug verlassen, stülpte er sich einen schwarzen Filzhut auf. Die breite Krempe war über der Stirn zurückgeschlagen und mit einer langen Nadel festgeheftet, sonst hätte er unter dem Hut seine Umgebung nicht mehr erkannt.

August unterdrückte ein Grienen. Was für ein Unikum hatte Justus denn da mitgebracht? Ein wahrer Kümmerling, dieser Gast. Mit seinem Buckel nicht mal anderthalb Meter groß und dann auch noch spindeldürr.

»Wir sind erfreut!«, rief August in bestem Hochdeutsch. »Seien Sie willkommen, mein Herr.«

Man schüttelte Hände.

Die Ursache für den Minderwuchs erkannte Jette rasch: Der Gast litt unter einem Gibbus, einem Spitzbuckel infolge einer Verkrümmung des oberen Rückgrats. So jung, wie er war, hatte er sich die Fehlbildung der Wirbel vermutlich nicht durch falsche Haltung zugezogen, sondern war damit schon auf die Welt gekommen. An der Charité waren Jette viele solcher Patienten begegnet. Bei allem Mitleid musste sie sich doch ein Schmunzeln verkneifen. Die hagere Gestalt mit dem blauen Kittel und dem wagenradgroßen Hut war in der Tat ein recht seltsamer Anblick. Rumpelstilzchen fiel ihr ein, die eigentümliche Märchenfigur der Gebrüder Grimm.

Der Maler nickte verbindlich in die Runde, gab aber keinen Ton von sich.

Justus machte umso mehr Worte. »Meine Lieben, schon seit Jahrhunderten kommen die besten Maler auf eure Insel, um ihren Zauber auf Papier und Leinwand zu bannen. Heute darf ich euch ein herausragendes Talent vorstellen: Reinhard Oelde, diesen Namen wird noch unsere Nachwelt kennen. Und das, lieber Reinhard, ist Konrads angeheiratete Familie. Höchst vortreffliche Menschen. Du wirst dich gut mit ihnen verstehen.«

Du! Jette traute ihren Ohren kaum: Erst verkündete Justus per Telegramm seine kurzfristige Ankunft mit einem geheimnisvollen Gast, dann entpuppte sich dieser Gast als höchst eigenwilliger, buckliger Feinmaler, und zu allem Überfluss duzten die beiden sich. Ob die feine Berliner Gesellschaft das wohl schon wusste? Man hätte sich bestimmt die Mäuler darüber zerrissen.

Der Künstler lächelte, seine vom Bart umgebenen Lippen verzogen sich übermäßig breit, seine Stimme klang hell und ein wenig klirrend. »Danke vielmals für Ihr freundliches Willkommen.«

August horchte auf. »Aus Berlin stammen Sie aber nicht, oder? Eher von weiter unten?«

»Richtig. Nicht aus Berlin. Sondern aus Thüringen.« Mit der linken Hand fuhr Oelde sich rings um seinen Hut und befühlte die übergroße Nadel, die den vorderen Teil der Krempe zurückhielt. Eine seltsame Geste, fand Jette. Aber Künstler besaßen eben besondere Gemüter. In ihren Seelen kämpften widerstrebende Empfindungen, und oft verfielen diese Menschen dem Wahn. Doch nur stark Nervenleidende konnten auch Genies sein. Nur wer gemütskrank war, konnte wahrhaft große Kunst erschaffen. So hatte ein Professor für Seelenheilkunde es den Schwestern und Studenten an der Charité vor einigen Jahren bei einem Vortrag vermittelt.

»Reinhard lebt seit Langem in Berlin«, erklärte Justus. »Kennengelernt haben wir uns letzten Herbst auf einer Ausstellung in einem kleinen privaten Kunstverein.«

»Das hast du aber nicht erwähnt, oder?«

»Nein, Jette, denn vorher wollte ich Reinhards Werk umfassend begreifen. Überhaupt entschuldige ich mich bei euch. Diese Reise hatten Reinhard und ich natürlich schon länger geplant. Aber das Telegramm haben wir spät aufgesetzt, erst kurz bevor wir losgefahren sind. Den Grund erfahrt ihr noch.«

Jette, August und Emmy tauschten Blicke. Was verbarg Justus vor ihnen? Was sollten sie später erst erfahren? Über ihre fragenden Mienen ging er hinweg.

»Für einen Strandspaziergang ist es ja leider schon zu dunkel, Reinhard. Aber die gute Luft kannst du genießen. Und alles Weitere besprechen wir beim Essen, selbstredend seid ihr eingeladen.«

Sie schlugen den kürzesten Weg zur Wilhelmstraße ein, Justus und August nahmen den Maler zwischen sich, Emmy und Jette folgten auf zwei Schritte Abstand. Von hinten hatte der Blick auf die drei Männer etwas Amüsantes. Justus und August waren von ähnlicher Statur und erreichten einen Meter fünfundsechzig. Doch beide überragten den bald vierzig Jahre jüngeren Gast noch um einen halben Kopf.

Trotz des Buckels schritt der Maler rasch voran. Die körperliche Ausdauer mochte an seiner Jugend liegen. Er zählte ja erst vierundzwanzig Lenze und damit noch zwei weniger als Jette.

Im Gehen wandte er sich manchmal um und lächelte den beiden Frauen zu. Eben am Zug hatte er noch geschwiegen, nun überwand er die Scheu und begann zu erzählen. Er stammte aus Lauscha, einer Glasbläserstadt in Thüringen. Wie Vater, Großvater und Urgroßvater hatte er Glasmaler gelernt. Dann jedoch hatte der Meister sein großes Talent entdeckt, das weit über das Handwerkliche hinausging, und so war Reinhard zur Kunstmalerei gekommen.

Wirtsfamilie Thiersch betrieb den Störtebeker in vierter Generation, anfangs nur mit einem schlichten Schankraum und darüber liegend einigen Fremdenzimmern. Dank des erblühenden Kurgewerbes hatte man auch das Nebengebäude erworben, eine gutbürgerliche Restauration eingerichtet und die Pension erweitert. Wer nach Binz zur Ostseefrische kam, bei dem galt das Haus als preiswerte und dabei gediegene Adresse.

Gerade trafen Justus und seine vier Begleiter vor dem Gasthof ein, da bog auch der Pferdewagen mit Reinhards Gepäck in die Wilhelmstraße.

»Dunnerlittchen«, lobte August. »Die sind aber fix.«

Justus nickte seinem Schützling zu. »Du hast bestimmt nichts dagegen, wenn wir vor dem Essen noch deine neue Bude stürmen? Keine Angst. Wir sehen uns nur ein wenig um und verschwinden dann wieder.«

Reinhard machte keine Einwände, also ging Jette in die Gaststube und erbat sich von der alten Frau Thiersch den Schlüssel zum reservierten Zimmer. Als sie an die Straße zurückkehrte, waren die beiden Transporteure schon dabei, Reinhards Gepäck vom Wagen zu heben.

Die kleine Gesellschaft stieg die Treppe hinauf in den ersten Oberstock. Dort nahm Justus von Jette den Schlüssel entgegen und gab ihn mit feierlicher Geste an Reinhard weiter.

»Mögen dich auf unserer schönen Insel sämtliche Musen küssen. Herzlich willkommen in deinem neuen Reich.«

Unter allgemeinem Gelächter drehte Reinhard den Schlüssel um, schob die Tür auf, warf einen Blick in den Raum – und erstarrte. Ein schüchternes »Ach ...« entwich seinen Lippen.

»Was, mein Junge?« Justus schmunzelte. »Nun sag nicht, die Tapete gefällt dir nicht. Oder das Sofa hat die falsche Farbe.«

»Nein, aber ...«

Justus hatte den Grund für die Zurückhaltung längst erkannt. »Das hast du dir verdient, Reinhard. Du bist ja nicht auf Kur hier, sondern zum Arbeiten. Da musst du doch Platz haben. Und nun geh rein. Wir sind neugierig.«

Mit sanftem Druck gegen die Schulter führte Justus ihn in

seine Unterkunft. Jette, Emmy und Justus folgten und staunten: Selbst eine vierköpfige Familie hätte hier bei bester Ausstattung großzügig wohnen können. Eine Tapete mit großen goldenen Ornamenten zierte die Wände. An der Längsseite standen mittig ein ausladendes Ehebett sowie auf einige Meter Abstand rechts und links davon zwei weitere, schmale Betten, dazu im hinteren Teil des Raums ein ausladender Tisch, mehrere Stühle und eine Chaiselongue, die Polster modern bezogen mit dunkelrotem Samt.

Justus wies auf die kleineren Betten. »Die wirst du zum Schlafen kaum brauchen. Lass sie dir von der Wirtin mit Wachsplanen abdecken, als Lagerfläche für deine Bilder. Und telegrafiere mir, dann lasse ich dir Farbpulver und Öl aus Berlin schicken. Auch alles, was du sonst noch brauchst.«

Die Transporteure brachten den ersten Schrankkoffer, keine Viertelstunde später hatten alle Gepäckstücke gut und sicher ihr Ziel erreicht.

Justus und der Maler, Emmy, August und Jette stiegen die Treppe hinab zur Gaststube. Auf Empfehlung der Wirtin hin bestellten sie alle das Gleiche: Aal mit Bratkartoffeln, dazu Bier vom Fass.

»Und morgen sollst du unsere Prorer Wiek sehen, Reinhard. Die schönste Ostseebucht, die man sich nur vorstellen kann. Nach rechts mit Hochwald, nach links mit Flachwald.« Zufrieden über seinen Scherz rieb Justus sich die Hände.

Das Bier kam, die fünf stießen an. Reinhard Oelde, der eben auf dem Spazierweg seine Scheu schon überwunden hatte, wirkte nun wieder seltsam verschlossen, jedenfalls kam es Jette so vor.

»Was malen Sie denn am liebsten, Herr Oelde? Landschaften oder eher Menschen? Oder lieber Gegenstände? Stillleben nennt man das ja wohl?«

Er sah Hilfe suchend seinen Gönner an. Konnte er nicht selbst antworten oder wollte er nicht? Jette wunderte sich.

»Reinhard kennt alle Genres«, erklärte Justus anstelle des Malers. »Und wird hier viele Insellandschaften und Seestücke kreieren. Oder Porträts von Fischern und ihren Frauen. Dekorative Bilder eben, für unser Sanatorium. Natürlich nur von bester Qualität. Er hat schließlich die Akademie besucht.«

In der Tat, Justus fühlte sich wohl in dieser Gaststube mit ihrer Decke aus alten Eichenbalken und dem ausladenden Kachelofen. Die Wirtsleute kannten im nahen Baabe einen Keramiker, der seine Fliesen selbst bemalte – auf Wunsch auch in Blau und Weiß nach Delfter Art. Und so glich der Ofen hier einem Kunstwerk, bestückt mit vielen kleinen Motiven der baltischen Seefahrt.

Justus zog ein goldenes Etui hervor, gefüllt mit exquisiten handgerollten Zigarillos. »Reinhard, du rauchst ja nicht. Dann für dich, August?«

Der griff zu. Ansonsten begnügte er sich meist mit Kautabak, aber ein gutes Zigarillo ab und an ließ er sich gern gefallen.

Justus zückte sein Feuerzeug. »Unser Reinhard kann auch noch ganz anderes auf die Leinwand bannen. Ihr werdet euch wundern.«

August zog Glut durch den Tabak, dabei streckte er amüsiert den Zeigefinger aus. »Na, na, na, Herr Oelde. Sie malen doch wohl hoffentlich keine Nackedeis?«

»Gus!«, mahnte Emmy, doch gleich darauf schmunzelte auch sie.

»Reinhard beherrscht auch die Aktmalerei«, gab Justus zur Antwort. »Die wird auf der Akademie ja unterrichtet. Aber er hat zudem einen ganz eigenen Ausdruck gefunden, einen neuen Kunststil, geradezu eine revolutionäre Art der Darstellung.«

Jette ahnte etwas. Darauf also wollte Justus hinaus. Darum hatte er den Besuch so kurzfristig angekündigt. Na, das könnte heiter werden. Und der arme Konrad? Sicher wusste er von alldem noch nichts.

»Ach, das ist ja interessant, Herr Oelde. Und Sie bleiben also länger hier? Auch den Sommer über? Weil es dann natürlich besonders schön ist auf unserer Insel. Für Ihre Kunst sollten Sie die warme Zeit unbedingt nutzen.«

Offenbar hatte sie den Punkt getroffen. Oelde senkte den Blick, schon wieder antwortete Justus.

»Selbstredend bleibst du den Sommer über, Reinhard. Und hoffentlich noch viele weitere Jahre.« Bedeutungsvoll blickte Justus in die Runde, wischte sich mit einem Taschentuch die Mundwinkel und setzte zum entscheidenden Satz an. »Reinhard wohnt im Störtebeker, solange es nötig ist. Aber möglichst bald bekommt er hier auf der Insel sein dauerhaftes Atelier. Ich richte es ihm ein, und zwar im Sanatorium.«

Justus sprach es aus, und genau das hatte Jette geahnt: ein Maleratelier im Sanatorium. Mit Justus als großem Gönner und Kunstmäzen.

Reinhard Oelde hielt peinlich berührt den Kopf gesenkt. Bevor Jette, Emmy und August antworten konnten, setzte Justus nach.

»Seid bitte unbesorgt. Reinhard trägt zur Berühmtheit des Sanatoriums bei, und er gehört nun zu unserer Familie. Zwar nicht im Sinne des bürgerlichen Rechts, wohl aber im Sinne der Kunst und des Gemeinsinns. Darum solltet ihr ihn von nun an mit Du ansprechen, so wie er euch auch. Heute ist ein wunderbarer Tag, und wir haben allen Grund zur Freude.«

Duzen sollten sie den Maler nun also auch noch. Und dazu

ungefragt. Damit nahm Justus sich eindeutig zu viel heraus. In den Kreisen der Künstlerboheme mochten wohl derartig laxe Sitten herrschen, im bürgerlichen Umfeld eines Kurortes ging ein solches Verhalten jedoch entschieden zu weit. Gern wäre Jette ihrem Schwiegervater mit ein paar passenden Worten entgegengetreten, aber das hätte alles noch schlimmer gemacht. Sie wahrte die Beherrschung, ebenso wie Emmy, die neben ihr saß. Auch der Maler fühlte sich von Justus' Vorstoß überfahren, er hielt den Blick auf den Teller gerichtet.

August hingegen klopfte ihm auf die Schulter. »Alles in Ordnung, mien Jong. Du bist hier schon richtig bei uns.«

Jette nickte ihrem Vater dankbar zu. Es war, wie es war: Justus zahlte. Justus bestimmte. Auch Konrad würde die Entscheidung über kurz oder lang hinnehmen.

Sie hob den Krug. »Lieber Reinhard, du gehörst nun zu unserer Familie im Sinne des Gemeinsinns. So hat mein Schwiegervater es eben ausgedrückt, und schöner kann man es wohl nicht sagen. Du bist uns willkommen.«

Die Wirtin brachte die Speisen, und der weitere Abend verlief heiter. Reinhard blühte sichtlich auf und brachte einige Anekdoten von seinen alten Professoren an der Akademie.

»Von Malerei verstehe ich ja nichts«, Emmy wischte sich die Lachtränen von den Wangen, »aber wenn du so schön erzählen kannst, Reinhard, dann ist das auch eine Kunst.«

Da konnten die anderen nur zustimmen, und die Frau Wirtin brachte noch eine Runde.

Um zehn Uhr verabschiedeten sie sich. Justus ging die Wilhelmstraße hoch zum Kaiserhof. Emmy, Jette und August nahmen den Weg am Schmachter See entlang zur Kate.

»Ach, Deern«, tröstete er. »Justus hat seine Allüren, aber er ist doch Geschäftsmann. Wenn Reinhard mit seiner Künstlerwerkstatt eurem Sanatorium nicht guttut, dann wird Justus wohl handeln. Dann zieht der die Bremse und setzt ihn raus. Glööv me, mien Leev, dat lööpt sik alls taurecht.«

Jette nickte. Ob sich wirklich alles zurechtlaufen würde, das musste die Zeit zeigen. Vorerst jedenfalls wollte Jette alles daransetzen, die Familienharmonie so gut wie möglich zu wahren. Gleich am nächsten Morgen schrieb sie an Konrad einen Brief: Wer sich von Reinhards Spitzbuckel, seinem Kleinwuchs und dem wirren Vollbart nicht abschrecken lasse, der würde rasch erkennen, um welch liebenswerten Menschen es sich bei dem Künstler handele. Der Ruf des Sanatoriums sei durch sein Atelier sicher nicht gefährdet, im Gegenteil. Vermutlich fänden viele Menschen die Kur dort nun erst recht interessant.

»Ich gehe zur Post, Mama. Und dann noch spazieren.«

Wegen des anhaltend trockenen Wetters nahm Jette den Weg durch den Kirchwald, doch für die Natur hatte sie an diesem Morgen keinen Blick, zu sehr drängten in ihr die Fragen.

Sie gab den Eilbrief für Konrad auf und hastete weiter die Wilhelmstraße entlang zur Strandpromenade. Dort irgendwo würde sie Reinhard und Justus schon antreffen, die beiden hatten sich zu einem Spaziergang verabredet.

Doch weit musste sie nicht laufen. Im Eingang vom Kaiserhof sah sie Justus stehen, er wechselte einige Worte mit Portier Penck. Sie eilte auf die Männer zu, beide begrüßten sie hocherfreut.

»Falls du unseren Gast suchst, Henriette: Mit Reinhard bin ich eben schon die Wasserlinie entlangspaziert. Er ist wirklich sehr angetan. Er wird hier vortrefflich arbeiten können«, sagte er. »Und nun halte ich Ausschau nach Maurermeister Möbius. Die Fragen zum Atelier werden sich dann wohl rasch klären lassen.«

»Gut, lieber Schwiegerpapa. Und ich habe auch noch eine Neuigkeit. Darüber sollten wir am besten gleich sprechen.«

Drinnen suchten die beiden sich einen breiten Tisch und bestellten eine Kanne Darjeeling mit drei Tassen, dazu frisch gebutterten Zwieback.

Jette berichtete vom Brief, den sie soeben an Konrad abgeschickt hatte.

»Darin habe ich Reinhard sehr gelobt und mich dafür ausgesprochen, dass wir ihn herzlich willkommen heißen. Auch mit seinem Atelier in unserem Haus.«

»Ach so?«

Mit einer so erfreulichen Wendung hatte Justus nicht gerechnet. Er rührte sich braunen Kandis in den Tee. Sein Blick glitt zum Eingang, er stand auf. Eduard Möbius steuerte auf den Tisch zu, und auch Jette erhob sich aus ihrem Sessel. Als verheiratete Frau hätte sie das zwar gegenüber einem wesentlich älteren Mann nicht tun müssen, aber diese Höflichkeit wollte sie ihm erweisen. Sie kannte den alteingesessenen Binzer von Kindesbeinen an und hatte ihn auch auf dem Richtfest aufs Herzlichste willkommen geheißen.

Der hagere Maurermeister, von den Sohlen bis zum Scheitel bald zwei Meter hoch, wirkte wie so oft nervös und angespannt. Ihn quälte ein chronisches Magenleiden, darum griff er bei schwarzem Tee mit leicht gebuttertem Zwieback gern zu. Im Übrigen ließ er keinen Zweifel daran, wie sehr ihn der neue Auftrag freute, und legte auch schon einige Bauskizzen vor: Das Atelier sollte im dritten Oberstock des Turmgebäudes entstehen, nach Norden hin. Nach bisheriger Planung war der gesamte Flur für Personalstuben vorgesehen, fünf dieser schmalen Räume würden nun zum Atelier zusammengefasst, zwei der nicht tragenden Wände wollte man einreißen. Auf diese Weise entstünden für Reinhard ein großer

Atelierraum sowie ein Schlafzimmer und eine Abstellkammer.

»Und beim großen Raum entfernen wir nach oben die Decke zum Dachboden«, entschied Justus. »Reinhard soll Platz haben über seinem Kopf.«

Innerhalb von drei Wochen wollte Möbius alle Arbeiten erledigen. Ein ehrgeiziger Plan, doch für Herrn Direktor Behnfeld konnte er es einrichten, seine Arbeiter wollten alle mit an einem Strang ziehen.

»Danke, Herr Möbius. Dann kann unser Kunstmaler ja zum zwanzigsten März dorthin umziehen. Sein Fremdenzimmer im Störtebeker ist zwar groß und behaglich, aber das neue Atelier wird seine Schaffenskraft fördern, allein wegen der Fenster gen Norden.«

Nach der Unterredung ging Jette hinaus an den Strand und hoffte, Reinhard zu treffen, doch im Bereich des Kurhauses konnte sie ihn nicht entdecken, und die Bucht war zu lang, um dort überall zu suchen. Vielleicht war er ja bis nach Prora gewandert und hoch hinauf in die Granitz. Oder hatte er etwa schon den Rückweg zum Gasthof angetreten? Für einen Moment war sie versucht, im Störtebeker nach ihm zu fragen, doch das hätte wohl einen schlechten Eindruck gemacht. Dann hätte es womöglich geheißen, die junge Frau Behnfeld stelle einem verkrüppelten Künstler nach, während ihr Mann sich in der Charité für seine Patienten aufopfere. Die Leute tratschten, und Jette wollte kein Risiko eingehen.

***

Am nächsten Tag dann traf sie ihn am Strand und auch am übernächsten. Jede Minute, die es nicht regnete, selbst bei klammer Kälte, zog er von nun an mit seinem Skizzenbuch umher. Gewöhnlich ließen die Menschen ihn in Ruhe. Er galt als Unikum, schon äußerlich, und das nicht nur wegen des Buckels: Über zwei oder drei Rollkragenpullover zog er stets seinen kobaltblauen Kittel mit den aufgenähten Taschen für Pinsel und Stifte. Auch der schwarze Filzhut mit der breiten Krempe blieb sein Begleiter. Gegen den Wind hatte er sich von seiner Wirtin ein Kinnband aus Gummi annähen lassen, und bei heftiger Kälte trug er Ohrenwärmer zum Hut.

Mit seiner dritten Woche zeigte der März sich von seiner sanften Seite, bei lockerer Bewölkung wehte vom Festland ein lauer Wind. Jette entschloss sich zu einem Strandspaziergang und traf dabei wieder einmal auf Reinhard. Er saß an seiner Staffelei, doch er hielt seine Hände ruhig im Schoß, den Blick neben dem Zeichenblock vorbei aufs Meer gerichtet. Anfangs wusste sie nicht, ob sie ihn ansprechen sollte, aber weil es unhöflich gewesen wäre, grußlos an ihm vorbeizugehen, steuerte sie auf ihn zu.

»Tachschön, Jette.« Reinhard schenkte ihr ein Lächeln. Schon an seinem ersten Abend in Binz hatte er ihr verraten, wie sehr er diesen Gruß mochte. Viel lieber als das knappe *Moin,* das ebenfalls auf der Insel üblich war. »Nimm doch bitte Platz«, er stand vom Hocker auf.

»Danke, nicht nötig. Ich kann mich doch einfach ein bisschen zu dir stellen. Falls du das möchtest. Ich will dich ja nicht stören.«

Doch er bestand darauf, dass Jette sich setzte. Einen halben Meter neben ihr kauerte er sich in den feuchten Sand. Ob er sich dabei erkältete, kümmerte ihn nicht.

»Und jetzt nimm genau die Perspektive ein, die ich eben hatte«, er beugte sich zu ihr und streckte den Arm aus. »Schau nicht auf die Staffelei, sondern geradeaus. Zum Horizont und auf die Wolken direkt darüber. Und jetzt sag mir, welche Farbe sie haben.«

Grau, lag es Jette schon auf der Zunge, denn die Frage schien ihr seltsam. Den ganzen Tag über hatte die Sonne sich nur selten blicken lassen. Aber an der Art, wie er beobachtend neben ihr stand und auf ihre Antwort wartete, konnte sie sich denken, dass er genau dieses Wort nicht hören wollte. Also schaute sie genauer hin, auf die Ränder der Wolken und ihre Übergänge, auf den Horizont und die Spiegelungen im Meer.

»Gelb«, sagte sie dann. »Und orange und ganz zart violett und auch ein bisschen hellblau, obwohl es ja gar nicht sonnig ist.«

»Genau, Jette. Der Himmel ist nicht einfach nur grau. Wir müssen bloß genau hinschauen.«

Sie nickte. Es rührte sie, mit welcher Begeisterung und Liebe er sich bemühte, ihr seine Welt zu erschließen.

»Aber wir können unseren optischen Sinn noch so schärfen. Es ist immer nur ein Teil der Wahrhaftigkeit. Denn um die Welt richtig wahrzunehmen, müssen wir alles, was wir sehen, zugleich erfühlen. Wenn mich also eine Stimmung wie die in diesem Moment in eine tiefe Andacht versetzt, dann empfinde ich den Himmel violett, und so male ich ihn. Eben weil ich das Wesenhafte des Himmels als ein Violett erspüre.«

Er starrte vor sich in den Sand. Ob Jette ihn verstand, konnte er nicht einschätzen. Er war wohl zu weit gegangen mit seinen Worten. Vielleicht hielt sie ihn nun für verrückt.

»Und deine neuen Bilder?«, fragte sie leise. »Diese neue Art zu malen, von der Justus erzählt hat? Mit der du eines Tages wohl berühmt wirst?«

Sie hatte erwartet, er würde ausweichen, doch er antwortete ohne Zögern, die Augen noch immer auf den Sand gerichtet.

»Dabei sind die Farben besonders wichtig. So wie sie mir nicht nur mit meinem Sehsinn erscheinen, sondern auch in meinem Gefühl. Aber diese Bilder kann ich nicht hier draußen malen. Dafür muss ich allein sein.«

»Also in deinem Zimmer? Im Gasthof?«

Er nickte.

Sie spürte seine Verletzlichkeit.

»Würdest du mir deine Bilder zeigen? Nur, wenn du es wirklich willst.«

Nun endlich hob er den Kopf. »Aber ja, Jette! Am liebsten jetzt gleich!«

Er sprang auf und streckte die Hand nach ihr aus, um ihr vom Hocker aufzuhelfen. Gleich darauf ließ er den Arm sinken. »Verzeih bitte. Vielleicht hast du jetzt ja gar keine Zeit. Ich möchte dich nicht drängen.«

»Schon gut«, lächelnd erhob sie sich. »Mein Vater kommt gleich von der Arbeit, und ich möchte meiner Mutter beim Tischdecken helfen. Außerdem ist es nicht schicklich, wenn ich als verheiratete Frau dich auf deinem Zimmer besuche.«

Er senkte den Blick wieder. »Entschuldige, das hatte ich nicht bedacht.«

»Aber das macht doch nichts, Reinhard. Im Gegenteil, es spricht sogar für dich, denn es zeigt ja deine ehrliche Freundschaft zu mir. Und ich schlage vor: Deine besonderen Bilder, die zeigst du mir, wenn Konrad aus Berlin zurück ist. Er brennt bestimmt schon darauf. Wo sein Vater doch so von deiner neuen Malerei schwärmt.«

Wieder nickte er. »So wollen wir es halten, Jette. Und ich freue mich schon sehr darauf.«

* * *

Maurermeister Möbius hielt seine Zusage. In nicht einmal drei Wochen wandelte er im obersten Stock des Turmgebäudes fünf gewöhnliche Personalzimmer zu einem Atelier um. Vom großen Raum aus ließ sich acht Meter hoch zum First schauen, und die weiß verkleideten inneren Dachflächen gaben zusätzliche Weite und Helligkeit. Auch bei der Einrichtung hatte Justus nicht gespart: Bett, Kommoden, Tische, Schränke und einiges mehr hatte Reinhard sich bei einem Schreiner ausgesucht, den August gut kannte. Zwischen den Klosetts im Sockelgeschoss und dem Atelier hoch oben lagen mehr als hundert Stufen, doch bei so viel Komfort erschien Reinhard das als geringstes Problem. In einem Brief drückte er seinen innigen Dank aus, und von Justus kam ein Telegramm zurück: Reinhard möge für den Umzug ein Fuhrwerk bestellen und die Rechnung nach Berlin schicken lassen.

Auch Jette erhielt Post, nämlich einen Brief von Konrad. Zerstritten hatte er sich mit seinem Vater nicht, wohl aber einen heftigen Disput geliefert.

Ich habe Vater deutlich meine Meinung gesagt. Dass ein Sanatorium ein Ort der Genesung ist und ich als ehemaliger Charité-Arzt das Sanatorium mit aller Seriosität betreiben will, die mein ärztliches Ethos mir auferlegt. Ein Maleratelier hat dort nichts zu suchen, da mag Reinhard Oelde ein noch so liebenswerter Mensch und talentierter Künstler sein. Mit dem Berufsstand verbindet man doch allzu leicht das Leben eines Bohemiens, der sich den Regeln von Sitte und Moral nicht unterwerfen will. Weil Vater aber nun einmal darauf besteht, den Maler dort wohnen zu lassen, akzeptiere ich es im Vertrauen darauf, dass sein Wirken nicht unserem Ruf schadet. Nur zu gern würde ich glauben, er wird tatsächlich berühmt, aber noch überwiegen meine Zweifel. Hoffen wir also, es wendet sich alles zum Guten.

Jette atmete auf. Das las sich doch alles recht versöhnlich, auch Konrad wollte keinen Zwist mit Justus. Ihr Unbehagen jedoch blieb: Was, wenn sich nicht alles zum Guten wandte? Aber es war kaum sinnvoll, darüber zu grübeln.

Ein eigenes Dienstmädchen lehnte Reinhard dankend ab. Er war nicht verwöhnt und wollte das Atelier ganz allein in Ordnung halten. Dass es im Sanatorium noch keine Küche gab, störte ihn nicht. Dank der finanziellen Zuwendung konnte er sich ein tägliches Gasthofessen leisten, und für Frühstück und Abendbrot würde er selbst sorgen.

Am einundzwanzigsten März, einem Sonnabend, zog er ein. Neben den Möbelpackern, die das Fuhrwerk lenkten, fassten auch Jette und ihre Eltern mit an, und so dauerte es bloß ein paar Stunden, bis alle Koffer und Kisten ihren Weg nach oben in den dritten Stock gefunden hatten.

Die Packer verabschiedeten sich, und wie Justus es ihm aufgetragen hatte, gab Reinhard ein gutes Trinkgeld.

»Seht euch ruhig um«, meinte er dann zu den anderen. »Ich kenne mich ja selbst noch nicht aus.«

Das Herzstück seiner neuen Bleibe bildete der hohe, weiß verputzte Atelierraum mit den drei Nordfenstern. In einer Ecke waren einige Holzpodeste gestapelt, die sich nach Belieben stellen und auch als Hochtische verwenden ließen. Zudem hatte Justus mehrere unterschiedlich hohe Holzrahmen fertigen lassen, allesamt auf Rollen.

»Die kann ich mit Stoff bespannen in der Farbe, wie ich es gerade brauche. Als Hintergrund für meine Bilder. Im Theater würde man sagen: Das sind die Kulissen.«

Emmy bewies wie so oft ihren Sinn fürs Praktische. »Das ist gut, Junge. In den Raum muss viel Stoff. Dann hallt das auch nicht mehr so.«

Vom Atelier führte eine Tür in ein kleineres Zimmer mit

einem Schreibtisch und diversen Schränken, und von dort ging ein weiteres Zimmer ab, das als Schlafstube diente. Alles war aufs Beste durchdacht. Hier konnte ein Kunstmaler wahrlich leben und arbeiten.

»Und wir sollen dir nicht beim Auspacken helfen?«, fragte Emmy. »Zeit hätten wir ja noch, und es ist doch viel Arbeit.«

Jette lachte auf. »Reinhard, meine Mutter möchte deine Bilder sehen und ich übrigens auch. Ich meine jetzt nicht deine ganz speziellen, die in dem neuen Kunststil. Aber die für das Sanatorium.«

Schon während seiner Zeit in Berlin und erst recht hier auf Rügen hatte er Dutzende von Gemälden erschaffen, alle mit Inselmotiven: Strände und Wälder, Seen und Bodden und natürlich das Meer, immer wieder das Meer. Jetzt holte er seine Werke aus den Kisten und legte damit im Atelier den Dielenboden aus. Die anderen staunten. Wunderbar! Richtige Kunst war das, und dabei schön anzuschauen.

»Wie ich dich bewundere. Du malst das ohne Anstrengung. Einfach so. Manchmal sogar mehrere Bilder am Tag. Und du sagst, es sei nichts Besonderes. Dann hat Justus also recht. Du bist eine ganz große Begabung.«

Über das Lob freute Reinhard sich bis ins Mark, über dem Stehkragen seines Kittels bebte der Adamsapfel, dennoch lächelte er bescheiden. »Wie groß mein Talent ist, darüber mögen andere entscheiden, Hauptsache, die Bilder gefallen euch«, er wandte sich an August und Emmy. »Und ihr sucht euch bitte eins für eure hübsche Kate aus. Justus hat sicher nichts dagegen, wenn ich euch das schenke. Wo ihr mich doch so umsorgt.«

Er hatte den Satz kaum ausgesprochen, da wies Emmys Finger auf ein Gemälde im Querformat: im Vordergrund der Strand, dahinter das Hochufer der Granitz.

»Das kommt in den Flur. Zwischen unsere Dünse und die Schlafkammer. Da passt das genau hin.«

Dass Emmy auch bei der Kunstauswahl viel Sinn für das Praktische zeigte, nahm Reinhard ihr nicht übel. Er packte das Bild in Zeitungspapier und überreichte es mit feierlicher Geste.

»Danke, Junge. Und wenn du berühmt wirst, dann wird das Bild doch immer wertvoller, oder? Dann reißen wir unsere Kate ab, und mein Gus zimmert uns ein Schloss.«

Lachend trat Jette mit ihren Eltern den Heimweg an.

»Er ist ein guter Maler«, meinte Emmy im Gehen. »Und ein lieber Kerl. Trotzdem finde ich das nicht richtig. Dass er nun als Erster ins Sanatorium zieht, zwei Wochen vor Konrad und dir.«

Jette legte einen Arm um sie. »Lass gut sein, Mama. Justus hat nun mal entschieden.«

DAS PORTRÄT

Es war zwei Tage später, Jette sah wie so oft im Sanatorium nach dem Rechten. Für die Handwerker blieb reichlich zu tun. Zwei Küchen waren auszustatten, eine kleinere in der Privatwohnung von Konrad und Jette und eine große im vorderen Teil des Südflügels. Hier sollte später Berta Merten für Kurgäste und Bedienstete den Kochlöffel schwingen.

Bei ihrem Gang durch die Räume überlegte Jette, ob sie auch bei Reinhard anklopfen sollte. Es regnete schon den ganzen Tag, also hielt er sich wohl in seinem Atelier auf.

Er war gestern erst eingezogen, und bestimmt hatte er noch viel damit zu tun, Koffer und Kisten auszuräumen. Oder er stand längst an der Staffelei und malte an seinen besonderen Bildern, der wahren Kunst in einer ganz neuen Bildsprache – so hatte Justus es beschrieben.

Jette beschloss, mit dem Besuch bei Reinhard lieber zu warten, stattdessen machte sie einen Abstecher zu Paula und den Kindern. Klein Eva fieberte hoch, zum Nachmittag kletterte die Celsius-Säule auf gute neununddreißig Grad, doch nach einer kurzen Untersuchung konnte Jette beruhigen: Offenbar handelte es sich um einen gewöhnlichen bakteriellen Infekt, den Evchen wohl bald überwinden sollte.

Zurück in der Kate half Jette, den Abendbrottisch zu decken. Nach dem Essen verließ August noch einmal das Haus. Wie jeden zweiten Montag traf er sich mit Kollegen und Freunden zu seiner Kegelrunde. Derweil setzten Jette und

Emmy sich im Schein zweier Petroleumlampen zusammen und hielten ihren Flickabend ab. So nannten sie es, wenn sie sich um die Wäschestücke kümmerten, die den Sommer über Risse und Löcher bekommen hatten. Emmy bewahrte sie in einer Truhe auf dem Trockenboden auf und holte sie im Winter nach und nach in die geheizte Küche.

»Nähen oder lieber stopfen, Deern?«

Jette entschied sich für Letzteres, griff zu Stopfpilz, stumpfer Nadel und Garn, während Emmy sich daranmachte, Löcher in der Bettwäsche sauber auszuschneiden und Flicken einzunähen. Ab und zu warf sie ihrer Tochter einen fragenden Blick zu, auf den Jette jedoch nicht einging. Sie erzählte von der weiteren Suche nach Personal, viele Stellen blieben nicht mehr zu besetzen.

»Vielleicht brauchen wir noch ein paar zusätzliche Stuben- oder Küchenmädchen. Aber das sehen wir erst, wenn die Gästezimmer alle belegt sind. Und dann müssen wir rasch handeln.«

Ihre Mutter nickte. »Soll wol.«

Um kurz nach neun Uhr gingen sie zu Bett, Emmy in die Schlafstube im Anbau, Jette in das Giebelzimmer.

✳ ✳ ✳

Wie jedes Mal freute August sich auf den Kegelabend. Alte Freunde von seinen früh verstorbenen Brüdern waren dabei und einige seiner Zimmermannskollegen. Bei den Wurfspielen flossen Bier und Branntwein: Man brauchte Zielwasser, damit schwierige Wurfbilder wie Kranz oder Vorderholz gelängen. Doch August konnte mit den geistigen Getränken umgehen. Er trank sich bloß einen Schwips an, denn am nächsten Morgen würde es für ihn wieder hoch aufs Baugerüst gehen, und dafür musste er ganz nüchtern sein.

Der Abend folgte einem klaren Ablauf: Nach einigen Würfen zum Warmwerden teilten die Spieler sich in zwei Mannschaften und richteten einen Wettkampf aus. Zu gewinnen gab es nur Groschen. Bereichern konnte sich niemand, und am Ende des Abends kam das Geld den beiden Jungen zugute, die nach jedem Durchgang die Kegel in Windeseile wieder aufstellten.

Um Viertel vor zehn brachen sie auf, zurück zu ihren Frauen. August musste als Einziger in den südlichen Teil des Strandwegs und mochte angesichts der Dunkelheit nicht durch den Kirchwald gehen. Dafür hätte er eine Lampe mitführen müssen, und das war ihm zu lästig. Lieber nahm er die etwas weitere Strecke längs des Schmachter Sees. Er wollte gerade diese Richtung einschlagen, da überkam ihn das Bedürfnis, den Rückweg noch ein wenig zu verlängern. Bei der klaren Luft täte ihm ein Schlenker über die Strandpromenade sicher gut, außerdem könnte er dabei auch einen Abstecher zum Sanatorium machen. Vor zwei Tagen war Reinhard dort eingezogen, ganz allein in den riesigen Bau.

Gut angeheitert, aber noch Herr seiner Sinne, lenkte August seine Schritte zur Victoriastraße und richtete seinen Blick sogleich auf den dritten Oberstock des Sanatoriums. Reinhards Schlafstube und das mittlere Zimmer lagen in völligem Dunkel, doch hinter den Scheiben des großen Atelierraums flackerte das Licht von Petroleumlampen. Sicher arbeitete Reinhard noch. Für die Feinarbeiten brauchte er zwar Tageslicht, aber skizzieren konnte er auch in der Dämmerung – das hatte er ja neulich erklärt.

August blieb auf dem Bürgersteig stehen und schaute nach oben, vielleicht würde Reinhard ja gleich ans Fenster treten und die Läden schließen, es war immerhin zehn Uhr – doch nichts dergleichen geschah. Augusts Blick fiel auf das Portal und links davon auf den Dienstboteneingang. Ob die Tür abgeschlossen war? Hm. Das sollte er besser kontrollieren, die Schlüssel zum Sanatorium trug er stets bei sich.

Vom Trottoir führte der Plattenweg auf das Portal zu, nah an der Straße standen zwei öffentliche Laternen, mit seinen letzten Ausläufern reichte der Lichtschein bis zum Gebäude. August huschte quer durch den Vorgarten, erreichte den Dienstboteneingang und drückte die Klinke herunter. Abgeschlossen! Beruhigt wollte er schon den Rückweg einschlagen, da hörte er, wie sich in der Tür ein Schlüssel drehte. War das Reinhard? Oder etwa einer von den Handwerkern, die hier tagsüber noch zu tun hatten? August hätte einfach stehen bleiben und abwarten können. Doch seine innere Stimme sagte ihm, er solle Deckung wahren. Also eilte er zurück an die Hauswand und verbarg sich in einer Nische.

Jemand schloss auf, die Tür ging auf und wieder zu, jemand schloss von innen ab. Bei diesem Jemand handelte es sich höchstwahrscheinlich um Reinhard – so viel stand fest. Aber wer zum Teufel war der andere? Leise war er aus dem Haus geschlüpft und ging nun quer durch den Vorgarten den Plattenweg entlang. Ein hoch aufgeschossener, schlaksiger Kerl, offenbar noch jung, mit hellblondem wallendem Haar, so lang, dass es ihm auf die Schultern fiel. Er trug dunkle Hosen und einen dunklen kurzen Mantel. Die beiden goldenen Knöpfe auf dem rückwärtigen Stoffriegel ließen auf eine Matrosenjacke schließen. Und noch etwas fiel August in seinem Versteck sofort auf – fast so, als hätte er es nicht anders erwartet: Beim Gehen drehte der Mann sich weich in den Hüften.

Da soll doch einer …! Die blanke Empörung erfasste August, fast hätte er aufgeschrien, er rang um Beherrschung und sah dem Mann hinterher. Vor allem achtete er auf den Gang des Mannes, und der war eindeutig: weich und federnd. August starrte ihm nach, bis er das Trottoir erreichte und nach links abbog. Zu dumm, dass dieser Kerl sich nicht noch mal umdrehte. Sein Gesicht hatte August nicht gesehen, doch er wusste genug. Einige Sekunden wartete er noch in seinem Versteck ab, dann trat er ein paar Meter vor und sah nach oben. Das Licht in Reinhards Atelier war erloschen. Nach rechts die Victoriastraße entlang hastete August zur Kate zurück, warf im Windfang Jacke samt Stiefel ab, weckte zuerst Emmy, stürmte dann die Stiege hoch und riss nach kurzem Anklopfen die Tür auf.

»Deern, kümm rünner. Ik möt ju wat vertellen, dien Modder un di.«

Jette fuhr im Bett hoch. Sie sah ihren Vater im Türrahmen stehen, und selbst aus der Entfernung von einigen Metern roch sie seine Fahne von Bier und Branntwein. Doch sie wusste auch: So sehr betrank er sich nicht, dass er sie ohne triftigen Grund geweckt hätte. Sie erschrak.

»Was Schlimmes? Ist jemand gestorben?«

»Nee, Deern. So wild nu ook wedder nich. Öwer ne figeliensche Saak. Doll figeliensch. Nu kümm.« Er ging hinunter in die Küche und schenkte sich aus der Kanne neben dem Rinnstein ein großes Glas Wasser ein, seine beiden Frugenslüd sollten ja nicht denken, dass er vor lauter Branntwein dummes Zeug faselte. Auf seine fünf Sinne konnte er sich allemal verlassen, und was er gesehen hatte, hatte er gesehen.

Das Feuer im Ofen brannte nicht mehr, und Emmy, die ebenfalls schon geschlafen hatte, legte für sich und Jette ein paar Wolldecken zurecht.

Figeliensch. Etwas Heikles also. Jette setzte sich zu ihren Eltern an den Tisch. August begann zu erzählen, langsam und in allen Einzelheiten. Von Zeit zu Zeit nahm er einen Schluck Wasser, sah vielsagend Jette an und dann wieder Emmy. Schließlich stand er auf, schlenkerte die Hüften nach links und rechts, warf den Kopf in den Nacken und fuhr sich hoffärtig mit der flachen Hand über die nicht vorhandene wallende Mähne.

»So ist der rumstolziert. Und solche Haare hatte der, und ganz blond. Ein Handwerker war das ganz bestimmt nicht. So läuft kein anständiger Kollege von uns rum, mit den langen Haaren, das würde kein Meister seinem Gesellen durchgehen lassen und schon gar nicht seinem Lehrjungen. So, un nu seggt wat, mien Deerns.«

Emmy schwieg, der Schrecken stand ihr im Gesicht. Und auch Jette wollte nichts dazu sagen. Sie mochte Reinhard, und selbst wenn es so sein sollte, dass er Männer liebe, wollte sie ihn dafür nicht verurteilen. Doch wenn sie es einfach hinnahm, würde sie sich auf heikles Terrain begeben. Auf diese Art von Unzucht stand Gefängnis, und es ging um das Renommee des Sanatoriums.

»Ein Kunstheini eben, ein Farbklecker«, mit der flachen Hand schlug August auf den Tisch. »Und so was habe ich mir doch gleich gedacht. Schon als der aus dem Zug stieg. Mit diesem bunten Kittel und dazu der Hut mit der Nadel drin. Da haben wir doch alle gedacht: Der ist vom anderen Ufer, doll wievsk is de, 'n waarmer Broder.«

Emmy nickte, auch Jette gab es zu: Von Anfang an war ihr Reinhard weibisch vorgekommen, sie hatte es bloß nicht ausgesprochen. Und vor allem wollte sie es nicht gegen ihn wenden.

»Also war dieser fremde Mann im Atelier zu Besuch? Und Reinhard hat ihn nach unten gebracht und rausgelassen und dann gleich wieder zugeschlossen?«

»Was denn sonst, Deern? Außer Reinhard wohnt da doch keiner.«

»Hast du denn gehört, was die an der Tür geredet haben?«

»Eben nicht. Das ging ja alles zu schnell.« August nahm den nächsten Schluck Wasser. »Aber gesehen habe ich genug. Und auch wenn Reinhard ein netter Kerl ist: De hett't fustendick achter de Uhren, dat segg ik ju. Un wat to weet geiht, dat geiht to weet.«

Ob es tatsächlich zu weit ging, darüber wollte Jette sich auf keinen Disput einlassen. Sie beschwichtigte. »Trotzdem dürfen wir doch nicht gleich das Schlimmste annehmen. Reinhard kann sich Besuch einladen, das haben wir ihm nicht verboten.«

»Aber nicht Besuch von so einem Lackaffen!«, gab August harsch zurück. »Was haben die denn oben gemacht? Etwa Topflappen gehäkelt? Das glaubst du doch wohl selbst nicht!«

Über das verächtliche Schnauben ihres Vaters ging Jette hinweg. »Reinhard ist Maler. Vielleicht hat der andere Mann ihm Modell gestanden. Und das Licht brannte doch nur im Atelier, die anderen Räume waren dunkel, das Schlafzimmer auch.«

»Öwer dat seggt doch nix, Deern! Ov nu inner Slöppstuuv ör woanners«, bebend vor Zorn trank August sein Glas aus. »Nee, nee, mien Leevs. Da lasse ich mir nichts vormachen: Wenn Holt un Füer tausammen kümmen, dann brennt dat.«

Natürlich hatte ihr Vater recht. Wenn Reinhard junge männliche Gäste empfing, dann erhoben sich die lodernden Flammen – und nicht nur die. Doch Jette wollte kein Öl ins Feuer gießen und warf ihrer Mutter einen Hilfe suchenden Blick zu.

»Gus! Nun mal langsam«, Emmy schenkte ihm Wasser nach. »Es stimmt doch. Wir müssen vorsichtig sein. Stell dir vor, wir sagen jetzt was Falsches und kriegen Ärger mit Justus. Wo der doch so große Stücke auf Reinhard hält.«

»Bei Theo darf keiner wissen, dass der Gehirnerweichung hat, diese Lustseuche. Da hat Justus Angst, was die Leute sagen. Aber diesen weibischen Maler lässt er ganz allein da wohnen. Und lässt dem Kleckser alles durchgehen. Sodom und Gomorrha. Irgendwann nimmt die Polizei den hops. Dann kommt kein anständiger Mensch mehr ins Sanatorium. Euer ganzer schöner Ruf im Dreck!«

In Sekundenschnelle leerte August das Wasserglas, seine Hand zitterte vor Wut, ein paar Tropfen rannen ihm am Kinn herab. »Schiet! Aals Schiet, dat segg ik ju!«, wutentbrannt wischte er sie mit dem Ärmel seiner Hausjacke ab.

Jette sprang auf und reichte ihm ein sauberes Spültuch.

»Ich rede morgen mit Reinhard, Papa. Und ich schreibe Justus und Konrad einen Eilbrief, das ist wohl besser als ein Telegramm. Zum Glück ist ja nichts passiert. Jedenfalls nichts wirklich Schlimmes.«

»Deern!«, energisch stellte er das Glas zurück auf den Tisch. »Verderbte Kreaturen sind das. Sodomiten. Widerwärtig. Abartig. Diese ... diese ...«

Emmys Blick gebot ihm Einhalt. Sie konnte sich denken, dass er noch einige Ausdrücke in petto hielt, die sie selbst nicht hätte wiederholen wollen. Jedenfalls nicht in Anwesenheit des Pastors.

»Gus! Unsere Deern hat recht. Nach außen ist nichts passiert. Hast du eben selbst erzählt: Es war gerade erst zehn, außer dir und diesem blonden Kerl war kein Mensch auf der Straße. Also wird niemand schlecht reden oder die Polizei holen.«

»Noch nicht, Wief! Noch nicht! Aber wehret den Anfängen! Ansonsten ...«, er hob mahnend seine Hand.

»Ansonsten warten wir ab, Papa«, Jette zog das Schultertuch enger um sich, sie sehnte sich nach ihrem Federbett. »Ich schreibe den Brief nach Berlin, dann sehen wir weiter.«

August atmete scharf ein, doch er nickte.

»Na, dann ist doch gut. Und nun komm«, Emmy erhob sich vom Stuhl. »Schlaf dir den Branntwein aus dem Kopf. Ist ja schön, wenn du aufpasst. Übertreiben musst du das aber nun nicht.«

Tatsächlich folgte er. Doch im Gehen warf er seinen Frugenslüd noch bedeutungsvolle Blicke zu. »Aber die Sache ist nicht ausgestanden, Deerns. Do kümmt noch wat, verlaat ju drüpp.«

* * *

In derselben Nacht begann es zu regnen, und am Morgen hielt sich der Himmel grau in grau. Bei dem Wetter würde sie Reinhard sicher im Atelier antreffen, doch allzu früh sollte Jette ihn besser nicht besuchen, sie musste diplomatisch vorgehen.

Um halb elf trat sie mit aufgespanntem Schirm aus dem Haus – und prompt spielte ihr Gemüt ihr ein Schnippchen: Statt nach rechts Richtung Sanatorium bog sie doch tatsächlich nach links ab, Richtung Siemsen-Hof, so wie in ihrer Zeit als Melkmaid. Fünfzehn Jahre war es her, da hatte sie sich so unglücklich in den jungen Raik verliebt. Inzwischen konnte Jette darüber lachen. Sie und Konrad pflegten zu Raik nebst Ehefrau Annemie längst eine gute Freundschaft.

Erst nach dreißig Metern bemerkte sie, dass sie in die falsche Richtung ging, und drehte um. Ihr Inneres sträubte sich gegen das heikle Gespräch mit Reinhard, aber es musste nun mal sein. Während der Zeit an der Charité hatte sie oft mit solchen Männern zu tun gehabt. Homophil. Dieses Wort nutzten Ärzte und Schwestern, wenn es um Patienten mit dieser Veranlagung ging. Aus Angst vor schwerer Gefängnisstrafe gab kaum ein Mann seine Neigung zu, auch Ärzte und Schwestern mieden das verfängliche Thema. Manchmal kam die Polizei in die Klinik, um sich nach bestimmten Patienten zu erkundigen. Die Schweigepflicht galt wenig. Das Strafgesetz stand höher als das Arztgeheimnis, schließlich wollte man das Volk von den verderbten Subjekten rein halten und die widernatürlichen Kreaturen mit ihren schändlichen Gewohnheiten so früh wie möglich hinter Schloss und Riegel bringen. Doch aus ihrer Charité-Zeit wusste Jette gut: Das erbarmungslose Strafrecht forderte manche Homophile erst recht heraus. Junge Burschen prahlten mit ihren Trieben, wenn sie hinterm Bahnhof für ein paar Groschen ihre Körper verkauften. Nur zu leicht fingen sie sich Krankheiten ein, allen voran die Lustseuchen. Einige machten sich einen Spaß daraus, den Ärzten und Schwestern die Perversion bis ins kleinste Detail zu schildern. Und immer ging es dabei um die Freier. Nach außen hin ehrbare Familienväter, die im Ehebett keine Befriedigung fanden und sich in den widerwärtigsten Ecken der Stadt herumdrückten, um bei syphilitischen oder morphinistischen Lustknaben ihrer geheimen Begierde zu frönen.

Reinhard pflegte wohl keinen derart triebhaften Umgang – zumindest schätzte Jette ihn nicht so ein. Möglicherweise fand er in der Feinmalerei eine so tiefe Erfüllung, dass sein Geschlechtstrieb sich in Grenzen hielt. Abgesehen von seinem Buckel wirkte er gesund und litt augenscheinlich an keiner Lustseuche.

Auch an diesem Tag führte ihr erster Weg im Sanatorium zu den Handwerkern. Im Unterstock war man dabei, die Küchen einzurichten. Jette lobte den fleißigen Einsatz und bahnte sich ihren Weg durch Seitenflure und Tapetentüren in den Mittelbau und dort ins Dienstbotentreppenhaus. Stufe für Stufe erklomm sie, bis in die dritte Etage. Ein Märchen kam ihr in den Sinn. Dornröschen, die junge Königstochter, stieg an ihrem fünfzehnten Geburtstag in ein verbotenes Turmzimmer und begegnete einer spinnenden Alten. Aber mit so einer bösen Fee war Reinhard nun wirklich nicht zu vergleichen, nicht mal, wenn er bis zweiundzwanzig Uhr die fleischliche Zuneigung eines jungen blonden Mannes empfing.

Jette klopfte an und trat einen Schritt von der Tür zurück. Was nun? Würde er sie warten lassen? Musste er noch ein Bild abdecken, eins von diesen ganz besonderen, die Jette noch nicht sehen durfte? Doch Reinhard öffnete sofort – in einem seiner kobaltblauen Kittel und mit einem Pinsel in der Hand, am Quast klebte dick die tiefblaue Ölfarbe.

»Jette, wie nett.«

Er klang aufrichtig. Offenbar ahnte er nicht, dass August am Vorabend auf der Lauer gelegen und den unbekannten Besucher gesehen hatte.

Sie wies auf den Pinsel. »Du malst gerade das Meer?«

»Na sicher. Wohl zum tausendsten Mal, aber immer wieder gern.«

Er führte sie zu seiner Staffelei, die mitten im Raum stand. Das Bild zeigte den Kiefernwald von Prora in hellem Sonnenschein, zwischen den Bäumen hindurch schimmerten die Wogen der Ostsee. Jette konnte nur bestaunen, was er hier vollbrachte. Am Strand und auf der Promenade bot sich ja oft die Gelegenheit, Kunstmalern über die Schulter zu schauen. Da wirkten die Ansichten oft zuckersüß verschönt, so wie die bunten Zeichnungen der Werbebroschüren. Reinhard jedoch gab Landschaft und Stimmung stets in natürlicher Weise wieder. Selbst ein schwarzgrauer Himmel oder die sturmgepeitschten Wogen waren aufs Herrlichste anzuschauen.

Vor drei Tagen noch hatte Jette ihm beim Einzug geholfen, seitdem hatte sich nicht viel verändert. Die Holzrahmen standen wie vor drei Tagen ohne Stoffbespannung in einer Ecke des Ateliers, daneben stapelten sich die Podeste, um die Reinhard gebeten hatte.

»Die Umzugskisten habe ich nach nebenan gebracht. Zum Auspacken hat mir die rechte Lust gefehlt, und ums Heizen habe ich mich auch noch nicht gekümmert. Entschuldige bitte, ich habe kaum mit Besuch gerechnet.«

Er stellte ihr einen Stuhl neben seinen Hocker. Seite an Seite saßen sie, den Blick auf die Staffelei gerichtet.

»Ich bin dir und deiner Familie zutiefst dankbar, Jette. Dies ist ein vortrefflicher Ort zum Arbeiten«, mit geübter Hand führte er den Pinsel über die blaue Bildfläche. »Ihr hättet mir keinen größeren Gefallen tun können als mit diesem Atelier.«

Dass Künstler oft tagelang nicht arbeiteten, sondern im Fauteuil saßen und Löcher in die Luft starrten, davon wusste Jette. Angeblich tat das dem Werk gut, der Maler musste einen inneren wie äußeren Abstand gewinnen.

Langsam wandte sie ihm ihr Gesicht zu. »Reinhard, was ich dir sagen möchte: Du darfst hier im Atelier selbstverständlich Besuch empfangen. Nur sollten wir etwas besprechen«, in sanften Worten schilderte sie, was August beobachtet hatte. »Ich verurteile dich nicht. Aber ich muss es wissen. Die Sache ist heikel.«

Noch immer verteilte er die dunkelblaue Farbe auf der Leinwand, kurz und gezielt kamen seine Pinselstriche: ein aufgewühltes Meer bei Sonnenschein. Seine Mimik blieb verschlossen, doch immerhin wiesen ihr seine Worte den Weg.

»Ich gebe es ja zu, und ich rede nicht um den heißen Brei.

Für die Liebe zu Frauen bin ich nun mal nicht geschaffen. Ich konnte nie eine Frau lieben. Immer nur Männer, das habe ich Justus auch gleich gesagt, als er mich und meine Kunst fördern wollte. Und Hannes steht mir Modell. Nicht bei diesen Bildern für euren Wandschmuck im Sanatorium, sondern bei den anderen, den ganz speziellen. Johannes Christ heißt er übrigens und wohnt hier in Binz, noch nicht lange, aber offiziell gemeldet. Wir haben uns zufällig kennengelernt. Am Strand.«

»Dann wird er dir also öfter Modell stehen?«, fragte sie, so sachlich sie konnte.

»Ja, Jette«, unerwartet lebhaft stand er auf und ging zum mittleren Fenster. »Hier. Hier stelle ich meine Staffelei auf, damit habe ich das Licht direkt im Rücken. Und Hannes steht dann auf einem Podest, genau dort, wo du jetzt sitzt. Und hilft mir bei der Inspiration. Bitte, Jette, ihr dürft ihn mir nicht wegnehmen. Denn Hannes ist meine große Muse. Ich liebe ihn.« Tränen traten Reinhard in die Augen, er sank wortlos zurück auf den Schemel.

Jette hatte sich oft gefragt, ob zwei Männer füreinander wirkliche Liebe empfinden konnten. Eine Liebe, wie es sie zwischen einem Mann und einer Frau gab.

Er schien ihre Gedanken zu ahnen. »So ist es. Wir lieben einander aus tiefster Seele und wünschen uns, dass es niemals enden wird, ganz genau wie bei einem üblichen Liebespaar. Jede Sekunde, die Hannes nicht bei mir ist, verzehre ich mich nach ihm und warte sehnsüchtig.«

Reinhard sagte das voller Hingabe. Gern hätte Jette gewusst, ob die beiden sich nur abends im Atelier trafen. Oder auch tagsüber an anderen Orten. Doch sie verkniff sich die Frage.

»Gut«, meinte sie bloß. »Aber wir wollen kein unnötiges

Aufsehen erregen. Darum möge dein Hannes bitte über den Kutschweg und den Wirtschaftshof kommen. Die kleine Runde ist wohl zumutbar.«

»Ach sicher«, Reinhard griff ihre Hand und drückte sie ans Herz. »Komm zum Fenster. Ich möchte dich betrachten.«

Er zog sie mit sich, lachend folgte sie ihm ans Fenster, im Abstand von einem halben Meter stellten sie sich davor, sie einen halben Kopf größer als er mit seinem verwachsenen Rückgrat und dem Spitzbuckel. Doch wie ein Krüppel verhielt er sich ganz und gar nicht – bei all der Munterkeit und Lebenskraft, die er versprühte.

Er nahm Jettes Kinn zwischen Daumen und Zeigefinger, hob und senkte ihren Kopf, drehte ihr Antlitz ins Licht und wieder in den Raumschatten. »So eine schöne Frau bist du. Und hast so eine schöne Seele. Verurteilst mich nicht und lässt mir meinen Hannes. Wie sollte ich dir da anders danken als mit einer Tat.«

Sie lachte auf. »Willst du mich etwa malen?«

»Was denn sonst, Jette? Und natürlich male ich dich nicht im neuen modernen Stil, sondern im herkömmlichen. So wie die Akademie es lehrt: die Dame des Hauses vor dem Sanatorium, ein präsentables Porträt. Und bestimmt kannst du dir schon vorstellen, wo es hängen soll. Vielleicht gleich in der Eingangshalle?«

»Nein, lieber nicht«, sie zögerte. »Ich wüsste einen anderen Platz. Konrad und ich feiern Ende Juni den zweiten Hochzeitstag, da könnte ich ihn überraschen.«

Sie musste nicht deutlicher werden. Reinhard verstand und blieb unbefangen.

»Also über eurem Ehebett. Und? Wie viel von dir soll auf dem Bild zu sehen sein?«

Sollte sie es wagen? Sich als Akt oder Halbakt malen zu

lassen? Für ein Schlafzimmer wäre ein solches Bild ja passend. Doch sie verwarf den Gedanken. Zum einen betrat auch Personal den Raum, und zum anderen hofften sie und Konrad ja weiter auf Nachwuchs. Solange ihre Kinder klein wären, würden sie sicher oft ins Elternbett kriechen, und wenn dann ein Nacktbild der eigenen Mutter an der Wand hinge, wäre das für eine gesunde Erziehung kaum förderlich.

»Lieber bleibe ich angezogen. Und ich möchte nicht mit dem ganzen Körper auf das Bild, bis zur Taille reicht.«

»Besser bis zur Hüfte, dann wirkt dein Körper nicht so abgeschnitten. Und du solltest etwas im Arm halten, ein Blumengebinde oder einen kleinen Hund. Aber wie soll ich dich denn eigentlich darstellen? Als die reale Henriette anno 1896? Oder lieber abgewandelt? Als Römerin zum Beispiel? In der Antike? Das ist jetzt sehr in Mode.«

Jette amüsierte sich. Mit dem Zeigefinger fuhr sie sich über den Nasenrücken. »Die alten Römerinnen hatten doch schnurgerade Nasen. Und jetzt guck dir mal meinen Knubbel an.«

»Der Binzer Knubbel. Ein ganz berühmter Nasentypus«, Reinhard stimmte in ihr Lachen ein. »Ach, Jette. Ich male dich nicht im Profil, sondern von vorn. Und der kleine Huckel auf deiner Nase stört wirklich keinen großen Geist. Vollkommen ebenmäßig ist meist langweilig. Du bist eine wunderschöne Frau, und das wird unser Bild wiedergeben.«

»Gut. Dann also als antike Römerin.«

»Genau. Das passt auch exzellent zum Sanatorium. Der Baustil erinnert ja an die Renaissance, also ans Spätmittelalter, und damals hat man die Antike aufs Höchste verehrt.«

Jette schwirrte der Kopf. Antike, Renaissance und Mittelalter. Vor einer Viertelstunde war sie ins Atelier gekommen, um über Reinhards heiklen Besucher zu sprechen. Doch nun hatte das Gespräch eine so vortreffliche Wendung genommen. Im Stillen hatte sie sich lange gewünscht, er möge sie malen. Sie hätte es nie gewagt, ihn zu fragen, aber nun würde sich ihr Wunsch so wunderbar erfüllen, und das auch noch pünktlich zum Hochzeitstag.

»Was muss ich denn anziehen als Römerin? Ein Wickelkleid? So sieht man das doch immer auf Gemälden.«

»Du meinst eine Stola, also ein langes Überkleid. Ja, das wickeln wir dir zurecht«, Reinhard wies zu einem Schrank, auf dem in Wachstuch gehüllt etliche Stoffballen lagen. »Genau für solche Zwecke hat dein Vater die mir geschenkt. Da finden wir schon das Richtige. Und am besten beginnen wir gleich morgen. Nächste Woche kommt ja dein Mann.«

Sie nickte. Eine Weile blieb sie noch im Atelier und ließ sich das Modellsitzen erklären, dann machte sie sich auf den Weg zurück zur Kate, beschwingt von dem, was vor ihr lag.

Warum hätte sie ihre gute Laune verbergen sollen? Schon als sie im Windfang ihr Schultertuch ablegte, fing sie an zu erzählen. Nicht gleich vom geplanten Porträt, aber davon, was sie vom jungen blonden Besucher erfahren hatte. Hannes, der für Reinhard Modell stand.

»Die beiden sind äußerst diskret, das hat Reinhard fest versprochen.«

Mit einiger Häme lachte Emmy auf. »Und das reicht? Dieser Hannes muss einfach nur durch den Hofeingang kommen, und damit ist dann alles wieder im Lot?«

»Zumindest laufen ihm im Wirtschaftstrakt keine Kurgäste über den Weg. Und Reinhard liebt seinen Hannes nun mal. Das müssen wir den beiden doch zugestehen.«

»Hach ja, die Liebe«, Emmy zog ihr Kartoffelmesser aus der Lade. »Man kann sich viel vormachen. Die Liebe ist flugs vorbei, und dann stellt man fest: Es war doch bloß der Fleischestrieb. Und bei dieser Sorte Kerlen ist das ja wohl besonders so.«

»Aber doch nicht unbedingt, Mama. Es kann doch auch sein, dass zwei Männer einander lieben. Oder zwei Frauen. Und zwar genauso wie sonst ein Mann und eine Frau.«

»Das glaubst du also, Deern? Dass es das gibt? Na ja, vielleicht. Und bei Frauen wohl eher als bei Männern.«

»Aber warum denn nicht auch bei Männern? Wenn man sich verliebt, wenn eine Seele ganz und gar entflammt für eine andere, dann geht es doch zunächst mal um den Menschen, egal, welchen Geschlechts. Es stimmt ja: Manche Homophile sind stark auf ihre Triebe ausgerichtet. Aber Reinhard und Hannes sind einander innig verbunden, sie arbeiten ja auch miteinander. Da ist das Fleischliche wohl nicht das Wichtigste.«

»So, so. Wie du meinst, Deern. Aber darauf wetten willst du lieber nicht, oder?« Emmy rückte der ersten Kartoffel zu Leibe. »Wenn er mit anderen Menschen zusammen ist, also mit normalen Leuten wie unsereinem, dann tut der ganz anständig. Und wir denken: Der ist lammfromm. Ein sanfter Künstler. Aber wenn diese Männer unter sich sind? Was die da treiben? Das wissen wir nicht.«

Jette, die eben noch so geschwärmt hatte, wurde nun ernst. »Nein, wir wissen es nicht. Aber deshalb sollten wir nicht den Stab über die beiden brechen. Auch wenn das Gesetz tausendmal sagt, es ist Unzucht, sind sie doch zuallererst Menschen mit einer lebendigen Seele und tiefen Gefühlen. Reinhard ist uns dankbar, dass wir ihm Hannes' Besuch nicht verbieten. Und er zeigt sich erkenntlich. Auf ganz wunderbare Weise.«

»Aha. Also will er dich malen.«

Jette horchte auf. »Das weißt du?«

»Ach, Deern. Das ist nicht schwer zu raten. Wenn man kein Herz aus Stein hat, kriegt man das doch mit. Dass ihr euch beide gernhabt, Reinhard und du«, grienend ließ Emmy die geschälte Kartoffel ins Wasser plumpsen. »Er will ja nichts von dir. Außer dich malen natürlich. Aber auch, wenn ihr gute Freunde seid: Guck hin und lass ihm nicht alles durchgehen«, sie seufzte. »Wie soll das denn überhaupt werden? Dieses Bild?«

Jette lachte. »Ganz großartig natürlich. Reinhard hat schließlich Talent.« Sie wusch sich die Hände und half beim Schälen. In allen Einzelheiten erzählte sie von den Plänen.

»Mien groote Deern as olle Römerin«, amüsiert schüttelte Emmy den Kopf. »Na, wenn das modern ist. Und so 'n paar Wellen ins Haar, das kriegen wir hin. Und dein Konrad, wenn der erst mal vorm Bild steht, dann gehen dem die Augen über. Was Schöneres kann der sich doch nicht wünschen zu eurem Hochzeitstag.«

Doch, dachte Jette. Es gäbe noch etwas Schöneres. Etwas viel, viel Schöneres. Ihr Blick traf den ihrer Mutter. Emmy hatte den gleichen Gedanken, aber keine sprach ihn aus.

Nach dem Mittagessen schrieb Jette den Brief an Justus und Konrad. Sie schilderte die Ereignisse um Hannes und die Vereinbarung, dass er demnächst über den Hofeingang käme. Gern hätte sie Justus noch etwas gefragt: Wenn er doch gewusst hatte, welche Veranlagung Reinhard in sich trug, warum hatte er das Konrad und Jette nicht erzählt? Sondern Reinhard einfach so ins Sanatorium einziehen lassen? Doch diesen heiklen Punkt verkniff sie sich, sie wollte Justus nicht verärgern, der ja alles dafür tat, dass Reinhard wahrhaft große Kunst schaffen konnte. Zwei Seiten, mehr schrieb Jette nicht, schon in der kommenden Woche konnte sie alles direkt mit

Konrad besprechen. Sie klebte den Umschlag zu und machte sich sofort auf zur Post.

»Da kommen Sie gerade rechtzeitig, Frau Doktor«, freute sich der Beamte. »In einer Viertelstunde geht der Zug zur Nachmittagsfähre. Ihr Eilbrief wird morgen zugestellt, wenn auch erst per Abendpost.«

Jette bedankte sich. Auf dem Rückweg zur Kate machte sie einen Abstecher zu Paula. Es gab viel zu erzählen. Wegen der Kinder, die bei dem schlechten Wetter in der Küche spielten, konnte Jette in ihrer Schilderung nicht zu weit ins Detail gehen. Paula verstand sie dennoch.

***

Am nächsten Morgen hatte sich der Regen verzogen, das Mönchgut erstrahlte in heller Märzsonne. Vom Bodden her vermischte ein frischer Wind die Aromen von Brackwasser und frischem Grün, die Natur löste sich aus der Erstarrung, doch auf mehr als eine erste Frühlingsahnung konnten die Binzer vorerst nicht hoffen, das Thermometer würde auch zum Mittag hin die Marke von zehn Grad Celsius kaum erreichen.

Wie so oft erwachte Jette von den Geräuschen, die aus dem Erdgeschoss zu ihr in die Schlafstube drangen. Sie wartete, bis ihr Vater das Haus verlassen hatte, dann schlang sie ein Schultertuch über ihr Nachthemd und ging hinunter in die Küche. Im Herd prasselten die Scheite, und Emmy hielt in einem Kessel heißes Wasser bereit, das sie jetzt für Jette in die Waschschüssel am Rinnstein goss.

»Na, dann wasch dich heute mal besonders gründlich, Deern. Wenn du nachher nur im Leibchen vor einem fremden Mann stehen musst.«

»Genau. Und wenn mich der Mann dann solange mit Stoff umwickelt, bis ich Ähnlichkeit mit einer Römerin habe. Einer alten Römerin wohlgemerkt. Einer uralten.«

Tochter und Mutter lachten.

Beim Frühstück sprachen sie über Errungenschaften der neuen Technik. Justus ließ im Keller des Sanatoriums eine hochmoderne Kälteanlage installieren, angetrieben durch die Dampfkraft aus dem eigenen Maschinenhaus. Der Ingenieur Carl Linde hatte eine Methode zur Gasverflüssigung erfunden, damit entstand eine Kühlkammer, die sich das ganze Jahr über nutzen ließ. Besonders die Bierbrauer, die ihre vollen Fässer vor dem Verderben schützen mussten, lobten diese Neuerung – in der Tat ein enormer Fortschritt zu den üblichen Eiskellern.

Bisher hatte man im Winter dicke Eisblöcke aus den zugefrorenen Seen geschlagen und in die tiefsten Gebäudekeller transportiert, im Laufe des Jahres schmolz das Eis dann langsam vor sich hin. Zwar ließen sich Lebensmittel darauf lagern, doch man musste sie gut verpacken. Und in den Eisblöcken war manches eingeschlossen, das man sich unfreiwillig mit in den Keller trug: von abgerissenen Zweigen und braunen Blättern bis hin zu toten Enten oder Fischen. Wenn all das nach und nach auftaute, verbreiteten sich im Keller übelste Gerüche. Und ausgerechnet die Lebensmittel, die durch das Eis länger frisch bleiben sollten, konnten davon auch Schaden nehmen.

»So eine Kühlkammer hätte ich auch gern«, meinte Emmy. »Aber bei uns gibt es ja nicht mal Strom. Obwohl Eisch so dahinterher ist.«

Jette nickte. Bis zum geplanten Elektrizitätswerk würde es noch ein paar Jahre dauern. Dann endlich könnten die Binzer sich aufgeladene Stromakkumulatoren in ihre Häuser holen.

Über eine Verkabelung gelangte die Elektrizität in jedes Zimmer.

»Kommt schon noch alles, Mama. Justus hat neulich noch mit einem Ingenieur gesprochen. Statt der Dampfmaschinen wird es bald Elektromotoren geben, und damit könnte man kleine Kühlkammern bauen, nicht größer als ein Küchenschrank. Und man kann im Sommer frische Milch reinstellen und muss sie nicht mehr abkochen, damit sie länger hält.«

All das klang verlockend, doch Emmy blieb wie immer auf dem Teppich. »Lauter Zukunftsmusik, Deern. Du wirst das wohl noch erleben, aber dein Vater und ich nicht mehr. Und falls doch, hätten wir trotzdem nichts davon. So eine Erfindung wäre bestimmt viel zu teuer für uns.«

Sie plauderten noch eine Weile, dann ging Jette hinunter in den Kartoffelkeller der Kate. Dort bewahrten ihre Eltern ein paar lumpige Kleidungsstücke auf, die nur noch zur Gartenarbeit taugten. Jette raffte ihre Röcke, zog eine alte Hose darüber und dazu einen löchrigen Arbeitskittel.

Seit ihrer Kindheit half sie bei der Gartenarbeit, und selbst heute, als verheiratete Frau, freute sie sich, wenn sie in die zerschlissenen Hosen ihres Vaters steigen durfte. Was für ein wunderbares Kleidungsstück. Große Schritte konnte man darin machen und sich viel ungehemmter bewegen als in jedem Rock. Die weiten Röcke der Bäuerinnen waren zwar einigermaßen bequem, aber wehe, man blieb damit an einem Strauch oder Nagel hängen. Oder man geriet in eine Pfütze, und der lange, weite Stoff saugte sich voll mit dreckigem Wasser. Aber ein enges Beinkleid, das man in die Stiefel stecken konnte: die wahre Freiheit! Eine Freiheit, die keiner Frau zustand. Hosen waren verpönt. Hosen führten zu gesellschaftlicher Ächtung. Bei ihrem sozialen Stand hätte Jette damit keinen Schritt auf die Straße wagen dürfen – ganz Binz hätte schlecht über sie geredet.

Dabei gab es in Amerika schon Frauenhosen als übliche Straßenkleidung, sogar in feineren Kreisen. Im Deutschen Reich dagegen musste die gehobene Damenwelt schon froh sein, dass die Rocksäume neuerdings nicht mehr auf den Boden reichen mussten, sondern nur noch bis zu den Knöcheln. Und selbst das galt unter strengen Sittenwächtern als moralisch zügellos.

Zu gern hätte Jette sich einen Anzug schneidern lassen – wie ein Kostüm, nur eben mit Hose statt Rock. Doch den hätte sie höchstens im Fasching tragen können, ohne sich zu blamieren oder heikle Fragen aufzuwerfen. Schließlich war sie eine Arztgattin und kein ›kesser Vater‹. So nannte man eine Frau, die andere Frauen liebte, nicht nur wie eine Freundin, sondern auch fleischlich.

Jette stieg die Kellertreppe hoch, es gab reichlich zu tun. Sie harkte Laub zusammen, warf es auf den Kompost und streckte ihren Rücken. Die Jahre in Berlin hatten sie von dieser Art Arbeit entwöhnt. Um den Park der Direktorenvilla kümmerte sich eine ganze Schar von Gärtnern, und im neuen Sanatorium würde es nicht anders sein.

Zum Mittagessen servierte Emmy einen Steckrübeneintopf nach dem Rezept ihrer polnischen Großmutter, Jette kümmerte sich um den Abwasch. Dann war es endlich so weit, in ihrer Schlafkammer hatte sie sich alles zurechtgelegt: eine frische Wäschegarnitur aus einer knielangen Unterhose aus weißem Kattun und einem wollenen Leibchen, darüber ein knöchellanger Taillenrock und eine Bluse, die sich leicht knöpfen ließ. Ein Unterkleid war nicht nötig und erst recht kein Korsett. Die alten Römerinnen hätten ihre Körper lieber durch Leibesertüchtigung gestärkt, statt sie auf ungesunde

Weise einzuschnüren. In jedem Fall aber möge Jette für ihr Dekolleté einige Gold-Colliers zur Auswahl mitbringen, man werde dann schon sehen, welches am besten zu dem römischen Gewand passe.

Mit ordentlich gebürstetem, offenem Haar ging sie hinunter in die Küche.

Emmy freute sich. »Denn man tau. Ich habe gerade noch Holz nachgelegt.«

Im Ofenfeuer brachte Emmy die Brennschere auf die richtige Temperatur. Damit Locken in Jettes feines Haar zu drehen, verlangte Geschick. War das Eisen zu heiß, lief man Gefahr, die Haare zu versengen – war es zu kalt, hielt die Ondulation erst gar nicht, und alle Mühe blieb umsonst. Dank reichlich Übung zauberte Emmy ihrer Tochter eine Frisur ganz wie gewünscht: sanfte Locken, aufgesteckt zu einem weichen Chignon.

»Kannst dich sehen lassen. Auch noch in hundert Jahren, wenn dein Bild im Museum hängt. Und benimm dich anständig, wenn du im Leibchen vor dem jungen Mann stehst. Aber er will dich ja bloß malen. Verlieben tut der sich schon nicht in dich«, schmunzelnd band Emmy ihr ein Baumwolltuch über die Frisur. »Un grööt'n man schöön, den Herrn Künstler. Soll sich anstrengen, damit das was wird mit seinem Ruhm.«

»Richte ich aus. Und nachher erzähle ich alles ganz genau.«

Emmy nickte. »Wehe, wenn nicht.«

Bei diesem schönen Wetter nahm Jette die Strecke quer durch den Kirchwald. Vor einigen Tagen hatte der Kalender den Frühlingsanfang verkündet. So kahl und schwarz wie die Buchenkronen in den Himmel ragten, würde es allerdings noch dauern, bis die Blätter hoch über dem Weg eine grüne Kuppel bildeten. Doch ganz gleich, wann die Blattknospen sich öffneten: Jette kam es heute schon so vor, als liege da etwas in der Luft. Nicht nur der erste Hauch des nahenden Frühlings, sondern bedeutend mehr. Eine stille Ahnung, eine vage Hoffnung. Niemand begegnete ihr bei ihrem Gang durch den Wald, und sie begann laut zu singen: »Wir winden dir den Jungfernkranz aus veilchenblauer Seide.« Zur Hochzeit hatte ein Mädchenchor ihr und Konrad damit ein Ständchen gebracht.

Im Sanatorium begrüßte Jette wie immer die Handwerker, hielt sich diesmal aber nicht lange bei ihnen auf, sondern verließ den Bau durch die hintere Pforte, überquerte den Hof und bog nach rechts in den Kutschweg zu den Betriebsgebäuden: Automobilgarage, Remise, Pferdestall, Gärtnerschuppen, Brunnenhaus und weiter hinten das mit einer Doppelmauer umgebene anderthalbstöckige Maschinenhaus.

Passend zu Jettes antikem Gewand hatte Reinhard für das Porträt eine Idee: Sie sollte darauf eine Amphore im Arm halten. So, als käme sie gerade vom Weinfass und wollte den wertvollen Rebensaft nun ihrem Liebsten kredenzen. Dieser Einfall kam nicht von ungefähr, denn der beauftragte Gartenbauer hatte schon in die gleiche Richtung gedacht: Weil das Sanatorium an die Villen der Renaissance erinnerte, wollte er den Gästepark sowie Jettes und Konrads Privatgarten mit passenden Gegenständen dekorieren. Ein Töpfer aus dem Nachbarort Sellin war darauf spezialisiert, Amphoren nach altem Vorbild herzustellen, und der Gartenbaumeister hatte gleich drei Dutzend davon in Auftrag gegeben. Schließlich galt es, eine Fläche von bald zwei Hektar ansprechend zu gestalten.

Freundlich grüßend betrat Jette den Gärtnerschuppen, der im Grunde kein Schuppen war, sondern ein stabil gemauerter Lagerraum von ansehnlicher Größe.

»Guten Morgen!«, rief sie, erhielt aber keine Antwort, sämtliche Gärtner hatten offenbar auf dem Gelände zu tun.

Jette war öfters im Schuppen gewesen. Weit hinten, neben einer Seitentür, befand sich die ›Antikensammlung‹. Der Gartenbaumeister benutzte scherzhaft diesen Ausdruck, denn er hatte nicht nur dutzendweise Amphoren eingekauft, sondern auch etliche Marmorstatuen: lauter Figuren aus der griechischen und römischen Sagenwelt. Derzeit standen sie noch dicht gedrängt im Schuppen, zur Eröffnung im Mai sollten sie dann zwischen Bäumen und Büschen ihre lauschigen Plätzchen finden.

Den Statuen schenkte Jette wenig Beachtung. Zwar ließ sie sich als Römerin malen, für antike Sagen interessierte sie sich dennoch nicht. Sie kniete sich nieder zu einigen Holzkisten. Zwischen dicken Schichten aus Stroh bewahrte der Gärtnermeister die Amphoren auf. Behutsam hob Jette das zuoberst liegende Gefäß an den Henkeln und staunte über das Gewicht. Dabei war die Amphore ja leer. Und damit sollte sie stundenlang Modell stehen? Das würde Reinhard doch hoffentlich nicht von ihr verlangen.

Für die Gärtner hinterließ Jette eine kurze Notiz und stieg mit der Amphore hoch zum Atelier. Ihr ausgefahrener Ellbogen klopfte gegen die Tür.

Reinhard öffnete – und griente.

»Salve, Jette. Du bringst einen köstlichen Tropfen. Damit geht uns die Arbeit leicht von der Hand.«

Manche Künstler setzten sich beim Arbeiten unter Alkohol oder andere Drogen, davon hatte Jette gehört. Einige behaupteten gar, nur durch berauschende Substanzen könnten sie wahre Kunst schaffen. Doch Reinhard brauchte dafür keine Rauschmittel. Oder doch? Wenn er seine ganz besonderen Bilder malte, war Jette ja noch nie dabei gewesen. Oder war seine Droge die Liebe zu Hannes? Oder der Geschlechtstrieb, den die beiden aneinander sättigten? Ach, im Moment konnte Jette das egal sein.

Fürsorglich nahm er ihr die Amphore und den Mantel ab. »Und nun schau: Seit gestern hat sich hier richtig viel getan.«

Auf seiner Staffelei stand ein großer Keilrahmen, sorgfältig mit Leinwand bespannt. Die Bildaufteilung war darauf skizziert: der lang gestreckte Sanatoriumsbau, rechts und links der Park, darüber der Himmel, mittig davor die Silhouette einer Frau mit Knotenfrisur.

»Das wird ja riesig.«

»Na sicher. Über eurem Bett ist doch reichlich Platz, darum habe ich gedacht: wenn schon, denn schon. Einen Meter auf einen Meter sechzig, der Goldene Schnitt also. Dieses Maßverhältnis empfinden die meisten Menschen als besonders harmonisch, übrigens auch eine Entdeckung aus der Antike.« Einige Male blickte Reinhard zwischen der Skizze und der leibhaftigen Jette hin und her. »Ganz zauberhaft, dein Haar. Diese Wellen. So anmutig«, ihn ergriff eine Rührung, mit der er wohl selbst nicht gerechnet hatte. Mit beiden Händen fächelte er sich Luft zu, dann fasste er sich wieder. »Eigentlich solltest du diese Frisur immer tragen. Aber das geht nicht, oder?«

Jette schmunzelte. »Jeden Tag die Brennschere, dann hätte ich wohl bald gar keine Haare mehr.«

»Ach, macht nichts. Wenn du das nur ab und zu machst, bei besonderen Anlässen, ist das doch auch schön. Und ich darf doch kurz«, behutsam griff er in ihr Haar und legte eine Strähne hinters Ohr, die sich aus dem Knoten gelöst hatte.

Seinem Körper entströmte ein Duft von Rosen und Lavendel, vermutlich benutzte er eine parfümierte Seife, dachte Jette. Am Vortag hatte er ihr seine Homophilie gestanden. Nun musste er sich nicht mehr verstellen.

»Setz dich bitte«, er wies auf einen kleinen Tisch und zwei Stühle. »Gestern habe ich dich leider nicht bewirtet, dafür entschuldige ich mich. Aber heute holen wir das nach. Und den Heizkörper habe ich eben ganz aufgedreht. Mit der Dampfmaschine eine Zentralheizung betreiben! Solch einen Luxus muss man doch auskosten. Du sollst ja nicht frieren, wenn du gleich deine Bluse auszieht.«

Reinhards Ton war so unbefangen, als spräche er von etwas ganz Natürlichem: Jette saß ihm Modell und bekam dafür ein neues Gewand, also musste sie vorher ihre Bluse ablegen. So einfach war das. Sie nahm Platz.

Aus dem Nebenraum holte er eine Flasche mit tiefdunkelrotem Inhalt. »Meine Modelle und ich, wir trinken hier immer Holundersaft. Und dir schmeckt der hoffentlich auch.«

Holunder mochte Jette nicht besonders, doch ihretwegen sollte Reinhard nicht seine Gewohnheiten umstellen. Sie nickte.

»Ich habe die Beeren letztes Jahr selbst eingekocht«, erklärte er. »Recht dickflüssig. Und ich rühre immer reichlich Zucker unter, allein wegen der Haltbarkeit, also eher ein Sirup.«

Ein Mann, der Sirup kochte. Eine seltsame Vorstellung, sogar für Jette, die ja keine Vorurteile haben wollte. Doch nun gut. Es hieß ja nicht umsonst, solche Männer seien vom anderen Ufer.

Während er zwei Gläser füllte, schaute sie sich um. Aha. Auch das hatte Reinhard inzwischen erledigt: Die mit Rädern versehenen Holzrahmen standen immer noch dicht an dicht, doch inzwischen waren sie mit Tuchen bespannt, die den Hall minderten.

»Darf ich mir die mal anschauen? Deine Schiebekulissen?«

»Ja sicher«, er blickte von der Kanne auf. »Roll die Rahmen ruhig weiter auseinander. Die meisten Stoffe kennst du wohl aus eurer Fabrik.«

Sie ging hinüber zu den Gestellen, über das erste in der Reihe war safrangelbe Seide drapiert. »Die kenne ich tatsächlich«, Jette fuhr mit der Hand über das kühle, glatte Gewebe. »Meine Schwägerin hat sich ein Kleid daraus nähen lassen.«

»Nur deine Schwägerin? Und du nicht?«

»Aus gutem Grund. Eugenie hat dunkle Haare und Augen. Ihr steht so ein Ton. Aber ich sehe damit aus, als litte ich unter schwerer Blutarmut.« Jette sah lachend zu Reinhard am Herd hinüber. »Aber du als Feinmaler solltest das doch wissen. Du kennst dich schließlich aus mit Farben.«

»Ach so?«, er ließ sich gern necken. »Na, dann schau doch mal, was du sonst so findest.«

Jette schob das Safrangelb zur Seite und schaute die übrigen Rahmen durch. Dabei stieß sie auf einen Rotton, der ihr bekannt vorkam, doch bei dem schwachen Licht hier in der Ecke konnte sie nicht sicher sein. Sie zog das Rollengestell näher zum Fenster. War das etwa …? Tatsächlich! Sie ließ den Samt über ihre Wangen gleiten.

Reinhard amüsierte sich. »Gratulation zum guten Geschmack, Jette. Die Farbe ist herrlich. Und die Güte des Stoffs auch.«

Ihre Wange hatte im Flor eine Spur hinterlassen, Jette strich ihn wieder glatt.

»Ich habe ein Tageskleid aus diesem Samt. Mit schwarzen Litzen und Knöpfen, so ist das starke Rot ein wenig abgemildert«, sie seufzte. »Aber das nur am Rande. Wichtiger ist wohl: Es gibt zu diesem Samt eine traurige Geschichte.«

»Oh! Das tut mir leid«, Reinhard kam mit dem Saft an den Tisch. »Ist es schlimm? Sehr schlimm?«

Jette traten Tränen in die Augen.

»Ach, du Arme«, er reichte ihr ein Glas. »Das erzählst du mir alles. Aber trink erst mal, der Zucker tut dir gut.«

Sie gehorchte. Dickflüssig war der Saft und für ihren Geschmack viel zu süß. Gewiss – sie hätte um Wasser zum Verdünnen bitten können, nur wollte sie keine Umstände machen.

Sich an all das zu erinnern, fiel ihr schwer. Reinhard nickte ihr mitfühlend zu, sie begann zu erzählen: die Fabrikbegehung im vorletzten Oktober, das Türkischrot im Färbekessel, Wilhelm Rosukat und sein kleiner Sohn Heinz, die Hoffnung in das Heilserum von Professor Behring, der Kinderkrankensaal in der Charité, Heinzis tragischer Tod an den späten Komplikationen der Diphtherie.

»Ein totes Kind, und dann noch so tragische Umstände. Das tut mir wirklich, wirklich leid«, seufzend sah er hinüber zu den Rahmen. »Dann sollten wir wohl lieber darauf verzichten.«

Sie verstand nicht gleich.

»Das Türkischrot, Jette. Genau daran hatte ich gedacht für dich als Römerin. Aber bei so traurigen Erinnerungen nehmen wir lieber einen anderen Stoff.«

Doch sie schüttelte den Kopf. »Damit wäre niemandem gedient. Heinzis Tod ist eine Sache, und der Samt hier ein andere, und seine Eltern würde es bestimmt nicht stören, dass ich auf dem Bild dieses Rot trage. Möglicherweise sähen sie es sogar als Ehre. Immerhin hat Heinzis Vater das Farbbad für den Stoff selbst angesetzt.«

Sie machten sich ans Werk. Vor dem mittleren Atelierfenster überprüfte Reinhard den Lichteinfall, entschied sich für die Stelle im Raum, an der sie stehen sollte, und brachte ihr einen Lehnhocker.

»Deine Hüfte muss einigermaßen gestreckt bleiben, auf dem Bild soll es aussehen, als würdest du stehen. Aber mit der Amphore kann ich dir das nicht zumuten. Dann jetzt also dein Gewand.«

Sie verstand seine Geste und begann, ihre Bluse aufzuknöpfen. Anders als von ihr erwartet, drehte er sich nicht diskret zur Seite. Im Gegenteil: Er kam auf sie zu.

»Dann kann ich gleich mal sehen, wie sich das Licht auf deinem Dekolleté macht. Du hast übrigens ein wunderbares Inkarnat.« Sein sachverständiger Blick fiel auf Jettes Haut zwischen Hals und oberem Brustansatz.

Inkarnat. Damit meinte man in der Malerei die Farbe des Fleisches, also den Hautton, allerdings nur bei hellhäutigen Menschen. Und noch etwas hatte ihr Reinhard erklärt: Jeder bildende Künstler müsse lernen, den menschlichen Körper als Gegenstand zu sehen, also nicht anders als eine Blüte oder eine Landschaft.

Jette legte ihre Bluse auf dem Schemel ab. Nur noch ihr dünnes Leibchen bedeckte ihren Oberkörper, und sie konnte sich vorstellen, wie sich ihre Brüste unter der dünn gewirkten Wolle abzeichneten.

Er nickte ihr wohlwollend zu, dann wurde sein Blick wieder sachlich. »Dein Hemd sollten wir oben noch etwas nach außen ziehen. Dann kommt dein Collier besser zur Geltung. Darf ich dich kurz berühren?«

Sie räusperte sich. »Natürlich, Reinhard.«

Sanft zog er ihr die Träger des Leibchens weiter auf die Schultern. Seine Finger fühlten sich weich an und kühl.

»Gut, und nun also dein Gewand.« Er nahm den roten Samt vom Gestell. Auf seine Anweisung hin hielt Jette das freie Ende des Tuchs in Höhe ihrer Taille fest, Reinhard begann zu wickeln: von ihrer Körpermitte schräg über die rechte Schulter und wieder zur Taille, dann über die linke Schulter und noch einmal um die Hüfte.

»Das reicht, weiter kommst du ja nicht ins Bild.« Die Tuchbahn schnitt er nicht durch, sondern legte den restlichen Samt auf einem Schemel ab. »Und nun dein Schmuck.«

Drei Colliers hatte sie mitgebracht, Geschenke von Konrad aus den letzten Jahren. Reinhard wählte eine schlichte Kette mit Rubinanhänger.

»In diesem Rot spiegelt sich das Rot deines Kleides. Das wirkt dann besonders apart.«

Er legte ihr den Schmuck um, wieder berührten seine Finger Jettes Haut, und wieder nahm sie den Geruch von Rosen und Lavendel wahr, der Reinhards Haar entströmte.

Auf dem Lehnhocker brachte er sie in Position. Das hohe Rückenteil bestand aus nicht mehr als einem lackierten Brett, also schob Reinhard ihr noch zwei Kissen in den Rücken.

»Jetzt das Wichtigste«, er lachte. »Nein, Jette, das Wichtigste bist natürlich du. Also das Zweitwichtigste: die Amphore.«

Er wies sie an, das Gefäß mit beiden Armen zu halten. Fest, aber unverkrampft. Seitlich über der rechten Hüfte. Schräg, aber nicht zu schräg, die Öffnung zum Betrachter gerichtet.

Sie gab sich Mühe, alles zu befolgen, doch das war schwer – nicht nur wegen des Gewichts. Der harte Ton drückte gegen ihre Hüfte, und auch der Lehnhocker mit den beiden Kissen konnte nicht verhindern, dass ihre Arme sich verkrampften.

Reinhard bemerkte ihre Schwierigkeit, er legte den Kohlestift aus der Hand und veränderte ihre Pose: Sie sollte die Amphore höher halten und den Boden an ihrer Hüfte abstützen.

»Und? Besser?«

Jette nickte. Diese neue Position war kaum bequemer als

die erste, aber sie wollte durchhalten. Er gab sich solche Mühe mit ihr und sollte nicht denken, sie sei eine Mimose.

Reinhard ging zurück an die Staffelei. »Und nun ein Lächeln, bitte. Stell dir das vor: Du hast ein Festessen für Konrad vorbereitet und warst eben im Keller am Weinfass. Dort hast du den allerbesten Tropfen gezapft. Jeder Schluck wird all die wunderbaren Speisen noch köstlicher machen. Du schwebst im siebten Himmel. Du liebst Konrad über alles. Also lächle, Jette, lächle!«

Sie nickte. Stolz! Glück! Liebe! Doch so sehr sie sich auch mühte – das Lächeln gelang nicht. Eben hatte sie noch Reinhards parfümierte Seife gerochen, jetzt stieg ihr aus dem Tongefäß ein erdiger Geruch in die Nase, und auf ihrer Zunge klebte noch immer der übersüße Holundersaft. In ihren Ohren begann es zu dröhnen, das Blut wich ihr aus dem Kopf, sie musste würgen. Dann erbrach sie sich in die Amphore.

EIGENARTEN

Ja! Jaaa! So unangenehm das Erbrechen auch war: Jette hätte jubeln mögen vor Freude. Endlich! Es hatte schon vorher Anzeichen gegeben, dank der Übelkeit konnte sie sich nun fast sicher sein.

Der gute Reinhard. Statt sich angewidert wegzudrehen, stand er neben ihr und betupfte ihren Nacken mit einem feuchten Lappen. »Ach, Jette. Arme, arme Jette.«

Natürlich schwang da ein Unterton in seiner Stimme. Wenn er auch keine Frauen lieben konnte, war er doch nicht weltfremd. Aber er sprach seine Ahnung nicht aus, und sie lächelte ihm dankbar zu.

Er bot an, sie nach Hause zu begleiten, doch das erschien ihr übertrieben, dankend lehnte sie ab. Im Waschkeller spülte sie die Amphore aus und ging weiter in ihre künftige Wohnung. Eine kurze Freitreppe verband die Terrasse mit den Rasenflächen. Jette ließ sich auf die Stufen sinken.

Welch ein Tag! Was für ein Ereignis! Bald zwei Jahre hatte sie es sich sehnlichst gewünscht, und nun, als alles darauf hindeutete, dass es wahr würde – da konnte sie es kaum glauben. Konrad! Konrad sollte es sofort erfahren, am besten per Telegramm. Bloß: Wie sollte sie ihre Depesche abfassen? Welche Worte konnte sie wählen, ohne dass die Beamten gleich Verdacht schöpften? Jedem hier war bekannt, dass Herr Dr. Behnfeld und Frau nach bald zweijähriger Ehe noch immer kinderlos waren. Auch für Telegramme galt das Postgeheimnis, doch wenn es um Klatsch und Tratsch ging, traute Jette den Schalterbeamten nicht. Wenn sie *Hoffnung* oder *frohe Kunde* oder *ersehnte Nachricht* schriebe, dann wüsste in Kürze wohl ganz Binz, was mit ihr los war. Besser war da ein Eilbrief. Den konnte sie wenigstens selbst zukleben. Doch wo wollte sie ihn schreiben? In der Kate natürlich. Aber dort hätte sie erst einmal hinlaufen müssen. Und dann zurück in den Ort, um den Brief aufzugeben. Doch nach diesem doppelten Weg war ihr so gar nicht zumute. Sollte sie zum Schreiben ins Postamt gehen? Dort standen immerhin Bänke und schmale Pulte. Nein, das war wohl kein guter Gedanke. Die Schalterbeamten würden sie dabei sicher neugierig beäugen.

Eine andere Möglichkeit fiel ihr ein: Sie lenkte ihre Schritte zum Kaiserhof, wie üblich versah Eduard Penck an der Pforte seinen Dienst.

»Willkommen, Frau Doktor. Treffen Sie einen Bewerber?«

Eigentlich hätte er sich diese Frage nicht herausnehmen dürfen, doch die Behnfelds kannte er ja gut.

»Heute nicht, erst nächste Woche wieder. Ich möchte nur kurz einen Brief schreiben, zu Hause war mir das leider entfallen.«

Der Portier hielt ihr die Glastür auf, im Foyer steuerte sie gleich auf den Concierge zu und bat um einige Briefbogen samt Umschlag.

»Selbstredend steht Ihnen dafür kostenlos unser Kontor zur Verfügung, Frau Doktor. Sie können Ihr Schreiben gern Herrn Lafontaine diktieren, und unser Page bringt es gleich zur Post.«

Sie lehnte dankend ab. Die Sache sei ein wenig heikel, erklärte sie, deshalb müsse sie noch über die Formulierung nachdenken und setze das Schreiben lieber selbst auf.

In der Halle suchte sie sich einen Platz nah am Fenster, bestellte ein Kännchen Earl Grey mit etwas Mürbegebäck, zog ihren silbernen Füllfederhalter hervor und begann. *Liebster Konrad! Allerliebster Konrad! Allerallerliebster Konrad und werdender Papa!* So heftig wie sie ihn in der Überfülle ihres Herzens liebte, so rasch ließ sie den Federhalter nun auch über das Papier fliegen. Zeile setzte sie an Zeile. Beschrieb all die Anzeichen und Gefühle, die ihr die Hoffnung gaben, dass nun endlich die Frucht all ihres gemeinsamen Sehnens in ihr keimte.

Der Kellner kam, Jette unterbrach das Schreiben und staunte über sich selbst: drei Seiten in zehn Minuten. Und dabei hatte sie nicht mal das Modellsitzen bei Reinhard erwähnt, das Gemälde sollte für Konrad ja eine Überraschung bleiben.

Die Hotelhalle glich mit ihrer üppigen Verglasung und den Palmkübeln einem Wintergarten mit Meerblick. Alles, was der werdenden Mutter guttue, tue auch dem Ungeborenen gut, zumindest behaupteten das einige Ärzte. Jette glaubte daran. Sie trank Schluck für Schluck den aromatisierten Tee, genoss das Buttergebäck bis zum letzten Krümel und schaute immer wieder hinaus. Dem Meer entsprang alles Leben. Dieses winzige Wesen, das sie in sich barg, war umgeben von einer schützenden, wassergefüllten Höhle. Welch wunderbare Einrichtung der Natur.

Der Kellner schenkte die zweite Tasse ein, sein Blick streifte die Briefbogen, Jette hatte sie mit der Rückseite nach oben vor sich gelegt. So hektisch und begeistert, wie ihr Federhalter eben über das Papier geflogen war, nahm wohl niemand an, es handele sich um ein Geschäftsschreiben. Doch was andere Leute dazu dachten, war ihr egal. Fünf Seiten schrieb sie schließlich und hätte noch viel mehr zu Papier bringen mögen, so übervoll war ihr Herz.

Vom Hotel zum Postamt waren es nur ein paar Hundert Meter.

»Aha. Wieder eine Eilsendung nach Berlin«, der Schalterbeamte sah zur Uhr. »Für die Abendfähre ist es nur leider schon zu spät, Frau Doktor. Der Brief kommt erst übermorgen an, aber immerhin mit der Frühzustellung.«

Sie ließ sich ihre Enttäuschung nicht anmerken. Anderthalb Tage würde Konrad auf die frohe Nachricht also noch warten müssen – doch es war, wie es war. Vom Postamt ging sie zurück zum Atelier.

»Jette!« Reinhard freute sich, sie so gesund wiederzusehen. »Wollen wir morgen gleich weitermachen? Wir stellen dir dann einen Sockel unter die Amphore, zum Abstützen.«

Ein Sockel. Das war also möglich. Vor zwei Stunden bei ihrer Sitzung hatte Reinhard noch nichts davon erwähnt. Doch er gab sich so viel Mühe mit ihr, sie wollte ihm keinen Vorwurf machen.

Zurück in der Kate deckte sie den Abendbrottisch und erzählte ihrer Mutter vom Nachmittag: die schwere Amphore, die stattliche Größe des Gemäldes, der türkischrote Samt und die traurige Erinnerung an den kleinen Heinzi. Vor allem aber betonte sie, wie erschöpft sie sei.

Ihr Vater kehrte von der Arbeit zurück, sie aßen, und Jette erzählte auch ihm vom Modellsitzen. Er fand es zwar eigenartig, dass Reinhard sie als Römerin malte und nicht als die junge Binzer Ehefrau, die sie nun mal war. Aber bestimmt würde das Bild ganz großartig, daran hatte August keine Zweifel. Nach dem Abendbrot zog sie sich zurück. Fünf Stunden war es her, dass sie sich übergeben hatte. Seitdem war ihr nicht mehr übel, eben hatte sie gegessen wie gewohnt. Ihr Magen gab Ruhe. Ihre Seele dagegen war aufgewühlt. Sie legte sich beide Hände auf den Unterleib, als wollte sie das Kind ertasten, das erst so groß war wie eine Himbeere. Ein Gefühl tiefer Liebe durchströmte sie, für Konrad und für das, was in ihr wuchs. So schlief sie ein.

Wach wurde sie wie so oft von den Geräuschen, die aus der Küche zu ihr hochdrangen: Ihr Vater wusch sich am Rinnstein, ihre Mutter bereitete das erste Frühstück. Jette durfte liegen bleiben. Sie solle diese Zeit noch genießen, sagten ihre Eltern oft. Wenn sie erst einmal als Dame des Hauses das Sanatorium leiten würde, wäre es ohnehin vorbei mit dem langen Schlafen.

So gern sie sonst auch vor sich hin döste, heute sollte sie nicht dazu kommen: Ein Unwohlsein überkam sie, erst dumpfes Drücken, dann heftige Übelkeit. Sie blickte vom Bett hinüber zur Waschschüssel. Wie lange würde sie brauchen, wenn es schnell gehen musste? Zwei, drei Sekunden? Oder länger? Am liebsten wäre sie sich mit zwei Fingern in den Schlund gefahren, um sich zu erleichtern, doch in der hellhörigen Kate hätte sie es nicht verheimlichen können, wenn sie sich erbrach. Sie blieb liegen und atmete tief. Dann aber, als ihr Vater endlich die Haustür hinter sich schloss, sprang sie auf, beugte sich über die Schüssel und begann zu würgen, wieder und wieder, so heftig, dass ihr schwarz wurde vor Augen. Mit letzter Kraft klammerte sie sich an die kalte Marmorplatte des Waschtischs, da hörte sie auf der Stiege schnelle, harte Schritte. Emmy riss die Tür auf und schloss sie fest in beide Arme.

»Is gaud, Deern. Is man gaud. So geiht dat uns Frugenslüd ewen. Da mööt we druug. Laat man all ruut.«

Doch Jette schüttelte den Kopf. Ihr leerer Magen gab keine Galle mehr her.

Emmy führte sie zum Bett, tauchte das Handtuch in die Wasserkanne und fuhr ihr damit sanft über die Wangen.

»Habe ich mir doch gedacht, Deern. Hast mir letzten Monat keine Binden zum Auskochen gegeben, und Konrad war hier gewesen. So klug von seinem Professor, dass er ihm freigegeben hat.« Emmy schluchzte auf, und das wollte etwas heißen, wo sie sich sonst nur so selten ihren Gefühlen hingab.

»Mama!« Jette schloss ihre Mutter in die Arme, nun kamen sie beide nicht mehr gegen die Tränen an.

Schließlich richtete Emmy sich auf. »Sieht man's mal. So lange drauf gewartet, und kaum bist du wieder hier, da klappt es. Du brauchst unser Rügen, Deern. Du gehörst hierhin. Na ja, das Erste mit siebenundzwanzig: Ist zwar spät, aber dein Mann ist Arzt, und eine tüchtige Hebamme haben wir hier auch. Ihr kriegt das hin. Ich war ja selbst fast so alt, als du kamst«, sie ging zur Tür. »Du bleibst liegen, ich gieß dir Kamille auf.«

»Danke, Mama«, Jette zog sich das Federbett bis ans Kinn, sie fröstelte. All diese Veränderungen in Körper und Seele. So viele Frauen hatten Jette davon erzählt. Endlich sollte sie es nun selbst erleben.

Zehn Minuten später brachte Emmy den Kamillentee. Jette war nicht mehr übel, brav trank sie die Tasse aus, mümmelte einen Zwieback und erhob sich langsam aus ihren Kissen. Die Pflicht rief. Notfalls hätte sie auch ihre Mutter an den Güterzug schicken können, aber Jette war ja nicht krank. Bauersfrauen verrichteten trotz Schwangerschaft sogar schwere Feldarbeit und legten sich erst bei starken Wehen hin. Verglichen damit sollte Jette wohl in der Lage sein, wegen einer Möbellieferung zum Bahnhof zu gehen.

Seit einem Tag schon war der Güterwaggon aus Berlin unterwegs, nun sollte er über den Sund setzen und die wertvolle Fracht nach Binz bringen. Jette und Konrad hingen an ihrem Mobiliar. Besonders das Schlafraumensemble mit seinen kunstvoll gedrechselten Säulen mochten sie nicht in Berlin zurücklassen. Für seine letzten Tage in der Direktorenvilla hatte Konrad die Privatgemächer geräumt und eines der Gästezimmer bezogen. Seine Möbel, dazu etliche Kisten mit Büchern und Hausrat sowie ein halbes Dutzend Kleiderkoffer ließ er per Eisenbahn und Trajektschiff verladen. Ein anspruchsvolles Unterfangen. Justus stand in ständigem Kontakt mit der Spedition. Bisher lief alles wie geplant.

»Du gehst nicht allein zum Bahnhof, Deern«, entschied Emmy für ihre Tochter. »Es muss schließlich einer da sein, falls dir schlecht wird.« Sie hatte versprochen, niemandem von Jettes gesegneten Umständen zu erzählen, selbst August oder Paula nicht.

Auf dem Bahnsteig begegneten sie Hein. »Na, Jette, Deern. Nun wird das ja wohl was mit dem Sanatorium.«

Jette dankte für die freundlichen Worte. So viele Handwerker waren mit dem Innenausbau beschäftigt, da blieb es nicht aus, dass die Binzer über alle Einzelheiten Bescheid wussten. Dreihundert Quadratmeter, repräsentativ, aber nicht zu groß – das meinte Justus dazu. Konrad und Jette, die beide nur zu gut wussten, in welchem Elend viele Menschen hausten, wären mit einer kleineren Wohnung zufrieden gewesen, doch als Behnfelds mussten sie das Renommee wahren.

Auf die Minute pünktlich traf der Zug aus Altefähr ein. Ein gutes Dutzend Männer stand bereit, den Waggon zu entladen.

Der Vorarbeiter verbeugte sich vor Jette und Emmy. »Wir brauchen wohl nur eine gute Stunde. Gehen Sie doch schon vor, die Damen.«

Jette hätte gern dabei zugesehen, wie man ihr wertvolles Hab und Gut auf die Pferdefuhrwerke verfrachtete. Doch damit wäre leicht der Eindruck entstanden, als misstraute sie den Packern. Also schlenderte sie mit Emmy zum Sanatorium und nutzte die Zeit für einen Wohnungsrundgang. Die vier Meter hohen Räume waren mit Eichenparkett ausgelegt und bis zur Wandmitte vertäfelt. An Schnüren ließen sich die Kronleuchter absenken, zwischen Kellerküche und Anrichtezimmer verkehrte ein kurbelbetriebener Lastenaufzug. Vom Gehalt, das Justus ihm im Sanatorium zahlte, hätte Konrad all die Annehmlichkeiten kaum unterhalten können. Doch sein Vater bestand auf den Luxus.

Jette und Emmy stiegen zur Galerie hoch. Im Oberstock der Wohnung waren neben dem Ehegemach weitere Räume untergebracht, wahlweise nutzbar für Kinder, Personal oder Gäste. Das prachtvollste Zimmer besaß einen breiten, nach Süden ausgerichteten Balkon. Weit über den Privatgarten und den Park hinweg schweifte der Blick.

»Schön habt ihr es, Deern. Ihr seid glücklich und liebt euch. Da wird das wohl gut gehen mit eurem Ersten. Und mit den Nächsten auch.«

Bei Sentimentalitäten hielt Emmy sich zurück, Jette wusste dennoch um das große Herz ihrer Mutter, und Emmys sorgenvoller Ton fiel ihr auf. Es stimmte ja: In der Frühphase fand jede fünfte Schwangerschaft ihr natürliches Ende, und jedes vierte Neugeborene starb schon im ersten Lebensmonat. Bei allem Wissen und bester Fürsorge: Letztlich musste Jette auf einen guten Verlauf hoffen – so wie jede Frau.

Von der Straße drangen Pferdehufe und lautes Rufen, Jette und Emmy gingen hinunter zum Portal. Tatsächlich hatten die Männer für den Transport all der Möbel, Koffer und Kisten nur eine gute Stunde gebraucht.

Der Vorarbeiter, ein gelernter Schreiner, kam auf die Frauen zu. »Der Herr Doktor hat alles gut beschriftet, wir müssen nur noch wissen, wo was hinsoll.«

So charmant wie entschieden dirigierte Jette jedes Teil an seinen Platz, derweil verteilte Emmy etliche Gläser Wasser an die Männer. Statt eines schweren Eintopfs servierte sie magenfreundliche Hühnersuppe mit Reis, die sie von zu Hause mitgebracht hatte. Zum Aufwärmen nutzte sie den Herd in Jettes Privatküche.

Nach der Mittagsruhe kehrte Jette mit einer Flasche Essig zum Sanatorium zurück. Die Amphore war über Nacht getrocknet und roch nur noch schwach nach Erde. Vorsichtshalber spülte Jette sie noch mit Essigwasser aus und ging damit hoch zum Atelier.

»Es geht mir bestens«, verkündete sie gleich bei der Begrüßung. »Das Schlafzimmer ist eingerichtet, und unser Bild wird sich ganz wunderbar darin machen.«

Reinhard freute sich mit ihr. Er umwickelte Jette mit dem roten Samt, brachte sie in Position und stellte ihr einen Sockel hin, auf dem sie die Bodenkante der Amphore abstützen konnte.

Fast zwei Stunden hielt sie das Modellsitzen aus, und keine Minute wurde ihr langweilig, obwohl sie beide kaum sprachen. Sie bewunderte die äußerste Konzentration, die Reinhard in seine Arbeit legte. Immer wieder sah er zwischen ihr und dem Bild hin und her, ließ zwischendurch den Pinsel sinken, betrachtete sein Werk und mischte auf der Palette die Rottöne neu.

* * *

Die Woche nahm ihren Lauf. Jette litt jeden Morgen an Übelkeit, musste sich aber nicht übergeben. Sobald August aus dem Haus war, brachte Emmy ihr Kamillentee samt Zwieback, sie frühstückte im Bett und kam unbeschwert durch den Tag.

Vor dem Sanatorium hielt ein Fuhrwerk nach dem nächsten: Mobiliar, Teppiche, Gardinen, Bettwaren und Handtücher. Langsam nahm die Behnfeldsche Wohnung Gestalt an. Ein befreundeter Schreiner lieferte die Möbel für das Speisezimmer. Der Tisch aus bestem Kirschbaumholz ließ sich erweitern, bis zu zwanzig Personen fanden daran Platz.

Wie versprochen erzählte Emmy niemandem von der Schwangerschaft. Jettes Brief an Konrad lag vier Tage zurück, da kam endlich die ersehnte Antwort aus Berlin, allerdings nicht als Depesche, wie Jette vermutet hatte, sondern ebenfalls als Eilbrief.

Emmy amüsierte sich. »Er schreibt hoffentlich, dass er dich liebt. Wehe, wenn nicht.«

Im Überschwang öffnete Jette den Brief. Schon nach den ersten Wörtern verschwamm ihr Blick. Sie reichte den Bogen an Emmy weiter, und selbst die musste gegen die Tränen kämpfen, so innig hatte Konrad die Zeilen verfasst.

Liebste! Meine beiden Liebsten! Meine allergrößte Allerliebste und mein allerkleinstes Allerliebstes!
Kaum war ich daheim, habe ich Euern Brief gelesen und hätte fast geschrien vor unbändiger Freude, aber dann wäre wohl jemand vom Personal zu mir gestürzt, und so musste ich mich beherrschen. Denn noch wollen wir es ja für uns behalten, wenngleich es mir unendlich schwerfällt. So gern würde ich es in meiner Begeisterung hinausposaunen oder in großen Lettern anschlagen, auf jede Litfaßsäule und jede Plakatwand. Und nun bitte ich Dich, mein Kleines, von ganzem Herzen: Bleibe bei uns und wachse gesund heran, mach es Dir bequem in Deiner behaglichen Höhle, wir werden gut für Dich sorgen. Du hast Dir die beste Mutter ausgesucht, die man sich auf Erden nur wünschen kann, und auch ich als

Dein Vater will mir wohl Mühe geben. Ich wünschte mir so sehr, bei Euch zu sein, ganz nah, und kann es kaum erwarten, Euch in die Arme zu schließen. Noch ein paar Monate, mein Kleines, dann kann ich Deinen Herzschlag hören, und das wird neben den Liebesbezeugungen Deiner Mutter wohl das Allerherrlichste und Größte sein, was je in meinem Leben an mein Ohr dringt. Ich liebe Euch, liebe Euch, liebe Euch, liebe Euch, liebe Euch …

Konrad hätte wohl noch weitergeschrieben, wäre er mit seiner Schrift nicht ganz unten auf dem Bogen angelangt.

Emmy schloss ihre Tochter in die Arme. »He is 'n Gauder, Deern. Öwer nu mööt we loos taun Sanatorium. Hüt kümmt de Chaiselongue för dien Wohnsalon.«

* * *

Am Montag darauf beging Jette ihren Geburtstag – ohne Konrad. Bis zum Ende des Monats musste sie ausharren, eher ließ sein Professor ihn nicht gehen. Wie zum Ausgleich dafür gab der Frühling sich alle Mühe, ihr einen herrlichen Tag zu bescheren. Eine warme Märzsonne hatte am Vorabend kurz vor Einbruch der Dämmerung ihre Strahlen über die Prorer Wiek geschickt, und der Himmel würde wohl auch nachts wolkenfrei bleiben.

Feiern wollte die Familie erst abends, wenn August und Krischan von ihrer Arbeit zurückkamen. Jette war tagsüber gut beschäftigt: Das Vorstellungsgespräch mit Alois und Hedwiga Einöder konnte nun endlich stattfinden. Nach dreitägiger Anreise aus dem bayerischen Allgäu waren sie eingetroffen und in einer Privatpension abgestiegen. Jette hatte überlegt, das Ehepaar gleich ins Sanatorium zu bestellen, doch in den Verwaltungsräumen stapelten sich noch die vollen Umzugskisten – kein würdiger Ort für eine wichtige Unterredung, dann schon lieber das Mietkontor vom Kaiserhof.

Nach dem zweiten Frühstück machte sie sich auf den Weg. Der Wörishofener Kurdirektor hatte den Bademeister Alois Einöder wärmstens empfohlen. Aber was, wenn Jette diese Einschätzung nicht teilte? Dann bliebe kaum noch Zeit, nach weiteren Bewerbern zu suchen, schlimmstenfalls würde sich die Eröffnung des Sanatoriums verzögern. Eine Ostseekur ohne balneologische Anwendungen war nun mal nicht möglich.

Eduard Penck stand wie gewohnt in blauer Livree und mit gleichfarbigem Zylinder vor dem Hotelportal. »Herzlich willkommen, Frau Doktor. Die Herrschaften aus Bad Wörishofen erwarten Sie in der Lobby.«

Er wollte ihr schon die Tür aufhalten, doch sie blieb lächelnd bei ihm stehen. »Dann tragen die Herrschaften wohl ordentliches Schuhwerk.«

Penck verstand die Anspielung und ging auf Jettes amüsierten Ton ein. »Diesmal ist nichts zu beanstanden. Die Herrschaften tragen gut gepflegte Haferlschuhe.«

Wieder wollte er Jette die Tür öffnen, wieder blieb sie bei ihm stehen.

»Und ansonsten?«, hakte sie nach. »Bitte, Herr Penck. Ich frage Sie als Menschenkenner. Stellen Sie sich vor, Sie sind Gast des Sanatoriums und haben es in der Badeabteilung mit den Einöders zu tun. Wie wäre dann Ihr erster Eindruck?«

Penck, der seine Gefühle stets im Zaum hielt, wahrte auch diesmal die Contenance, allerdings schwoll sein Brustkorb dann doch ein wenig an. Dass Frau Doktor Behnfeld ihn in einer so wichtigen Frage um seine Meinung bat, erfüllte ihn mit Stolz. Diskret senkte er die Stimme. »Nun ja. Die Herrschaften Einöder haben ja beim Pfarrer Kneipp höchstselbst gelernt, das haben sie mir eben erzählt. Allein das verleiht ihnen viel Renommee, doch auch sonst wirken sie recht formidabel. Von außen wie von innen. Das jedenfalls ist mein Eindruck.«

Jette bedankte sich für die Auskunft und betrat das Hotel. Ein bayerisches Ehepaar mittleren Alters in gepflegten Haferlschuhen – das sollte sich in der Hotelhalle wohl finden lassen. Doch Jette suchte vergebens. Sie wollte schon beim Personal nachfragen, da fiel ihr Blick auf zwei dem Fenster zugewandte Fauteuils. Über eine der Rückenlehnen ragte eine hohe weiße Feder, offenbar von einem Damenhut.

Da saßen sie also: die Einöders in ihren Lodenmänteln. Auf Hedwigas Haupt thronte ein grüner Filzhut mit besagter weißer Feder. Es entsprach der Etikette, als Dame auch in Hotelhallen den Hut aufzubehalten. Gatte Alois dagegen hatte seine grüne, mit einem Gamsbart verzierte Kopfbedeckung auf den Tisch vor sich gelegt.

Jette näherte sich von der Seite. »Herzlich willkommen, die Herrschaften. Herr Bademeister Einöder und Gemahlin, nehme ich an.«

Die beiden erhoben sich aus den Sesseln, verhalten lächelnd und mit einiger Nervosität. Höflich schüttelten sie Jettes dargereichte Hand und wünschten in annehmbarem Hochdeutsch einen recht schönen guten Morgen.

»Auch Ihnen einen wunderbaren Morgen. Bei uns auf Rügen heißt es ja oft *Tachschön*. Ihnen zu Ehren können wir gern *Griaß Gott* sagen.«

Jette traf den richtigen Ton, Hedwiga Einöder knickste.

»Recht vielen Dank, gnädige Frau Doktor Behnfeld, auch Ihrem werten Herrn Gatten und dem Herrn Schwiegervater.

Unsere Anreise war lang, aber angenehm, und in der Pension hier wohnen wir kommod.«

»Das freut mich.« Jette winkte einen Pagen herbei, er nahm die Garderobe entgegen.

Unter ihren Lodenmänteln trugen die Einöders Allgäuer Volkstracht: Hedwiga zur aufgesteckten Flechtfrisur ein knöchellanges dunkles Dirndlkleid samt Kropfband – Alois zum weißen Hemd ein hirschledernes Beinkleid mit Edelweißstickerei auf den Hosenträgern. Jedem Werbeplakat für den Wörishofener Fremdenverkehr hätten sie zur Ehre gereicht, und auch als Paar wirkten sie wie aus einem Bilderbuch entstiegen mit ihren vollen geröteten Wangen und den rehbraunen Augen. Für Verwandte konnte man sie kaum halten, in ihren Gesichtszügen ähnelten sie sich wenig. Doch dass sie denselben süddeutschen Gauen entstammten, glaubte man gern.

»Eine so schöne Tracht. Und wie freundlich von Ihnen, dass Sie sich die Mühe gemacht haben.«

»Das sind wir Ihnen schließlich schuldig, Frau Doktor«, wieder knickste Hedwiga Einöder. »Weil Sie in Wörishofen angefragt haben. Und wie unser Kurdirektor dann wissen wollte, ob wir nach Rügen ziehen würden, da haben wir gleich Ja gesagt. Wirklich eine große Ehre.«

Vor Aufregung zitterte der Bademeistersfrau die Stimme und damit gleich ihr Kropf. Die schwarzen Glasperlen am Kropfband begannen zu schwingen. Jette sah höflich darüber hinweg. Bei vielen Alpenbewohnern wuchs die Schilddrüse um ein Mehrfaches an, oft ohne Nachteile für die allgemeine Gesundheit. Eine Begründung konnte die Wissenschaft bisher nicht liefern. Warum aber die strumatösen Frauen zu allem Überfluss noch ein Schmuckband um ihre Halsgeschwulst trugen, blieb für Jette unerklärlich. Sie fand nicht, dass der Schmuck vom Kropf ablenkte, sondern den Blick erst recht darauf richtete.

Jette lächelte weiter. »Also hat Pfarrer Kneipp Sie in seinen Methoden unterwiesen?«

»Und ob, Frau Doktor. Und ob er das hat«, Alois Einöder hob den Zeigefinger. »So viel kann man lernen von unserem großen Wasserheiler. Wer das Gießen versteht, ist ein Künstler in der Heilkunde, das sagt er. Das Wasser ist nicht bös, es ist ein liebliches, ein freundliches Mittel der Besserung und Heilung.«

Jette lächelte noch immer, dabei war sie mit dem letzten Satz nicht einverstanden. Als Insulanerin kannte sie nicht nur die liebliche Seite des Wassers, sondern auch die grausame, tödliche. Doch dazu verkniff sie sich jede Bemerkung, zumal in demselben Moment auch schon Sekretär Lafontaine herbeieilte.

»Guten Morgen, die Herrschaften, unser Kontor steht bereit. Wenn ich Sie begleiten darf.«

Er schritt voraus, die Einöders folgten, und Jette ging hinterdrein, den Blick diskret auf die Rücken ihrer Gäste gerichtet. Wie die meisten Männer des schwäbisch-bayrischen Volksstamms war Alois eher klein gewachsen und überragte seine Hedwiga bloß um wenige Zentimeter. Auf dem Weg durch die Flure blieben die beiden dicht beieinander und boten mit ihren untersetzten Staturen und ihrem gleichermaßen braunen Haar das Bild eines Paares, das in großer Eintracht lebte. Sicher arbeiteten die beiden auch gut zusammen.

Im Kontor nahmen sie am Schreibtisch Platz, Jette zog aus ihrer Aktenmappe einige Unterlagen hervor, darunter die handgeschriebenen Lebensläufe.

»Sie sind also achtundvierzig und sechsundvierzig Jahre alt und seit zwei Jahren verheiratet?«

Alois Einöder nickte beflissen.

»Wir sind lange ledig geblieben, meine Frau und ich, und dann hat es der Herrgott doch noch gefügt, dass wir im Alter nicht allein sein müssen. Nachwuchs war uns da nicht mehr beschieden, aber wir sind ganz gesund und halten in allem ein gutes Maß. Denn im Maße liegt die Ordnung, sagt Pfarrer Kneipp. Und wer keine Zeit für seine Gesundheit hat, der wird später viel Zeit für seine Krankheiten brauchen.«

Die Einöders erzählten offen und dabei lebendig, alles stand im Einklang zum Referenzschreiben des Wörishofener Kurdirektors.

»Vortrefflich!« Jette legte die Unterlagen zusammen. »Unsere Bäderabteilung ist noch nicht eingerichtet, aber es lässt sich schon einiges erkennen. Und davon sollten Sie sich nun selbst ein Bild machen.«

Sie führte das Paar in die Wilhelm- und von dort nach links in die Victoriastraße. Auf dem kurzen Fußweg erfuhr sie so einiges über die weitere Familie der Einöders, dass sie zwar nicht mit eigenen Kindern, doch umso reichlicher mit Nichten und Neffen gesegnet waren, von denen einige auch im erblühenden Kur- und Erquickungsgewerbe eine gute Arbeit gefunden hatten.

»Und die haben auch gleich unseren Hausstand übernommen«, erklärte Hedwiga, während einige Male ihre Finger in freudiger Erregung über ihre Kropfkette fuhren.

Kein Zweifel: Das Bademeisterpaar nahm den weiten Umzug von Schwäbisch-Bayern nach Vorpommern sehr ernst.

Sobald sie vor dem Neubau standen, reagierten die beiden, wie es Jette von Besuchern längst gewöhnt war: Die Frauen klatschten begeistert in die Hände und äußerten kleine Schreie des Entzückens, die Männer hingegen nickten anerkennend über den Architekten und den Bauleiter und die übrigen wackeren Männer.

»Bitte schön, nur hereinspaziert«, Jette führte sie durch Hauptportal und Kellertreppe in die zukünftigen Bäderbereiche für Männer und – gleich nebenan, aber doch zuverlässig abgeteilt – für Frauen. Außer weiß gekachelten Wänden mit Wasseranschlüssen war noch nicht viel zu sehen.

»Mein Mann hat sich vom leitenden medizinischen Bademeister der Charité beraten lassen«, erklärte Jette. »Wir bauen hier Sitz- und Liegewannen ein, dann eine Brauseanlage, dazu Becken für Armbäder, einige flache Bodenbecken für Güsse und selbstredend ein tiefes zum Wassertreten.«

»Sehr vernünftig!« Einöder ließ seine reiche Fachkunde erkennen. »Ein Wassertretbecken ist ja unabdingbar.«

»Natürlich«, versicherte Jette rasch, die von Badekuren kaum etwas von Grund auf wusste, sich in letzter Zeit aber viel angelesen hatte. »Und wir haben nicht nur dieses eine Tretbecken, sondern im Garten auch noch eins. Das soll ja besonders gesund sein. An der frischen Luft und am besten auch noch im Regenwasser. Oder im Winter sogar im geschmolzenen Schnee, dann natürlich nur sehr kurz als flüchtigen, aber wirksamen Kältereiz.«

»Aber ja, Frau Doktor«, Einöder reagierte schier enthusiastisch. »Die Kneipp'sche Lehre ohne Wassertreten ist gar nicht denkbar, und dabei kommt es nicht auf die Jahreszeit an, sondern allein auf die Bereitschaft zur inneren wie äußeren Läuterung. Aber nun zu den Liegen hier drinnen: Gepolstert sind die doch sicher auch?«

Jette bejahte.

Wieder hob Einöder den Finger. »Neben den Wassergüssen verwende ich übrigens gern noch ein anderes Heilmittel. Nämlich den Franzbranntwein.«

»Aha?« Jette kannte Franzbranntwein aus der Pflege, dennoch stutzte sie. »Als Abreibung meinen Sie? Nach einem warmen Bad oder einer Massage?«

»Richtig. Das weckt die Lebensgeister. Noch besser als die kalten Wassergüsse. Wirklich guten Franzbranntwein. Wie aus dem Allgäu. Mit Kampfer und Fichtennadel. Und den gibt es hier doch, Frau Doktor?«

Jette, einigermaßen verwirrt, wagte keinen Widerspruch. »Sie sollen Ihren Franzbranntwein bekommen, unseren Gästen tun die Abreibungen sicher gut. Vor allem zur Vorbeugung gegen Lungenentzündung.«

»Sehr gut, Frau Doktor. Ganz famos.« Dem Bademeister glänzten die Augen, und auch seine Frau strahlte über beide Backen. Auf die Frage, ob die beiden denn hier arbeiten wollten, zögerte Einöder keine Sekunde.

»Ja, mei. Da hau i scho 'n Gluscht.«

Er sah seine Hedwiga an, und die brachte mit ihrem Nicken die Glasperlen am Kropfband zum Schwingen.

Über alles Weitere wurde man sich rasch einig. Jette zeigte den beiden noch die Räume im Personaltrakt, dann mussten sie sich schon verabschieden. Noch am selben Mittag reisten die Einöders zurück nach Berlin, wo sie die erste Zwischenübernachtung planten. Erst am übernächsten Tag sollten sie dann zurück in Wörishofen eintreffen.

Nach einem aufrichtigen Händedruck schloss Jette die Pforte hinter ihnen. Es war besser verlaufen als gedacht. Nun gut, der Bademeister mochte ein wenig anstrengend sein mit den Kneipp-Zitaten samt Lobgesang auf Franzbranntwein. Doch bei den männlichen Gästen fände er damit sicher Anklang, und um die weiblichen kümmerte sich ja vor allem seine patente Frau.

Zufrieden machte Jette sich auf den Heimweg. In der Kate

war inzwischen ein riesiges Blumenbouquet eingetroffen mit den allerherzlichsten Glück- und Segenswünschen von Konrad, Justus, Juju, Eugenie und den vier Kindern. Eugenie gehe es den Umständen nach sehr gut, hieß es im beiliegenden Schreiben. Nun sei es nur noch ein guter Monat bis zu ihrer fünften Niederkunft.

Wie Jette es sich in ihrem Eilbrief an Konrad gewünscht hatte, wusste seine Familie noch nichts von ihrer eigenen Schwangerschaft. Bis zum Beginn des vierten Monats wollten die beiden damit warten, dies war vernünftig und ja auch üblich. Jette überlegte, ob sie schon mit dem Stricken beginnen sollte: ein Babyjäckchen oder Strampelsack, am besten in Sonnengelb oder Lindgrün. Doch so sehr sie sich auch in guter Hoffnung wiegte: In der Vorfreude wollte sie sich noch zügeln. Zu oft hatte sie es in der Charité erlebt, dass sehnlichst erwünschte Schwangerschaften allzu tragisch endeten.

Um sechs Uhr trafen Paula und Krischan mit den drei Sprösslingen zur Geburtstagsfeier ein. Emmy hatte ein warmes Abendbrot vorbereitet, alle plauderten angeregt.

»Wir helfen diesen Einöders beim Einleben«, versprach Krischan. »Und dass die beim Kneipp gelernt haben, kann euch doch nur nützen.«

* * *

Am nächsten Morgen schlief Jette gründlich aus, half Emmy im Haushalt und ging nachmittags wieder ins Atelier. Zum vorletzten Mal sollte sie Modell sitzen, und Reinhard hatte gute Neuigkeiten: Die Darstellung der Amphore war im Wesentlichen fertig. Jette musste sich nicht länger mit dem schweren Ding abmühen, jetzt ging es vor allem um ihr feingliedriges Antlitz und den Ausdruck ihrer Augen.

»Deine ganze Schönheit muss auf das Bild. Stell dir vor, ich gebe die nicht richtig wieder. Dann wirft dein Konrad mich hier raus, und Justus fördert mich mit keinem Groschen mehr.«

Reinhard klang ernst, Jette begann dennoch zu lachen. »Du weißt doch, wie man in England sagt: Die Schönheit eines Menschen ist nur so tief wie seine Haut.«

Er konterte. »Dann weißt du bestimmt auch, was man in Deutschland sagt: Die Haut ist der Spiegel der Seele. Sieh es also ein, meine Liebe. Du bist eine schöne Frau, davon lasse ich mich nicht abbringen.«

Wie sollte sie da noch widersprechen? Eine Stunde lang ertrug sie die starre Pose am Lehnhocker, dann war sie für dieses Mal erlöst.

Zwei Tage später kam sie zum letzten Mal als Modell ins Atelier, am Ende befreite er sie aus dem Samtstoff, ließ sie in Ruhe ihre Bluse anziehen und führte sie zur Staffelei.

Sie standen sich gegenüber: Die echte Jette und eine reiche römische Dame in Stola samt Amphore vor dem neu erbauten Sanatorium, und Jette brach in spitze kleine Schreie des Entzückens aus.

Reinhard amüsierte sich. »Es ist aber längst nicht fertig. Ein paar Feinheiten in deinem Gesicht arbeite ich noch aus, und am Schluss kommt natürlich der Firnis.«

So lachend wie ungläubig schüttelte sie den Kopf. »Was denn noch für Feinheiten? Du hast mich doch wunderbar getroffen.«

»Na hoffentlich. Sonst hätte ja eine Fotografie gereicht. Aber ein gemaltes Porträt muss nun mal mehr aussagen über einen Menschen. Es muss eine Ahnung von seinem Innersten vermitteln. Und das ist bei dir mindestens so schön wie dein Äußeres.«

Nun konnte sie nicht mehr anders. Mit schwesterlichem Gefühl, jedoch mit festem Griff, schloss sie diesen kleinen verkrüppelten Mann in ihre Arme. An seinem Spitzbuckel störte sie sich nicht und auch nicht an seiner Magerkeit. Wieder entströmte seinem Kragen das Parfüm von Rosen und Lavendel.

Sie machte sich auf den Heimweg zur Kate. Noch eine einzige einsame Nacht im Giebelzimmer, dann endlich wäre Konrad für immer bei ihr.

Selig schlief sie ein und erwachte erst, als August die Haustür hinter sich ins Schloss zog. So lange hatte sie diesem Tag mit so tiefer Sehnsucht entgegengefiebert, nun war er endlich gekommen. Und er würde von Anfang bis Ende wunderbar verlaufen – daran hegte sie nicht den geringsten Zweifel. Sie streckte sich wohlig aus, um noch ein wenig zu dösen, da schreckte sie hoch. Eine Übelkeit überkam sie, schlimmer als je zuvor, seit sie schwanger war. In letzter Sekunde erreichte sie die Schüssel auf dem Waschtisch.

An diesem Morgen halfen auch Kamillentee und Zwieback nicht mehr, Jette blieb im Bett.

»Die Aufregung, Deern, alles bloß die Aufregung«, tröstete Emmy. »Jetzt ist es ernst mit eurem Sanatorium. Du musst dich aber trotzdem schonen. Euer Kleines geht vor.«

Ihre Mutter hatte ja recht, doch dass es ihr ausgerechnet heute so schlecht ging, ärgerte Jette. Erst am Nachmittag wehrte ihr Magen sich nicht mehr gegen feste Nahrung. Sie aß eine Portion mageres Hühnerklein mit Stampfkartoffeln, behielt alles bei sich und eilte los zum Großbahnhof. Sie war ohne Begleitung. Dieser besondere Moment sollte dem jungen Paar allein gehören, da wollten August und Emmy besser nicht stören.

Der Zug kam pünktlich, und diesmal wartete Jette nicht

wie sonst, bis der Heizer den Dampf aus dem Kessel gelassen hatte. Durch die grauen Rauchschwaden lief sie zum Erste-Klasse-Waggon. Ja! Konrad stand schon in der Tür, und nun gab es kein Halten mehr. Er warf die Reisetasche auf den Boden, packte seine Jette und wirbelte sie herum. Sie jauchzte und strahlte, strahlte und jauchzte. Kaum hatte er sie abgesetzt, fiel sie ihm in die Arme und ließ ihre Wangen von seinen Küssen bedecken.

»Danke!«, flüsterte er ihr ins Ohr. »Ich danke, danke, danke dir.«

»Ach, bitte schön. Du hast ja dazu beigetragen. Es war hoffentlich nicht allzu schlimm für dich.«

Er legte den Kopf schief und tat, als müsste er darüber nachdenken. Lachend machten sie sich auf den Weg zur Kate. Der Einzug in die Sanatoriumswohnung war erst für den nächsten Tag geplant, bis dahin ließ Konrad sich gern von Emmys Kochkunst verwöhnen: An diesem Abend gab es Rührei mit gebratener Blutwurst.

Jette half ihrer Mutter beim Abwasch, August setzte sich mit Konrad auf zwei Gläser Aquavit zusammen, dann aber zog das junge Paar sich ins Giebelzimmer zurück. Wie vertraut und zugleich fremd ihnen alles vorkam. Sie waren nicht mehr zu zweit, noch längst nicht zu dritt und mussten doch Rücksicht nehmen auf das keimende Leben. So lagen sie eng beisammen, beinah ohne Regung und doch so sehr aufeinander achtend, wie sie es nie zuvor erlebt hatten. Erst nach einer Weile, als Konrad sich Jettes Bereitschaft ganz sicher sein konnte, gaben sie sich einem so behutsamen wie innigen Zusammensein hin.

Am nächsten Morgen frühstückte Jette im Bett, und kaum ließ die Übelkeit nach, da wandelte Konrad sich vom Ehemann zum Arzt. Er schob die Fensterläden auf.

»So eine wunderbar helle Sonne. Die kommt für uns doch wie gerufen. Gestern mit den Petroleumlampen wäre das kaum sinnvoll gewesen.«

Sie verstand, was er vorhatte, drehte sich mit dem Unterleib zum Licht und schob ihr Nachthemd hoch.

Er brauchte nur einen längeren Blick – dann stand sein Urteil fest.

»Großartig livide. Wie aus dem Lehrbuch.«

Livide. Bläulich rot hieß das im Medizinerdeutsch und bezog sich auf die Farbe von Organen. Eine livide Scham bei jungen Frauen deutete auf eine überstarke Durchblutung und damit auf eine Schwangerschaft hin, auch schon im Frühstadium. Eine sichere Diagnose ließ sich daraus nicht ableiten, aber immerhin war es ein deutlicher Anhaltspunkt, vor allem, wenn noch weitere Zeichen hinzutraten.

Konrad küsste sie auf den Unterbauch, dann höher, dann noch höher, bis er ihr das Nachthemd abstreifte und ihre Münder sich fanden.

Später gingen sie hinunter in die Küche, und Jette aß mit einem Appetit wie schon lange nicht mehr.

»Sechs Wochen noch, dann hast du es hinter dir mit der Morgenübelkeit und mit der heiklen Zeit überhaupt. Dann wächst dein Bauch, doch insgesamt wird dein Organismus stabiler.«

Konrad sagte das im Brustton der Überzeugung. Oft genug trat auch die berühmt-berüchtigte Hyperemesis gravidarum auf, ein unstillbares Erbrechen weit über den dritten Monat hinaus, das im schlimmsten Fall zur Schwangerschaftsvergiftung führte und damit meist zum Tod von Mutter und Kind. Doch derzeit fand sich kein leisester Hinweis, dass Jette ein solches Schicksal ereilen könnte.

LAMPENFIEBER

Bis zum Umzug blieb viel zu erledigen. Der Binzer Apotheker Andreas Wohlert erwartete Konrads Besuch. Vor einigen Monaten hatten die beiden sich kennen- und schätzen gelernt, heute wollte Konrad ihm in seiner Offizin über die Schulter schauen: Das Schmerz- und Fiebermittel Antipyrin gab es bereits als vorfabrizierte Packung zu kaufen. Meistens jedoch lag die Fertigung von Arzneimitteln wie eh und je in den Händen eines Apothekers. Konrad würde immer wieder seine Sanatoriumspatienten mit Rezepten zur Apotheke schicken, er hatte mit Wohlert viel zu besprechen. Bevor er sich verabschiedete, bat er um eine Tüte mit getrocknetem Ingwer. Die Wurzel aus Asien verlieh Speisen eine exotische Note, doch galt sie auch als Arzneidroge: Gegen Schwangerschaftsübelkeit war sie der heimischen Kamille überlegen.

»Dann darf ich wohl gratulieren«, Andreas Wohlert überreichte den Ingwer als Geschenk. »Meine Empfehlung an die verehrte Frau Gemahlin, und natürlich halte ich Stillschweigen.«

Konrad ging weiter zu einem Fuhrunternehmen, wo er für den frühen Nachmittag einen Kleintransport vom Strandweg in die Victoriastraße bestellte. Nach einem Abstecher beim Fischhändler machte er sich auf den Rückweg zur Kate.

Dort hatte Jette die Zeit genutzt, ihre persönlichen Sachen zu packen. Künftig wollten August und Emmy das Giebelzimmer an Fremde vermieten, allerdings nur während der Hochsaison, wenn in Binz die Gästebetten knapp wurden.

Gebratenen Hering mit Pellkartoffeln und saurer Sahne hatte Konrad sich für diesen Mittag gewünscht. Eigentlich ein Arme-Leute-Gericht und doch eine seiner Lieblingsspeisen.

»Nun mal los, ihr beiden«, nach dem Essen begleitete Emmy das junge Paar zur Tür. »Dass ihr nicht noch euren Umzug verpasst.«

Sie meinte das im Scherz: Kaum ein Kilometer lag zwischen Kate und Sanatorium, da ließ sich der Trennungsschmerz wohl verkraften. Eng umschlungen gingen Jette und Konrad durch den menschenleeren Kirchwald. Sie sprachen kaum, ab und zu blieben sie stehen, um sich ausgiebig zu küssen. Jeder Schritt führte sie in eine Zukunft, in der sie auf so viel Wunderbares hoffen durften.

Durch die Eingangshalle gingen sie in den hinteren Teil des Südflügels zu ihrer Wohnung.

»Freu dich, dass es noch so früh ist mit euch beiden«, neckte Konrad und trug Jette feierlich über die Schwelle. »Kurz vor deiner Niederkunft täte ich das nämlich nicht mehr.«

Die private Küche, der Speisesalon, der Billardraum mit Bibliothek, die geräumige Schlafstube sowie eines der Gästezimmer waren fertig ausgestattet. Im Wohnsalon dagegen fehlten noch etliche Möbel, doch damit mussten Jette und Konrad es nicht überstürzen.

»Und nun, wertes Weib, darf ich wohl bitten? Und solange uns das Grammofon fehlt, trällern wir eben selbst«, mitten im Salon verbeugte Konrad sich, nahm Tanzhaltung an und schwebte mit ihr über das frisch polierte Parkett. »Lala-la-la-lala-lala.«

Ob die Melodie nun an der Donau oder an der nicht weniger blauen Ostsee spielte, konnte ihnen egal sein.

* * *

Nach einer liebevollen Mittagsruhe dann hatten sich die beiden gerade für einen kleinen Bummel zurechtgemacht, als die Türglocke schlug. Sie öffneten.

»Gnädige Frau. Herr Doktor Behnfeld. Und dann gleich persönlich. Na, das trifft sich ja ausgezeichnet.« Kur- und Gemeindedirektor Oberst a. D. Dietmar von Eisch, mit einem stolzen Tulpenbouquet im Arm, zog seinen Zylinder, verbeugte sich und überreichte Jette die Blumen. »Ein erster Gruß vom Frühling. Auf dass er unser geliebtes Binz zum Strahlen bringen möge.«

Jette nahm dankend den Strauß entgegen, da fuhr Eisch schon fort.

»Mir kam zu Ohren, dass Sie heute Ihre Privaträume beziehen. Dazu gratuliere ich Ihnen aufs Herzlichste und will Sie nicht lange aufhalten. Sie sind in Hut und Mantel, demnach haben Sie noch Wichtiges zu erledigen.«

Ungewöhnlich warme Worte waren das, verglichen mit dem, was der Kurdirektor sonst von sich gab.

»Wir wollen nur im Ort einige Besorgungen machen, da kommt es auf eine Viertelstunde nicht an«, Konrads Hand wies einladend in die Vorhalle. »Unser Hausmädchen beginnt erst morgen den Dienst. Bitte verzeihen Sie, wenn wir Ihnen noch nicht unsere Wohnung zeigen. Aber das Foyer können Sie gern schon besichtigen.«

Wie immer, wenn er für das Kur- und Gemeindewesen den Dienst versah, trug Eisch seinen schwarzen Gehrock samt Zylinder und Flanierstock. Mit durchgedrücktem Rücken folgte er dem jungen Paar zur Empfangshalle und zeigte sich begeistert von dem sandfarbenen Marmorboden, der Vertäfelung aus heller Eiche und den chamoisweiß verputzten Wände mit den abgesetzten Flächen in wolkig zartem Himmelblau.

»Wirklich formidabel! Eine rundherum gelungene Vereinigung von maritimen wie klassischen Elementen. Mein größtes Kompliment an Ihren geschätzten Herrn Vater respektive Schwiegervater, der hier so meisterhafte Architekten und Handwerker beschäftigt hat.« Wieder und wieder wanderten seine Augen durch die Halle, er legte den Kopf in den Nacken, schaute hoch zu den Kronleuchtern, ging ein paar Schritte hin und her und ließ die verschiedenen Perspektiven auf sich wirken.

So eingehend, wie er das Foyer betrachtete, so eingehend betrachtete Jette den Besucher. Sie machte das diskret und mit stetigem Lächeln. Eischs völlig haarloser Kopf kam ihr heute noch größer vor als sonst und die Glatze noch glänzender. Aber das bildete sie sich bestimmt nur ein. Ihr behagte nicht, dass er schon Stunden nach dem Einzug in die Privatwohnung hier aufkreuzte, selbst wenn er ihr edelste Tulpen mitbrachte und sich damit begnügte, das Foyer zu besichtigen.

Neben dem Treppenaufgang fiel Eischs Blick auf ein hohes Gemälde, eine Darstellung von Strand, Meer und Granitzer Buchen. Er trat näher, um die Signatur zu lesen.

»Sieh an. Das ist also von besagtem Reinhard Oelde«, Eisch drehte den Knauf des Gehstocks in seiner Hand. »Mir ist der junge Maler schon aufgefallen, wie er mit seiner Staffelei am Strand sitzt. Aber ich habe noch nicht mit ihm gesprochen. Man sagt, er sei scheu und werde nicht gern bei den Skizzen gestört.«

Und sonst? Was wusste Eisch außerdem noch über Reinhard? Etwa auch, dass er dem eigenen Geschlecht aufs Innigste zugetan war? Diese Fragen schossen Jette durch den Kopf, und ein kurzer Seitenblick auf Konrad verriet ihr, dass der wohl das Gleiche dachte.

Eisch aber wandte sich schon zur Tür. »Und nun danke ich Ihnen ergebenst für Ihre Zeit, zumal Sie noch etwas zu erledigen haben. Darf ich mich revanchieren und Sie ein Stück mitnehmen?«

Bis zu den Läden in der Wilhelmstraße waren es nur ein paar Hundert Meter, und Konrad, der wie die meisten Binzer den Kurdirektor in menschlicher Hinsicht nicht mochte, hätte das Angebot gern abgelehnt, wollte Eisch aber nicht kränken. Rasch versorgte Jette noch den Tulpenstrauß mit Wasser, dann gingen sie zur Kutsche hinüber. Stallknecht Rudi kletterte vom Bock und hielt den Herrschaften die Tür auf. Eisch ließ seine Gäste in Fahrtrichtung sitzen und nahm selbst mit der Bank gegenüber vorlieb.

Vor dem Milchgeschäft in der Wilhelmstraße stiegen sie aus, und weil Liebe nun mal durch den Magen ging, kauften sie ein: fette Butter samt Käse von Mönchguter Weideschafen, Wurstaufschnitt, Hackfleisch, Brot, Eier, Kartoffeln und Spreewaldgurken. Zurück in der Wohnung deckte Jette den Tisch mit feinstem Porzellan und Tafelsilber, Justus hatte es ihnen aus eigenen Beständen überlassen. Die Speisen selbst waren einfacher Natur, fernab der Delikatessen aus der Berliner Villa. Trotzdem war diese Mahlzeit die allerallerbeste, die sie je zu sich genommen hatten – nämlich die erste in ihrem eigenen Haushalt.

***

Am nächsten Morgen packte Konrad seine Umzugskisten aus, währenddessen ging Jette zum Bahnhof, um Mathilde Erlenbrook abzuholen. Sie hatte das junge Mädchen in der Zwischenzeit vermisst – wegen der kupferroten Affenschaukeln und vor allem wegen der offenen und dabei blitzgescheiten Art der Bauerntochter, die mit ihren erst dreizehn Jahren nicht einmal als Backfisch gelten konnte.

Kaum stieg sie aus dem Zug, ging Jette schon das Herz auf. Falls sie eine Tochter bekäme, sollte die werden wie diese Tilla – nicht unbedingt äußerlich, aber dem Wesen nach.

Die Sympathie war wechselseitig. Gleich bei der Begrüßung wies Tilla lachend auf ihre knöchelhohen schwarzen Stiefel.

»Diesmal habe ich dran gedacht, Frau Doktor. Und die Filzpantoffeln aus dem Hotel habe ich auch mitgebracht. Die sind so schön, keine Freundin von mir hat so was Feines.«

Erneut kam sie allein, und Jette fragte sich, ob auf dem Rappiner Bauernhof wieder eine Kuh kalbte oder welche Gründe es geben mochte, dass Tillas Eltern sie nicht begleiteten. Hatten sie Vorbehalte gegen das Sanatorium? Oder waren sie nicht gut auf ihre Tochter zu sprechen? Egal. Jette hieß das junge Mädchen willkommen.

Tilla strahlte über das ganze Gesicht, und Jette kam es vor, als hätten sich die Sommersprossen mit der ersten Frühjahrssonne weiter vermehrt. Aus der Vortasche ihres schmalen, abgenutzten Koffers zog sie den Dienstvertrag mit der Unterschrift ihres Vaters. »Meine Eltern lassen ergebenst grüßen.«

Mehr sagte sie nicht dazu, und Jette fragte nicht weiter nach. Seite an Seite machten sie sich zum Sanatorium auf.

Über die Wasserklosetts im Souterrain brach Tilla in helle Begeisterung aus, und beim Betreten ihrer Mädchenkammer begann sie zu jubeln. Sie war die erste Angestellte im Sanatorium, die anderen sollten in vier bis sechs Wochen einziehen. Im großen Personaltrakt vorerst allein zu wohnen, mache ihr nichts aus, beteuerte sie. Wovor solle sie schon Angst haben in so einem schönen neuen Haus.

Jette wies das Hausmädchen ein, keine zwei Stunden später stand die Mahlzeit auf dem Tisch: Frikadellen mit Spiegelei und Bratkartoffeln, alles auf den Punkt gegart und gut gewürzt. Wie ein Schwamm sog Tilla all die neuen Regeln auf. Nach wenigen Tagen führte sie den Haushalt nahezu selbstständig und strahlte dabei über beide Backen.

»Ach, das bisschen Arbeit. Wir haben doch Zentralheizung und Wasserklosett. Also das reinste Paradies.«

Die Wochen nahmen ihren Lauf. Jette ging es gut, nur morgens war ihr weiterhin übel. Von der Schwangerschaft wollte sie Tilla noch nichts erzählen, und so stieg Konrad selbst jeden Morgen hinunter in die Küche und goss Ingwerwurzel auf. Schon der Geruch des frischen Suds vertrieb Jettes Unwohlsein, sie kam unbeschwert durch den Tag.

Für das Sanatorium lagen bald die ersten Reservierungen vor. Besonders aus dem Behnfeldschen Bekanntenkreis kam reges Interesse: Wie komfortabel hatte Justus das Haus wohl ausgestattet? Und wie würde Konrad sich als junger Chefarzt machen? Mitte April erschienen erste Inserate in den wichtigsten Zeitungen, und von nun an trafen die Anfragen so reichlich ein, dass Jette jeden Tag mehrere Stunden mit den Antworten verbrachte. Wie erwartet kamen die Buchungen vor allem aus Berlin. Wegen der übermäßigen Hektik dort litten viele der Hauptstädter unter vegetativer Dystonie oder Neurasthenie.

Eines Morgens sah Jette wie üblich die Post durch, da fesselte ein Umschlag ihre Aufmerksamkeit besonders. Diese sorgfältige blaue Tintenschrift mit den steilen hohen Buchstaben kam ihr bekannt vor. Sie las den Absender: *Frau A. Schroth aus Berlin.* Das war doch ...? Kein Zweifel! Der Brief stammte von ihrer ehemaligen Oberin. Aber was wollte diese Unperson? Etwa nur zur anstehenden Eröffnung gratulieren? Aus reiner Höflichkeit? Sie eilte zu Konrad ins Kontor.

»Unser alter Hausdrachen adressiert nur an dich«, bitter lächelnd überreichte Jette den Brief. »Ich bin ja nicht weiter wichtig.«

Erst im letzten Dezember hatte Konrad im Festsaal der Charité an Adelheid Schroths Verabschiedung teilgenommen. Mit ihren siebzig Jahren hatte die Kaiserswerther Diakonie sie zurück ins Mutterhaus gerufen, dort sollte sie unter Mitschwestern ihren Lebensabend verbringen.

»Im Absender steht aber nicht Kaiserswerth«, wunderte Jette sich. »Sondern Berlin. Und dort nicht die Charité, sondern die Zimmerstraße.«

Gemeinsam öffneten sie den Brief – und stöhnten auf: Die ehemalige Oberin schickte keineswegs nur Glückwünsche. Sie fragte nach einem Sanatoriumsbett. Gleich am Tag der Eröffnung wollte sie kommen und für vier Wochen bleiben. Sofern dann kein Platz verfügbar sei, könne sie den Aufenthalt auch nach hinten verschieben. Höflichst erbitte sie eine Antwort unter Nennung der Kosten für Logis mit Halbpension samt Kuranwendungen.

»Aber warum? Nach alldem, was sie mir vorgeworfen hat? Dass ich mir dich als Arzt und Fabrikantensohn geangelt hätte und das Schicksal sich rächen werde.«

Gegen die Behnfeldsche Heirat und erst recht gegen das geplante Sanatorium hatte Adelheid Schroth von Anfang an schwere Bedenken geäußert: Gott der Herr habe Konrad als Arzt und Jette als Pflegerin mit großen Talenten beschenkt. Nun sei es ihrer beider Pflicht, diese Gabe ganz in den Dienst der Kranken und Elenden zu stellen. Sich stattdessen den nervösen Leiden der Reichen zu widmen, empfand die Oberin als gotteslästerliche Schande. Woher nun also der Sinneswandel? Warum wollte sie nun unbedingt zu Jette und Konrad in Kur kommen?

»Wir sagen ihr ab«, entschied Jette, und während sie das aussprach, zitterte ihr die Stimme vor lauter Groll, den sie immer noch gegen die einstige Vorgesetzte hegte. »Wir behaupten, wir sind ausgebucht.«

Doch Konrad hielt dagegen. »Du hast ja recht, sie ist eine verbitterte alte Jungfer und war garstig zu dir. Aber eins stimmt doch: Mit mir hast du dir einen dicken Fisch geangelt«, er amüsierte sich. »Und du bist ehrgeizig. Du nimmst dir viel vom Leben, und nach Demut vor deinem Schicksal sieht das nun wirklich nicht aus.«

Nun lachte auch Jette. Zwar konnte er ihre Bedenken nicht völlig zerstreuen, doch sie folgte seinem Entschluss und verfasste noch am selben Tag die Zusage nach Berlin. Höflich, aber nicht zu höflich. Auf Extrawürste sollte Adelheid Schroth gar nicht erst hoffen.

In den kommenden Wochen schrieb sie noch etliche Zusagen. Der Postbote brachte immer mehr Anfragen, und bald schon stand fest: In der Hauptsaison hätte das Sanatorium kaum noch ein freies Bett.

Im Kellergeschoss ging es voran mit der Bäderabteilung, Konrad musste sich nicht mehr so oft mit den Handwerkern besprechen, ihm blieb Zeit für anderes.

»Wie wäre es denn, wenn wir Reinhard fragen, ob er uns jetzt endlich diese ganz besonderen Bilder zeigt? Damit wir endlich begreifen, warum mein Vater so große Stück auf seine Kunst hält.«

Die beiden gingen hoch ins Atelier und staunten: Reinhard hatte den Raum gründlich aufgeräumt. Die rollbaren Holzrahmen mit den drapierten verschiedenfarbigen Stoffen reihten sich ordentlich in der angestammten Ecke, daneben standen auf dem Boden einige Gemälde, alle mit weißen Laken verhängt. Ob auch Jettes Porträt als Römerin dabei war? Vermutlich schon, aber im Grunde musste sie das nicht kümmern. Hauptsache, Reinhard hielt es vor Konrad gut versteckt.

Aber wo befanden sich nun diese ganz besonderen Bilder? Reinhard führte seine Besucher in den angrenzenden kleineren Raum. Dort standen auf Staffeleien zwei Gemälde, beide mit weißen Laken verhängt.

»Wundert euch nicht: Zwei Bilder von meinem eigenen Stil zeige ich euch gern. An den anderen arbeite ich noch. Übrigens auch an denen mit Hannes. Die führe ich euch heute noch nicht vor.«

Jette und Konrad nahmen es hin. In jedem seiner Werke offenbarte ein Künstler seine Seele, also musste er selbst bestimmen, was er davon vorzeigte.

Reinhard faltete die Hände vor der Körpermitte. »Ein paar Worte vorab: Der Impressionismus bestimmt heutzutage die Malerei. Das Spiel mit den Farbreflexen. Vorreiter sind die Franzosen. Jede noch so alltägliche Szene tauchen sie in wunderbarstes Licht, ganz zum Entzücken des Publikums. In meinen dekorativen Werken für eure Gästezimmer mache ich es ja nicht anders. Durchaus hübsch und gefällig, es verkauft sich gut, und ich sollte wohl nicht darüber schimpfen. Aber trotzdem sage ich: All das ist obsolet, ist längst Geschichte, der Zeitgeist schreitet voran.«

Jette lauschte gespannt, auch wenn sie den Vortrag recht anstrengend fand. Ein kurzer Blick zu Konrad verriet ihr, dass es ihm kaum anders ging.

»Die genaue Darstellung von Licht und Schatten ist keine Kunst mehr«, fuhr Reinhard fort. »Das kann die Fotografie längst besser als die Malerei. Der Impressionismus hat sich überlebt. Die Kunst fragt nach neuen Antworten, der Mensch kann kaum noch mithalten bei all der Technik, und wenn wir heute wissen wollen: Was ist der Mensch?, dann brauchen wir eine neue Bildsprache. Die weit hinausgeht über die reine Äußerlichkeit.«

Er nahm das Laken von dem ersten Bild – und Jette verschlug es den Atem. So etwas hatte sie noch nie gesehen. Ein Stillleben: Orangen auf einem Teller. Allerdings nicht orange, sondern dunkellila, und der Teller jadegrün. Als Hintergrund diente eine Tapete von hellem Rosé, darauf Blumenranken in Preußischblau. Die Übergänge und Umrisse, die Lichtspiegelungen auf dem gemalten Porzellan, das Muster der Tapeten, all das war festgehalten mit kurzem, grobem Pinselstrich und dick aufgetragener Farbe, die den Gegenständen eine eigenwillige Bildhaftigkeit verlieh.

»Darum geht es«, setzte Reinhard nach. »Nicht, wie eine Sache aussieht, sondern, wie sie ist. Es geht nicht um die Farbe, wie sie in der Natur vorkommt. Sondern darum, welche Gefühle sie in mir auslöst, welche Stimmung diese Farbe mir vermittelt. Vielleicht fühle ich mich beim Anblick dieser Orangen nicht einfach nur hungrig, sondern zutiefst beseelt, vielleicht bringen sie in mir eine Saite zum Schwingen, die etwas wahrhaft Großes in sich trägt. Etwas von existenzieller Bedeutung. Und damit so viel als der bloße Anblick rotgelber Südfrüchte.«

Mit einem Ruck zog er das Laken vom zweiten Gemälde. Der Ausblick aus dem Atelier war hier dargestellt, über die

Victoriastraße hinweg zum gegenüberliegenden Haus und den Häusern dahinter. Doch die allesamt grau-weißen Fassaden hatten weder Fenster noch Türen, dabei strahlten die Dächer in einem tiefen Smaragdgrün und der Himmel darüber in gleißendem Gelb mit einer Sonne so dunkelrot, als wollte sie gleich anfangen zu bluten und all ihren Lebenssaft über die Landschaft ergießen und dann vergehen.

»Das ist es!«, rief Reinhard, gleichsam getrieben von einem inneren Feuer. »Das ist das Wesenhafte der Welt, wie sie mir erscheint. Und ihr mögt sagen: Das ist ja verrückt. Aber es ist trotzdem meine Kunst. Und Fotografie ist eben nur Physik, nichts als schnödes Naturgesetz. Wenn wir aber Großes schaffen wollen, dann müssen wir tiefer gehen, und es ist unwichtig, welche Farben die Dinge vor unseren Augen haben. Wichtig sind die Farben, die uns in unseren Seelen erscheinen. Denn nur dort sind wir wahrhaft lebendig.«

Gespannt schaute er Jette und Konrad an. Sie schwiegen und brauchten etliche Sekunden, bis sie nickten, jeder für sich. Dann sahen sie einander an, ernst und doch beseelt, als wären sie zu einer wahrhaftigen Erkenntnis gelangt.

Konrad erhob sich vom Hocker. »Danke, Reinhard. Jetzt begreifen wir, warum mein Vater dir dieses Atelier eingerichtet hat. Du bist ein großer Künstler, und das sollte die ganze Menschheit erkennen.«

Mehr blieb nicht zu sagen. Die Behnfelds gingen hinunter in ihre Wohnung.

* * *

Der April begann, seit zwei Monaten wuchs in Jette ein Kind heran, und alles stand zum Besten.

Dagegen tat der Frühling sich schwer. Es hatte schon einige

sonnige, wenn auch kühle Tage gegeben, dann aber hatte es über Wochen geregnet. Die Bauern freuten sich über die gute Bewässerung ihrer Felder. Kurgäste aber, die sich schon zu Ostern auf die Insel gewagt hatten, mussten für Strandspaziergänge die wenigen trockenen Stunden nutzen. Immerhin hatte das Warmbad im neuen Gebäude der Kurverwaltung seine Pforten geöffnet.

Zur Monatsmitte endlich ließ ein Sonnenhoch die Farben der Insel leuchten und entfachte so viel Heiterkeit, wie man es sich vom April nur wünschen konnte. Welch wunderbarer Auftakt in die Saison. Wann immer es ihnen möglich war, gingen Konrad und Jette Hand in Hand die Victoriastraße hinunter zum Strand. Der Sand in seinem matten, hellen Goldton schmiegte sich an das Wellenspiel des lichtblauen Meeres, als wollte er ein Kunstwerk zur Vollendung bringen. Dazu wehte ein leichter, frischer Wind, der alle Sorgen zerstob und die beiden hoffnungsfroh in die Zukunft blicken ließ.

Schwager Krischan stand als technischer Aufseher im Dienst von Fürst Malte dem Zweiten und genoss so manches Privileg. Abgesehen von den Privatgemächern durfte Krischan jeden Raum jederzeit betreten und wusste stets Bescheid über das Kommen und Gehen dort. Immer dann, wenn die Fürstenfamilie derer zu Putbus nicht im Schloss weilte, öffnete man den hohen Schlossturm samt Museum für das gemeine Publikum.

Eines frühen Abends kam Krischan zu einer Stippvisite ins Sanatorium. »Die Putbussens sind mal wieder auf Tour durch die Mark. Verwandtenbesuch. Sie fahren schon morgen früh, aber den Turm öffnen wir erst übermorgen. Wenn ihr wollt, schließe ich morgen Nachmittag den Turm auf. Nur für euch allein. Damit ihr euch da oben in Ruhe küssen könnt.«

Nur zu gern gingen Jette und Konrad auf das Angebot ein. Die Aussichtsplattform für sich allein zu haben – das war etwas Besonderes.

Am folgenden Nachmittag stiegen sie hinauf zum Schloss. Die kleine Wanderung vom Strandweg aus nach links in den Buchenwald und dann auf den Binzer Tempelberg hatten sie häufig unternommen, doch nie waren sie dabei so glücklich gewesen. Es mochte an der leuchtenden Aprilsonne liegen, dem hellen Grün der aufspringenden Blattknospen, dem winzigen Wesen in Jettes Leib oder an all dem zusammen.

Konrad neckte. »Ein steiler Berg von über hundert Metern, dazu die vielen Eisenstufen im Mittelturm. Wie willst du das nur schaffen in deinem heiklen Zustand? Noch dazu ganz ohne Proviant? Besser, du bleibst hier unten und wartest auf mich. Dann habe ich endlich mal ein paar Stunden Ruhe vor dir.«

»Die ich dir von Herzen missgönne!«, patzte sie zurück und brach gleich darauf in Lachen aus, so wohl fühlte sie sich.

Den Aufstieg zum Tempelberg nahm sie ohne Mühe. Auch wenn das Schloss an diesem Nachmittag für die Öffentlichkeit nicht zugänglich war, nutzten etliche Spaziergänger die Frühlingssonne für eine Wanderung und besahen sich die Anlage von außen.

Krischan wartete im dunkelgrünen Dienstanzug mit dem eingestickten Wappen derer zu Putbus. Doch so vornehm sein Dienstherr auch sein mochte: Krischan war und blieb ein Binzer Bauernjunge. Mit rotblondem Stoppelhaar, das Gesicht und die Unterarme sonnengebräunt, schmunzelte er ihnen an der Pforte entgegen. Ein hochanständiger Kerl und auf eine ländliche Art durchaus schnieke – so dachte Jette über ihren Schwager. Vor mehr als zehn Jahren schon, als giggelnder Backfisch, hatte Schwester Paula sich ihren Mann ausgesucht und einen vortrefflichen Griff getan. Neben seinem stattlichen Kreuz und den festen Muskeln besaß er weitere körperliche Vorzüge – das hatte Jette in einer vertraulichen Minute von Paula erfahren. Und so würden ihr und Krischan das Eheglück wohl hold bleiben.

»Übrigens muss ich euch beide einschließen. Denn wenn ich hier unten offen lasse, gehen die Leute einfach rein, ohne zu fragen. Aber keine Angst. In einer Stunde hole ich euch wieder ab. Und bleibt hübsch brav und sittlich.« Genüsslich grienend trat Krischan zurück vor die Tür und schloss die beiden ein.

Ach, wie herrlich! Dutzende Male waren sie schon hier gewesen, und doch nahm die Schönheit des Ortes sie jedes Mal aufs Neue gefangen. Zu Recht galt Karl Friedrich Schinkel als einer der berühmtesten Baumeister seiner Zeit. Von klarer Schlichtheit hatte er das Innere des Turms gestaltet, und dabei raffiniert und anmutig. Einen Mittelpfeiler gab es an der Wendeltreppe nicht. Die hundertvierundfünfzig höchst kunstvoll geschmiedeten Stufen waren einzeln an Halterungen im Mauerwerk des Turms verankert.

Konrad und Jette stiegen empor, er hinter ihr, damit er sie notfalls auffangen könnte. Doch sie stolperte nicht, inzwischen kannte sie ja die heikle Treppe. Oben angelangt, streckte sie die Hand nach ihm aus und zog ihn ans Geländer zu ihrer Lieblingsstelle. Von hier schweifte der Blick besonders schön über die hohen Buchenwipfel bis zum Meer. So früh im Jahr blieb das Licht bis in den Nachmittag hell und silbern, auf den Wellen brachen sich die Sonnenstrahlen hin zu einem dunklen Blau. Was blieb da noch zu sagen? Jette schmiegte sich an ihren Herzallerliebsten. Wieder und wieder umrundeten sie die Plattform, standen schweigend und ließen ihre Blicke schweifen. Wie schön, hier allein zu sein.

Konrad kniete sich vor sie und legte ihr über dem Mantel die Hände auf den Unterleib. »Wunderbar hast du dir das ausgesucht, kleines Wesen. Diese Frau als Mutter und noch dazu diese Insel. Da bleibt dir gar nichts anderes übrig: Du musst einfach glücklich werden.«

Mit beseeltem Lachen zog Jette ihn zu sich hoch. Diese Stunde hier oben zu zweit allein kosteten sie ganz und gar aus, dann wagten sie den Abstieg auf der Wendeltreppe. Krischan stand schon an der Pforte, sie dankten ihm von ganzem Herzen.

Am Abend wollten sie den Tag in aller Ruhe und Harmonie ausklingen lassen, in den nächsten Wochen würde es reichlich Trubel geben.

Noch bevor sie die Tür ihres trauten Heims aufschlossen, öffnete Tilla schon – höchst adrett im grauen Kleid mit weißer Spitzenschürze und Servierhäubchen.

»Das Essen steht gleich bereit, werte Herrschaft. Heringssalat, aber nicht mit Roter Bete, sondern in Senfsahne.«

Das Hausmädchendasein machte ihr sichtlich Freude. Formvollendet nahm sie Mäntel und Hüte entgegen und ließ ihrer Herrschaft die nötige Zeit, an der Garderobe die Kleidung und das Haar zu ordnen.

Sie knickste und zog aus der Tasche ihrer Servierschürze einen Umschlag hervor. »Das hat Herr Ewald vor einer halben Stunde gebracht. Für den gnädigen Herrn.«

Ein Telegramm. Konrad geriet dennoch nicht in innere Wallung. Auch bei einem Telegramm musste man sich nicht gleich überschlagen. Derzeit kamen viele Depeschen von Kurgästen an, die nur ihren Aufenthalt bestätigen wollten. Im ersten Moment war er geneigt, das Telegramm beiseitezulegen. Die Korrespondenz mit den Gästen hatte ein paar Stunden Zeit. Dann aber fiel ihm der Stempel auf.

»Aber aus Deutschland ist das nicht, oder?«

Tilla kannte längst den Ursprung der Eilschrift. »Aus England. Und die Herrschaften mögen es bitte sofort öffnen, sagt Herr Ewald.« Mit erneutem Knicks zog sie sich ins Anrichtezimmer zurück.

Konrad brach das Siegel auf. *THEO VERSCHLIMMERT – SIND AUF RUECKREISE – KOMM BITTE ALSBALD NACH BERLIN – GRUSS VATER.*

Bloß ein paar Dutzend Buchstaben in halb verwischter Druckerschwärze – und doch dazu geeignet, Konrad in Verwirrung zu stürzen.

Er überlegte noch, da hatte Jette schon entschieden: »Du fährst gleich morgen.«

NERVENSACHE

Die Nachricht kam zur Unzeit: Bis zur Eröffnung des Sanatoriums blieben nur drei Wochen, und an allen Enden und Ecken waren noch die Handwerker beschäftigt. Hunderte von Kleinigkeiten blieben zu erledigen – wie so oft steckte der Teufel im Detail. Konrad machte sich trotzdem auf den Weg nach Berlin. Sein Bruder brauchte Hilfe.

Er nahm den ersten Zug nach Altefähr und gleich darauf die Fähre. Eine gute halbe Stunde blieb ihm beim Umsteigen in Stralsund. Im Bahnhof gab es ein Postamt einschließlich Telefon. Konrad hatte Glück: Einer der drei Apparate war frei, die Verbindung nach Berlin funktionierte.

Juju nahm den Fernruf entgegen, kurz und knapp schilderte er das Geschehen: Nachdem es Theo trotz seiner Hirnsyphilis zu Weihnachten noch gut gegangen war, hatte sich der Geisteszustand in den letzten Monaten dramatisch verschlechtert. Sein Verhalten ließ sich in der englischen Webstuhlfabrik nicht mehr ertragen. Man hätte es nicht verantworten können, ihn allein auf die Rückreise zu schicken, also war Justus schon vorige Woche über Bremerhaven und Rotterdam nach Manchester gefahren, um ihn abzuholen. Für den frühen Abend erwartete man die beiden am Bahnhof Zoologischer Garten.

»Theo ist ausbehandelt, es geht nur noch um seine Verwahrung«, Jujus Stimme zitterte, als könnte er kaum weiterreden, doch schon im nächsten Moment klang er klar und deutlich. »Das ist es ja nicht allein, Konrad. Wir machen uns auch Sorgen um Eugenie. Bei ihr haben die Wehen eingesetzt. Zweieinhalb Wochen zu früh. Bloß wegen der Aufregung.«

Das traf sich in der Tat nicht gut: Ein Bruder mit Hirnerweichung und eine Ehefrau in ihrer schwersten Stunde. Beides erklärte wohl Jujus Angst und auch seine schwankende Stimme.

Konrad versuchte zu trösten: Zweieinhalb Wochen vor dem errechneten Datum bedeuteten bei einer gesunden Schwangerschaft nicht viel. Und beim fünften Kind gehe die Entbindung naturgemäß zügig voran, aber meist nicht so überstürzt wie beim achten oder zehnten.

Doch die Worte konnten Juju kaum beruhigen, im nächsten Moment stöhnte er laut glucksend auf. Wie seltsam! Konrad kam ein Verdacht: Hatte der Bruder etwa getrunken? Gegen seine Gewohnheit?

Juju stöhnte erneut, nun mit getragenem Ernst. »Alles auf einen Schlag, Konrad. Alles gleichzeitig. Theo und Vater aus England, du aus Binz und jetzt noch unser Kind. Noch dazu das fünfte. Eine ganze Handvoll. Das kommt davon.«

Er gluckste albern. Kein Zweifel: Juju stand unter Alkohol. Aber der Butler und die Hausdame in der Villa wussten ja Bescheid. Bestimmt hatten sie längst die Hebamme und den Arzt gerufen. Zudem galt Eugenie als leichtgebärend.

Konrad hängte den Hörer ein und hastete zurück zum Bahnsteig. Auf der weiteren Fahrt starrte er aus dem Fenster, und dieses Mal störte er sich nicht am Grau in Grau der Landschaft. Das Wetter war ihm egal angesichts der anderen Ereignisse. Nicht einmal drei Wochen hatte sein Aufenthalt in Binz gedauert, da beorderte sein Vater ihn schon zurück. Jette hatte es tapfer hingenommen, dennoch hatte

Konrad noch gezögert, die Fahrt nach Berlin so rasch anzutreten. Sein Vater konnte für Theo die besten Ärzte in die Villa einbestellen, die sich mit Hirnsyphilis mehr auskannten als Konrad. Er war ja kein Spezialist für nervöse Leiden. Doch Jette hatte ihn dringend gebeten, lieber früher als später zu fahren. Umso rascher könne er auch wieder zurück sein.

Der Zug erreichte den Stettiner Bahnhof an der Invalidenstraße, und auf dem Bahnsteig wartete Fritz, der Privatchauffeur. Vor zwei Jahren hatte Justus ein Automobil angeschafft, ein Benz-Velociped mit anderthalb Pferdestärken. Dank seiner technischen Kenntnisse und behutsamen Fahrweise besaß Fritz das Vertrauen der gesamten Familie.

Konrad ließ sich gleich auf den neuesten Stand bringen: Ein Telegramm aus Hamburg habe vor einer Stunde die Villa erreicht. Von dort seien Justus und Theo nun unterwegs und würden wohl planmäßig in Berlin eintreffen. Derweil liege Eugenie in den Wehen, die Geburt schreite gut voran, und auch Juju sei aus dem Kontor zurück, um bei Kind und Mutter zu sein.

Keine halbe Stunde dauerte die Fahrt nach Kreuzberg. Mit Umsicht und Geschick lenkte Fritz den Motorwagen durch das Gewimmel von Fußgängern, Fahrrädern und Handwagen, von Pferdebussen und Trambahnen. Sobald ihm ein anderes Velociped begegnete, legte Fritz die Hand an seine Dienstmütze, und auch Konrad grüßte nickend. Vorwiegend steuerten uniformierte Chauffeure die Automobile, doch manchmal saß auch ein Besitzer selbst am Lenkrad.

Auf dem Vorplatz der Direktorenvilla ließ Fritz noch den Motor laufen, ein abruptes Ausstellen hätte dem Kolben geschadet. Er zog die Bremse, umrundete die Karosse und half dem jungen Herrn Doktor, vom hohen Chassis abzusteigen.

Konrad dankte. Sein Blick glitt zur hohen Vortreppe, er hätte den Hausdiener erwartet. Stattdessen aber trat Juju aus der Tür.

»Konrad! Bruder! Es ist so wunderbar! Vor einer halben Stunde, und getrunken hat er auch schon. Albrecht soll er heißen. Ganz gesund, fast sieben Pfund.«

Die Brüder fielen sich in die Arme.

»Vier Söhne haben wir nun. Vier! Und ich dachte ja, es wird ein Mädchen. Aber nun wieder ein Stammhalter. Eine wahre Pracht für unsere Firma. Die heißt ganz zu Recht Behnfeld & Söhne«, beim Lachen stieß Juju eine Cognac-Wolke aus. »Schau ihn dir an, unseren Albrecht. Komm.«

Seit Eugenies erster Niederkunft kam Professor Curtius in die Behnfeldsche Villa, ein hoch angesehener und äußerst erfahrener Kollege. Er war lange als geburtshilflicher Oberarzt an der Charité tätig gewesen, widmete sich seitdem aber ganz seinen Privatpatientinnen.

Juju und Konrad klopften höflich an die Tür, gleich darauf ertönte Eugenies »Herein!« so hell und freundlich, dass kein Zweifel daran bestand, wie gut es ihr ging. Mit dem Neugeborenen im Arm strahlte sie den Männern entgegen.

Curtius ließ sich soeben von der Hebamme die Hände mit Karbol abwischen.

»Schau an. Der stolze Vater und wohl ebenso stolze Onkel. Auch Ihnen meinen Glückwunsch, Kollege Behnfeld. Die Entbindung hier war übrigens das reine Vergnügen«, Curtius zwinkerte Eugenie zu. »Wenn es immer so reibungslos ginge, dann hätte ich nichts mehr zu tun. Dann würden das unsere wackeren Hebammen ganz allein erledigen.«

Er kokettierte. Mehr als acht von zehn Frauen brachten ihr

Kind ohne ärztliche Hilfe zur Welt. Bei einer regelrechten Geburt einen Arzt zu rufen, noch dazu einen ehemaligen Charité-Professor, galt als purer Luxus.

Curtius verabschiedete sich, die Hebamme hingegen blieb noch, es gab reichlich zu putzen und aufzuräumen.

»Nimm ihn ruhig.«

Eugenie hielt Konrad das hellblaue Steckkissen samt Säugling hin, und natürlich kam Konrad der Aufforderung gern nach. Albrecht hielt die Augen geschlossen, das hochgerötete Gesicht noch zerknittert von der Geburt.

Konrad lächelte ihm aufs Herzlichste zu, und doch konnte er sich nicht verkneifen, den Kleinen gleich ein wenig zu untersuchen: Umklammerten die winzigen Händchen einen hingehaltenen Finger? Legte Albrecht die Stirn in Falten, wenn man sanft auf ihre Mitte drückte? Spreizte er die Arme ab, wenn man ihn aus der Senkrechte rasch nach hinten gleiten ließ? Ja – alles stand zum Besten, offenbar ein ganz gesundes Kind.

»Aber was ist mit Theo?«, fragte Eugenie besorgt. »Wenn die Krankheit seinen Charakter so verändert? Wird er dadurch etwa gefährlich für die Kinder?«

»Wohl kaum, liebe Schwägerin. Die progressive Paralyse verändert den Charakter auf unbestimmte Art. Aber niemals verkehrt sie ihn ins Gegenteil. Theo hat ein grundsätzlich sanftes Gemüt und liebt deine Kinder über alles. Niemals würde er ihnen etwas Böses tun. Daran wird selbst seine Krankheit nichts ändern.«

Konrads klare Worte konnten Eugenie beruhigen. Wie zu jeder Niederkunft hatte sie ihren Privatsalon als Wochenbettstube herrichten lassen. In einer Ecke stand neben einem Beistelltisch eine Chaiselongue. Juju hatte darauf Platz genommen und bediente sich am Cognac.

»Für dich auch, Konrad?«

Er lehnte dankend ab. Erst wollte er Theo begrüßen und sich ein Urteil über dessen Zustand bilden, danach bliebe immer noch Zeit für geistige Getränke.

Vom Vorplatz erklangen Hufe. Der Behnfeldsche Kutscher mit seinem Stallknecht machte sich auf den Weg zum Bahnhof Zoologischer Garten. Justus hätte sich wohl lieber von Fritz im Benz-Velo abholen lassen. Doch er hatte ja Theo bei sich, und für drei gestandene Männer war die Sitzbank des Motorwagens nicht breit genug, darum nun also die Pferdekutsche.

Konrad im Wochenbettzimmer hätte gern noch viel länger seinen kleinen Neffen im Arm gehalten. Gerührt und voller Zärtlichkeit dachte er an Jette. Knapp sieben Monate, dann könnten sie ihr eigenes Kind wiegen. Wie gern hätte er Juju und Eugenie von Jettes Schwangerschaft erzählt, doch sie hatte ihn dringend gebeten, das Geheimnis noch zu wahren. Die Gefahr eines Abgangs erschien noch zu groß.

»Bis später, ihr Lieben. Ich ruhe mich aus. Wenn Vater und Theo kommen, bin ich zur Stelle.«

Konrad zog sich ins Gästezimmer zurück, um ein wenig zu dösen, doch er schlief ein und wurde erst wach, als vor der Villa wieder Pferdehufe erklangen. Rasch richtete er Hemd und Weste, zog sein Jackett über und eilte zum Portal.

Auch Juju war dorthin unterwegs. Seinem Atem nach zu urteilen, hatte er in den letzten Stunden noch mehr Cognac getrunken. Doch an so einem Tag wollte Konrad es ihm nicht verdenken, ansonsten hielt Juju sich mit geistigen Getränken eher zurück.

Der Stallknecht hielt die Kutschentür auf. Auffallend flink, beinah hektisch entstieg Theo der Karosse. Er trug seinen Reiseanzug aus schottischem Tweed, ein Hosenträger hatte sich gelöst, die Knickerbocker hingen schief an Theos Beinen, doch das störte ihn offenbar nicht. Mit ausgestrecktem Arm eilte er schnurstracks auf Juju zu.

»Gratuliere! Der Kutscher hat alles erzählt. Wieder ein Sohn. Exzellent! Ungemein famos!«

Lang schüttelte Theo dem älteren Bruder die Hand, schaute ihn jedoch nicht an, sondern hielt seinen Blick an Juju vorbei auf die Villa gerichtet.

Inzwischen war auch Justus aus der Kutsche geklettert, Konrad stellte sich zu ihm. Seite an Seite beobachteten sie die seltsame Szene zwischen Juju und Theo.

»Kümmere dich bitte«, flüsterte Justus. »Die Reise war furchtbar. Ich kann nicht mehr.«

»Natürlich, Vater. Geh ruhig schon ins Haus.«

»Danke, Junge«, Justus atmete auf. »Bis später dann.«

Konrad gesellte sich zu seinen Brüdern. Im Abstand von einem Meter standen die beiden sich gegenüber, Theo hielt den Blick auf den Boden gesenkt.

»Und?«, fragte Konrad arglos. »Unterhaltet ihr euch gut?«

»Leider nicht. Theo hat mir eben die Hand geschüttelt, und nun möchte er wohl nicht mit mir reden«, Juju schlug einen Ton an, als spräche er über ein trotziges Kleinkind.

»Na, dann will ich es mal versuchen, Theo. Wenn du nicht mit Juju reden möchtest, dann ja vielleicht mit mir? Wie geht es dir denn eigentlich?«

»Danke! Gut!« Ruckartig richtete Theo seinen Kopf auf und lächelte, doch sein Gesicht wirkte wie zweigeteilt, die Augen blieben seltsam starr. In England hatte er sich das Haar wachsen lassen, wirre fahlblonde Strähnen überwuchsen seinen Hemdkragen.

»Und weißt du auch, wo du hier bist?«, fragte Konrad weiter.

»Natürlich. Wieder zu Hause. Vater hat mich abgeholt. Und jetzt will ich schlafen. Nichts essen. Nichts trinken. Nur noch schlafen.«

Theo drehte sich auf dem Absatz um und schritt energisch auf die Freitreppe zu, seine Brüder folgten. In der Villa steuerte er gleich auf sein Zimmer zu.

»Juju, du gehst zu Eugenie, die braucht dich. Und du kommst mit mir, Konrad. Du bist ja Arzt.«

Juju ließ sich gern fortschicken. Tagelang hatte er sich Gedanken gemacht, wie es Theo wohl gehen mochte. Nun stellte er fest: Sein Bruder lief noch auf zwei Beinen, doch die geistige Umnachtung hatte ihn erfasst. Hoffnung auf Besserung musste man sich kaum noch machen.

Konrad begleitete Theo ins Zimmer. »Schlaf dich aus, die Reise hat dich angestrengt. Soll ich dir noch helfen?«

Theo nickte. Bereitwillig ließ er sich den Pyjama anziehen. »Und eins muss ich dir noch sagen, Konrad: wegen Jette. Weißt du noch, beim Richtfest? Auf dem Gerüst?« Theos Blick wurde wirr, so als würden ihm seine Gedanken entgleiten. Doch schon im nächsten Moment straffte er den Rücken, seine graublauen Augen weiteten sich und rückten näher zusammen, in aller Entschiedenheit sah er Konrad an. »Damals auf dem Gerüst habe ich Jette gesagt, dass ich sie liebe. Und ich liebe sie immer noch. *I love her!* Verstehst du? *I love Jette!* Das habe ich immerzu gedacht. Auf Englisch. In Manchester.«

»Natürlich, Theo. Und jetzt schlaf erst mal.«

Theo ließ sich führen wie ein Kind, rollte sich im Bett zusammen und zog sich das mit weißem Linen bezogene Plumeau bis zum Kinn.

Konrad verließ das Zimmer und bat ein Hausmädchen, alle Viertelstunde an der Tür zu horchen. Seufzend ging er hinunter in den Rauchersalon. Dort saßen Justus und Juju bei besten brasilianischen Zigarren und schottischem Whisky.

Justus wies auf die Flasche. »Zwanzig Jahre alt. Habe ich gestern noch gekauft, auf der Überfahrt nach Bremerhaven.«

Konrad lehnte jede Form von Tabak für sich ab, er hatte zu viele Lungen von schweren Rauchern seziert. Zur Feier des Tages trank er einen Whisky mit.

Während der letzten Stunde hatte Justus sich von der anstrengenden Reise einigermaßen erholt und inzwischen auch seinen jüngsten Enkel willkommen geheißen.

»Ein Prachtbursche, unser kleiner Albrecht. Und ein Prachtweib, diese Eugenie. Sie wirkt ja manchmal wie eine Mimose, aber beim Gebären ist sie doch zäh. Fünf Kinder in gut acht Jahren, alle noch am Leben und dazwischen nur zwei Fehlgeburten. Gar nicht selbstverständlich bei einer so zierlichen Frau.«

Juju hörte es gern. Vom Cognac und Whisky, den er den Nachmittag über genossen hatte, waren seine Augen so glasig geworden wie seine Bewegungen schwerfällig. Wie verwandelt wirkte er in seiner Trunkenheit, die übliche Strenge war von ihm abgefallen, manchmal lächelte er still vor sich hin.

»Mein alter Freund Mortimer lässt übrigens herzlich grüßen«, Justus blies genüsslich den Rauch seiner Cohiba in die Luft. »Er und seine Angestellten haben sich mit Theo alle Mühe gegeben. Aber es ging nicht mehr. Zuletzt hat er im Kontor nur noch gegrunzt. Und in den dunkelsten Ecken von Manchester hat er sich herumgetrieben. Mit den elendsten und räudigsten Weibern, die man sich nur vorstellen kann.«

Konrad horchte auf. »Also hat er immer noch …?«

»Das wohl nicht. Er ist ihnen wohl nicht fleischlich nahgekommen. Aber Geld hat er diesen Weibern trotzdem gegeben. Weil er so viel Mitleid hatte, sagt er.«

»Das würde zumindest passen. Eben konnte ich einen Blick auf seinen Körper werfen. Offenbar ist er an Haut und Haar frei von Ungeziefer.«

Juju nickte vor sich hin. »Und sonst? Was denkst du sonst, Konrad? Ist unser Theo gefährlich? Vom Gemüt her, meine ich. Du weißt doch …«

Konrad verstand. »Nun ja, Eugenie ist zweifellos besorgt um die Kinder, aber da sehe ich keine Bedrohung. Und ich schließe mich den Kollegen aus Manchester an: Eine Behandlung ist wohl nicht mehr sinnvoll. Es geht nur noch um Pflege. Morgen bei Tageslicht untersuche ich ihn noch mal gründlich, danach müssen wir entscheiden.«

Während er das aussprach, hegte Konrad eine stille Hoffnung: Vielleicht würde sich die Nachtruhe ja günstig auf Theos Geisteszustand auswirken.

***

Doch am nächsten Morgen stellte Konrad leider fest: In seinem Optimismus hatte er sich geirrt. Theo begrüßte seinen Bruder mit lautem Grunzen, fasste sich ans Kinn, verzog den Mund, miaute noch einige Male und kam dann auf Jette zu sprechen, die er so liebe. Äußerlich wirkte er jedoch immer noch recht robust. Er hatte zwar weiter an Gewicht verloren, was bei Hirnsyphilis häufig vorkam, ungesund mager war er aber noch nicht. Klaglos ließ er sich die Bauchorgane abtasten sowie Herz samt Lunge mit einem Stethoskop auskultieren.

Anschließend seufzte er tief. »Was wird denn nur mit mir,

Konrad? Was denn? Wo ich keine Frau zum Lieben habe und kein Kind und nichts.«

»Du hast ein Zuhause, und du hast uns, deine Familie. Und du darfst so viel schlafen, wie du möchtest.«

Nickend nahm Theo die Worte des Bruders zur Kenntnis und legte sich wieder ins Bett.

Konrad ging hinunter in den Salon und erstattete Bericht. Nach wie vor plagte Justus die Angst um den Ruf der Familie, vor allem aber der Firma. Nur seinen engsten Mitarbeitern hatte Justus erzählt, dass er Theo aus Manchester abhole, weil er dort nicht mehr tragbar sei. Die meisten glaubten, der Firmenchef weile anderweitig auf Geschäftsreise.

»Wenn wir Theo hier pflegen, muss er das Haus kaum verlassen. Frische Luft bekommt er im Garten. Natürlich braucht er gute Krankenwärter, aber selbst die müssen nicht wissen, dass er die Franzosenkrankheit hat. Es könnte ihm auch etwas anderes aufs Hirn geschlagen sein.«

Konrad lachte auf – und entschuldigte sich gleich dafür. »Ach, Vater. Erfahrene Krankenwärter erkennen doch gleich, wie es um Theo steht. Die progressive Paralyse ist eine häufige Krankheit, alle Nervenheilanstalten sind voll davon.«

Doch in diesem Punkt ließ Justus nicht mit sich handeln. »Wir zahlen den Wärtern ein gutes Salär, ein sehr gutes sogar. Und für dieses Geld sollen sie gefälligst glauben, dass Theo eine andere Krankheit hat, jedenfalls keine Lustseuche. Du arrangierst das bitte, ich verlasse mich auf dich.«

Konrad fügte sich. Er besprach sich fernmündlich mit einem Personalagenten, und noch am selben Nachmittag stellten sich zwei kräftige und dabei feinfühlige Krankenwärter in der Villa vor. Hubert Föge und Otto Ruhwinkel waren zwar keine Pfleger mit Brief und Siegel, doch hatten sie in Nervenheilanstalten ausreichend Erfahrung gesammelt und wussten auch mit schwierigen Patienten gut umzugehen. Justus engagierte sie auf der Stelle.

Blieb nur noch eine Sorge: Was, wenn Theo die Wärter ablehnte? Oder ihnen gar feindselig gegenüberstand? Doch kaum hatte Konrad ihm die beiden vorgestellt, da erhellte sich Theos Miene.

»Herr Föge und Herr Ruhwinkel also«, neugierig sah er von einem zum anderen. »Haben Sie denn auch Frauen zu Hause? Liebe Frauen? Liebe Frauen, die Sie lieben, und Ihre lieben Frauen lieben Sie?«

Beide bejahten.

»Würden Sie Ihre Frauen denn mitbringen?«, setzte Theo nach. »Nur ein einziges Mal? Damit ich die kennenlernen darf?«

Die Männer erklärten sich gern bereit, und damit stand alles zum Besten.

Konrad blieb noch drei Tage in Berlin, wies die Wärter ein und gab eine Erklärung ab, die er mit Justus vereinbart hatte: Theo leide unter Hirnerweichung nach einem Schlaganfall, deswegen sein seltsames Verhalten.

Föge und Ruhwinkel nickten und fragten nicht weiter – ganz so wie es sich gehörte für diskrete, gut honorierte Domestiken. Kein Zweifel: Bei ihnen war Theo in guten Händen. Konrad hatte seinen Auftrag erfüllt und reiste zurück auf die Insel.

***

Am dreißigsten April, einem Freitag, erreichte eine Mietdroschke die Binzer Victoriastraße. Der Kutscher kletterte vom Bock und entlud das Gepäck. Ihren schäbigen Hausrat aus der Aalbecker Butze hatten Berta und Rieke Merten für ein paar Groschen verkauft. Die Habseligkeiten der Frauen passten in wenige Kisten. Wäsche, getragene Kleidung, ein paar Bücher, Lampen, Kerzen, daneben ein einziger Gegenstand von wirklichem Wert: der hohe Standspiegel. Rieke hatte ihn in etliche alte Decken gehüllt und mit Schnur umwickelt.

Mutter und Tochter mussten ihre Sachen nicht selbst ins Sanatorium tragen. Jette kam durch den Vorgarten, gefolgt von den beiden Hausmeistern. Zehn Minuten später waren sämtliche Kisten und der Spiegel in den Personalstuben untergebracht.

Ihnen blieb Zeit, sich frisch zu machen, dann führte Jette sie in die Küchen: die große für die Gäste und Bediensteten des Sanatoriums und nebenan die deutlich kleinere Küche für die Privatwohnung. Hier war Stubenmädchen Tilla dabei, das Mittagessen vorzubereiten. Jette machte sie mit Mutter und Tochter bekannt, vor allem zur vier Jahre älteren Rieke fand Tilla gleich einen guten Draht.

Für diesen Tag gab Jette den Mertens dienstfrei, sie sollten in Ruhe ihre Sachen auspacken. Und das taten sie nur allzu gern, denn verglichen mit ihrer alten Butze war die Unterbringung im Sanatorium das reinste Paradies: Nie hatte Rieke eine so große Stube für sich allein gehabt, noch dazu mit so wunderbaren Möbeln und Bildern.

Berta drückte der Tochter einen Kuss auf die Wange. »Angst hast du ja wohl nicht so allein. Und falls doch, klopfst du bei mir an.«

Doch Rieke hatte keine Angst und würde auch während der Nacht ganz sicher keine haben. So lange hatte sie sich dieses kleine Reich herbeigesehnt, ein Zimmer, in dem ihre Mutter sie nicht ständig kontrollierte. In einer Ecke lag gut verpackt der teure Spiegel. Rieke löste die Schnüre von der Wickelpappe und stellte ihn senkrecht. Wie wunderbar er in die neue Umgebung passte. Und wie herrlich sich der edle Holzrahmen gar bei Tag machen würde. Rieke freute sich auf den Morgen. Im Schein der Petroleumlampe knöpfte sie sich ihr Kleid auf.

Sie hatte noch keine Zeit gefunden, die Umzugskisten zu leeren, doch sie wusste, wo sie suchen musste: Weit unten zwischen Halstüchern und Briefpapier lag die Schachtel mit doppeltem Boden. Rieke zog ihre Korsage hervor und war einen Moment lang versucht, sie sich direkt um den Leib zu binden, auf die nackte Haut. Doch damit wäre sie sich allzu frivol vorgekommen – beinah wie eine Dirne. Also behielt sie ihr Leibchen darunter an, schloss von unten nach oben die Haken und zog die Oberkante der Korsage exakt in die Falte unter den Brüsten. Ja, so war es gut, so brachte der feste Stoff ihren Busen perfekt zur Geltung. So würde es auch den Männern gefallen.

Mutter Berta sprach ja immer häufiger von Egon, dem Sohn ihres Halbbruders in Eisenach. Egon, fast zehn Lenze älter als Rieke, sollte als Bäckermeister den väterlichen Betrieb übernehmen. Vor mehr als sieben Jahren hatte Rieke ihn das letzte Mal gesehen und erinnerte sich kaum noch. Doch ihre Mutter schwärmte sehr von ihm. Ein überaus anständiger junger Mann sei das, tatkräftig und mit freundlichem Wesen. Rieke wusste genau, worauf ihre Mutter hinauswollte. Aber vielleicht käme es ja ganz anders. Bald würde Rieke etliche Männer kennenlernen. In allen Ehren natürlich. Man würde schon sehen.

Was man in der ersten Nacht im neuen Zuhause träumte, das ging in Erfüllung. Rieke hatte so darauf gehofft, dass ihr im Schlaf ein prinzenhaft schöner und kluger junger Mann erschiene, doch als der Wecker schellte, konnte sie sich an keinen Traum erinnern. Sie blieb noch liegen und horchte. Wie ruhig es hier war. Und wie warm. Die Zentralheizung lief auch nachts, allerdings nur gedrosselt, morgens brachte der Maschinist sie wieder auf wohlige neunzehn Grad.

Im Hausmantel stieg Rieke die Dienstbotentreppe hinunter in den Keller. Ein halbes Dutzend Wasserklosetts gab es allein für das Personal.

Um halb sechs trafen sie sich in der Küche. Tilla zeigte, wie sie den gnädigen Herrschaften das Frühstück bereitete: frisch gebrühte echte Bohne, zwei Sorten frisches Brot, gute Butter, Aufschnitt, dreimal wöchentlich ein gekochtes Ei – keine allzu exquisiten Wünsche.

»Das schaffen wir schon«, Rieke lachte. »Und du, Tilla, setz dir dein Häubchen auf, du bist jetzt ausschließlich Hausmädchen, das Kochen übernehmen meine Mutter und ich.«

* * *

Auch in der Direktorenvilla fand an diesem Morgen ein ausgiebiges Frühstück statt: Justus und Juju berieten sich. Vor vierzehn Tagen war Theo aus Manchester heimgekommen und hatte sich unerwartet rasch wieder eingelebt. Den beiden Krankenwärtern gehorchte er gern, verbrachte die meiste Zeit in seinem Zimmer und wirkte weit weniger verrückt als am Tag seiner Ankunft. Justus konnte beruhigt sein, die nächsten drei Wochen käme man in Villa und Firma auch ohne ihn zurecht. In der Garage setzte Fritz bereits das Benz-Mobil in Gang, um den gnädigen Herrn zum Bahnhof zu chauffieren.

Die Hinreise nach Rügen verlief ohne Schwierigkeiten, allerdings zeigte sich der Himmel durchweg grau in grau. Beim Übersetzen von Stralsund nach Altefähr klappte Justus das

Fenster auf und atmete tief die Seeluft ein. Wie sehr er Konrad doch beneidete. Um seinen Beruf, um seine prachtvolle Jette und nicht zuletzt um die traumhaft schöne Gegend, in der die beiden leben durften. Als der Zug im Binzer Großbahnhof einfuhr, standen sie schon bereit und hießen Justus aufs Herzlichste willkommen.

»Übrigens gibt es gleich eine Überraschung«, Konrad schmunzelte. »Vielleicht ahnst du schon was.«

»Aha! Mutter und Tochter Merten sind gestern eingezogen? Und beherrschen schon ihr Küchenreich?« Justus rieb sich die Hände. »Dann kann ich es mir wahrlich denken. Und ich freue mich drauf, da seid euch sicher.«

Er vermutete richtig. Zum Abendmenü erwartete ihn ein Lammrücken mit Prinzessböhnchen und Herzoginkartoffeln – die gleiche Speise wie bei der Hochzeit im vorletzten Jahr. Allein für den Braten hatte Justus die Köchin vom Fleck weg für das Sanatorium engagiert, ungeachtet der Wirrnisse, die es um Berta Mertens Scheinschwangerschaft gegeben hatte.

Nach dem Essen ging Justus hinunter in die Küche. Er sprach Köchin und Beiköchin sein allergrößtes Lob aus, und auch Tilla, die an diesem Abend das Servieren übernommen hatte, schloss er mit ein.

»Sie haben ja die allerbesten Umgangsformen, wertes Fräulein. Dabei sind Sie noch so jung. Meine Hochachtung!«

Tilla knickste. »Das weiß ich von unserem Pastor. Also: Seine Frau hat mir einiges erklärt. Über Etikette, und wie man richtig serviert.«

»Na, sehr gut. Formidabel. Da sieht man wieder mal: Manche Gottesdiener können nicht nur beten, sondern beherrschen auch das praktische Leben. Sie haben wahrlich viel gelernt, Fräulein Tilla.«

Justus bezog ein Gästezimmer in der Privatwohnung. Die nächsten Tage verbrachte er damit, den Neubau gründlich zu erkunden, und schaute öfters auch im Atelier vorbei. Reinhard hatte seinen Auftrag vollendet: hundertdreißig Gemälde im traditionellen Stil mit Motiven aus Binz und Umgebung.

»Male ruhig noch mehr«, meinte Justus. »Deine Bilder sind käuflich zu erwerben, das sagen wir den Kurgästen, falls sie danach fragen. Dann noch etwas: Dein Malermodell, Hannes heißt er ja wohl, der benutzt die Hoftür und geht abends um zehn. Bei der Regel belassen wir es.«

Diese Erklärung hatte Reinhard sich gewünscht. »Danke. Vielen, vielen Dank. Hannes und ich wissen es zu schätzen.«

Justus winkte ab. »Keine Ursache. Du bist Maler und brauchst ein Modell. Das ist alles. Punktum.«

Nach und nach traf weiteres Personal ein. Gut die Hälfte der achtzig Bediensteten bezog im Sanatorium auch Quartier, die übrigen behielten ihre eigenen Wohnungen. Jette hatte bei der Auswahl ein gutes Händchen bewiesen, fand Justus. Er selbst hätte es nicht besser machen können. Bliebe zu hoffen, dass sich alle gut verstanden. Bisher sah es ganz danach aus, und dies war auch den Damen Merten zu verdanken. Jeden Mittag kochten sie für die Belegschaft und förderten mit der guten Kost den Gemeinsinn.

Aus Bad Wörishofen kam ein Brief: Die Einöders planten den Umzug. Ihr Haus samt kompletter Einrichtung übernahm ein Neffe, denn im Sanatorium würden sie ja keinen eigenen Hausstand mehr führen. Dies sei ihnen durchaus recht, so könnten sie sich besser den Kurgästen widmen und hätten zudem noch Zeit, die gute Luft zu genießen.

Drei Tage vor der Eröffnung trafen die beiden in Binz ein. Konrad, Jette und Justus führten sie an den neuen Arbeitsplatz, und die Einöders hätten wohl laut gejauchzt, wäre es nicht gegen die Etikette gewesen. All die vielen Becken, Wannen und Liegen! Mit Vorhängen abgrenzbar! Und sogar Bäder mit Ostseewasser sollte es geben! In großen Fässern angeliefert und mehrfach gefiltert lief das Wasser durch eine Pump- und Heizanlage in die Wannen. Wer es noch salziger mochte, der konnte Solebäder nehmen. Das Kristallsalz dafür kam aus dem mecklenburgischen Bad Sulza.

Auch Justus ging das Herz auf. Die hochmoderne Technik hatte ihn ein Vermögen gekostet, doch offenbar lohnte sich die Investition.

Bevor man die zahlenden Gäste in die Bäderabteilung ließ, wollte man alles einmal selbst erproben, sozusagen eine Versuchskur für die ganze Familie – und selbstverständlich bekleidet, also im Badetrikot, für die Damen knöchellang, für die Herren bis zum Knie. Nur Kalli, Piet und Evchen durften nackt bleiben.

Die Eröffnung war für den Sonnabend geplant, am frühen Freitagnachmittag traf die Familie sich zur Probekur. Die Kinder schickten ihre Holzschiffchen auf große Fahrt über die beheizten Fußbecken, derweil erklärte Einöder den Erwachsenen die Wirkung der Wasserkur: Wer das Gießen verstehe, der sei ein Künstler in der Heilkunde. Diesen Worten von Pfarrer Kneipp müsse man im Grunde nichts mehr hinzufügen.

Im Storchengang, die Fußspitze schön gestreckt, drehte Familie Behnfeld-Wilke-Harmsen mit gespielt ernsten Mienen einige Runden durch das Tretbecken. Wie von Krischan nicht anders zu erwarten, bedachte er seine Lieben immer wieder mit kalten Spritzern. Schwippschwager Konrad musste zudem noch dran glauben: Krischan tauchte ihn bis zum Scheitel unter und behauptete dann, nun sei Konrad endlich getauft und als waschechter Binzer in die Gemeinde aufgenommen.

Anschließend lud Hedwiga Einöder zum warmen Wannenbad, alle folgten gern – bis auf Justus. Der erbat sich von Einöder eine Rückenmassage.

»Und zwar genau so, wie Sie das ab Montag für unsere Kurgäste machen. Vergessen Sie einfach, dass ich Ihr Dienstherr bin. Sehen Sie mich nur als alten Mann von zweiundsechzig Jahren.«

Die beiden gingen zu einer Liege und schlossen die Vorhänge.

»Sind Sie eine klassische Gewebsmassage denn gewöhnt, Herr Direktor? Haben Sie damit Erfahrung?«

»Sehr löblich, Sie stellen die richtige Frage. Ich hatte in der Tat noch nie eine Massage. Bisher bin ich gut ohne ausgekommen. Und zur Ertüchtigung reichen morgens zwanzig Kniebeugen am offenen Fenster, das sagt zumindest mein Sohn. An der Charité wird es die jungen Ärzte so gelehrt.«

»Gewiss, Herr Direktor. Ich gehe beim Massieren behutsam vor. Aber auch nicht zu sehr, denn wir wollen ja etwas bewirken.«

Splitterfasernackt streckte Justus sich auf der Liege aus, abgedeckt nur von einem weißen Handtuch über dem Gesäß. Einöder verrieb Latschenkieferöl zwischen seinen Fingern und machte sich ans Werk.

Anfangs ließ Justus es sich gern gefallen. Diese kreisenden, streichenden Bewegungen, beruhigend fühlte sich das an, fast schon zärtlich. Doch dann fasste Einöder ihm in die Schultern, ließ zwischen festen Fingern das Fleisch hin und her gleiten, erst behutsam, dann stärker.

Justus stöhnte auf und entschuldigte sich gleich. »Sie denken noch, ich bin eine Memme. Aber Ihr Griff hat es in sich.«

»Na, muss er doch, Herr Direktor. Wenn wir was bewirken wollen. Aber sagen Sie Bescheid, dann mache ich weniger.«

»Nein, ruhig weiter so. Ich gewöhne mich schon dran.«

Justus gab sich launig, doch er glaubte seinen eigenen Worten nicht. Würde er sich an so eine Tortur tatsächlich gewöhnen? Wohl kaum. Und überhaupt: War so eine Massage tatsächlich gesund? Er biss die Zähne zusammen.

»Ach, Herr Direktor, ich merke ja schon, es tut Ihnen weh. Dann bin ich doch lieber vorsichtig. Und wenn ich wohl etwas dazu sagen darf. Falls Sie gestatten.«

»Nur zu, Herr Einöder. Bitte sehr.«

»Danke, Herr Direktor. Also: Ihr Gewebe ist verspannt. Die ganze Muskulatur. Das kommt von der vielen Arbeit am Schreibtisch.«

»Aha. Und was raten Sie mir?«

»Leibesertüchtigung. Nicht nur Kniebeugen für die Beine. Auch Übungen für Arme und Schultern.« Einöders Hände arbeiteten sich walkend und knetend vom Schultergelenk zum Rückgrat. »Und Übungen für den Rücken natürlich. Und regelmäßig solche Massagen.«

»Und das haben Sie also bei Kneipp gelernt?«

»Nein, Herr Direktor. Unser hochverehrter Pfarrer hat mir die Wassergüsse beigebracht. Dagegen habe ich die Massage und die Abreibung vom Oberbademeister gelernt, im Wörishofener Kurhaus.« Einöder lockerte seinen Griff und beendete die Massage mit sanft kreisenden Handballen. Anschließend fuhr er mit einem Baumwolltuch über Justus' Haut. »Es ist nämlich so, Herr Direktor: Das Öl ist fettig und hält warm. Was nicht einzieht, wischen wir ab. Und der Franzbranntwein gibt einen Kälteschock.« Direkt aus der Flasche goss er Justus die Flüssigkeit auf den Rücken und begann, sie klatschend zu verteilen. »Wir nennen das Abreibung, aber im

Grunde ist es ein Abklatschen. Der Alkohol verdunstet und entzieht dabei der Haut die Wärme. Dies wiederum regt den Kreislauf an, die Lunge weitet sich, die Durchblutung der Organe steigt, und die Krankheitsstoffe werden ausgeschieden.«

Die Kälte ließ Justus schaudern, auch das Abklatschen tat weh, aber längst nicht so schlimm wie die Knetmassage eben. Er atmete tief. »Formidabel, Herr Einöder. Ganz vortrefflich. Da merkt man doch gleich, wie es wirkt.«

Der Bademeister klatschte weiter, bis der Franzbranntwein verdunstet war, dann durfte Justus sich wieder anziehen und kam mit der übrigen Familie zu einem klaren Urteil: Besser hätte man sich die Einweihung der Bäderabteilung nicht wünschen können. Und bessere balneologische Anwendungen gab es in ganz Binz nicht, auch nicht im Kurhaus oder im neuen Warmbad.

»Wir sind nicht das größte Badehaus am Platz, aber das hochwertigste«, befand Konrad.

Die anderen stimmten ihm zu.

Zurück in der Wohnung erwartete sie heute ein besonderes Essen. Die Damen Merten hatten im Speisezimmer einen Tisch aufgebaut. Brot und Butter, eingelegtes Gemüse, Käse, Fischsalate, Schinken und Aufschnitt von bestem Fleisch. Das Büfett besaß einen entscheidenden Vorteil: Man brauchte keine Servierkraft und blieb unter sich.

Das Baden machte hungrig. Mit Wonne stürzte die Familie sich auf die Köstlichkeiten. Als niemand mehr aß, verkündeten Jette und Konrad ihre große Neuigkeit. In gut fünfeinhalb Monaten würden sie Eltern, derzeit stand alles zum Besten.

Welch eine Freude! Klein Evchen kletterte gleich auf Jettes Schoß und streichelte ihr den Bauch. Zusammen mit ihren Brüdern besaß Evchen ein paar Kaninchen und wusste längst, wo die Babys wuchsen.

Justus hob das Glas. »Im Mai euer Sanatorium, und im November euer erstes Kind. Aber bei dem wird es kaum bleiben. Da kommen noch mehr, alle medizinisch hochbegabt. Dann haben wir in Berlin die Tuchfabrik Behnfeld & Söhne, und in Binz haben wir Dr. Behnfeld & Söhne, die Kurarzt-Dynastie.«

ERÖFFNUNG

Den Behnfelds saß weniger die Zeit im Nacken, sondern eher Kurdirektor Dietmar von Eisch. Er hatte seine eigene Vorstellung von der Eröffnungsfeier: Bedeutsam und eindrucksvoll sollte man sie gestalten – passend zum Anspruch des Sanatoriums. Also ließ er Plakate drucken und auf Litfaßsäulen kleben. Jeder Bürger war eingeladen, ungeachtet von Wohnort oder gesellschaftlichem Stand. Gruppenweise sollte man die vielen Besucher durch das Haus geleiten. Die Behnfelds hätten sich ein bescheideneres Fest gewünscht, doch auf einen Zwist mit dem Kurdirektor wollten sie es nicht ankommen lassen, lieber passten sie sich seinen Wünschen an.

Äußerlich stand alles zum Besten: Der Anstrich war rechtzeitig fertig geworden. Fassadenverkleidung und Balkone glänzten in weißem Lack – so prachtvoll, wie man sich Bäderarchitektur überhaupt nur vorstellen konnte.

PRIVATSANATORIUM DR. BEHNFELD. Die goldenen Lettern über dem Portal strahlten mit den gelben Forsythien um die Wette, in den Beeten des Vorgartens erhoben Dutzende von spät blühenden Tulpen ihre Köpfe in Rosé, Violett und leuchtendem Rot.

Der Wettergott hingegen hielt sich zurück an diesem Sonntag, dem 16. Mai anno 1896. Schleierwolken überzogen den Himmel. Immerhin würde es trocken bleiben – das sagten zumindest die Fischer im Hafen, und die wussten es gemeinhin am besten.

Einunddreißig Gäste erwartete das Sanatorium an diesem Tag. Jette und Tilla begaben sich auf einen letzten Kontrollgang durch die reservierten Zimmer, alles stand zum Besten. Für Adelheid Schroth war die 212 vorgesehen, im zweiten Stock des Südflügels auf der Ostseite. Inzwischen hatte Jette ihr Personal über den besonderen Gast unterrichtet, jedoch nur ganz allgemein. Wie die Oberin sie vor einigen Jahren in schlimmster Weise beleidigt hatte, verschwieg Jette wohlweislich. Und so war es kein Wunder, dass Tilla sich bislang ein positives Bild von der Oberin machte.

»Ihr Mann sagt, Sie sind eine richtig gute Krankenschwester, Frau Doktor. Und er hat bestimmt recht. Denn deswegen hat er Sie ja auch geheiratet, und Ihr Schwiegervater, der Herr Direktor, hat für Sie und Ihren Mann nun dieses Sanatorium gebaut, damit Sie beide darin arbeiten.«

Lächelnd horchte Jette auf. »Vielen Dank, Tilla. Und warum meinst du das jetzt?«

»Na, ganz einfach«, Tilla zog das Paradekissen auf dem Gästebett noch ein wenig zurecht. »Wenn Sie so eine gute Krankenschwester sind, dann hatten Sie bestimmt eine gute Lehrherrin. Also, ich meine: die Frau Oberin, die gleich kommt und hier wohnt. Die hat Ihnen dann ja auf der Charité richtig viel beigebracht.«

»Ah ja. Das ist ein guter Gedanke, und es stimmt: Von der Oberin haben wir junge Schwestern eine Menge gelernt. Sie versteht wirklich viel von Krankenpflege und Hebammenkunde.«

»Genau, Frau Doktor.« Tilla fuhr mit dem Staubtuch über das Bettgestell und nickte heftig. »Und Sie wären bestimmt auch eine gute Ärztin geworden. Also, wenn wir Frauen in Deutschland auf die Universität dürften. Aber dafür sind wir ja angeblich nicht geeignet. Wegen unserer schwachen Körper oder Gehirne oder Gemüter oder was auch immer. Die Männer verbreiten da lauter Blödsinn.«

Sie sprach so reif wie entschieden. Was sie sagte, und vor allem wie sie es ausdrückte, passte auf den ersten Blick so gar nicht zu dem sommersprossigen Backfisch mit den Affenschaukeln. Wieder einmal konnte Jette sich über das Bauernmädchen nur wundern.

»Aber das sind lauter Lügen«, setzte Tilla nach. »Die Männer wollen uns bloß kleinhalten. Denn in der Schweiz dürfen Frauen studieren, sogar Medizin, und daraus werden gute Ärztinnen.«

Jette gab ihr in allem recht. Auf der Charité hatte sie es oft erlebt, dass sie kleine Operationen besser durchgeführt hätte als die jungen Ärzte oder viel mehr über Wundversorgung wusste. Dennoch hatte sie sich zurückhalten müssen mit ihren Kenntnissen und den Doktoren niemals widersprechen dürfen. Sie war ja bloß die Schwester und hatte nicht studiert.

In dem Moment hätte Jette das Mädchen gern in den Arm genommen für solch kluge Überlegungen, doch als Hausherrin wahrte sie gegenüber den Bediensteten stets den nötigen inneren wie äußeren Abstand.

»Es mag wohl sein, Tilla, dass ich als Ärztin keine schlechte Arbeit leisten würde. Aber ich habe ja nur die Volksschule besucht. So wie du auch. Meine Eltern hätten mir nicht einmal das Lyzeum bezahlen können, geschweige denn ein Studium und erst recht nicht in der Schweiz. Und außerdem bin ich rundherum zufrieden mit meinem Leben.«

»Ja, Frau Doktor. Und nichts für ungut. Sie sind eben tüchtig und haben einen klugen und freundlichen Mann und jetzt auch noch dieses herrliche Sanatorium.«

»Verbindlichen Dank, liebe Tilla. Nun sei so gut und stell dich ans Portal. Vielleicht kommen gleich schon die ersten

Besucher. Wünsche ihnen einen schönen guten Morgen, sie können sich alles gern erst mal von außen ansehen.«

Sie ging zurück in die Wohnung und die Galerietreppe hoch ins Schlafzimmer. Frisch aufgebügelt hing dort ihr Mönchguter Festtagskleid, das sie vorletztes Jahr bei ihrer Hochzeit und später zur Richtfeier getragen hatte. Welche Freude, gerade heute die Volkstracht zu haben. Andernfalls hätte sie für die Eröffnung ein übliches schwarzes Sonntagskleid anziehen müssen, selbstredend mit einem Korsett für die modische Linie. Jette stellte sich im Unterkleid vor den Spiegel. Die Wölbung ihres Bauches ließ nicht unbedingt auf eine Schwangerschaft schließen, auch jenseits der fünfundzwanzig war sie schlank geblieben mit maßvollen weiblichen Rundungen. Noch brauchte sie keine Umstandskleidung, doch davon ganz abgesehen sehnte Jette sich wie so viele andere Frauen nach der Abschaffung des engen Korsetts. Andere Kleiderschnitte mussten her. Eine Linie, in der die Frau frei atmen und sich uneingeschränkt bewegen konnte – bei voller gesellschaftlicher Anerkennung. Doch bis es so weit wäre, würden wohl noch Jahre, wenn nicht Jahrzehnte vergehen. Bislang warnten Ärzte meist vergeblich vor den verheerenden gesundheitlichen Schädigungen durch die aktuelle Mode.

Zur Feier des Tages zog Jette die schlichte weiße Trachtenbluse an, dann das schwarze Kleid mit dem weiten Rock und dem eng anliegenden Mieder, band sich die meerblaue Schürze um und krönte ihr Gewand mit dem passend geblümten Schultertuch.

Konrad kam herein, und kaum sah er, wie Jette sich das Tuch über den Busen drapierte, da eilte er hinzu und legte gleich fünf krabbelnde Finger auf ihren Ausschnitt.

»So eine schöne Frau habe ich«, zart berührten seine Lippen die ihren. »Und es ist eine Schande, wenn ich sie jetzt nicht länger küssen darf. Nur weil draußen ein paar Hundert Leute stehen, die unbedingt durchs Haus laufen wollen.«

Jette grinste. »Sollen sie doch. Solange sie nicht zu uns ins Schlafzimmer kommen.«

Lachend beschlossen sie, den Kuss auf den Abend zu verschieben. Auch Konrad gewandete sich in Mönchguter Tracht, Arm in Arm schritten sie die Treppe hinunter ins Foyer ihrer Wohnung, wo Justus sie schon erwartete. Als Bauherr und Betreiber des Sanatoriums hätte er eigentlich Frack tragen müssen, doch wegen der Morgenstunde reichte ein eleganter Gehrock.

Jettes Familie traf ein: Emmy und August, Paula, Krischan und die Kinder, allesamt in Sonntagstracht.

»Draußen ist schon richtig was los«, verkündete Krischan. »Wenn noch mehr Leute kommen, machen wir Führungen bis Mitternacht.«

Sie besprachen sich kurz, dann wagten sie sich vor die Tür – und wurden sogleich beklatscht. Das gesamte Personal war am Fuße der Freitreppe versammelt, daneben schon etliche Besucher, die nach der ersten Führung fragten.

Ein klein gewachsener, lebhafter Mann im Glencheck-Anzug kam auf Konrad und Jette zu. Er stellte sich als Reporter der *Ostsee-Zeitung* vor und winkte gleich seinen Kollegen heran, der eine transportable Bildkamera bei sich trug.

»Etwas Zeit haben wir noch, und das Licht ist gerade passend. Ich darf alle um Aufstellung bitten.«

Eine nützliche Einrichtung, diese Freitreppe: Jette und Konrad unten mittig, daneben die Familie, die Kinder ganz vorn, und dahinter die Stufen empor die Bediensteten, insgesamt rund neunzig Köpfe.

»Nun bitte recht freundlich! Und nicht verkrampfen, wir

haben hier modernste Technik, das geht schnell mit der Belichtung.« Der Fotograf tauchte unter den schwarzen Vorhang seiner Kamera und gab Handzeichen. Er hatte nicht zu viel versprochen: Keine halbe Minute dauerte es, da schloss sich die Linse, die Aufnahme war im Kasten.

Von der Straße erklangen Pferdehufe. Das Kabriolett des Kurdirektors rollte an, wegen des trockenen Wetters mit offenem Verdeck. Eisch selbst thronte auf dem Bock, Stallknecht Rudi schaukelte auf dem Hintersitz, und im Innern der Kutsche saßen vier wichtige Mitarbeiter der Gemeindedirektion. Alles in allem eine hohe Last, die Rappe Santanos ziehen musste. Doch er nahm es leicht. Als er vor dem Sanatorium zum Stehen kam, wirkte er kaum angestrengt.

Eisch nahm sich das Recht auf die erste Rede. Vom Plateau der Freitreppe wandte er sich an die unten Stehenden, pries das Seebad Binz im Allgemeinen und das neue Sanatorium im Besonderen und wagte einen Blick in die Zukunft. Das Deutsche Reich stehe an der Schwelle zum nächsten Jahrhundert. Bald schon wäre Rügen noch leichter zu erreichen. Zwei Brücken quer über den Sund wolle man bauen, die eine für die Eisenbahn, die andere als Damm mit einer Asphaltstraße für den Pferde- und Motorverkehr. Das blühende Erquickungsgewerbe bekomme so einen entscheidenden Anstoß, und dem Ausbau von Binz zum Kurbad mit Weltgeltung stehe nichts mehr im Wege.

Unter schallendem Applaus gab er den Platz frei für Konrad und Justus, beide hielten ihre Ansprachen kurz.

»Nun machen Sie sich bitte selbst ein Bild«, verkündete Konrad. »Wir laden Sie zum Rundgang ein.«

Alle zehn Minuten eine Führung und stets in gleicher Abfolge – so war es anfangs gedacht gewesen. Doch bei der hohen Besucherzahl musste man umplanen: Paula und Krischan,

Emmy und August, alle vier nahmen eine Gruppe mit und begannen in unterschiedlichen Räumen. Das Gebäude war groß genug.

Jette, Konrad und Justus blieben vorn am Portal. Der Reporter hatte einen Notizblock gezückt und stellte nun etliche Fragen. Jette und Konrad antworteten so umfassend wie möglich, und auch Eisch mischte sich ein. Binz als Seebad sollte die größtmögliche Werbung bekommen. Derweil schoss der Fotograf noch etliche Aufnahmen: Jette und Konrad allein, mit Justus, mit Eisch, mit den Beamten der Binzer Gemeinde, mit den Bediensteten.

Das Fest näherte sich dem nächsten Höhepunkt. Die ersten vier Übernachtungsgäste bogen in die Victoriastraße: Ein Geschäftsfreund von Justus hatte sich angemeldet, samt Ehefrau, Bruder und Schwägerin. Nun rollten sie heran, und zwar nicht per Kutsche, sondern in zwei Wagen der Marke Benz-Velociped in neuester Version. Statt der bisher anderthalb Pferdestärken besaß der Motor nun fast drei Pferdestärken für eine Höchstgeschwindigkeit von über zwanzig Stundenkilometern. Der Tank mit dem Kraftstoffgemisch fasste annähernd zwanzig Liter, eine Füllung reichte für gut hundert Kilometer. Zudem gab es einen klappbaren Sonnenschutz, eine wahre Erleichterung vor allem für die Damen, die während der Fahrt bei starker Sonne nun keinen Schirm mehr halten mussten. Eine Anzeige für den Fahrtrichtungswechsel besaß das neue Velociped hingegen nicht. Vor dem Abbiegen musste man mit gestrecktem Arm eine Verkehrskelle aus dem Wagen halten.

Am Vortag hatten sich die beiden Ehepaare in Rostock auf den Weg gemacht, eine Privatfähre über den Sund genommen und in Altefähr übernachtet. Genau zur verabredeten Zeit erreichten sie nun das Sanatorium – eine kleine Sensation. Die beiden Herren an den Lenkrädern winkten gut gelaunt mit den Kellen, und Justus, gefolgt vom Garagisten des Sanatoriums, eilte ihnen entgegen.

Eisch nickte Konrad zu. »Formidable Herrschaften in edlen Wagen. Würdige erste Gäste. Chapeau!«

Galant half Justus den Damen beim Abstieg vom hohen Chassis, zwei Hausdiener kümmerten sich um das Gepäck, und der Garagist fuhr die Wagen in die regendichte Remise.

Unter Applaus schritten die beiden Paare auf das Portal zu, der Fotograf lugte schon durch die Linse. Als die Bilder im Kasten waren, folgte der Einzug in die Zimmer: Beletage mit Südausrichtung, breiten Balkonen und besonders schönem Blick auf den Park. Justus lud zur privaten Hausführung, auch Eisch nahm teil und wurde nicht müde, auf die Vorzüge von Binz als Seebad hinzuweisen. Die beiden Ehepaare hörten gern zu.

Derweil standen Jette und Konrad wieder vor dem Portal und begrüßten weitere Besucher.

»Kann sich alles sehen lassen«, lobte ein gesetzter Herr auf Berlinerisch. »War nicht anders zu erwarten. Steht ja schließlich Behnfeld drauf. Fabrikantenadel verpflichtet.«

Es ging auf Mittag zu. Ein halbes Dutzend Küchenmädchen ging mit Tabletts durch den Vorgarten: Himbeerwasser und kalter Minztee, kleine Kanapees und frische Petits Fours.

Jette sah auf die Uhr. Um zehn nach eins sollte der Zug aus Altefähr eintreffen. Eine halbe Stunde hatte es gedauert, bis Menschen und Gepäck auf die Droschken verteilt waren, nun aber kamen sie: Fünf große Droschken bogen in die Victoriastraße ein, die Kaltblüter zur Feier des Tages mit silberbeschlagenem, blau-weiß besticktem Schmuckgeschirr.

Siebenundzwanzig Gäste auf einen Schlag, die allesamt in Einzelzimmern logierten. Die Behnfelds samt Anhang stellten sich am Straßenrand auf, hinter ihnen zwei Dutzend Zimmermädchen und Hausdiener. Jette und Emmy hatten sie bestens vorbereitet. Eine helfende Hand griff in die nächste. Begrüßung, Gepäcktransport, Zimmereinweisung. Es klappte wie am Schnürchen.

Eine alte Frau stieg aus der Kutsche. Jette hatte ihre ehemalige Vorgesetzte noch nie ohne Diakonissenhaube gesehen, nun aber trug Adelheid Schroth einen Filzhut, geschmackvoll abgestimmt zu ihrem blauen Mantel. Bald einundsiebzig Jahre zählte sie und hielt sich bemerkenswert aufrecht, noch immer erinnerte ihre Gestalt an eine Walküre.

Falls ihr mal Rotkäppchen *aufführt, dann spielt die nicht die Großmutter, sondern den Wolf.* Das hatte August damals über die Oberin gesagt. Mit dem Alter hatten sich ihre Falten tiefer ins kantige Gesicht gegraben, und die leicht nach unten gebogene Nase erschien länger als noch vor einigen Jahren.

Konrad hob grüßend den Arm.

Jetzt! Adelheid Schroth hatte die beiden erkannt. Sie winkte, nickte – und dann lächelte sie. In einer Weise, wie Jette ihre alte Vorgesetzte noch nie hatte lächeln sehen: aufrichtig und warmherzig.

Nach links und rechts um Verzeihung bittend, wand sie sich durch die Menge der anderen Kutschgäste, schüttelte Jette und Konrad aufs Herzlichste die Hand, gratulierte zum neuen Sanatorium und lobte die Freundlichkeit der Binzer Gepäckdiener.

Konrad wies den Weg zum Portal. »Wenn Sie die Frage gestatten, Schwester Oberin: Darf ich Sie denn weiterhin so ansprechen? Oder lieber mit Frau Schroth?«

»Ach. Alles wie gewohnt, bitte. Ich bin ja Diakonisse im Feierabend, auch wenn ich den Rest dieses Jahres noch in

Berlin und Binz verbringe.« Im Foyer wurden ihre Augen groß wie bei einem Kind im Weihnachtszimmer. Sie klatschte in die Hände, hingerissen vom beigen Marmor und von der Wandgestaltung in Blau und Weiß.

Wieder trafen sich Jettes und Konrads Blicke: So hatten sie die Oberin noch nie erlebt, derartig beschwingt, heiter und aufgeräumt. Was ging vor in dieser Frau? Spielte sie bloß Theater? Oder führte sie gar etwas im Schilde?

Voller Elan nahm sie die Treppe. Konrad ging neben ihr, Jette folgte auf zwei Metern Abstand, und ganz hinten kam der Hausdiener mit dem Gepäck.

Der kleine Tross erreichte den zweiten Oberstock im Südflügel, höflich stellte der Hausdiener das Gepäck ab und zog sich zurück.

»So entzückend! Schöner kann es gar nicht sein«, wie eben im Foyer verfiel Adelheid Schroth auch beim Anblick des Zimmers in helle Begeisterung. »Sogar Ostbalkon. Mit dem allerersten Morgenlicht. Das haben Sie ja sicher für mich ausgesucht, Schwester Henriette«, sie lachte auf. Entschuldigung, ich meine, Frau Doktor Behnfeld. Aber für mich sind Sie eben immer noch die liebe Mitschwester.« Sie begann zu erzählen: Unerwartet hatte sie einen Onkel beerbt und das Geld schon der Diakonie spenden wollen. Doch dann kam ihr der Gedanke, sich doch einmal selbst etwas Gutes zu tun. Also nahm sie sich in Berlin eine Privatwohnung, besuchte Opern, Museen und Theater und gönnte sich eben auch diese Kur. »Unser Herrgott wird mir wohl verzeihen, wenn ich nach so vielen Jahrzehnten in der Charité auch einmal an mich selbst denke. Es ist ja nicht für lange. Zu Weihnachten ziehe ich nach Kaiserswerth ins Mutterhaus. Meine Mitschwestern zählen auf mich.«

Die drei besprachen noch ein paar Einzelheiten, dann verabschiedeten Jette und Konrad sich aus dem Zimmer. Gemessenen Schrittes gingen sie den Flur entlang bis zur nächsten Tapetentür, wechselten in den Personalflur und atmeten durch – halb lachend, halb kopfschüttelnd. Was war nur los mit der Oberin? Eine solche Kehrtwende im Charakter, und dann auch noch zum Angenehmen?

»Und wenn sie krank ist?«, gab Jette zu bedenken. »Eine Hirnsyphilis wird es kaum sein, aber vielleicht eine Geschwulst in der Großhirnrinde? Da gibt es doch solche Gemütsveränderungen.«

»Dann litte sie aber unter starkem Kopfschmerz, und so wirkt sie nicht. Und auch nicht, als ob sie unter Schmerzmitteln stehen würde, Codein oder Opium.«

»Sie hat mir überhaupt nicht auf den Bauch gestarrt. Kein einziges Mal. Als wollte sie gar nicht wissen, ob ich schwanger bin.«

»Sie ist eben höflich.«

»Eben. Genau das ist ja so eigenartig.«

»Du traust dem also nicht?«

»Nein. Bei mir bleibt das Grummeln im Bauch. Aber wir werden sehen.«

Die beiden gingen hinunter und stürzten sich erneut ins Gewühl. Rundum ein Riesenerfolg – so ließ sich der Eröffnungstag auf den Punkt bringen. Erst um fünf Uhr nachmittags verabschiedeten sich die letzten Besucher.

Jette und Konrad riefen im großen Speiseraum das Personal zusammen und bedankten sich von Herzen für die gute Mitarbeit.

»Und nun möchten wir noch etwas bekannt geben«, Konrad blickte in die Runde, »denn lange geheim halten können wir es doch nicht mehr.«

Kaum hatten sie die Schwangerschaft verkündet, erklang schallender Applaus, alle wünschten Glück.

»Und machen Sie sich keine Sorgen, Frau Doktor«, schallte es von Tilla quer durch den Saal. »Wir passen schon auf Sie auf. Dass Sie nicht zu viel arbeiten in Ihrem Zustand.«

Konrad gab den Hausdienern ein Zeichen, gleich darauf trugen sie etliche Kisten herein: für jeden Bediensteten zur Feier des Tages eine Demi-Bouteille mit Rheingauer Winzersekt.

»Ein Hoch!«, rief Bademeister Einöder. »Ein Hoch auf unsere gnädige Herrschaft!«

Die Belegschaft stimmte ein, und was hätten Jette und Konrad in dem Moment schon tun sollen: Sie mussten sich einfach küssen.

Später am Abend schlüpften sie in ihre Nachthemden aus gebürstetem Flanell – Konrad trug schlichtes Wachsweiß, Jette gelb-rosa Blütenmuster. Sie schätzte Konrads Nachtgewand besonders wegen der langen Knopfleiste vom oberen Halsausschnitt bis zum unteren Rippenbogen. Diese Leiste erfüllte einen praktischen Zweck: Damit ließ sich regeln, wie viel Luft der Schläfer an seinen Oberkörper ließ. Jetzt öffnete Jette Knopf für Knopf, schob den Stoff zu beiden Seiten weit auseinander, fuhr mit ihrer Nase in Konrads dunkelblondes Brusthaar und atmete ein. Minutenlang lag sie so auf ihm, und alle Anstrengung des Tages fiel von ihr ab.

Er streichelte ihre Schulter. »Und dass Adelheid Schroth dich damals so beleidigt hat? Willst du sie darauf noch ansprechen?«

»Hm. Wenn sie weiter so nett ist, dann wohl nicht.«

»Gut. Und eigentlich hast du dich doch auch längst an ihr gerächt.«

Jette hob den Kopf von seiner Brust. »Gerächt? Habe ich das?«

»Na sicher. Sie hat dir doch so schlimm gedroht. Dass du

zu viel vom Leben willst. Und du dafür noch einen Preis bezahlen musst. Aber bis jetzt meint das Schicksal es doch gut mit uns. So gut, dass Adelheid Schroth zu uns in Kur kommt.«

»Aha«, Jette griente. »Das ist also meine Rache?«

»Etwa nicht? Wenn ein Mensch dir etwas Böses wünscht, aber genau das stellt sich nicht ein. Im Gegenteil. Du bist gesund, glücklich, verheiratet mit dem besten Mann und Arzt auf Erden und zudem auch noch schwanger: Noch stärker kannst du ihr doch gar nicht beweisen, wie falsch sie gelegen hat.«

»Dann müsste sie sich über mich ärgern. Und vielleicht sogar die Kur abbrechen, weil sie unser Glück nicht mit ansehen kann. Aber stattdessen ist sie freundlich.«

»Nun ja. Auch alte Oberinnen kriegen manchmal noch die Kurve. Und wenn ihr das gelingt, sollten wir uns doch mit ihr freuen. Egal, ob sie sich für die Sache damals entschuldigt oder nicht.«

»Na schön. Dann will ich mich mal großherzig erweisen. Soll sie uns zeigen, dass sie es ernst meint mit ihrer Freundlichkeit. Und außerdem«, sanft strich ihr Atem durch sein Brusthaar. »Außerdem möchte ich mich damit jetzt gar nicht mehr beschäftigen.«

Er lachte. »Damit also nicht. Und womit dann?«

»Och. Lieber mit wichtigen Dingen. Um nicht zu sagen: mit erhabenen.«

Ihre Hand glitt an seinem Nachthemd hinunter. Und an seiner Haut wieder herauf.

* * *

Einunddreißig Kurgäste. So viele waren zur Eröffnung angereist, und alle musste Konrad untersuchen. Ganz oben auf der

Liste stand Adelheid Schroth. Konrad vermutete zwar keine schwere Krankheit, doch ließ er bei ihr besondere Umsicht walten.

Wie schon am Vorabend zeigte die Oberin ihre heitere Seite. Sich im Unterkleid von Konrad das Herz und die Lunge auskultieren zu lassen, machte ihr nichts aus.

»Gott hat mir bis in mein hohes Alter einen gesunden Leib geschenkt. Nun ist es meine heilige Pflicht, gut auf ihn zu achten.«

In der Tat gab es an ihrem körperlichen Zustand nichts auszusetzen.

»Trotzdem sollten Sie es langsam angehen lassen. Zunächst ein Kniguss pro Tag, sobald Sie akklimatisiert sind, auch ein kaltes Armbad. Zudem empfehle ich bei trockenem Wetter eine tägliche Liegekur auf Ihrem Balkon. Zwei Stunden oder sogar mehr und dabei stets zugedeckt«, Konrad schrieb die Indikation auf einen Zettel.

Zurück in ihrem Zimmer machte die Oberin sich für die erste Anwendung bereit: ein ärmelloses Leibchen zum knielangen Beinkleid aus weichem Kattun, darüber ein weißer Flanellbademantel. So gewandet stieg sie die Treppen hinunter ins Souterrain.

Hedwiga Einöder in der Bäderabteilung erwartete sie. Gestern Abend noch hatte der Herr Doktor erzählt, wer hier ihre erste Patientin sein würde: die ehemalige pflegerische Leiterin der Charité, eine Dame von siebzig Jahren mit imposanter Statur. Seit einem Vierteljahrhundert verdingte Hedwiga sich als Badefrau und war sich ihres Könnens durchaus gewiss. Dass sie nun die Oberin bedienen musste, machte ihr keine Angst. Im Gegenteil. Wenn die alte Dame zufrieden wäre, würde das Hedwigas guten Ruf noch weiter festigen.

Adelheid Schroth erfüllte sich mit der Badekur einen innig

gehegten Wunsch. Jahrzehntelang hatte sie anderen Menschen gedient und sich aufgeopfert, ganz im Sinne der christlichen Nächstenliebe. Für einige Wochen nun sollte es anders sein. Andere kümmerten sich um sie. Das wollte sie genießen.

Hedwiga führte sie zu einem flachen Becken. Leicht nach vorn gebeugt, die Hände an einem Haltegriff unterzog Adelheid Schroth sich ihrem ersten Knieguss. Beginnend bei den Knöcheln, dann langsam die Waden hoch bis zum Knie und wieder nach unten zu den Füßen lenkte Hedwiga den kalten Strahl.

»Hätten Sie denn gern zum Abschluss eine Anwendung mit Franzbranntwein?«

Die Oberin bejahte, ließ sich mit der alkoholischen Lösung tüchtig den Rücken abklatschen und fühlte sich so frisch und frei wie schon lange nicht mehr. Es lohnte sich also. In die Kur investierte sie einen beträchtlichen Teil aus der Erbschaft ihres Onkels. Doch jeder Pfennig hier war gut angelegt. Wohlig seufzend stand sie von der Liege auf.

WIRRUNGEN

Es war der dritte Tag nach Eröffnung. Jette ging nach dem Abendessen noch einmal durchs Haus. Die Küchenmädchen kämpften um diese Zeit mit Stapeln von schmutzigem Geschirr und verdienten ein Lob.

Im Flur kam ihr Rieke entgegen. In der einen Hand eine Petroleumlampe, in der anderen einen Komposteimer, steuerte sie auf die Hoftür zu. Die beiden sprachen kurz und setzten ihre Wege fort.

In der Großküche dankte Jette den Mädchen für den fleißigen Einsatz. Berta Merten war nirgends zu sehen. Vor ihrem Feierabend zog die Köchin sich gern in den kleinen Speisesaal zurück und entwarf die Menüs für die nächsten Tage, die Hausdiener trugen dann die Bestelllisten zu den Lieferanten im Ort.

Jette wünschte allseits eine gute Nacht und verließ die Küche. Gerade schloss sie die Tür hinter sich, da sah sie Reinhard den Flur entlangkommen, wie so oft auf seinem Weg zur Hoftür.

Herr Oelde – so hieß Reinhard zwar, doch mit seinem Hausnamen ließ er sich nur von Fremden ansprechen. Für die Bediensteten des Sanatoriums blieb es bei Reinhard oder Herr Reinhard. Wer ihn duzen wollte, durfte das gern tun. Die jüngeren Leute aus dem Kollegium machten davon Gebrauch. Der Künstler galt als etwas Besonderes, wegen seiner gnomhaften Gestalt samt Spitzbuckel und vor allem wegen seiner empfindsamen Seele. Justus höchstpersönlich hatte ihm erlaubt, am Personalessen teilzunehmen. Dabei erzählte er gut gelaunt von seiner Jugend als Glasmaler im thüringischen Lauscha und dem Studium an der Berliner Kunstakademie. Dass er im Atelier ein Malermodell namens Hannes empfing, war beim Personal bekannt und schien keinen zu stören. An Reinhards geschlechtlicher Neigung nahm hier niemand Anstoß.

»Jette, du Gute. Immer noch fleißig?«

Er lächelte ihr entgegen, doch sie hatte seine Anspannung längst bemerkt.

»Alles in Ordnung, Reinhard. Und du? Du bekommst noch Besuch?«

»Ja, und wie immer nur bis zehn. Ehrenwort.«

Er nickte, als wollte er sie verabschieden. Offenbar nahm er an, sie ginge weiter. Doch sie blieb stehen.

»Dann wollt ihr noch arbeiten, Hannes und du? Er steht wieder Modell?«

»Sicher. Ich muss ja weiterkommen bei den neuen Bildern. Euch noch einen schönen Abend, Jette.«

Doch auch mit diesen Worten wurde er sie nicht los. Sie rührte sich nicht vom Fleck.

»Dann kann ich Hannes ja kurz begrüßen. Wir haben uns länger nicht gesehen.« Jette drückte die Klinke der Hoftür. Rieke hatte nicht abgeschlossen, aus gutem Grund: Den Komposteimer zu leeren, dauerte keine zwei Minuten. »Ach, so eine herrliche Luft«, in der geöffneten Tür schöpfte Jette Atem. »Heute bin ich kaum rausgekommen, einfach zu viel Arbeit.« Kaum hatte sie das ausgesprochen, kam ein Mann über den Wirtschaftshof. Die Dämmerung hatte schon eingesetzt, und sie konnte ihn nicht genau erkennen. Er war groß gewachsen, mit federndem Schritt kam er auf die Tür zu.

Guten Abend, Hannes!, wollte Jette schon rufen, da sah sie: Dieser junge Mann hatte weder lange blonde Locken, noch trug er – wie von Jette erwartet – eine Matrosenjacke mit passender Mütze. Sie stutzte.

Reinhard, der neben ihr stand, räusperte sich. »Es ist …«, er unterbrach sich, denn in dem Moment kehrte Rieke mit dem geleerten Eimer zurück und erblickte den jungen Mann, der nur wenige Meter seitlich von ihr auf die Tür zuging. Sie kannte ihn nicht. In einer privaten Situation hätte sie ihn nicht sofort grüßen müssen, als Bedienstete jedoch lag es in ihrer Pflicht.

»Ach. Guten Abend«, ein fragender Ton lag in ihrer Stimme.

»Schön guten Abend, wertes Fräulein.«

Er blieb stehen und zog seinen Hut, Rieke nickte nur und ging weiter auf Jette zu, die in der Tür stand.

»Ihnen noch einen angenehmen Abend, gnädige Frau. Und dir auch, Reinhard.«

Was Rieke in diesem Moment dachte, stand ihr ins Gesicht geschrieben: Reinhard empfängt Besuch. Aber nicht wie gewohnt seinen Hannes, sondern einen anderen jungen Mann, einen neuen. Schweigend brachte sie an Jette und Reinhard vorbei den leeren Komposteimer in die Küche zurück.

Gleich darauf erreichte auch der junge Mann die Hoftür. Gute zwanzig Jahre war er alt und in Schwarz gekleidet. Auf den ersten Blick hätte man angenommen, er sei in Trauer, doch unter dem offenen Gehrock trug er zum schwarzen Hemd eine weinrote Weste und einen Binder derselben Farbe. Sein tiefdunkelbraunes Haar war kurz getrimmt, den Melonenhut hielt er in der Hand.

»Einen wunderschönen guten Abend, gnädige Frau.«

Er verbeugte sich vor Jette, für einen Moment suchte er ihren Blick. Groß und dunkel waren seinen Augen und wohl auch geheimnisvoll, so kam es ihr vor. Vermutlich war er es gewohnt, dass Frauen ihn umschwärmten – trotz oder gerade wegen seiner Veranlagung.

»Natürlich auch dir einen guten Abend, Reinhard. Sicher stellst du mich der Dame gern vor.«

Reinhard nickte verlegen. Mit trockener Stimme gehorchte er der Etikette. »Jette, dies ist Paul Kettler, ein Freund von mir, er steht mir heute Modell. Und dir, Paul, darf ich Frau Doktor Henriette Behnfeld vorstellen, die Dame des Hauses.«

Anders als Reinhard, dem die Lage hochnotpeinlich war, zeigte Paul Kettler sich selbstgewiss. Wieder verbeugte er sich vor Jette. »Wenn Sie mir die Bemerkung gestatten, Frau Doktor: Ich kenne bereits Ihr Porträt als antike Römerin und finde, es ist Reinhard vortrefflich gelungen. In natura allerdings sind Sie in Ausdruck und Anmut dem Bild erheblich überlegen.«

Was für ein Kompliment! Und das aus dem Munde eines Mannes, der Frauen wohl viel weniger liebte als seinesgleichen.

»Sie kennen mein Porträt? Dann waren Sie also schon einmal im Atelier, Herr Kettler?«

»Nun ja …«, er schaute Reinhard auffordernd an.

Der übernahm, immer noch deutlich verlegen. »Ja, Jette. Paul war schon zwei- oder dreimal hier, immer nur bis zehn Uhr. Und er kennt übrigens auch Hannes. Die beiden sind sogar Compagnie.«

»Aha?«

»Ja, Frau Doktor. Seit einiger Zeit schon betreiben Hannes und ich ein Kontor in der Putbuser Straße. Darüber haben wir unsere Wohnungen. Alles polizeilich gemeldet, ganz offiziell. Christ und Kettler. Im- und Export. Wein und Spirituosen.«

In Jette stieg Zorn auf, mühevoll wahrte sie Haltung. »Christ und Kettler also?«

»Im- und Export, ganz recht. Genau genommen: Wir exportieren Weine aus der Region Saale-Unstrut nach Schweden und Finnland und importieren dafür Wodka. Die Geschäfte laufen übrigens gut.«

»Wie erfreulich.« Viel mehr wusste Jette im Moment nicht zu sagen – sie wollte die Form wahren, nur kein Disput, nicht in diesem Moment und hier an der Hoftür, wo das Personal aus und ein ging. Sie sah zwischen Reinhard und seinem Gast hin und her. »Dann wünsche ich einen guten Abend.«

»Vielen Dank, Jette. Den wünschen wir dir und deiner Familie natürlich auch.«

»Dem kann ich mich nur anschließen, gnädige Frau«, Paul Kettler machte einen Ausfallschritt nach hinten, beugte sich vor und machte eine galante Bewegung mit seinem Hut. »Und um zehn Uhr bin ich verschwunden, das verspreche ich fest.«

»Also dann«, Jette neigte den Kopf. »Herr Kettler. Reinhard.« Sie drehte sich um und nahm die nächste Tür ins Marmortreppenhaus. Auf dem Weg ins Foyer begegneten ihr einige Gäste, sie grüßte mit gewohnter Freundlichkeit, doch in Gedanken war sie woanders: Was hatten sie und Reinhard nach seinem Einzug denn eigentlich vereinbart? Welche Regeln hatten sie getroffen? Nicht viele. Dass sein Besuch ausschließlich den Hofzugang benutzen und um zehn Uhr abends das Haus verlassen sollte – mehr nicht. Wie selbstverständlich hatte Jette angenommen, dass es sich dabei nur um einen einzigen Mann handele. Um Hannes. Reinhard hatte ihn als seine Muse bezeichnet, als den Mann, den er liebe.

Und nun gab es noch einen anderen. Liebte Reinhard alle beide? Liebte er gar noch weitere Männer? In welcher Verbindung standen Hannes und Paul? Waren sie nur Compagnie in ihrer Firma? Bloß Geschäftspartner? Oder ein Liebespaar? Oder liebte hier keiner keinen, sondern alle drei wollten aneinander nur ihre Triebe sättigen? Dann hätte August richtiggelegen mit seinem Satz von Sodom und Gomorrha. Er war ja von Anfang an skeptisch gewesen.

Sie drückte die Wohnungstür hinter sich ins Schloss. »Schwiegerpapa? Bist du da?«

Konrad kam ihr aus dem Salon entgegen. »Vater ist unten bei Frau Merten. Sie hat sich ein neues Dessert ausgedacht, und er soll es kosten.«

»Aha«, bis eben hatte sie sich um einen maßvollen Ton bemüht, doch nun konnte sie sich ein Spötteln nicht verkneifen. »Dann sollte dein Vater sich besser beeilen. Falls nämlich gleich die Polizei im Haus steht.« Aufgebracht erzählte sie von Reinhards neuem Besucher. »Ich habe Reinhard nie verurteilt. Andere Künstler lieben Frauen und haben eine weibliche Muse. Und Reinhard eben eine männliche. Da sei eine tiefe Liebe zwischen Hannes und ihm, wie zwischen Mann und Frau, so hat er das erklärt, und wir haben die beiden gelassen.« Jette hatte sich in Rage geredet, nun holte sie Luft. »Wir müssen etwas unternehmen, Konrad. Schon wegen Rieke. Sie hat diesen Paul unten an der Tür gesehen, dann ist er mit Reinhard hochgegangen, dabei sind den beiden bestimmt noch mehr von unseren Leuten über den Weg gelaufen, und spätestens morgen weiß es die ganze Belegschaft.«

Fühlte Konrad ihre Not? Ihre Verzweiflung und Angst? Zumindest ging er nicht darauf ein.

»Vater ist bestimmt gleich zurück«, meinte er nur. »Dann reden wir.«

So sehr Jette ihren Mann auch liebte: Sie verbarg nicht länger ihren Zorn. »Nicht *wir*, Konrad. Nicht *wir* reden mit deinem Vater, sondern *du* tust es. Haltet mich bitte außen vor. Dein Vater hat Reinhard das Atelier eingerichtet und ihm erlaubt, noch vor uns in dieses Haus zu ziehen. Dein Vater gestattet ihm, bis zehn Uhr seinen Hannes zu empfangen. Dein Vater erwartet, dass wir es hinnehmen und sogar als normal ansehen. Du bist sein Sohn. Also kläre das bitte mit ihm.«

Derart tadelnd hatte sie noch nie zu Konrad gesprochen, und sie spürte, wie sie ihm damit zusetzte. Seine Miene war erstarrt.

»Geh hinunter«, fuhr sie fort, nun in ruhigerem Ton. »Und hol ihn am besten ins Kontor. Da könnt ihr in Ruhe reden, nur ihr beide.«

Konrad machte sich auf den Weg, vom Anrichtezimmer die Treppe hinunter in die Privatküche und nach nebenan zu den Personalspeisesälen. Neben dem großen Speisesaal mit über achtzig Plätzen gab es auch einen kleineren für zwölf Personen.

Er klopfte an und trat gleich darauf ein. Am Tisch saßen sein Vater und – das runde Gesicht deutlich gerötet – Berta Merten. Erstaunt blickten sie ihm entgegen.

»Ich entschuldige mich für die Störung«, Konrad verbeugte sich vor der Köchin. »Einen guten Abend wünsche ich. Und einen guten Appetit.«

Justus wies auf seinen Teller. »Das musst du probieren, Junge. Frau Merten behauptet ja, dieses neue Dessert sei etwas ganz Simples«, er fasste zart nach ihrer Rechten und hauchte einen Handkuss auf. »Sie sind eben viel zu bescheiden, Gnädigste.«

Die Köchin lachte auf. »Mögen Sie denn kosten, Herr Doktor? Ich hole Ihnen auch eine Portion, Moment.«

Ehe er antworten konnte, eilte sie hinaus und zog die Tür hinter sich zu.

Konrad nutzte die Gelegenheit: »Wir müssen etwas bereden, Vater, unter vier Augen und noch heute«, in knappen Sätzen erzählte er von den Geschehnissen an der Hoftür. »Jette ist ganz aufgebracht. Und das in ihrem Zustand.«

Justus' Miene blieb reglos. »Das machen wir gleich. Aber nun probiere erst mal. Frau Merten ist so stolz auf ihre Kreation. Wir dürfen hier nicht die Stimmung verderben.«

Sie kam zurück und stellte den Teller vor Konrad ab. »Bitte schön, Herr Doktor. Milchreis mit Fondant von dunkler Schokolade und Gelee von Schattenmorellen.«

Justus belohnte sie mit einem verzückten Blick. »Allein schon Ihre wunderbare Beschreibung, Frau Merten. Genau so schreiben wir das auf die Menükarte.«

Der Nachtisch war in der Tat gelungen. Schokolade und Kirschen zum gerade noch bissfesten Milchreis, fein abgestimmt mit Zimt und geriebener Zitronenschale. Der Köchin gebührte höchstes Lob, das fand auch Konrad. Mit sichtlichem Genuss löffelte er den Teller leer, verließ dann aber den Tisch: Frau Merten möge ihm verzeihen, er wolle wieder zu Jette, sie fühle sich nicht recht wohl. Nichts Ernstes – nur eine leichte Unpässlichkeit, wie sie unter den Umständen eben vorkomme.

Justus nickte ihm zu. »Wünsche ihr schon mal gute Besserung, Junge. Und ich komme gleich auch hoch.«

Konrad ging zurück in die Wohnung, wo Jette ihm gespannt entgegeneilte.

»Wundere dich nicht, Liebes. Vater kommt gleich nach. Er huldigt noch dem neuen Dessert von Frau Merten«, Konrad schilderte die Begegnung im kleinen Speisesaal.

Bis eben war Jette guten Mutes gewesen, jetzt aber schwoll

ihr der Kamm. »Das Dessert ist also hochwichtig. Wichtiger, als wenn Reinhard oben mit seinen warmen Brüdern unseren Ruf verdirbt. Die lassen wir in Ruhe oben weitermachen. Das hat ja keine Eile.«

Auch Konrad verbarg nicht länger seinen Unwillen. »Aber ich konnte ihn ja schlecht vom Tisch wegreißen. Dann hätte Berta Merten gleich gemerkt, dass bei uns dicke Luft herrscht. Und mit Rieke darüber gesprochen. Und die beiden könnten sich denken, dass es mit Reinhards Besuch zusammenhängt. Rieke hat diesen Paul ja schließlich gesehen.«

»Was ist denn eigentlich mit Rieke? Hat sie da diesen Paul erwähnt? Oder etwas angedeutet?«

»Zum Glück nicht, ich habe sie auch nur kurz gesehen. Aber es ist sicher nur noch eine Frage der Zeit, bis das gesamte Personal von Paul weiß. Und genau das müssen wir ...«, Konrad unterbrach sich. »Entschuldigung: Das muss *ich* meinem Vater klarmachen.«

Das immerhin hatte Konrad verstanden. Jette nickte. »Und ich lege mich jetzt hin. Die Aufregung schadet unserem Kind.«

Sie zog sich ins Schlafzimmer zurück, Konrad harrte im Wohnsalon aus und las Zeitung. Konzentrieren konnte er sich nicht. Der offene Zwist mit seinem Vater ließ sich wohl kaum noch vermeiden.

Erst eine Viertelstunde später betrat Justus die Wohnung. Konrad hätte die Sache gern hinter sich gebracht, ein kurzes klärendes Gespräch im Sinne des Sanatoriums und seines guten Renommees.

Justus hingegen zeigte keine Eile. Er zelebrierte ein Ritual, schob sich ein Serviertischchen neben seinen Sessel, nahm ein Zigarillo aus dem Humidor und stellte ein Feuerzeug bereit, dann begab er sich zur Anrichte mit den Kristallkaraffen.

»Und? Cognac? Port? Sherry?«

Konrad hätte gern abgelehnt. Er merkte ja, wie sein Vater versuchte, dem anstehenden Gespräch die Spitze zu nehmen, einen Streit erst gar nicht aufkommen zu lassen.

»Also, lieber Sohn, was darf ich dir kredenzen?«

»Sherry, bitte, halbtrocken.« Einem gepflegten Abendschluck wollte Konrad sich nicht verweigern, das hätte die Situation noch schwieriger gemacht.

Justus entschied sich für Cognac, auf einem Tablett neben den Karaffen standen die Gläser bereit. Konrad sah ihm dabei zu, wie er die Stöpsel von den Karaffen zog und die Gläser einschenkte, sorgfältig machte er das, gelassen und doch exakt. Zweiundsechzig Jahre zählte sein Vater. Das Alter sah man ihm an, doch geistig war er immer noch rege. Wegen der Firma und der Kunst, wie er immer sagte, beides forderte ihn und hielt sein Gehirn auf Trab. Mit seiner weißen wirren Mähne ähnelte er immer mehr dem alten Franz Liszt. Wenn seine Bekannten ihn darauf ansprachen, freute Justus sich.

»Prosit, mein Junge«, er reichte ihm den Sherry. Sie stießen an und tranken, Justus nahm im Sessel Platz. »Ich höre dir zu.« In aller Gelassenheit griff er zu Zigarillo und Feuerzeug. Kein Zweifel, er wollte sich nicht aus der Ruhe bringen lassen und demonstrierte das nun überdeutlich.

Das Verhalten seines Vaters ärgerte Konrad, auch wenn er es nach außen nicht zeigte. Er begann zu erzählen: von Jette und Reinhard, ihrer Begegnung an der Hoftür und von Reinhards Besucher, diesmal nicht wie gewohnt Hannes, sondern ein gewisser Paul. Und Rieke als Zeugin, die nun wahrscheinlich dem gesamten Personal davon erzählte.

»Jette sorgt sich sehr, Vater. Und du kennst ihre liberale Einstellung. Sie mag Reinhard und ist weit davon entfernt, ihn wegen seiner Veranlagung zu verurteilen. Aber sie weiß eben auch, wie die meisten Menschen darüber denken, gerade hier in der Provinz. Sie hat Angst um unseren guten Ruf, es belastet sie. Dabei muss doch gerade sie ihre Nerven schonen, allein wegen des Kindes.«

Justus hatte den Zigarillo in Brand gesetzt, eine seiner Lieblingssorten: helles Sumatra-Deckblatt, feiner Schnitt, mittelleicht, blumig, mit einer Spur von pfeffriger Würze. Er nahm den ersten genussvollen Zug.

»Schwangere Frauen sind empfindlich. Es stimmt ja, Jette soll ihre Nerven schonen. Und gerade darum sollte sie sich keine Sorgen machen, wenn es gar nicht nötig ist.«

Konrad hob die Brauen. »Jette übertreibt? Das meinst du allen Ernstes?«

»Durchaus, und auch du solltest das erkennen, aber offenbar ist das Gegenteil der Fall: Du steigerst dich hinein. Genau wie Jette.«

Welch ungerechter Vorwurf! Konrads Geduld erreichte ihre Grenze, gern hätte er den Sherry in einem Zug hinuntergekippt, doch damit hätte er sich verraten. Sein Vater sollte ihn nicht für unbeherrscht halten.

»Was wir vor allem nicht verstehen, Vater: Bei Theo machst du dir Gedanken um den Ruf der Familie. Da lügen wir und behaupten, er habe einen Schlaganfall erlitten. Nur, damit niemand von seiner Syphilis erfährt. Aber bei Reinhard ist dir unser Ruf offenbar egal. Er treibt in seinem Atelier, was er will. Jetzt auch mit einem zweiten Mann.«

»Ach Junge«, Justus ließ den nächsten Schluck Cognac auf seiner Zunge spielen. »Theo und Reinhard. Das sind zwei völlig verschiedene Paar Schuhe, gar nicht vergleichbar. Reinhard ist ein Bohemien. Man bewundert seine Kunst oder man verachtet sie. Theo aber ist mein Sohn. Ein Behnfeld.

Von seinem Ruf ist die engste Familie betroffen und zudem die Firma. Da geht es um etwas.«

»Und bei unserem Sanatorium? Geht es da um nichts? Es ist doch die Zukunft von Jette und mir. Und nun auch unserem Kind. Das sagst du doch selbst.« So viel Zorn hatte sich in Konrad angestaut, dass er schneller und schärfer sprach, als er es sich vorgenommen hatte.

»Ruhig, Junge. Selbstredend ist das Sanatorium eure Existenz. Und die kann Reinhard euch nicht nehmen. Genau das ist der Punkt. Reinhard ist Künstler, und große Kunst entsteht stets aus Extremen: unsäglichem Leid, Exzessen mit Alkohol und anderen Drogen. Oder eben ein ausschweifendes Triebleben auch mit Personen des eigenen Geschlechts.«

»Aha?«, Konrad konnte sich nicht mehr zügeln, er verfiel in beißenden Spott. »Und das sieht die Polizei ja sicher auch so: Unzucht hin oder her. Reinhard darf sich ruhig mit Männern verlustieren. Schließlich ist er Künstler. Und die Gäste im Sanatorium sehen das ganz genauso. Was bedeutet schon das Gesetz? Oder die Moral und gute Sitte? Alles egal! Hauptsache, der warme Bruder kann gut malen.«

Justus schüttelte den Kopf, halb amüsiert, halb mit übergroßem Verständnis, so als spräche er zu einem Kind. »Mit dem Personal sitzt Reinhard täglich am Tisch, die nehmen ihn und seine Neigung also hin. Und was die Kurgäste angeht: Die finden es doch anregend, mit einem illustren Künstler unter einem Dach zu leben. Samt Spitzbuckel und dem einen oder anderen Lustknaben. *Variatio delectat.* Abwechslung erfreut. Auch im Geschlechtlichen. Gerade im Geschlechtlichen. Außerdem kommen diese Männer durch die Seitentür und dann über die Personalstiege. Da begegnet denen kein Kurgast.«

»O doch«, Konrad widersprach. »Denk an den Zufahrtsweg. Wir haben hier immer mehr Automobile, die fahren den Stichweg lang zu den Garagen. Genau den Weg von Hannes oder Paul. Oder welcher Mann noch so kommen mag. Und ich muss dir kaum sagen, wie gern die Leute reden.«

»Na und? Sollen sie sich Reinhards Unzucht doch ausmalen, in blühendsten Farben, das macht doch Freude. Und ihre schmutzigen Gedanken sind ihre eigene Sache. Reinhard verhält sich nach außen hin tadellos. Und was zwei oder drei Erwachsene einvernehmlich in ihren Privaträumen tun, oder meinetwegen auch eine Fußballmannschaft, das geht uns nichts an.«

Konrad kippte den letzten Schluck Sherry. Schlimmer konnte es kaum kommen: Jetzt redete sein Vater also schon von gruppenweiser Unzucht.

»Und das Strafgesetz, Vater? Der Paragraf 175?«

»Ja. Der existiert. Bloß: Bevor eine Strafe greift, muss man ein Verbrechen beweisen. Aber was im Atelier passiert, das wissen wir doch gar nicht.«

»Aber du kennst die Polizei. Die brauchen nur einen Hinweis und beginnen zu schnüffeln.«

»Mag sein. Aber dafür gibt es Advokaten. Wenn euch wegen Reinhard jemand dumm kommt, sagt Bescheid. Er ist hier, um ungestört zu malen. Was bei ihm im Schritt passiert, kümmert mich nicht.« So ruhig, wie Justus das Gespräch begonnen hatte, beendete er es auch. Er drückte den Zigarillo aus, stellte sein leeres Glas ab und stand auf.

»Bald ist Reinhards Ausstellung in Berlin, das wird sein Durchbruch. Der Ruf des Sanatoriums leidet nicht, sondern erstrahlt dann nur noch mehr. Ich habe früh das Talent eines Lovis Corinth erkannt und seine Bilder gekauft. Genauso bei Max Liebermann. Warum sollte es bei Reinhard Oelde anders sein? Aber nun lege ich mich hin, und das solltest du auch tun. Wünsch Jette von mir eine gute Nacht und macht euch keine Sorgen. Wenn Reinhard erst mal berühmt ist, denkt ihr ganz anders darüber. Dann seid ihr mir dankbar.«

***

Seit zweieinhalb Wochen lebte Rieke nun im Sanatorium, an Reinhard mit seinen Eigenheiten hatte sie sich gewöhnt, sie schätzte ihn sogar. Zwar verstand sie nicht viel von Kunst, doch wenn der Herr Direktor auf ihn so große Stücke hielt, dann sicher aus gutem Grund.

Doch etwas spielte sich ab, das spürte Rieke. Aus reinem Zufall war sie an diesem Abend durch den Wirtschaftstrakt gegangen, genau in dem Moment, als die gnädige Frau dort mit Reinhard geredet hatte. Keine zwei Minuten später stand noch ein anderer Mann dabei, Rieke hatte ihn noch nie gesehen.

Währenddessen saß der Herr Direktor bei Riekes Mutter im kleinen Speisesaal und probierte das neue Dessert. Kurz darauf kam der Herr Doktor dazu, kostete ebenfalls vom Nachtisch und ging dann rasch wieder in die Wohnung. Und der Herr Direktor hatte seinem Sohn versprochen, gleich nachzukommen, um mit ihm zu reden.

So hatte es sich abgespielt, und für Rieke ergab sich daraus ein klarer Schluss: Reinhard und dieser fremde Mann gaben Anlass zur Sorge. Auch wenn die Behnfelds sich nicht offen stritten, war ihre Anspannung doch zu spüren.

Und Rieke? Im Grunde konnte sie es dabei belassen, das alles ging sie nichts an. Doch andererseits …

»Ich bin müde, Mama. Ich lege mich hin.«

»Sicher, Rieke. Du hast ja auch tüchtig gearbeitet.« Berta Merten meinte das ernst. Seit Beginn der neuen Stellung konnte sie beobachten, mit welchem Eifer und Fleiß ihre Tochter bei der Sache war. Eine Beiköchin, ganz wie Berta sie sich wünschte.

Tatsächlich zog Rieke sich an diesem Abend früh zurück, allerdings nicht, um gleich zu schlafen, dazu war die Lage viel zu spannend. Sie konnte nur hoffen, das Wichtigste nicht zu verpassen.

Keine halbe Stunde später verließ sie leise ihr Zimmer, gekleidet in einen sauberen Schürzenkittel. Den Flur im Westflügel entlang huschte sie zur Dienstbotenstiege und hinauf in den dritten Stock. Niemand begegnete ihr. Reinhards Atelier hatte sie noch nie betreten, doch wie alle Bediensteten hier kannte sie den Eingang. Angespannt legte sie ihr Ohr an den Türspalt – und hielt die Luft an. Tatsächlich! Sie lag also richtig mit ihrer Ahnung. Drinnen spielte sich etwas ab. Eindeutiger konnten die Geräusche gar nicht sein: Zwei Männer atmeten laut – nicht vor Erschöpfung, sondern vor Fleischeslust. So viel zumindest konnte sie beurteilen, auch wenn sie selbst noch nie einem Mann beigewohnt hatte.

Die Stimmen der beiden Männer im Atelier ließen sich gut unterscheiden. Die höhere stammte sicher von Reinhard mit seinem schmalen, verwachsenen Brustkorb. Die andere Stimme war deutlich tiefer und passte zu diesem dunkelhaarigen Mann, den sie vorhin an der Hoftür gesehen hatte. Rieke horchte weiter. Lauter und lauter kam das Stöhnen, schneller und schneller. Mit Männern hatte Rieke keinerlei Erfahrung, noch nie hatte sie einen geküsst, womit sie meinte: richtig geküsst. Und doch konnte sie sich denken, was im Atelier geschah. Im Grunde hätte sie jetzt gehen können, doch ihre Neugierde siegte über ihren Anstand, und die

Spannung in ihr war zu groß. Sie lauschte weiter. Dann kam es. Ein lautes, halb ersticktes Aufstöhnen erst von der einen Stimme, dann von der anderen. Na also. Rieke rieb sich die Hände.

* * *

Das anhaltend milde Frühlingswetter spielte den Behnfelds in die Hände. Vor allem die Stunden des frühen Nachmittags nutzten die Kurgäste für einen Aufenthalt im Freien. Wem es am Strand noch zu windig war, der fand gleich hinter dem Haus im Park ein laues Plätzchen.

Einige Tage blieb Justus noch in Binz, am Nachmittag vor seiner Abreise saßen sie zu dritt bei Tee und Zuckerkuchen im Speisezimmer.

»Gebt es ruhig zu: Ihr atmet auf, wenn ihr mich los seid. Aber stört bitte den guten Reinhard nicht. Er soll seine Besucher ruhig empfangen, solange sie sich diskret verhalten.«

Am nächsten Morgen brachten Jette und Konrad ihn zum Bahnhof. Gerade kehrten sie ins Sanatorium zurück, da kam eine wuchtige weiße Gestalt die Treppe herunter: Adelheid Schroth im Bademantel auf dem Weg zum Knieguss. Heiter erbot sie ihren Gruß.

»Da frage ich doch gleich mal, Herr Doktor. Etwas Balneologisches. Es ist nämlich so: Die kalten Güsse tun mir gut, und nun überlegt Frau Einöder, ob sie mich auch massieren soll. Vor allem am Rücken. Ich bin verspannt, meint sie. Darum hätte ich gern Ihre Meinung. Darf sie mich massieren?«

Konrad riet, was er meistens riet: Mit wenigen Anwendungen beginnen, langsam steigern und immer auf das Wohlbefinden achten.

»Verbindlichen Dank, Herr Doktor, so dachte ich es mir auch.«

Sie ging weiter, Konrad und Jette schlossen die Wohnung auf.

»Und?«, er amüsierte sich. »Wie finden wir ihre Laune? Haben wir sie in der Charité je so glücklich gesehen?«

Jette nickte. »Das hier ist für sie die reinste Wunderkur. Schade, dass sie erst jetzt damit angefangen hat und nicht schon vor zwanzig Jahren. Das hätte uns allen gutgetan.«

Später ging Jette hinunter in die Großküche. Inmitten einer Schar von Küchenmädchen saß Rieke Merten am Tisch und schnitt Gemüse. Jette bat sie um ein kurzes Gespräch im kleinen Speisesaal.

»Mein Mann und ich erwarten morgen Vormittag einen Besucher, nämlich Herrn Michael Gröndahl, einen Medizinstudenten aus Greifswald. Wenn Sie uns bitte für elf Uhr ein Gabelfrühstück machen. Der übliche Aufschnitt, dazu eine Geflügel-Consommé und dann bitte Ihr Zuckerkuchen. Als süßer Abschluss.«

»Natürlich gnädige Frau. Das gebe ich gleich so an meine Mutter weiter«, Rieke wandte sich schon zur Tür, da wagte sie sich mit einer Frage vor: »Der Herr ist also Medizinstudent. Dann will er wohl von unserem Herrn Doktor etwas lernen?«

Ganz schön neugierig dieses junge Mädchen. Schmunzelnd gab Jette Auskunft. »Ja. Herr Gröndahl stellt sich bei uns vor. Sein Onkel ist Arzt in Berlin. Und er selbst wird im Sommer meinem Mann über die Schulter schauen. Als sein Famulus.«

»Also kommt er morgen nur kurz und im Sommer dann für länger?«

»Genau, Fräulein Rieke. Im August und September, dann sind ja Semesterferien. Und wenn Sie möchten, helfen Sie Tilla morgen beim Servieren. Dann lernen Sie ihn kennen, und er weiß schon mal, welch wunderbare Beiköchin und Bäckerin wir mit Ihnen haben.«

Jette ging zurück in die Wohnung. Niemand hier kannte Michael Gröndahl bisher persönlich. Sein Onkel beschrieb ihn als fleißigen Studenten, stets bestrebt, sich neben theoretischem Wissen auch praktische Kenntnisse anzueignen. Die Behnfelds durften gespannt sein.

Noch am selben Abend erfuhr auch Tilla vom anstehenden Besuch.

»Du siehst diesen Michael eher als ich«, meinte Rieke. »Also nimmst du ihm den Mantel ab, führst ihn in den Salon, und dann kommst du kurz runter zu mir und erzählst.«

»Du meinst, ob er eine Glatze hat? Oder Ohren wie Wirsingblätter? Und ob er schrecklich hochnäsig ist?«

Die beiden kicherten.

»Ich bin eben neugierig«, gab Rieke zu. »Das ist nicht schlimm, solange ich dabei ganz diskret bleibe.«

»Ach so? Und wenn wir dann zusammen den Kuchen servieren, dann guckst du ihm ganz diskret in die Augen? Und fragst ihn ganz diskret, ob er dich heiraten will?«

»Na warte!«, mit einem Küchenhandtuch zielte Rieke auf Tillas Ohr. »Du dummes Ding vom Lande! Gerade mal dreizehn und schon so kess! Komm du erst mal in mein Alter!«

Berta Merten betrat die Küche. Ein Blick genügte, und das Kichern verstummte. Die Mädchen machten sich wieder an die Arbeit.

* * *

Ein Medizinstudent, der noch dazu für zwei Monate blieb. Und Rieke sollte für ihn Zuckerkuchen backen. Wie könnte ein Sonntag schöner beginnen? Schon früh um fünf setzte sie die Hefe an, knackte Mandeln, knetete Teig und ließ Zucker schmelzen.

Ein paar Stunden später stand alles bereit: Geflügel-Consommé, Käse und Charcuterie, eingelegtes Gemüse, zwei Sorten Brot, gute Butter und zur Krönung der Kuchen.

Sie hielt die Ohren gespitzt. War es schon so weit? Hörte sie Tillas Schritte auf der Wendeltreppe? Ja. Das Zimmermädchen kam in die Küche.

»Es geht los!«

Nichts lieber als das. Rieke griff zu Schürze und Häubchen. So oft kam es ja nicht vor, dass die Herrschaft sie auch servieren ließ.

»Und? Nun sag schon! Wie sieht der Studiosus aus?«

»Groß, jedenfalls ein paar Zentimeter größer als du, ziemlich dünn, aber nicht dürr, zwei Beine und eine Nase mitten im Gesicht«, Tilla lachte auf. »Er ist nett und sieht auch so aus.«

»Nett? Also nicht schön?«

»Nein, schön wohl eher nicht. Also nicht wie die Männer in der Reklame. Für Pomade oder Bartwichse. Aber zumindest ist er ansehnlich.«

Rieke nickte. »Ein Mann soll nämlich auch gar nicht zu schön sein. Lieber ganz normal. Solide eben. Und sonst? Die Haare?«

»Dunkel. Fast schwarz. Und eine Nickelbrille, wahrscheinlich ist er ein bisschen kurzsichtig. Mit Kinnbart, aber eher harmlos. Weicher Flaum, das kann man sehen. Der kratzt bestimmt nicht beim Küssen«, Tilla hatte zwar noch keinen Mann geküsst, doch sie konnte sich so manches vorstellen. »Ich würde den jedenfalls nehmen.«

Hm. Alles in allem klang das nicht schlecht, fand Rieke. Sie trugen Terrinen und Platten zum Aufzug, Tilla drehte die

Kurbel. Oben im Anrichtezimmer stellten sie alles auf einen Servierwagen und schoben los in den Speisesalon.

»Und dies«, erklärte Jette, »ist unsere Beiköchin Fräulein Friederike Merten«, erklärte Jette. »Gemeinsam mit ihrer Mutter zaubert sie die wunderbarsten Köstlichkeiten. Der Zuckerkuchen ist ihre Spezialität.«

Rieke knickste. »Guten Tag, Herr Gröndahl. Hoffentlich schmeckt Ihnen mein Kuchen.«

Sah der Student aus, wie Tilla ihn beschrieben hatte? Eher noch besser, fand Rieke. Sogar bemerkenswert gut mit seinen dunkelbraunen Augen und hohen Wangenknochen. Ein wenig slawisch vielleicht? Konnte doch sein, wenn er aus Greifswald stammte. Das lag ja schon reichlich im Osten. Jetzt lächelte er. Ein charmantes Lächeln. Sanft und dennoch männlich. Allerdings ohne Grübchen. Weder am Kinn noch in den Wangen. Aber das war nicht weiter schlimm.

»Gewiss, Fräulein Merten. Ihr Kuchen wird mir sicher schmecken. Wenn es doch Ihre Spezialität ist.«

Eine angenehme Stimme. Und wie klug er sich ausdrücken konnte. Rieke begann zu servieren. Einmal streifte ihr Blick den seinen, aber nur kurz. Sie musste warten. Bis zu seiner Famulatur im Sommer und vielleicht sogar noch länger. Sie war zum Warten bereit. Dieser Mann schien es ihr wert.

MASSAGE

Der Juni begann, vom Festland strömte frühsommerliche Wärme auf die Insel, im Sanatoriumspark öffnete sich Knospe um Knospe. Voller Pracht entfaltete sich nun, was die Gärtner so wunderbar angelegt hatten: Rittersporn und Geißblatt, Hortensie und Rhododendron – jede Blüte, jede Farbe brachte die Herzen der Kurgäste zum Schwingen. Besonders die Mittagsstunde nutzten sie für einen Bummel längs der Beete und Rasenflächen, oder sie plauschten auf den von Rosen umstandenen Bänken. Die ganz Wackeren trafen sich abends noch zum Wassertreten unter freiem Himmel.

Neben der eigentlichen Kur boten Jette und Konrad den Gästen viel Abwechslung. Eines Nachmittags führten sie eine Gruppe zum Jagdschloss und dort auf den Turm. Auch Adelheid Schroth nahm an der Wanderung teil. Zu ihrem dunkelgrünen Strickkostüm und gleichfarbigen Filzhut trug sie derbe Wanderstiefel und stand mit dieser Aufmachung nicht allein da. Die Binzer kannten das schon: Mancher Kurgast aus dem Flachland las im Reiseführer vom hundert Meter hohen Tempelberg und dem Schloss mit seinen hundertvierundfünfzig Turmstufen. Prompt rüsteten sie sich, als gälte es, die Alpen zu besteigen.

Krischan als rechte Hand des Kastellans empfing die Gruppe am Turm. Er berichtete noch einiges zur Geschichte und half beim Einstieg in die ungewöhnliche Treppe.

Unbeschadet erreichten sie die obere Plattform. Ach, welche Herrlichkeit! Der Raps stand in voller Blüte. Die strahlend gelben Felder zwischen all den leuchtend grünen und dahinter die tiefblaue Ostsee – ein herzerquickender Anblick. Einige Damen seufzten sehnsuchtsvoll, während den Herren eher praktische Gedanken kamen.

»Famose Insel! Ausgezeichnet!«, fand ein stämmiger Berliner Geschäftsmann, der beim Kuren besonders den Rückenguss schätzte. »Ideal für Sommerhaus. Suche morgen Makler auf.«

Auf der Aussichtsplattform gesellte Adelheid Schroth sich zu den Behnfelds. »Sie sind so wunderbare Gastgeber. Aber ich muss Ihnen etwas gestehen.«

Dem Ton nach war klar, dass sie scherzte, und Konrad ging gern darauf ein. »Aha? Haben Sie etwa eine Schandtat begangen? Und werden nun auf ewig in der Hölle schmoren?«

»So ähnlich, Herr Doktor. Ich habe aus Zufall Ihre Serviermädchen belauscht und dabei etwas erfahren. Aber keine Angst, ich dachte es mir längst. Nach bald fünfzig Jahren in dem Beruf habe ich ja doch so etwas wie einen geübten Blick«, amüsiert wies sie auf Jettes Leib. »Nun darf ich Ihnen von Herzen gratulieren. Gott hat Sie beide zusammengeführt und macht Ihnen nun dieses große Geschenk. Dafür meine allerbesten Wünsche. Und noch etwas: Ihre Badefrau, diese Frau Einöder. Eine patente Person ist das. Mit goldenen Händen bei den Massagen. Nicht zu zaghaft, nicht zu fest. Genau richtig für meinen alten Rücken.«

»Das freut uns«, erwiderte Konrad, und auch Jette lächelte.

Kein Zweifel, die Oberin hatte sich erheblich gewandelt. Ihre gemüthaften Blicke und ihre warme Stimme, mit der sie ihre guten Wünsche überbrachte. Wie schön wäre es gewesen, wenn sie diese Seite von sich schon früher gezeigt hätte.

Vielleicht würde sie sich sogar entschuldigen für das, was sie Jette vor zwei Jahren an den Kopf geworfen hatte. Doch im Moment wirkte sie alles andere als reumütig.

Tief seufzend schaute die Oberin hinaus über Felder und Wälder bis zum Meer. »Da haben Sie sich ein wunderschönes Fleckchen Erde ausgesucht. Ich habe es ja auch sehr schön in meinem Kaiserswerth, mit den weiten Rheinauen und dem milden Klima. Aber diese Insel hier, da geht einem das Herz auf, und man fühlt sich nah beim Herrgott.«

Kaum hatte sie das ausgesprochen, frischte der Inselwind auf, eine Böe traf Adelheid Schroth, rasch hielt sie sich den Hut fest.

»Ach je, da schickt er mir ein Zeichen«, ihr Blick ging zum Himmel. »Ist ja gut, Herr. Zu Weihnachten bin ich wieder im Mutterhaus, und da trage ich keinen Wanderhut mehr, sondern die Schwesternhaube.«

Sie begann zu lachen, Konrad und Jette stimmten gern ein.

* * *

Die folgenden Tage verliefen nach Plan. Weitere Gäste trafen ein, inzwischen lag die Auslastung des Sanatoriums schon bei drei Vierteln. Achtzig Bedienstete waren zu einer Mannschaft zusammengewachsen: Zimmerreinigung und Empfang, medizinische Sprechstunde und Kuranwendungen, Verköstigung, technische Dienste und Buchhaltung – alles ging Hand in Hand.

Ermutigt vom guten Zusammenspiel des Personals planten Jette und Konrad eine Kurzreise nach Berlin. Ende Juni wollten sie fahren und zum Beginn der Hauptsaison zurück sein. Die Zeit der Übelkeit war beendet, mit ihrem Bäuchlein fühlte Jette sich prächtig, und endlich durfte sie auch zu eleganten

Anlässen auf ein Korsett verzichten. Manchmal überkamen sie seltsame Gelüste. Zum Hering aß sie gern frische Erdbeeren – Radieschen tauchte sie in Schokoladensoße.

Frau Merten erfüllte ihr gern die Sonderwünsche und lachte: »Vielleicht bringen Sie auch unsere Gäste auf den Geschmack. Dann übernehmen wir die Speisen ins Abendmenü.«

Eugenie hatte für Jette in der fabrikeigenen Schneiderei einige Kleider anfertigen und nach Binz schicken lassen: Empirestil, gleich unterhalb des Brustbandes setzte der weite Rock an. Ein zugleich eleganter wie bequemer Schnitt, wie Eugenie auf einer beigelegten Karte vermerkte. Bisher hegten die beiden kaum herzliche Gefühle füreinander, doch jetzt, da sie nicht mehr im selben Haushalt lebten und Jette selbst Mutter wurde, könnte sich das Verhältnis vielleicht zum Besseren wenden. Jette schrieb prompt zurück und brachte den Brief zur Post. Auf dem kurzen Weg von der Victoria- zur Wilhelmstraße atmete sie durch. Sie liebte die Insel zu jeder Jahreszeit, doch besonders im Frühsommer, wenn das Grün so frisch war wie die Luft und das Atmen leichtfiel.

Viel Arbeit lag vor ihr. Neben den täglichen Aufgaben im Sanatorium musste sie die Berlinreise vorbereiten. Konrad wollte vor allem Theo untersuchen und sich ein Bild von seiner Hirnerweichung machen, und Jette erfüllte ihr Versprechen: Im Dezember hatte sie zugesagt, den Unterricht für die Arbeiter fortzusetzen, wenn auch in größeren Abständen. Ihr nächster Vortrag sollte sich der Gesundheitsförderung für Schwangere widmen.

***

Adelheid Schroth fühlte sich wohl in ihrer Haut. So wie bei dieser Kur hatte sie sich noch nie verwöhnen lassen, und eigentlich widersprach dies ihren Grundsätzen. Doch es war ja bloß für vier Wochen. Eine solch kurze Phase von Müßiggang würde der Herrgott ihr schon verzeihen. Jeden Morgen war sie die Erste in der Damenabteilung und freute sich auf die Anwendungen, besonders auf die Massage. Sich von einer Badefrau die Weichteile walken zu lassen – diese Art von Berührung hatte sie stets gemieden. Es entsprach nicht der ernsthaften Medizin, fand sie. Aber nun hatte sie sich doch dazu entschlossen, der Kuraufenthalt tat ihr gut, da wollte sie sich neuen Erfahrungen nicht verschließen.

An den Verspannungen war ihr ehemaliger Beruf schuld: das lange Verharren in ungesunder Körperhaltung und zu wenig Muskelertüchtigung als Ausgleich. Umso mehr freute die Oberin sich auf das Kneten und Walken der tiefen Muskulatur – auch wenn es manchmal wehtat.

»Man nennt das *Petrissage*«, erklärte Hedwiga Einöder. »Petrus, das heißt auf Griechisch Fels oder Stein, wie der berühmte Apostel. Eine feste Massage. Als hätte ich Steine in meinen Händen und würde damit Ihren Körper bearbeiten. Und so die Versteinerung in Ihren Muskeln lösen. Stein auf Stein eben. Wie bei einem Mahlwerk.«

Petrus also. Das gefiel der Oberin, und sie nahm die vorübergehenden Schmerzen hin. Nach wie vor begab sie sich gern in die Hände der geübten Masseurin.

In der zweiten Juniwoche jedoch entwickelte die Badefrau einen fiebrigen Nasenkatarrh. Kaum erfuhr Konrad davon, eilte er ans Krankenbett. Über ihrem Leibchen hörte Konrad Herz und Lunge ab, beklopfte die Nierenlager, schaute in den Rachen und stellte neben der Erkältung auch eine tonsillitische Angina fest, zum Glück ohne weitere Komplikationen. Er verordnete Bettruhe und Salbeitee.

Arbeiten konnte Hedwiga Einöder in diesem Zustand nicht, zum Glück hatte sie ihre Helferinnen gut eingewiesen. Bäder und Güsse konnten die vier auch allein durchführen – jedoch keine Massagen. Jette bat die weiblichen Kurgäste zu sich: Ob die Damen sich statt von Frau Einöder auch von ihrem Mann massieren lassen würden? Alle bejahten, sogar Adelheid Schroth.

Wie gewohnt kam die Oberin am nächsten Morgen als erste Patientin in die Bäderabteilung. Helferin Leni nahm an ihr das Armbad und den Knieguss vor, führte sie zur Liege, half ihr, das Leibchen abzulegen, und zog rundherum die Vorhänge zu.

»Der Herr Bademeister kommt gleich.«

Die Oberin dankte. Sich von einem Mann massieren zu lassen, machte ihr nichts aus. Einöder besaß als Ehefrau die prachtvolle Hedwiga, demnach konnte er kein schlechter Mensch sein. Und er hatte bei Kneipp persönlich die Heilkunst des Gießens erlernt. Zwar hegte Adelheid Schroth ein Misstrauen gegen alles Katholische, doch beim Kurwesen ging es ja vor allem um christliche Nächstenliebe – egal, ob katholisch oder lutherisch.

Alois Einöder trat in die Kabine, grüßte höflich und ölte sich die Hände ein.

»So, gnädige Schwester, dann wollen wir mal. Meine Frau hat erzählt, was ich bei Ihnen beachten muss«, mit geübtem Griff untersuchte er die Muskulatur. »Bei Ihrer Verspannung tun Sie ganz recht, sich massieren zu lassen.«

Er hatte eine angenehme Stimme, fand die Oberin, und die gleiche liebenswerte Sprachfärbung wie seine Frau.

Einöders Hände fuhren über ihre Schulterblätter und strichen die Fasern des großen Rückenmuskels entlang, seine Kraft legte er mal in die Fingerspitzen, mal in die Handballen. Schließlich befühlte er ihre Wirbelsäule.

»Die Verspannung ist kein Wunder. Allein schon wegen Ihrer Körperlänge, gnädige Schwester. Lang sind Sie für eine Frau. Wirklich lang.«

Seit sie ausgewachsen war, hatte Adelheid Schroth immer wieder Bemerkungen zu ihrem Gardemaß gehört – meistens bewundernd, manchmal aber auch abschätzig. So groß zu sein sei für ein Mädchen selten eine Zierde, hieß es. Und die Auswahl an passenden Männern sei zudem sehr eingeschränkt.

Dass Einöder nun auch von der Länge ihres Körpers sprach, behagte ihr nicht. Nun ja, vielleicht zeigte sich darin bloß sein Neid. Sie überragte den dicklichen Bademeister immerhin um einen Kopf.

Die Oberin hatte durchaus recht mit ihrer Ahnung: Alois Einöder war eben noch gut gelaunt zur Arbeit gekommen. Nun aber, als Adelheid Schroth mit entblößtem Rücken vor ihm lag, überzog eine Säureschicht sein Gemüt: Diesem alten Weib reichte er gerade mal bis zum Kinn. Zudem gehörte sie als Diakonisse nicht dem wahren Glauben an. Dennoch hatte sie es beruflich weit gebracht. Leitende Krankenschwester und Hebamme in der Charité – der bedeutendsten Klinik der Welt. Eine beachtliche Karriere. Und das als Frau. Und als Protestantin.

All das behagte Alois Einöder ganz und gar nicht. Es widersprach seinem Bild von einer wohlgeordneten, gottgewollten Welt.

»Fatal verspannt sind Sie leider«, er strich ihr weiter über den eingeölten Rücken. »Aber dafür sind wir ja hier, das werden wir gleich alles lösen. Und Sie sind nicht nur lang. Sondern auch recht breit. Ich meine: stattlich. Und mit schweren Knochen. All das muss Ihr Rückgrat ja tragen.«

Stattlich – dieses Wort ließ sie sich gern gefallen. Aber *breit?* Das erinnerte sie schmerzlich an Bemerkungen aus ihrer Backfischzeit. Adelheid fülle mit ihrer Figur ja einen Türrahmen aus, hatten einige Schulkameradinnen gesagt. Hinter Adelheids Rücken könne sich so mancher Kerl verstecken. Und dass sie es mit so einem Körper wohl nicht leicht haben werde, überhaupt einen Ehemann zu finden.

Die Sticheleien und kleinen bösen Spitzen der Schulmädchen hatte die Oberin längst hinter sich gelassen. Dass nun aber ein erwachsener Mann, noch dazu aus einem medizinischen Beruf, sich so über ihre Statur äußerte – das ärgerte sie. Aber vielleicht lag es ja an der Situation: Seine Ehefrau war bemitleidenswert erkrankt, nun hing es an ihm, sie bei den Massagen zu vertreten. Das bedeutete viel Arbeit, und seine Badehelfer in der Herrenabteilung mussten ohne ihn auskommen. Sie wollte geduldig sein und nachsichtig mit diesem Allgäuer. Das alles sagte die Oberin sich – und verspannte sich dabei noch mehr.

»Dann beginne ich mit dem Walken und Kneten. Falls es Ihnen genehm ist, gnädige Schwester.«

»Sicher, Herr Einöder. Machen Sie nur.«

Er griff zu. Und stutzte. Diese Verhärtungen in ihrem Rücken hatte er doch eben noch nicht gespürt. Oder doch? »Nix für ungut, Frau Oberin, aber wenn wir das lösen wollen, dann muss ich doch …« Er sprach den Satz nicht zu Ende, sondern wandte nun einen besonders festen Knetgriff an.

Mit dem Handrücken am Mund unterdrückte sie einen Schrei. Einöder ging nicht darauf ein.

»Also diese ganzen Knoten in Ihrem Gewebe. Gar nicht gut, werte Schwester, gar nicht.«

Er fasste noch heftiger zu, und nun schrie sie tatsächlich.

»Bitte, Herr Einöder. Bitte machen Sie das anders. Sanfter. So wie Ihre Frau.«

»Ach? Wie meine Frau also?«, zwischen Daumen und Zeigefinger rieb er den breiten Rückenmuskel. »Dabei habe ich meiner Frau das Massieren beigebracht. Das meiste jedenfalls. Glauben Sie's mir ruhig. S' isch halt so. Fast alles hat meine Frau von mir gelernt. Alles.« Er drückte zu, die Oberin jammerte mit schmerzverzerrter Miene, und gerade das entfachte noch mehr seinen Zorn.

»Du! Du, gell! Du schnöseliges Weib!« Weiter, immer weiter walkte Alois Einöder den Rücken der alten Oberin. Er walkte, knetete und rieb. »Damische Blärhafa! Du Hutzla! Du Bissgur!«

Sie konnte nicht mehr anders. Das Gesicht noch immer im Liegenloch, begann sie zu schreien – laut und gellend.

Einöder über ihr erstarrte.

Die Oberin richtete sich auf, den linken Arm auf die Liege gestützt, den rechten schützend vor ihren Busen gelegt. »Herr Einöder! Mäßigen Sie sich!«

Nein. Er mäßigte sich nicht. Er löste sich nur aus der Starre und wurde umso deutlicher. »Du idressierte Kuah, du! Du kasch mi am Arsch legga!« Er packte ein Handtuch, schwenkte es mehrfach durch die Luft und stieß dabei wilde, kehlige Laute aus. Gerade fuhr er den gestreckten Arm aus, um ihr das Tuch heftig auf den Rücken zu schlagen, da öffnete sich mit einem Ruck der Vorhang. Helferin Leni stürzte in die Kabine. Einöder ließ im Schreck das Handtuch fallen und hastete aus der Kabine in den Flur Richtung Herrenabteilung.

So schnell es ihre schweren Knochen zuließen, sprang die Oberin von der Liege, zog Unterwäsche samt Bademantel über, stob an den Badehelferinnen vorbei die Treppe hoch ins Foyer bis ins Vorzimmer von Konrads Ordonnanz.

»Ich reise ab! Eine Droschke! In einer halben Stunde! Punktum!«

Jette, die in der Sprechstunde assistierte, erschrak. So hatte sie die Oberin noch nie erlebt: aufgebracht, mit wirrem Haar und nachlässig verknotetem Bademantelgürtel.

»Aber reden Sie doch erst einmal mit meinem Mann. Sicher lässt sich alles noch zum Guten klären.«

Doch da drehte Adelheid Schroth sich schon um. Mit harschem »Ich packe!« verließ sie den Raum.

Jette atmete durch. Sie hatte es ja gleich gewusst: So freundlich und heiter, wie die Oberin sich anfangs gegeben hatte, wäre es nicht lange weitergegangen. Diese Person besaß einen höchst speziellen Charakter. Sie musste dominieren. Sie wollte stets das letzte Wort behalten, und wenn ihr das nicht gelang, dann wurde sie zur Furie. Das hatte Jette damals schon zu spüren bekommen, jetzt erlebte sie es wieder.

Konrad war im Nebenraum noch bei einer Untersuchung. Jette bat ihn trotzdem heraus und schilderte den Vorfall.

Auch ihn erfasste der Schreck: Eine zornige Adelheid Schroth, die nicht einmal sagen wollte, worum es eigentlich ging – viel schlimmer hätte der Tag nicht beginnen können.

»Und wo ist sie jetzt?«

»Sie packt. Und sie behauptet zwar, dass sie nicht noch mal mit dir sprechen will, aber bestimmt wartet sie trotzdem darauf.«

»Und? Was glaubst du? Lässt sie sich umstimmen?«

»Wohl kaum. Schon aus Prinzip nicht. Weil sie unbedingt recht haben will.«

Konrad entschuldigte sich bei seinem Patienten und eilte in den zweiten Stock. Er war auf alles gefasst. Wollte die Oberin ihn tadeln und maßregeln? Ihn demütigen, wie sie es bei Jette schon getan hatte? Oder ihm drohen? Weil das Schicksal sich eines Tages für seinen Ehrgeiz an ihm rächen würde?

Doch all das tat Adelheid Schroth nicht. Betont ruhig legte sie einen Stapel Wollsachen in den Koffer, erst dann schilderte sie den Streit mit Einöder – kurz und knapp samt aller Kraftausdrücke, die er ihr an den Kopf geworfen hatte. In den letzten Jahrzehnten waren Tausende Allgäuer nach Berlin gezogen und viele davon irgendwann als Patienten in der Charité gelandet. Die Oberin kannte sich aus mit den deutschen Mundarten.

»Noch nie hat mich jemand derartig beschimpft und entwürdigt. Und das wegen einer Nichtigkeit. Nur, weil ich gesagt habe, er massiert mich etwas zu fest. Und dann wird er so heftig. Jenseits von Maß und Mitte«, ihre großen Hände umfassten den Kragen einer Jacke, als wollte sie jemanden würgen. Sie selbst schien es nicht zu bemerken. »Bemühen Sie sich nicht weiter, Herr Doktor Behnfeld. Was aus ist, ist aus. Ich kann mich in diesem Haus nicht mehr wohlfühlen. Hat man schon nach einer Droschke geschickt?«

»Noch nicht. Ich hatte gehofft …«

Sie hob die Hand. »Genug. Sie und Ihre Frau geben sich ja Mühe. Aber dass Sie nun an einen solchen Domestiken geraten sind. Nun denn. Ordentliches Personal ist schwer zu finden, gerade in der Medizin.«

»Aber Herr Einöder entschuldigt sich ganz bestimmt bei Ihnen. Ein klein wenig Geduld bitte, ich kläre das mit ihm.«

Doch Konrad bat vergeblich. Die Oberin ließ sich nicht einmal mehr zu einem Wort herab, mit einem scharfen Blick wies sie ihn zur Tür.

Jenseits von Maß und Mitte. Diesen Vorwurf hatte sie gegen Einöder erhoben. Aber sie selbst benahm sich ja keinesfalls besser. Dass sie nun gleich abreiste, schien Konrad völlig übertrieben. Doch für ihn blieb nichts mehr zu tun – er verließ grüßend das Zimmer. Auf dem Weg ins Souterrain begegnete er einem der Zimmermädchen.

»Gehen Sie bitte zum Großbahnhof und bestellen eine Droschke. So bald wie möglich.« Er eilte weiter in die Bäderabteilung und war auf das Schlimmste gefasst. Würde Einöder dort immer noch toben? Doch im Damenbereich herrschte Ruhe. Helferin Leni, eine so kräftige wie beherzte strohblonde Fischertochter aus Göhren, führte die üblichen Güsse durch.

Konrad nahm sie beiseite. »Für Sie und Ihre Kolleginnen gilt Schweigepflicht. Auch über das, was Herr Einöder vorhin geäußert hat.«

Leni versprach es, und Konrad hastete nach nebenan in die Herrenabteilung. Der Sichtschutz um die Massagekabine war geschlossen.

»Entschuldigung! Ich komme jetzt herein!« Konrad zog den Vorhang auf – und stutzte.

Ein Kurgast lag auf dem Massagetisch, das Gesicht in der Öffnung, ein Tuch über das Gesäß gebreitet, alles, wie es sein sollte. Was Konrad verwirrte, war Einöder selbst. Die Augen voller Wasser, die Wangen gerötet und verquollen, starrte er Konrad entgegen. Er fühlte sich schuldig, kein Zweifel, er wusste, was er Falsches getan hatte, und weinte. Sogar noch beim Massieren.

Vom angespannten Gemütszustand seines Masseurs bemerkte der Kurgast offenbar nichts. »Ach, Herr Doktor. Sie stören doch nicht. Ihr Herr Einöder macht seine Sache ganz vortrefflich. Ich kann mich wunderbar erholen, auch wenn es manchmal ziept und zwickt. Und ich muss nicht reden. Das ist so ganz anders als in meinem Beruf.«

Der Stimme nach erkannte Konrad den Gast: ein Kanzleivorsteher aus Charlottenburg, der fünfzig Leute unter sich hatte.

»Das freut mich sehr, Herr Budicke. Nur leider muss ich Ihnen den Herrn Bademeister kurz entführen. Bleiben Sie einfach so liegen, Herr Einöder ist gleich wieder für Sie da.«

»Ach sicher, die Herren. Mir geht es ja gut hier.«

Herr Budicke behielt seinen Kopf in der Öffnung und bekam nicht mit, in welch erbärmlichem Zustand der Masseur dem Chefarzt aus der Kabine folgte. Gern hätte Konrad die Unterredung in seiner Ordonnanz geführt, doch mit einem verheulten Einöder an seiner Seite wollte er nicht durch die Flure laufen.

»Kommen Sie. Wir reden hier.« Konrad führte ihn in einen kleinen Lagerraum. Zwischen Flaschen, Tiegeln und Stapeln von weißen Tüchern erhoffte Konrad sich ein kurzes, klärendes Gespräch.

Stattdessen aber schüttelte Einöder heftig den Kopf. »Bitte, Herr Doktor!«, vom Weinen war seine Stimme belegt, er räusperte sich. »Sie sollen ja alles wissen, ich will Sie nicht belügen. Aber bitte reden Sie nicht mit mir allein. Meine Frau soll dabei sein.«

»Aber Ihre Frau hat Fieber, Herr Einöder, sie ist krank.«

Einöder schluchzte auf. »Bitte, Herr Doktor. Meine Frau erklärt Ihnen das auch viel besser als ich. Ich mache die Massage zu Ende, und dann reden wir. Bitte!«

Für einen Moment schloss Konrad die Augen. Er verstand zwar nicht, warum Einöder ihm die Sache nicht selbst erklären konnte, doch was sollte er dagegen schon tun. Bei all der Verwirrung musste endlich eine Klärung her.

»Meinetwegen. Dann in zwanzig Minuten bei mir im Sprechzimmer. Und waschen Sie sich das Gesicht. Jetzt gleich! Was soll Ihr Patient nur denken, wenn er Sie so sieht.«

»Sofort! Danke, Herr Doktor, tausend Dank.« Einöder eilte zu einem separat liegenden Kaltbecken und spritzte sich Wasser ins Gesicht. Konrad verließ das Souterrain. Höchst sonderbar das alles. Deutlich irritiert, doch mit entschlossenem Schritt ging er hinauf zum Wirtschaftstrakt.

Bis eben hatte Jette noch in Schwesterntracht bei der Sprechstunde geholfen. Nun stand sie im langen dunkelblauen Arbeitskittel im Hof und überprüfte die Lieferungen. Soeben waren etliche Kanister Franzbranntwein gekommen, die Bäderabteilung verbrauchte pro Tag an die sieben Liter.

»Du hattest recht, Liebes«, Konrad senkte die Stimme. »Ich hätte besser auf dich gehört und die Oberin von vornherein abgewimmelt. Einöder mag zu Jähzorn neigen, aber sie eben auch. Das haben wir ja gesehen, so wie sie dich vor zwei Jahren beleidigt hat.«

Immerhin. Er sah es ein. Jette nickte. »Und Einöder?«

»Keine Ahnung, was in dem Kerl vor sich geht. Fünfzig Jahre ist er alt und weint minutenlang, statt seine Fehler einzuräumen. Angeblich kann seine Frau das alles viel besser erklären. Aber nun gut. Wir werden sehen.«

Sie gingen zurück zur Ordonnanz. Die Wartezimmertür stand weit offen, drinnen saß Adelheid Schroth in Hut und Mantel. Außer ihr war niemand zu sehen, die anderen Gäste wussten, dass sich die Sprechstunde verzögerte.

Jette und Konrad schlossen die Tür hinter sich und wollten sich setzen, da stand die Oberin auf.

»Eine Bedienstete hat mir eben Bescheid gegeben, meine Droschke ist unterwegs«, mit schroffer Bewegung legte sie fünf Hundertmarkscheine auf einen Beistelltisch. »Ich reise ein paar Tage eher ab, aber zahle selbstredend die vollen vier Wochen. Der Rest ist für Ihr Personal mit Ausnahme dieses Bademeisters. Eine Zumutung ist der. Unerträglich. Grauenvoll.«

Konrad wollte ihr hundert Mark zurückgeben, doch sie lehnte ab.

»Ich lasse mir von Ihnen nichts schenken, Herr Doktor Behnfeld. Was ich bestellt habe, das zahle ich auch. Der Diener bringt mein Gepäck zur Straße. Bitte bemühen Sie sich nicht weiter. Guten Tag.«

Sie straffte den Rücken, Konrad hielt ihr die Tür auf und hätte sie gern noch zur Pforte begleitet, ihr Blick jedoch hielt ihn ab. Im Flur verhallte ihr soldatischer Schritt.

Lange brauchten Jette und Konrad nicht zu warten, da hasteten die Einöders heran. Beiden stand etwas ins Gesicht geschrieben: Alois die Verzweiflung, Hedwiga der fiebrige Nasenkatarrh samt Angina. Sie hatte sich dick in Wolle gehüllt und wünschte mit stark belegter Stimme einen guten Morgen.

»Bitte, gnädige Herrschaften. Nehmen Sie es meinem Mann nicht übel, dass er mich dabeihaben will. Die Sache ist so schwierig.«

»Also dann«, Konrad nickte. »Reden wir zu viert.«

Im Sprechzimmer nahmen die Behnfelds hinter dem Schreibtisch Platz, die Einöders davor. Konrad lehnte sich in seinem Stuhl zurück, sah wohlwollend zwischen Hedwiga und Alois hin und her. Ruhig wollte er das Gespräch einleiten. Behutsam und mit Bedacht. Doch weit kam er nicht. Denn gerade setzte er zum ersten Wort an, da schluchzte der Bademeister auf, heftig und ungehemmt. Seine Frau umarmte ihn tröstend.

»Sehen Sie, gnädige Herrschaften. Deswegen bin ich ja

mitgekommen. Meinem Mann ist die Sache derart unangenehm. Er weiß kaum, wie er sich entschuldigen soll.«

Und dann endlich erfuhren Jette und Konrad die ganze Geschichte: Alois Einöder, im Grunde ein friedlicher und warmherziger Mensch, litt seit dem Jugendalter an einer Art Koller, einem Raptus. Solche Anfälle überkamen ihn nicht oft, aber wenn sie kamen, dann reichte die kleinste Missstimmung, um seinen Zorn zum Kochen zu bringen. Dann schrie er um sich und beschimpfte in unflätiger Weise seine Mitmenschen. Auch auf seiner Stelle in Wörishofen sei ihm das einige Male passiert, und er habe kurz vor der Kündigung gestanden. Das Angebot nach Binz zu gehen, habe die Einöders sozusagen gerettet.

Hedwiga erzählte das alles freundlich und ruhig, ihre Stimme jedoch zitterte, was wohl nicht nur an ihrer Erkältung lag. Immer noch hielt sie schützend den Arm um ihren Mann gelegt. Er nickte wieder und wieder. Dann und wann tupfte er sich die Tränen aus den Augenwinkeln.

Jette und Konrad bewahrten Haltung, ab und zu sahen sie einander an, doch dabei zogen sie weder die Brauen hoch, noch rollten sie mit den Augen.

»Wenn ich fragen darf«, wagte Konrad sich vor. »Was ist denn die Ursache für diese Art von Anfall? Diesen Raptus?«

Erneut antwortete Hedwiga für ihren Mann. »Sein Großonkel hatte das auch, und ein Bruder. Die Familie meines Mannes stammt aus einem abgelegenen Tal. Und das nächste Dorf ist auch nur klein …«, sie hob beschwichtigend die Hand. »Aber mein Mann kommt aus einer anständigen Familie. Durch und durch rechtschaffen.«

Konrad verstand die Andeutung. In der Familie Einöder hatte es zwar keine Unzucht gegeben, aber dennoch einen geringen Austausch von Erbgut. Dies förderte Krankheiten, auch solche des Gemüts.

»Und der Wörishofener Kurdirektor hat Ihnen einwandfreie Referenzen ausgestellt, obwohl er von dieser Art Raptus wusste?«

Nun kämpfte auch Hedwiga mit den Tränen. »Weil wir ihn darum gebeten haben. Und weil er uns nicht die Zukunft verbauen wollte. Und wir geben es ja zu. Deswegen haben wir uns erst Ende März bei Ihnen vorgestellt. Weil wir dachten: Sie müssen uns nehmen, Herr Doktor. Sie haben dann gar keine Zeit mehr, nach anderen Bademeistern zu suchen. Und wir arbeiten ja auch gut.«

Welch erbarmungswürdiger Anblick. Die Einöders weinten gemeinsam, nahezu gleichzeitig wischten sie sich die Wangen mit einer Miene, die den härtesten Felsen hätte erweichen können.

»Und es kommt auch bestimmt nicht mehr vor«, beteuerte Hedwiga schluchzend. »Mein Mann wird sich beherrschen. Mit aller Kraft. Mit seinem ganzen Willen und seinem tiefen Glauben an Gott den Herrn wird er sich zügeln. Aber bitte, bitte, gnädige Herrschaften. Bitte lassen Sie uns hier. Kündigen Sie uns nicht.«

Natürlich nicht, dachte Konrad und sprach es wohlweislich nicht aus. Den Einöders zu kündigen, zumindest kurzfristig, hätte er sich nicht erlauben können. Nur äußerst schwer ließe sich Ersatz beschaffen, erst recht in der Hochsaison.

»Machen wir es so: Herr Einöder, Sie bringen Ihren vier Gehilfen das Massieren bei. Gründlich und umfassend, alle Griffe, die Sie kennen. Ich kontrolliere wöchentlich den Fortschritt. Und wenn Sie noch einmal während Ihrer Arbeit einen solchen Raptus bekommen, nur ein einziges Mal, dann kündige ich Ihnen fristlos und ersetze Sie durch einen Ihrer

Gehilfen.« Konrad formulierte das so freundlich wie entschieden und hatte nicht den geringsten Zweifel: Diese Botschaft saß.

Die Einöders trockneten sich die Tränen, bedankten sich unter vielen Verbeugungen und Knicksen wohl ein halbes Dutzend Mal und verließen den Raum.

Konrad riss das Fenster auf. Der Duft von Rosen und Flieder strömte in den Raum.

»Komm bloß her, du Weib. Sonst kriege ich auch einen Raptus«, bittersüß lächelnd streckte er seine Hand aus. »Vor zwei Jahren hat die Oberin dich aufs Ärgste gekränkt. Und nun musste sie selbst eine Kränkung wegstecken. Wenn auch nur von einem tobsüchtigen Bademeister. Und was lernen wir daraus?«

»Dass es sie eben doch gibt«, Jette schmiegte sich an ihn. »Die himmlische Gerechtigkeit.«

* * *

Es hätte schlimmer kommen können: Die vorzeitige Abreise der Oberin brachte kein böses Nachspiel. Alois Einöder selbst kam auf die Idee, beim Mittagessen im großen Speisesaal den verhängnisvollen Vorfall zu schildern und allen Kollegen zu versichern, dass er sich ab sofort mit aller Kraft beherrschen wolle. Der Hausdiener erzählte, Adelheid Schroth sei bei der Verabschiedung an der Droschke freundlich gewesen und habe sogar ein Trinkgeld gegeben. Jette und Konrad atmeten auf.

Für die beiden stand ein großer Tag ins Haus. Am zweiundzwanzigsten Juni jährte sich zum zweiten Mal ihre Hochzeit, und endlich, endlich bekäme Konrad sein großes Geschenk: das Porträt von Jette im antiken Gewand vor dem

Sanatorium. Aber wie sollte sie es ihm überreichen? Am besten wäre wohl, wenn er es gleich über dem Ehebett an der Wand hängen sähe.

Seit dem heiklen Zusammentreffen mit Paul an der Hoftür hatten Jette und Reinhard kein längeres Gespräch mehr geführt, dies sollte sich nun ändern. An einem regnerischen Vormittag klopfte Jette am Atelier, Reinhard öffnete und freute sich.

»Kleinen Moment bitte, ich decke nur ein Bild zu. Das ist noch nicht vorzeigefertig.« Ein paar Sekunden später ließ er sie eintreten. »Kommst du noch mal wegen Paul? Oder Hannes?«

»Weder noch. Die Sache hast du mit meinem Schwiegervater geklärt, und dabei soll es bleiben. Ich komme wegen meines Porträts. Du müsstest mir bitte helfen, damit ich Konrad überraschen kann.«

Sie erzählte von ihrem Plan, und Reinhard war gleich einverstanden.

»Nach dem Frühstück ziehst du deinen Konrad also die Treppe hoch zurück ins Schlafzimmer und dann …«, der Maler lächelte vielsagend.

»Reinhard!«

»Entschuldige. Ich will nicht frivol werden, schon gar nicht bei einer werdenden Mutter. Ich meine natürlich: Er geht mit dir in euren Schlafraum und freut sich sehr über das Bild und haucht dir einen zarten Kuss auf deine gespitzten Lippen.«

»Genau so. Was dachtest du denn?«

Beide lachten. Jette ließ ihm einen Wohnungsschlüssel da, dann kehrte sie zurück ins Kontor.

Der Hochzeitstag fiel auf einen Montag, doch schon am Sonntagabend feierten sie ein wenig, ganz allein zu zweit zwischen den Kissen – oder besser: zu dritt. Jettes Leib hatte sich zu einem ansehnlichen Fünfmonatsbäuchlein gewölbt, das Konrad so ergriffen wie liebevoll immer wieder streichelte und küsste. Er hatte auch schon mit einem Hörrohr versucht, die Herztöne des Kleinen zu erlauschen, doch dafür war es noch ein paar Wochen zu früh.

Sie schliefen früh ein. Die fleischliche Liebe hatte sie erschöpft – aber mehr noch ihr Arbeitstag. Elf Gäste waren abgereist, vierzehn neue eingetroffen. Mit Riesenschritten näherten sie sich der Hauptsaison.

Jette wusste nur zu gut, was Konrad sich für den Morgen des Hochzeitstages wünschte: neben ihr aufzuwachen und gleich weiterzumachen mit dem Feiern. Doch dazu ließ sie es nicht kommen. Erst einmal wurde gefrühstückt, darauf bestand sie und begründete es mit der Schwangerschaft. Sie hatte Hunger, der Zuckerspiegel in ihrem Blut durfte nicht weiter sinken.

Der Plan ging auf. Gut gesättigt vom Rosinenstuten, den Rieke noch am Vorabend gebacken hatte, mussten Jette und Konrad sich gleich wieder ausruhen. In aufreizender Weise streifte sie ihre Pantoffeln ab und warf Konrad rücklings aufs Bett, und zwar falsch herum, mit den Köpfen zum Fußende. Sie warf sich über ihn, um ihn aufs Heftigste zu küssen, erst auf den Mund, dann auf den Hals, dann auf das Grübchen zwischen seinen Schlüsselbeinen. Gleichzeitig knöpfte sie ihm das Hemd auf, und er musste wohl annehmen, sie würde sich noch weiter nach unten arbeiten. Doch das tat sie nicht.

Beim mittleren Knopf hörte sie auf, nahm ihren Kopf von seiner Brust und ließ sich neben ihm aufs Kissen fallen, den Blick nach vorn gerichtet auf die Wand oberhalb des Kopfgestells.

Irritiert schlug er die Augen auf, erblickte das Bild – und brauchte einige Sekunden. Dann lachte er auf. »Eine Römerin also! Sag mir sofort, wo ich sie finde!«, er packte Jette an der Taille. »Mit der Frau auf dem Bild will ich mein Leben verbringen. Steh auf! Ich verstoße dich! Raus aus meinem Bett! Hol mir diese Römerin!« Er kitzelte Jette durch, dabei zog er ihr auch gleich Kleid und Hemd vom Leib. Sie ließ es sich gefallen, bäumte sich in ihren Kissen auf und ließ sich gleich wieder sinken, den Kopf in den Nacken gelegt, die Lippen geöffnet.

Seine Hände glitten über ihre glatte, weiche Haut, mal hierhin, mal dahin. Und dorthin. Ja. Dorthin glitten sie auch.

ENTDECKUNGEN

Am nächsten Morgen bestiegen Jette und Konrad die erste Fähre. Fünf Tage, mehr blieb ihnen nicht für die Berlinreise, mit dem kommenden Sonntag sollte sich die Gästezahl im Sanatorium nochmals erhöhen. Die Damen Merten, die Einöders und der leitende Kontorist – gemeinsam übernahmen sie bis dahin den Betrieb. Ärztliche Untersuchungen fanden derzeit nicht statt, doch Konrad hatte eine Absprache mit dem Dorfarzt Dr. Uhde getroffen. Die Gäste des Sanatoriums konnten sich dort jederzeit Rat holen, und für äußerste Notfälle gab es ja auch das Krankenhaus in Bergen.

Justus ließ das junge Paar vom Bahnhof abholen und eilte ihnen entgegen, sobald die Kutsche vor der Villa anrollte. Charmant half er seiner Schwiegertochter aus der Karosse.

Sie trug eins der Kleider, die Schwägerin Eugenie ihr geschickt hatte. Der Schnitt im Empirestil ließ das Bäuchlein unter einer Fülle von weich fließendem Stoff verschwinden. Doch sobald Jette den Mantel abgelegt hatte, wagte Justus einen diskreten Blick.

»Allzu viel Platz nimmt euer Kleines noch nicht ein. Aber es wächst doch bestimmt ordentlich? Bei medizinisch so gebildeten Eltern.«

Konrad schmunzelte. »Keine Sorge, Vater, es steht zum Besten. Bis zur Geburt sind es noch neunzehn Wochen.«

»Na, dann will ich nichts gesagt haben. Ich verstehe ja doch nichts von den Frauensachen. Bei meinen dreien und auch bei den fünfen von Eugenie stand ich immer nur wie ein Ochs vorm Berg und habe mich gewundert. Ein Dreivierteljahr, und schon fertig. Und nun kommt rein.«

Im Speisesalon bat Justus zu einer späten Teestunde. Eine einzige Person saß bereits am Tisch: Theo.

»Konrad! Jette! Ich warte seit einer Stunde, so freue ich mich auf euch. Und ich brauche keine Pfleger mehr.« Er legte sich eine Hand auf den Kopf und drehte sich einige Male um seine eigene Achse – wohl zum Zeichen seiner Unabhängigkeit. Dann stürmte er auf Jette los und umarmte sie vorsichtig. »Ich liebe dich, Jette. Ich liebe dich immer noch. Nein, keine Angst, ich will dich Konrad nicht wegnehmen.« Er ließ sie los, gleich darauf wandte er sich seinem Bruder zu. Ihn allerdings umarmte er nicht, sondern schüttelte ihm bloß lange die Hand.

Theo hatte stetig abgenommen, inzwischen waren seine Wangen eingefallen, sein Leib ausgemergelt. Die Haare hatte er sich wachsen lassen und trug nun eine Künstlermähne wie Justus, allerdings nicht weiß, sondern fahlblond. »Ich esse genug«, mit der flachen Hand schlug er sich gegen den Oberbauch. »Ich esse reichlich. Fragt meinen Vater und den Koch hier. Aber ich nehme nicht zu. Mein Organismus verbrennt eben alles. Ganz schnell. Es brennt alles. Innerlich. Tief da drin.«

»Ja, Theo, schon gut«, Konrad kannte solche Verläufe der progressiven Paralyse. Die Patienten verbrauchten Unmengen an Nahrung, ohne ein einziges Gramm zuzunehmen, aber manchmal war auch das Gegenteil der Fall. Sie fraßen sich kugelrund und starben an Herzverfettung.

»Jette! Jette, du sitzt neben mir«, er zeigte auf den Platz zu seiner Rechten. »Keine Widerrede. Wo ich dich doch so liebe.«

Sie tat ihm den Gefallen. Es war ja ungefährlich für sie und ihr Kleines. Theo würde ihr höchstens ab und zu die Hand tätscheln, und davon könnte sie sich nicht anstecken.

Nun kamen auch Juju und Eugenie herein, zusammen mit einer Kinderfrau, die stolz den kleinen Albrecht hielt. Zwei Monate war er jetzt alt, und wie alle ihre Kinder stillte Eugenie ihn selbst. Die Schwägerin freute sich, Jette in einem der Kleider zu sehen, die sie ihr nach Binz geschickt hatte. »Möchtest du ihn denn mal halten?«

Nur zu gern ließ Jette sich das süße Bündel in den Arm legen. Konrad beugte sich über die beiden, und auch er konnte sich nicht sattsehen an dem kleinen schlafenden Neffen. Wie unvorstellbar das war: In nur gut vier Monaten würden Jette und er ihr eigenes Kind in den Armen halten.

Nach der Teestunde begleitete Konrad seinen Bruder für eine körperliche Untersuchung in dessen Zimmer. Obwohl Theo so dünn war, arbeiteten die inneren Organe noch gut. Seine Gemütsverfassung hatte sich sogar verbessert, er schlief nach wie vor übermäßig viel, konnte aber stundenweise am Familienleben teilnehmen und verstand sich mit den beiden Krankenwärtern.

Tags darauf hielt Jette ihren Vortrag im großen Versammlungsraum der Fabrik. Diesmal ging es um die Gesundheitsvorsorge für werdende Mütter, vor allem um die Wichtigkeit von Sonnenlicht, frischer Luft, bequemer Kleidung und fleischhaltiger Ernährung. In der Belegschaft hatte sich schon herumgesprochen, dass Jette selbst in froher Hoffnung war. Vor allem die Frauen der Arbeiter füllten den Saal, und über zwei Gäste freute Jette sich besonders: Ehepaar Rosukat.

Nach dem Vortrag kamen die beiden zu ihr und brachten gleich eine Überraschung mit. Marie erwartete in den nächsten Wochen wieder ein Kind.

»Es ist kein Ersatz für unseren Heinzi. Das kann es ja gar nicht sein. Aber es ist ein Neuanfang, und der Doktor sagt, es wird für mich wohl wieder eine leichte Geburt.«

Jette wünschte dem jungen Paar alles Glück dieser Welt und versprach, im Frühjahr wiederzukommen – für den nächsten Vortrag.

Am Freitag nahmen sie und Konrad den ersten Zug zurück nach Rügen, viel Arbeit wartete auf sie.

* * *

Auch Tilla war an diesem Freitagmorgen unterwegs. Nicht mit der Eisenbahn, sondern zu Fuß. Berta Merten hatte sie gebeten, auf der Wilhelmstraße ein paar Besorgungen zu machen. Unter anderem sollte sie aus einer Räucherei ein Dutzend Aale abholen – die Vorspeise für das heutige Abendmenü.

Sie übernahm solche Botengänge gern, vor allem bei so wunderbarem Wetter wie heute. Solange die Behnfelds noch auf Reisen waren, blieb ihr als Zimmermädchen weniger zu tun als sonst, außerdem liebte sie den Geruch von Räucherfisch und hatte sich mit der Inhaberin des kleinen Betriebs angefreundet. Ab und zu gab es für sie ein paar Probierhappen. Sie band sich eine frische Schürze um, setzte einen kleinen Strohhut auf, griff zum Korb mit dem Metallschild *Privatsanatorium Dr. Behnfeld* und machte sich auf den Weg.

Die kleine Räucherbude lag in einem Hinterhof zwischen einer Fischhandlung und einer Schusterei. Gerade wollte Tilla von der Straße in den Hof abbiegen, da fiel ihr eine Frau auf, eine bemerkenswert große Frau in dunkelblauem Mantel mit gleichfarbigem, schlichtem Hut. Etwa fünfzig Meter vor Tilla bewegte sie sich zügigen Schritts die Wilhelmstraße entlang. War das nicht …? Tilla blieb stehen und schärfte ihr Auge. Ja, das musste die Oberin sein. Viele Frauen von solcher Statur gab es nicht, außerdem kam Tilla der Mantel bekannt vor, sie hatte ihn oft genug ausgeklopft und mit der Kleiderbürste gereinigt, und zwar in Zimmer 212. Keine Zweifel: Bei der Passantin handelte es sich um Adelheid Schroth, bis letzte Woche noch Gast im Sanatorium. Aber was machte sie hier? In Binz? Nachdem Einöder sie so beschimpft hatte, war sie doch abgereist – nach Berlin. Das jedenfalls hatte sie dem Hausdiener erzählt.

Tilla überlegte, ob sie ihre Schritte beschleunigen und die Oberin einholen sollte. Aber das würde die Oberin vielleicht noch mehr verärgern. Vermutlich glaubte sie dann, das Mädchen hätte ihr nachspioniert. Besser, Tilla spräche erst einmal mit den Behnfelds.

Spätnachmittags kehrten Jette und Konrad aus Berlin zurück. Zwischen Sanatorium und Großbahnhof lagen nur einige Hundert Meter. Sie nahmen keine Droschke, sondern ließen ihren Schrankkoffer von einem Gepäckdiener nach Hause bringen.

»Darf ich bitten, gnädige Frau?«, galant bot Konrad ihr seinen Arm an. »Ein kleiner Bummel an frischer Seeluft. Gerade für werdende Mütter höchst empfehlenswert.«

Von der Promenade aus schauten sie auf das Meer. Die Sommerwende lag erst ein paar Tage zurück, auch am späten Nachmittag stand die Sonne noch hoch im Azur. Zwischen Himmel und Wasser brach sich das Licht in zartviolettem Dunst, aus den umliegenden Gärten zog der Duft von Heckenrosen. Wie gern hätte Konrad seine Jette von hinten umarmt und ihr liebevoll die Hände auf den Bauch gelegt. Doch solche Gesten schickten sich nicht in der Öffentlichkeit, er beließ es bei einem Wangenkuss.

Im Sanatorium war Tilla schon dabei, den Koffer auszuräumen. »Heute Morgen habe ich etwas gesehen...« Sie erzählte von ihrer Beobachtung. »Es war ganz sicher die Oberin. Ich habe sehr gute Augen, auch auf die Entfernung, und ihren Mantel kenne ich ja auch.«

»Vielen Dank, Tilla. Gut, dass du ihr nicht nachgelaufen bist. Und falls du sie noch einmal siehst, mach es bitte ganz genauso und gib uns Bescheid.«

»Gern, Herr Doktor«, Tilla knickste und packte weiter den Koffer aus.

Im Wohnsalon öffnete Jette die breite Terrassentür und schöpfte Luft. »Vielleicht hat Adelheid Schroth uns von vorn bis hinten belogen. Vielleicht stimmt es gar nicht, dass sie in Berlin diese Privatwohnung hat, in der Zimmerstraße. Und vielleicht hatte sie das Geld für die Kur auch nicht von ihrem Onkel.«

»Das mag schon sein, Liebchen. Die Frage ist nur: Warum hätte sie lügen sollen? Es kann doch sein, dass sie ein paar Wochen länger hier im Ort bleibt und die Anwendungen nun im Kurhaus nimmt. Oder im Warmbad. Einfach, weil es ihr so gut gefällt.«

»Aha«, Jettes Ton wurde spitz. »So viel Gutes gönnt sie sich plötzlich. Wo bleibt denn da die Demut? Für so eine lange Kur hat der liebe Gott bestimmt kein Verständnis mehr. Vier Wochen sind ja noch in Ordnung, aber sechs oder sieben? Dafür wird er die Oberin bestimmt eines Tages strafen. Wegen Genusssucht und Müßiggang.«

Sie lachten. Jette trat ein paar Schritte auf die Terrasse hinaus. Das lange Sitzen im Zug hatte sie angestrengt. Zum Ausgleich machte sie Kniebeugen – eine Übung, die man auch Schwangeren empfahl.

Die Reise hatte beide angestrengt, nun lockte das heimische Schlafzimmer. Seit Jettes Porträt über dem Ehebett hing, gingen sie jeden Abend ›falschrum schmusen‹, so nannten sie das. Die Oberkörper auf dem Plumeau, die Füße auf dem Kopfkissen, lagen sie dicht beieinander, die Augen auf das Gemälde gerichtet. Jette hatte Konrad von den Einzelheiten erzählt: Reinhards Idee, sie als antike Römerin zu malen. Das gewickelte Kleid aus türkischrotem Samt, ihre erste Sitzung als Modell, der süße Holundersirup, der üble Geruch aus der Amphore, ihr plötzliches Erbrechen und ihre Gewissheit, schwanger zu sein.

»Eine wunderschöne Geschichte«, hatte Konrad dazu gemeint. »Ich freue mich schon drauf, wenn wir das später mal unserem Kind erzählen. Oder besser: den vielen, vielen Kindern, die wir noch bekommen. So ein Porträt über dem Ehebett steigert nämlich die Fruchtbarkeit. Das ist medizinisch bewiesen.«

An diesem Abend fiel die Kunstbetrachtung kürzer aus. Konrad zog einen Karton aus seinem Nachtschrank.

»So, du Dreikäsehoch«, sprach er, den Blick auf Jettes Bauch gerichtet. »Jetzt ist Schluss mit dem Versteckspiel, wir wollen endlich ein Lebenszeichen.«

Lachend zog sie ihr Nachthemd hoch. In der letzten Woche schon hatte Konrad versucht, die Herztöne des Ungeborenen zu erlauschen, bislang ohne Erfolg, selbst für ein geübtes Ohr war es noch zu früh.

»Und du, holdes Eheweib, sag deinen Eingeweiden, sie sollen nicht so laut glucksen.« Konrad nahm das Holzstethoskop aus dem Karton, setzte es auf Jettes Unterbauch und horchte konzentriert – nichts. Er verschob das Rohr um ein paar Zentimeter – wieder nichts. Erst beim dritten Versuch, als er das Stethoskop heftig andrückte, begann seine Miene zu strahlen.

»Ja! Ja, da ist was!« Er hob seinen Kopf und schenkte Jette einen Blick – strahlend und beseelt. Eine Liebeserklärung ohne Worte, dafür mit Tönen. »Bumm-bumm, bumm-bumm, bumm-bumm, bumm-bumm! Genau, wie es sein soll. Und das allerschönste Geräusch, das ich je gehört habe. Na ja. Zumindest das zweitschönste.« Nun rutschte er ein Stück zu ihr hoch und küsste sie im gleichen Takt auf die Nase: bumm-bumm, bumm-bumm, bumm-bumm.

Sie nahm seinen Kopf zwischen die Hände und sah ihm in die Augen, ernst und lange. Zwischen seinen Zähnen blitzte seine Zunge hervor, nur zu gern nahm sie das Angebot an. Sie hätte ihn noch fragen können, was denn das allerschönste Geräusch war, das er je gehört hatte, doch diese Antwort ergab sich von selbst.

* * *

Dass sich die Oberin immer noch in Binz aufhielt, erzählte Tilla sonst niemandem, nicht einmal Rieke, mit der sie sich in den letzten Wochen gut befreundet hatte. Tilla behandelte die Sache als Geheimnis – so wie Herr und Frau Doktor es von ihr erwarteten.

Die Hauptsaison brach an. Mit zweiundsechzig belegten Betten war das Sanatorium ausgebucht. Tilla, die überwiegend in der Privatwohnung zu tun hatte, half den neuen Kolleginnen, so gut sie konnte. Daneben übernahm sie immer wieder gern die morgendlichen Botengänge und beobachtete die Umgebung. Würde ihr Adelheid Schroth wieder begegnen? Ließe sich gar ein Hinweis finden, warum sie immer noch in Binz lebte? Natürlich könnte es auch sein, dass die beiden sich unvermittelt in die Arme laufen würden. Für diesen Fall hatte Tilla sich vorgenommen, die Oberin sehr freundlich zu grüßen und ihren Weg fortzusetzen – ohne jeden Kommentar. Etwas anderes stand ihr als Dienstmädchen ohnehin nicht zu.

In der zweiten Juliwoche, am Mittwochmorgen, war Tilla erneut unterwegs, die Wilhelmstraße entlang gen Südwesten. Zehn Meter vor ihr ging eine junge Frau mit zwei kleinen Kindern, und noch weiter davor ein einzelner Mann, der Kleidung und dem Gang nach wohl ein Hafenarbeiter. Doch da, vor diesem Mann, da ging doch …? Oder …?

Tilla trat einen Schritt vom Bürgersteig auf die Straße. Kein Zweifel: Etwa dreißig Meter vor ihr ging die Oberin. Wegen der Wärme trug sie diesmal keinen Mantel, sondern nur ein dunkelgraues Tageskleid und dazu passend einen schlichten damenhaften Strohhut.

Nur zu gut wusste Tilla, was sie mit Herrn und Frau Doktor ausgemacht hatte: Falls ihr die Oberin noch einmal begegnete, möge sie das weitergeben und ansonsten nichts unternehmen. Auf gar keinen Fall sollte sie ihr nachstellen.

Hm. Die Behnfelds hatten wohl recht. Die Oberin sollte nicht denken, sie würde verfolgt. Aber was, wenn sie das gar nicht bemerkte, wenn Tilla nur ganz zufällig auch in diese Richtung ging und dabei etwas sah? Schließlich verlangte niemand von ihr, sie solle bei den Botengängen die Augen schließen.

Adelheid Schroth ging weiter die Straße entlang, zügig und mit aufrechtem Rücken, erstaunlich rüstig für ihre siebzig Jahre. Tilla beschleunigte ihren Schritt – nicht allzu sehr, nur so viel, dass sie der Oberin langsam näher kam. Dabei sah sie mal zu Boden, mal auf ihren Korb, ihre Einkaufsliste oder die Häuser auf ihrer linken Seite. Höflich überholte sie die junge Frau mit den zwei Kindern. Zwanzig Meter trennten sie noch von der Oberin, fünf Meter vom Arbeiter. Tilla wollte hinter ihm bleiben, mit seinem breiten Kreuz bot er einen guten

Sichtschutz. Doch was war das? Die Oberin scherte aus, ging ein paar Schritte nach rechts und überquerte die Straße. Hatte sie Tilla bemerkt? Offenbar nicht. Sollte Tilla jetzt auch die Seite wechseln? Sie überlegte noch, da sah sie die Oberin nach rechts um die Ecke biegen und in einer Gasse verschwinden. Und nun? Es einfach dabei belassen? Nein, entschied Tilla. Ganz egal, was die gnädigen Herrschaften dazu meinten, sie wollte es wissen. Beherzt überquerte sie die Straße, eilte bis zur Stelle, wo Adelheid Schroth abgebogen war, und lugte in die Gasse.

Die alte Dame ging auf einen Neubau zu. Keine fünfzig Meter von der Wilhelmstraße entfernt hatte hier neulich eine Pension eröffnet, *Windrose* stand in schmiedeeisernen Lettern quer über der Fassade.

Tilla blieb an der Straßenecke stehen und zog ihren Einkaufszettel hervor. Über das Papier hinweg glitt ihr Blick unauffällig zur anderen Straßenseite. Wollte die Oberin in die Pension? Erst sah es so aus, doch dann ging sie an diesem Haus vorbei und auch noch am nächsten, erst am dritten Haus bog sie in einen schmalen Weg ein, der zwischen den Gebäuden in einen Hof führte. Wohnte sie etwa dort? Oder besuchte sie jemanden? Im ersten Moment war Tilla versucht, ihr zu folgen, doch sie drehte bei. Zu groß schien die Gefahr, dass die Oberin sie doch noch bemerkte. Aber immerhin: Die kleine Verfolgung hatte etwas erbracht. Zufrieden machte Tilla sich auf den Heimweg.

»Die Oberin ist die Wilhelmstraße hinuntergegangen«, erzählte sie wenig später im Sanatorium. »Genau wie vorletzte Woche, und sie hat mich nicht bemerkt. Ich war dann noch in der Apotheke. Herr Wohlert bestellt schöne Grüße, die Pillen und Zäpfchen sind bis morgen fertig.«

Jette bedankte sich für die Auskunft.

»Und wenn ich die Schwester Oberin noch einmal sehe?«, hakte Tilla nach. »Soll ich Ihnen dann wieder Bescheid geben?«

»Ja, bitte. Aber ansonsten unternehmen wir nichts. Vielleicht läuft sie mir oder meinem Mann ja auch mal über den Weg und erzählt uns, warum sie noch immer in Binz ist.«

* * *

Der Juli schritt voran. Ein Sonnenhoch legte sich über das Mönchgut, die Celsius-Säule erreichte mittags an die dreißig Grad. Wie in den letzten Jahren ließ Kurdirektor von Eisch zwei Strandbäder einrichten: das für Herren gleich links neben dem Kurhaus, das für Damen einige Hundert Meter weiter westlich. Insgesamt zwanzig Badekarren standen bereit, betrieben jeweils von sieben bis achtzehn Uhr mit zweistündiger Mittagsruhe.

Jettes Bauch wölbte sich, doch ihr feinwollenes Badetrikot passte noch gut. Durch den schwarzen Stoff fiel die Schwangerschaft nicht allzu sehr auf, sie durfte also noch schwimmen gehen, ohne dass es gegen die Gebote von Moral und Schicklichkeit verstoßen hätte.

In der Tat: Kurdirektor von Eisch nahm es genau mit der Etikette und ließ sogar Strandwärter patrouillieren. Ein Weibsbild im Herrenbad oder gar umgekehrt ein Mann im Damenbad musste mit polizeilicher Verfolgung rechnen. Selbst Paare reifen Alters waren gezwungen, Meeresbäder getrennt voneinander zu nehmen – jedenfalls offiziell. Denn eine kleine Lücke im strengen Regelwerk gab es dann doch: Zwischen sieben und acht Uhr drückten die Strandwärter ein Auge zu. Dann durften Ehepaare gemeinsam einen Badekarren nutzen, vorausgesetzt, alles verlief ruhig und gesittet.

Jette und Konrad nutzten die warmen Tage für ein Ritual: Um sechs Uhr nahmen sie ein erstes kleines Frühstück auf der Terrasse. Dann rumorten zwar schon die ersten Gäste im Haus, doch verglichen mit den kommenden Stunden war es noch sehr ruhig. Tee trinkend saßen sie eng beieinander, den Blick quer über die Rasenfläche auf eine herrliche Rabatte gerichtet. In Anlehnung an die nahe Ostsee hatten die Gärtner lauter blau blühende Blumen gesetzt. Weit hinten Rittersporn, davor Eisenhut und Ehrenpreis, Glocken- und Kornblume. Wenn ein sanfter Wind durch die Blüten strich, kam das Arrangement einer Welle gleich. Einer blauen Woge aus Hunderten von Blütenkelchen.

Mit halb vollen Mägen machten sie sich zum Strand auf, allein der kleine Fußweg kam ihnen vor wie ein Fest. Noch lagen die vielen Kurgäste und Sommerfrischler in ihren Betten oder saßen bei Tisch. Noch hatten die wenigen Frühaufsteher die ganze Pracht der Strandpromenade für sich: Sonne und Himmel und Lerchengesang aus den umgebenden Gärten.

Otto und Hanni Ohlsen betrieben das Damenstrandbad. Sie waren mit Jettes Eltern gut bekannt und freuten sich jedes Mal, wenn Jette und Konrad um sieben Uhr auf den ersten Karren zusteuerten.

Weil die Benutzung zu zweit eigentlich gegen die Regeln verstieß, gab Konrad stets ein paar Extragroschen.

»Wie immer: für Jette und mich ganz allein.«

Fröhlich überreichte Hanni zwei Badetücher und öffnete die vordere Karrentür.

In der Holzkabine kleideten sie sich um. Kaum hatten sie an die Wand geklopft, zog Otto den Karren in die brusthohen Wellen, öffnete von außen die rückwärtige Tür und half den beiden hinunter ins kühle Nass. Er selbst watete zurück an den Strand.

Jette und Konrad aalten sich im Wasser, planschten und spritzten, schwammen ein paar Meter in verschiedene Richtungen und dann wieder aufeinander zu, um sich hinter dem Karren zu küssen und zu küssen und zu küssen.

Bei neunzehn Grad blieb es ein kurzes Vergnügen, vor allem Jettes Leib durfte nicht auskühlen. Nach zehn Minuten winkten sie zu Otto Ohlsen hinüber und ließen sich ans Ufer ziehen. Erfrischt und beseelt frühstückten sie ein zweites Mal, dann begann ihr Arbeitstag.

Bis in die letzte Juliwoche hielt sich das Hoch. Am frühen Montagabend saß Konrad auf der Terrasse, den Blick über das blaue Blütenmeer in den Himmel gerichtet. Die Schwalben flogen tief, das Wetter würde bald umschlagen.

Doch der nächste Morgen begann noch sonnig, Konrad und Jette nahmen ihr gewohntes Bad und schälten sich danach aus den Trikots. Jette fiel es einigermaßen schwer, sich aus dem knöchellangen nassen Wollstoff zu befreien. Gerade wollte sie sich aufrichten, da hielt sie inne. War das etwa …? Oder bildete sie sich das nur ein? Da kam es erneut. Ein kleiner, sanfter Stoß. Sie legte sich die Hand auf den Bauch. Von außen ließ sich nichts fühlen, doch von innen klopfte jemand bei ihr an. Tränen schossen ihr in die Augen. »Da! Fühl!«, sie nahm Konrads Hand. »Genau da! Jetzt!«

Lachend schloss er sie in die Arme. »Ach, Liebchen. Du liebes, liebes Liebchen.«

Er konnte ja nur indirekt mitfühlen, nur durch Jettes Worte, Jettes Rührung. Auf der Außenseite des Bauchs ließ sich nichts tasten, dafür waren die Bewegungen noch viel zu schwach. Doch so viel stand fest: Ihr Kind lebte. Sein kleiner Körper brachte die Wand seiner warmen Behausung zum Schwingen. Ich bin da, wollte es sagen. Gewöhnt euch schon mal dran.

Welch ein Glück! Und was für eine seltsame Situation. Da standen Jette und Konrad nun, beide nackt im Dunkel des Karrens, atmeten den Geruch der feuchten Holzbalken und ließen sich von Otto Ohlsen zurück zum Strand ziehen. Ein Moment, erhaben und komisch zugleich. Irgendwann würden sie ihrem Kind davon erzählen. Davon und von ihrer tiefen Liebe.

MICHAEL

Zwei große Wünsche blieben für Berta noch unerfüllt: zum einen, dass Sohn Franz wieder auftauchte, und zum anderen, einen rechtschaffenen Ehemann für Tochter Rieke zu finden. Ob Franz überhaupt noch lebte, wusste Berta nicht. Was aber ihren künftigen Schwiegersohn betraf, war der passende schon gefunden: Bäckermeister Egon Ritter aus Eisenach, der Sohn von Bertas älterem Halbbruder.

Rieke und Egon. Seit sieben Jahren hatten die beiden sich nicht mehr gesehen. Doch Berta und ihr Halbbruder Hartmut würden die beiden schon zusammenführen, und Liebe brauchte ohnehin Zeit zum Wachsen.

»Egon ist anständig, treusorgend und fleißig«, schwärmte sie. »Die Bäckerei Ritter genießt in Eisenach den besten Ruf, und andere Mädchen würden sich die Finger lecken nach so einer Partie.«

Doch Rieke wollte keine arrangierte Ehe. Sie sehnte sich nach einer Liebe, heftig wie ein Blitzschlag, voll ungehemmt flammender Leidenschaft und tiefrotem innerem Glühen. So stand es in den blauen Romanheften, und so wollte sie es auch für sich haben. Vor sieben Jahren hatte sie Egon zum letzten Mal gesehen, als zehnjähriges Kind. An das Treffen hatte sie nur vage Erinnerungen. Große Gefühle für Egon zu entwickeln – das konnte sie sich schwer vorstellen. Ein paar Monate blieben ihr noch für die Suche. Für den Herbst plante Mutter Berta, mit ihr auf Besuch nach Eisenach zu fahren. Bis dahin musste Rieke jemand anderen gefunden haben, eine bessere Partie als Egon.

In ihrem Zimmer konnte Rieke abends tun, was sie wollte. Niemand kontrollierte, ob sie sich zum Schlafen hinlegte oder vor lauter Liebessehnsucht seufzend aus dem Fenster starrte oder vor dem Spiegel stand und ihr langes braunes Haar mal zu dieser, mal zu jener Frisur drapierte.

Die Küchenmannschaft war gut eingespielt, einige Mädchen bewiesen so viel Talent, dass Berta sie schon selbstständig kochen ließ. Sie konnten sich gegenseitig gut vertreten, sodass jedes Mädchen pro Woche einen freien Nachmittag und einen freien Abend bekam.

Beiköchin Rieke nahm ihre Freizeit meist zum Anfang der Arbeitswoche, und das aus gutem Grund: Die Anreisen im Sanatorium wie auch in den Binzer Hotels und Pensionen fanden überwiegend sonntags statt. Nach der Ankunft waren die neuen Gäste häufig müde und gingen nach dem Abendmenü gleich auf ihre Zimmer. Montags oder dienstags aber erkundeten sie den Ort.

Von ihrem Wunschmann hatte Rieke eine klare Vorstellung. Er musste mindestens so groß sein wie sie auf Tanzschuhen, nämlich einen Meter fünfundsiebzig. Und er durfte nicht allzu alt sein, höchstens zweiunddreißig, also fünfzehn Jahre älter als sie selbst. Und er musste einen guten Beruf haben, einen sehr guten sogar, noch besser als Bäckermeister mit eigenem Betrieb. Denn nur dann würde ihre Mutter sich überzeugen lassen, und Rieke müsste nicht ihren Halbvetter Egon heiraten.

Rieke hatte sich einige Kleider nähen lassen, mit einfachen und doch eleganten Schnitten, in denen auch ohne Korsett ihre hohe, schlanke Statur zum Ausdruck kam. Darin ging sie nun spazieren, über die Wilhelmstraße, die Strandpromenade und am Meer entlang. Sie hielt ihre Augen offen. Ihrer Wirkung auf Männer war sie sich bewusst – aber auch ihrer Würde. Wenn ein Mann sie zu offen ansah, hatte er schon verspielt. Und selbstverständlich hätte sie sich niemals, wirklich niemals von einem Mann ansprechen lassen. Sie führte stets ein Paar weiße Spitzenhandschuhe mit sich. Wäre ihr ein Mann nach ihrem Geschmack begegnet, hätte sie einen der Handschuhe wie zufällig fallen lassen. Doch dazu kam es kein einziges Mal, denn seit Eröffnung des Sanatoriums war ihr noch keiner begegnet, der ihr auf Anhieb gefallen hätte. Jedenfalls kein Alleinstehender. Und einer anderen Frau den Mann ausspannen – nein, das wollte Rieke ganz und gar nicht.

Dann aber lernte sie Michael Gröndahl kennen. Und danach scherte sie kein anderer mehr. Bald jeden Abend schnürte sie sich vor dem Spiegel in ihre weiße, hüftlange Korsage, rückte sich darüber die Brüste zurecht und dachte an den jungen Medizinstudenten. Schließlich bat sie ihre Kameradin um einen Gefallen.

»Sag mal, Tilla, wenn nächste Woche der Famulant kommt, dieser Michael Gröndahl, dann wohnt er wohl kaum im Personaltrakt, oder? Sondern im Gästezimmer in der Wohnung?«

»Na sicher. Er ist ja ein persönlicher Gast von unseren Herrschaften.« Wo dieser Medizinstudent nachts sein Haupt bettete, war Tilla letztlich egal. Aber sie gab gern Auskunft.

»Hm. Dann ist er also in der Ordonnanz oder der Wohnung. Und ich bin in der Küche oder auf meinem Zimmer im Personaltrakt. Also laufen wir uns kaum über den Weg.«

Tilla begriff sogleich. »Du meinst also, ich soll zwischen euch vermitteln? Den Postillion d'Amour spielen?«

Postillion d'Amour. Dreizehn Jahre war Tilla alt und kannte schon die tollsten Ausdrücke.

»Genau. Aber erst mal fragst du bitte bei Frau Doktor nach. Ob ich für seinen ersten Tag hier meinen Zuckerkuchen backen soll?«

Noch am selben Abend gab Tilla die Frage weiter.

Jette amüsierte sich. »So, so, Tilla. Ist das denn deine Idee oder die von Fräulein Rieke?«

»Die von Rieke, Frau Doktor. Aber es ist doch ein guter Gedanke. Als Herr Gröndahl im Mai kurz hier war, hat ihm der Kuchen geschmeckt. Da können wir ihn doch jetzt noch mal machen.«

Jette war einverstanden, auch Konrad nickte. Beide dachten sich ihren Teil, doch in Tillas Anwesenheit wollten sie das nicht besprechen. Erst später beim Gutenachttee im Wohnsalon griffen sie das Thema wieder auf.

»Müssen wir uns Sorgen um Rieke machen?«, fragte Konrad. »Hat sie sich in Michael verguckt?«

»Vermutlich schon. Aber ich denke, sie ist vernünftig. Oder ihre Mutter bringt sie zur Vernunft. Er wird sicher mal eine Arzttochter heiraten. Jedenfalls eine Frau aus sehr gutem Haus.«

»Ja! Zum Beispiel aus dem sehr guten Haus eines rügenschen Zimmermanns. So wie du«, lachend rührte Konrad sich Kandis in den Tee. »Aber ich verstehe dich ja: Die Gröndahls würden ein Fräulein wie Rieke als Schwiegertochter kaum akzeptieren.«

»Eben. Und das weiß auch Berta Merten. Die setzt ihrer Rieke keinen Floh ins Ohr.« Jette lehnte sich im Sessel zurück und streichelte sich den Leib. Das Kleine schickte mit sanften Stößen einen Abendgruß. »Soll Rieke ruhig verliebt sein, sie wird schon keine allzu schlechten Erfahrungen machen. Michael ist ja ein anständiger Kerl.«

Einige Tage später traf er ein, Tilla nahm ihm Hut und

Mantel ab. Einundzwanzig Jahre zählte er, war also grob gerechnet noch im Alter von Konrad und Jette, darum hatten die beiden ihm das Du angeboten.

»Heute Nachmittag bist du für die Ordonnanz eingeplant«, erklärte Jette. »Und unser Fräulein Mathilde Erlenbrook kümmert sich um die Wohnung hier, ihr habt euch bei deinem letzten Besuch ja schon kurz gesehen.«

Der Famulant stammte aus großbürgerlichem Haus und wusste: Wenn man ihm als Gast eine Bedienstete mit vollem Namen vorstellte, dann genoss sie das besondere Vertrauen der Herrschaft. Er nickte ihr zu. »Fräulein Mathilde.«

»Nennen Sie mich bitte Tilla«, sie knickste. »Und geben Sie immer gleich Bescheid, wenn Sie etwas benötigen.«

Bis zum Mittagessen blieb noch Zeit. Einen Teil des Sanatoriums kannte Michael schon, nun führte Jette ihn durch den Wirtschaftstrakt. Vor allem über den Kühlraum staunte er, mithilfe der Dampfmaschine ließ sich also auch Kälte erzeugen. Sie gingen weiter in die Küche. Hier herrschte Hochbetrieb, in einer halben Stunde sollte das Personalessen auf dem Tisch stehen. Gleich drei große Bleche hatte Rieke von ihrem Platenkuchen gebacken, allesamt mit gleichmäßig goldbrauner Kruste. Nun löste sie ihn vom Blech.

»An unser Fräulein Rieke erinnerst du dich sicher auch noch, Michael?«

»Natürlich, Jette. Und wenn ich gleich fragen darf, Fräulein Rieke: Was hier gerade so wunderbar duftet, ist doch sicher Ihr Zuckerkuchen?«

Er lächelte. Zwar nicht von ganzem Herzen, eher bloß höflich, doch Rieke war trotzdem zufrieden. Genauso hatte er sie auch im Mai angelächelt, als sie beim Servieren geholfen hatte. Überhaupt hatte er sich in den zweieinhalb Monaten wenig verändert: die exakt geschnittenen dunkelbraunen Haare, die hohen Wangenknochen, der weiche Schnäuzer. Und seine Lippen? Auf die hatte sie damals kaum geachtet, jetzt wagte sie diskret einen genaueren Blick.

Wunderbare Lippen hatte er, recht voll, aber noch passend für einen Mann, und die Oberlippe schön geschwungen. Und wie gut ihm dieser hellgraue Leinenanzug stand. Der Wärme wegen trug er ihn ohne Weste, nur mit weißem Hemd, mittelhohem Kragen und dunkelblauem Binder. Bestimmt sähe Michael auch im weißen Kittel ganz großartig aus.

»Da haben Sie richtig gerochen, Herr Gröndahl«, sie strahlte. »Den Kuchen bekommen Sie gleich zum Nachtisch.«

»Ganz vorzüglich, Fräulein Rieke.«

Suchte er ihren Blick? Oder kam es ihr nur so vor? Vorsichtshalber schaute sie an ihm vorbei hinüber zum Backofen. »Entschuldigen Sie bitte, wir haben hier im Moment sehr viel zu tun. Es muss ja alles pünktlich auf den Tisch.«

»So ist es«, schaltete Jette sich ein. »Du bleibst ja zwei Monate bei uns, Michael. Da wird es den Kuchen öfters geben. Einstweilen vielen Dank, Fräulein Rieke. Länger wollen wir hier auch nicht stören.«

Jette führte ihn zurück in den Flur, und Rieke hätte jubeln mögen vor Freude über die Begegnung. Doch sie verhielt sich ruhig. Er musste sich erst einmal einleben, und sie wollte sich nicht aufdrängen, denn das mochten Männer bekanntermaßen gar nicht. Und überhaupt war er nicht zur Kur hier, sondern, um etwas zu lernen.

Am Tag nach seiner Anreise bekam Rieke den Studenten nicht mehr zu Gesicht. Ach, wie sehr beneidete sie Tilla. Die durfte sein Gästezimmer putzen, sein Plumeau aufschütteln und viermal täglich im privaten Speisezimmer für ihn servieren. Rieke hingegen sollte für ihn nur kochen und backen.

Nach jeder Mahlzeit konnte sie es kaum erwarten, dass Tilla endlich das Tablett mit dem gebrauchten Geschirr aus der Wohnung brachte: Hatte er seinen Teller leer gegessen? Oder etwas übrig gelassen? Was mochte er besonders gern? Und was gar nicht?

Er erwies sich als dankbarer Esser und lobte oft die gute Küche. An seinem dritten Tag im Sanatorium gab es zum Abendmenü ein Kalbsfrikassee. Michael ließ es sich schmecken.

»Wirklich ganz hervorragend. Nirgendwo habe ich das so gut gegessen. Liebe Jette, lieber Konrad, zu euren Köchinnen hier kann ich nur gratulieren. Chapeau!«

»Vielen Dank, Michael, da werden sich die Damen Merten sicher freuen samt all ihren flinken Helferinnen«, Jette wandte sich an Tilla, die soeben Wasser nachschenkte. »Du hast Herrn Gröndahl gehört. Gib sein Lob bitte gleich weiter, natürlich auch von meinem Mann und mir.«

»Sehr gern, Frau Doktor.« Tilla trug das gebrauchte Geschirr in den Speisenaufzug, betätigte die Kurbel und ging hinunter, um beim Ausräumen zu helfen. Die Küchenmädchen freuten sich: So gut hatte dem jungen Studenten also das Frikassee geschmeckt. Ein gutes Zeichen, wenn er ein eher simples Gericht derartig lobte. Dann würde er Rehrücken oder Lammkarree wohl erst recht zu schätzen wissen. Vor allem Rieke strahlte.

Nachmittags wischte Tilla Staub in Michaels Gästezimmer. Viel Privates gab es nicht zu entdecken. Auf seinem Nachttisch lagen bloß Medizinbücher. Was er gerade nicht benötigte, räumte er ordentlich in Schränke und Kommoden, und dort wollte Tilla nicht schnüffeln. So weit ging ihre Verbundenheit zu Rieke dann doch nicht.

Kurz darauf trafen sich die Freundinnen in der Putzkammer.

»Nun erzähl!« Rieke hüpfte auf und nieder. »Erzähl! Erzähl! Erzähl!«

Tilla gab die Leidende, seufzend legte sie sich die Hand an die Stirn. »Eine Zumutung war das! Eine Höllenqual! So viele Bücher hat er mitgebracht, das ganze Regal voll und auch noch der Nachttisch. Und die furchtbaren Bilder darin. Lauter Blut und Eiter und offene Wunden.« Sie kicherte. »Und ansonsten nichts. Gar nichts zu finden. Ich habe alle Bücher durchgeblättert, von hinten nach vorn und zurück. Nicht mal ein Lernzettel liegt da drin. Geschweige denn getrocknete Blüten oder Kleeblätter. Also, wenn du mich fragst: Entweder er hat eine Liebste und keiner hier darf das wissen, oder er hat keine Liebste.«

Genau diese Auskunft hatte Rieke sich ersehnt. Aus ihrer Kittelschürze zog sie einen Umschlag mit einer zierlichen Briefkarte.

Tilla klatschte in die Hände. »Zeig her! Sofort! Ich muss schließlich wissen, was ich da überreiche.«

Rieke las die Karte vor: »Werter Herr Gröndahl! Bitte gestatten Sie mir diese Zeilen. Mein Zuckerkuchen hat Ihnen ja gut geschmeckt und auch das Kalbsfrikassee. Ich würde gern Ihre nähere Bekanntschaft machen. Vielleicht erwidern Sie diesen Wunsch. Wir könnten ein wenig plaudern. Am Schmachter See gibt es sommers eine gutbürgerliche Gaststätte mit Terrasse. Es ist bis elf Uhr abends geöffnet. Wir könnten uns um neun Uhr dort treffen. Das Zimmermädchen Fräulein Tilla ist meine gute Freundin. Sie können ihr sagen, ob Sie mich treffen möchten und wann. Es grüßt Sie Friederike Merten, Beiköchin.«

»Sehr gut formuliert«, fand Tilla. »Und du hast eine schöne Schrift. Also gebe ich ihm das jetzt.«

»Moment noch.« Rieke kniff ihre Augen zusammen und

drückte sich die Hände auf die Brust. »Ja!«, tief seufzend schlug sie die Lider auf. »Ja, es fühlt sich richtig an. Also mach es bitte.«

Riekes Aufregung ging auf Tilla über. Zwar war sie nicht in den Famulanten verliebt, er war ihr mit seinen einundzwanzig Jahren viel zu alt, aber sie fieberte mit. Noch am selben Abend, als er gerade in seinem Gästezimmer verschwunden war, brachte sie ihm einen frischen Kopfkissenbezug.

Er hatte seine Jacke abgelegt. Im weißen Oberhemd, darüber helle Hosenträger, saß er am kleinen Schreibtisch und blätterte in einem Medizinbuch. Bisher kannte Tilla ihn immer nur im Jackett oder weißen Kittel. Im Hemd zeigte er unerwartet breite Schultern und kräftige Arme. Bestimmt würde Rieke das gefallen.

»Ach so? Aber das Kissen ist doch noch frisch. Haben Sie das nicht gestern erst bezogen?«

Sie knickste. »Vorgestern, Herr Gröndahl. Bei der Wärme wechseln wir häufig. Die Kopfhaut schwitzt am meisten, sagt unser Herr Doktor immer. Und Sie sollen es ja angenehm haben. Darf ich?«

»Sicher, Fräulein Tilla. Nur zu.«

Eine halbe Minute, länger brauchte sie nicht, da war das Kissen schon duftend frisch bezogen und glatt gestrichen. Sie zog den Umschlag von Rieke hervor. »Und dies ist von Fräulein Merten. Sie will nicht aufdringlich wirken, soll ich sagen. Aber über eine rasche Antwort freut sie sich.«

»Aha. Na dann.«

Ein wenig kam es Tilla so vor, als wollte er sich lustig machen. Doch dann öffnete er mit ernster Miene den Umschlag und las – und lächelte.

»Wie aufmerksam von Fräulein Merten. Sagen Sie ihr bitte,

ich freue mich ebenfalls. Treffen können wir uns gern schon morgen. Meine besten Grüße zurück.«

Keine Minute später überbrachte Tilla die Nachricht.

Rieke staunte. »Morgen schon?«

»Tja. Dein Herr Studiosus ist eben von der schnellen Truppe. Aber große Hoffnungen würde ich mir trotzdem nicht machen. Dem ist bestimmt bloß langweilig. Und weil keine andere da ist, trifft er sich eben mit dir.«

Nach dieser Antwort musste Tilla rasch ausweichen, sonst hätte Riekes nasses Küchentuch sie am Kopf erwischt. Sie lachten.

* * *

Zum Stillen Wasser, so nannte sich die Sommergaststätte am See. Geführt wurde sie von einer Witwe und ihrer ältlichen Tochter, die stark hinkte und wohl auch deswegen ohne Ehemann geblieben war.

Die Terrasse bot einen herrlichen Blick über das Gewässer, und wer den Kopf seitlich nach oben wandte, der konnte den buchenbestandenen Tempelberg mit dem Turm vom Jagdschloss sehen.

Wenn sie nicht gerade einen Nachmittag oder Abend freihatte, dauerten Riekes Dienste bis halb neun. Danach ging sie gern noch im Ort spazieren, vornehmlich im Sommer. Ihrer Mutter hatte sie nichts vom Treffen mit dem Famulanten erzählt. Wozu auch? Die hätte ja doch nur versucht, Rieke jede Hoffnung auszureden. Warum sollte der erfolgreiche Spross einer Medizinerfamilie ausgerechnet die Tochter eines Leipziger Lampenputzers heiraten? Die Frage war berechtigt, das wusste Rieke, doch sie ließ sich nicht entmutigen. Liebe versetzte Berge – daran wollte sie glauben.

Vor zehn Wochen waren sie einander zum ersten Mal begegnet. Seitdem wusste Rieke, welches Kleid sie zu einem Stelldichein mit ihm tragen würde. Das hellblaue. Und darunter ihre Korsage. Dabei wollte sie sich nicht etwa vor Michael entkleiden. Gott bewahre! Sie war doch keine Schlampe. Die Korsage trug sie allein für sich selbst, nur für ihr eigenes gutes Gefühl.

Rieke stand am Fenster und hielt die Nase in den lauen Wind, im Park blühten Tuberosen und Heliotrop. Eine betörende Mischung. Doch dagegen gleich am See? Wie würde es da riechen? Wohl eher nach Moder und Brackwasser. Sie trug ein paar Tropfen von ihrem neuen Parfüm über der Halsschlagader auf: Maiglöckchen mit einem Hauch von Jasmin. Der Binzer Drogist hatte es ihr empfohlen.

Wie praktisch, dass Riekes Fenster über dem Vorgarten lag. Die Rathausuhr schlug Viertel vor neun, die Sonne war untergegangen, längs des Plattenwegs und vor dem Portal des Sanatoriums brannten die hohen Petroleumleuchten. Doch ihn erkannte Rieke auch bei schwachem Licht: Michael eilte den Plattenweg entlang zur Straße, in ein paar Minuten würde er am Lokal sein, ganz pünktlich also. Sie selbst wollte lieber ein paar Minuten zu spät kommen. Als Dame durfte sie sich das erlauben, außerdem erhöhte es die Vorfreude.

Sie zog ihren knöchellangen Staubmantel über, eigentlich zu warm für diesen Abend, doch damit ging sie auf Nummer sicher: Hätte ihre Mutter sie im hellblauen Kleid gesehen, noch dazu am dunklen Abend – Rieke hätte kaum behaupten können, sie gehe nur wie üblich spazieren.

Drei Minuten, so lange ließ sie Michael Vorsprung, dann griff sie zur Sturmlaterne und ging los. Der Pfad führte in südwestliche Richtung, Rieke ließ die Häuser des Ortes hinter sich. Vor der letzten Wegbiegung blieb sie stehen, zog ihren Mantel aus und legte ihn sich über die Schultertasche. Wie leicht es sich gehen ließ, nur noch in Hut und Kleid. Und darunter die Korsage, die ihren Oberkörper so schön formte und ihren Busen hob. Über ihren Brüsten spürte sie den weichen Stoff ihres Unterkleids: feiner Kattun mit einem Teil Seide.

Der Schmachter See schimmerte mattsilbern im Licht der blauen Stunde. Zum Stillen Wasser. Um diese Zeit machte das Lokal seinem Namen alle Ehre. Überall auf der Terrasse saßen junge Paare, einige hielten sich an den Händen, in sich versunken den Blick zum See gerichtet. Vor ihnen auf den Tischen flackerten kleine Windlichter.

Michael hatte einen Tisch weit hinten gewählt, nah am Haus. Wie klug von ihm, dachte sie. Er nahm Rücksicht. Hier saßen sie vor Blicken gut geschützt.

Er stand auf. »Fräulein Merten. Sehr erfreut.«

Sie trug weiße Spitzenhandschuhe, den rechten zog sie ab und streckte die Hand aus. »Guten Abend, Herr Gröndahl.«

Seine Finger fühlten sich kühl an und ein wenig feucht, offenbar war er aufgeregt.

Er schob ihr den Stuhl zurecht. »Ein grandioser Ort, den Sie hier für uns ausgesucht haben. Ich bin hier tagsüber schon entlanggegangen, aber da konnte ich mir nicht ausmalen, wie schön es hier abends ist.«

»Gut«, ein wenig verlegen streifte sie den Handschuh wieder über. Michael sollte nicht glauben, dass sie heute schon mit ihm Händchen halten wollte. Nicht schon beim ersten Rendezvous. »Und ich möchte mich bei Ihnen bedanken. Weil Sie gleich zugesagt haben, als Tilla Ihnen mein Briefchen gebracht hat. Das hat sie mir nämlich erzählt.«

»Ach, sicher«, sein Lächeln kam recht verlegen, er wusste eben, was Frauen mochten. Etwas Ernstes würde es kaum werden mit dieser Rieke, aber allemal genug, um sich einander den Abend zu versüßen. »Warum hätte ich lange überlegen sollen bei einem so reizenden Fräulein. Das noch dazu vorzüglich kochen und backen kann.«

»O, danke schön.«

Die hinkende Wirtstochter kam an den Tisch, sie bestellten Limonade.

»War es denn leicht für Sie?«, nahm Rieke das Gespräch wieder auf. »Ich meine: Sich heute Abend loszueisen von Herrn und Frau Doktor? Vielleicht hatten die ja ganz andere Pläne für Sie?«

»Zum Glück nicht«, wieder lächelte er. »Die Behnfelds sind aufmerksame Gastgeber, man kann sich bei ihnen nur wohlfühlen. Aber natürlich brauchen sie auch Zeit für sich, gerade jetzt in den besonderen Umständen. Ich glaube, sie waren recht froh, den Abend für sich zu haben.«

Die Limonade kam, sie stießen an.

»Ausgezeichnet. Nicht zu süß, nicht zu sauer. Und ein Spritzer Minze ist auch drin. Ach ja, und überhaupt dieses famose Binz. Wohlgeordnet und dabei doch heiter. Ganz wie man es von einem Kurort erwartet. Demnächst werde ich öfters spazieren gehen und mich an der Landschaft laben. Höchst erquicklich eben.«

Er lachte, Rieke stimmte ein. Sie hatte überlegt, worüber sie mit ihm sprechen wollte: Am besten nicht nur über das ganz Gewöhnliche. Er sollte ruhig merken, dass sie sich auch an heikle Dinge wagte und auf erwachsene Art damit umging.

»Und unser Sanatorium? Ich meine: Es hat ja doch die eine oder andere Besonderheit. Ich zumindest musste mich erst daran gewöhnen.«

Er horchte auf. »Sie meinen gewiss diesen Maler namens Reinhard Oelde. Er hat oben im Turmbau sein Atelier.«

»Genau. Justus Behnfeld unterstützt ihn«, sie blickte ihr Limonadenglas an. »Und man erzählt sich so einiges.«

»Ach ja«, Michael tat eine abwertende Geste. »Das habe ich gehört, und darauf gebe ich nichts. Wobei ich nicht die Malerei als solche meine, ganz allgemein schätze ich ein gutes Bild durchaus. Aber dieser Feinmaler im Speziellen: Wie dumm oder krank muss ein Mann sein, die Frauen links liegen zu lassen. Derartig liebreizende Wesen, die uns das Leben so verschönern.«

Während er das sagte, sah er ihr nicht in die Augen. Rieke rechnete es ihm hoch an: Auf diese Weise brachte er sie nicht in Verlegenheit.

»Und nun möchte ich endlich mehr von Ihnen erfahren, Fräulein Merten.«

Sie erfüllte ihm den Wunsch nur zu gern. Von ihrer Kindheit in Leipzig erzählte sie, vom frühen Tod ihrer drei Geschwister, vom Verschwinden des ältesten Bruders, vom Tod des Vaters und davon, wie sie mit ihrer Mutter hier nach Binz gekommen war und für die Behnfeld'sche Hochzeit gekocht hatte.

Er konnte es kaum glauben. »Oje, Fräulein Merten. Das ist wahrlich viel für ein so junges Mädchen, das Schicksal mutet Ihnen ja einiges zu. Und da sitzen Sie hier jetzt so munter und kochen morgen wieder für uns so gut wie ein *Maître* in Paris. Und das völlig selbstverständlich, als ginge Ihnen das alles ganz leicht von der Hand. Darin zeigt sich das wahre Talent.«

»Ach, Herr Gröndahl«, bescheiden lenkte sie ihren Blick an ihm vorbei. »Ja, Talent haben wir wohl, meine Mutter und ich. Kochen ist unser Beruf, und selbstverständlich tun wir es, so gut wie wir können. Und Sie haben ja auch Talent, nur Ihr Beruf ist eben anders.«

Er verstand ihre Aufforderung, erzählte von seiner Familie

in Greifswald, Ärzte in dritter Generation mit florierender eigener Praxis.

»Es war für mich immer ganz selbstverständlich, Arzt zu werden. Mein ganzes Herzblut schlägt für den Beruf. Ich habe ihn nicht nur wegen der Familie ergriffen.«

Ach, wie schön er das sagte. Ganz ohne Überheblichkeit.

»Wie bewundernswert, Herr Gröndahl. Denn dazu gehört doch viel Unangenehmes: Damit Sie den Menschen helfen können, müssen Sie ihnen oft auch wehtun. Bei den ganzen Spritzen und Operationen. Und dann das Studieren. Da müssen Sie ja sicher auch Leichen aufschneiden und sich all die inneren Organe ansehen. Das ist wohl höchst interessant.«

Wieder brachte das hinkende Fräulein zwei Limonaden, wieder stieß er mit Rieke an, und dieses Mal begegneten ihre Blicke sich länger als beim ersten Glas.

»Ja, gewiss«, meinte er schließlich. »Die Anatomie ist von größter Wichtigkeit. Natürlich gibt es auch reichlich Abbildungen. Aber die allein reichen nicht weit. Es ist auch nötig, den wirklichen Körper zu studieren.«

Rieke hörte fasziniert zu. Was für eine angenehme Stimme er hatte. Und dann seine Finger. Wenn er das Glas nahm und wieder absetzte, kamen seine Hände dem Windlicht nahe. Ganz gleichmäßige Fingernägel hatte er, und bestimmt pflegte er seine Haut immer gut, so glatt und weich, wie sie aussah.

»Ach, erzählen Sie noch mehr, Herr Gröndahl. Hatten Sie denn mal einen ganz schwierigen Fall? Oder einen besonders seltenen?«

Er ging auf die Bitte ein, und sie plauderten weiter, erforschten einander mit Worten und Blicken, anfangs schüchtern, dann selbstgewiss. Schließlich fragte er sie nach einem Wiedersehen.

»Am liebsten natürlich wieder auf dieser Terrasse«, tief atmend wandte er seine Augen zum See. Ein hellgelber Viertelmond spiegelte sich, ganz so, als hätte eine freundliche Fügung ihn genau hier an den Himmel gestellt – für die jungen Paare.

»Sicher«, träumerisch schaute nun auch Rieke auf das Wasser. »Wir können uns gern wieder treffen, sehr gern sogar. Aber nicht noch einmal hier. Das geht leider nicht. Letztlich könnte uns doch jemand aus dem Sanatorium sehen und es dann meiner Mutter erzählen.«

Michael stutzte. »Also weiß die gar nicht, dass Sie hier sind? Und darf es auch nicht wissen?«

»So ist es. Leider«, Rieke sprach nicht gleich weiter. Er suchte ihren Blick, doch sie tat, als würde sie es nicht merken. »Im Grunde hat meine Mutter nur noch mich. Und sie möchte, dass ich bei ihr bleibe und mit ihr koche.«

»Aber daran will ich Sie gewiss nicht hindern. Es ist doch alles ganz freundschaftlich zwischen uns.«

»Selbstredend, Herr Gröndahl. Trotzdem wäre meine Mutter dagegen. Es ist recht verworren. Heute kann ich das nicht näher erzählen, aber beim nächsten Mal gern.«

Er ließ sich nicht abschrecken. »Also treffen wir uns wieder? Nur nicht hier?«

»Ja. Falls Sie möchten. Obwohl es ein wenig kompliziert ist.«

»Aber gewiss, ganz gewiss möchte ich das«, über der Tischplatte nahm er ihre Hand. »Und wenn ich mir etwas wünschen darf, dann würde ich Sie gern beim Vornamen nennen. Rieke. Liebe Rieke.«

»Natürlich, Michael«, lächelnd wandte sie ihm ihr Antlitz zu, der Schein des Windlichts lag auf ihren Wangen.

***

Am nächsten Morgen kam Michael pünktlich aus seinem Gästezimmer zum Frühstück auf die Terrasse. Tilla versah ihren Servierdienst wie sonst auch: freundlich und sorgsam. Natürlich hatte sie sich von Rieke längst erzählen lassen, wie das Treffen mit Michael verlaufen war. Doch davon ließ Tilla sich nichts anmerken, ganz wie es sich gehörte für eine Bedienstete in höheren Kreisen.

Um halb neun Uhr begann die Sprechstunde. Konrad lobte seinen Famulus. Bei Kurgästen ohne schwere Vorerkrankung übernahm Michael die Untersuchung schon selbst, in komplizierteren Fällen schaute er aufmerksam zu und stellte wichtige Fragen. Kein Zweifel: Aus ihm würde einmal ein tüchtiger Arzt.

Freitags gab es auf der Wilhelmstraße einen Wochenmarkt, die umliegenden Höfe boten ihre Waren feil, zu dieser Jahreszeit vornehmlich Kirschen, auch schon die ersten Äpfel und Birnen sowie etliches an Gemüse. Um die Großeinkäufe für die Küche kümmerte sich Berta Merten, damit hatte Jette wenig zu tun. Doch sie liebte es, an den Ständen entlangzuschlendern, hier eine Beere zu naschen, dort ein Stückchen Käse zu probieren. Das Behnfeld'sche Sanatorium spülte Geld heran. Gern kamen Bauern, Händler und Wirtsleute mit Jette ins Gespräch.

Sie war schon auf dem Rückweg und wollte nur noch in der Apotheke ein paar Salben abholen, da kam an einer engen Stelle, direkt vor den Marktständen, die Oberin auf sie zu. Ein Korb in der einen und ein Sonnenschirm in der anderen Hand ließen sie besonders groß und wuchtig wirken. Kein Wunder, wenn Männer sich von Adelheid Schroth eingeschüchtert fühlten, dachte Jette.

Dass die alte Dame noch in Binz weilte, wusste Jette ja längst, doch das ließ sie sich nicht anmerken. Im Gegenteil: Sie tat äußerst erstaunt.

»Guten Morgen, Schwester Oberin. Na, das ist ja eine Überraschung. Hat es Sie aus Berlin noch einmal ins schöne Binz gezogen?«

Adelheid Schroth konnte der Begegnung nicht ausweichen und wollte es auch gar nicht. Sie hatte längst damit gerechnet, eines Tages den Behnfelds zu begegnen, also grüßte sie höflich zurück und ging die Sache offen an. »So ist es, Frau Doktor. Die Binzer Luft erquickt mir Leib und Seele, darum habe ich hier bis zum Herbst Quartier bezogen.«

Die beiden wechselten noch einige Sätze in durchgehend freundlichem Ton – allein schon wegen der Etikette und um sich keine Blöße zu geben angesichts des heiklen Vorfalls um Bademeister Einöder.

»Dass er Sie so gekränkt hat, tut ihm längst von Herzen leid«, erzählte Jette. »Jedenfalls geht bei uns alles seinen Gang, unsere Kurgäste loben die Güsse und Massagen, und Herr Einöder weiß Bescheid: Noch so ein Vorfall, und er verspielt seinen Ruf. Nicht nur bei uns, sondern in der ganzen Branche, dafür würde mein Schwiegervater schon sorgen.«

Die Oberin nickte, ihr Lächeln kam bemüht. »Und Ihrer Familie geht es gut? Vor allem natürlich Ihnen in diesen Umständen?«

Jette bejahte und bedankte sich für die Nachfrage. Viel mehr blieb nicht zu sagen. Es folgte eine höfliche Verabschiedung, dann zogen die Frauen ihrer Wege.

Und falls ihr die Oberin nochmals begegnen sollte? Sei's drum, dachte Jette. Das würde sie schon ertragen, und ansonsten konnte diese Frau ihr den Buckel runterrutschen. Lieck mi an'n Tüffel!

Zurück im Sanatorium erzählte sie Konrad von dem unerwarteten Treffen.

Er lachte. »Ob diese Schrapnelle nun ein paar Wochen länger in Binz bleibt oder nicht, das sollte uns wohl am Allerwertesten vorbeigehen. Hauptsache, wir haben nichts mehr miteinander zu tun.«

Die beiden ließen das Thema auf sich beruhen, es gab weit Wichtigeres: Das Kind in Jettes Bauch lag noch immer quer.

»Aber es kann sich noch drehen«, beruhigte Konrad. »Bis zur Geburt bleibt ausreichend Zeit. Eine dauerhafte Querlage bei der ersten Schwangerschaft ist sehr unüblich, jedenfalls bei einem normal ausgeprägten Becken wie bei dir.«

Jette nickte. Eine Querlage – das bedeutete immer eine komplizierte Geburt und vielleicht sogar einen Kaiserschnitt. Sie mussten hoffen.

* * *

Einen famosen Abend hatte er mit Rieke verbracht. Michael hätte nicht gedacht, dass ihr Stelldichein so erfreulich verlaufen würde. Dieses Mädchen war längst nicht so simpel gestrickt, wie er anfangs vermutet hatte. Nun ja, zwar auch keine geistige Leuchte, aber doch amüsant und gewitzt und allemal angenehm im Umgang.

In den folgenden Tagen meldete er sich abends mehrmals bei den Behnfelds ab, um spazieren zu gehen. »Ihr wisst, wie sehr ich euch beide schätze und wie dankbar ich bin, hier bei euch zu sein. Aber neben all der Arbeit braucht ihr ja auch Zeit für euch selbst. Vor allem du, Jette, in deinem hoffnungsfrohen Zustand. Darum sollten wir es alle drei gutheißen, wenn wir nicht jeden Abend zusammen verbringen.«

Konrad und Jette stimmten gern zu und lobten Michael für seine Einfühlsamkeit.

Vom Rendezvous der beiden jungen Leute hatte Berta Merten nichts bemerkt, dennoch blieb Rieke vorsichtig. Falls ihre Mutter doch noch dahinterkäme, würde sie Rieke bestimmt gleich mit Stubenarrest strafen. Zwei Wochen ließ Rieke bis zum nächsten Stelldichein verstreichen, Tilla spielte erneut den *Postillion d'Amour*.

Es war wieder ein Montag, für Viertel nach neun hatten sie sich verabredet. Um halb neun stand er am weit geöffneten Fenster seines Gästezimmers. Nach Westen hin erhellte ein letztes Glimmen den wolkenlosen Himmel. Im Privatgarten und Park des Sanatoriums standen Vanilleblume und Dufttuberosen, aromatische Waldrebe und eine späte Sorte der Tabakpflanze in voller Blüte. Zu dieser Stunde verwandelten sie die klare Seeluft in ein Meer betörend sinnlicher Düfte. Wer sich verlieben wollte, der brauchte seine Nase nur in den Abendwind zu halten, und leicht war es um ihn geschehen.

Wollte Michael sich denn verlieben? In Fräulein Rieke? Sie war wohl schon längst für ihn entflammt, sonst würde sie nicht das Wagnis unternehmen, sich gegen den Willen ihrer Mutter mit ihm zu treffen.

Um neun Uhr nahm er seine Laterne und ging die Treppe hinunter in den Park. Ganz beiläufig sollte seine kleine Promenade hier erscheinen. So, als wollte er vor dem Schlafen noch die Abendluft genießen, wie etliche Hausgäste eben auch. Der Park galt zu jeder Tageszeit als beliebter Treffpunkt, abends kamen sie einzeln oder in kleinen Gruppen, um an lauschigen Plätzen noch ein wenig zu plauschen, leise natürlich, denn etliche Kurkameraden legten sich bereits schlafen.

»Guten Abend, Herr Studiosus. Und Sie schnappen auch noch ein wenig frische Luft?«

Die Gäste grüßten verbindlich, Michael war beliebt. Als Assistent in den Sprechstunden nahm er die Patienten ernst und stellte die richtigen Fragen, zeigte sich dabei stets aufmerksam und so fachkundig wie einfühlsam. Man hatte Respekt vor dem jungen Mann, das bewies sich auch beim abendlichen Bummel im Park. Niemand bedrängte ihn mit medizinischen Fragen, alle achteten seine Privatsphäre.

Völlig unbehelligt nahm er auf einer Bank Platz, legte den Kopf in den Nacken und atmete tief den Blütenduft ein.

Vom Rathaus schlug es Viertel nach neun, Michael begab sich gemessenen Schrittes zum Gärtnerschuppen, der gar kein Schuppen war, sondern ein ansehnliches Gebäude samt Gewächshäusern. Er umrundende den Bau und schlüpfte hinter den hohen Holzzaun. Hier gab es zwei Bänke, auf denen die Gärtner ihre Pausen verbrachten, Michael setzte sich auf die schmalere und wartete.

Zur selben Zeit stand Rieke noch vor dem Spiegel und kämmte ihr hüftlanges Haar aus. Wieder trug sie die Korsage und einen weichen Unterrock, darüber diesmal aber kein hellblaues, sondern ein beiges Kleid. *Friederike Gröndahl. Frau Friederike Gröndahl, geborene Merten. Frau Doktor Friederike Gröndahl.* Wie schön das klang. Und wie sehr sie sich nach diesem Namen sehnte. Von Michael erwartete sie noch kein Versprechen. Eine leise Andeutung würde ihr ja schon genügen. Aber ob auch seine Familie mit ihr einverstanden wäre? Wo Rieke doch aus so einfachem Hause stammte. Ach bestimmt. Michael sollte seiner Familie eben klarmachen, dass er Rieke und nur Rieke aus allertiefstem Herzen liebte. Die oder keine!, so müsste er das seinen Eltern sagen, dann würden sie ihm sicher seinen Segen geben. Zumal Rieke ein tüchtiges Mädchen war, das mit seinen Kochkünsten jeden überzeugte. Und auch Liebe ging nun mal durch den Magen.

Sie nickte sich im Spiegel zu, schüttelte ihr Haar aus und steckte es in Schläfenhöhe mit zwei Spangen fest. Dann zog sie die Tür auf und horchte. Der Flur lag in dunkler Stille. Also los! Sie griff zur Sturmlampe, huschte durch die Tür, den

Gang entlang und die Treppe hinunter in Richtung Küche. Vor einer halben Stunde hatte sie hier die Lichter gelöscht und den Kameradinnen einen schönen Feierabend gewünscht. Niemand war zu sehen. In der hohen Mauer zwischen dem Wirtschaftshof und dem Bereich hinter dem Schuppen gab es ein Verbindungstor, nur wenige Bedienstete besaßen einen Schlüssel – Rieke gehörte dazu. Ihr Blick glitt am Sanatorium hoch. Hinter einigen Fenstern flackerte das Licht von Kerzen und Dochtlampen. Ob Rieke beobachtet wurde? Sie könnte ihre Laterne löschen, doch das erschien ihr zu riskant. Im völligen Dunkel würde sie vielleicht stolpern und sich verletzen. Also dann. Sie schloss das Tor auf und keine Sekunde später hinter sich zu.

Er hörte ihre Schritte, stand von der Bank auf und kam ihr entgegen. »Rieke! Wie schön.«

»Guten Abend, Michael«, sie hielt ihre Lampe in Kopfhöhe. Vor dem Spiegel hatte sie ausprobiert, aus welchem Winkel das Licht besonders vorteilhaft auf ihr Antlitz fiel.

Wie erwartet, traf sie sein bewundernder Blick. »Und wenn Sie gestatten, dass ich das sage: Diese Frisur steht Ihnen ausgezeichnet. Da kommt Ihr Haar so wunderbar zur Geltung.«

Sie lächelte. »Danke. Ich trage es nur selten offen. Bei meiner Arbeit ist das ja gar nicht erlaubt.« Mit der freien Hand fuhr sie sich an den Hinterkopf, eigentlich eine Geste der Verlegenheit – Rieke setzte sie bewusst ein.

»Nehmen wir doch Platz.«

Er wollte sie zu der Bank führen, auf der er bis eben gesessen hatte, doch sie schüttelte den Kopf.

»Nicht dort, da ist der Kompost in der Nähe. Manchmal riecht das modrig. Nach verwelkten Blumen.«

»Das ist mir gar nicht aufgefallen.«

»Kein Wunder!« Rieke lachte auf. »Bei Ihrem Beruf, meine

ich. Da sind Sie ja Verwesungsgeruch gewohnt. Aber es gibt ein Stück weiter noch eine andere Bank. In einer Nische. Da riecht es besser. Nach Blütenduft. Vor allem nach Tabak und Tuberose. Also ganz wie es sein muss, an so einem schönen Abend.«

»Na wunderbar. Dann gehen wir doch da hin.«

»Ja«, Rieke zögerte. »Nur, das sage ich Ihnen schon mal, Michael: Die Bank ist nicht besonders breit.«

Versteh einer die Frauen, fuhr es ihm durch den Kopf. Will sie nun auf diese Bank oder nicht? Doch ein solches Hin und Her gehörte beim Anbändeln wohl dazu. Er ging darauf ein. »Dann nehmen Sie eben die schmale Bank. Und ich setze mich ins Gras. Zu Ihren Füßen.«

Wieder lachte Rieke. »So schmal ist die Bank nun auch wieder nicht. Wir passen schon beide drauf. Kommen Sie.«

Weit hinten am Zaun lag zwischen Schuppen und Gewächshaus das Außendepot mit seinen hohen Stellagen. Unzählige Blumen in Töpfen und Schalen warteten darauf, dass man sie in die Beete setzte. In einer Mauernische stand eine Bank mit hoher Rückenlehne und gerade breit genug für die beiden. Eine Handbreit Platz blieb zwischen ihnen, sodass ihre Schenkel sich nicht berührten.

Rieke ließ keine weitere Verlegenheit aufkommen, sie atmete tief ein und gleich wieder aus. »Ich hatte Ihnen ja versprochen, dass ich Ihnen mehr von mir erzählen will. Wenn Sie möchten, fange ich direkt damit an.«

»Sicher, Rieke. Ich bin schon gespannt.« Diese junge Frau wusste nur zu gut, was sie wollte. Das erkannte Michael. Erst redete sie sich ihre Lebensgeschichte von der Seele, dann würden sie sehnsuchtsvoll seufzen, dann würden sie gemeinsam bemerken, wie lau die Luft war und wie wunderbar die Blüten hier rochen, und später – nun ja, man würde sehen.

»Und jetzt höre ich Ihnen gern zu, Rieke.«

Sie nickte dankbar. Den Blick auf die Sturmlaterne vor ihren Füßen gerichtet, begann sie zu erzählen: von Egon in Eisenach, der als Bäckermeister den Betrieb seines Vaters übernehmen sollte und den sie schon so lange nicht mehr gesehen hatte. »Ich war ja noch ein Kind und kann mich nicht mehr erinnern. Ich fand ihn wohl recht langweilig. Und nun möchte meine Mutter mich mit ihm verheiraten. Aber wir sind doch miteinander verwandt, er ist mein Halbvetter. Das ist doch gar nicht gut, oder? Dadurch könnten wir doch kranke Kinder bekommen?«

Sie hoffte auf Michaels Zustimmung, doch der wiegelte ab. »Davor müssen Sie keine Angst haben, Rieke. Bei einem Halbcousin ist die Gefahr nicht so groß, dass die Kinder erbkrank werden. Es sei denn, dass es häufig solche Ehen in Ihrer Familie gibt. Über Generationen hinweg.«

»Ach so, nein«, sie verbarg ihre Enttäuschung über seine Antwort. »Unsere Familie ist ansonsten ganz gesund. Also, keiner hat da seinen Vetter oder seine Base geheiratet. Nicht, dass ich wüsste. Aber trotzdem: Ich möchte mir meinen Mann schon gern selbst aussuchen. Selbstredend soll auch meine Mutter mit ihm einverstanden sein. Zu unserer Hochzeit soll sie uns ja den Segen geben.«

Er nickte. »Jedenfalls tut es mir sehr leid, was Ihre Familie alles ertragen musste. Und wenn Ihr Bruder schon nicht mehr da ist, dann hoffe ich doch mit Ihnen, dass er noch lebt und es ihm gut geht.«

»Danke, Michael. Vielen Dank für Ihr Mitgefühl«, wie zufällig legte sie ihre Hand neben sich auf die Bank und berührte dabei die seine. Behutsam führte er seine Finger über ihre.

»Ach, liebe Rieke. Sie erzählen so anschaulich und sind

ganz bei der Sache. Darum kochen und backen Sie ja auch so gut, immer mit Herzblut. Ich kann gut verstehen, dass Ihre Mutter Ihnen einen rechtschaffenen und charakterfesten Mann wünscht.«

Zärtlich erwiderten ihre Finger seine Berührung. »Und unsere Freundschaft, Michael? Die führen wir doch weiter? Oder habe ich Sie etwa abgeschreckt mit diesen schlimmen Dingen?«

»Gewiss nicht. Wie sollte ein so reizendes Wesen wie Sie mich schon abschrecken«, nun nahm er ihre Hand und hauchte einen Kuss darauf, ohne dass seine Lippen ihre Haut berührten.

Was wagte er! Für einen Moment erstarrte sie, das Blut schoss ihr in den Kopf. Beim Küssen war sie ja noch unerfahren, und das sprach für sie. Sie war keine Schlampe.

Er bemerkte ihre Schüchternheit.

»Entschuldigung, Rieke. Ich wollte Sie nicht ...«

»Ach nein. Bitte! Machen Sie sich gar keinen Vorwurf. Es kam für mich eben nur etwas überraschend«, sie wich seinem Blick aus, er nahm darauf Rücksicht, und so saßen sie schweigend Hand in Hand und betrachteten den Himmel. Seit ihrem ersten Treffen war die Mondsichel zum milchweißen Halbkreis gewachsen.

»Michael«, sie wagte sich wieder vor. »Sie sollen wissen, ich habe noch nie einen Mann näher kennengelernt. Ich meine: auf romantische Art. Da bin ich völlig unberührt.«

Er verstand, wohin sie steuerte, und zögerte einen Moment. Dann räusperte er sich. »Nun ja. Ich bin ja fast vier Jahre älter als Sie. Ganz unerfahren bin ich nicht mehr. Verlobt war ich zwar nie, aber es gab da zwei Mädchen, eins nach dem anderen natürlich, mit einem Jahr Pause dazwischen. Die habe ich geküsst. Nur geküsst.«

»Geküsst?«, fragte Rieke leise. »So wie ein Mann eine Frau küsst? Wenn sie einander lieben?«

»Ja, Rieke. Genau so.«

Seine Worte hallten in ihr nach. Sie wartete ab. Dann erst, nach einigen Sekunden, berührte seine Hand zart ihre Wange.

»Du. Mein lieber, lieber Michael. Du.«

Zaghaft öffneten sich ihre Lippen.

TUMULT

Der August neigte sich dem Ende zu, frühmorgens erhoben sich Nebelschleier aus den Buchen der Granitz, statt sanfter Brisen wehte manchmal schon ein kräftiger Wind, immer mehr gelbliche Blätter wirbelten vom Tempelberg hinunter auf die Strandpromenade. Die Kehrmänner von der Kurverwaltung fegten sie fleißig zusammen.

Wie gewohnt hielt Konrad am Freitagnachmittag keine Sprechstunde. Zeitung lesend saß er auf der Chaiselongue, nebenan im Speisezimmer besprachen Jette und Rieke sich zum heutigen Abendmenü, aus dem Galeriegeschoss über ihnen klang lautes Klappern. Tilla war dabei, Fenster und Läden zu putzen. Die Türglocke schlug. Einmal, zweimal, dann ununterbrochen. Jemand klingelte Sturm.

»Ich gehe schon, Frau Doktor.«

Rieke, im sauberen Kochkittel, eilte zur Tür – und hätte sie gern gleich wieder geschlossen. Ein schüchternes Mädchen wäre wohl zurückgewichen, Rieke jedoch knickste unerschrocken.

Als ihr Bruder Franz junior verschwunden war, war die Polizei bei den Mertens über Wochen ein und aus gegangen, um den Fall zu erforschen. Fränzchen war nicht wieder aufgetaucht, doch Rieke hatte ganz nebenbei gelernt, den Dienstgrad der Polizisten an den Schulterklappen abzulesen. Je nachdem, ob die aufgenähten Kordeln dort bloß gewunden waren oder geflochten oder mit aufgesetzten Knöpfen versehen, konnte Rieke erkennen, wo ein Ordnungshüter in der Rangfolge stand.

Hier jedenfalls hatte sie es mit einem Hauptwachtmeister zu tun – Mitte vierzig und reichlich korpulent, glatt rasiert und mit Dreifachkinn. Dahinter aufgereiht standen drei Unterwachtmeister, alle gleich groß, gleich schlank und mit den gleichen hochgezwirbelten Schnäuzern nebst geschulterten Dienstgewehren. Zu den Polizisten gesellte sich ein fünfter Mann: Kurdirektor von Eisch, wie gewohnt samt Zylinder, schwarzem Gehrock und Stock.

Rieke wahrte Haltung. »Guten Tag. Sie wünschen?«

Selbstredend war ihr klar, was die Männer hier wollten, mit einer Razzia hatte sie längst gerechnet. Aber das musste sie ja nicht gleich zugeben. Sollten die Männer ihr Anliegen gefälligst selbst vorbringen.

»Was wir wünschen?«, ein unschön greller Ton lag in Eischs Stimme. Es ärgerte ihn, dass diese Köchin da vor ihm sich so wenig beeindruckt zeigte. »Eine Unterredung mit Herrn Doktor Behnfeld, und zwar bitte jetzt gleich. Eine höchst ernste Angelegenheit übrigens. Der Herr Doktor möchte das sicher nicht hier im Treppenhaus diskutieren.«

Rieke ließ die Männer eintreten und stellte sich in die offene Tür zum Wohnsalon. »Herr Doktor!«, rief sie so klar wie sachlich. »Der Herr Kurdirektor wünscht Sie zu sprechen. Mit vier Herren von der Polizei.«

In demselben Moment trat Jette aus dem Speisezimmer. Nun war es also so weit: Die Polizei kam wegen Reinhard. Dann also Haltung zeigen und nichts zugeben. Bloß kein vorauseilender Gehorsam. Mit Konrad hatte sie längst besprochen, wie sie sich im Fall der Fälle verhalten wollten, nämlich ruhig und ahnungslos.

Sie nickte in die Runde. »Einen schön guten Tag, die Herren.«

Von den Polizisten kannte sie niemanden. Klaas Rogge, der langgediente Binzer Dorfgendarm, war nicht dabei.

Jette trug ein meerblaues Empirekleid, die Schwangerschaft trat inzwischen deutlich hervor. Die Wölbung ihres Leibes stimmte die Polizisten und sogar den Kurdirektor milde. Höflich entgegneten sie den Gruß.

Eisch, seinen Zylinder in der einen Hand und in der anderen den Gehstock, verbeugte sich. »Bitte inkommodieren Sie sich nicht, Frau Doktor. Wir klären das besser mit Ihrem Herrn Gemahl.«

Wie aus Zufall strich Jettes Unterarm über ihren Bauch, sie lächelte. »Das ist gewiss sehr rücksichtsvoll, Herr Kurdirektor. Aber mein Gatte und ich besprechen immer alles gemeinsam. Und es würde mich weit mehr inkommodieren, wenn ich über die Dinge in meinem Haus nicht Bescheid wüsste. Also setzen Sie mich bitte in Kenntnis.«

»Ja, bitte, tun Sie das.« Konrad trat nun zu den anderen in den Flur. »Tragen Sie uns bitte Ihr Anliegen vor. Doch zunächst auch von mir einen guten Tag. Willkommen in unserem Haus.«

Eisch nickte knapp. »Herr Doktor. Die Sache ist ernst. Ich stelle Ihnen vor: Hauptwachtmeister Hallmack und drei seiner Mannen von der Polizeiwache Bergen.«

»Ach, aus Bergen?« Konrad gab sich arglos. »Und warum nicht unser Ortspolizist? Der ist doch ein tüchtiger Mann, oder?«

»Zweifellos. Doch die Sache hier ist viel zu gewichtig. Darum also die übergeordnete Dienststelle«, der Kurdirektor wies erneut auf den Hauptwachtmeister.

Hallmack hob sich auf seine Zehenspitzen, was ihm leichtfiel – trotz seiner Beleibtheit. »Herr Doktor! Ich mache es kurz: Gegen Sie besteht Strafanzeige.«

»Aha?« Konrad gab sich arglos. »Und warum denn bitte?«

»Widernatürliche Unzucht nach Strafparagraf 175, begangen durch den in Ihrem Haus ansässigen Feinmaler Reinhard Oelde«, der Hauptwachtmeister wies auf Rieke. »Näheres nicht vor dem Fräulein. Strengster Jugendschutz.«

»Aber ich bitte Sie! Um den Jugendschutz müssen wir uns kaum sorgen, denn sicher liegt keine widernatürliche Unzucht vor, sondern bloß ein Missverständnis«, mit väterlichem Gestus wies Konrad auf Rieke. »Und Sie, Fräulein Merten, sind fast achtzehn Jahre alt und genießen unser volles Vertrauen. Darum bitte ich Sie, für meine Frau und mich als Zeugin anwesend zu bleiben.«

Rieke, sichtlich geschmeichelt, knickste. »Sicher, Herr Doktor. Stets zu Diensten. Ich bin Ihre Zeugin.«

»Besten Dank. Und nun sollten wir dieses Missverständnis wohl rasch aus der Welt schaffen. Ich erwarte dazu Ihren Vorschlag.« Konrad wandte sich wieder den Männern zu. Kühn hatte er gesprochen und recht selbstgewiss. Dabei konnte er bloß hoffen. Reinhard verkehrte geschlechtlich mit Hannes wie mit Paul. Was, wenn man ihn jetzt mit einem seiner männlichen Musen in flagranti erwischte? Doch andererseits: Es war ja erst Nachmittag. Um diese Zeit empfing der Maler üblicherweise keinen Besuch.

»Herr Doktor Behnfeld!«, hätte Hallmack einen Säbel gehabt, hätte er den wohl gezogen. Allein, um Konrad damit zu imponieren. So aber wippte er bloß einige Male auf seinen Zehen. »Sie führen den Herrn Kurdirektor, mich und meine Befehligten jetzt bitte zu diesem sogenannten Künstler. Umgehend!«

»Sicher, Herr Hauptwachtmeister«, Konrad lächelte aufs

Verbindlichste. »Denn nur so lässt sich der böse Verdacht ja aus der Welt schaffen. Und Sie werden sehen: nicht der leiseste Hinweis auf widernatürliche Unzucht.«

Sie setzten sich in Bewegung. Konrad und Jette mit Zeugin Rieke vorweg, Eisch und Hallmack dahinter, dann die drei Unterpolizisten mit ihren Gewehren. Im Erdgeschoss gelangten sie durch den Flur ins Hauptfoyer, dann die Treppen hoch bis in den zweiten Oberstock, weiter durch lange Gänge bis zum Turmgebäude, dort in den dritten Stock und durch eine reich geblümte Tapetentür in den schlicht weißen Dienstbotenflur. Schließlich standen sie vor dem Atelier.

»Frau Doktor und das Fräulein: Sie beide treten bitte weit zur Seite. Und Sie, Herr Doktor, bleiben hier vorn bei mir. Keine Angst. Wir schützen Sie.«

Konrad trat zum Hauptwachtmeister vorn an die Tür, hinter ihnen bildeten die Unterpolizisten eine geschlossene Reihe, und dahinter wiederum standen Jette, Rieke und Eisch.

»Aufschließen, Herr Doktor!« Hallmack wies auf die Tür. Sofort!«

Doch diesem Befehl kam Konrad nicht nach. »Es ist vermutlich gar nicht abgeschlossen, Herr Hauptwachtmeister. Drücken Sie nur einfach die Klinke.«

Hallmack tat es – und siehe da: Die Tür gab nach. Zornig stieß er das Türblatt auf – so schnell und heftig, dass die Angeln knarrend bebten – und erstürmte den Raum, seine Mannen dicht hinter ihm.

»Polizei! Keiner bewegt sich!«

Doch schon nach einigen Metern blieben sie stehen. Denn mitten im Raum saß Reinhard im kobaltblauen Kittel auf seinem Hocker, mutterseelenallein, vor sich die Staffelei und darauf eine gerahmte Leinwand. Beim Anblick der Polizisten erstarrte er, überwand dann aber rasch seine Verwirrung, legte die Zeichenkohle zur Seite und hob die Handflächen bis auf Kopfhöhe, so als wollte er sich ergeben.

Auf eine so harmlose Szenerie war Hallmack nicht eingestellt. Nun brauchte er einen Moment, um seine Gedanken zu ordnen. Der Kurdirektor indes drängte nach vorn, stellte sich neben die Leinwand und klopfte mit dem Gehstock auf den Dielenboden.

»Herr Feinmaler Reinhard Oelde! Dies ist eine Razzia! Verhalten Sie sich ruhig! Leisten Sie keinen Widerstand!«, er winkte den noch immer irritierten Hallmack zu sich. »Herr Hauptwachtmeister, schauen Sie sich das mal an.«

Eingehend betrachteten sie das Kunstwerk auf der Staffelei. Einen guten Meter in der Höhe und einen halben in der Breite maß das Bild, an dem Reinhard im Zwielicht von Petroleumlampen und letztem Himmelsgrau bis eben gearbeitet hatte: eine Skizze mit Kohlestift, die Umrisse einer schlanken männlichen Gestalt.

Eisch triumphierte. »Ein Mann also. Und jawohl, nackt.«

Reinhard zitterte am ganzen Leib, selbst sein Buckel erbebte. Noch immer hielt er die Hände erhoben, und gerade wollte er dem Kurdirektor antworten, da kam Konrad ihm zuvor.

»Werter Herr von Eisch, einen nackten Mann zu malen, das ist nicht verboten. Und keineswegs Zeichen für widernatürliche Unzucht. Herr Oelde erklärt sicher gern, was es damit auf sich hat.«

Konrad nickte ihm zu – im Blick so viel Mut und Zuversicht, dass Reinhard einen guten Teil seiner Angst überwand. Er löste sich aus der Erstarrung.

»Sicher. Das erkläre ich den Herren gern. Der Mann auf dem Bild ist Adam. Aus der Bibel. Die Genesis.«

Hauptwachtmeister Hallmack, hinter sich seine drei Mannen mit gestreckten Rücken und geschultertem Gewehr, beugte sich vor. »Und warum sollte das ein Adam sein? Ganz allein? Wenn das ein Adam wäre, dann müsste es ja auch Eva geben.«

»Aber ja, natürlich. Was wäre schon ein Adam ohne seine Eva? Die ist hier.«

Unten an der Staffelei lehnte, den Leistenrahmen nach vorn gewandt, ein Bild. Reinhard drehte es um: »Bitte schön. Unsere Eva.«

Die Leinwand zeigte eine junge nackte Frau, ebenfalls nur als Skizze aus groben Kohlestrichen.

»Ich kann die beiden auch gern nebeneinanderhalten. Dann erkennt man das besser.« Reinhard schob den Adam auf die rechte Seite der Staffelei und stellte die Eva links daneben. Die beiden Figuren sahen sich zwar nicht an, doch in Körperhaltung und Gestik waren sie einander zugewandt.

Einigermaßen ratlos starrten der Hauptwachtmeister und der Kurdirektor Eisch auf die Bilder. So viel Sinn für die Liebe zwischen Mann und Frau, noch dazu bezogen auf die Bibel, hatten sie bei Reinhard offenbar nicht erwartet.

»Falls Sie sich das noch nicht vorstellen können«, bemerkte der Künstler. »Dies ist zunächst bloß der Grobentwurf. Daraus entsteht dann ein Ölgemälde.«

Jette, Konrad und Rieke beobachteten in stiller Belustigung, wie Hallmack und Eisch nach einem Einwand suchten. Vor lauter Anspannung hob Eisch sogar den Pferdekopfknauf seines Gehstocks in Höhe des Mundes, und für einen Moment sah es so aus, als wollte er dem Pferd in die Schnauze beißen.

Dem Hauptwachtmeister kam schließlich eine rettende Idee. »Aber die sind ja getrennt!«, empörte er sich. »Getrennt auf zwei Bildern. Das ist gar kein richtiges Paar. Man weiß gar nicht, ob die wirklich zusammengehören. Vielleicht haben die auch nichts miteinander zu tun.«

»Doch, sicher«, Reinhard, vor ein paar Minuten noch bebend vor Angst, zeigte sich nun unerwartet forsch. »Ich kann mich zwar längst nicht an den großen Meistern messen. Aber ich darf ihnen nacheifern. Denken Sie nur an Lucas Cranach. *Adam und Eva im Paradies.* Viele Fassungen gibt es davon, auch als Flügelaltar.«

Hallmack schaute den Kurdirektor fragend von der Seite an und brachte ihn damit in eine Zwickmühle. Wie sollte Eisch sich nun verhalten? Er hätte sich Hallmack anschließen und kritisch fragen können, ob die beiden skizzierten Figuren tatsächlich ein liebendes Paar ergäben. Andererseits jedoch verfügte Eisch über ansehnliche kunsthistorische Kenntnisse und wusste: Reinhard Oelde hatte recht mit seinen Erklärungen.

Eisch zog es vor, sein Wissen offen zu zeigen: »Es stimmt schon: Cranach hat ein weltbekanntes Diptychon erschaffen. Ein zweigeteiltes Bild, an Scharnieren verbunden. Ein Flügelaltar eben. Zum Klappen.«

Diese Erkenntnis jedoch konnte Hallmack nicht besänftigen.

»Aber da fehlt doch was!« Die Hände in die Hüfte gestemmt, das massige Haupt gesenkt wie ein Stier, zum Angriff bereit, tat der Hauptwachtmeister einen Schritt auf den um zwei Köpfe kleineren Reinhard zu. »Denen fehlt doch was! Oder etwa nicht?«, er richtete sich auf und sah die anderen herausfordernd an. »Na, werte Herrschaften? Wenn das Adam und Eva sind, was fehlt denen denn wohl?«

Die skizzierten Gestalten besaßen weder Gesichter noch Geschlechtsorgane, Evas Brüste waren nur angedeutet – sozusagen als liegende Halbmonde.

Was sollte fehlen? Was meinte Hallmack? Ratlos blickte Reinhard zu Jette, Rieke und Konrad herüber, aber im gleichen Moment kam ihm schon selbst die rettende Antwort.

»Meinen Sie etwa das? Na, das können wir doch schnell noch nachholen«, in Windeseile zeichnete Reinhard seinen Figuren ein Feigenblatt in den Schritt. »Das meinten Sie ja sicher, oder?«

Hallmack nickte grimmig. Auch er musste jetzt zugeben: Bei den Figuren handelte es sich eindeutig um Adam und Eva – und das passte ihm ganz und gar nicht.

Konrad dagegen hob zufrieden die Schultern. »Na also. Wie ich schon sagte. Weit und breit keine Spur von widernatürlicher Unzucht. Und deswegen wüsste ich jetzt gern: Von wem stammt denn eigentlich diese Strafanzeige? Gegen Herrn Oelde?«

Der Hauptwachtmeister räusperte sich, offenbar hätte er eine Antwort lieber vermieden. »Also dann: die Namen Christ und Kettler? Die sagen Ihnen etwas? Auch beide zusammen?«

»Aber ja. Soweit ich weiß, handelt es sich um einen Ex- und Import für Weine und Spirituosen«, Konrad warf Reinhard einen arglosen Blick zu. »Die Herren Christ und Kettler haben dir hier Modell gestanden, nicht wahr? Daraus machst du doch auch gar kein Geheimnis. Und warum solltest du auch? Als Künstler brauchst du eben Modelle, das liegt in der Natur der Sache. Und du hast mich und Jette stets davon in Kenntnis gesetzt.«

Mit seinen Worten hatte Konrad ihm eine goldene Brücke gebaut. Reinhard brauchte nur noch zu nicken. »Sicher. So war es. So und nicht anders.«

Doch die beiden freuten sich zu früh. Ihre Erklärung fiel auf kein günstiges Echo.

»Ah ja!«, frohlockte Hallmack. »Na, dann interessiert Sie sicher Folgendes: Wir haben die beiden Herren heute Mittag festgenommen. Sie sind bereits nach Stralsund überstellt zur Untersuchungshaft.«

Das letzte Wort traf wie ein Peitschenschlag. Reinhard erstarrte wieder. Auch Konrad, Jette und Rieke durchfuhr ein Schreck.

»Herr Hauptwachtmeister«, Konrad schärfte die Stimme. Er ließ sich nicht einschüchtern und konnte nur hoffen, dass auch Reinhard nicht klein beigeben würde. »Herr Christ und Herr Kettler haben hier stets die Hausordnung befolgt und ihre Besuche um zweiundzwanzig Uhr beendet. Als Chefarzt und Hausherr sind mir widernatürliche Handlungen niemals zu Ohren gekommen. Dies bin ich bereit, jederzeit vor Gericht auszusagen, auch unter Eid.« Konrad log nicht. Er hatte abendliche Besuche im oberen Stockwerk des Mittelbaus stets vermieden. »Wie Sie wissen«, fuhr er fort, »ist mein Vater ein Kunstförderer und unterhält als Fabrikant ein eigenes Justiziariat. Für diese abwegige Strafanzeige interessieren sich bestimmt auch seine Advokaten.«

»Und wenn schon! Wir haben einen Zeugen!« Hallmack plusterte sich auf. Mit jedem Atemzug wurde sein Brustkorb breiter, dabei drückte er sich ins Hohlkreuz und hob den Kopf. Mit derartig heftigem Widerstand hatte er im Hause Behnfeld nicht gerechnet. Nun drohte man sogar mit Advokaten, und das passte ihm ganz und gar nicht. »Es ist nämlich so, und nun hören Sie gut zu«, setzte er nach. »Die Herren Christ und Kettler leben privat über ihrem Kontor für Im- und Export, zwar in getrennten Wohnungen, aber Wand an Wand. Das Haus ist hellhörig – und nun ja. Das besser nicht vor den Damen«, mit väterlichem Ernst nickte er Jette und Rieke zu. »Jedenfalls gibt es klare Hinweise durch einen Nachbarn.«

Doch auch dieser Sachverhalt konnte Konrad nicht beeindrucken. Im Gegenteil. Nun hakte er erst recht nach. »Aha? Sie behaupten also, dass die Herren Christ und Kettler widernatürliche Unzucht betreiben? Allein aufgrund der Aussage eines neugierigen Nachbarn. Und daraus ziehen Sie auch noch voreilige Schlüsse. Aber ich frage Sie: Selbst wenn es zwischen den Herren Christ und Kettler diese widernatürliche Unzucht gibt, warum sollte Herr Oelde sich daran beteiligen? Und noch etwas: Besagter Nachbar hat doch wohl nur die Herren Christ und Kettler angezeigt. Herrn Oelde aber nicht. Wie sollte der Nachbar denn auch? Er kennt Herrn Oelde ja gar nicht.«

Konrads Logik traf ins Schwarze, der Hauptwachtmeister sog scharf die Luft ein. »Wir ermitteln, Herr Doktor. Das ist auch in Ihrem Sinne. Oder wollen Sie mit einem Straftäter unter Ihrem Dach leben? Einem Sodomiten?«

Konrad wollte antworten, kam aber nicht dazu, denn nun klopfte mal wieder der Kurdirektor mit seinem Gehstock auf den Boden.

»Der Herr Hauptwachtmeister ist völlig im Recht«, Eisch wies auf eine Reihe von Gemälden, die einzeln mit Laken abgedeckt in einer Ecke standen. »Die Obrigkeit muss zur widernatürlichen Unzucht noch ermitteln, und das tut sie auch anhand der hier auffindbaren Bilder. Wenn Sie uns die bitte zeigen mögen, Herr Oelde?«

Reinhard atmete auf. Nun ja. Er war kein Unschuldslamm. Ab und zu hielt er höchst unzüchtige Posen auf Leinwand und Papier fest. Wahre Ferkeleien. Doch solche Werke signierte er nicht, und vor allem: Er bewahrte sie nicht auf. Meist landeten sie im Feuer, manchmal schenkte er sie auch seinen männlichen Musen.

Was die aufgereihten Gemälde in seinem Atelier anging,

brauchte er sich nicht zu sorgen. Etwas sittlich Anstößiges war darauf nicht zu sehen.

Bild für Bild zog er hervor, befreite es vom Laken und lehnte es an die Wand. Zwei Werke kannten Jette und Konrad bereits: das Stillleben mit den violetten Zitronen und der Blick aus dem Atelierfenster über ein Meer aus blauen Dächern. Auch etliche Aktbilder waren dabei, jedoch keine erotischen: kantige orange Männerleiber mit schmalen Köpfen inmitten von Dünen und Wäldern, zwischen Bäumen und Sträuchern, als wären sie mit der Umgebung verschmolzen und dennoch mit schroffen schwarzen Strichen davon abgegrenzt.

Eisch und Hallmack nahmen sich Zeit. Eingehend studierten sie die Gemälde – jedoch nicht aus Liebe zur Kunst. Nur zu gut verrieten ihre Mienen, was sie von der Malweise hielten.

»Und dafür haben Ihnen Herr Christ und Herr Kettler also Modell gestanden?« Eisch nahm sein Monokel ab, mit einiger Mühe unterdrückte er seinen Spott. »Modell gestanden, und das gänzlich unbekleidet?«

Reinhard nickte. Dass weder der Kurdirektor noch der Hauptwachtmeister seine Bilder schätzten, störte ihn als wahren Künstler nicht.

»Selbstredend unbekleidet. So ist es bei Akten ja nun mal üblich. Aber das ist doch nicht widernatürlich. Ganz im Gegenteil: der Mensch, wie Gott ihn erschaffen hat, in der freien Landschaft. Also überaus natürlich. Noch natürlicher ist es kaum denkbar.«

Der Einwurf saß. Eisch fiel auf Anhieb kein passender Kommentar ein, Hallmack sah ihn verunsichert an. Offenbar erwartete er vom Kurdirektor eine vernichtende Kunstkritik.

Der jedoch blieb eine Antwort schuldig. Stattdessen baute er sich vor Reinhard auf. »Herr Oelde! Wer hat Ihnen hierfür Modell gestanden? Für diese beiden Bilder? Für den Adam hat Ihnen sicher Herr Christ oder Herr Kettler Modell gestanden. Welcher der beiden ist letztlich egal. Aber was ist denn eigentlich mit der Eva? Hatten Sie da etwa eine weibliche Muse?« Die Spitze seines Gehstocks wies zur Zimmertür. »Was verbirgt sich dahinter? Etwa Ihr Privatbereich?«

»Sicher. Erst ein kleines Schreibzimmer und dann meine Schlafstube. Beides ganz unwichtig.«

Reinhards Antwort kam schnell – möglicherweise zu schnell. Denn umso schneller ging Eisch nun darauf ein.

»Na, das hört sich doch vielversprechend an«, er wandte sich an den Hauptwachtmeister. »Wir suchen dort drinnen.«

»Das ist nicht nötig!« Reinhards Ausruf kam gellend, fast wie ein Flehen.

Maliziös lächelnd hob Eisch die Brauen. »Sieh an, Herr Künstler? Was wollen Sie denn verbergen? Die Herren Christ und Kettler sind ja nun hinter Schloss und Riegel. Halten Sie sich etwa weitere Lustknaben?«

»Nein! Ganz sicher nicht. Sie missverstehen das, Herr Kurdirektor.«

Doch die Unterpolizisten hielten bereits ihre Gewehre im Anschlag. Befehligt von Hallmack stürmten sie die Tür.

»Ha!«, rief der Hauptwachtmeister. Und dem Kurdirektor, der gleich hinter ihm in die beiden kleinen Räume vorstieß, entfuhr ein selbstgewisses »Schau an!«.

Jemand lag in Reinhards Bett, hastig das Plumeau über den Kopf gezogen. Lange blonde Haare schauten darunter hervor.

»Polizei! Nicht bewegen! Bleiben Sie, wo Sie sind!«, gellte Hallmacks Befehl durch die Schlafstube.

Tatsächlich regte sich nichts unter dem Federbett. Bei genauem Hinsehen ließ sich jedoch ein leises Zittern ausmachen. Die Person darunter lebte jedenfalls. Aber wer mochte das sein? Hannes wohl kaum, denn der saß im Gefängnis.

»Herr Oelde?«, der Kurdirektor genoss sichtlich die Situation. »Wer ist dieses Individuum unter Ihrer Decke? Sie kennen doch sicher den Namen? Oder etwa nicht?«

Reinhard begriff durchaus, was Eisch ihm da unterstellte. Unter normalen Umständen hätte er sich wohl gewehrt gegen eine solche Unverschämtheit. Doch normal konnte man die Situation wahrlich nicht nennen: Um sein Bett standen drei Polizisten und richteten ihre Gewehrläufe auf das Plumeau.

»Also reden Sie schon!«, herrschte Hallmack ihn an. »Wer zum Teufel liegt da drunter?«

Reinhards Antwort war nicht mehr nötig. Denn in dem Moment kam ein hellblonder Kopf unter dem Deckbett hervor. Ein sehr hübscher Kopf wohlgemerkt. Er gehörte Leni, der Helferin aus der Bäderabteilung.

Jette, Konrad und Rieke, dem Kurdirektor und den Polizisten, ihnen allen blieb der Mund offen stehen, so wenig hatten sie damit gerechnet: eine junge Frau in Reinhards Bett! Die drei Unterpolizisten wahrten nur mit Mühe ihre Strenge. Doch so sehr sie sich auch amüsierten: Die Gewehre hielten sie unerbittlich auf das Bett gerichtet.

Leni, zutiefst erschrocken, zog das Plumeau wieder hoch, diesmal jedoch nur an die Nasenspitze. Ihre Augen wanderten zu Eisch, den sie von der Eröffnungsfeier kannte. Bei seiner Besichtigung der Warmwasserwannen hatte sie sich ihm kurz vorgestellt.

»Guten Tag, Herr Kurdirektor. Ich kann das ganz einfach erklären. Also: Warum ich hier liege.«

»Das erklären Sie später!«, mit schroffen Gesten zog Hallmack einen Block samt Bleistift hervor. »Wer sind Sie denn eigentlich?«

Konrad übernahm: »Fräulein Magdalena Backes ist Helferin in unserer Kurabteilung. Und sie ist zweiundzwanzig Jahre alt, also volljährig.«

»Aha!«, der Hauptwachtmeister schrieb mit. »Nun gefälligst die Begründung.«

Leni hatte sich vom ersten Schrecken erholt. In klaren, verbindlichen Worten schilderte sie die Ereignisse: Sie hatte Reinhard für die Skizze als Eva Modell gestanden – natürlich unbekleidet. Dann hatten sie die harten Schritte der Polizisten auf dem Flur gehört, und im letzten Moment war Leni nackt nach nebenan geflüchtet, um sich zu verstecken. Einen großen leeren Schrank gab es nicht, darum hatte sie das Bett genommen.

»Alles in allem doch eine höchst schlüssige Erklärung«, befand Konrad. »Fräulein Backes hat Herrn Oelde als Eva Modell gestanden und sich mit der Bettdecke verhüllt. Alles im Sinne der Kunst. Nicht der leiseste Hinweis auf Unzucht, schon gar nicht auf widernatürliche.«

Ja, das ergab Sinn. Der Kurdirektor stimmte Konrad zu und wollte sich schon zur Tür wenden, doch so schnell ließ Hallmack nicht ab. Misstrauisch umrundete er drei Seiten des Bettes, den Blick auf das Federbett gerichtet. Schließlich baute er sich vor Leni auf.

»Fräulein! Wenn Sie untenrum nichts anhaben, ziehen Sie jetzt Ihre Beine an. Ich will Sie nicht unnötig bloßstellen. Die Polizei hat Anstand. Im Gegensatz zu Ihnen.«

Leni, die gerade aufatmen wollte, fühlte sich von blanker Angst gepackt. Doch sie gehorchte. Zitternd zog sie unter der Decke die Beine an.

»Also dann!«, am Fußende schlug Hallmack mit einem Ruck das Plumeau auf.

Und nun kam die ganze Bescherung: In der unteren Hälfte des Bettes lag zusammengekauert, sich beide Hände schützend zwischen die Beine haltend, ein nackter junger Mann: Michael.

Wieder staunten alle bis auf Reinhard. Wieder kicherten die Unterpolizisten still in sich hinein. Rieke jedoch löste sich rasch aus der Erstarrung.

»Aaaah!«, mit wildem Schrei stürmte sie zum Bett, riss Eisch den Flanierstock aus der Hand und schlug auf Michael ein.

Zwei weitere Schreie gellten durch die Schlafstube. Der erste vom Kurdirektor, der sofort seinen Stock wiederhaben wollte. Der andere Schrei kam von Michael, als Rieke auf ihn eindrosch.

Mit dem ersten Schlag traf der Pferdekopfknauf seinen Unterschenkel. Rieke holte wieder aus, doch in dem Moment zogen die Behnfelds sie vom Bett weg. Konrad nahm ihr den Stock aus der Hand und reichte ihn mit kurzer Verbeugung dem Kurdirektor zurück, der ihn eingehend musterte. Nein, dem Stock war zum Glück nichts passiert.

Rieke schluchzte auf, kurz, aber heftig, dann ließ sie all ihre Wut an Michael ab – zum Glück nur mit Worten.

»Du hast mich geküsst! Richtig geküsst! Du hast mich ausgenutzt. Weil du wusstest, dass ich Egon heiraten soll. Weil meine Mutter das so will. Aber ich sage dir was: Jetzt fahre ich zu ihm. Gleich morgen! Und ich meine es ernst!« Sie knallte die Tür hinter sich zu. Ihre Schritte verhallten im Flur.

Die anderen, auch Michael, sahen ihr entgeistert hinterher, die Unterpolizisten grinsten breit. Harsch gemahnte Hallmack sie zur Disziplin.

»Und Sie schamloses Pack!«, blaffte er Michael und Leni an. »Sie haben drei Minuten. Dann verlassen Sie gefälligst diesen Raum. Und zwar vollständig bekleidet!«

Konrad dagegen atmete durch: nur Leni und Michael. Es hätte schlimmer kommen können, viel schlimmer. Nicht auszudenken, wenn man im Bett zwei nackte junge Männer angetroffen hätte.

»Für das Verhalten meiner Bediensteten entschuldige ich mich. Aber für etwas Widernatürliches gibt es keinerlei Hinweis. Nur ein volljähriger Mann und eine volljährige Frau. Nun ja.«

Doch dabei ließ Hallmack die Sache nicht bewenden. Er notierte sich Michaels Personalien, dann baute er sich vor Konrad auf.

»Keine widernatürliche Unzucht, aber immerhin Unzucht. Noch dazu Kuppelei«, mit schroffer Geste wies er auf Reinhard. »Herr Oelde hat unzüchtige Handlungen ermöglicht. Also eine Straftat.«

Konrad kannte den Paragrafen: Wer einem unverheirateten Paar das intime Zusammensein ermöglichte, machte sich strafbar – ohne Wenn und Aber. Dies galt sogar, wenn das Paar kurz vor der Eheschließung stand.

»Nicht so schnell bitte«, Konrad lächelte übertrieben breit. »Es stimmt. Wir haben auch einen jungen Mann im Bett gefunden. Aber das ist ja kein Wunder. Ihm ist es doch genauso gegangen wie Fräulein Leni: Er hat als Adam Modell gestanden und sie als Eva. Die beiden haben unsere Schritte gehört und sind ins Bett geflohen. Aus reinem Schamgefühl. Um uns den Blick auf ihre nackten Leiber zu ersparen. Mit geschlechtlichen Handlungen hat das doch ganz und gar nichts zu tun. Also auch nicht mit Kuppelei.«

Eisch lachte auf. »Mit Verlaub, Herr Doktor. Aber das glauben Sie doch selbst nicht: dass die beiden jungen Leute aus Schamgefühl ins Bett geflüchtet sind. Und wenn dem tatsächlich so wäre, dann hätte der junge Mann sich ja nicht unter der Decke verstecken müssen. Dann hätte er doch viel besser daran getan, sich gleich zu seinem Handeln zu bekennen.«

»Dazu sage ich gleich etwas, Herr Kurdirektor. Aber erst einmal sollten wir den beiden die Gelegenheit geben, sich anzukleiden. Und zwar ohne uns«, Konrads Hand wies zum Atelierraum.

Hallmack zögerte, doch als Eisch ihm einen bittenden Blick zuwarf, befehligte er seine Mannen nach nebenan.

Energisch schloss Konrad die Zwischentür und setzte nach: »Eben nicht, Herr Kurdirektor. Es wäre für Herrn Gröndahl kaum sinnvoll gewesen, die Sache sofort einzugestehen. Denn Sie schenken ihm ja keinen Glauben. Und weil er sich bereits denken konnte, dass Sie ihm nicht glauben würden, darum hat er sich weiterhin unter der Decke versteckt. Denn Sie sollten annehmen, Fräulein Leni liege allein im Bett. Auf diese Weise wollte er auch ihren Ruf schützen. Und für geschlechtliche Handlungen haben wir keinerlei Beweise.«

Konrads Begründung war schlüssig. Dies musste – zwar mit größtem Widerwillen – auch der Hauptwachtmeister einsehen. Während Konrads Verteidigungsrede war Hallmacks Kopf hochrot angelaufen, und sein Leibesumfang schien dem Druck seiner Wut kaum noch standzuhalten.

Die Tür ging auf, Leni und Michael kamen herein, vollständig bekleidet und mit betretenen Mienen. Noch bevor Hallmack in seinem Zorn auch nur ein Wort fand, begleitete Konrad die beiden in den Flur, schloss die Tür hinter ihnen und kehrte zu den anderen zurück.

»Werter Herr Hauptwachtmeister, hochgeehrter Herr Kurdirektor, damit ist wohl jeder Vorwurf vom Tisch. Oder haben Sie klare Beweise für Unzucht? Ob nun widernatürlich oder auch bloß zwischen Mann und Frau?«

Beide mussten passen. Hallmack schmorte vor Zorn über Konrads Begründung, die zwar hanebüchen war, aber eben juristisch korrekt.

Auch Eisch behagte die Sache keineswegs, doch er wahrte Haltung. »Danke für die Klärung, Herr Doktor. Meine Empfehlung an Ihren Herrn Vater.«

Der Kurdirektor und der Hauptwachtmeister als doppelte Spitze, dahinter aufgereiht die Unterpolizisten: Wie sie gekommen waren, zogen sie wieder ab. Konrad begleitete sie durch den Vorgarten bis an die Straße.

Unterwegs begegneten ihnen einige Sanatoriumsgäste, die sich wunderten: So viel Polizei? Was war passiert?

Eisch lüpfte seinen Zylinder. »Bloß die übliche Kontrolle. Alles bestens. Herr Doktor Behnfeld führt die Einrichtung tadellos.«

Die Gäste nahmen es zufrieden zur Kenntnis.

Mit gebührender Höflichkeit verabschiedete Konrad die Männer und blickte ihnen nach, bis sie in die Wilhelmstraße abbogen. Geschafft! Nun gut, er hätte gern noch gewusst, wer ihn angezeigt hatte. Ein Nachbar von Hannes und Paul – mehr wusste Konrad nicht über besagten Mann. Im Grunde konnte es ihm egal sein. Die Razzia war glimpflich verlaufen. Konrad lockerte seinen Kragen, jetzt galt es zu handeln. Michael und Leni durften nicht länger bleiben. Am besten trennte man die beiden noch heute.

In der Wohnung wartete Michael und brachte gleich seine Kündigung vor: Schon seit vier Wochen unterhielt er mit Leni diese Liaison und hatte damit das Vertrauen seiner lieben Gastgeber aufs Schändlichste missbraucht. Selbstredend würde er nächstens abreisen. Dem konnte Konrad nur zustimmen.

»Aber eins habe ich noch nicht verstanden: Warum hat Reinhard euch sein Bett überlassen? Aus reiner Menschenfreundlichkeit?«

»So ungefähr«, Michael hatte mit dieser Frage längst gerechnet. »Wir haben ihm ja tatsächlich Modell gestanden als Adam und Eva. Und als Gegenleistung hat er uns sein Bett angeboten. Damit Leni und ich uns in Ruhe treffen konnten, wenn wir beide gleichzeitig freihatten. Im Personaltrakt wäre das ja aufgefallen.«

»Ja«, bemerkte Konrad trocken. »Völlig zu Recht wäre das aufgefallen.«

Die Flure mit den Personalstuben waren nach Geschlechtern getrennt. Einzig Hedwiga Einöder machte da eine Ausnahme und wohnte – gemeinsam mit ihrem Alois – im Männertrakt.

Konrad hatte von der heiklen Sache genug, er eilte ins Kontor, wo Jette schon Lenis Papiere vorbereitete.

Die junge Badehelferin gab sich ungeahnt gesprächig: Michael habe sie nicht bedrängt und höchstwahrscheinlich nicht geschwängert. Aber da sie ja volljährig sei, müsse das Herrn Doktor als Dienstherrn nicht kümmern, ihn treffe kein Vorwurf.

Konrad nahm es beruhigt zur Kenntnis. »Mit Ihrer Arbeit hier waren wir stets zufrieden, Fräulein Leni, und als medizinische Badehelferin haben Sie viel gelernt. Damit werden Sie auch in Göhren oder einem anderen Seebad leicht Arbeit finden. Viel mehr mache ich mir Sorge um Ihre Moral. Aber wie Sie schon sagen: Sie sind erwachsen.«

Er stellte ihr ein kurzes Zeugnis aus. Den Fehltritt verschwieg er und schrieb stattdessen, dass er Lenis Arbeitskraft nicht länger brauche, weil die Hauptsaison bald zu Ende sei. Dann zahlte er ihr den restlichen Lohn aus, einschließlich der Kosten für die Pferdedroschke nach Göhren zu ihrer Familie.

Gerade war Leni im Treppenhaus entschwunden, da kamen die Damen Merten ins Kontor, Rieke kleinlaut und tief gekränkt, Berta hingegen triumphierend.

»Zum Glück hat dieser Hallodri meine Rieke nur geküsst, und immerhin hat sie Vernunft angenommen. Sie will auch gar nicht mehr mit ihm reden, denn das wäre nur verschwendete Mühe bei so einem Kerl. Morgen fährt sie nach Eisenach.«

»Morgen schon?« Konrad seufzte bedauernd. »Derart rasch?«

Auch Jette hakte nach. »Und Rieke möchte sich das nicht noch überlegen? Herr Gröndahl reist ja ab, Sie beide hätten nichts mehr mit ihm zu tun.«

Rieke zögerte, möglicherweise hätte sie sich doch noch zum Bleiben entschlossen. Doch für ihre Mutter war die Sache klar.

»Danke, Frau Doktor. Aber Rieke fährt nach Eisenach. Vielleicht gefällt es ihr ja gut, und Egon ist ein anständiger Kerl. Ganz sicher nicht so ein Tunichtgut wie dieser Michael.«

Konrad und Jette sahen es ein: Sie konnten Rieke nicht halten.

»Und Sie müssen keine neue Beiköchin suchen«, beruhigte Berta. »Zwei von meinen Helferinnen sind sehr tüchtig. Die lerne ich einfach noch weiter an.«

Sie telegrafierte an ihren Halbbruder und setzte Rieke morgens in den ersten Zug. Es würde sich alles zum Guten wenden, daran glaubte Mutter Merten felsenfest.

Derart eilig hatten Konrad und Jette es mit Michael nicht,

sie wollten ihm für seine Zukunft keine Steine in den Weg legen. Ausgestattet mit einem guten Zeugnis fuhr er drei Tage später zurück nach Greifswald. Wenn ein Gast deswegen fragte, gab Konrad gern Auskunft: Herr Medizinstudent Gröndahl musste zu seiner Familie zurück, um in der Praxis seines Vaters auszuhelfen. Ein wichtiger Anlass eben.

Michaels Verabschiedung fiel freundlich aus, noch am Zugfenster drückte Jette seine Hand. »Lern weiter und geh deinen Weg. Du wirst ein guter Arzt.«

ZUWACHS

Der Oktober begann mit Dauerregen. Dreißig Gäste weilten derzeit im Sanatorium, und weil das Wetter zu Spaziergängen nicht einlud, nutzten sie die Zeit zur Liegekur auf den überdachten Balkonen. Dicke Wollplaids lagen bereit und auf Wunsch sogar Decken aus Nerzfell.

Auch im Maleratelier kehrte Ruhe ein – nicht wegen des Wetters, sondern wegen der glimpflich überstandenen Razzia. Seitdem empfing Reinhard keinen Besuch mehr, nicht mal mehr weiblichen. Glücklicherweise brauchte er im Moment kein Modell, er hatte genug damit zu tun, seine Skizzen zu Gemälden auszuarbeiten. Sollte tatsächlich noch mal die Polizei anrücken, würde sie nun erst recht ins Leere laufen bei der Suche nach widernatürlicher Unzucht. Doch auch in der Hinsicht blieb alles ruhig: Weder vom Kurdirektor noch vom Hauptwachtmeister kam eine Nachricht.

Auch Rieke in Eisenach ging es gut – zumindest behauptete sie das. Schon eine Woche nach ihrer Abreise aus Binz schickte sie zwei Briefe, einen an ihre Mutter, den anderen an Tilla und die Behnfelds.

Liebe Frau Doktor, lieber Herr Doktor und natürlich meine liebe Freundin Tilla!
Hier habe ich es sehr gut angetroffen. Im Haus von Onkel Hartmut, Tante Gerti und Vetter Egon habe ich mich gleich eingelebt und helfe sogar schon mit. Natürlich darf ich noch

nicht allein Teig ansetzen oder die großen Öfen bedienen. Aber als Köchin kann ich all das rasch hinzulernen und werde vielleicht noch eine richtige Bäckerin. Jedenfalls bin ich froh, dass ich auf meine Mutter gehört habe. Dieser Michael hat mir einen heilsamen Schock versetzt. Viele Grüße an alle aus dem Sanatorium. Meine Mutter hält Sie/Dich weiter auf dem Laufenden. Zu Weihnachten komme ich zu Besuch und freue mich schon.
Es grüßt Sie/Dich von Herzen
Rieke

Die Behnfelds lasen den Brief beim Mittagstee.

»Und was halten wir davon, holdes Eheweib? Fühlt unsere Rieke sich da wirklich so wohl, oder macht sie sich nur was vor? Um über die Sache mit Michael hinwegzukommen?«

»Hm«, auch Jette musste schmunzeln. »Zumindest hat sie etwas Neues gefunden, das ist doch schon viel wert. Wobei sie ja kaum über diesen Egon schreibt.«

»Also ist sie nicht sehr verliebt, oder?«

Jette legte den Kopf schief. »Vielleicht nicht. Vielleicht aber doch, und sie will es nur noch nicht verraten. Damit wir nicht denken, sie stürzt sich von einer Schwärmerei in die nächste. All das wird die Zeit schon zeigen. Erst mal wünschen wir ihr das Beste.«

»Natürlich tun wir das«, Konrad hauchte seiner Liebsten einen Kuss auf die Schläfe. »Wir gönnen Rieke jedes Glück dieser Erde. Und uns übrigens auch.«

Ein weiterer Brief war an diesem Mittag eingetroffen, nämlich aus Berlin. Justus' Advokaten hatten sich beim Stralsunder Gefängnis erkundigt: Die Herren Johannes Christ und Paul Kettler waren aus der Untersuchungshaft freigekommen. Der Nachbar, der die beiden angeschwärzt hatte, war bei einer Zeugenvernehmung in Widersprüche geraten. Allerdings würden Christ und Kettler Binz verlassen müssen, sie packten bereits ihre Koffer und wollten nach Berlin.«

»Umso besser«, meinte Konrad. »In der Großstadt geht es anonymer zu, und ihre Firma können Hannes und Paul auch von dort aus führen.«

Nach dem Essen gingen er und Jette hoch ins Atelier, um die Nachricht zu überbringen. Reinhard brach in Freudentränen aus. Eine Haftentlassung! Welch ein Segen! Abgesehen von dem unschönen Ereignis um Michael, Leni und Rieke war die Razzia ohne böse Folgen verlaufen. In dieser Hinsicht hatten auch Jette und Konrad jeden Grund aufzuatmen, doch etwas anderes bedrückte sie: Noch immer lag das Kind quer in Jettes Leib. Dabei reifte es gut heran, regelmäßig überprüfte Konrad den Gebärmutterstand und die Herztöne. Alles entsprach ganz der Norm, nur eben nicht die Position.

Konrad beruhigte. »Unser Kleines hat noch viel Zeit, sich zu drehen. Dabei können wir ihm sogar helfen: Lieg täglich für eine Stunde mit erhöhtem Unterleib. Dann rutscht das Kind nach oben auf dein Brustbein zu. Und wenn du dich dann wieder aufrichtest und umhergehst, sollte es sich mit dem Kopf nach unten drehen.«

Doch das wusste auch er: Der menschliche Körper funktionierte anders als ein Mühlrad. Die Medizin gehorchte nur begrenzt den Regeln der Mechanik. Also verließ Konrad sich nicht nur auf seine eigenen Kenntnisse.

»Wir laden den Kollegen Uhde und Frau Sonnenschein zum Mittagessen ein. Dann sollen die dich gleich untersuchen.«

Margarete Sonnenschein – sie hieß tatsächlich so – praktizierte seit bald vierzig Jahren als Hebamme. Mehr als tausend kleinen Binzern hatte sie auf die Welt geholfen und selbst acht

Kinder geboren. Dabei galt sie mit ihren Körpermaßen als ›half Hiering‹. Wer sie nicht kannte und nur von hinten sah, hätte sie für ein junges Mädchen halten können. Trotzdem hatte jedes ihrer eigenen Kinder bei der Geburt sieben, wenn nicht gar acht Pfund auf die Waage gebracht.

»Die Natur richtet das«, sagte sie oft. »Der kindliche Kopf ist biegsam, das Becken der Mutter auch, und wenn die schmalste Stelle passt, dann passt alles.«

So machte Gretchen Sonnenschein den jungen Frauen Mut – und wusste nur zu gut, dass es eben nicht immer passte. Dutzende Mütter waren ihr und dem Dorfarzt Adalbert Uhde schon unter den Händen weggestorben.

Die beiden kannten sich lange. Uhde war klein gewachsen und drahtig, auf den ersten Blick unterschätzte man leicht seine Kraft und Zähigkeit. Anno 1870 hatte er um das Leben der verwundeten deutschen Soldaten gekämpft, nach dem Krieg dann seine Jugendliebe geheiratet und die Praxis in Binz eröffnet. Mit Grete Sonnenschein verband ihn eine lange Zusammenarbeit. Auch sie war anfangs noch verheiratet gewesen, zu Beginn der Neunzigerjahre aber war Uhdes Frau und kurz darauf auch Gretes Mann gestorben. Seitdem bekannten Arzt und Hebamme sich zu ihrer tiefen gegenseitigen Zuneigung, und doch heirateten sie nicht. Welche Rolle hierbei Gretes Witwenpension spielte und ob ihre Liebe wirklich nur keusch war, darüber munkelte man in Binz oft und gern. Doch keiner bezweifelte, mit wie viel Hingabe sie ihren Berufen nachgingen.

In der zweiten Oktoberwoche fanden sich die beiden zum Mittagessen ein. Die Behnfelds ließen eine Entenbouillon servieren, danach Pannfisch und als Nachtisch frischen Pflaumenkuchen mit Schlagsahne.

Nach dem Essen ging man hinüber in Konrads Sprechzimmer. Jette raffte ihre Röcke, schob das Unterbeinkleid bis zum Schambein hinunter und machte es sich auf der Liege bequem. Auch ihr hatte Gretchen Sonnenschein auf die Welt geholfen, und dass Jette nun selbst Mutter wurde, freute Gretchen besonders. Sie wärmte sich die Hände an und begann mit der Untersuchung.

»Ja. Das liegt quer. Ungewöhnlich bei einer ersten Schwangerschaft, aber es passiert eben, auch bei einem ganz gesunden Becken. Jetzt nur nicht die Hoffnung aufgeben. Manche Kinder drehen sich erst zwei Wochen vorher und flutschen dann nur so durch. Sust man seihn, Jettedeern.«

Uhde kam zum gleichen Ergebnis. »Sorgen Sie sich mal nicht, Frau Behnfeld«, er wandte sich an seine Gefährtin. »Nu segg, mien Greet: Wenn sich das Kleine doch nicht von selbst längs dreht, dann hilfst du ihm doch? Mit einer schönen äußeren Wendung?«

Die Hebamme nickte. »Am besten natürlich, wir schieben den Kopf nach unten. Meinetwegen auch den Allerwertesten. Aber vielleicht dreht es sich ja doch noch von allein.«

Jette atmete durch. Sie wollte nicht hysterisch werden, sich in nichts hineinsteigern, und doch durchstieß eine kalte Welle der Angst ihr Inneres. Trotzdem gab sie sich unbefangen, kleidete sich an und führte mit Konrad die Gäste zur Pforte.

In zwei Wochen wollte Gretchen Sonnenschein wieder nach Jette schauen, so lange sollte sie weitermachen: Das Becken zwanzigmal für drei Sekunden in die Brücke heben, dann eine Stunde liegen bei erhöhtem Unterleib, dann eine halbe Stunde spazieren gehen. Täglich einmal sollte sie dieses Programm absolvieren.

Die Behnfelds dankten herzlich.

Zurück in der Wohnung schloss Konrad seine Jette in den Arm. »Ach, Liebchen. Deine Mutter hat dich und Paula leicht geboren. Und Paula ihre drei Kinder auch. Bei dir wird es kaum anders sein. Jetzt ruh dich aus.«

Jette gehorchte. Bei weit geöffneter Terrassentür machte sie es sich auf der Chaiselongue bequem. Die Wärme des Nachmittags strömte in den Wohnsalon, aus dem Park erklang das Lachen der Kurgäste. Sie schloss die Augen. Nur ein wenig vor sich hin dämmern wollte sie, höchstens eine halbe Stunde, und dann wieder hinübergehen ins Kontor. Sie musste sich noch um den Belegungsplan kümmern, eine einfache Aufgabe, die sie gut bis zum Abendessen erledigen konnte. Gerade döste sie ein, da schallte die Türglocke.

»Ich gehe schon!«, rief Tilla von nebenan.

Jette hörte das Öffnen der Tür und die vertraute Stimme von Ewald, dem Telegrammboten. Ein patenter Kerl, sie eilte in den Flur.

»Tachschön, Ewald. Was ist es diesmal?«

»Aus Berlin, Jette. Deine liebe Verwandtschaft«, er legte zwei Finger an die Mütze. »Ich muss weiter. Gruß an den werten Gatten.«

Doch so schnell ließ Jette ihn nicht gehen – nicht ohne einen Groschen Trinkgeld. Zurück im Wohnsalon öffnete sie den Umschlag.

THEO UND ICH ANKOMMEN FREITAG UEBLICHER ZUG. VATER.

Jette stöhnte auf. Das also auch noch.

***

Konrad ging allein zum Bahnhof. In den letzten Wochen hatte er Jette so viel zugemutet – jetzt also auch noch das. Justus war immer für eine Überraschung gut, und der Erfahrung nach musste man froh sein, wenn er schon zwei Tage im Voraus Bescheid gab und nicht erst zwei Stunden. Aber warum er überhaupt kam und noch dazu Theo mitbrachte – darüber konnte Konrad nur spekulieren. Vielleicht hatten sich bei Theo die Krankheitszeichen verändert, und Konrad sollte ihn nun wieder untersuchen.

Am Bahnsteig begegnete ihm Hein Strunk, der Gepäckdiener.

»Tachschön, Herr Doktor. Kommt also mal wieder Ihre liebe Familie aus Berlin. Unser Vorsteher hat eben noch ein Telegramm gekriegt: zwei kleinere Schrankkoffer, das schaffe ich bequem mit dem Handwagen.«

Konrad dankte für die Auskunft – und atmete auf. Bloß zwei Koffer. Wollten Justus und Theo nur für ein paar Tage bleiben?

Der Zug hielt, gleich darauf entstiegen Justus und Theo der ersten Klasse, beide in ihren bewährten Reiseanzügen mit Knickerbockern.

Konrad erkannte gleich, wie Theo weiter abgenommen hatte, unter der dünnen Gesichtshaut traten die Schädelknochen noch deutlicher hervor, die umschatteten Augen lagen tief in ihren Höhlen, doch er verhielt sich höchst lebendig. Schnurstracks, mit weit ausgestreckten Armen eilte er auf Konrad zu.

»Jette! Wo ist denn Jette?«, energisch klopfte er dem Bruder auf die Schultern, dabei glitt sein Blick an Konrad vorbei den Bahnsteig entlang. »Da ist sie auch nicht. Sag doch, Konrad. Wo ist sie? Meine Jette!«

Justus schritt ein. »Komm, Junge. Nun mal ruhig. Du weißt doch: Jette bekommt bald ihr Kind. Also ist sie zu Hause geblieben und schont sich.«

»Ja!«, rief Theo so heftig, dass einige Menschen sich nach ihm umdrehten. Er schlug sich mit der flachen Hand gegen die Stirn. »Richtig! Sie muss sich schonen. Aber das Kind ist ja noch nicht auf der Welt. Nur ich bin da.«

Konrad legte seinen Arm um ihn. »Lass uns gehen, Theo. Du warst lange nicht mehr hier. Zuletzt beim Richtfest. Und gleich wirst du staunen. Hier hat sich so viel getan.«

Justus und Konrad nahmen ihn auf dem kurzen Fußweg zwischen sich und erzählten von den neuen Cafés und Kureinrichtungen im Ort. Immerhin: Theo hörte zu und nickte an den passenden Stellen.

Am Sanatorium angelangt, musterte er die Fassade. »Ganz schön. Ganz weiß. Dann gehen wir mal rein.«

Hundertfach hatte Konrad erlebt, wie neue Besucher im Foyer bewundernd ihre Hälse reckten. Nicht so Theo. Unbeeindruckt von all der Schönheit folgte er Konrad den Flur entlang bis zur Wohnung.

Tilla öffnete. Die Behnfelds hatten sie auf den Besuch vorbereitet und dabei nichts beschönigt: Theo litt unter einer weit fortgeschrittenen Hirnsyphilis, er war nicht gefährlich und bei üblichem Umgang nicht ansteckend, aber eben höchst eigenartig in seinem Gebaren.

Ohne Scheu half sie Theo aus dem Mantel.

Theo lächelte ihr zu. »Sie machen das großartig. Ganz, ganz großartig.«

Jette trat in den Flur, und kaum erblickte Theo sie, da entrann seiner Kehle ein tiefer, inniger Seufzer. Er stürzte ihr entgegen. »Jette! Meine Jette!«, im Bruchteil einer Sekunde ging er vor ihr auf die Knie, legte die Hände an ihre Hüften und drückte seine Wangen gegen ihren Bauch. »Meine liebe Jette. Gebenedeit seist du unter den Weibern, und gebenedeit sei die Frucht deines Leibes.«

»Theo!«, sie hatte sich auf vieles eingestellt, doch dass er nun nach ihrem Bauch tastete und das auch noch mit einem

Bibelspruch, entsetzte selbst sie. Hastig trat sie einen Schritt zurück.

Justus packte ihn beim Kragen und zog ihn hoch. »Junge! Jette ist doch nicht die heilige Jungfrau Maria, sondern Konrads Frau. Hör auf mit dem Unsinn. Du erschreckst uns alle noch zu Tode.«

»Ach so?«, er schaute zu Boden. »Aber ich will doch keinen erschrecken. Gar nicht. Ich bin müde. Ich will schlafen.«

»Natürlich, Theo«, inzwischen konnte Jette wieder lächeln. »Jetzt kannst du dich erst mal ein wenig frisch machen. Wir haben hier im Souterrain einen wunderbaren Baderaum, ganz allein für unsere Familie.«

»Ich zeige dir das. Komm«, Justus begleitete ihn hinunter ins Bad.

Jette und Konrad zogen sich in den Wohnsalon zurück.

»Und?«, fragte sie angespannt. »Was sagt dein Vater denn nun? Wie lange wollen sie bleiben?«

Konrad setzte sich zu ihr. »Das hat er mir noch nicht verraten, aber du hast die beiden schmalen Koffer gesehen, mehr als drei, vier Anzüge passen nicht hinein, also denke ich mal: höchstens eine Woche. Und ob sie nun drei Tage oder eine Woche bleiben, ist unwichtig. Du kannst dich doch jederzeit zurückziehen, dafür hat jeder hier Verständnis. Und du brauchst gar nichts mehr zu tun. Kümmere dich bloß darum, dass es dir gut geht. Und unserem Kleinen.«

Er streichelte ihren Bauch, und sie lächelte. Es stimmte ja, sie hatte hier so viele liebe Helfer und wollte keine schlechte Gastgeberin sein. Doch der Besuch strengte sie an. Dass es Theo derartig schlecht ging, hatte sie nicht erwartet, dabei mochte sie ihn nach wie vor.

Mit Justus kehrte Theo aus dem Bad zurück und wollte sich gleich hinlegen, so müde fühlte er sich.

Konrad ging hinaus in den Flur und entschuldigte Jette für die nächste halbe Stunde. Konrad und Tilla begleiteten ihn hinauf ins Gästezimmer.

»Morgen untersuche ich dich. Dann gehen wir zu unserem guten Einöder. Ein vortrefflicher Bademeister. Der kann dir sicher Gutes tun. Und schlafen darfst du hier, so viel du willst.«

»Danke, Konrad«, er presste kurz die Lippen aufeinander und riss die Augen auf. Seltsam sah das aus, so als fühlte er sich von seinem Bruder bedroht. Gleich darauf verzog er die Miene zu einem freundlichen Grienen. »Es ist gut, Fräulein Tilla. Es ist sehr gut. Alle sind gut zu mir. Und morgen bade ich. Gewiss, ich bade. Es ist ja ein Kurbad hier.«

Tilla wollte antworten, doch er legte sich einen Finger an die Lippen.

»Pschscht«, an ihr vorbei schaute er zum Fenster. »So schön, der Garten und der Park. Ganz warm ums Herz kann einem da werden. Ganz versonnen. Aber nun möchte ich allein sein und schlafen. Bis morgen früh.« Unvermittelt wanderte sein Blick zu Tilla. »Und Sie sind ein schönes Fräulein. Und so rot. Mit dem Haar. Diesen …«, mit beiden Zeigefingern umkreiste er seine eigenen Ohren. »Diesen Zöpfen. Diesen Ringen.«

Tilla lächelte. »Meine Affenschaukeln. Ja, die trage ich oft.«

»Hübsch«, er zog die Stirn hoch. »Und nichts mit Teufel. Sie sind keine Hexe. Und kein Affe. Nur Ihr Haar ist rot. Rote Affenschaukeln. Und Ihre Haut. Und so viele Sommersprossen. Formidabel ist das. Famos.«

»Theo!«, mahnend hob Konrad die Stimme. »Fräulein Tilla ist ein sehr fleißiges Zimmermädchen. Und noch sehr jung, gerade erst vierzehn. Sie hat Sommersprossen und rotes Haar, wie das eben vorkommen kann bei uns Menschen. Und mit Teufeln oder Hexen hat das nun rein gar nichts zu tun. Ich würde eher sagen: Fräulein Tilla ist ein wahrer Engel.«

»Sicher«, Theo verbeugte sich vor ihr. »Sie sind ein Engel. Ein hübscher roter Engel. Aber jetzt möchte ich schlafen. Gute Nacht.«

»Gute Nacht, gnädiger Herr«, erwiderte Tilla völlig selbstverständlich, dabei war es nicht einmal siebzehn Uhr. An Konrads Seite trat sie auf den Flur und schloss die Tür hinter sich. »Bestimmt wird Ihr Bruder gut schlafen, er wirkt ja sehr erschöpft.«

»Das stimmt«, Konrad senkte die Stimme. »Noch ganz kurz, Tilla: Er benimmt sich sehr eigenartig. Die Krankheit eben. Und du hast hoffentlich keine Angst vor ihm.«

Lächelnd schüttelte sie den Kopf. »Sie müssen sich keine Sorgen machen, Herr Doktor. Mit der Krankheit kenne ich mich zwar nicht aus, aber Ihr Herr Bruder ist ein guter Mensch. Das weiß ich genau.«

Wieder einmal konnte er über dieses junge Mädchen nur staunen. »Das ist schön, Tilla. Ich meine: dass du das erkennst. Aber sag doch mal: Woran hast du das gemerkt?«

»An seinem Blick, also wie er mich ansieht. Nämlich so wie ein großer Bruder seine Schwester. Ganz freundlich. Geradezu gütig.«

Gütig. Nun ja, Konrad selbst hatte Theos Blick noch nie als gütig empfunden. Aber wenn Tilla das meinte, wollte er ihr nicht widersprechen.

Tilla knickste. »Übrigens: Ich habe starken Kamillensud aufgesetzt. Vor einer Viertelstunde schon. Daraus kann ich Tee aufgießen. Wenn Sie möchten, Herr Doktor.«

»Sicher, Tilla. Dann also Kamillentee für meine Frau, meinen Vater und mich. Ein guter Gedanke.«

Wieder knickste sie. »Und wie gesagt: Machen Sie sich keine Sorgen. Ihr Herr Bruder und ich, wir kommen schon gut miteinander aus. Auch auf Dauer.«

»Ja, Tilla, sicher«, einigermaßen irritiert sah er ihr nach, wie sie die Treppe hinunterging ins Foyer und von dort in den Anrichteraum. Auch auf Dauer. Ja, so hatte sie es formuliert. Was meinte sie damit? Ahnte sie möglicherweise schon etwas? Und ahnte er es nicht längst auch? Na, da musste doch wohl gleich eine Klärung her! Er eilte in die untere Etage. »Vater? Jette?«

Die beiden saßen im Wohnsalon, dort war ein Tisch bereits gedeckt für die kleine Teegesellschaft. Durch die Art, wie einerseits Jette ihn ansah und andererseits sein Vater, hatte Konrad keinen Zweifel mehr. Er lag also richtig mit seiner Ahnung.

»Theo will bleiben. Er soll hier wohnen. Für immer«, Jette mühte sich um einen sachlichen Ton, dennoch zitterte ihr die Stimme.

»Ist das so, Vater? Hast du ihn deswegen hergebracht?«, zornig zog Konrad sich einen Stuhl heran. »Und das erfahren wir erst jetzt? Es stand schon vorher fest, aber da wolltest du es uns noch nicht sagen? Lieber stellst du uns vor vollendete Tatsachen?«

Justus gab sich unbeeindruckt. »Theo kann und will nicht mehr in Berlin bleiben. Mit den Wärtern hat er sich überworfen. Zwar nicht gestritten, aber nicht mehr mit ihnen gesprochen. Er mag sie nicht mehr sehen, hat er gesagt. Und da haben sie gekündigt. Auch, weil sie ein anderes gutes Angebot hatten.«

Tilla kam herein und servierte Kamillentee samt Rosinenstuten. Die gnädigen Herrschaften wirkten angespannt, ein Zwist lag in der Luft, und sie konnte sich denken, worum es ging. Diskret schloss sie die Tür hinter sich und ging zurück in die Küche.

»Und wenn ihr andere Wärter für ihn einstellt?«, nahm Konrad das Gespräch wieder auf. »Vielleicht jüngere, möglicherweise versteht er sich mit denen besser. Oder zwei Frauen. Dann natürlich viel ältere. Erfahrene, mütterliche Krankenschwestern. Bei denen kann er sich beruhigen.«

»Aber die will er auch nicht, das haben wir schon gefragt.« Bittend wies Justus auf ein Schälchen mit Süßrahmbutter, Jette reichte sie ihm – zusammen mit ihrem vorwurfsvollen Blick. Er verstand ihre Botschaft und ging doch darüber hinweg. »All das haben wir ihm schon angeboten, und natürlich auch ein Nervenpflegeheim. In Potsdam direkt am See oder auch in den Schweizer Bergen, er könnte sich das schönste aussuchen. Aber all das will er nicht. Er will zu euch, und zwar auf Dauer.«

Konrad atmete durch, seine Stimme gewann an Schärfe. »Du willst uns das also zumuten? Wo gerade die Razzia wegen Reinhard war. Und in vier Wochen ist Jettes Niederkunft. Nein, Vater. So gern wir Theo auch helfen wollen. Aber er kann hier nicht bleiben. Nicht jetzt. Es geht einfach nicht.«

Wie so oft in einem Streit blieb Justus nach außen hin gelassen. Verbindlich nickend schaute er von Konrad zu Jette und wieder zu Konrad, kaute seinen Mund leer und nahm noch einen Schluck Tee. »Natürlich geht das. Ihr habt reichlich Personal. Im Übrigen bin ich es, der hier das Risiko als Unternehmer trägt. Jette, du kannst dir jegliche Arbeit abnehmen lassen. Wenn das Kleine da ist, kannst du dich ganz dem Muttersein widmen. Und Theo vergöttert dich. Er wollte zu euch, nun lasst ihn einfach, er schläft ja sowieso die meiste Zeit.«

»Aber trotzdem geht von ihm eine Gefahr aus«, hielt Konrad dagegen. »Stell dir vor, er stellt unseren Bediensteten nach. Oder gar den weiblichen Kurgästen. Und dann Tilla: Der hat er eben die seltsamsten Komplimente gemacht, und sie ist erstaunlich reif damit umgegangen. Sie weiß ihn zu nehmen, aber trotzdem. Was, wenn er bei ihr seine Grenzen nicht kennt? Sie ist gerade mal vierzehn. Nicht auszudenken, wenn er da seine Kontrolle verliert ...«, mit einiger Verzweiflung sah Konrad zwischen Ehefrau und Vater hin und her.

Jette nickte vehement. Endlich sprach Konrad Klartext. Sie wollte ihm gerade mit einigen Sätzen beipflichten, da hob Justus die Hand.

»Junge, nun steigere dich doch nicht so hinein. Es stimmt ja: Theo hat früher mit billigen Frauenzimmern verkehrt, sonst hätte er sich die Krankheit nicht zugezogen. Aber er ist weit davon ab. Von allen Frauen. Vom Fleischestrieb überhaupt. Nicht mal sich selbst betreffend regt sich da noch eine Lust. Jedenfalls nach allem, was die Hausdiener mir dazu berichten. Seine Laken betreffend«, er sah Jette schuldbewusst an. »Verzeih dieses unsägliche Thema. Aber auch so etwas muss man manchmal aussprechen. Der Klarheit wegen.«

Jette sparte sich jedes Wort. Ein versteinerter Blick auf den Teller blieb ihr einziger Kommentar.

Dagegen zeigte Konrad offen seinen Ärger. »Also lässt du ihn uns hier, Vater? Du hast entschieden! Punktum! Und wir müssen es hinnehmen.«

»Genau, Junge. So ist es. Tragt Tilla auf, sich um ihn zu kümmern, er wird bei ihr bestimmt Sitte und Anstand wahren, eben gerade weil sie fast noch ein Kind ist. Und selbstredend mute ich euch nichts zu, was nicht tragbar wäre: Falls Theo jähzornig wird oder gar randaliert, muss er hier raus und in ein Heim. Aber so schätze ich ihn nicht ein. Ich glaube eher, dass er geistig weiter eindämmert. Und du doch wohl auch, Junge?«

Konrad nickte. So oft hatten sie den Krankheitsverlauf besprochen: Theo verfiele wohl in eine geistige Umnachtung, das hatte Konrad selbst immer wieder gemeint, und auch Theos Schlafbedürfnis wies darauf hin.

»Na also«, Justus stellte seine Tasse ab. »Dann versucht es hier wenigstens mit ihm. Und nun kommt ihr beiden bitte zur Ruhe. Tut eurem Kleinen den Gefallen und mir auch. Wollen wir drei denn noch ein wenig auf die Promenade? Das täte uns sicher gut.«

Konrad und Jette stimmten zu. Den Ärger schwelen zu lassen, ergab keinen Sinn und richtete womöglich noch mehr Schaden an. Sie unternahmen einen kleinen Bummel, begrüßten Portier Penck vor dem Kaiserhof und fanden sich pünktlich zum Abendmenü wieder in der Wohnung ein. Lammrücken mit eingelegten grünen Bohnen und Herzoginkartoffeln hatte Justus sich von Berta Merten gewünscht – wie immer war es vortrefflich gelungen. Nach dem Dessert ging er zu ihr in die Küche, um sich ausführlich zu bedanken.

Auch Konrad begab sich ins Souterrain. Bademeister Einöder saß mit dem übrigen Personal plaudernd im großen Speiseraum. Zwar hatte er längst Feierabend, doch zu einer kurzen Unterredung erklärte er sich gern bereit und folgte dem Herrn Doktor ins Kontor.

Konrad nahm kein Blatt vor den Mund: Sein Bruder Theodor, der von nun an mit in der Privatwohnung lebte, litt unter progressiver Paralyse, so war es nun mal. Auch die übrigen Bediensteten durften das wissen, mussten aber strenges Stillschweigen wahren, insbesondere gegenüber den Sanatoriumsgästen.

»Am besten, er bekommt seinen Termin in der Bäderabteilung stets in der Mittagszeit. Wenn unsere Gäste beim Essen sitzen.«

Der Bademeister nickte beflissen. »Und was wollen wir Ihrem Bruder Gutes tun? Doch wohl keine kalten Güsse oder feste Massagen? Lieber warme Salzbäder zur allgemeinen Relaxation und danach als leichten Kältereiz eine Abreibung mit Franzbranntwein, aber nur kurz.«

»Sehr gut, Herr Einöder. Das ergibt Sinn. Vielen Dank.«

Konrad ging zurück in die Wohnung. Jette schlief bereits, der Tag hatte sie angestrengt.

* * *

Am nächsten Morgen ließ Theo sich klaglos untersuchen: Seine Bauchorgane samt den Drüsen schienen noch gut zu funktionieren, abgesehen von der Magerkeit und dem fortschreitenden Nervenleiden konnte Konrad nichts Krankhaftes feststellen. Demnach sollte Theo schon mittags die erste Anwendung bekommen, Konrad begleitete ihn in die Bäderabteilung.

»Wenn du dich dabei nicht wohlfühlst, gib bitte gleich Bescheid. Wir zwingen dich zu nichts.«

Doch Theo fühlte sich wohl – und wie! Er aalte sich in der Wanne, sprach dabei kaum, ließ sich von den Badehelfern abtrocknen und zu Einöder auf die Liege führen.

Beim Abklopfen mit Franzbranntwein begann Theo zu singen. »Oh, wie wohl ist mir am Abend«, er lachte über sich selbst. »Es ist zwar erst Mittag, aber das stört uns ja nicht, oder?«

»Gewiss nicht, Herr Behnfeld«, gab Einöder launig zurück. »Hauptsache, es ist Ihnen angenehm.«

Dass Theo die Kur so gut gefiel, freute vor allem Justus. Genauso hatte er es sich erhofft, und er ging noch weiter in seinen Planungen. Tilla brauchte sich nicht mehr um die Kurgastzimmer zu kümmern, sondern nur noch um die Belange der Behnfelds. Statt im Personaltrakt sollte sie von nun an in einer der privaten Gästestuben wohnen, aber nicht als einzige Bedienstete.

»Welche Kollegin hättest du denn gern im Nebenzimmer?«, fragte Jette. »Wenn wir nun so viel Zuwachs bekommen, erst meinen Schwager und dann noch einen Säugling, dann gibt es hier genügend Arbeit für zwei Mädchen.«

Tilla entschied sich für die um ein Jahr ältere Erika, die ebenfalls von einem rügenschen Bauernhof stammte. Auch Jette mochte Erikas ruhige, besonnene Art und war gleich einverstanden. Schon am nächsten Tag bezogen die Mädchen zwei Gästestuben in der Privatwohnung. So höflich wie umsichtig halfen sie Theo dabei, sich einzuleben.

Theo fand seinen höchst eigenen Tagesablauf. Er frühstückte spät, nahm seine medizinische Anwendung, aß mit Jette und Konrad zu Mittag, hielt eine Siesta im Bett und anschließend noch dick eingemummelt eine Liegekur auf seinem Balkon, nahm dann an der Teestunde teil und zog sich anschließend zurück, um bis zum nächsten Morgen zu schlafen.

»Na bitte«, meinte sein Vater dazu. »Er ist zufrieden und stört kaum. Was will man mehr?«

Justus fuhr zurück nach Berlin. Konrad begleitete ihn zum Zug, Jette hingegen blieb zu Hause und ruhte sich aus. Ganz verzieh sie Justus noch nicht, was er ihr so kurz vor der Niederkunft zumutete: einen schwer nervenkranken Schwager, der nur ein paar Zimmer neben ihr wohnte. Aber nun ja. Im Moment ließ Theo sich gut führen. Ansonsten musste man abwarten.

Der Herbst nahm seinen Lauf. Jettes Leib wuchs weiter an, das Atmen fiel ihr schwerer, und selbst für einfache Kontorarbeiten fühlte sie sich oft zu müde. Zuverlässig befolgte sie die Ratschläge der Hebamme und machte ihre Übungen mit erhöhtem Becken. Doch auch drei Wochen vor dem Geburtstermin lag das Kind noch immer quer. Konrad hörte regelmäßig die Herztöne ab, hier stand alles zum Besten.

»Frau Sonnenschein soll eine äußere Wendung versuchen. Eine so erfahrene Hebamme hat darin Übung, und den Kollegen Uhde holen wir auch noch dazu. Du wirst sehen, Liebchen: Zu viert schaffen wir das.«

Jette nickte. Nach wie vor hoffte sie, ihr Kind würde sich noch von allein in eine Längslage drehen, doch die Chance dafür schwand Tag für Tag.

NARKOSE

Golden ging der Oktober zu Ende. Die Sonne trieb das Quecksilber so weit in die Höhe, dass die Wirte mittags ihre Terrassen wieder öffneten. Doch zum Monatswechsel zogen erste Herbststürme über die Insel, und ausgerechnet am Allerheiligentag, einem Sonntag, erreichten sie mit Windstärke sieben einen Höhepunkt. Bahnhofsdienstmann Hein kam frühmorgens ins Sanatorium und brachte eine Nachricht vom Vorsteher.

»Der Zug nach Altefähr geht heute pünktlich, aber mehr lässt sich noch nicht sagen. Bei den hohen Wellen im Sund kann das Trajektschiff zurzeit nicht fahren und die Privatfähre für die Automobile wohl auch nicht. Ihre Gäste sollen sich drauf einstellen, Herr Doktor. Der Wartesaal in Altefähr wird gut geheizt.«

»Also gehen die Schiffe einfach nur später? Heute Nachmittag?«

»Das hoffen wir. Falls nicht, können die Gäste in Altefähr schlafen, freie Betten gibt es zurzeit ja genug. Und dann setzen wir morgen ganz früh über.«

Mit einem Groschen Trinkgeld und einem guten Schluck Wacholderbrand bedankte Konrad sich für die Auskunft. Gleich darauf gab er in der Küche Bescheid.

»Was ja wohl heißt, dass die Anreisen auch später kommen«, meinte Berta Merten. »Oder sogar erst morgen, wenn heute die Fähre ab Stralsund nicht geht.«

Doch weder im Laufe des Tages noch am nächsten Morgen ließ der Sturm nach. Erst am späten Nachmittag, dreiunddreißig Stunden später als geplant, setzten die Fähren wieder über den Sund und brachten dem Sanatorium dreizehn Neuanreisen – eine stattliche Zahl für die späte Jahreszeit. Den Gästen blieb gerade noch Zeit, die Zimmer zu beziehen und sich ein wenig frisch zu machen, dann läutete schon die Glocke zum Abendmenü. Doch der guten Stimmung tat das keinen Abbruch, im Gegenteil, man hatte ja soeben ein kleines Abenteuer erlebt: der Sturm, die ungeplante Übernachtung in der Stralsunder Altstadt, dann die Fahrt mit dem Trajektschiff oder der Automobilfähre über den wogenden Sund. So viel, über das man sich nun austauschen konnte. Die Serviermädchen brachten Flasche um Flasche vom Trollinger. Der kräftige Badener harmonierte aufs Beste zu Rehrücken mit Maronen und Rotkraut.

Tilla kam aus dem Küchentrakt zu den Behnfelds: »Es geht ganz schön hoch her da unten. So schnell wollen die bestimmt nicht zurück auf ihre Zimmer, bei dieser Stimmung.«

Konrad seufzte. Wie lange das Abendmenü dauerte, konnte ihm sonst egal sein, nur heute war es anders. Wegen der späten Anreise wollte er die Gäste nicht gleich mit Formalien überfallen. Doch sie mussten ihre Anmeldebogen noch ausfüllen, und bestimmt hätten sie bei der Gelegenheit jede Menge Fragen.

»Das schaffe ich allein«, er nickte Jette zu. »Und du gehst zu Bett. Deine Gesundheit geht vor, und morgen ist auch noch ein Tag.«

Jette nahm das Angebot dankbar an. Erst das zermürbende Warten auf die Gäste und schließlich die Hektik hatten an ihren Nerven gezerrt. Sie legte sich hin und schlief rasch ein.

Konrad erledigte noch das Nötigste. Eine Gästeführung durch das Gebäude hatte bei der Dunkelheit nicht viel Sinn, er verschob sie auf den nächsten Morgen. Um halb elf kam er zu Jette ins Bett.

Im Halbschlaf drehte sie sich zu ihm um. »Und? Alles in Ordnung?«

»Ja. Lauter nette Gäste. Was macht denn unser Kleines?«

Lächelnd schlug sie die Augen auf. »Das schläft auch. Jedenfalls regt es sich gerade nicht.«

Er legte seine Hand auf ihren Leib. Sollte er noch mal die Herztöne abhören? Jetzt? Ach, das war wohl nicht nötig, ihr Bauch fühlte sich ja gut an, und er wollte sie nicht weiter stören. Die Untersuchung hatte Zeit bis morgen.

Draußen stürmte es weiter, zwar weniger stark als am Vormittag, aber immer noch umfuhren die Böen laut pfeifend das Haus.

Er kuschelte sich an sie, seinen Kopf in ihren Nacken gelegt, und merkte, dass sie rasch wieder einschlief. Doch die Nacht verlief weniger ruhig als erhofft. Kaum eine Stunde später schreckte Jette auf. Was war das? Sie horchte. Schlug eine Balkontür? War sie davon aufgewacht? Oder hatte sie das nur geträumt? Von der einen auf die andere Sekunde begann sie zu zittern.

»Liebes!« Konrad fuhr von seinem Kissen hoch, unwillkürlich streckte er seine Hand nach ihr aus. Auch sie selbst war schon dabei, ihren Bauch zu betasten: Die Gebärmutterwand hatte sich verhärtet, das typische Zeichen für Wehen.

Er entzündete mit dem Schwefelholz eine Kerze und mit einem Kienspan zwei Lampen. Kein ideales Licht für eine Untersuchung, für den Moment jedoch musste es reichen. Jette brachte sich in die richtige Position, als Beinstützen dienten ihr zwei dicke Kopfkissen. Konrad begann zu tasten, und schon nach wenigen Sekunden entspannte sich seine Miene: Der Muttermund war noch geschlossen, eine Blutung ließ sich ausschließen.

»Vermutlich bloß Vorwehen. Und immer noch die Querlage«, er griff zum Hörrohr und lauschte. »Ganz wunderbare Herztöne, keine akute Not. Aber wir geben trotzdem der Hebamme Bescheid, am besten jetzt gleich.«

Im Morgenmantel klopfte er an den Türen von Tilla und Erika.

»Lauft zu Frau Sonnenschein und bringt sie her. Es ist Nacht, also geht ihr bitte zu zweit, zügig, aber ohne Hektik.«

In Windeseile zogen die Mädchen sich an.

Konrad legte sich zurück ins Bett. »Nur ein paar Minuten, dann gehen wir runter.«

Er kuschelte sich an Jette, seinen Arm um ihren Bauch gelegt. Die Vorwehen hielten an. So sehr hatten die beiden sich eine unkomplizierte Schwangerschaft und Niederkunft gewünscht, mit einem Kind in Hinterhauptslage und kräftigen Wehen. Doch die Natur barg nun mal ihre Tücken, und man musste schon froh sein um die gute Geburtsmedizin, die es inzwischen gab.

Zehn Minuten blieben sie noch liegen, dann half er ihr hinunter in die Ordonnanz und auf die Untersuchungsliege. Kurz darauf traf Grete Sonnenschein ein.

»N'Avend, mien Leeven. Juun Drummel maakt Schererien?«, sie schälte sich aus dem Wollcape, darunter trug sie wie meistens ein dunkelblaues Kittelkleid mit frisch gestärktem weißem Kragen. »Un wat maakt de Bermoder?«

»Die Gebärmutter ist noch gut verschlossen«, Konrad half Jette aus dem Bett. »Und auch die Herztöne von unserem Drummel sind regelrecht, es liegt nur eben weiter quer.«

Auch Jette lächelte. Zwar fühlte sie sich beklommen, doch

nun, wo Gretchen da war, ließ die Angst nach. Wie hätte Jette diese Frau nicht bewundern sollen? Stramm auf die sechzig ging die Hebamme zu und trug reichlich Falten im Gesicht, doch so alert und rüstig wie sie war, glich sie eher einem jungen Mädchen.

Grete wusch sich die Hände. »Sie haben ja bestimmt mit allem recht, Herr Doktor. Also machen wir das wie die Segelleute: Klar zum Wenden! Und du, Jette, am besten bist du dabei ein bisschen dösig. Laaksig un leusig. So'n lütten Wacholderbrand, de geiht doch, oder?«

Manche Ärzte rieten werdenden Müttern für die allgemeine Stärkung zu Portwein, gern auch verquirlt mit einem rohen Eigelb. Jette selbst hatte sich in der Schwangerschaft mit geistigen Getränken stets zurückgehalten. Schon ein Glas Leichtbier erschien ihr zu viel. Und nun sollte sie konzentrierten Alkohol trinken? Um nicht mal sieben Uhr morgens?

»Natürlich, Liebchen«, pflichtete Konrad bei. »Ein kleiner Schnaps geht schon. Der entspannt dich und deine Bauchdecke.«

Er eilte zum Kühlraum neben der Küche, währenddessen schraubte Gretchen die Beinschalen an die Liege. Mit geübten Griffen überprüfte sie die Kindslage: kein Zweifel. Quer.

Konrad kam mit der Flasche. Anderthalb Gläser ließ er Jette trinken, und die Wirkung stellte sich rasch ein. Sie sank in eine warme Wohligkeit.

Grete Sonnenschein begann. »Ich schiebe jetzt erst mal den Kopf nach unten. Und wenn das nicht klappt, versuchen wir es mit dem Steiß, Hauptsache, wir kriegen das Kind in Längslage. Und keine Angst, ich wende keine Gewalt an.«

Für ihre zierliche Statur brachte sie erstaunlich viel Kraft auf. Immer wieder wechselte sie die Seiten. Mal von links, mal von rechts schob sie den Körper des Kindes in die gewollte Richtung. Schließlich kniete sie über Jette und drückte die Handflächen gegen den kindlichen Schädel.

»Ja. Ja, ja, jaaah. Nun stöhn mal ein bisschen mit, Deern. Schön heftig bei jedem Ausatmen. Das hilft. Aber dann auch gleich wieder tief einatmen.«

Jette tat, wie ihr geheißen, lang und laut drückte sie die Luft aus der Lunge und fühlte sich damit nun noch benebelter als ohnehin schon. Die Hebamme turnte weiter um sie herum. Minutenlang mühte sie sich ab, drückte hier und da, lagerte Jettes Unterleib noch höher, drückte sanft gegen den kindlichen Kopf und ließ Konrad gegen den Steiß drücken. Dazwischen hörte sie immer wieder die Herztöne ab: Dem Kleinen ging es gut.

Gretchen gab sich jede Mühe – schließlich aber schüttelte sie den Kopf. »Mehr schaffen wir nicht, aber ein bisschen was hat es gebracht. Es liegt jetzt nicht mehr völlig quer. Eher schräg. Mit dem Steiß Richtung Becken. Ein Gutes hat das: Da verkeilt sich bei der Geburt wenigstes keine Schulter, und kein Ärmchen fällt vor.«

Konrad verstand. »Also keine äußere, sondern eine innere Wendung und dann die Entbindung aus Steißlage.«

»Darup lööpt's wuhl ruut«, die Hebamme tätschelte Jettes Bauch. »Du fährst morgen nach Bergen, nehmt den Zug, nicht eure Kutsche, der Zug ist schneller und ruckelt nicht so. Im Krankenhaus legst du dich ins Bett, und wenn der Muttermund offen ist, bekommst du eine schöne Narkose, dann greifen die Ärzte rein und ziehen das Kind an den Füßen raus. Oder es gibt einen Kaiserschnitt.«

Jette nickte tapfer. Bei allem, was sie durchmachte, erwies der Schnaps sich als wahres Labsal.

Sie dankten Grete, Konrad drückte ihr zehn Mark in die

Hand und brachte sie zur Tür. Zurück im Sprechzimmer wiegte er Jette im Arm.

»Mein Liebchen. Mein liebes, liebes Liebchen. Aber die Kollegen in Bergen sind ja gut in der Geburtshilfe, sehr gut sogar.«

Bis eben war sie ruhig geblieben, nun aber übermannten sie doch ihre Gefühle. Von der einen auf die andere Sekunde rann ihr ein Sturzbach die Wangen hinunter, an Konrads Schulter weinte sie sich aus. Tröstend führte er sie zurück in die Wohnung.

Gerade wollten sie die Treppe hoch in ihre Schlafstube, da trat Theo schlaftrunken aus seinem Zimmer. »Was ist denn eigentlich los? Kommt das Kind?«, er starrte Jette an. »Ach nein. Du schreist ja gar nicht. Und dein Bauch ist noch dick. Also ist es noch drin.«

»Ja, Theo, es ist noch drin. Und Jette muss jetzt schlafen.« Konrad brachte ihn zurück in sein Zimmer und erklärte die Umstände.

»Also eine Narkose?« Theo horchte auf. »Jette schläft ganz tief? Und merkt gar nichts mehr?«

»Genau. Und dann wacht sie ganz gesund wieder auf, und das Kind ist da. Du musst dir keine Sorgen machen.«

Er wollte schnell wieder zu Jette, doch weil sein Bruder so eindringlich fragte, erklärte Konrad noch einiges über die medizinische Betäubung. Endlich gab Theo sich zufrieden.

Zurück im Bett kuschelte Konrad sich an sie. Jette nickte tapfer, der Branntwein tat noch seine Wirkung. Ein paar Minuten später schlief sie ein, in der Hoffnung auf eine störungsfreie Nacht, doch die Ruhe hielt nicht lange vor.

***

Früh am Morgen bahnte sich doch noch die Angst in Jettes Träume. An Bilder erinnerte sie sich nicht, wohl aber an das Gefühl von Beklommenheit und stärkster Bedrohung, so als drückte ein kalter Eisenhammer auf ihren Brustkorb und presste aus ihr so langsam wie qualvoll auch noch den letzten Fetzen Leben. Ihr Herz schlug wild und laut, dröhnte ihr in den Ohren, klopfte und klopfte und klopfte …

»Moment bitte! Sofort!« Konrad fuhr aus dem Bett hoch. Mit einer Hand streichelte er ihr die Wange. »Schlaf weiter, Liebes.«

Sie richtete sich auf und begriff: Es hatte tatsächlich an der Tür geklopft.

Konrad warf sich den Hausmantel über und öffnete.

Vor der Tür stand Tilla. »Verzeihung, Herr Doktor, aber ich wollte gerade in die Küche, da habe ich gesehen: Bei Ihrem Bruder steht das Zimmer offen, aber er ist nicht drin. Vor zehn Minuten bin ich vom Waschraum hochgekommen, da war die Tür noch geschlossen. Soll ich nach unten gehen und ihn suchen?«

Ein harsches »Nein!« entfuhr Konrad, und er meinte es nicht nur als Antwort auf Tillas Frage, sondern auf die ganze Situation: Warum ausgerechnet an diesem Morgen? Jette und er wollten doch ins Krankenhaus nach Bergen. Oder vielmehr: Sie wollten nicht, sondern mussten.

»Entschuldige, Tilla«, er setzte neu an. »Ich meine: Nein, du sollst ihn nicht allein suchen, sondern ich komme mit. Moment.«

Auch Jette, inzwischen hellwach, wollte aufstehen.

»Gönn dir lieber noch ein bisschen Ruhe«, Konrad drückte ihr einen Kuss auf die Stirn. »Wahrscheinlich hatte Theo bloß Hunger und sitzt mit einer Stulle in der Küche. Leg dich wieder hin, denk an das Kleine.«

Jette gehorchte, doch Konrads Worte konnten sie nicht beschwichtigen: Theo schlief jeden Morgen bis zehn und fühlte sich dann nie besonders hungrig, warum sollte er ausgerechnet heute so früh aufgestanden sein? Oder war er nur unten auf dem Wasserklosett? Doch auch das entsprach nicht seinen Gewohnheiten. Bliebe also zu hoffen, dass Theo nicht die Gäste aufmischte oder sonst wie den Ruf des Sanatoriums in Gefahr brachte. Doch außerhalb der Behnfeld'schen Wohnung verhielt er sich ja stets angemessen, so weit konnte er sich immer noch steuern.

Während Jette unter ihrem Deckbett vor sich hin grübelte, hasteten Konrad und Tilla die Treppe hinunter in den Wohnsalon und das Speisezimmer samt Anrichteraum, leuchteten mit ihren Sturmlaternen jeden Winkel ab und riefen immer wieder seinen Namen. Tilla schaute sogar in den Speisenaufzug – eng zusammengekauert hätte er hineingepasst –, doch auch dort war kein Theo.

»Also nach unten«, entschied Konrad.

Sie nahmen die Wendeltreppe, suchten die Korridore ab, den privaten Baderaum, beide Küchen und die Waschräume für das Personal: vergebens.

»Er ist doch so gern bei Herrn Einöder«, meinte Tilla. »Vielleicht möchte er heute nicht bis halb zwölf damit warten und ist jetzt schon dort.«

Seite an Seite, mit erhobenen Laternen, gingen sie durch den langen Gang in die Bäderabteilung und konnten nur hoffen, dass ihnen kein Gast begegnete. Der Herr Doktor im Hausmantel frühmorgens neben seinem blutjungen Zimmermädchen. Um jedes Missverständnis zu vermeiden, hätte Konrad dann erklären müssen, worum es ging. Dass sein Bruder ein Syphilitiker war – kurz vor der geistigen Umnachtung.

Doch alle Gäste schliefen noch oder hielten sich zumindest in ihren Zimmern auf.

Tilla und Konrad erreichten die Bäderabteilung – und siehe da: Dort, wo sonst um diese Zeit noch alles im Dunkel lag, drang heute ein schwacher Lichtschein unter der Tür hervor.

Er schob die Tür auf. »Theo? Theo, bist du hier?«

Keine Antwort.

»Du wartest bitte hier, Tilla. Vielleicht ist mein Bruder ja unbekleidet. Wir wollen die Sache nicht noch peinlicher machen.« Konrad betrat die Abteilung und schloss die Tür hinter sich. Der Schein seiner Sturmlaterne fiel auf die weiß gekachelten Wände und all die leeren Becken und Wannen. Unwillkürlich kam ihm die Charité in den Sinn, die Säle für die Leichenschau und die Präparationen. Langsam ging er weiter bis zur Massageliege, hinter dem rundum geschlossenen Vorhang flackerte Licht.

»Theo? Du bist doch da drin, Theo?«

»Ja!«, kam ein erstickter Ruf aus der Kabine. »Ja! Ich bin hier. Aber stör mich nicht. Ich schlafe.«

»Theo!« Konrad riss den Vorhang auf.

Rechts und links vom Kopfende der Massageliege standen auf Schemeln zwei brennende Sturmlampen. Theo lag in seinem Nachthemd unter einem weißen Laken, die Augen geschlossen, mit der rechten Hand presste er sich einen feuchten Lappen vor Nase und Mund. Es roch durchdringend nach Franzbranntwein.

»Theo!« Konrad musste einen kleinen Juchzer unterdrücken, so erleichtert war er und so komisch fand er die Situation. »Was um Himmels willen machst du denn da?«

Mit geschlossenen Augen hob Theo den Kopf von der Liege, immer noch den Lappen vor dem Gesicht. Er schwieg.

»Theo? Ist das Franzbranntwein in dem Tuch? Warum atmest du den denn ein?«

»Genau«, Theo sank mit dem Kopf zurück auf die Liege. »Jette fährt ins Krankenhaus und bekommt ihr Kind. Wahrscheinlich in Narkose. Und jetzt probiere ich das aus. Wie sich das anfühlt, so eine Narkose. Und jetzt lass bitte.«

»Ach, du«, seufzend nahm Konrad eine der Lampen vom Schemel und setzte sich. »Du weißt aber schon, dass man für die Narkose Äther nimmt? Und keinen Franzbranntwein?«

Theo, die Augen immer noch geschlossen, nickte. »Ich probiere es doch nur aus. Aber jetzt ist genug. Jetzt will ich wieder in mein Bett. Ist Tilla auch hier?«

»Die wartet vorn an der Tür.«

»Famos. Dann soll sie mich hochbringen. Und Jette und du, ihr fahrt nach Bergen und kriegt euer Kind. Es wird alles gut. Weil ich Jette nämlich so liebe.«

Eine bizarre Begründung. Doch wie dem auch sei, er legte das durchtränkte Tuch beiseite und erhob sich von der Liege, auffallend weiß um Mund und Nase: Der Franzbranntwein hatte seiner Haut die Wärme entzogen.

»Schnell auf dein Zimmer, Theo. Dass du dich nicht erkältest«, Konrad holte einen frischen Bademantel aus dem Regal und zog ihn Theo über.

Er folgte ohne jedes Murren zurück in sein Zimmer. Versonnen lächelnd ließ er sich von Tilla zudecken und schlief gleich wieder ein.

Geschafft! Man durfte aufatmen, Theos Kasperei hatte ein gutes Ende gefunden.

Im ehelichen Schlafzimmer erzählte Konrad von der seltsamen Begebenheit, und Jette ging es wie ihm: Sie hätte lauthals auflachen mögen – wäre die Sache nicht eigentlich so ernst gewesen.

An Schlaf war nicht mehr zu denken, Jette begann zu packen: einige Tageskleider, dazu reichlich Nachthemden, einen Morgenmantel, zwei Jäckchen, ein Mützchen und einige Windeln nebst baumwollenen Wickel-Luren für die Heimfahrt. Darüber hinaus würde das Krankenhaus Mutter und Kind mit allem Nötigen versorgen. Jette war den Sommer über kaum zum Stricken und Nähen gekommen, bei ihren vielen Aufgaben fehlte ihr die nötige Muße. Doch Paula hatte längst angeboten, auszuhelfen, die Säuglingsausstattung von Kalli, Piet und Evchen lag ja mottensicher im Schrank.

Während sie ihren Koffer mit Leibwäsche füllte, kam ihr die Charité in den Sinn, ihre Zeit als Krankenschwester. Die Oberin hatte sie hauptsächlich in der Inneren Medizin und Chirurgie eingesetzt, in der Frauenheilkunde dagegen nur für ein halbes Jahr, doch Jette erinnerte sich gut an die vielen geburtshilflichen Eingriffe.

Eine Entbindung aus Schräglage. Noch vor dreißig Jahren hätte das für den Großteil der Kinder den Tod bedeutet – und auch für viele der Schwangeren, sie erlagen einem Durchriss der Gebärmutter. Seit er zur sicheren Methode herangereift war, rettete der Kaiserschnitt unzählige Leben. Nur noch zwei von hundert Frauen und noch jedes dritte Kind starben an dieser Operation – also kein Vergleich mehr zum Risiko früherer Zeiten. Jette durfte hoffen. Auf die guten Ärzte in Bergen und auf einen günstigen Verlauf. Mehr konnte sie nicht tun.

Bald darauf – Theo schlief immer noch – trafen Paula und Emmy ein. Jette hatte nach ihnen schicken lassen und sie zum Frühstück gebeten. Vor der Fahrt ins Krankenhaus konnte sie Beistand aus der eigenen Familie gut gebrauchen. Eine Nachbarin kümmerte sich derweil um die drei Kinder.

Bei Tee und frischem Stuten erzählte Jette von Theos jüngsten Eskapaden. Mutter und Schwester sollten ruhig davon erfahren, schließlich würden sie während Jettes Abwesenheit einen wachen Blick auf das Sanatorium werfen.

»Ich mag ihn ja«, meinte Emmy kopfschüttelnd. »Äwwer he hett nu mol sin fiev' nich up'n Hümpel. Und besser wird das ja wohl nicht mehr mit ihm. Aber trotzdem denkt ihr, das geht hier noch mit ihm? Auch wenn euer Wrümmelken da ist?«

Mit diesem Einwand hatte Konrad längst gerechnet und konnte ihn leicht entkräften. »Es stimmt ja. Theo hat seine fünf Sinne nicht mehr beisammen, und wir müssen stets auf ihn achten. Zu den Kleinen von Eugenie und Juju war er immer sehr nett, darum geht er mit unserem Kind bestimmt auch gut um. Und Tilla kümmert sich gern um ihn.«

»Und wenn das besser ein Mann macht?«, hakte Paula nach. »Der hätte ja viel mehr Kraft. Falls Theo noch mehr über die Stränge schlägt.«

»Nicht unbedingt, liebe Schwägerin. Im Gegenteil: Weibliche Diplomatie ist durchaus von Vorteil. Wir müssen Theo ja nie zu etwas zwingen. Eben ist er ganz brav wieder ins Bett gegangen, und vor allem Tilla hat auf ihn einen guten Einfluss.«

Die beiden Frauen ließen sich halbwegs überzeugen – aber eben nur halbwegs. Als Jette und Konrad hinunter ins Badezimmer gingen, um sich reisefertig zu machen, setzten Paula und Emmy das Gespräch fort: Kein Zweifel, Theo gehörte in ein Pflegeheim. Dass er mit dem Neugeborenen bald Tür an Tür schlafen sollte, behagte ihnen ganz und gar nicht.

Ein paar Minuten später kamen Jette und Konrad zurück, Tilla half ihnen in Hut und Mantel, gleich würde der Kutscher das Gepäck in den Landauer verfrachten und zusammen mit der gnädigen Herrschaft zum Bahnhof fahren.

Jette atmete durch. Der Moment war gekommen, sie musste sich vom Sanatorium verabschieden. In einer guten Stunde sollte sie in Bergen sein. Und dort würden die Ärzte weitersehen.

Gerade wollte sie aus der Wohnung ins Foyer treten, da hielt sie inne. Ein Schmerz durchfuhr ihren Leib, schlimmer als ein Degenhieb. Laut stöhnend krümmte sie sich nach vorn.

»Deern!« Emmy, die neben ihr ging, stützte sie ab. Nun sahen sie es alle: Eine klare Flüssigkeit rann Jette unter dem Kleid hervor über die Schuhe auf den hellen Marmorboden.

Jette schrie auf, und auch Konrad, der als Chirurg sonst stets die Nerven behielt, unterdrückte einen Schrei.

»Hinlegen! Sofort!«

Er beförderte sie sanft zu Boden. Halb lag sie im Fruchtwasser, das noch immer aus ihrem Körper rann, doch dies kümmerte ihn nicht. An beiden Beinen zog er sie in die Wohnung zurück. Recht ruppig sah das aus, doch dem Kind rettete es das Leben: Ein Blasensprung bei Querlage galt als hochriskant. Die Nabelschnur schwamm nicht mehr im Wasser, sondern war der Schwerkraft ausgesetzt, fiel möglicherweise in den Beckenausgang und wurde abgequetscht.

»Fräulein Erika«, Konrad wandte sich an die Mädchen. »Geben Sie bitte dem Kutscher Bescheid, dass wir doch nicht nach Bergen fahren. Und Tilla, du holst die Ledertrage aus der Ordonnanz, vorn gleich hinter der Tür.«

Die Mädchen liefen los, derweil half Paula, ihre Schwester aus Mantel samt Kleid zu befreien, und Emmy holte aus dem Wohnsalon einen Stapel Kissen.

»Keine Angst, Liebes, du warst so schnell in der Horizontalen, da konnte die Nabelschnur gar nicht erst vorfallen. Und das Fruchtwasser ist klar. Kein Blut, kein Kindspech«, über dem Unterkleid befühlte Konrad ihren Bauch. »Im Moment auch keine Wehen.«

Jette atmete auf. Kein Kindspech also, demnach ging es dem Kleinen gut. Unter starker Anspannung hätte es womöglich schon Darminhalt abgesondert, und das Fruchtwasser wäre schwarzgrün verfärbt.

Im Vorraum der Ordonnanz löste Tilla die Krankentrage aus der Halterung. Zwei Holzholme mit einem aufgerollten Stück Leder dazwischen – aus mehr bestand die Trage nicht. Doch die Holme maßen beinah drei Meter, entsprechend sperrig war dieses Ding. Mit einiger Mühe brachte sie die Trage in die Wohnung.

»Danke«, Konrad nickte ihr zu. »Und nun lauf los in die Wilhelmstraße. Frau Sonnenschein möge kommen und am besten auch Doktor Uhde. Die beiden müssen sich nicht abhetzen, nur einigermaßen zügig brauchen wir sie schon.«

Das Mädchen hastete los.

Gleich darauf rollte Konrad die Trage aus. Paula und Emmy halfen, Jette richtig zu lagern, mit reichlich Kissen unter dem Becken und den Oberschenkeln.

»Auf drei!«, befahl Konrad.

Er selbst fasste die beiden Holme am Kopfende, Paula und Emmy je einen am Fußende. So hievten sie die Trage empor und waren gerade dabei, Jette durch die Wohnungstür zu tragen, da kehrte Erika zurück.

»Der Kutscher bedankt sich für die Auskunft. Und falls die gnädige Frau doch noch nach Bergen muss: Er hält sich bereit und kann jederzeit anspannen.«

Konrad nickte ihr zu. »Bleiben Sie jetzt bitte in der Wohnung und kümmern sich um meinen Bruder.«

Auf dem Weg in die Ordonnanz hielt Jette die Augen geschlossen. Welch ein Umstand. Hunderte von Male hatte sie in der Charité dabei geholfen, einen Kranken zu tragen, und nun lag sie selbst auf der Trage, noch dazu in einer derart riskanten Situation. Mit aller Kraft, die sie noch in sich finden konnte, kämpfte sie gegen ihre Tränen an. Jetzt zu weinen – das würde alles noch schlimmer machen. Dann hätten Emmy und Paula womöglich mit ihr um die Wette geheult, und der arme Konrad hätte sich auf nichts mehr konzentrieren können.

Der kleine Pulk erreichte das Sprechzimmer, Paula und Emmy halfen, Jette auf die Liege zu betten. Konrad bedankte sich und bat die beiden ins Vorzimmer, lange würde seine Untersuchung nicht dauern. Er schloss die Tür von innen und streifte gerade Jettes Unterrock hoch, da rollte eine Wehe heran, noch nicht allzu schmerzhaft, aber deutlich stärker als die letzte.

»Gut so«, er befühlte ihren Leib. »Die Wehen müssen kommen, ganz dringend sogar, jetzt nach dem Blasensprung.«

Als er nach dem Muttermund tastete, stöhnte Jette auf. So oft war sie dabei gewesen, wenn Hebammen und Ärzte diese Untersuchung durchgeführt hatten, und immer hatten die Kreißenden dabei aufgeschrien. Nun war sie selbst dran. Nein, sie schrie nicht, auf den Schmerz war sie ja vorbereitet. Aber sie verzog die Miene.

»Drei Zentimeter offen«, Konrad zog seine Hand zurück. »Mit einem Finger komme ich durch, der Steiß war nicht zu fühlen.«

Mehr musste er nicht sagen, den Ernst der Lage hatte sie längst verstanden: Der Steiß des Kindes ließ sich nicht tasten, also gab es unten im Becken wohl einen freien Raum. Und in den könnte sich ein Füßchen vorschieben. Eine Fußlage aber galt als gefährlich, auch dabei konnte sich leicht die Nabelschnur einklemmen.

Konrad nickte ihr zu: »Grete Sonnenschein muss die innere Wendung versuchen. Und wenn das nicht klappt, muss ich eben schneiden.«

Schneiden. Auf Geburtshilfe war Konrad nicht spezialisiert, doch die Professoren in der Charité sorgten dafür, dass auch die Assistenzärzte der allgemeinen Chirurgie die Technik des Kaiserschnitts kannten. Einige Male hatte er ihn durchgeführt – stets mit einem erfahrenen Operateur an seiner Seite. Und nun sollte er hier in der Ordonnanz eines Sanatoriums operieren? Bei seiner eigenen Frau? Seinem eigenen Kind? Die Vorstellung allein trieb ihm den Angstschweiß auf die Stirn, doch im äußersten Notfall bliebe ihm keine andere Wahl.

Während er Jette tröstete und sie ihm Mut zusprach, eilte Tilla die Wilhelmstraße entlang Richtung Ortskern. Beim Verlassen des Hauses hatte sie hastig Mantel und Wolltuch übergeworfen, jedoch nicht an einen Schirm gedacht. Dabei war der Himmel schon seit dem frühen Vormittag grau verhangen, und soeben setzte heftiger Regen ein. Sollte sie zurücklaufen? Ach was, entschied sie. Bloß keine Zeit verlieren! Die Häuser von Arzt und Hebamme lagen fünfzig Meter auseinander, das von Grete Sonnenschein erreichte Tilla zuerst.

Außer Atem rettete sie sich unter das Vordach und zog am Strang, drinnen schlug die Glocke an, dann wurde es still. Sie klingelte erneut, wieder und wieder, sie klopfte – nichts tat sich.

Schließlich öffnete sich am Nachbarhaus ein Fenster. Eine Frau mit altmodischer weißer Frauenhaube und einem giftgrünen Schal um den Hals steckte den Kopf heraus. »Frau Sonnenschein ist vorhin zum Doktor rüber. Mehr weiß ich nicht.«

Bevor Tilla sich bedanken konnte, schlug die Nachbarin

das Fenster zu und verschwand im Inneren des Raumes. Tilla lief weiter, der Regen war stärker geworden, unter ihrer Wollmütze hingen halb durchnässt die Affenschaukeln hervor, sie schob die Zöpfe zurück unter den Mützenrand. Keine Minute später erreichte sie das Haus von Doktor Uhde, auch hier klingelte sie Sturm – und hörte Schritte. Die Arzthelferin Frau Schmittke, eine grau gelockte ältere Kaufmannswitwe, zog die Tür auf. Tilla kannte sie von der Sanatoriumseröffnung.

»Das tut mir sehr leid, Fräulein Mathilde. Aber der Doktor und Frau Sonnenschein sind in Prora. Wohl eine ganz schwierige Geburt. Aber wollte Herr Doktor Behnfeld denn nicht mit seiner Frau ins Krankenhaus?«

Prora! So weit! Tilla erklärte die Umstände.

»Oje, das ist ja ganz ungünstig. Dann gehen Sie jetzt schnell zum Bahnhof. Nehmen Sie eine Droschke und holen Frau Sonnenschein oder Doktor Uhde in Prora ab. Einer von den beiden ist hoffentlich abkömmlich. Ich schreibe Ihnen die Adresse auf. Moment«, die Arzthelferin wandte sich zum Flur.

Doch Tilla winkte ab. »Vielen Dank, aber das dauert zu lange. Und vielleicht werden die dort auch noch beide gebraucht. Aber ich habe eine Idee. In Binz wohnt zurzeit auch eine andere Hebamme.«

»Ach so?« Frau Schmittke verzog erstaunt die Stirn. »Na, das können Sie mir ja später erklären. Erst mal los. Aber den hier nehmen Sie noch mit«, sie drückte ihr einen schwarzen Herrenschirm in die Hand.

Tilla knickste dankend, schon im Laufen öffnete sie den Schirm. Kannte sie noch den Weg? Die Ecke, in die sie abbiegen musste? Ja. Sie erreichte die Gasse, eilte ein Stück geradeaus an der Pension Windrose vorbei, dann zum übernächsten

Haus. An dieser Stelle war es gewesen. Hier hatte sie vor einigen Monaten die Verfolgung beendet, weil ihr die Sache zu heikel geworden war. Doch, doch, sie erinnerte sich: Nach links führte ein gepflasterter Pfad zwischen den Häusern entlang.

Heute kehrte sie nicht um. Beherzt ging sie den schmalen Weg entlang – auf der einen Seite eine Häuserwand aus Fachwerk, auf der anderen aus Backstein – und fand sich in einem Hof wieder. Das Backsteinhaus ragte mit einem Anbau weit in das Grundstück hinein. Seitlich des Pfades lag ein kleines Rasenstück mit ein paar Birken darauf, der auffrischende Wind trieb gelbe Blätter über das nasse, wild wuchernde Gras. Ein unwirtlicher Ort, vor allem im Herbst. Dass hier Erholungssuchende ihren Urlaub verbrachten, konnte Tilla sich kaum vorstellen. Doch nun gut, nicht jeder Kurgast war so betucht wie die Bewohner des Sanatoriums.

Die andere Seite des Rasens begrenzte ein flacher Querbau von schmutzigem Grau, der eher wie eine Werkstatt wirkte, weniger wie ein Wohnhaus. Immerhin: In einem Fenster hingen über halbhohen Topfpflanzen strahlend weiße Gardinen. An einer dunklen Holztür entdeckte Tilla einen Klopfring, jedoch kein Namensschild. Tilla klopfte und trat einen Schritt zurück.

»Bitte!«, rief sie und hielt den Blick auf das Fenster gerichtet. »Ich suche die Schwester Oberin! Aus der Charité! Wohnt die hier? Ich bin vom Sanatorium! Ein Notfall!«

Hinter den Gardinen regte sich nichts, doch schon Sekunden später ging die Tür auf. Adelheid Schroth in dunkelgrauem Kleid und einem schwarzen Wolltuch über Kopf und Schultern stemmte die Hände in die Hüften. »Ist ja gut, Fräulein Mathilde. Ich muss nur noch Schuhe anziehen. Sofort.«

Tilla staunte. So genau erinnerte die alte Dame sich? Und fragte nicht mal, worum genau es ging? Nun ja, sie konnte es sich wohl denken.

***

Nach nicht mal einer Minute trat Adelheid Schroth aus der Tür, in der einen Hand einen Schirm, in der anderen ihre Hebammentasche.

»Ihr Herr Doktor Behnfeld ist zwar ein begabter Operateur, aber im Sanatorium dürfte er kaum so spezielle Instrumente haben. Und eine Hebamme ist immer im Dienst, ganz egal, wo. Denn wo Menschen sind, da werden auch Kinder geboren und da gibt es eben oft Komplikationen. Das hat unser Herrgott so eingerichtet, und wir müssen das Beste daraus machen. Also los.«

Sie spannte ihren Schirm auf und setzte sich in Bewegung. Tilla, bald sechzig Jahre jünger, aber zwei Köpfe kleiner, hatte Mühe, mitzukommen, die Oberin legte ein erstaunliches Tempo vor. Manch ein Passant, der den beiden begegnete, amüsierte sich: eine hünenhafte alte Dame und ein junges Mädchen, beide mit riesigen schwarzen Schirmen und einem rekordreifen Sturmschritt.

»Fräulein Mathilde«, die Oberin suchte Tillas Blick, doch sie sah nur den Regenschirm. »In meinen paar Wochen im Sanatorium waren Sie mir ein gutes Zimmermädchen. Und für das Benehmen dieses unsäglichen bayerischen Bademeisters können Sie nichts. Aber nun verraten Sie mir bitte: Wie haben Sie mich gefunden? Frau Doktor Behnfeld wusste ja, dass ich in Binz geblieben bin. Aber meine Anschrift habe ich ihr doch nicht genannt.«

Tilla begann zu erzählen: Wie sie die Oberin auf der Wilhelmstraße gesehen und verfolgt, aber den gnädigen Herrschaften nichts davon gesagt hatte. Weil die ihr genau das nämlich verboten hatten.

Adelheid Schroth lachte auf. »Na, sieh mal an. Und keine Sorge. Ich bin Ihnen nicht böse. Denn wären Sie mir nicht gefolgt, hätten Sie mich ja nicht finden können. Eine glückliche Fügung also von unserem Herrgott.«

Nach nur gut fünf Minuten erreichten sie das Sanatorium. Tilla führte die Oberin in den Warteraum der Ordonnanz – derselbe Raum übrigens, in dem sie sich ein halbes Jahr vorher auf so dramatische Weise von Konrad und Jette verabschiedet hatte.

»Kleinen Moment bitte«, Tilla knickste, eilte ins Sprechzimmer und erklärte die Umstände: Nicht Grete Sonnenschein oder Doktor Uhde waren gekommen, sondern Adelheid Schroth.

Und wie so oft war es Emmy, die sich nicht lange wunderte, sondern die Sache von der praktischen Seite nahm. »Na, ist doch wunderbar. Die kann doch was. Ist ja egal, wenn sie ein Dragoner ist. Hauptsache, sie zieht hier unser Lüttes gut raus.«

Keine Minute später stand die Oberin freundlich grüßend im Raum und zog einen weißen Kittel aus ihrer Hebammentasche. Mehr brauchte sie vorerst nicht. Bei einer Entbindung aus Fuß- oder Steißlage käme die Schädelzange nicht zum Einsatz, und falls das Kind im Geburtskanal sterben sollte, bliebe ohnehin noch Zeit, die übrigen Instrumente zu holen. Emmy und Paula verließen rücksichtsvoll den Raum.

In der nächsten Wehenpause nahm die Oberin Jettes Hand. »Sie sind sehr tapfer, Frau Doktor, das sehe ich schon. Und gleich taste ich mal nach Ihrem Muttermund. Am besten genau in der Wehe.«

Jette nickte. Ihre ehemalige und äußerst strenge Vorgesetzte wollte sie in allerintimster Weise untersuchen. Doch Jette fühlte sich nicht befremdet. Im Gegenteil. Wenn Grete Sonnenschein nicht kommen konnte, konnte Jette sich keine bessere Hebamme wünschen als Adelheid Schroth.

Die nächste Wehe rollte an. Um bei der Untersuchung nicht laut aufzuschreien, biss Jette in ein geknülltes Taschentuch. Konrad betupfte ihr mit kaltem Wasser die Stirn, währenddessen überprüfte die Oberin den Muttermund. Nach wenig mehr als einer Minute war es überstanden.

»Bestens«, sie streifte den Gummihandschuh ab. »Die Öffnung steht bei sieben Zentimetern. Ich konnte ein Füßchen tasten, und wo eins ist, da ist das andere auch nicht weit. Und die Nabelschnur habe ich nicht zu fassen gekriegt, also liegt sie weiter oben.«

Gute Nachrichten waren das. Man durfte Hoffnung schöpfen.

»Bei sieben Zentimetern kann es ja noch dauern«, in der Wehenpause nickte Konrad der Kreißenden zu. »Was meinst du, Liebes? Wenn ich hier bei dir bleibe, dann sollten wir doch die Zeit nutzen, unseren geschätzten Gast zu bewirten. Oder?«

Für eine halbe Sekunde trafen sich ihre Blicke, und er verstand, welchen Gefallen er Jette tat. So dankbar sie der Oberin auch waren: Länger als nötig mochten sie diese Frau nicht um sich haben.

»Dann dürfen wir Ihnen ein Gabelfrühstück anbieten, werte Frau Schroth? Bei uns in der Wohnung?«

Sie nahm Konrads Vorschlag dankend an. Eine Viertelstunde später standen Brot, Butter, Aufschnitt und frisches Rührei bereit, dazu echter Bohnenkaffee.

Er setzte sich für ein paar Minuten zu ihr.

»Die Nabelschnur liegt derzeit oberhalb des Körpers. Hoffen wir also, das bleibt so, denn dann können wir die innere Wendung versuchen. Und sonst ...«

Seit fünfundfünfzig Jahren kam die Oberin hingebungsvoll und gottesfürchtig ihrer Berufung nach. In der Zeit hatte sie ziemlich alles erlebt, was es an Besonderheiten in der Geburtshilfe gab. Dies alles schenkte ihr seelische Ruhe. Ihr stand eine innere Wendung bevor, ein so kompliziertes wie gefährliches Manöver. Doch das konnte ihr nicht den Appetit verderben. Mit Genuss leerte sie das heiße Kupferpfännchen mit dem Rührei.

Sie nickte. »Wenn die Wendung nicht gelingt, dann also den Kaiserschnitt. Aber erst dann, Herr Doktor, nicht wahr? Wir wollen uns doch nicht zu früh zum Schneiden entschließen?«

Konrad teilte ihre Bedenken: In bestens ausgestatteten Krankenhäusern überstand nahezu jede Frau diesen Eingriff. Aber eine so große Operation hier im Sanatorium? In diesem Sprechzimmer? Mit chirurgischem Besteck, das nur für kleine Eingriffe vorgesehen war?

»Versuchen Sie bitte die Wendung«, entschied Konrad. »Falls das Kind dabei stirbt, entbinden wir vaginal, selbst wenn wir es zerstückeln müssen. Dann bliebe die Gebärmutter meiner Frau zumindest ohne Narbe, und sie könnte ohne allzu großes Risiko ein weiteres Kind gebären.«

Er hob den Kopf, die Oberin suchte seinen Blick.

»Nicht wir sind es, die über Leben und Tod beschließen, Herr Doktor. Wir stehen in Gottes Hand. Er allein hat die Macht. Ob Ihre Frau überlebt und weitere Kinder bekommen kann. Ob dieses Kind hier die Geburt durchsteht. Ob sein Tod ein Unglück wäre oder im Nachhinein betrachtet sogar eine Erleichterung – das alles wissen wir nicht.«

Konrad nickte. An einen gütigen Gott konnte er nicht glauben, und dennoch gab er der Oberin recht. Er ließ sie weiter frühstücken und ging zurück ins Sprechzimmer, das nun als Kreißsaal diente. Jettes Muttermund hatte sich um einen weiteren Zentimeter gedehnt, tapfer atmete sie gegen den gröbsten Schmerz an. Betreut von Mutter und Schwester konnte sie zwischendurch gut verschnaufen. Doch die Wehenpausen wurden kürzer, und zum Schmerz gesellte sich die Angst vor dem, was so nah und bedrohlich vor ihr stand.

»Die Narkose brauchst du sowieso«, meinte Konrad während einer Pause. »Du kannst sie auch sofort bekommen, wenn du den Schmerz nicht mehr erträgst.«

Doch Jette, so sehr sie sich auch am Ende ihrer Kräfte fühlte, schüttelte den Kopf. »Das wäre doch nicht gut für unser Kind, oder?«

Konrad musste ihr recht geben. Auch wenn er kein Chloroform, sondern den ungefährlicheren Äther verwenden wollte: Dem Kind täte es besser, wenn die Narkose nur kurz wäre. In der nächsten Wehenpause bat er Paula und Emmy hinaus.

»Liebes«, er schmiegte Jettes Hand an seine Wange. »So sehr wir uns auch auf dieses Kleine gefreut haben: Du bist die Wichtigere. Wenn es mit diesem Kind nicht sein soll, wenn wir uns von ihm verabschieden müssen, dann ist es so. Aber du musst weiterleben. Du kannst höchstwahrscheinlich noch mehr Kinder bekommen, und falls nicht, adoptieren wir zwei oder drei. Aber du. Du darfst mir nicht verloren gehen.«

Seufzend nahm sie seine Hand. »Ich will ja leben, ich will ja leben. Aber ich will doch auch dieses Kind. Und dass es ganz gesund ist.« Sie hätte ihm so gern noch mehr gesagt, doch die nächste Wehe kam und vereinnahmte Jette so vollständig, als griffe der Schmerz nach ihrem ganzen Sein. Der Schmerz zerriss ihr den Leib, so kam es ihr vor, und neben ihm blieb als einzige Empfindung nur noch die Angst. Jette presste ihren Rücken auf die Liege, krallte ihre Finger in das Laken über ihrem Bauch und wünschte sich kein Kind mehr, sondern nur noch ein rasches Ende. Die Erlösung. Nötigenfalls durch den eigenen Tod.

Konrad stand ihr bei, so gut es ihm möglich war, doch er wusste: In diesem Stadium konnte er nicht mehr viel helfen. Als die Wehe verebbte, holte er Paula und Emmy herein.

»Bei der Narkose gleich seid ihr besser nicht dabei, ihr steht Jette viel zu nahe. Aber schickt bitte Tilla herein. Die hat starke Nerven.«

Tilla kam, und kurz darauf kehrte auch die Oberin zurück, um Jette erneut zu untersuchen. »Die Nabelschnur kann ich nicht tasten, das ist gut. Wir versuchen also die Wendung. Ein paar Wehen noch, dann bekommen Sie den Äther.«

Gut drei Jahre hatte Konrad nach dem eigentlichen Studium noch als Stationsarzt in der Chirurgie verbracht, mit der Dosierung von Narkotika kannte er sich aus. Er legte einen Wattebausch in das Drahtgestell, träufelte Äther darauf und drückte die Maske auf Jettes Nase.

»Bis zwanzig zählen, schön langsam.«

Jette schwanden die Sinne, doch es überkam sie eine heftige Unruhe. Ihre Gliedmaßen begannen zu zucken. Sie war schon bewusstlos, doch ihr Körper wehrte sich noch. Endlich erschlafften auch ihre Muskeln. Konrad wies Tilla an, die Maske zu halten, und sie übernahm die Aufgabe so geschickt wie zuverlässig.

Nun ging es um jede Minute.

Anders als eben noch verzichtete die Oberin auf Gummihandschuhe. Hier brauchte sie in ihren Fingern jeden Gefühlsnerv. Sie verrieb Karbol auf ihren Händen, schob die rechte in Jettes Leib, ließ die linke folgen, fühlte einen Fuß und tastete sich am Körper des Kindes entlang bis zum Hals.

»Keine Nabelschnurumschlingung. Alles schön frei.«

Konrad hielt das Hörrohr an Jettes Bauch gedrückt. Das kindliche Herz schlug, wie es sollte.

Behutsam zog die Oberin ihre linke Hand nach unten und bekam ein Füßchen zu fassen. Ihre rechte Hand legte sie dem Kind an den Rücken und drückte den kleinen Körper sachte und doch mit der nötigen Kraft in eine Längslage.

»Das Becken fühlt sich übrigens normal an. Keine Verkrümmung. Man versteht kaum, warum das Kleine quer liegt. Nur das Alter eben. Siebenundzwanzig ist hoch für die Erstgeburt.«

Konrad nickte. Auch wenn er das Urteil über Jettes Alter nicht gern hörte: Er musste der Oberin recht geben.

Ihre Hand glitt hoch zum Kopf des Kindes, sie schob ihren Zeige- und Mittelfinger in den Mund, die andere Hand fasste seinen Nacken. Mund und Nacken, das waren die Hebelpunkte. Langsam, aber doch ausreichend rasch. Mit bewundernswertem Feingefühl zog sie den schmalen Leib heraus und führte den Schädel mit einer leichten Drehung durch das knöcherne Becken. Da! Da war es! Zwar mit rotblauer Haut, doch offenbar ganz gesund. Konrad nahm die Äthermaske von Jettes Gesicht, und Tilla hätte laut jubeln mögen. Aber noch war die Sache nicht ausgestanden, auch im Blut des Kindes kreiste der Äther. Blitzschnell nabelte die Oberin es ab, hielt es kopfüber an den Beinen, hob den kleinen Leib, senkte ihn und beugte ihn dabei in den Hüften. Einige Male machte sie das, die bläuliche Färbung ging zurück, die Haut wurde weiß und schließlich rosig. Das Kleine durfte auf Jettes Bauch, sein Herz schlug, es atmete, und endlich tat es einen ersten leisen Schrei.

Konrad legte sanft die rechte Hand auf sein Töchterchen, dann brach er in Tränen aus.

FRANZBRANNTWEIN

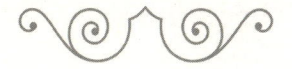

*Überglücklich geben wir die Geburt
unseres ersten Kindes bekannt.*

*Gesine Thekla Emilie
3. November 1896*

*In tiefer Freude und großer Dankbarkeit
Dr. med. Konrad Behnfeld, Sanatoriumsleiter
mit Ehefrau Henriette, geborene Wilke*

Diese Gelegenheit wollte Konrad sich nicht nehmen lassen: Noch am selben Nachmittag machte er sich persönlich auf den Weg in die Wilhelmstraße, schickte ein Telegramm zu seiner Familie nach Berlin und gab bei der *Ostsee-Zeitung* die Annonce auf.

»Die kommt in unsere morgige Ausgabe«, versprach der Geschäftsstellenleiter. »Auch von unserem Haus die allerbesten Wünsche, Herr Doktor. Möge Ihre Familie wachsen und gedeihen und mit ihr unser schönes Seebad.«

Konrad dankte verbindlich.

Zurück im Sanatorium ging er hinauf ins Schlafzimmer. Jette saß hoch aufgerichtet in den Kissen, im Arm die schlummernde Gesine. Mutter und Kind erholten sich von all der Anstrengung. Jette waren die Spuren der tiefen Narkose kaum noch anzusehen, den Äther hatte Konrad aufs Beste dosiert.

Gesine. Eine Urgroßmutter von Konrad und eine Großtante von Jette hatten den Namen getragen. Dass aus jeder Gesine in Norddeutschland gleich eine ›Gesche‹ wurde, nahm Konrad gern hin.

»Mien säuten Deerns. Nun habe ich gleich zwei von euch«, er strich Gesche über den Kopf. »Wunderhübsch und genau gleich blond.«

Jette schmiegte sich an seinen Arm. »Aber im Gesicht kommt sie mehr nach dir, oder?«

»Hm. Ich finde, sie kommt vor allem nach meiner Mutter. So schade, dass sie das nicht mehr erleben darf, die gute Thekla.«

Es klopfte, Tilla stand vor der Tür. »Frau Doktor, Ihr Vater und Ihr Schwager sind da. Mit der Wiege. Und die ganze Säuglingsausstattung haben sie auch dabei.«

Vor hundert Jahren hatte Augusts Urgroßvater nicht nur die Neptunfigur geschnitzt, die heute im Windfang der Kate stand. Er hatte auch aus bester Granitzer Buche eine Wiege gebaut, für die eigenen Kinder und alle kleinen Wilkes danach. Es waren viele geworden. Bald zwei Dutzend Sprösslinge hatten darin die ersten Monate ihres Lebens verbracht, zuletzt Evchen.

So wie die Wilkes ihrem Neptun immer mal wieder einen neuen Anstrich gönnten, hielten sie es auch mit der Wiege. Vor drei Wochen war August dem Erbstück zu Leibe gerückt, die aufgemalten Muscheln und Fische leuchteten in frischen Farben.

Ihr Kinderlein kommet pfiffen Krischan und August, als sie die Wiege hereintrugen. Gleich hinter der Tür setzten sie die Last ab und eilten ans Bett, um Mutter samt Kind gehörig Glück zu wünschen.

»Hauptsache, unsere Lütte kriegt mal die Wilke-Nase«,

scherzte August. »So'n schön Tüffel midden in'n Snuut. Un wat weegt dat Deern nu? Geiv mi man rüwer.«

Lächelnd reichte Jette ihm das kleine Bündel. Gesche ließ es sich gern gefallen und döste weiter.

»Na, nu kömm tau dien Obbe Gus«, liebevoll wiegte er sie im Arm und schätzte ihr Gewicht. »Söss Pund sönn dat woll. Mit Knoken. Ach, mien lütt Hosenschieter, mien Wrümmelken, mien Stummelnoors. Bist nun schon mein viertes Enkelchen, aber ist ja immer wieder schön«, er wies auf die Wiege. »Dat mi di bloß nich kolt wärrt. Also bitte weitermachen. Jedes Jahr eins.«

Lachend versprachen Jette und Konrad, dass die Wiege bei ihnen nicht kalt werden sollte, und weil August sich von seiner jüngsten Enkeltochter so gar nicht losreißen konnte, musste Krischan allein zurück zum Handwagen: Hunderte von Teilen hatte Paula ihm mitgegeben. Hemdchen, Jäckchen, Windeln, Wickel-Luren, Handtücher, Waschlappen, Lätzchen. Einiges davon erkannte Jette wieder. Sie selbst hatte es gekauft und ihrer Schwester zu den Geburten von Kalli, Piet und Evchen geschenkt.

Der eheliche Schlafraum wurde zur Wochenbettstube, allerdings blieb die Familienwiege vorerst leer. Jette wollte den Säugling auch nachts bei sich haben und brauchte dafür das breite Bett, während dieser Zeit schlief Konrad im angrenzenden Gästezimmer.

Gesche nuckelte voller Inbrunst, Jettes Vormilch war bald aufgebraucht, am Abend schoss bei ihr die reguläre Milch ein, sie legte die Kleine gleich an.

Konrad liebkoste die beiden. »Was sind wir Männer dagegen doch für armselige Wesen. Und wie sollten wir nicht eifersüchtig sein auf euch Frauen. Ein neues Leben zu erschaffen, aus dem eigenen Körper heraus allein mit den Mitteln der Natur – das übertrifft doch alles, worum ihr Frauen uns Männer sonst so heiß beneidet.«

Jette nickte, doch so ganz stimmte sie ihm nicht zu. Sie hatte sich schon so oft gefragt, warum Frauen nicht auch studieren konnten so wie Männer und beides erreichen: zuerst einen angesehenen Beruf und später – und zwar aus freier Entscheidung – auch Kinder. Doch in diesem Moment mochte sie darüber nicht diskutieren.

Mit Gesche eng neben sich schlief Jette ein, stillte während der Nacht dreimal und wechselte auch selbst die Windeln. Tilla besaß dank ihrer jüngeren Geschwister viel Erfahrung in Säuglingspflege und wäre jederzeit helfend eingesprungen. Doch Jette genoss die innigen Momente mit dem Töchterchen und wollte niemanden dabeihaben, wenn es nicht dringend erforderlich schien. Am nächsten Morgen fühlte sie sich entsprechend erschöpft und empfing nur einen kurzen Besuch ihrer engsten Familie, ansonsten verbrachte sie den Tag in Ruhe. So oft er es einrichten konnte, schaute Konrad nach seinen ›säuten Deerns‹ und hätte jedes Mal jubeln und tirilieren mögen, sie so gesund und guter Dinge anzutreffen.

Doch bei aller Seligkeit: Die Umstände der Geburt steckten Jette noch heftig in den Knochen. Ausgerechnet die Oberin! Niemand hatte ihr je eine derartige Kränkung zugefügt. Niemand war mit seinen Händen so tief in ihre intimsten Organe vorgedrungen. Und niemand hatte mit solcher Entschlossenheit alles Können darangesetzt, ihr und Gesche das Leben zu retten.

Bei ihrer Verabschiedung nach der Geburt hatte Adelheid Schroth gefragt, wann sie denn wiederkommen solle, falls überhaupt.

Im Grunde brauchte Jette keine Hebamme mehr, die Nachsorge übernahm ja Konrad. Doch andererseits hatte sie die alte Frau nicht vor den Kopf stoßen wollen und so um den nächsten Besuch in zwei Tagen gebeten.

Als die Oberin eintraf, hatte Jette soeben gestillt und döste mit Gesche im Wochenbett vor sich hin. Behutsam fragte das Hausmädchen an, ob sie den Gast empfangen wolle.

»Gern, Erika. Und geben Sie bitte auch meinem Mann Bescheid. Für ein paar Minuten werden seine Patienten wohl warten können.«

Die Oberin nahm am Bett Platz, gerührt betrachtete sie Mutter und Kind. »Diese Aufgabe hatte unser Herrgott also noch für mich. Deswegen hat er dafür gesorgt, dass ich in Binz bleibe, statt nach Berlin zurückzufahren: Weil ich noch helfen sollte, die kleine Gesine heil auf die Welt zu holen. Ach, wie wunderschön sich das alles gefügt hat. Und wenn ich darf, liebe Frau Doktor Behnfeld, dann würde ich gern noch etwas sagen. Über unsere gemeinsame Zeit, als Sie bei mir gelernt haben.«

Jette horchte. Was kam jetzt? »Bitte schön, Schwester Oberin. Nur zu.«

Die Oberin rückte ihren Stuhl näher ans Bett und nahm Jettes Hand. »Frau Doktor Behnfeld, oder wenn ich Sie einmal so nennen darf: liebe Jette. Es ist bald drei Jahre her, da habe ich Ihnen unrecht getan. Meine Entschuldigung kommt spät, aber von Herzen. Damals habe ich Ihnen vorgeworfen, Sie wären zu ehrgeizig. Heute aber erkenne ich, wie viel Arbeit und Mühe Sie und Ihr Mann hier aufbringen. Dass Sie zwar reich geheiratet haben, sich es aber ganz und gar nicht leicht machen mit der Leitung dieses Sanatoriums. Dafür meine Anerkennung.«

Jette kam es vor, als setzte für einige Sekunden ihr Herz aus, so erstaunt und gleichzeitig so glücklich nahm sie die Worte in sich auf. Nun konnte sie nicht anders: Sie ließ den

Tränen der Rührung freien Lauf, und auch die Oberin schluchzte auf. Einen Moment lang umarmten sie sich, dann aber stand die Oberin auf, streckte den Rücken und wischte sich die Wangen.

Gerade steckte sie ihr Taschentuch zurück, da kam Konrad herein, in der Hand einen Umschlag mit hundert Mark.

»Aha. Hier fließen also Tränen. Sicher nur vor lauter Freude.«

Jette erklärte die Situation. »Und ich habe die Entschuldigung gern angenommen. Denn es ist ja längst tausendfach wiedergutgemacht mit dem, was die Oberin für uns getan hat.«

Konrad wollte nicht mitweinen, lieber rettete er sich in Ironie. »Aha? Ist das schon wiedergutgemacht? Durch ein bisschen Geburtshilfe? In einem völlig einfachen Fall? Nun ja, wenn du meinst, liebe Gattin.«

»Gewiss, Herr Doktor«, die Oberin richtete sich lächelnd vor ihm auf. »Das meint Ihre werte Gattin, und Sie stimmen ihr hoffentlich zu. Doch wenn ich nun schon hier bin, würde ich gern noch etwas anderes erledigen: nämlich mit Herrn Einöder reden.«

Oh! Damit hatten die Behnfelds in der Tat nicht gerechnet, weder Konrad noch Jette konnten gleich antworten.

»Natürlich nur, wenn Sie gestatten«, setzte die Oberin nach. »Und selbstredend können Sie dabei sein. Also, falls Herr Einöder einverstanden ist.«

»Das wird er wohl sein«, Jette schwang sich aus dem Bett und legte dem erstaunten Vater das Wickelkind in den Arm. »Und Gesche kommt auch mit. Dann kann sie gleich mal was Nettes erleben.«

Während Jette sich ein Hauskleid überzog, wartete die Oberin mit Konrad und Gesche vor der Tür, dann gingen sie gemeinsam hinunter in einen kleinen Dienstraum, neben der

Bäderabteilung. Konrad ließ Bescheid geben, und nach wenigen Minuten kamen auch die Einöders hinzu – so gespannt wie aufgeregt.

Eine Verlegenheit ließ Adelheid Schroth gar nicht erst aufkommen. »Zwar kann ich Ihren Wutausbruch nicht billigen, Herr Bademeister«, sie schüttelte seine Hand. »Aber auch ich habe mich nicht richtig verhalten. Besser hätte ich Ihnen zugehört und schon damals erfahren, dass Ihre Neigung zum Zorn erblich bedingt ist. Lassen Sie uns die dumme Sache vergessen. Ich würde mich nämlich gern wieder in Ihre Hände begeben, und in die von Ihrer Frau selbstredend. Nächstes Jahr. Wenn Sie erlauben.«

Ihr Blick glitt von den Einöders zu den Behnfelds – und alle nickten. Außer Gesche. Die schlief einfach nur.

Gemeinsam begleiteten sie die Oberin zur Pforte, schon in zwei Tagen wollte sie zurück nach Kaiserswerth.

Konrad überreichte den Umschlag. »Als Bezahlung Ihrer geburtshilflichen Dienste würden Sie das sicher nicht wollen, darum nehmen Sie es bitte für Ihre diakonische Arbeit.«

Sie nahm das Geld dankend entgegen. »Verlassen Sie sich drauf: Ich komme wieder, natürlich nur für einen Urlaub. Falls unser Herrgott mir dafür noch die Zeit schenkt. Und falls wir uns nicht hier wiedersehen, dann ganz bestimmt irgendwann im Himmel.«

Noch einmal strich sie der dösenden Gesche über den Kopf – es sah aus wie eine Geste des Segens.

***

In den folgenden Tagen trafen immer mehr Glückwünsche ein: derzeitige und ehemalige Gäste des Sanatoriums, frühere Kollegen aus der Charité, Geschäftsfreunde von Behnfeld &

Söhne – sie alle bedachten die kleine Familie mit Grüßen und Geschenken. Kurdirektor von Eisch schickte einen Blumenstrauß und ein Matrosenkleidchen.

Justus, Juju und Eugenie ließen einen Stubenwagen schicken, ein Prachtstück mit handgefertigter Rosshaarmatratze, innen aufs Feinste mit roséfarbenem Samt ausgeschlagen und einem Himmel aus dem gleichen Stoff.

Konrad amüsierte sich. »Genau passend für unser Prinzesschen. Außerdem harmoniert der Wagen mit dem Interieur unseres Wohnsalons.«

»Na, wenn das so ist«, Jette griente – und wagte nicht, zu widersprechen.

Auch Doktor Uhde und Gretchen Sonnenschein kamen, um sich nach Mutter und Kind zu erkundigen.

»Und die Geburt in Prora?«, fragte Jette. »Ist die denn gut verlaufen?«

»Alles bestens«, Uhde nickte seiner Hebamme anerkennend zu. »Zwar mit Schädelzange. Aber dank Erfahrung und dem richtigen Hebel hat unsere gute Grete es mal wieder geschafft.«

Unter den Gratulanten gab es einen, dessen Freude eher verhalten kam. Jette und Konrad nahmen es ihm nicht übel, denn er war schwer krank.

»Ich liebe dich, Jette. Und dein Kind liebe ich auch.« Diesen Satz sagte Theo mehrmals täglich, doch es missfiel ihm, wenn die Geschenkboten an der Wohnung klingelten, er fühlte sich in seiner Ruhe gestört. Wegen Gesine verlief sein Tag weniger geregelt. Das Mittagessen fand manchmal nicht wie gewohnt um dreizehn, sondern erst um vierzehn Uhr statt. All das irritierte ihn, und selbst Tilla gelang es manchmal nicht, ihn bei Laune zu halten.

»Du gibst dir wirklich viel Mühe mit ihm«, lobte Konrad

das Mädchen. »Es ist gewiss nicht deine Schuld, wenn Theo trotzdem unleidlich ist. Wir brauchen Geduld mit ihm.«

Immerhin ließ Theo sich ohne Murren untersuchen. Konrad wollte wissen, warum sein Bruder eine so tiefe Abneigung gegen warme Luft und warmes Wasser hegte, doch ein nachvollziehbarer Grund war nicht zu finden. Irgendwie hing es wohl mit seiner Hirnsyphilis zusammen.

»Sein Salzbad bitte nur noch bei dreißig Grad«, wies er den Bademeister an. »Aber machen Sie die Abreibung mit Franzbranntwein dafür etwas länger. Der Kältereiz tue ihm gut, sagt mein Bruder.«

Jeden Werktag um Viertel vor zwölf Uhr klopfte Tilla an Theos Tür. Dann trug er schon seinen Bademantel und lächelte ihr entgegen, ließ sich zu den Anwendungen bringen und um halb eins wieder abholen. Dies war sein tägliches Ritual, und daran änderte sich auch nach Gesches Geburt nichts.

Eines Mittags griff Theo vor seiner Zimmertür nach Tillas Hand. »Bitte bleiben Sie noch bei mir. Kommen Sie mit hinein. Ich muss Sie etwas fragen.«

Er klang bedrückend ernst, geradezu feierlich, doch das musste bei seiner Verrücktheit nicht viel bedeuten. Tilla wusste, durch welche Umstände er sich die Krankheit eingefangen hatte, doch noch nie hatte er sie in zügelloser oder gar unsittlicher Weise angesprochen. Wenn er – nur mit dem Bademantel bekleidet – sie nun zu sich ins Zimmer bat, dann sicher nicht in schlechter Absicht.

Kaum hatten sie den Raum betreten, stöhnte er laut auf.

»Es ist so warm hier! Schrecklich warm, Fräulein Tilla! Das geht so nicht!«

Das Innenthermometer zeigte achtzehn Grad Celsius, im Grunde also passend.

»Dann stellen Sie sich die Heizung herunter. Das ist doch alles so wunderbar bequem hier.«

Sie wollte ihm helfen, doch da war er schon am Heizkörper und betätigte den Regler, gleich darauf riss er das Fenster auf und atmete tief ein.

»Ach, diese Luft. Und wie gut das aus dem Garten riecht. Und aus dem Park. Und vom Strand. Und vom Meer. Alles so herrlich frisch! So neu! So nach pulsendem Leben!«

Es war Mitte November, ein Teil der Natur erstarb, doch wenn Theo in der kühlen Herbstluft den Puls des Lebens verspürte, dann wollte Tilla ihm nicht widersprechen.

»Kommen Sie, Fräulein Tilla. Hier ans Fenster.«

Sie tat ihm den Gefallen, obwohl es ihr eigentlich zu kalt war. Aber sicher würde es nicht lange dauern, für ein ausführliches Gespräch fehlte ihm die Konzentration. Am offenen Fenster standen sie sich gegenüber. Seine Hände zeichneten Wellen in die Luft.

»Alles schlechte Warme soll weichen. Und das gute Kalte soll kommen. Alles so neu und erfrischend. Wie das Meer. Durch und durch erquicklich eben«, seine Hände fuhren weiter durch die Luft. »Liebes Fräulein Tilla. Nun sagen Sie bitte ganz ehrlich. Was wollen Sie denn eigentlich werden? Wenn Sie groß sind?«

Sie stutzte, dann endlich begriff sie den Inhalt der Frage und hätte fast aufgelacht. Ihr Zögern verwirrte ihn.

»Verzeihung, Fräulein Tilla«, er beendete die Wellenbewegung und verschränkte die Arme vor der Brust. »Ich meine natürlich: Wenn Sie erwachsen sind. Jetzt sind Sie ja erst vierzehn. Aber danach? Später? Wenn Sie eine richtige Frau sind?«

»Sie meinen, wenn ich älter bin? Achtzehn oder sogar einundzwanzig? Also volljährig?«

»Genau. Dann müssen Sie ja auch noch irgendwas machen. Etwas werden.«

»Ach, Herr Behnfeld. Ich bin doch nun mal Zimmermädchen. Jetzt und wohl auch noch, wenn ich erwachsen bin.«

Er schaute ungläubig. »Haben Sie denn eigentlich eine Lehre gemacht als Zimmermädchen? Oder sind Sie auf ein Lyzeum gegangen?«

»Aber nein. Ich war sechs Jahre auf der Volksschule, also ganz wie üblich, dann habe ich meinen Eltern ein Jahr auf unserem Bauernhof geholfen, und dann bin ich hierhergekommen. Die anderen hier haben mich als Zimmermädchen angelernt, vor allem natürlich unsere liebe Frau Doktor.«

»So, so. Ihre Eltern haben also einen Bauernhof? Und da haben Sie die Arbeit verteilt? Für alle Ihre Mägde und Knechte?«

Sie blieb ernst. »Nein. Es ist nämlich ein kleiner Bauernhof, ganz ohne Mägde und Knechte. Meine Eltern und meine Geschwister machen alles selbst.«

»Aha? Und warum sind Sie weggegangen? Wenn Sie keine Magd haben? Dann hätten Sie da doch weiter arbeiten können.«

Tilla horchte auf. So weit konnte Herr Theo also noch klar denken. Aber sollte sie ihm das alles erzählen? Diese traurige Geschichte? Ihre Mutter hatte Tilla ja dabehalten wollen – als reine Arbeitskraft, nicht als Hoferbin. Den Anspruch auf einen Hof besaß keine Tochter, solange es einen Sohn gab.

Es waren der Pastor und seine Frau gewesen, die das Mädchen ermutigt hatten, den Hof zu verlassen. Ihre Mutter hatte Tilla dafür geschlagen und ihr Vater anfangs hilflos danebengestanden. Dank des Pastorenpaars hatte er sich schließlich gegen die Mutter durchgesetzt und die Tochter freigegeben. Doch mit dieser Geschichte wollte Tilla den kranken Herrn Theo lieber verschonen.

»Zwei von meinen vier Brüdern arbeiten fleißig auf dem Hof mit«, erklärte sie. »Und meine Schwester auch, die ist jetzt neun. Da haben meine Eltern genug Hilfe. Und unsere beiden kleineren Brüder packen später ja auch noch mit an. Deswegen meinte unser Pastor, ich soll fortgehen und noch mehr lernen. Denn ich habe wohl Talent, und Gott will, dass wir Menschen unsere Gaben nutzen.«

Theo nickte. »Klug. Sehr, sehr klug«, er machte einige Kniebeugen mitten im Gespräch. Das tat er in letzter Zeit öfter – immer, wenn ihm gerade danach war. »Ihr Pastor ist klug, und Sie sind auch klug, Fräulein Tilla. Und jetzt habe ich Hunger.«

»Natürlich, Herr Theo. Ziehen Sie sich in Ruhe um, dann gehen Sie hinunter zum essen. Es gibt Markklößchensuppe und Bratwurst mit Rahmwirsing. Das mögen Sie ja alles gern«, sie deutete zum Fenster. »Darf ich zumachen? Sie sollen sich doch nicht erkälten.«

Er zögerte, schließlich stimmte er zu. »Sie passen gut auf mich auf, Fräulein Tilla. Und Sie sind so klug. So klug.«

Tilla schloss das Fenster. »Ich decke gleich den Tisch. Bestimmt freuen Herr und Frau Doktor sich schon auf Sie.«

»Natürlich freuen die sich«, er nickte heftig. »Und Gesche. Gesche freut sich bestimmt auch. Über ihren Onkel. Ihren lieben Onkel.«

»Sicher, Herr Behnfeld«, Tilla knickste. »Die kleine Gesche freut sich bestimmt auch.«

***

Der November neigte sich dem Ende zu, gut zwanzig Gäste weilten noch im Sanatorium und genossen die herbstliche Seeluft. Das nasskalte Wetter allerdings eignete sich kaum für längere Spaziergänge oder Liegekuren auf dem Balkon. Konrad entwarf mithilfe des Personals ein Programm zur gemeinschaftlichen Zerstreuung. Am späten Nachmittag sangen sie mit den Gästen oder hielten Vorlesestunde. Nach dem Abendessen bastelte man Baumschmuck oder spielte Scharade. Alle freuten sich auf die Adventszeit. Küchenmädchen Sieglinde, eine Meisterin auf der Blockflöte, gründete ein kleines Orchester und übte Weihnachtslieder ein.

Am Siebenundzwanzigsten des Monats, einem Freitag, stand Tilla wie gewohnt früh auf, entzündete ihre Sturmlaterne, hüllte sich in ihren Hausmantel und war schon auf dem Weg hinunter zu den Waschräumen, da sah sie, dass die Tür zu Theos Zimmer offen stand.

»Herr Behnfeld?« Sie trat ein und leuchtete den Raum ab. Hier war niemand. Theo lag nicht in seinem Bett.

Bitte nicht schon wieder! Wiederholte er dieses Spiel etwa? Sollte sie hinuntergehen und nachsehen? Lieber nicht allein, beschloss sie. Sie hatte Herrn Doktor ja versprochen, ihn gleich zu verständigen, wenn sein Bruder sich allzu seltsam verhielt.

Um Mutter und Kind nicht zu stören, schlief Konrad vorübergehend in einem der Gästezimmer, Tilla klopfte an. Von drinnen drang leises Schnarchen. Behutsam drückte sie die Klinke und steckte den Kopf durch den Türspalt. »Herr Doktor? Bitte, Herr Doktor!«

Konrad war Nachtarbeit gewohnt. Klinikdienste, in denen er nur kurzen Schlaf gefunden hatte und jederzeit damit rechnete, dass man ihn weckte. Sein Gehör hatte gelernt, Wichtiges von Unwichtigem zu unterscheiden. Tillas Worte schreckten ihn auf. Sie erstattete Bericht.

»Soll ich denn schon runtergehen? Bestimmt ist Ihr Bruder wieder unten. Sie können ja gleich nachkommen.«

Konrad, inzwischen hellwach, schüttelte den Kopf. »Das machen wir besser zusammen. Unten gehe ich voran.«

Er warf sich seinen Morgenmantel über, entzündete eine Laterne und machte sich mit Tilla auf den Weg ins Souterrain in den Bäderbereich. Aus der Herrenabteilung drang kein Laut und – anders als beim vorigen Mal – fiel kein Lichtschein unter der Tür hervor.

Ihn überkam ein Unbehagen. Er sah Tilla nicht an, und doch spürte er, was in ihr vorging. Auch sie hatte große Angst.

Er atmete durch. »Warte lieber, Tilla. Ich schaue allein nach ihm. Vielleicht irren wir uns ja auch, und er ist gar nicht da drin.«

Gehorsam blieb sie vor der Tür stehen.

Konrad drückte die Klinke. »Theo? Theo! Ich bin's!« Er betrat den großen Raum, und sofort wehte ihm ein kalter Luftzug entgegen. An der Längswand, gleich unter der Raumdecke, zog sich eine Reihe von Fenstern entlang, mit langen Stangen ließen sich die Riegel öffnen und schließen. Im laufenden Badebetrieb blieben die Fenster meist aufgeklappt, so konnte der Wasserdampf abziehen. Abends dann schloss man sie wieder, zum Schutz vor Einbrechern oder streunenden Tieren. Doch warum standen sie jetzt offen? War Einöder schon hier gewesen? Hatten er und Theo sich womöglich getroffen?

Noch etwas fiel Konrad auf: Die Vorhänge waren zugezogen, um sämtliche Wannen und um die Massageliege. Die weißen Stoffbahnen bauschten sich im feuchten Herbstwind. Ein Schauer erfasste Konrad. Mit erhobener Laterne trat er durch die Tür.

»Theo? Bist du wieder auf der Liege? Ist das dein Spiel? So wie neulich?«

Keine Antwort, kein Licht. Nur der kalte Morgenwind.

Konrad lenkte seine Schritte zur Massageliege. »Ich öffne jetzt den Vorhang, Theo. Jetzt!«, er riss den Stoff zurück. Die Liege war leer.

Konrad ging zu den Wannen weiter, und je näher er kam, umso stärker stach ihm ein Geruch in die Nase, das Aroma von Kampfer, Latschenkiefer und Äthylalkohol.

»Theo?«, er riss den Vorhang beiseite. »Theo!«

Hier war er. Ausgestreckt in seinem Pyjama, bis zur Brust eingetaucht in unverdünntem Franzbranntwein, die Augen geschlossen, den Kopf nach hinten an den Wannenrand gebeugt und mit einem so friedlichen Antlitz, als würde er sich im warmen Wasser entspannen.

»Theo!«

Als erfahrener Arzt hatte Konrad die Situation längst begriffen, dennoch tastete er nach Theos Handgelenk, fand keinen Puls mehr, befühlte seine kalte Haut. Er wollte die Pupillen beleuchten, doch die Lider ließen sich kaum hochschieben. Die Leichenstarre hatte eingesetzt, Theo war seit Stunden tot.

Vor der Wanne ging Konrad in die Knie, sank zwischen all die Kanister, mit denen Theo sich sein letztes Bad bereitet hatte. »Bruder!«, kam es ihm leise über die Lippen.

Lange verharrte Konrad nicht auf seinen Knien. Dies war nicht der Moment für ein stilles Versinken oder eine Totenwache. Es galt, richtig zu handeln, und dafür brauchte er die Polizei.

Mit Schrecken dachte er an Hauptwachtmeister Hallmack und seine Mannen bei der unsäglichen Razzia im Atelier. Aber all diese Polizisten gehörten zur Wache der Inselhauptstadt Bergen. Kurdirektor von Eisch hatte sie nur angefordert, um sich wichtig zu machen. Binz selbst dagegen besaß seinen eigenen Polizisten. Dem Dienstrang nach bloß Wachtmeister, dafür aber ein vortrefflicher Mensch.

Konrad rappelte sich hoch und ging zurück in den Flur.

Furchtsam blickte Tilla ihm entgegen. Auf sein trauriges Nicken hin schrie sie auf.

Konrad blieb sachlich. »Tilla, hol mir bitte Herrn Einöder her. Nur ihn, nicht seine Frau. Und er soll sich etwas anziehen. Nichts Förmliches, aber vorzeigbar. Ganz schnell. Ich warte hier unten.«

Sie lief los und kam ein paar Minuten später mit dem Bademeister zurück: in schwarzer Flanellhose samt Strickjacke, die Tränen liefen ihm über die Wangen, auch Tilla weinte.

»Guten Morgen, Herr Einöder, warum bitte sind alle Fenster offen? Haben Sie das veranlasst?«

»Keineswegs, Herr Doktor«, er bekreuzigte sich. »Meine Helfer haben hier gestern alles sauber gemacht, und ich habe die Fenster geschlossen, ganz wie immer.«

»Ich glaube Ihnen, Herr Einöder«, Konrad legte viel Wärme in seine Worte. »Und du, Tilla, zieh dir etwas über und lauf zu Wachtmeister Breese. Falls er noch nicht in seiner Dienststube ist, klingle oben an der Wohnung. Er möge bitte kommen. Sofort.«

»Und was soll ich sagen? Ich meine: Wie ist Ihr Bruder denn gestorben?«

»Erfroren«, Konrad erklärte die Umstände. »Ein sanfter und schmerzloser Freitod. Er war krank. Niemand von uns ist schuld.«

Tilla nickte. Die Augen voller Tränen ging sie in den Flur zu ihrem Zimmer.

Einöder schluchzte. »Darf ich Herrn Theo denn noch einmal sehen? Damit ich mich verabschieden kann?«

»Später. Ich mache mich jetzt empfangsbereit und spreche

mit meiner Frau, und Sie halten hier bitte Wache. Gehen Sie nicht zu den Wannen, rühren Sie nichts an, lassen Sie niemanden in diesen Raum, auch nicht Ihre Gattin oder die Badehelfer. Bis gleich.«

Gegen seine Gewohnheiten begnügte Konrad sich heute mit einer Katzenwäsche. Den Hausmantel nachlässig übergeworfen, stürmte er vom privaten Bad zwei Etagen hoch ins Gästezimmer, das er derzeit bewohnte, warf sich in Hose, Hemd und Weste und betrat leise die eheliche Schlafstube. Neben der schlummernden Gesche hatte Jette sich fest eingekuschelt. Als Konrad hereinkam, hob sie sorgenvoll den Kopf.

»Theo?«, sie flüsterte nicht einmal, nur ihre Lippen formten das Wort.

Konrad nickte.

Ein dumpfes Schaudern durchfuhr ihren Leib, sie ließ sich zurück in die Kissen sinken.

»Liebes, komm bitte kurz mit nach unten, Herr Breese ist schon unterwegs.«

Jette atmete durch. Es war also geschehen. Offen hatten sie und Konrad nie darüber gesprochen, doch es stand seit Langem als bange Ahnung zwischen ihnen: Wie lange ginge es noch weiter mit Theos Absonderlichkeit? Konnte er sein Verhalten selbst noch erkennen? Wie sehr musste er unter all dem leiden?

Gesche lag sicher in der Mitte des Bettes, für ein paar Minuten durfte man sie wohl allein lassen. Jette zog sich an und ging hinunter zu Konrad. Eng umschlungen standen sie und teilten ihren Schmerz.

Sie hörten den Schlüssel in der Wohnungstür, Tilla kam mit dem Wachtmeister.

Vor fünf Jahren, bei ihrem ersten gemeinsamen Spaziergang durch den Ort, waren Jette und Konrad zufällig Klaas

Breese begegnet. Sie hatte die Herren miteinander bekannt gemacht, und nach dem kurzen Treffen konnte Konrad bestätigen, was die Binzer über den Wachtmeister erzählten: Er galt zu Recht als famoser Charakter.

Mittelgroß gewachsen, von schmaler Gestalt, dazu glatt rasiert und mit Nickelbrille machte er äußerlich nicht viel her. Hinter seinen wasserblauen Augen jedoch blitzten der Schalk und manch messerscharfe Überlegung. Er hätte auch auf die Reichspolizeischule gehen und Karriere machen können, aber er war lieber als Dorfgendarm bei seiner großen Flamme Doris in Binz geblieben. Inzwischen freuten die beiden sich über sechs Kinder und siebzehn Enkelkinder, und in zwei Jahren käme für Breese die Alterspension. Noch aber versah er Tag für Tag verlässlich seinen Dienst. Klar im Denken, stets korrekt – und doch menschlich.

»Mein aufrichtiges Beileid«, für den Bruchteil einer Sekunde sah er Konrad in die Augen, gleich darauf zückte er eine Kladde und überflog seine Notizen. »Fräulein Erlenbrook hat mir das Wichtigste schon berichtet: Ihr Bruder Theodor litt also unter progressiver Paralyse und hat sich zuletzt höchst sonderbar verhalten?«

Konrad bejahte und brachte ein paar Beispiele, dann führte er Breese ins Untergeschoss. Gehorsam wartete Einöder vor der Bäderabteilung, den Tränen hatte er freien Lauf gelassen. Sein Gesicht war rot verquollen, dennoch wahrte er Haltung und begrüßte Breese mit tiefer Verbeugung. »Und dass Sie es gleich wissen, Herr Wachtmeister: Ich bin nicht schuld. Und mein Raptus, der hat damit gar nichts zu tun.«

Konrad hätte ihn durchschütteln mögen. Warum erwähnte Einöder das überhaupt?

Breese hob die Brauen. »Ihr Raptus?«

»Wenn ich das kurz erklären darf«, klinkte Konrad sich

ein. »Unser Herr Einöder ist eine höchst zuverlässige Kraft. Doch er stammt aus einer einsamen Gegend in Schwabenbayern. Zwar ehrbar, jedoch mit wenig Austausch der Erbanlagen. Herr Einöder neigt zum Zornesausbruch und hat hier einmal in seinem Heimatdialekt eine Dame beschimpft, die gleich darauf abgereist ist. Aber er würde sicher niemanden töten. Dafür verbürge ich mich.«

»Danke, Herr Doktor. Verbindlichen Dank für Ihre Worte«, wieder verbeugte sich Einöder. »Genauso ist es.«

Breese musterte ihn. »Und ich habe richtig verstanden: Bei Ihnen war Herr Theodor Behnfeld regelmäßig zur Anwendung?«

»Gewiss. Alles ganz nach Vorschrift. Erst das warme Salzbad, dann die Abreibung mit Franzbranntwein. Die mochte er besonders. Die Kälte tut ihm gut, das hat er immer gesagt.«

Die drei Männer gingen zur Wanne. Erstes Tageslicht drang durch die Oberlichter und vermischte sich mit dem warmen Flackern der Sturmlaternen. Der Leichnam zeigte erste Zeichen von Verwesung. Seine Wangen waren eingesunken, die wachsartige Haut umschloss wie eine blassviolette Maske den Schädel.

»Jessesmuttermaria«, Einöder, der die Leiche erst jetzt sah, sank auf die Knie und betete zwischen all den Franzbranntweinkanistern.

Breese wandte sich an Konrad. »Wozu brauchen Sie überhaupt so viel davon?«

Konrad erklärte die Anwendung. »Das war unser Vorrat: Zwölf Kanister mit jeweils zehn Litern.«

»Ihr Bruder wusste das?«

»Sicher. Bei richtiger Anwendung ist die Substanz ja harmlos. Ein alkoholischer Auszug von Kampfer und Latschenkiefer.«

»Aha. Und Sie, Herr Einöder? Sie sagten gerade, der werte Verstorbene mochte die Abreibung mit Franzbranntwein?«

»Ja, Herr Wachtmeister, das stimmt«, leise ächzend stand Einöder auf. »Erst das warme Salzbad und dann die kalte Abreibung. So liebte er das. Jeden Tag.«

»Und dass er nicht mehr leben wollte? Hat er das angedeutet? Oder sogar klar geäußert?«

»Gewiss nicht, Herr Wachtmeister. Das hätte ich Herrn Doktor sofort gesagt. Das glauben Sie mir doch? Bitte!« Einöder schluchzte auf.

Mit der menschlichen Seele kannte Breese sich aus. Auch mit theatralischen Männern, die schlimmer heulten als das hysterischste Weib.

»Vielen Dank, Herr Bademeister. Sie können jetzt gehen. Frühstücken Sie tüchtig. Und dann unternehmen Sie einen Spaziergang. Am besten mit Ihrer Frau. Das tut Ihnen gut.«

»Danke, Herr Wachtmeister. Und natürlich. Das will ich wohl tun«, einigermaßen verdattert über diesen Ratschlag verließ Einöder den Raum.

Breese blickte ihm nach und machte sich noch einige Notizen, bevor er sich an Konrad wandte. »Ich bleibe stehen, Herr Doktor, denn ich sehe mir noch einiges an. Aber Sie setzen sich bitte. Und dann frage ich weiter.«

Konrad nahm auf einem Schemel Platz, den Blick auf die offenen Fenster gerichtet. Eine fahle Dämmerung hatte eingesetzt, der Himmel war wolkenverhangen, so viel ließ sich schon erkennen. Wirklich hell würde es wohl den ganzen Tag nicht werden.

Breese ging zur Wanne und hielt den Schein seiner Laterne auf Theos Gesicht.

Auch Konrad schaute hin, und tatsächlich gab es etwas,

das ihn beruhigte: Im Antlitz des Toten zeigte sich keine Spur mehr von Familienähnlichkeit. Seit seiner Geburt hatte Theo dem Vater ähnlich gesehen. So sehr, dass ältere Verwandte ihn oft versehentlich mit Justus angesprochen hatten. Je mehr Theo in den letzten Jahren an Gewicht abgenommen hatte, je tiefer seine Wangen eingefallen waren, umso stärker hatte sich die Ähnlichkeit verloren. Und nun, mit der Totenstarre und der einsetzenden Verwesung, schwand sie ganz.

Was Theo vor seiner Krankheit für Konrad bedeutet hatte, den geliebten Bruder, den Kameraden mit dem klugen Schalk im Nacken: Ihn gab es nicht mehr.

Breese sah von seinen Notizen auf. »Und einen Unfall schließen Sie aus, Herr Doktor? Dass Ihr Bruder vielleicht gar nicht sterben wollte?«

Konrad brauchte nicht nachzudenken. »Ja, das schließe ich aus. Ich denke, er wollte nicht mehr leben. Er hat so viel gelitten in letzter Zeit. Und er hat ja auch alle Fenster geöffnet. Damit er rasch und leicht erfror.«

»Hm. Und der Tod kam wie zustande? Könnten Sie das bitte ganz genau erklären?«

Konrad nickte. »Der Alkohol aus dem Franzbranntwein ist durch die Haut in die Blutbahn gelangt, hat die Adern erweitert und den Körper ausgekühlt. Oberhalb des Flüssigkeitsspiegels, also an Schultern und Armen, hat sich der Pyjama vollgesogen. Der Alkohol aus dem Pyjama ist verdunstet und hat den Körper zusätzlich ausgekühlt. Verdunstungskälte eben.«

»Er hat seinen Tod so genau geplant? Das konnte er noch? Trotz Hirnsyphilis?«

»Ja, und es ist durchaus kein Widerspruch. Er war im Grunde ja intelligent und hatte bis zuletzt klare Momente.

Daran hat er auch gelitten. Ein Teil seines Geistes verstand noch, was mit ihm passierte.«

»Haben Sie denn schon die Taschen kontrolliert? Auf einen Abschiedsbrief?«

Konrad stutzte. »Das hatte ich gar nicht bedacht.«

»Was in dem Moment verständlich war, Herr Doktor. Meine Frage ist kein Vorwurf«, Breese nahm den Bademantel und griff in die aufgenähte Tasche. »Na, sieh an.« Er zog einen Umschlag hervor. *Abschied* stand darauf, mit Bleistift in steilen, breiten Buchstaben. »Ist das die Handschrift Ihres Bruders?«

Konrad brauchte nicht zu überlegen. »Ja. Das hat Theo geschrieben. Und ich bitte um Entschuldigung. Ich meine: dass ich selbst noch nicht darauf gekommen bin.«

»Machen Sie sich keinen Vorwurf, Herr Doktor. Wir lassen das Schreiben ohnehin gerichtlich prüfen.«

Der Umschlag enthielt einen Briefbogen.

Mir ist zu warm. Alles ist zu warm. Und Fräulein Mathilde Erlenbrook soll zur Schule gehen. Auf ein Lyzeum. Ich liebe Tilla. Und Jette liebe ich auch. Und Gesche. Dies ist mein Letzter Wille. Theodor Behnfeld.

Tränen verschleierten Konrads Blick, als er die Zeilen las.

»Und, Herr Doktor? Stammt das von Ihrem Bruder? Ihrem Eindruck nach?«

Konrad nickte. »Mein Bruder hat das in letzter Zeit öfter gesagt. Dass er meine Frau und meine Tochter liebt. Und auch unser Fräulein Tilla mag, im kameradschaftlichen Sinne. Und dass sie sehr gelehrig ist.«

»Und was noch? Hat er etwa auch gesagt, dass er sich das Leben nehmen will? Dass er dabei ist, sein Testament zu verfassen?«

»Nein, sicher nicht. Dann hätte ich ja etwas unternommen.

Mit ihm darüber gesprochen und ihn notfalls in eine Anstalt gegeben. Eine gute natürlich.«

Breese machte sich Notizen. »Wie Sie sich vorstellen können, Herr Doktor: Die Vorschriften sind in diesem Fall äußerst streng anzuwenden, denn Ihr Vater verfügt über beträchtliches Vermögen. Wenn Ihr Bruder Theodor also nicht mehr erben kann, wer erbt dann?«

»Wohl mein älterer Bruder Justus junior und ich.«

»Genau so dachte ich mir das. Darum lasse ich den Leichnam nach Bergen überführen und von einem Gerichtsarzt beschauen. Und der Abschiedsbrief geht an einen Schriftgutachter. Dafür braucht er selbstredend Vergleichsproben der Handschrift. Falls sich hier im Haus keine befinden, dann wohl in Berlin, oder?«

Tatsächlich hatte Theo während seiner Zeit in Binz nichts geschrieben – jedenfalls nichts, wovon Konrad wusste.

»In Berlin ganz sicher. Im Firmenkontor und wohl auch in Theos altem Zimmer.«

»Gut. Unsere Berliner Kollegen fordern dort also die Schriftproben an. Der Leichnam ist vorerst beschlagnahmt. Anderthalb Wochen dauert das alles.«

Die Bestatter kamen, unter polizeilicher Aufsicht schlossen sie den Sarg.

Bis bald, Theo, fuhr es Konrad durch den Kopf. Und keine Angst. Du bekommst eine schöne Beisetzung. In aller Würde.

Breese verabschiedete sich mit der Hand am Diensthelm. »Wie gesagt, Herr Doktor: Die Berliner Kollegen geben mir Bescheid und ich dann Ihnen.«

Konrad begleitete ihn bis zum Portal und setzte sich an den Schreibtisch. Warmherzig und dabei doch ausreichend sachlich – so verfasste er für Justus, Juju und Eugenie einen Brief, beschrieb die näheren Umstände von Theos Tod und bereitete die Familie auf den Polizeibesuch vor. Juju möge einige handgeschriebene Papiere von Theo bereitlegen zwecks amtlichen Schriftvergleichs.

Weil der Brief aber selbst per Eilpost anderthalb Tage brauchen würde, schickte Konrad auch noch ein Telegramm in die Villa: Man möge nicht gleich nach Binz aufbrechen, sondern den Brief abwarten.

Konrad kehrte in die Wohnung zurück. Den ganzen Tag war Jette hiergeblieben, die Geschehnisse im Haus kannte sie nur aus zweiter Hand. So aber hatte sich die Unruhe nicht auf Gesche übertragen. Wie sonst auch hatte die Kleine den Tag über geschlafen und getrunken. Als ihr Vater an diesem Abend den Wohnsalon betrat, war sie gerade im Stubenwagen eingeschlummert, satt und zufrieden.

Er strich ihr über das Köpfchen. »Wenn du größer bist, dann erzählen wir dir von deinem Onkel Theo. Dass er sehr krank war und dich trotzdem sehr lieb hatte.«

Keine halbe Stunde später klingelte es an der Tür: die Antwort-Depesche aus Berlin. Justus äußerte sich bestürzt und sicherte zu, den Brief abzuwarten.

»Auch von mir herzliches Beileid«, Telegrammbote Ewald zog seine Dienstmütze ab. »Ich weiß, das sagt sich so leicht. Aber du brauchst jetzt viel Ruhe, Jettedeern. Und Sie natürlich auch, Herr Doktor. Damit eure Lütte schön wächst und gedeiht.«

Jette und Konrad dankten für die Worte und packten dem Boten ein Stück Marmorkuchen ein.

Nach Kuchen war Konrad an diesem Abend nicht zumute. Gegen seine Gewohnheit schenkte er sich einen Whisky ein.

Für seine Patienten hatte er den Tag über kaum Zeit gehabt, die ausgefallene Sprechstunde wollte er am nächsten Morgen nachholen. Während Jette im Ehebett bei Gesche einschlummerte, zog er sich nach nebenan ins Gästezimmer zurück. Erst jetzt, als er allein war, übermannte ihn die Trauer, und er weinte sich in den Schlaf.

* * *

»Anderthalb Wochen«, hatte Wachtmeister Breese gesagt.

Für die Behnfelds eine Zeit voller Trauer und tiefen Unmuts: Theos Körper lag im Leichenschauhaus, ein Gerichtsarzt käme und würde ihn vermessen, aufschneiden und untersuchen. Gleichzeitig würde ein Schriftgutachter Theos Abschiedsbrief unter die Lupe nehmen.

Des Freitags hatte Theo sich das Leben genommen – am übernächsten Mittwoch kam Wachtmeister Breese mit der erlösenden Nachricht: Der Leichnam war zur Überführung nach Berlin freigegeben, den Abschiedsbrief hatte Theo mit Sicherheit selbst geschrieben, an seiner Geschäftsfähigkeit jedoch bestanden erhebliche Zweifel.

Wegen geistiger Umnachtung des Erblassers liegt die Entscheidungsbefugnis in den Händen seines Vaters, des Fabrikdirektors Justus Behnfeld. Dieser möge entscheiden, ob aus dem Vermögen des Erblassers Theodor Behnfeld zugunsten der minderjährigen Mathilde Erlenbrook ein Besuch der höheren Schule samt nötigem Lebensunterhalt bestritten werden soll.

So stand es im gerichtlichen Beschluss.

Konrad ließ Tilla zu sich kommen. »Wir müssen meinen Vater nicht fragen, denn der befürwortet das sicher. Also, Tilla: Du bist begabt, und es war Theos Letzter Wunsch. Du darfst auf ein Lyzeum. Wenn du möchtest. Möchtest du denn?«

Im Grunde war die Antwort klar, und er hätte erwartet, sie würde in lauten Jubel ausbrechen. Stattdessen nickte sie ernst.

»Ja, ich will, Herr Doktor. Von ganzem Herzen. So wahr mir Gott helfe.«

Er unterdrückte ein Schmunzeln. »Na dann, Tilla. Die Anwälte meines Vaters werden alles in die Wege leiten. Damit du in den nächsten Jahren finanziell auf der sicheren Seite bist. Das kannst du deiner Familie gern schon ausrichten.«

* * *

Ein paar Tage später fuhr Konrad nach Berlin, Jette blieb wegen Gesche zu Hause, was ihr niemand verübelte. In der Familiengruft auf dem Dorotheenstädtischen Friedhof fand Theo neben seiner Mutter und seinen Großeltern die letzte Ruhe.

Noch in derselben Woche brachte Konrad seinen Vater mit nach Binz. Justus' erster Gang im Sanatorium führte zum Stubenwagen. Mit halb geschlossenen Lidern döste die kleine Gesine vor sich hin.

»Na, meine Kleine. Haben wir endlich noch ein Mädchen bekommen. Eine Tochter habe ich ja leider nicht, aber dafür zwei Enkelinnen, Theresia und jetzt dich.«

Behutsam legte er ihr seinen kleinen Finger in ihre Hand, sie fasste zu. Opa Justus lachte. »Na, einen ordentlichen Griff hast du ja schon. Das ist gut. Der ist wichtig im Leben.«

Wach geworden von der tiefen, sanften Stimme, öffnete Gesche ihre Augen, wie bei fast allen Neugeborenen waren sie von einem tiefen Blau. Das fremde Gesicht über ihr machte ihr keine Angst, in ihrem Wickelpuck begann sie zu strampeln.

»Siehst du. Da freust du dich, und ich freue mich auch.« Aus einer Tüte zog Justus das wohl bekannteste Filztier der Marke Steiff: den grauen Elefanten mit seiner leuchtend roten

Satteldecke. »Ja. Den guckst du dir jetzt mal an«, er bewegte ihn vor Gesche hin und her, ein paar Sekunden lang konnte sie mit ihren Augen schon folgen. »Aha. Das Rot gefällt dir also. Ein kluges Mädchen bist du. Und ein schönes.« Justus drückte Jette, die neben ihm stand, einen Kuss auf die Wange. »Aber wie sollte das auch anders sein bei so einer Mama.«

»Mach mir meine Deerns nur nicht eitel«, mahnte Konrad. »Sonst bekommst du zur Strafe ab sofort nur noch männliche Enkel.«

Es klingelte an der Tür.

Justus horchte auf. »Aha. Da sind sie ja.«

»Was jetzt?« Jette wusste von nichts.

»Meine Koffer hoffentlich. Und vor allem das Geschenk für dich. Konrad und ich haben es in Berlin ausgesucht und gleich mitgebracht.«

Tilla hatte Gepäckdiener Hein und seinem Kollegen schon geöffnet. Jetzt trugen sie einen riesigen Kinderwagen die Treppe hoch ins Foyer.

»Allerneuestes Berliner Modell«, schwärmte Justus. »Die Kindermädchen der Hautevolee schieben damit immer die Linden entlang. Und irgendwelche Cousinen vom Kaiser haben das wohl auch.«

Wahrlich ein Prachtstück, dieser Wagen. Vier große Eisenräder, ein handgeschmiedeter Schiebegriff, die Liegeschale aus schwarz lackiertem Holz, bemalt mit goldbronzenen Ranken, das faltbare Verdeck wie auch der Innenbezug aus dickem Rindsleder, Kissen und Decken bezogen mit weinrotem Satin.

»Gebt euren Hausmeistern Bescheid«, meinte Justus. »Die sollen euch Treppenrampen bauen. Zwischen Foyer und Pforte und zum Frühjahr auch zwischen Terrasse und Garten. Dann seid ihr beweglich mit eurem Prinzesschen.«

Jette dankte ihm von Herzen, und schon am Nachmittag weihten sie den Wagen ein. Bei lockerer Bewölkung und leichter Brise bekam die schlafende Gesche ihre erste Ausfahrt: die Victoriastraße entlang in die Wilhelmstraße und weiter Richtung Kurhaus. Mama, Papa und Opa wechselten sich beim Schieben ab. Auf der Promenade blieben sie einige Male stehen und ließen den Blick zum Horizont schweifen. So gedachten sie Theo: das weite Meer. Die vielen Gefühle entfacht von Wind, Wellen und Sonne, ihr Widerhall tief im Herzen – all das hatte er in seinen letzten Jahren nicht mehr genießen können.

»Wir wissen ja nicht, was in seinem Kopf vorgegangen ist«, meinte Justus. »Aber wahrscheinlich hatte er auch immer wieder ein paar klare Momente. Dann hat er gespürt, wie die Krankheit seine Seele auslaugt, und darunter so sehr gelitten.«

Konrad und Jette nickten.

Bis Neujahr wollte Justus in Binz bleiben. Theos Kleidung und seine persönlichen Gegenstände ließ er nach Berlin schicken. Und noch mehr galt es zu erledigen: Er war im Vorstand eines Kunstvereins und plante dort für Reinhard eine Einzelausstellung – ausschließlich mit Werken in seiner ganz eigenen, neuen Bildsprache.

»Ich brauche euer Urteil«, verkündete Justus eines Morgens, als er sich ein Stück Stuten mit Marmelade beschmierte. »Reinhard erwartet uns im Atelier. Wir sehen uns seine Bilder an.«

»Die Jette und ich ja größtenteils schon kennen«, ergänzte Konrad. »Von der unsäglichen Razzia.«

Justus lachte. »Aber dabei habt ihr die Werke wohl kaum in Ruhe betrachtet? Mit der Polizei im Rücken bleibt für den Kunstgenuss ja nur selten die nötige Muße. Also schauen wir uns die noch mal zusammen an. Und zwar, wenn es draußen möglichst hell ist, irgendwann tagsüber bei klarem Himmel. Damit wir das Gemalte auch richtig erkennen.«

Sein Wunsch nach gutem Wetter war nicht leicht zu erfüllen. Mitten im Advent hatte sich ein Tief über die Insel gelegt. Hagel prasselte, mit Körnern so groß, dass sie sogar die Lederverdecke der Droschken durchschlugen. Emmy und August brachten noch vor dem ersten Frost ihre Grünkohlernte in Sicherheit.

Kurz vor Weihnachten aber ließ sich wieder die Sonne blicken. Eines späten Vormittags – Gesche war gerade gestillt und bei den Hausmädchen in bester Obhut – stiegen Jette, Konrad und Justus hoch ins Atelier. Seit der Razzia hatte Reinhard noch einige weitere Aktszenen gefertigt, und auch das Diptychon von Adam und Eva hatte sich von der anfänglichen Kohleskizze zum Ölgemälde entwickelt. Eine würdige Hommage an den großen Lucas Cranach.

»Das meine ich«, Justus geriet ins Schwärmen. »Diese Bildsprache ist kein Impressionismus mehr, hier geht es nicht mehr bloß um Licht und schönes Bunt. Was Reinhard hier schafft, ist Ausdruck, ist unbändige Kraft. Diese breiten, ungezügelten Pinselstriche, diese flächigen klaren Farben. Auf den ersten Blick sieht es aus, als hätte das Bild keine Tiefe, doch das Gegenteil ist der Fall. Die Tiefe entsteht im Betrachter. Darin, wie wir die Künstlerseele nachempfinden. Um zu verstehen, was es bedeutet, ein Mensch zu sein.«

Jette und Konrad warfen sich bedeutsame Blicke zu. Alles konnten sie nicht nachvollziehen, doch auch sie erkannten: Was Reinhard erschuf, hatte wahrhafte Größe.

Justus klopfte ihm auf die Schulter. »Die Kenner in Berlin werden es verstehen. Nicht alle und nicht sofort. Aber selbst, wenn die Kritiker dein Werk verreißen: Die Kunstwelt wird auf dich aufmerksam. Und irgendwann, vielleicht erst in der nächsten Generation, wirst du berühmt. Verlass dich drauf.«

Der Künstler hörte es gern, und endlich kam der Moment, auf den Reinhard so lange hingearbeitet hatte: die Auswahl der Werke für seine Berliner Ausstellung im Februar. Ein knappes Jahr hatte er auf der Insel verbracht und fast achtzig Bilder in der neuen Malweise geschaffen. Nun füllten sie sämtliche Wände des großen Atelierraums.

Die drei jungen Leute amüsierten sich: Justus führte sich auf wie ein Kind im Weihnachtszimmer, lief begeistert durch den Raum, ließ seinen Blick über die Bilder gleiten, bleib vor einzelnen stehen, betrachtete sie aus nächster Nähe, gleich darauf mit ein paar Metern Abstand und wippte immer wieder auf den Zehenspitzen.

Dann wurde er ernst. »Konrad und Jette, ihr macht die Vorauswahl. Fünfzig Bilder. Und von denen suchen Reinhard und ich dann zwei Dutzend aus, und die kommen in die Ausstellung.«

»Und das traut ihr uns zu?«

»Na sicher, lieber Sohn. Ihr beide seid das Publikum, wir wollen die Bilder schließlich auch verkaufen.«

Jette zögerte noch. »Aber du widersprichst uns bitte, Reinhard. Ich meine: Wenn Konrad und ich ein Bild aussuchen, bei dem du denkst, es ist für zum Ausstellen nicht sonderlich geeignet.«

Der Maler aber lächelte. »Ich widerspreche ganz bestimmt nicht. Wenn euch ein Bild innerlich berührt, dann hat das seinen Sinn. Egal, wie ungewohnt meine Malweise noch ist. Es wird Menschen geben, die verstehen, was sie ausdrückt.«

***

Die Weihnachtstage spülten eine neue Gästewelle ins Sanatorium. Zwei Dutzend Großstädter freuten sich auf gesunde Spaziergänge und warme Wannenbäder.

Am Dreiundzwanzigsten reiste auch Juju mit kompletter Familie an, einschließlich einer Säuglingspflegerin und zwei Gouvernanten. Die vier älteren Kinder fühlen sich gleich wohl, und auch der kleine Albrecht hatte die weite Reise gut überstanden.

Jette, nun selbst Mutter, tauschte sich emsig mit Schwägerin Eugenie aus. In den gemeinsamen Jahren unter dem Dach der Berliner Villa waren sie miteinander nie recht warm geworden, dies änderte sich nun.

Eingehend berieten die beiden sich anschließend über das anstehende Weihnachtsmenü, auch Justus schaltete sich ein.

»Berechnet bei Tisch zwei Plätze mehr. Nämlich die beiden rechts von mir. Und fragt lieber nicht. Es ist eine Überraschung. Eine angenehme.«

Allzu überraschend war es jedoch nicht. Bei diesem Platzwunsch konnte es sich ja nur um eine Dame handeln. Oder um zwei Damen. Und wer sollte da schon infrage kommen? Schließlich ging Justus nach dem Abendessen häufig hinunter in die Küche.

Am Weihnachtsabend schlummerten Gesche und ihr Cousin Albrecht friedlich vor sich hin. Die vier weiteren Kinder von Juju und Eugenie sowie die drei von Paula und Krischan spielten unter liebevoller Aufsicht in der Bibliothek. Derweil labten sich die Erwachsenen, unter ihnen auch Reinhard, im Wohnsalon an edelstem Prickelwasser – ein Geschäftsfreund hatte eine Kiste davon direkt aus der Champagne schicken lassen.

Es klingelte an der Tür, Justus frohlockte: »Da sind sie. Meine lieben speziellen Gäste.«

Genau mit den beiden hatten die anderen schon gerechnet: Berta und Rieke Merten betraten den Raum. Man hieß sie aufs Herzlichste willkommen.

»Aber liebe Frau Merten«, Juju gab sich bestürzt, »wenn Sie hier oben mit uns essen, wer kocht denn dann unten für uns?«

»Keiner, Herr Direktor. Die Küche bleibt kalt. Tilla bringt uns gleich ein paar Stullen.«

Doch das wollte niemand hier glauben, alle amüsierten sich über die Schlagfertigkeit der Köchin.

Rieke erzählte von Eisenach. Mit ihrem Halbvetter Egon verstand sie sich besser als je erwartet. Verlobt waren die beiden zwar noch nicht, aber im nächsten Mai sollte es wohl so weit sein. Sie sah sich schon ganz als Bäckersfrau und hatte auch keine Angst mehr vor dem frühen Aufstehen.

Diskret sprach Konrad Jette darauf an. »Nimmst du ihr das ab? Diese ganze schöne Harmonie? Oder macht Rieke uns was vor?«

Jette zuckte die Achseln. »Ich glaube ihr das. Warum sollte sie uns etwas vormachen? Jedenfalls ist sie noch hübscher geworden. Und um einiges reifer. Wahrscheinlich hatte ihre Mutter von Anfang an das richtige Gefühl für Rieke und Egon.«

Die Feier nahm ihren Lauf, und auch Tilla, die beim Servieren half, stand im Mittelpunkt. Ab dem kommenden Frühjahr würde sie ein Lyzeum in Schwerin besuchen, mit angeschlossenem Mädchenpensionat. Ihr Vater war einverstanden.

»Und anschließend kehrt Tilla zu uns zurück«, ulkte Konrad. »In ihre alte Stelle. So etwas haben wir uns schon immer gewünscht: ein Hausmädchen mit Abitur.«

Er erntete herzliches Lachen.

Trotz aller Heiterkeit kamen sie auch immer wieder auf Theo zu sprechen. Wie schön, wenn er seine Lebensfreude behalten hätte, doch die war seiner Krankheit zum Opfer gefallen. Letztlich hatte er vor der völligen geistigen Zersetzung einen sanften Ausweg gewählt.

Hausherr Konrad bat zu Tisch. In drei Monaten hatte Berta Merten ihre begabtesten Helferinnen meisterlich geschult. Gänse-Consommé, Karpfen und gespickter Rehrücken trugen eindeutig Bertas Handschrift, auch wenn sie nicht selbst in der Küche gestanden hatte.

Zwischen Fleischgang und Käseplatte erhob Justus sich zu einer kleinen Rede. »Nach dem Tod unseres geliebten Theo geht das Leben weiter. Ich hebe mein Glas auf die Damen Merten. Sie hoffen sehnlichst auf ein Lebenszeichen von Franz junior, ihrem lang vermissten Sohn und Bruder. Den Wunsch kann ich leider nicht erfüllen, doch es gibt andere Neuigkeiten: Ich habe ein Haus in der Wilhelmstraße erstanden. Dort richte ich ein Restaurant ein, und Sie, liebe Berta, werden es leiten. Die Sanatoriumsküche überlassen Sie Ihren Elevinnen, an die Sie Ihre Kochkunst so großartig weitergeben.«

Ein eigenes Restaurant! Das war nun wirklich eine Überraschung. Berta und den anderen blieben die Münder offen stehen, doch Justus war noch nicht fertig. Er wies auf Reinhard.

»Unser geschätzter Freund und Künstler kehrt bald zurück nach Berlin. Seine Räume hier werden also frei, und nun dürft ihr raten: Wer wird bald die Firma seinem ältesten Sohn überlassen und in Ruhestand gehen? Und nach Binz ziehen? Um dort einer liebreizenden Dame nahe zu sein?«

Justus beugte sich nach rechts, errötend schaute Berta auf den Platzteller.

Am anderen Ende des Tischs stand August auf. »Gut hast du geredet, Justus. Sehr schön, wie das hier werden soll. Un ik segg ju eens: Dat wärrt all wat! Un wie dat wat wärrt!«

Ende

QUELLEN

Ein historischer Roman – das bedeutet viel Recherche. Mein besonderer Dank gilt den Autorinnen und Autoren dieser Werke:

Günther Fuchs und Hans-Ulrich Lüdemann, Das Mecklenburgisch-Vorpommersche Schimpfwörterbuch, Godern 2012

Griebens Reiseführer, Die Insel Rügen, Berlin 1914

Christian Madaus, Sprichwörter und Redensarten aus Mecklenburg, Husum 1984, 4. Auflage 2004

Christiane Zschauer, Binz – Sellin – Göhren, Die Entstehung der bürgerlichen Seebäder auf der Insel Rügen, Weimar und Rostock 2004

Berlin, im Sommer 2020
Elke Hellweg